ATRIUM

Janice Hallett

DIE ENGEL VON ALPERTON

Roman

Aus dem Englischen von
Stefanie Kremer

Atrium Verlag · Zürich

MIX
Papier | Fördert gute Waldnutzung
FSC® C014496

Deutsche Erstausgabe
1. Auflage 2025

Die Originalausgabe erschien 2023 unter dem Titel
The Alperton Angels bei VIPER, part of Serpent's Tail,
an imprint of Profile Books Ltd, London

Aus dem Englischen von Stefanie Kremer
Umschlaggestaltung: Sund Design, Hamburg,
unter Verwendung des Coverdesigns von Steve Coventry-Panton
Satz: Greiner & Reichel, Köln
Druck und Bindung: GGP Media GmbH, Pößneck
Printed in Germany
ISBN 978-3-85535-197-8
GPSR-Kontakt: W1-Verlage GmbH, Semperstr. 24, 22303 Hamburg,
gpsr@w1-verlage.de.

www.atrium-verlag.com
www.facebook.com/atriumverlag
www.instagram.com/atriumverlag

Für Jill, Michelle und Lyra

VOR IHNEN LIEGT DER SCHLÜSSEL ZU EINEM
BANKSCHLIESSFACH.

DARIN BEFINDET SICH EIN BÜNDEL DOKUMENTE:
DAS ARCHIVIERTE RECHERCHEMATERIAL
FÜR EIN VOR KURZEM VERÖFFENTLICHTES BUCH.

BITTE LESEN SIE SICH ALLES GUT DURCH UND
TREFFEN SIE DANN EINE ENTSCHEIDUNG:

ENTWEDER:

SIE LEGEN DIE DOKUMENTE IN DAS SCHLIESSFACH
ZURÜCK UND WERFEN DEN SCHLÜSSEL IN
DEN FLUSS, SODASS ER NIE WIEDERGEFUNDEN
WIRD …

ODER:

SIE ÜBERGEBEN SIE SAMT UND SONDERS
DER POLIZEI.

1

Korrespondenz, Hintergrundlektüre und allgemeine Vorbereitungen

WhatsApp-Nachrichten zwischen mir und meiner Agentin Nita Cawley, 26. Mai 2021:

Amanda Bailey
Die Morde, über die ich berichte, haben alle dasselbe Schema. Tote Blondine, Medien drehen durch, Polizei tappt im Dunkeln, Psychopath lacht sich ins Fäustchen.

Nita Cawley
Damit verdienen wir nun mal unsere Brötchen.

Amanda Bailey
Alles schon von sämtlichen Zeitungen und Kriminalreportern des Landes durchgekaut und ausgespien. Immer dieselbe alte Leier.

Nita Cawley
Ist angekommen. Was schwebt dir vor?

Amanda Bailey
Mal was ganz anderes. Was Frisches. Neues. Ach, ich habe keine Ahnung ... ein Roman?

Nita Cawley
Verdammt! Mir war nicht klar, dass es *so* schlimm um dich steht 🤣 Hör mal, ich bin auf dem Sprung zum Lunch mit Pippa vom Kronos-Verlag. Wenn gewisse Gerüchte stimmen, habe ich nachher vielleicht was Interessantes für dich.

E-Mail von meiner Agentin Nita Cawley, 26. Mai 2021:

AN: Amanda Bailey
DATUM: 26. Mai 2021
BETREFF: Dein nächstes Buch
VON: Nita Cawley

Okay. Wozu ein Roman? Schwülstige Sprache, mit der jede einzelne Teppichfalte beschrieben wird … Was du machst, ist um Längen besser. Du bist meisterhaft in der Darstellung der Realität, Amanda. Du gehst auf Tuchfühlung mit den ganz normalen Leser:innen da draußen. Die Leute wollen massentaugliche, gut lesbare Bücher, die sie in sicherer Umgebung auf die Spuren der grausigsten Verbrechen führen, und genau das bietest du ihnen. Was mich direkt zu meinem Treffen mit Pippa von Kronos bringt.

Pippa plant eine neue True-Crime-Reihe namens *Eclipse*. Jeder Band soll einem allgemein bekannten Verbrechen eine völlig neue, geheimnisvolle Aura verleihen (als würde sich der Mond während einer Sonnenfinsternis vor die Sonne schieben). Das kann ein neuer Blickwinkel sein, eine neue Theorie oder ein aktueller Bezug zur Popkultur; alles, was einer alten Geschichte neues Leben einhaucht.

Nichts zu Ausgefallenes. Pippa wünscht sich eine packende Strandlektüre für Liebhaber des Genres. Die Leserin der Zielgruppe ist bestenfalls schon mit den Fällen vertraut und freut sich auf ein Wiedersehen mit ›alten Freunden‹, wenn sie davon ausgehen kann, dass ein neuer Aspekt sie noch einmal ganz in seinen Bann zieht.

Sie hat ein paar Klassiker runtergerasselt. Im Großen und Ganzen Fälle, bei denen man denken sollte, dass kein Geheimnis mehr drinsteckt und es auch nichts mehr zu enthüllen gibt. Die üblichen Verdächtigen: Jack the Ripper (doch, ehrlich), Fred und Rose West, Harold Shipman, die Moormörder … Also nichts, was unsere Herzen höherschlagen lässt, bis sie die Engel von Alperton erwähnte.

Weißt du noch? Anfang der 2000er. Gruselige Geschichte mit jeder Menge Potenzial. Hat so viel billigen Horrorkram nach sich gezogen, dass sie nie ganz aus dem Fokus der Öffentlichkeit verschwand – und damit immer noch aktuell ist. Aber deshalb hat sie es gar nicht angesprochen.

Damals konnte über *vieles* nicht berichtet werden (ein paar von den Spinnern waren noch minderjährig), und das führt mich zu dem Grund, weshalb es gerade jetzt wieder in den Blick gerückt ist: Das Baby von damals wird dieses Jahr achtzehn. Pippa meint, sie wollen den Fall vom Standpunkt des erwachsenen Kindes aus betrachten. So was gab's noch nie. Und genau danach suchst du doch, Amanda. Nach einer Story, die ganz allein *dir* gehört, oder nicht?

Zudem bist *du* genau diejenige, nach der Pippa sucht. Für einen Privatdetektiv zum Aufspüren des Kindes hat sie kein Budget. Sie braucht deine grandiosen Kontakte in den Sozialbehörden und deine unerschöpfliche Gabe, widerwillige Zeugen zum Reden zu bringen. Wenn du es schaffst, das Kind zu finden, könnte ich übrigens noch etwas für dich aushandeln, pass auf …

Pippas Lebensgefährtin hat ein Unternehmen für Film- und Fernsehproduktionen und ist mit Naga Munchetty zur Schule gegangen. Wenn du das Kind gefunden hast, will Pippa das Unternehmen auf einen Exklusivvertrag festnageln, damit sie nur mit *dir* – und, unterm Strich, Naga – sprechen, wobei die Ausstrahlung für die Zeit geplant ist, wenn das Buch auf die Ladentische kommt. Ich habe auch schon angeregt, dass du in der Dokumentation als eine der Hauptpersonen interviewt wirst. Natürlich ohne mich darauf festzulegen, dass du dafür zur Verfügung stehst.

Ich will dich nicht zu einer Entscheidung drängen, aber wie Pippa zu Recht sagt, sind wir nicht die Einzigen, bei denen der Geburtstag des Kindes im Kalender steht. Also, je eher wir anfangen können, diese ganzen Beziehungen zu nutzen, desto besser …

Keine tragischen Blondinen. Nur eine schräge Sekte, vier tote, verstümmelte Menschen und ein Geheimnis, das bis heute keiner zufriedenstellend lösen konnte. Du wärst die Erste. Stell dir das mal vor. N x

WhatsApp Nachrichten von mir an Keiron, 9. Juni 2021:

Amanda Bailey
Tut mir leid, dass ich das jetzt über WhatsApp mache, aber du bist unterwegs, und ich habe ein neues Projekt, das ich in Angriff nehmen muss, also ... Du bist der beste, aufmerksamste Mann, dem ich je begegnet bin, aber ich bleibe lieber Single 👻 Offenbar bin ich einfach nicht gemacht für diese – oder überhaupt eine – Beziehung. Dafür hast du mir die Augen geöffnet, darum danke.

Amanda Bailey
Und es tut mir leid 😘

E-Mail von meiner Lektorin Pippa Deacon, 10. Juni 2021:

AN: Amanda Bailey
DATUM: 10. Juni 2021
BETREFF: Willkommen!
VON: Pippa Deacon

Liebe Amanda,
darf ich Ihnen zunächst sagen, wie sehr es uns freut, dass Sie mit an Bord der *Eclipse*-Reihe sind. Diese neue Reihe ist sehr wichtig für uns, und es machen so viele aufregende Leute mit. Craig Turner, den Sie, glaube ich, kennen, wird Dennis Nilsens Mordserie als Vorboten der AIDS-Krise in den Achtzigerjahren darstellen. Er hat mit sämtlichen schwulen Celebrities gesprochen und holt den Fall ins 21. Jahrhundert herüber. Die reizende Minnie Davis ist auf höchst schockierende Übereinstimmungen zwischen dem Leben von Myra Hindley und dem von Rose West gestoßen – ein echter Überraschungscoup. Sogar mit Fotos, die zeigen, wie ähnlich die Elternhäuser und Schulen der beiden aussehen, da läuft es einem wirklich eiskalt den Rücken runter! Die Engel von Alperton, das ist eine so düstere, so stark mit Emotionen aufgeladene Geschichte, dass jetzt, wo das Baby von damals

achtzehn wird, die Zeit absolut gekommen ist, den Fall noch einmal neu aufzurollen.

Soweit ich weiß, haben Sie einen ›guten Draht‹ zu den Sozialbehörden in der Gegend von Alperton und können herausfinden, wohin das Kind damals gegeben wurde. Sie verstehen sicher, dass unser Budget eng auf Kante genäht ist und uns nicht erlaubt, einen Privatdetektiv einzuschalten, also, wenn Ihnen da eine Abkürzung einfällt ... Wir kennen Ihre Beharrlichkeit und Entschlossenheit, wenn Sie hinter einer Story her sind, und vertrauen Ihnen blind, dass Sie das Herz dieses Falls ergreifen, es herausreißen und aufs Papier werfen.

Um zu erfahren, wie viel bereits öffentlich bekannt ist, brauchen Sie bloß zu googeln, dann sind Sie schnell auf dem neuesten Stand. Rufen Sie mich an, sobald Sie wissen, wo das Kind ist. Dann kümmere ich mich um die Fernsehfritzen.

Vielen Dank, Amanda; ich freue mich auf unsere Zusammenarbeit.

Pippa

WUNSCHLISTE INTERVIEWS

DIE ENGEL

Das Kind
Holly*
Jonah*
Gabriel Angelis, derzeitiger Wohnsitz: Strafvollzugsanstalt Tynefield
*nicht die echten Namen

KONTAKTE

(im Verlauf der Wochen erweitert)

RECHT UND GESETZ

Don Makepeace, Detective Chief Superintendent im Ruhestand
Jonathan Childs, Police Constable, hat Singhs Leiche gefunden
Grace Childs, seine Frau
Aileen Forsyth, Police Officer
Mike Dean, Police Chief Inspector
Neil Rose, Police Officer
Fareed Khan, Police Officer
Nikki Sayle, Police Sergeant im Ruhestand
Farrah Parekh, Police Sergeant

GESUNDHEITS- UND SOZIALFÜRSORGE

Sonia Brown, leitende Sozialarbeiterin
Julian Nowak, Sozialarbeiter
Ruth Charalambos, ehemalige Sozialarbeiterin
Sabrina Emanuel, Sozialarbeiterin im Ruhestand
Maggie Keenan, ehemalige diensthabende Leiterin
des Willesden Children's Centre
Penny Latke, Krankenschwester in der Notaufnahme
Caroline Brooks, Kriminalpsychologin
Jideofor Sani, Rettungssanitäter im Ruhestand

MEDIEN ETC.

Phil Priest, Fernsehproduzent
Debbie Condon, Fernsehproduzentin
Louisa Sinclair, ehemalige Reporterin beim *Wembley Informer* (heute Redakteurin bei WembleyOnline)
Corin Dallah, ehemaliger Pressesprecher des Justizministeriums
Gray Graham, Reporter im Ruhestand
Clive Badham, Autor des unverfilmten Drehbuchs *Boten des Himmels*
Jess Adesina, Autorin der Reihe *Mein Tagebuch als Engel*
Mark Dunning, Autor von *Weiße Flügel*
Judy Teller-Dunning, Autorin, Frau von Mark Dunning
Duncan Seyfried, Mark Dunnings Agent bei Neville, Reed & Partners

MIT DEM FALL BEFASSTE LAIEN

David Polneath, Hobbydetektiv
Cathy-June Lloyd, Vorsitzende des Cold & Unsolved Murder Club
Rob Jolley, Clubmitglied
Dave ›Itchy‹ Kilmore, Moderator des Podcasts *Ein frischer Geist*
Galen Fletcher, Beratungslehrer, dessen Bruder Harpinder Singh kannte

SONSTIGE

Hochwürden Edmund Barden-Hythe, Gemeindepfarrer der St. Barnabas Church, Sudbury
Jayden Hoyle, zuständig für Öffentlichkeitsarbeit bei der Londoner Feuerwehr
Ross Tate, ehemaliger Gefängnisgenosse von Gabriel Angelis

Diverse mit einer Büroklammer zusammengeheftete Ausdrucke von Onlinenachrichten-Seiten und Ausschnitte aus Tageszeitungen. Alle datieren aus einem dreiwöchigen Zeitraum im Dezember 2003:

DIE STERNE STEHEN GUT

Heute Nacht nähern sich fünf Planeten unseres Sonnensystems einander in einer seltenen astronomischen Konstellation an, die morgen am 10. Dezember ab Beginn der Dämmerung zu sehen sein sollte. Merkur, Venus, Mars, Jupiter und Saturn reihen sich etwa alle 20 Jahre am Himmel hintereinander auf, doch dieses Mal stehen sich Jupiter und Saturn so nahe wie seit dem 16. Juli 1623 nicht mehr, ein Phänomen, das als Große Konjunktion bekannt ist.

EILMELDUNG

In Alperton im Nordwesten Londons hat die Polizei ein verfallenes Lagerhaus abgesperrt, in dem unbestätigten Berichten zufolge mehrere Leichen entdeckt wurden.

EILMELDUNG

Wie aus Polizeikreisen verlautet, handelt es sich bei dem Zwischenfall in Alperton um einen ›Massenselbstmord‹. Am Tatort befinden sich vier Leichen.

LEICHE MIT ›BLUTBAD‹ IN ZUSAMMENHANG GEBRACHT

Die Polizei geht davon aus, dass eine am Dienstag (9. Dezember) in einer leeren Wohnung aufgefundene Leiche in Zusammenhang mit den drei Männern steht, die einen Tag später in einem in der Nähe gelegenen Lagerhaus offenbar im Rahmen eines Selbstmordpakts ums Leben gekommen sind. Die Polizei wurde zu einer Wohnung im Middlesex House in der Ealing Road, Alperton, gerufen, aus der Nachbarn verdächtige Geräusche gemeldet hatten.

PC Jonathan Childs, der als Erster am Tatort war, beschrieb die Leiche als männlich und ›im Zustand der Verwesung begriffen‹. Er bittet die Öffentlichkeit um sachdienliche Hinweise.

VERBINDUNG DER ›ENGEL‹ ZU ÖRTLICHER KIRCHE

Sektenmitglieder der sogenannten ›Engel von Alperton‹ waren in der St. Barnabas Church in Sudbury bekannt. Drei Männer und zwei Jugendliche, die sich für Engel in Menschengestalt hielten, besuchten gelegentlich die Sonntagsmesse, was die Frage aufwirft, ob die Kirche es versäumt hat, ihrer Verantwortung für Schutzbefohlene nachzukommen.

LEICHE IN WOHNUNG IDENTIFIZIERT

Die Polizei hat den letzte Woche tot im Middlesex House aufgefundenen Mann als Harpinder Singh, 22, Kellner im Restaurant Punjab Junction in Southall, identifiziert. Polizeiangaben zufolge war er vorübergehend im Middlesex House untergebracht, wurde allerdings in einer anderen als der ihm zugewiesenen Wohnung aufgefunden. Die Polizei geht von einem Zusammenhang zwischen seinem Tod und den Engeln von Alperton aus, kann dazu jedoch keine näheren Angaben machen, um die laufenden Ermittlungen nicht zu gefährden. Jeder, der sachdienliche Hinweise geben kann, wird dringend gebeten, sich an Crimestoppers zu wenden.

---

1. Vorlage für formelle E-Mails, verschickt ab dem 10. Juni 2021:

Sehr geehrte/r …,
mein Name ist Amanda Bailey. Ich bin die Autorin der True-Crime-Bestseller *Auf der Schwelle*, *Gemeinsame Interessen* und *Der Krawattenknoten* und arbeite gegenwärtig für *Kronos Books* an einem Buch über die Engel von Alperton. Meinen Informationen zufolge waren Sie damals …. Um eine falsche Darstellung Ihrer Organisation/Rolle/

Abteilung zu vermeiden, würde ich gerne so bald wie möglich ein persönliches oder telefonisches Interview mit Ihnen vereinbaren.

Ich besitze eine lange Erfahrung in der Berichterstattung über Kriminalfälle und persönliche Schicksale. Mir ist bewusst, dass dieser Fall auch nach achtzehn Jahren noch eine gewisse Diskretion verlangt; wenn Sie also lieber anonym mit mir sprechen wollen, ist das selbstverständlich kein Problem. Ihre Mitarbeit an diesem Projekt würde dazu beitragen, dass sich ein derart schockierendes Versagen all unserer Sicherheitsnetze nicht noch einmal wiederholt.

Über eine Antwort von Ihnen würde ich mich sehr freuen.

Mit freundlichen Grüßen,

---

2. Vorlage für informelle E-Mails, verschickt ab dem 10. Juni 2021:

Hallo!

Wie geht's, wie steht's? Ist schon wieder so lang her, seit .... Wie geht's/war/ist den Kindern/die Hochzeit/der Ruhestand/der neue Job usf.? Ganz im Ernst, die Zeit fliegt nur so dahin.

Erinnerst du dich noch an den Fall der Engel von Alperton? Ich bin gerade dabei, was darüber zu schreiben. Das ist soooo lang her, und ich muss mich ranhalten, um auf den aktuellen Stand der Dinge zu kommen. Hast du noch Aufzeichnungen, die bis 2003 zurückreichen? Dürfte ich dich für Hintergrundinformationen über die damalige Zeit bei den Sozialbehörden/der Polizei/den Medien anzapfen? Dafür wäre ich dir ewig dankbar!

Freue mich auf ein Wiedersehen, sei es abends bei einem Drink oder tagsüber bei einem Kaffee.

Liebe Grüße,

WhatsApp-Nachrichten zwischen True-Crime-Autorin Minnie Davis und mir, 11. Juni 2021:

Minnie Davis
Hallo, Supergirl! Hab ja seit JAHREN nichts mehr von dir gesehen oder gehört. Und jetzt sagt Pippa, du arbeitest für sie an einem Projekt. Volltreffer! Wie geht's?

Amanda Bailey
Die Engel von Alperton. Damals wurde so viel unter Verschluss gehalten, weil die Opfer noch minderjährig waren, und seither hat sich keiner gemeldet, der ihre Geschichten erzählen will. Weder, was die Jugendlichen (die jetzt Mitte 30 sein müssten), noch, was das Kind betrifft (fast 18). Alles noch geheimnisumwittert. Woran kannst du dich erinnern?

Minnie Davis
Ich meinte, wie's DIR geht, nicht der Arbeit. Das war doch was mit Engeln und Teufeln, oder?

Amanda Bailey
Das war eine kleine Sekte, ein paar Männer, die alle ums Leben gekommen sind, plus einem Teenagerpärchen und deren Baby, die überlebt haben. Ein schauriger Massensuizid – über den es noch keinen Tatsachenbericht gibt. Hab nur ein paar Romane gefunden 😱

Minnie Davis
Es gab mindestens zwei Fernsehproduktionen.

Amanda Bailey
Muss ganz schön komisch sein für die Betroffenen.

Minnie Davis
Ob das Kind wohl weiß, dass es das Kind aus dem Fall der Engel von Alperton ist?

Amanda Bailey
Bald schon.

Minnie Davis
Vielleicht hat es was darüber im Fernsehen gesehen oder gelesen, ohne zu wissen, dass es um die eigene Person geht.

Amanda Bailey
Du hast mich auf eine Idee gebracht. Der Typ, der den Fall schon bald danach fiktionalisiert hat, könnte durchaus nützlich sein. Mark Dunning hat einen Roman mit dem Titel *Weiße Flügel* geschrieben. Darin dankt er allen, ›die am Fall der Engel von Alperton beteiligt‹ waren und ihm ›geholfen‹ haben – das Buch ist achtzehn Monate danach erschienen. Hat die Leiche nicht mal richtig kalt werden lassen.

Amanda Bailey
Die Leichen.

Minnie Davis
Ich bin mit meinem Auftrag auf eine wahre Goldgrube gestoßen. Die meisten Menschen, die was mit den Moormorden zu tun hatten, sind tot, und die Verwandten der Wests sprechen schon seit Jahren nicht mehr mit den Medien. Keine Interviews, Gott sei Dank.

Amanda Bailey
Du Glückspilz 🤣

Minnie Davis
Und das ist nicht mal das Beste. Hab eine junge Frau kennengelernt, die eine feministische Dissertation über Mörderinnen verfasst hat. Hat mir den Abschnitt über Rose und Myra geschickt – brillant geschrieben; Fotos, die einem das Blut in den Adern gefrieren lassen, Mandy. Sie meinte, verwenden Sie, was immer Sie wollen, erwähnen Sie mich halt in der Danksagung. Mein ganzes Buch baut darauf auf.

Amanda Bailey
Und damit ist sie einverstanden?

Minnie Davis
Absolut. Frauen helfen Frauen, das ist ihr Ding.

Amanda Bailey
Ich weiß nicht. Bei Laien muss man auf der Hut sein.

Minnie Davis
War ich ja auch. Bis ich die junge Frau kennengelernt hab.

Amanda Bailey
Die werden anhänglich, fangen an, Forderungen zu stellen, werden nachtragend und wollen sich schließlich rächen 😱

Minnie Davis
ABER dafür legen sie sich ins Zeug und reißen sich den A... auf, um in einem Buch über ihren Lieblingsmord erwähnt zu werden. Außerdem kriegen sie eher einen Draht zu Leuten, die Journalisten von Natur aus nicht trauen. Diese junge Frau ist aufgeweckt und so unkompliziert. Wie auch immer, du, ich und Craig sollten uns mal auf einen Drink treffen.

Amanda Bailey
Muss noch so viel für das Projekt machen. Hab die ganze Nacht gelesen, den ersten Schwung E-Mails verschickt. Muss jetzt gezielt bestimmte Leute anschreiben, Interviews vereinbaren, Kontakt zu den Schreiberlingen von diesem ganzen fiktionalen Kram aufnehmen. Grmbl! Ich muss, muss, muss das Kind finden!

Bücher zu Recherchezwecken, bestellt bei Waterstones, 11. Juni 2021 (Kassenbons für Steuererklärung):

Cultish von Amanda Montell (vorbestellt, erscheint am 22. Juli)
Mein Tagebuch als Engel, Band 1–4 von Jess Adesina
Cults That Kill von Wendy Joan Biddlecombe Agsar
Cults Uncovered von Emily G. Thompson

Weiße Flügel von Mark Dunning
Terror, Love and Brainwashing von Alexandra Stein

E-Mail an die Sozialarbeiterin Sonia Brown, 11. Juni 2021:

AN: Sonia Brown
DATUM: 11. Juni 2021
BETREFF: Ein Gefallen
VON: Amanda Bailey

Hallo, Sonia,
ich schreibe gerade über den Fall der Engel von Alperton. Muss Kontakt zu den Jugendlichen Holly und Jonah aufnehmen, vor allem aber zu dem Kind, das sie gerettet haben. Was ist mit ihm passiert? Und wo lebt es heute? Wenn es 2003 geboren wurde, wird es dieses Jahr achtzehn, Sie sollten also in der Lage sein, herauszufinden, wo es zuletzt untergebracht war – insbesondere, wenn es adoptiert wurde.

Derzeit durchforste ich die Medienberichte von damals, aber nirgends wird etwas über die Jugendlichen preisgegeben. Keine Namen, Bilder, Geburtsorte – alles geschwärzt, ›aus rechtlichen Gründen‹. Wenn Holly in der Lage war, sich um ihr Kind zu kümmern, wurden sie doch vermutlich zusammen untergebracht? Oder aber man hat das Kind von ihr getrennt in Pflege gegeben. Wie auch immer, zuerst und am dringlichsten möchte ich jedenfalls das Kind finden, dann die Jugendlichen.
Amanda

SMS zwischen Sonia Brown und mir, 11. Juni 2021:

Sonia Brown
Der Zugang zu den Archiven wurde gesperrt.

Amanda Bailey
Aber es gibt doch bestimmt Schwachstellen im System.

Sonia Brown
Wir müssen eine Erlaubnis beantragen, auf Genehmigung warten und später einen Bericht darüber schreiben, welche Relevanz die Akteneinsicht für einen laufenden Fall hatte. Zwischen dem Fall damals und den Fällen, die ich zurzeit bearbeite, gibt's keine Verbindung. Tut mir leid, aber diesmal geht's einfach nicht.

Amanda Bailey
Gibt es vielleicht eine andere Möglichkeit, wie ich an die Informationen kommen kann? Irgendjemand, der sich erinnert oder Zugang zu den Akten hat? Eine andere Dienststelle? Irgendwas?

SMS zwischen mir und Sabrina Emanuel, Sozialarbeiterin im Ruhestand, 11. Juni 2021:

Amanda Bailey
Hallo, Sabrina 😘 du fehlst mir!

Sabrina Emanuel
Hallo, Süße, na, wie geht's?

Amanda Bailey
Kurze Frage. Der Fall mit den Engeln von Alperton, warst du dabei damals? Kannst du dich noch daran erinnern?

Sabrina Emanuel
Oh ja. Ja, ich erinnere mich.

Amanda Bailey
Es ist so lang her, dass wir uns zuletzt gesehen haben. Lass uns ein Treffen ausmachen, so bald wie möglich! Wann bist du hier in der Gegend?

Sabrina Emanuel
Oktober.

Amanda Bailey
Ich dachte da eher an nächste Woche.

Sabrina Emanuel
🌍 Bin gerade in Faro gelandet. Die Algarve, Süße! Ich melde mich, sobald ich mein Häuschen bezogen hab.

Antwort von Louisa Sinclair auf meine Mailvorlage. Louisa und ich haben vor Jahren zusammen als Lokalreporterinnen beim *Wembley Informer* angefangen. Gegenwärtig ist sie Redakteurin bei WembleyOnline:

AN: Amanda Bailey
DATUM: 12. Juni 2021
BETREFF: Aw: Die Engel von Alperton
VON: Louisa Sinclair

Hi, Mandy,
an diesen Fall kann ich mich noch gut erinnern. Hab grade mal gegoogelt, und da sind einige von unseren Schlagzeilen aufgepoppt. Das waren andere Zeiten, heute würden wir damit nicht mehr durchkommen. Tja, damals haben wir die pikanteren Details wohl ziemlich ausgeschlachtet. Wobei, wenn ich mich recht erinnere, gab's auch nicht besonders viele Fakten zum Berichten, was erwarten die denn dann von uns?

Nüchtern betrachtet haben sämtliche Sicherungssysteme auf der ganzen beschissenen Linie versagt. Wenn du so was wie eine ›Lehre‹ aus der Geschichte ziehen willst, hätten wir damals wohl hinter die Fassaden schauen und das gesamte System infrage stellen sollen. Aber was weiß ich schon.

Lass mir ein bisschen Zeit, ich grab mal meine alten Unterlagen raus. Vielleicht hab ich noch was, womit du was anfangen kannst. Und ja, ein Wiedersehen wäre toll.
Liebe Grüße,
Louisa Sinclair
Redakteurin, WembleyOnline

E-Mail von Hochwürden Edmund Barden-Hythe, Gemeindepfarrer der St. Barnabas Church, Sudbury, 12. Juni 2021:

AN: Amanda Bailey
DATUM: 12. Juni 2021
BETREFF: Aw: Die Engel von Alperton
VON: Edmund Barden-Hythe

Sehr geehrte Miss Bailey,
haben Sie vielen Dank für Ihre Nachricht. Ich bin seit nunmehr zweiundzwanzig Jahren der Pfarrer von St. Barnabas in Sudbury, also ja, ich war vor Ort, als in den Nachrichten über die Engel von Alperton berichtet wurde. Die beiden Jugendlichen erwähnten in ihren Aussagen unsere Gemeinde, woraufhin die Medien sich auf uns stürzten, und in der Folge sind wir nun auf ewig mit dem Fall verbunden.

Wir können uns gern treffen, wenn Sie der Meinung sind, dass ich Ihnen behilflich sein kann. Dienstags und mittwochs würde es mir am besten passen.
Mit freundlichen Grüßen
R. D. Edmund Barden-Hythe

WhatsApp-Nachrichten zwischen meiner Lektorin Pippa Deacon und mir, 12. Juni 2021:

Pippa Deacon
Hallo, Mandy 🌍 Kurze Frage: Haben Sie das Kind schon gefunden?

Amanda Bailey
Hallo, Pippa. Ich bin grad mal zwei Tage an der Sache dran.

Pippa Deacon
Sind Sie ihm denn auf der Spur?

Amanda Bailey
Ich habe die Fühler zu meinen zwei besten Kontakten bei den Sozialbehörden ausgestreckt, also 🤞

Pippa Deacon
Wie lang wird das dauern? Grob geschätzt?

Amanda Bailey
Der Fall ist 18 Jahre her, das heißt 😬

Pippa Deacon
Ist nur, weil mir die Produzentin im Nacken sitzt wegen der Zeitplanung. Sie kennen doch die Fernsehfritzen. Ein ewiger Konkurrenzkampf. Bitte setzen Sie alle Hebel in Bewegung. Je eher wir die Exklusivrechte auf dieses Kind eingetütet haben, desto besser.

Amanda Bailey
Hm, da gibt's ein paar Autoren, die sich damals recht zeitnah von der Geschichte inspirieren ließen. Vielleicht erinnern die sich ja noch an Namen usw.

Pippa Deacon
Gute Idee! Halten Sie mich auf dem Laufenden.

Twitter-Nachrichten zwischen mir und der Jugendbuchautorin Jess Adesina, 12. Juni 2021:

Amanda Bailey
Hi, Jess, ich hoffe, es macht Ihnen nichts aus, wenn ich mich per Direktnachricht auf Twitter an Sie wende. Ich habe *Mein Tagebuch als Engel* gelesen, und, großer Gott, was für ein FANTASTISCHES Buch. Jeder Preis, den es gewonnen hat, ist mehr als verdient. Soweit ich weiß, wurde die Geschichte von den Engeln von Alperton inspiriert. Gerade recherchiere ich für ein True-Crime-Buch über den Fall und möchte im Vorwort über fiktionale Werke schreiben, die sich auf Details von damals beziehen. Ihr Buch soll darin natürlich eine besonders positive Erwähnung fin-

den. Darf ich fragen, ob Sie während des Schreibens mit jemandem gesprochen haben, der in den Fall verwickelt war?

Jess Adesina
Nein.

Amanda Bailey
Ich frage nur, weil Sie 2011 in einem Interview mit dem Magazin Grazia ziemlich explizit andeuteten, mit einer der damaligen Schlüsselfiguren gesprochen zu haben. Das war vermutlich Holly? Offensichtlich haben Sie die Figur der Tilly auf ihr aufgebaut.

Jess Adesina
[SIE WURDEN VON DIESEM ACCOUNT GEBLOCKT]

E-Mail-Verkehr zwischen mir und Neville, Reed & Partners, der amerikanischen Agentur des Autors Mark Dunning, 12./13. Juni 2021:

AN: info@nevillereed.com
DATUM: 12. Juni 2021
BETREFF: Mark Dunning
VON: Amanda Bailey

Sehr geehrte Damen und Herren,
meines Wissens sind Sie die Vertreter von Mark Dunning, dem Autor des Romans *Weiße Flügel*. Wären Sie bitte so freundlich, ihm folgende Nachricht weiterzuleiten.

Sehr geehrter Mr Dunning,
ich habe gerade *Weiße Flügel* gelesen und war absolut gefesselt, von der ersten bis zur letzten Seite. Was für eine mitreißende Geschichte, die, soweit ich weiß, zudem von Ereignissen inspiriert wurde, die sich hier in Großbritannien zugetragen haben – mittlerweile bekannt als der Fall der Engel von Alperton. Ich bereite derzeit ein True-Crime-

Buch über diesen Fall vor und habe mich gefragt, ob Sie und ich uns vielleicht einmal über Zoom oder FaceTime unterhalten könnten? Es würde mich interessieren, mehr über Ihre Recherchen zu erfahren – in der Danksagung sprechen Sie kurz darüber. Wenn man den Erscheinungstermin Ihres Buches berücksichtigt, müssen Sie recht bald nach den als ›Die Versammlung‹ bekannt gewordenen Geschehnissen mit Schlüsselpersonen von damals gesprochen haben. Sie verstehen sicher, dass es für mich ungleich schwerer ist, verlässliche Quellen zu finden – seither ist so viel Zeit verstrichen. Ich würde gern etwas über Ihre Gespräche mit denjenigen erfahren, die sich damals persönlicher Kontakte zu den unmittelbar in die Begebenheiten verstrickten Personen rühmen konnten.
Über eine baldige Antwort von Ihnen würde ich mich sehr freuen.
Amanda Bailey

AN: Amanda Bailey
DATUM: 13. Juni 2021
BETREFF: Aw: Mark Dunning
VON: Duncan Seyfried

Sehr geehrte Miss Bailey,
ich bedaure, Ihnen mitteilen zu müssen, dass unser Autor Mark Dunning letzte Nacht gestorben ist. Im Moment sind wir alle sehr erschüttert und können Ihnen nicht mit weiteren Details behilflich sein.
Duncan Seyfried
Neville, Reed & Partners

AN: Duncan Seyfried
DATUM: 13. Juni 2021
BETREFF: Aw: Mark Dunning
VON: Amanda Bailey

Sehr geehrter Mr Seyfried,
gerade habe ich es in den Nachrichten gehört. Anscheinend hatte er den Unfall zu fast derselben Zeit, als ich meine E-Mail losgeschickt habe. Wie tragisch. Hiermit möchte ich Ihnen mein herzliches Beileid aussprechen.

Den Nachrufen habe ich entnommen, dass er mit Judy Teller verheiratet war. Wären Sie bitte so freundlich, meine Nachricht an Mrs Teller weiterzuleiten, sobald sie den ersten Schock überwunden hat? Sie ist ebenfalls Autorin, und ich bin mir sicher, dass sie Verständnis dafür hat.
Mit freundlichen Grüßen,
Amanda Bailey

E-Mails von mir an zwei Produzenten, die vor zehn Jahren an zwei verschiedenen TV-Serien über den Fall der Engel von Alperton arbeiteten, 13. Juni 2021:

AN: Phil Priest
DATUM: 13. Juni 2021
BETREFF: Die Versammlung
VON: Amanda Bailey

Hallo, Phil, ich hoffe, Sie können mir weiterhelfen. Ich arbeite derzeit an einem Buch über die Engel von Alperton und habe gerade an einem Stück sämtliche Folgen Ihrer großartigen Serie *Die Versammlung* von 2011 geschaut, die sich mit dem Fall befasst. Soweit ich mich erinnere, gab es zwei auf denselben Ereignissen basierende Serien, die im Abstand von nur wenigen Wochen gesendet wurden; meiner Meinung nach allerdings war Ihre bei Weitem besser. Ein Zirkel infamer, perverser Männer trug die Verantwortung für das, was geschehen ist, also war es nur folgerichtig, sich auf diesen Aspekt der Geschichte zu konzentrieren.

Darf ich fragen, ob Sie oder eine der anderen an der Produktion beteiligten Personen im Rahmen der Recherche mit den Opfern gesprochen haben?
Herzliche Grüße,
Amanda Bailey

AN: Debbie Condon
DATUM: 13. Juni 2021
BETREFF: Versäumte Pflichten
VON: Amanda Bailey

Hallo, Debbie, ich hoffe, Sie können mir weiterhelfen. Ich arbeite derzeit an einem Buch über die Engel von Alperton und habe gerade an einem Stück sämtliche Folgen Ihrer großartigen Serie *Versäumte Pflichten* von 2011 geschaut, die sich mit dem Fall befasst. Soweit ich mich erinnere, gab es zwei auf denselben Ereignissen basierende Serien, die im Abstand von nur wenigen Wochen gesendet wurden; meiner Meinung nach allerdings war Ihre bei Weitem besser. Die Unterfinanzierung der Sozialbehörden durch eine gleichgültige Regierung und das Versagen der Führungskräfte in den Ämtern trugen die Verantwortung für das, was geschehen ist, also war es nur folgerichtig, sich auf diesen Aspekt der Geschichte zu konzentrieren.

Darf ich fragen, ob Sie oder eine der anderen an der Produktion beteiligten Personen im Rahmen der Recherche mit den Opfern gesprochen haben?
Herzliche Grüße,
Amanda Bailey

E-Mail-Verkehr zwischen mir und Clive Badham, einem aufstrebenden Drehbuchautor, 13. Juni 2021:

AN: Clive Badham
DATUM: 13. Juni 2021
BETREFF: Die Engel von Alperton
VON: Amanda Bailey

Lieber Clive Badham,
als Autorin, die gerade für ihr nächstes Buch recherchiert, habe ich mich gefragt, ob Sie mir vielleicht weiterhelfen können. Im Internet habe ich gesehen, dass Sie 2005 einen Preis für einen auf dem Fall der Engel von Alperton basierenden Film gewonnen haben. Im Rahmen meiner breit angelegten Nachforschungen zu den Langzeitfolgen dieses Falls würde ich mir den Film gern ansehen, kann ihn aber nirgends finden. Ist er vielleicht über einen bestimmten Streamingdienst oder auf DVD erhältlich? Und haben Sie im Rahmen Ihrer Recherchen mit jemandem gesprochen, der mit dem Fall zu tun hatte?
Beste Grüße,
Amanda Bailey

AN: Amanda Bailey
DATUM: 13. Juni 2021
BETREFF: Aw: Die Engel von Alperton
VON: Clive Badham

Hallo, Amanda,
Ihr Name kam mir gleich bekannt vor, dann wurde mir klar: Ich habe *Gemeinsame Interessen* gelesen, Ihr Buch über den Fall Rachel Nickell. Und jetzt wenden Sie sich an mich! Natürlich möchte ich Ihnen bei Ihren Recherchen helfen.

Yep, mein Fantasy-Action-Abenteuer-Drehbuch *Boten des Himmels* ist tatsächlich inspiriert vom Fall der Engel von Alperton. 2005 hat es bei den London Film Academy Awards den Preis für das beste unverfilmte Drehbuch gewonnen. Hab mit keinem der Beteiligten gesprochen, weil ich damals alles darüber gelesen hatte. Außerdem beschäftige ich mich in meiner Freizeit mit Okkultismus, sodass mein Basiswissen darüber als Quelle ausgereicht hat. Überhaupt habe ich mich weniger dafür interessiert, was *wirklich* geschehen ist, als für den Grundgedanken, dass Dämonen in menschlicher Gestalt unter uns weilen. Ist doch echt cool, oder? Und das hat mich inspiriert.

Sie können *Boten des Himmels* nirgendwo sehen – noch nicht. Es gab keine Finanzierung, weshalb das Buch nie verfilmt wurde. Aber ich habe es an sämtliche Produzenten und Produzentinnen geschickt, deren E-Mail-Adressen ich habhaft werden konnte, und *ein Haufen* von denen meinte, es wäre Spitze. Erst letzten Monat hat sich eine bei mir gemeldet und gesagt, dass sie in den nächsten zwei Jahren zwar noch ein großes Projekt laufen hat, aber wenn das in trockenen Tüchern ist, will sie das Drehbuch auf alle Fälle lesen! Drücken Sie mir die Daumen. Vielleicht lässt Ihr Buch das Interesse an dem Fall ja wieder aufleben.

Suchen Sie eventuell nach einem Drehbuchautor, der Ihre Bücher für die Leinwand adaptiert? Ich arbeite nur Teilzeit in einem Callcenter und unterrichte einen Schreibkurs an einer Abendschule. Da kann ich problemlos noch ein Drehbuch zwischenschieben. Ich habe keinen Agenten, falls Sie also interessiert sind, lassen Sie es mich bitte direkt wissen.
Clive Badham

SMS zwischen mir und Clive Badham, 13. Juni 2021:

Amanda Bailey
Vielen Dank, Clive, dürfte ich Ihr Drehbuch für *Boten des Himmels* trotzdem lesen? Ich finde es faszinierend, wie viele fiktionale Projekte von diesem Fall inspiriert wurden. Auch wenn Ihr Film bislang nicht gedreht wurde, ist er doch ein Beispiel für ein zeitgenössisches fiktionales

Projekt, das auf dem Fall basiert. Wenn ich ihn in meinem Buch erwähne, nenne ich natürlich gern Ihren Namen 😄

Clive Badham
Heikle Sache. Dabei würde ich mich nicht wohlfühlen. Sie sind selbst Autorin, da verstehen Sie das bestimmt. Buchstäblich jeder könnte den Namen auf dem Titelblatt austauschen und das Drehbuch als seins ausgeben. Aber wenn Sie jemanden brauchen, der eins für Sie schreibt, geben Sie mir Bescheid.

E-Mail, die an die Kontaktadresse meiner Website amanda-bailey.co.uk geschickt wurde, 13. Juni 2021:

AN: Amanda Bailey
DATUM: 13. Juni 2021
BETREFF: Ein kleiner Gefallen
VON: Cathy-June Lloyd

Sehr geehrte Miss Bailey,
ich schreibe Ihnen als Vorsitzende eines kleinen Clubs hier in Guildford namens Cold & Unsolved, der sich mit ungelösten Mordfällen befasst. Wir treffen uns einmal im Monat und diskutieren unaufgeklärte Verbrechen und Todesfälle – nur so, zu unserem Vergnügen, aber ich bin mir sicher, dass wir wenigstens ab und zu durchaus mit einer interessanten neuen Theorie aufwarten können!

So haben wir uns auch mit dem Fall Jill Dando beschäftigt, und einige von uns haben dazu Ihr Buch *Auf der Schwelle* gelesen. Eine atemberaubende Lektüre, die ihre Leserinnen und Leser unserer Meinung nach direkt ins Herz dieses Falls hineinführt. Wissen Sie eigentlich, ob die Polizei überhaupt sämtliche Nachbarn vollumfänglich ausschließen konnte? Immerhin waren sie sehr schnell am Tatort, und der Umstand, dass jeder bzw. jede Einzelne die Straße beobachtet und die Pistole abgefeuert haben und dann zurück ins eigene Haus geschlüpft sein könnte, machte sie alle zu unseren Hauptverdächtigen. Wir haben sogar ein Motiv: Der oder die Schuldige wollte Dandos Haus kaufen, und zwar mit einem ›Mordhaus-Rabatt‹. Diese Theorie würde auch erklären, weshalb kein einziger glaubwürdiger Zeuge jemanden wegrennen sah. Ein paar von uns haben sich gefragt, ob Sie, indem Sie Ihr Buch *Auf der Schwelle* nannten, subtil auf eine Theorie hindeuten wollten, die Sie aus rechtlichen Gründen nicht offen äußern konnten.

Halten Sie eigentlich mitunter Vorträge in so kleinen Clubs wie dem unsrigen? Wir sind ein Häuflein begeisterter Hobbydetektive und würden uns sehr darüber freuen, Sie empfangen zu dürfen. Es wäre uns eine Ehre! Wir haben kein großes Budget, aber wenn Sie es einrichten könnten, garantiere ich Ihnen höchstpersönlich, dass Sie Amazon-Gutscheine im Wert von £ 40 sowie einen Blumenstrauß überreicht bekommen.

Doch auch wenn Sie zu beschäftigt sind, um uns einmal zu besuchen, erwarten wir mit Spannung Ihr nächstes Buch!
Cathy-June Lloyd

E-Mail von Dave ›Itchy‹ Kilmore vom Podcast *Ein frischer Geist*, 14. Juni 2021:

AN: Amanda Bailey
DATUM: 14. Juni 2021
BETREFF: Der Frische Geist kehrt zurück!
VON: David Kilmore

Hey, Mandy!
Bahn frei für die neue Staffel! Jawohl, der Podcast *Ein frischer Geist* ist zurück für eine zwölfte Staffel, und ausnahmsweise will ich mir diesmal rechtzeitig eine Liste mit Gästen zusammenstellen. Darf ich Sie wieder vormerken? Beim letzten Mal haben Sie regelrechte Beifallsstürme entfacht. Wir können gern über ein Thema Ihrer Wahl sprechen und ein bisschen Schleichwerbung für Ihre Bücher machen: alte, neue und geplante (woran arbeiten Sie gerade?), während wir

plaudern. Themen, die ich mir einstweilen mal notiert habe, wären zum Beispiel:

Vorgetäuschter Selbstmord: Der Heilige Gral des Mörders.
Mordanschläge: Warum passiert das nicht öfter?
Psychopathen, die nicht morden: Warum nicht, zum Teufel?

Bin offen für weitere Ideen. Geben Sie mir einfach Bescheid …

Dave ›Itchy‹ Kilmore

WhatsApp-Nachrichten zwischen Don Makepeace, DCS im Ruhestand, und mir, 14. Juni 2021:

Don Makepeace
Liebe Amanda, vielen Dank für Ihre Mail. Ich kann mich noch gut an jene Ereignisse erinnern. Würde mich über ein gemeinsames Mittagessen freuen, dann können wir uns unterhalten. Wissen Sie eigentlich, dass noch jemand ein Buch über denselben Fall schreibt? Oliver Menzies. Hat mich vor einer Weile angerufen. Er will aus der Perspektive des Kindes berichten. Wir können uns jederzeit treffen. Don.

Amanda Bailey
Oliver Menzies? AUSGESCHLOSSEN. Was genau hat er gesagt, Don? Hat er mit dem Kind gesprochen?

Don Makepeace
Das weiß ich nicht mehr. Wir haben im Quaglino's zusammen zu Mittag gegessen. Köstliches Brot und Biobutter. Don.

WhatsApp-Nachrichten zwischen mir und meiner Lektorin Pippa Deacon, 14. Juni 2021:

Amanda Bailey
Hallo, Pippa, mir ist der perfekte Titel für mein Buch über die Engel von Alperton eingefallen: BOTEN DES HIMMELS. Was halten Sie davon? Ich muss Ihnen was sagen, das ich selbst gerade erst erfahren habe: Oliver Menzies schreibt über denselben Fall, und nach allem, was man hört, will auch er das Kind in den Mittelpunkt stellen. Sehen Sie darin ein ebenso großes Problem wie ich? Sollte ich meinen Ansatz vielleicht überdenken, bevor ich weitermache?

Pippa Deacon
Wer soll das sein? Kennen Sie den? Titel übrigens genial.

Amanda Bailey
Ja, ich kenne ihn. Aus einem anderen Leben. Wir haben beide bei einer Lokalzeitung angefangen, in einem Trainee-Programm Ende der Neunziger. Ich bin vorzeitig abgesprungen, und er ist gleich nach dem Programm weitergezogen.

Pippa Deacon
Ich lese hier, dass er als Co-Autor für die Erinnerungen eines Polizeibeamten namens Frank und als Ghostwriter für einen Soldaten gearbeitet hat, dem Kriegsverbrechen zur Last gelegt wurden. Kann er denn was?

Amanda Bailey
Wir haben uns aus den Augen verloren. Soweit ich weiß, war er erst bei einem Radiosender, dann bei einem Magazin fürs Bauwesen, und mein letzter Stand ist, dass er als schicker PR-Fritze in irgendeinem Unternehmen arbeitet. Ist jetzt wohl unter die Freiberufler gegangen.

Pippa Deacon
Nun, wir wussten ja, dass über kurz oder lang auch andere anfangen würden, ihre Nasen in den Fall zu stecken. Aber er hat nicht Ihre Kontakte,

wir werden ihm also immer ein Stück voraus sein. Solange wir das Kind zuerst kriegen und uns die Exklusivrechte sichern können. Wie weit sind Sie?

SMS zwischen mir und Sozialarbeiterin Sonia Brown, 14. Juni 2021:

Amanda Bailey
Was die Suche nach dem Kind aus dem Fall der Engel von Alperton betrifft. Ich brauche bloß ein paar Namen, Daten und Adressen. Den Rest erledige ich. Oder Sie sagen mir, wie ich auf den Server zugreifen kann, dann suche ich mir die Infos selbst raus.

Sonia Brown
Wie bereits gesagt, das System ist mittlerweile komplett anders. Zugriff ausgeschlossen.

Amanda Bailey
Sonia, bitte, denken Sie sich was aus. Das ist das Mindeste, was Sie für mich tun können, nachdem ich das Leak im Three Beeches Fall für mich behalten habe.

Sonia Brown
Leak? Damals habe ich IHNEN geholfen. Hören Sie, wenn ich meinen Job verliere, nütze ich Ihnen gar nichts mehr, oder?

Amanda Bailey
Sie würden nicht nur Ihren Job verlieren. Sie haben auf eigene Faust gehandelt. Ihre Kompetenzen überschritten. Nach allem, was passiert ist, käme es ziemlich sicher zu einer Strafanzeige.

Sonia Brown
Echt jetzt, Mandy, nach allem, was ich für Sie getan hab?

WhatsApp-Nachrichten zwischen mir und meinem ehemaligen Kollegen Oliver Menzies, 14. Juni 2021:

Amanda Bailey
Arghhhhh! Dann musstest du im Gherkin Tower wohl doch zu hart arbeiten für dein sechsstelliges Gehalt? Du hast es ja nicht mal ein Jahr ausgehalten, bist du Idiot etwa süchtig nach Jobwechseln? Ein echter Rekord, selbst für dich! Was ist passiert, hast du in die Portokasse gegriffen? Bei einer Presseveranstaltung deinen Schwanz rausgeholt? 🍆

Oliver Menzies
Mein Vater ist gestorben. Ich war nicht unbedingt in der Verfassung, mich richtig in den Job reinzuhängen. Bin in beiderseitigem Einvernehmen gegangen.

Amanda Bailey
Oh. Tut mir leid, das zu hören.

Oliver Menzies
So ist das Leben.

Amanda Bailey
Hab erfahren, dass du über die Engel von Alperton schreibst. Für wen?

Oliver Menzies
Stimmt ja. Du bist's. Ich WUSSTE, dass jemand versucht, meine Kontakte anzuzapfen. Benutzt du echt immer noch E-Mail-Vorlagen, als wär's 2001?

Amanda Bailey
Geht schnell und ist effizient.

Oliver Menzies
Die persönliche Note macht's. Qualität vor Quantität, immer und überall. Mein Buch ist für Green Street und deins, nehme ich an, für Pippa Deacons neue Reihe.

Amanda Bailey
Ist True Crime überhaupt dein Ding? Der Oliver Menzies, den ich kannte, hielt kommerzielle Verlage immer für unter seiner Würde 🤔

Oliver Menzies
Ich betrachte den Fall von der Perspektive des Kindes aus.

Amanda Bailey
Genau wie ich. Genau so lautet mein Auftrag. Weiß Green Street davon?

Oliver Menzies
Du kommst zu spät, Mandy. Ich arbeite schon seit Wochen dran.

Amanda Bailey
Hast du schon mit dem Kind gesprochen?

Oliver Menzies
Es gibt haufenweise andere Möglichkeiten, wie du das Thema anpacken kannst.

Amanda Bailey
Hast du schon mit dem Kind gesprochen?

Oliver Menzies
Nicht direkt. Stehe aber kurz davor. Du?

Amanda Bailey
Ja. Es will mit uns zusammenarbeiten und hat gerade einen Exklusivvertrag unterzeichnet, du verschwendest also besser keine Zeit mehr damit. Aber keine Sorge. Es gibt haufenweise andere Möglichkeiten, wie du das Thema anpacken kannst.

Meine Vorlagen für Phishing-Anrufe, 14. Juni 2021:

›Hallo, hier spricht Sergeant Jones von der Londoner Polizei, Abteilung Kinder- und Jugendschutz. Ich bearbeite gerade einen heiklen Fall aus der Vergangenheit. Könnten Sie mir anhand Ihrer Akten eventuell bestätigen, wann genau drei bestimmte Kinder bei Ihnen in der Pflegeeinrichtung waren?‹

›Das dürfen Sie nicht? Oh. Tja, das ist enttäuschend, immerhin benötige ich lediglich eine Bestätigung der Daten. Das könnte das Leben einiger sehr tapferer Menschen verändern. Sie wissen bestimmt, wie schwierig diese Fälle aus der Vergangenheit sind. Die Opfer finden endlich den Mut, sich zu melden, manche erst, nachdem sie viele Jahre mit dem Trauma gelebt haben, und dann zerbröselt einem der Fall unter den Fingern, nur weil eine winzige Information fehlt. Eine ganz kurze Bestätigung – zum Beispiel, wann genau drei bestimmte Kinder in Ihrer Obhut waren – könnte wirklich ENTSCHEIDEND sein.‹

›Das ist großartig, vielen Dank. Es geht um das Jahr 2003, und ich spreche von den Minderjährigen im Fall der Engel von Alperton. Zwei Siebzehnjährige und ein Baby, das damals wenige Monate alt war. Eine sachdienliche Information für einen davon völlig unabhängigen Fall, den ich bearbeite.‹

HAB'S GEFUNDEN!
Willesden Children's Service Centre
Neasden Road, NW10

WhatsApp-Nachrichten zwischen mir und meiner ehemaligen Assistentin Ellie Cooper, 14. Juni 2021:

Amanda Bailey
Hi, Ellie. Nimmst du eigentlich immer noch Transkriptionsaufträge an? Interviews mit zwei Teilnehmern, wie gewohnt, zum üblichen Preis? Beginn diesen Dienstag. Ich arbeite an einer ›Strandlektüre‹ für Kronos.

Ellie Cooper
EC steht in den Startlöchern!

Treffen mit Don Makepeace, DCS im Ruhestand, im Bluebird, Fulham, 17. Juni 2021. Transkribiert von Ellie Cooper.

AB: Danke, Don, dass wir uns treffen können.

DM: Ist mir ein Vergnügen. Sie sehen gut aus, Mandy. Wie geht's eigentlich Ihrer reizenden Assistentin? (*Die läuft gerade rot an und verachtet sich dafür, dass sie Wert auf die Anerkennung eines Mannes legt. EC*)

AB: Sie ist nicht mehr meine Assistentin. Verfolgt ihren eigenen Weg und macht gerade ihren Doktor. (*Ich überspringe mal den ganzen langweiligen Small Talk und mache da weiter, wo ihr aufs Thema zu sprechen kommt. EC*) Don, Sie waren 2003 doch Chief Inspector von Wembley Central, als sich der Fall der Engel von Alperton ereignete. Woran können Sie sich diesbezüglich noch erinnern?

DM: An *ihn* erinnere ich mich noch sehr gut.

AB: Gabriel.

DM: *[Er lacht. EC]* Ja. Na ja, den Namen hat er sich selbst gegeben, an einem gewissen Punkt. Bevor er zu Gott fand, hieß er schlicht und einfach Peter Duffy. Ich weiß noch, dass wir ihn mal wegen Betrugs verhaftet haben, kurz nachdem ich zur Truppe gestoßen war. Das war Jahre vor dieser ganzen Alperton-Geschichte. Damals hatte er noch keine Bedenken, gegen das siebte Gebot zu verstoßen! *[Du sollst nicht stehlen. EC]*

AB: Was war er für ein Mensch?

DM: Sie kennen uns Polizisten, Mandy. Wir beobachten die Leute, immer. Die Schuldigen, die Unschuldigen. Die, die zwar etwas verbrochen haben, aber nicht das, was man denkt. Die ein Geheimnis bewahren oder loswerden wollen. Sie sind alle gleich. Aber er …

AB: Was war denn das Besondere an ihm?

DM: Ich habe mir alle Vernehmungen von ihm angesehen. Manche davon viele Male. Und habe es nicht herausbekommen.

AB: Ob er schuldig ist?

DM: Ob er die Wahrheit sagt.

AB: Logisch, wenn jemand seine eigenen Lügen glaubt, seid ihr mit eurem sechsten Polizistensinn aufgeschmissen.

DM: So ungefähr. Haben Sie vor, mit ihm zu sprechen?

AB: Zumindest stelle ich einen Antrag beim Leiter der Anstalt. Aber ich rechne eigentlich nicht mit Erfolg.

DM: Ich habe noch nie gehört, dass er ein Interview gegeben hätte. Behauptet, er könne sich nicht daran erinnern, was in jener Nacht und den Monaten davor passiert ist. Beharrt aber trotzdem auf seiner Unschuld. Tja, wenn er sich nicht erinnert, wie kann er sich dessen dann so sicher sein? *[Er kichert. EC]* Der Klassiker.

AB: Was ist mit den Jugendlichen? Holly und Jonah.

DM: Das sind auch nicht ihre richtigen Namen.

AB: Können Sie sich an die richtigen Namen erinnern?

DM: Nein.

AB: Wie waren die so?

DM: Unterschiedlich wie Tag und Nacht. Sie war aufgeweckt; er schüchtern, leicht zu beeinflussen. Er fast noch ein Kind, sie fast schon erwachsen. Trotzdem – *[Den Rest kann ich nicht verstehen. EC]*

AB: Haben Sie je rausgekriegt, wer der Vater von dem Kind ist, Gabriel oder Jonah?

DM: Das war Sache der Sozialbehörden. Wir haben uns auf den Mord konzentriert.

AB: Harpinder Singh. Ich habe alles über den Fall gelesen, was ich in die Finger kriegen konnte, und, na ja …

DM: Was?

AB: Die Beweise, die Gabriel hinter Gitter gebracht haben, kann man doch bestenfalls als fadenscheinig bezeichnen.

DM: Soll das heißen, dass er's nicht war?

AB: Nein.

DM: Seine Fingerabdrücke wurden in dieser verwahrlosten Wohnung gefunden, neben der Leiche, oder nicht?

AB: Der Teil eines Fingerabdrucks, auf einer Broschüre am Fußboden.

DM: Genau. Er war zwar schlau genug, während der Tat Fingerabdrücke zu vermeiden, aber dann hat er an irgendeinem Punkt die Broschüre aus dem Briefkastenschlitz gezogen. Wahrscheinlich ein unwillkürlicher Reflex beim Verlassen der Wohnung, als der Adrenalinspiegel wieder nach unten ging.

AB: Singh war ein mittelloser Kellner, der vierzehn Stunden am Tag gearbeitet hat. Nichts deutet darauf hin, dass er ein Mitglied der Sekte geworden wäre, selbst wenn er Zeit dafür gehabt hätte. Warum sollten sie ihn ermordet haben?

DM: Warum machen solche Leute überhaupt irgendwas?

AB: War das ein Ritualmord? *[Hierauf antwortet DM offenbar nicht. Jetzt wird euer Essen gebracht. Eure Unterhaltung mit der Bedienung und das Gespräch übers Essen überspringe ich. Geschwärzter Kabeljau. Klingt, als hätten sie ihn in der Pfanne vergessen. EC]*

DM: … Darüber hinaus hatten wir nicht viel damit zu tun.

AB: Gabriel wird also wegen Mordes verurteilt sowie wegen Verstümmelung der Leichen der drei anderen Engel. Holly und Jonah erklären in ihrer Zeugenaussage, wie er sie in die Sekte gelockt hat, und er bekommt lebenslänglich. Aber die beiden Jugendlichen sind nie zur Verantwortung gezogen worden.

DM: Unter Berücksichtigung dessen, was sie durchgemacht hatten, wollte niemand Anklage gegen sie erheben. Ob nun zu Recht oder zu Unrecht. Sind Siebzehnjährige verantwortlich für ihre Taten? Wenn man bedenkt, wie ungeheuer schutzlos sie waren? Wir haben uns auf ihn konzentriert. Er war der einzige erwachsene Engel, der überlebt hat.

AB: Aber sie hätten doch …

DM: Das war ein heikler Fall. Sie waren beide Opfer, wurden in eine Sekte gelockt und ausgenutzt. Aber sie haben sich selbst daraus befreit und einen Säugling gerettet. Die Staatsanwaltschaft hatte Bedenken, sie zu beschuldigen. Vor allem, solange Gabriel quicklebendig und fidel war.

AB: Und nicht zuletzt waren sie minderjährig.

DM: Hm-mhm. Auch wenn sie schon siebzehn waren … Nach dem Gesetz schuldfähig, also … Wenn Erwachsene sich ihre eigene Fantasiewelt errichten und darin leben wollen … *[Er beendet den Satz nicht. EC]* Ihre war nun mal völlig abgedreht, aber das ist nicht verboten.

AB: Aber wenn eine Sekte ihre Mitglieder dazu bringt, Selbstmord zu begehen –

DM: Haben Sie die Berichte des Gerichtsmediziners gelesen? Jeder Engel starb an einem einzigen Schnitt durch die Kehle. Den er sich selbst zugefügt hatte. *[Schweigen, während du – und jetzt ich – uns dieses grausige Bild vorstellen. EC]*

AB: Eine lebenslange Haftstrafe ist ungewöhnlich, wenn jemand nur eines Mordes für schuldig befunden wird. Ich frage mich, ob der Richter wohl den Verdacht hatte, Gabriel könnte auch die anderen umgebracht haben?

DM: Allerdings, sehen Sie sich doch nur mal die Umstände an, Amanda. Auch wenn Gabriel nicht eigenhändig das Messer geschwungen hat, brachte er diese Männer doch dazu, sich selbst zu töten, wonach er ihre Leichen ausgeweidet und in einen Kreis mit Satanssymbolen gelegt hat. Er ist verrückt, und ja, man konnte in der Tat davon ausgehen, dass er auch für die anderen Tode verantwortlich war, weshalb …

AB: Merkwürdiger Fall.

DM: Mmmm. Durchgeknallt.

AB: Aber wie passt Harpinder Singh da rein?

DM: *[Er spricht mit vollem Mund, igitt. Kann den ersten Teil seines Satzes nicht verstehen. EC]* … heldenhaftes Ende.

AB: Nicht für Harpinder Singh.

DM: Natürlich, ich meine, dass die Bösewichte tot sind oder geschnappt wurden und das Kind überlebt hat.

AB: Im poetischen Sinne, vielleicht. Kennen Sie einen Police Constable namens Jonathan Childs?

DM: Nein, ich glaube nicht.

AB: Sein Name ist in einem Onlineartikel von damals aufgetaucht. Er hat Singhs Leiche in der leeren Wohnung gefunden. Irgendwie komme ich nicht an ihn ran.

DM: Ich kann mich ja mal umhören.

AB: Normalerweise habe ich bei Polizisten immer Glück, Don. Sie scheinen sich alle zu kennen.

DM: *[Lacht. EC]* Das ist die M40-Linie.

AB: Die was?

DM: Die Autobahn M40 verbindet sämtliche Gebiete im Westen von London bis runter ins Themsetal miteinander, und die Beamten, die in dieser Gegend leben und arbeiten, wechseln im Lauf ihrer Karriere häufig zwischen den Revieren dort. Ich frage mal rum. Irgendjemand kennt ihn bestimmt.

AB: Danke, Don. *[Kaugeräusche und Gläserklirren. EC]*

DM: Es überrascht mich nach wie vor, wie dieser Fall selbst heute noch die Fantasie der Menschen anregt. Vor Kurzem lief eine Folge von irgend so einer Serie im Fernsehen.

AB: *Inside No. 9*. Hab ich gesehen. Großartig. *[Ich bin vor Angst fast durchgedreht. EC]*

DM: Genau, so hieß sie. Schaurig! Gruselig. Aber so war das damals überhaupt nicht. Das war nur einer von zahllosen Fällen, bei denen miese Gauner schutzlose Menschen ausnutzen und Vorteile aus den Schwächen des Systems ziehen wollen. Zieht man das Gefasel von Engeln und Dämonen ab, bleibt nur ein äußerst deprimierendes, gleichwohl ganz alltägliches Verbrechen übrig.

AB: Was wurde aus dem Kind?

DM: Ah! Da fällt mir was ein. Ich würde Sie gern um einen Gefallen bitten. Connor überlegt sich nämlich, ob er Journalist werden soll. Ich habe ihm versprochen, nach einem liebenswürdigen Mitglied der schreibenden Zunft Ausschau zu halten, das er um Rat fragen kann. Würden Sie mal mit ihm darüber sprechen?

AB: Na klar.

DM: Vielen Dank. Haben Sie Lust, Sonntag zum Mittagessen zu kommen?

AB: Schrecklich gern. *[Kurze Pause, während ihr beide kaut und schluckt. EC]* Was wurde aus dem Kind, das aus den Klauen der Engel von Alperton gerettet wurde?

DM: Keine Ahnung. *[Kurzes Zögern, angespannte Stimme. Weiß er Bescheid? EC]*

AB: Wurde es wieder mit Holly zusammengeführt, oder kam es in eine Pflegefamilie?

DM: *[Murmelt irgendwas. EC]*

AB: Ganz unter uns? *[Lange Pause. EC]*

DM: Ganz unter uns, das war irgendwie komisch. Die vollständige Geschichte müssen Sie bei den Sozialbehörden erfragen, aber ich erinnere mich, dass plötzlich Leute aufgetaucht sind und behauptet haben, sie gehörten zur Familie. Großeltern, eine Tante, so jemand. Die haben vermutlich die Vormundschaft beantragt.

AB: Wenn es von der Familie adoptiert wurde, konnte Holly es vielleicht mit großziehen. Ein Happy End.

DM: *[Murmelt irgendwas. Dann etwas, das klingt wie … EC]* Komisch, je näher man kommt, desto weiter entfernt man sich.

AB: Was ist daran komisch?

DM: Nichts.

AB: Sie sagten, es wäre *irgendwie komisch* gewesen.

DM: *[Klingt, als würde er kauen. Um Zeit zu schinden? EC]* Schauen Sie, Mandy, ich denke nun mal wie ein Polizist. Mein erster

Gedanke ist, wenn sie schon nicht für Holly sorgen konnten, warum sollte man ihnen dann ein Baby anvertrauen? Das ist nicht komisch, es ist bloß, na ja, Sozialarbeiter sehen die Welt auf ihre Weise und die Polizei auf eine andere. *[Es folgt ein Gespräch über einen gemeinsamen Freund, Oliver Mingis. Du bittest DM darum, herauszufinden, ›wie weit er gekommen ist‹, und es dir dann zu sagen. Wichtig für das Interview? EC]*

AB: Gibt es denn jemanden aus der Zeit, der bereit wäre, zu sprechen?

DM: Und mit ›bereit, zu sprechen‹ meinen Sie …?

AB: Bereit, alles zu enthüllen, was er oder sie damals für falsch hielt.

DM: Ich denke drüber nach, Mandy, aber eins will ich Ihnen noch sagen.

AB: Okay.

DM: Unter uns. Passen Sie auf sich auf.
[Ab da kommt nur noch langweiliger Small Talk. EC]

SMS zwischen mir und Sozialarbeiterin Sonia Brown, 17. Juni 2021:

Amanda Bailey
Das Kind wurde von einem Familienmitglied des minderjährigen Mädchens aufgenommen.

Sonia Brown
Wer hat Ihnen das erzählt?

Amanda Bailey
Jemand, der damals dabei war. Zunächst wurden sie alle ins Willesden Children's Service Centre gebracht.

Sonia Brown
Ich hör mich um.

Treffen mit Hochwürden Edmund Barden-Hythe in der St. Barnabas Church, Sudbury, 18. Juni 2021. Transkribiert von Ellie Cooper.

AB: Vielen Dank *[Dieses Echo! Ich krieg ne Gänsehaut. EC]*

EBH: Kommen Sie, setzen wir uns in die vordere Bankreihe. Da können wir das Buntglasfenster sehen. Es ist von 1290. Vor den Engeln von Alperton war das unser Touristenmagnet.

AB: Wunderschön. Die kräftigen Farben. Darf ich ein wenig näher rangehen, um mir die Einzelheiten anzuschauen? Auf diesem Auge habe ich nur eine verminderte Sehfähigkeit.

EBH: Selbstverständlich, stellen Sie sich ruhig direkt davor. Sehen Sie, das ist alles noch original verbleit.

AB: Wow. Erzählt das Fenster eine Geschichte?

EBH: Die Belagerung von Samaria. Eine Episode aus dem Buch der Könige. Ben-Hadad, die Figur dort drüben, hat die Stadt vom Nachschub mit Lebensmitteln abgeschnitten. Der König, sehen Sie ihn da an der Wand? Er geht zu seinem hungernden Volk, hier. Diese Frau hält ihn auf und sagt: ›Eure Hoheit, gebt uns Euren Sohn, damit wir ihn essen können. Dann werden wir morgen *meinen* Sohn essen.‹ Also lässt der König seinen Sohn töten und essen. Am nächsten Tag hungern die Menschen erneut. Der König geht zu der Frau, muss aber erkennen, dass sie ihren Sohn versteckt hat. Da ist sie, sie weigert sich, das Opfer zu bringen, das sie von ihm verlangt hat, und er kann nichts dagegen tun. *[Ganz schön makaber. EC]*

AB: Jetzt aus der Nähe kann ich erkennen, dass es doch nicht so schön ist wie, äh … ist das …?

EBH: Der gesottene Kopf des Prinzen, ja. Die Geschichte wird manchmal als Pakt zwischen zwei Müttern interpretiert anstelle eines Pakts zwischen König und Untertanin. So oder so ist es eine ernüchternde Geschichte über Vertrauen und Glauben in seine Mitmenschen. Ganz zu schweigen von dem, was

Menschen tun und sagen, um zu überleben. In der Version mit dem König ist es auch eine Lektion über die Opferbereitschaft und Verantwortung, die mit einer Führungsposition einhergehen. Mögen Sie einen Tee?

AB: Ja, bitte. *[Geschirrgeklapper und Geplätscher beim Einschenken sowie ein paar öde Worte über die Becher. EC]*

AB: Sie sind der erste Mensch, den ich spreche, der die Engel tatsächlich kennengelernt hat. *[Darüber lacht er, aber es klingt reichlich unfroh. EC]* Wann sind sie Ihnen das erste Mal aufgefallen?

EBH: Holly, das junge Mädchen, habe ich zuerst bemerkt, denn in dem Alter gehen die wenigsten ohne ihre Eltern in die Kirche. Ich bat eine unserer Damen, sie anzusprechen und nachzusehen, ob alles in Ordnung sei. Holly erzählte ihr, sie sei ein Engel und lebe mit anderen Engeln zusammen. In vollkommen sachlichem Ton, sie war komplett gehirngewaschen. Die Dame aus meiner Gemeinde wurde misstrauisch und schlug vor, dass sie am folgenden Sonntag auch die anderen mitbringen sollte.

AB: Und, sind sie gekommen?

EBH: Gabriel, der Anführer, außerdem ein anderer junger Mann, bei dem es sich, wie ich später erfuhr, um Jonah handelte, und Holly. Ich habe mit Gabriel gesprochen. Er bezeichnete sich als Laienprediger einer kleinen Gemeinde in der Nähe. Sie lebten in dem Glauben, dass alle Menschen Engel seien, die auf der Erde geboren wurden. Bei der Kollekte spendete er dreißig Pfund.

AB: Und das erschien Ihnen plausibel? Ihre Zweifel waren zerstreut?

EBH: Es ist nicht an mir, zu urteilen. Außerdem war es nicht das, was er sagte, sondern wie er es sagte. Menschen, die andere in Fantasiewelten hineinziehen, sind gewinnend. Niemand ist überzeugender als der, der selbst überzeugt ist.

AB: Haben Sie sie noch einmal wiedergesehen?

EBH: Nein. Als dann in den Nachrichten über die Ereignisse berichtet wurde, waren wir alle entsetzt. Die Polizei nahm Zeugenaussagen auf. Reporter waren hier. Wie sie mit uns redeten … Sie warfen uns vor, nicht eher die Polizei benachrichtigt und damit vielleicht den –

AB: Dreifachmord verhindert zu haben?

EBH: Verhindert zu haben, was beinahe mit dem Kind geschehen wäre. Wir warfen uns das selbst vor. *[Er klingt am Boden zerstört. EC]* Aber woher hätten wir das wissen sollen?

AB: Was empfinden Sie heute bei dem Gedanken, dass Menschen, die die christliche Lehre stark genug verdreht haben, um ein Menschenopfer zu rechtfertigen, diese Kirche besucht haben, *Ihre* Kirche?

EBH: Der christliche Glaube soll die Menschen inspirieren. Dass er früher oder später auch schlechte Menschen inspiriert, ist unvermeidlich. Oder gute Menschen, aber auf falsche Weise. Ich für meinen Teil denke heute, dass in einem Fall, der sich im Kern um eine kleine, abgeschottete Sekte schutzloser Individuen drehte, dem religiösen Aspekt viel zu viel Bedeutung beigemessen wurde.

AB: Ging es denn wirklich darum? Glaubten tatsächlich alle, sie wären himmlische Geschöpfe? Als Sie mit Gabriel sprachen, war er da …

EBH: Ich glaube … Das klingt jetzt sicher …

AB: Sprechen Sie's aus. Glaubte Gabriel Ihrer Meinung nach wirklich, er wäre ein Engel?

EBH: Ich … ich weiß es nicht. Aber damals, als ich mit ihm sprach … *Ich* habe es geglaubt. Und das ist das Erschreckende daran. *[Eure Verabschiedung lasse ich weg. Er klingt traurig. EC]*

WhatsApp-Nachrichten zwischen Oliver Menzies und mir, 19. Juni 2021:

Oliver Menzies
Hab mich gestern mit Don getroffen. Du hast Donnerstag mit ihm zu Mittag gegessen.

Oliver Menzies
Angekommen?

Amanda Bailey
Hab deine Nachricht bekommen. Das war die Feststellung einer Tatsache, die nach keiner Antwort verlangte.

Oliver Menzies
Wie auch immer. Worüber habt ihr gesprochen?

Amanda Bailey
Dies und das. Wir kennen uns schon lang, ich und Don.

Oliver Menzies
Verdammt, Mandy, es heißt ›Don und ich‹. Aus der Zeit beim *Informer*, stimmt's? Ich auch. Er kennt sogar Frank, meinen freundlichen Polizisten.

Amanda Bailey
Don kennt jeden.

Oliver Menzies
Alte Verbindungen aus der Schulzeit, die Blutsbande der Truppe, die Brüderschaft der Sondereinsatzkräfte und einmal durch die gesamte Londoner Polizei geflutscht.

Amanda Bailey
Wusste gar nicht, dass er bei den Sondereinsatzkräften war.

Oliver Menzies
Flöß ihm einfach mal einen Scotch ein, und schon deutet er an, er wäre der damalige Ant Middletown gewesen. Spricht allerdings nicht

über seine Einsätze. Hat also entweder PTBS oder immer nur faul rumgesessen. Allerdings hat er mich als Ghostwriter für diesen durchgeknallten Rambo empfohlen, gut genug vernetzt ist er also immer noch.

Amanda Bailey
Er weiß, wie man Verbindungen aufrechterhält.

Oliver Menzies
Oder, ums anders auszudrücken, er weiß, wie man sich bei jeder sich bietenden Gelegenheit auf Kosten anderer die Plauze vollfuttert. Ist doch wahr, du hast ihn noch nicht eingeladen, da sitzt er schon am Tisch.

Amanda Bailey
Du hast das Kind also noch nicht gefunden.

Oliver Menzies
Nein. Und ein kleines Vögelchen hat mir gezwitschert, dass du es auch noch nicht hast.

Amanda Bailey
Bei den Engeln von Alperton geht's nicht nur um das Kind. Es geht um die beiden Minderjährigen, das Mädchen und den Jungen, um die Männer, die eine solche Kontrolle über sie ausgeübt haben, und um das System, das versagt hat. Komm schon. Konzentrier dich auf was anderes.

Oliver Menzies
Die Männer haben einfach die Gelegenheit beim Schopf ergriffen, und im System liefen nur lauter sentimentale Gutmenschen rum. Und die Kids? Mit siebzehn ist man zwar noch jung, aber doch alt genug, um es besser zu wissen.

Amanda Bailey
Weißt du denn noch, wie du mit siebzehn warst?

Oliver Menzies
Ja, und Jugendliche in dem Alter sind nicht auf den Kopf gefallen. Die beiden müssen echt unfassbar dämlich gewesen sein, um auf so einen lächerlichen Quatsch reinzufallen. ODER sie stan-

den vollkommen hinter der Lehre dieser Sekte. Also nein, für DIE interessiere ich mich nicht. Ich interessiere mich für das KIND, denn das ist der einzige unschuldige Mensch in der ganzen Sache.

Oliver Menzies
Angekommen?

Oliver Menzies
Ignorierst du mich jetzt?

Oliver Menzies
Das klingt vielleicht brutal, aber ich frage mich, wie das Kind mit all dem klarkommt. Jetzt, wo es erwachsen ist. Wie lebt man mit der Tatsache, dass man als ›böse‹ stigmatisiert wurde und nur knapp der rituellen Opferung durch eine verrückte Sekte entkommen ist? Das ist ein ziemlicher Haufen Scheiße, mit dem man leben muss. Und für mich ist das nun mal das Interessanteste an der Geschichte.

Oliver Menzies
Schicke ich meine Nachrichten hier ins Nichts?

WhatsApp-Nachrichten zwischen Don Makepeace, DCS im Ruhestand, und mir, 19. Juni 2021:

Don Makepeace
Mittagessen morgen geht klar, Amanda. So gegen ein Uhr. In der Zwischenzeit hier ein paar Leute, die sich vielleicht an die Engel erinnern können: Aileen Forsyth, Mike Dean, Neil Rose, Fareed Khan, Julian Nowak.

Amanda Bailey
Sie sind ein Schatz, Don. Vielen Dank. Bis morgen.

Gespräch mit Connor Makepeace in dessen Zimmer, 20. Juni 2021. Transkribiert von Ellie Cooper.

[Wolltest du das überhaupt aufnehmen? Ich hab's auf jeden Fall mal transkribiert … EC]

CM: Im September fang ich also an der LSE an …

AB: Echt jetzt! Die London School of Economics. Das ist ja *so* abgefahren. *[Amanda Bailey, verstellst du da etwa deine Stimme und die Aussprache, um cooler zu klingen? EC]*

CM: Aber ich denke über die Ausbildung hinaus. Die ist schließlich nur Mittel zum Zweck, stimmt's?

AB: Mh-mhm.

CM: Ich dachte, ich könnte es mal mit Journalismus versuchen. Ich meine, ich möchte das, was ich mache, auch *gern* machen. Nachrichten und Aktuelles sind ganz okay, aber ich hab echt keinen Bock auf Überstunden oder darauf, morgens in aller Herrgottsfrühe über den Verkehr auf der M25 zu berichten, wenn Sie verstehen, was ich meine? Ich dachte daher eher an Musikjournalismus, sofern man darauf überhaupt noch eine Karriere aufbauen kann … Amanda?

AB: Wer ist das auf dem Poster da?

CM: Jeff Walker von Carcass. *[Jetzt hast du bestimmt komplett verständnislos dreingeschaut. EC]* Das ist eine Band.

AB: Heavy Metal?

CM: Carcass sind mehr Grindcore. Hier, die Poster auf dieser Seite: *klassisches* Death Metal.

AB: Obituary. Dismember. Morbid Angel.

CM: Sind Sie ein Fan?

AB: Nein, das ist mir ein wenig zu satanistisch. Es geht nur um etwas, worüber ich zurzeit recherchiere. Engel. Teufel. Glauben.

CM: Da: Black Sabbath, Led Zeppelin, Deep Purple, die haben das Genre begründet. Die da drüben haben darauf aufgebaut. Die Geschichte ist –

AB: Glaubst du an das Böse?

CM: Äh … nein, ich mag bloß die Musik. *[Heavy Metal ist weniger religionsfeindlich als einfach nur düster und aufrührerisch in seiner Bildsprache. EC]* Und ich spiele Gitarre, wie Sie sehen können –

AB: Connor, vor einigen Jahren planten ein paar Menschen, die sich für Engel hielten, ein Neugeborenes zu töten, weil sie glaubten, dass es als Erwachsener die Menschheit in den Untergang reißen würde –

CM: Was für ein Schwachsinn!

AB: Stimmt, das ist Schwachsinn, aber zwei Jugendliche, die nur ein bisschen jünger waren, als du jetzt bist, wurden in die Sache mit hineingezogen und waren selbst davon überzeugt. Ich versuche, zu verstehen, wie und warum das passieren konnte. Dieser Typ da –

CM: Robert Plant –

AB: Wie könnte er dich davon überzeugen, dass er der Teufel ist?

CM: Er müsste es beweisen. Nicht bloß behaupten, dass er's ist. Ich würde sehen wollen, wie, na ja, Wasser sich in Blut verwandelt oder so was – und müsste sicher sein, dass das nicht bloß ein cooler Special Effect war.

AB: Was, wenn die ganzen anderen hier glauben, dass er der Teufel ist. Dieser Kerl …

CM: Nick Menza von Megadeth.

AB: Yep, was, wenn der durch die Tür spaziert käme und dir sagen würde, dass Robert Plant ohne jeden Zweifel der Teufel ist?

CM: Menza ist 2016 gestorben, der müsste es inzwischen ja wissen, was? *[Er lacht, du nicht. EC]* Ich müsste einen Beweis sehen.

AB: Einen Beweis. Das ist der Schlüssel. Es müsste bewiesen werden. *[Euer peinliches Schweigen ist selbst mir unangenehm. EC]*

CM: Also, wie sind Sie zum Journalismus gekommen? Was hatten Sie für Schulnoten? Was für einen Uniabschluss?

AB: Keinen.

CM: Ernsthaft?

AB: Ich habe einen Artikel über das Pflegesystem geschrieben, für einen Rundbrief der Gemeinde. Dafür habe ich einen Platz im Ausbildungsprogramm einer Lokalzeitung bekommen.

CM: Cool.

AB: Tja, das war es wohl … Cool.

CM: Wie lang hat die Ausbildung gedauert, und wie haben Sie dann weitergemacht?

AB: Ein Jahr, aber ich hab sie nicht abgeschlossen. Das ist eine lange, öde Geschichte. Ich war dann ein paar Jahre in Brighton und hab dort bei einer Lokalzeitung gearbeitet. Aber heute ist das sowieso alles ganz anders. Die Nachrichten finden online statt, und in der traditionellen Berichterstattung gibt es immer weniger Stellen. Was den Musikjournalismus betrifft … *[Offenbar hast du die Aufnahme gestoppt, denn hier bricht sie abrupt ab. EC]*

E-Mail von meiner Lektorin Pippa Deacon, 21. Juni 2021:

AN: Amanda Bailey
DATUM: 21. Juni 2021
BETREFF: Oliver Menzies
VON: Pippa Deacon

Vielen Dank für Ihren Anruf, Mandy. Es war sehr nett, mit Ihnen zu plaudern und über Ihre Bedenken zu sprechen. Es tut mir leid, dass Sie solchen Ärger mit Ihrem alten Bekannten hatten, aber ich bin SO erleichtert, dass Sie kurz davor stehen, das Kind zu finden. Puh! Ich spreche mal mit Jo von Green Street. Dann kann ich die Situation erklären und denen nahelegen, diesen Oliver zurückzupfeifen – wenn nötig, kann ich sehr diplomatisch sein. Nachdem wir das Kind so gut wie in der Tasche haben, können die gar nicht anders, als ihren Schwerpunkt zu ändern. Der sitzt Ihnen nicht mehr lang im Nacken, und Sie können sich ganz auf das Buch konzentrieren.

Treffen mit PO Neil Rose in einem Café im Einkaufszentrum Westway Cross, Greenford, 21. Juni 2021. Transkribiert von Ellie Cooper.

AB: Danke für Ihre Bereitschaft, mit mir zu sprechen *[etc., etc. Ich lass den ganzen langweiligen Kram weg. EC]*

NR: Ich war auf der Wache von Sudbury, als die Engel von Alperton … Mike Dean hatte die Leitung der Dienststelle. Ich kann Ihnen nur erzählen, was ich gesehen habe – und was ich seitdem so hörte –, wenn das überhaupt was bringt.

AB: Wie kam es zu Ihrem ersten Kontakt mit der Sekte?

NR: Über einen Notruf. Eine junge Frau sagte, sie hätte ein Baby. Allerdings war unklar, worin ihre Notlage bestand, deshalb erfasste man es als seelische Krise mit eventuell gefährdetem Neugeborenem. Wir wurden zu einem Lagerhaus in Alperton geschickt, und ein Krankenwagen auch. Das war eine Bauruine am Kanal. Stockfinster. Ich hab mich schon gefragt, ob das ein Streich sein sollte, da ist in einem Fenster im Obergeschoss plötzlich ein Licht aufgeflammt. Also sind wir über die alte Feuertreppe außen am Gebäude hoch.

AB: Was war das für ein Gebäude?

NR: Eine aufgelassene Fabrik oder ein Lagerhaus. Heute sind da Wohnungen drin. Wir erreichen das Obergeschoss, es gibt keine Tür, also wir direkt rein, Taschenlampen volle Pulle an. *[Hmmm, hier folgt eine verdächtige Pause. Fällt ihm die Erinnerung schwer, oder versucht er, sich an eine Lüge zu erinnern? EC]* Das Mädchen saß mitten in einer riesigen, offenen Halle auf dem Boden, ein paar Plastiktüten um sich rum. Sie war voll mit getrocknetem Blut, als hätte sie sich für Halloween verkleidet.

AB: Das muss –

NR: Ich dachte sofort an eine Messerstecherei, deshalb sind wir direkt zu ihr, um zu sehen, wo das Blut herkam. Aber sie hatte keine erkennbaren Wunden. Allerdings konnten wir auch nicht ausschließen, dass sie sich selbst verletzt hatte, also riefen wir bei der Leitstelle an, um zu fragen, wo der Krankenwagen blieb.

AB: Wie hat sie sich verhalten? Hat sie viel geredet?

NR: Kein Wort. Sie war ganz ruhig, stand wahrscheinlich unter Schock. Hat nichts gesagt. Wir erinnerten uns, dass sie von einem Baby gesprochen hatte, und sahen uns um. Darüber mussten wir später ständig Auskunft geben. Verstehen Sie, da war kein Baby. Das Mädchen sah nicht so aus, als hätte sie dort gerade ein Kind zur Welt gebracht, sie war vollständig bekleidet, und wegen dem Notruf waren wir von einer seelischen Krise ausgegangen. Außerdem war's dunkel da oben. Jedenfalls, wir rufen noch mal die Leitstelle an, um zu hören, wo die Sanitäter bleiben, und die sind noch ewig weit weg, also bestellen wir den Krankenwagen ab und sagen, wir bringen sie selbst zum Krankenhaus. Wir legen dem Mädchen eine von unseren Jacken um und werfen noch einen Blick durch die Halle. *[Erneute Pause. EC]* Ich schwöre Ihnen hoch und heilig, alles ist so passiert, wie ich es Ihnen jetzt erzähle. Auf dem Boden waren Zeichen. Die Farbe war schon trocken, aber sie waren erkennbar frisch aufgemalt. Symbole. Keine, die ich schon mal gesehen hätte. Keine Pentagramme, Kruzifixe oder Horusaugen. Die einschlägigen Horrorfilme habe ich alle geschaut. Meine Mum ist Christin. Die Familie meines Vaters ist jüdisch. Mein Kollege war Muslim. Wir kannten uns also aus mit religiösen Symbolen, ja? Mein Kollege sagte was von Freimaurern, und die Symbole von denen habe ich später noch nachgeschlagen. Nichts, was den Zeichen auf dem Boden auch nur geähnelt hätte. Dasselbe galt für buddhistische, hinduistische und jainistische Symbole.

AB: Haben Sie Fotos gemacht?

NR: Damals hatte ich noch kein Handy mit Kamera. Außerdem ist uns gar nicht in den Sinn gekommen, dass die Zeichen was mit dem Mädchen zu tun haben könnten. Wir brachten sie zum Streifenwagen und setzten sie mitsamt ihren Tüten auf die Rückbank. Zur Notaufnahme waren es fünfzehn Minuten Fahrt.

AB: Und als Sie dort ankamen?

NR: Wir sind nicht mit rein. Kriegten einen Code Blue, weshalb wir sie vor dem Eingang absetzten. Ein Code Blue heißt, dass ein Polizeibeamter in Schwierigkeiten steckt. Da lässt man alles stehen und liegen und kommt sofort zu Hilfe. Ich hab der Kleinen noch eine Erklärung zugerufen, als wir losgefahren sind, keine Ahnung, ob sie die gehört oder verstanden hat, aber da war ein Kollege in Not, also … sind wir ab durch die Mitte.

AB: Doch damit war die Sache noch nicht vorbei für Sie.

NR: Noch lange nicht, aber welche Bedeutung dieser Fall hatte, ist uns erst später klar geworden. Das Mädchen ging also in die Notaufnahme. Wie sich rausstellte, hatte sie … sie hatte ein Baby in einer von den Plastiktüten. Großer Gott. Das war bei uns im Streifenwagen, sie hatte es die ganze Zeit dabei. Wie wir das nicht mitkriegen konnten … *[Er atmet schwer aus. EC]* Die vom Krankenhaus haben gemeldet, dass wir das Baby nicht bemerkt haben – schönen Dank auch –, und es wurde eine Untersuchung eingeleitet. Monate später wurde ich einbestellt, um Fragen zu dem Notruf zu beantworten. Die haben alles haarklein auseinandergenommen, jeden Schritt, den wir getan haben, jedes Detail, das wir eventuell gesehen oder nicht gesehen haben, und wollten alle Zeitangaben bis auf die letzte Sekunde. Die Erinnerungen von zwei Menschen sind aber nie exakt dieselben, oder?

AB: Worauf wollten die mit ihren Fragen hinaus? Worauf haben die sich konzentriert?

NR: Auf diese Symbole. Darauf sind sie immer wieder zurückgekommen. Jeder von uns beiden musste sie zeichnen, genau angeben, wo auf dem Fußboden sie gewesen waren. Ich hab's versucht. Aber letzten Endes haben wir alles bloß im Licht der Taschenlampen gesehen. Nur, weil ich sie so interessant gefunden hatte, konnte ich mich überhaupt noch erinnern.

AB: Merkwürdig, dass sie sich so auf die Symbole konzentriert haben …

NR: Als das Mädchen im Krankenhaus war, hat sie wohl von den Engeln erzählt, von der ›Versammlung‹, wie sie's genannt haben. Nachdem wir weggefahren waren, wurden die Leichen im Untergeschoss von diesem Lagerhaus entdeckt, und dann brach die Hölle los.

AB: Bekamen Sie Probleme, weil Sie die Leichen nicht gefunden haben?

NR: Aber nein. Wieso hätten wir auch runtergehen sollen? Die haben uns wegen dem Baby aufs Korn genommen. Keiner von uns beiden war besonders beliebt bei den Chefs. Schließlich haben sie uns Fotos vorgelegt, von der Stelle, wo wir das Mädchen gefunden haben, aufgenommen einen Tag später bei Tageslicht. Das einzige Zeichen auf dem Boden da war ein großer Kreis in blauer Farbe. Die Symbole waren verschwunden. Ist mir ein Rätsel.

AB: Hat Ihr Kollege sich denn an die Symbole erinnert?

NR: Anfangs ja. Aber dann hat er seine Geschichte geändert, keine Ahnung, wieso. Wir standen ganz schön unter Druck. Trotzdem. Hat mich nicht gerade gut aussehen lassen, was?

AB: Können Sie mir diese Symbole aufzeichnen?

NR: Haben Sie ein Blatt Papier?

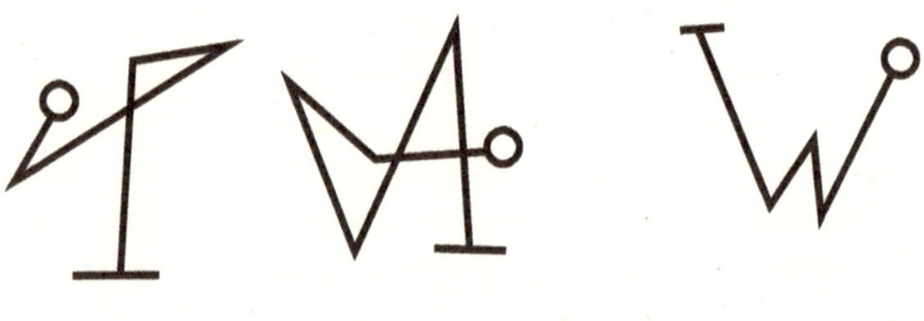

Treffen mit PO Fareed Khan in einem Café in South Harrow, 22. Juni 2021. Transkribiert von Ellie Cooper.

FK: Das ist lang her. Aber ich weiß, dass Sie mit Neil gesprochen haben. Ich möchte Ihnen meine Sicht der Dinge darlegen, weil … *[Unbehagliche Pause. EC]* Sie wissen ja, wie das so ist.

AB: Okay, also, dann erzählen Sie mal, was Sie gesehen haben, als Sie zu dem Lagerhaus in Alperton gerufen wurden.

FK: Also, da war dieses Mädchen, Holly, unter Drogen, oder unter Schock. Als wir merkten, dass es sich nicht um einen Notfall handelte, haben wir den Krankenwagen abbestellt und sie selbst zur Notaufnahme gefahren. Die Schwierigkeiten haben wir bekommen, weil wir dieses Baby nicht gesehen haben. Es hat in einer Tüte gelegen. Ein Baby liegt doch normalerweise in einer Babyschale oder bei jemandem auf dem Arm, oder? Und weil wir's nicht gesehen haben, hielten wir den Notruf für einen Fehlalarm. Auf der Notrufnummer kriegt man echt so manchen geistesgestörten Anruf.

AB: Wer hat den Notruf überhaupt gewählt?

FK: Das war sie. Und ja, sie hat ein Baby erwähnt, aber wir haben es einfach nicht gesehen. Wir haben uns um sie gekümmert. Sie war voller Blut. Man macht, was man für das Beste hält, und wird dann dafür an den Pranger gestellt.

AB: Ging's dem Baby denn gut?

FK: Ja, es hat nur keinen Mucks von sich gegeben. Welches Baby in dem Alter ist denn so lange vollkommen still?

AB: Neil hat gesagt, Sie beide hätten sich im Obergeschoss von dem Gebäude umgesehen.

FK: Wir haben die Halle kurz gecheckt. Ob da was Interessantes rumliegt, Diebesgut, Hinweise auf Drogenmissbrauch. Paar nützliche Infos.

AB: Haben Sie da irgendwelche auf den Boden gemalte okkulte Symbole gesehen?

FK: *[Macht ›tststs‹ oder so ähnlich. EC]* Tja, da wird's jetzt … Neil sagt, dass er komische Symbole gesehen hat, stimmt's? Das behauptet er also immer noch, ja? Aber die haben mir das Foto gezeigt. Da war nur ein Kreis auf den Boden gemalt.

AB: Haben Sie Ihre Aussage geändert?

FK: Es war dunkel. Wir hatten bloß Taschenlampen. Neil hat gesagt, er hätte sie gesehen, und … *[gerät hier etwas ins Stocken. EC]* Ich dachte, wir hätten sie gesehen, also hab ich ihm Rückendeckung gegeben. Als ich dann aber das Foto sah, war klar, dass wir nichts gesehen haben konnten. War wohl ne Täuschung, durchs Licht. Wir bekamen dann beide eine Disziplinarstrafe wegen der Sache mit dem Baby, wurden versetzt und haben seitdem nicht wieder zusammengearbeitet.

AB: Was glauben Sie, warum erzählt er das immer noch? Das mit den Symbolen?

FK: Hören Sie, ich hab keine Ahnung. Die Menschen blicken auf dasselbe, und jeder sieht etwas anderes. Ich wollte nur sicherstellen, dass Sie beide Seiten der Geschichte hören. *[Scharrender Stuhl, klingt, als würde er gehen. EC]*

AB: Danke.

WhatsApp-Nachrichten zwischen meiner Lektorin Pippa Deacon und mir, 22. Juni 2021:

Pippa Deacon
Mittagessen mit Jo von Green Street. Grad zurückgekommen. Da gibt's eine doppelte Happy Hour, keine Ahnung, wie viele Cocktails wir probiert haben. Waren Sie schon mal da? Ist der HAMMER. Mann, was HABEN WIR über Ihren Freund Oliver hergezogen!

Pippa Deacon
Ich weiß, Sie wollen den ganzen Klatsch hören! Also, er hat den Auftrag nur bekommen, weil der Verlagschef von Green Street ein alter Schul-

freund von ihm ist, der Mitleid mit ihm hatte. Job verloren und Vater grad gestorben etc. Ruft jeden Tag an mit Problemen und Ausflüchten.

Amanda Bailey
Sehr schön. Ziehen sie ihn von der Sache ab?

Pippa Deacon
Wenn sie das machen, holen sie sich nur einen, der viel angesagter ist und übernimmt. Nein, ich war zwar besoffen, aber ich konnte immer noch d

Pippa Deacon
Tschuldigung, denken. Es ist alles in Butter. Jo und ich haben uns zusammen was ausgedacht. Los geht's. Wir haben abgemacht, dass SIE sich auf die Ereignisse von 2003 und die heutige Sichtweise des Kindes darauf konzentrieren. Er soll sich auf Kindheit und Jugend des Kindes verlegen. Alles in bester Ordnung.

Pippa Deacon
Hab ich das richtig rum gemacht? Sie 2003, er danach.

Amanda Bailey
Ich dachte, Sie wollten Jo nahelegen, dass er ein komplett anderes Buch schreiben soll oder sie ihn wenigstens von dem Kind abzieht, damit wir uns nicht in die Quere kommen.

Pippa Deacon
Ich weiß, aber wir haben lange darüber gesprochen, Jo und ich. Zwei Bücher zum selben Thema, das ist kein Problem. Dadurch wird das Interesse an dem Fall wieder geweckt. Und betrachten Sie's mal so, Green Street hat das größere Werbebudget. Unser Buch wird neben ihrem im Laden stehen und online im Paket angeboten. Eine Win-win-Situation. Und weil Ihrer der bekanntere Name ist, profitiert auch Green Street. Sie müssen nur dafür sorgen, dass jedes der Bücher einen anderen Aspekt im Leben von dem Kind abdeckt. Damals und heute. Wer sich für den Fall interessiert, kauft beide.

Pippa Deacon
Jo sagt, dieser Oliver redet daher, als wär er ein zweiter Adrian Anthony Gill, dabei hat er bisher nur als Ghostwriter für irgendwelche zwielichtigen Glücksritter gearbeitet. Hat noch nie ernsthafte Recherchen betrieben. Wenn man zwischen den Zeilen liest, hat er wohl ziemlich zu kämpfen, und Jo hofft, dass Ihr Einfluss ihm hilft, das durchzustehen.

Amanda Bailey
Ich muss ihm also alles sagen, was ich über das Kind weiß.

Pippa Deacon
Schauen Sie, darüber haben wir auch gesprochen. Vielleicht ist es am besten, wenn Sie das Kind gemeinsam interviewen, bedenkt man, dass es erst achtzehn ist. Nur so ein Gedanke. Und einige andere Schlüsselfiguren auch. Vielleicht können Sie ihm ein bisschen unter die Arme greifen? Vergessen Sie nicht, dass Jos Werbebudget am Ende auch uns zugutekommt.

Amanda Bailey
Was ist mit dieser exklusiven Fernsehsache?

Pippa Deacon
Alles bestens. Das hab ich schon mit meiner besseren Hälfte eingetütet. Die haben immer noch die exklusiven Fernsehrechte. Geht alles viel schneller, wenn Sie und er das unter sich klären.

Pippa Deacon
Jetzt warten wir nur noch auf das Kind.

Pippa Deacon
Amanda, ist das alles okay?

Amanda Bailey
Ist Oliver einverstanden?

Pippa Deacon
Sagen Sie ihm nichts, bevor Jo nicht die Gelegenheit hatte, es ihm zu erklären. Sie ist unwiderstehlich. Er ist sicher einverstanden.

WhatsApp-Nachrichten zwischen Oliver Menzies und mir, 22. Juni 2021:

Oliver Menzies
Verfluchte Scheiße! Was zur Hölle hast du da hinter meinem Rücken ausgeheckt?

Amanda Bailey
Nichts.

Oliver Menzies
Du kriegst das ganze aufregende Zeug, das jeder lesen will. Und ich darf die Pflegeheime auflisten, in denen die Kids waren.

Amanda Bailey
Pippa hatte Angst, dass die beiden Bücher zu ähnlich würden, deshalb hat sie mit Jo gesprochen, und die beiden haben beschlossen, dass wir die Story unter uns aufteilen sollen. Zusammenarbeiten.

Oliver Menzies
Der Himmel steh mir bei! Was für ein Albtraum.

Amanda Bailey
Du wolltest doch mit dem Kind sprechen, oder nicht? Und wenn du dich dafür interessierst, wie's zu den Klischees über Kinder in Pflegeheimen kommt, hast du sowieso den besseren Ansatz erwischt.

Oliver Menzies
Hör zu. Alles bestens. Ich kann damit umgehen. Ich habe einen Interviewpartner, an den du nie rankommst, also.

Amanda Bailey
Wen? Gabriel?

Oliver Menzies
Ich würde ja sagen, ›das wirst du schon noch sehen‹, aber das wirst du nicht – weil du gar nicht weißt, dass es diese Person gibt.

STRAFVOLLZUGSANSTALT TYNEFIELD
ANTRAG AUF EINEN BESUCHSSCHEIN

NAME DES INSASSEN: Gabriel Angelis.
DATUM: 22. Juni 2021.
NAME DES/DER ANTRAGSTELLERS/
ANTRAGSTELLERIN: Amanda Bailey.
GRUND DES BESUCHS:
Ich habe dem Anstaltsleiter direkt geschrieben, um ihm den Zweck meines Besuchs auseinanderzusetzen. Kurz gesagt schreibe ich ein Buch über die Sekte der Engel von Alperton und würde Sie dazu gern interviewen. Ich wäre Ihnen sehr verbunden, wenn Sie meinem Besuchsantrag nach Rücksprache mit Ihrem Anstaltsleiter zustimmen würden.

E-Mail an den Leiter der Strafvollzugsanstalt Tynefield, 22. Juni 2021:

z. Hd.: An den Anstaltsleiter
Strafvollzugsanstalt Tynefield

Sehr geehrter Herr,
als True-Crime-Autorin mit langjähriger Erfahrung in der Berichterstattung über Verbrechen und die dahinterstehenden menschlichen Geschichten wurde ich vom Kronos Verlag beauftragt, ein Buch über die Engel von Alperton zu schreiben. Dazu würde ich gern ein Interview mit Gabriel Angelis führen.

Ich bin der Überzeugung, dass es von großem öffentlichem Interesse ist, das Zusammenwirken der Ereignisse, die zur Gründung der Sekte der Engel von Alperton geführt haben, genau zu durchleuchten, nicht zuletzt, um den Lebensweg zu verstehen, der Mr Angelis und seine Anhänger dazu brachte, diese schrecklichen Verbrechen zu begehen, derer sie sich schuldig gemacht haben. Damit soll sichergestellt werden, dass sich eine solche Tragödie nie wieder ereignet.

Soweit ich weiß, hat er in der Vergangenheit noch keinem Interview mit den Medien zugestimmt. Nun jedoch steht das jüngste Opfer der Sekte, das Kind von Holly und Jonah, kurz vor seinem achtzehnten Geburtstag, sodass mit einem großen Medienrummel zu rechnen ist. Ich halte es nur für fair, ihm die Gelegenheit zu bieten, seiner Version der Geschichte Gehör zu verschaffen.

Hochachtungsvoll,
Amanda Bailey

SMS von PO Aileen Forsyth, 22. Juni 2021:

Aileen Forsyth
Don meinte, Sie würden sich mit mir in Verbindung setzen wollen. Ich wurde unmittelbar nach den schrecklichen Vorfällen in dem Lagerhaus gerufen, damit ich mich um das Mädchen und den Jungen kümmere. Das war ein merkwürdiger Fall. Wir können über FaceTime oder Zoom miteinander sprechen, wenn Sie mögen?

WhatsApp-Nachrichten zwischen mir und Oliver Menzies, 23. Juni 2021:

Amanda Bailey
Mach SOFORT den Porno aus und setz dich wieder an die Arbeit. Hast du *Weiße Flügel* von Mark Dunning gelesen?

Oliver Menzies
Das sind über 400 Seiten. Und ich glaube keine Sekunde lang, dass du's gelesen hast.

Amanda Bailey
Übernatürlicher Spionagethriller aus dem Kalten Krieg mit luftigen, ätherischen Charakteren, bei denen man sich nie sicher ist, ob sie nun wirk-

lich sein sollen oder nicht. Allwissende Bösewichte, die auf fürchterliche Weise verdampfen, allerdings ist ein Großteil der Handlung für die Menschen nicht sichtbar. Davon abgesehen ein ganz schön altbackener Plot – ganz zu schweigen von Dunnings Beschreibung der weiblichen Figuren ... 🙄

Oliver Menzies
Was meinst du damit?

Amanda Bailey
Ich sag mal so, es ist mir ein Rätsel, wie er's geschafft hat, seine Abgabefrist einzuhalten, wo er doch nur eine Hand zum Tippen frei hatte.

Oliver Menzies
🤣

Amanda Bailey
In der Danksagung heißt es: ›Ich danke allen, die mit mir über den Fall der Engel von Alperton gesprochen und ihre Zeit und Erfahrungen so großzügig mit mir geteilt haben.‹ Wer, glaubst du, hat da wohl mit ihm gesprochen?

Oliver Menzies
Wenn er für die Recherchen zu seinem Buch von Amerika nach London fliegen durfte, würde ich gern mit ihm tauschen.

Amanda Bailey
Er ist vor zehn Tagen bei einem Autounfall ums Leben gekommen. Hast du das nicht gelesen?

Oliver Menzies
Scheiße. Nein. Wie auch immer, das ist bloß ein Roman. Ohne jede Bedeutung. Ich interessiere mich nur für Tatsachen. Die Wahrheit.

Amanda Bailey
Die TATSACHE, dass dieser Fall so viele kreative Geister angeregt hat, ist doch an sich schon interessant, oder etwa nicht? Mythologie gehört immer zur Wahrheit dazu. Außerdem könnte das Kind fiktionale Werke gelesen oder beinahe

mit Sicherheit GESEHEN haben, die von seinen eigenen Erfahrungen inspiriert wurden – vermutlich, ohne dass ihm das klar war. Verrückt, oder?

Oliver Menzies
›Starz‹ von Widmore & Schmoozy. Granatensong. Katapultiert mich direkt zurück nach Ibiza Mitte der Nullerjahre. Von den Engeln inspiriert.

E-Mail von Rhoda Wisdom, Engeltherapeutin, 24. Juni 2021:

AN: Amanda Bailey
DATUM: 24. Juni 2021
BETREFF: Aw: Kontaktformular meiner Website
VON: Rhoda Wisdom

Liebe Amanda,
Sie haben sich zum bestmöglichen Zeitpunkt an mich gewandt. Es ist mir eine Freude, Ihnen die Möglichkeiten des Einsatzes von Engelskraft in Heilung und Therapie erläutern zu dürfen, um Ihnen bei Ihrem Buch zu helfen.

Engel tauchen in zahlreichen bekannten Religionen auf und spielen auch für die Götter heidnischer Kulturen eine an sich vergleichbare Rolle. Jeder Engel besitzt eine eigene Persönlichkeit und eine ihm zugewiesene Rolle, und es herrschen sogar antagonistische Beziehungen zu anderen, in einer strengen Hierarchie über oder unter ihm stehenden Engeln. Wir als Engeltherapeuten betrachten sie als heilende energetische Mächte mit einer spirituellen Kraft, die wir uns hier auf Erden nutzbar machen können. Wir arbeiten mit Menschen, um sie mit ihren Schutzengeln zu verbinden. Jede und jeder von uns kann die Kraft der Engel kanalisieren, um zu Stärke, Heilung und Weisheit zu gelangen.

Sobald Sie Ihren Schutzengeln einmal Herz und Verstand geöffnet haben, werden Sie spüren, wie sie versuchen, mit Ihnen zu kommunizieren. Eine weiße Feder an einem Ort, an dem Sie sie niemals erwartet hätten, bedeutet, dass Ihr Schutzengel über Sie wacht. Zufälle, die Sie in Ihrem Alltag innehalten lassen, bedeuten, dass die Mächte des Universums im Spiel sind. Zahlenmuster. 1234. IIII. 444. Sequenzielle oder sich wiederholende Muster sind Nachrichten der göttlichen Sphäre.

Wenn Sie mich in Ihrem Buch zitieren wollen, wären Sie bitte so freundlich, meine Praxis für Engeltherapie in London zu erwähnen? Wenn Ihre Leser:innen mich googeln, sollte ich die erste Fachkraft sein, auf die sie stoßen.

Licht und Segen auf Ihren Wegen,
Rhoda Wisdom
Engeltherapeutin (umfassend akkreditiert)

WhatsApp-Nachrichten zwischen mir und Oliver Menzies, 24. Juni 2021:

Amanda Bailey
Was zur Hölle? Ich hab grad ne Mail von so ner Engelsfrau bekommen. Das hab ich DIR zu verdanken, stimmt's?

Oliver Menzies
🤣

Amanda Bailey
Herzlichen Dank auch.

Oliver Menzies
Sie macht Werbung auf Facebook. Ich war mir sicher, dass du bestimmt mal von ihr hören willst.

Amanda Bailey
Wie kann man sich denn seine Verbindung zur spirituellen Sphäre akkreditieren lassen?

Oliver Menzies
🤣

Amanda Bailey
Schmeiß dich ruhig weg vor Lachen. Ich zahl's dir schon noch heim.

Interview mit PCI Mike Dean bei Pret A Manger, Harrow, am 24. Juni 2021. Transkribiert von Ellie Cooper.

AB: Danke, Mike. Neil hat Ihren Namen erwähnt.

MD: Das muss unter uns bleiben.

AB: Selbstverständlich, das sagten Sie bereits.

MD: Wir mussten damals einiges an Kritik einstecken, und ich will kein neues Öl ins Feuer gießen.

AB: Aber nein. Ich weiß, wie heikel das ist.

MD: Was haben Neil und Fareed Ihnen erzählt?

AB: Nun, ich würde lieber erst Ihre Version als Vorgesetzter hören. Ich möchte Sie nicht beeinflussen.

MD: Na gut. *[Er klingt erschöpft. EC]* Also, Neil und Fareed sind auf den Notruf eines jungen Mädchens hin losgefahren. Sie klang verstört und sagte, sie hätte ein Baby. Bei ihrer Ankunft bestellten die zwei die Sanitäter ab. Kutschierten die Kleine dann gemütlich zum Krankenhaus. Kaum waren sie dort, sahen die Krankenschwestern, dass sie ein Baby dabeihatte. Die beiden Polizeibeamten hatten es nicht bemerkt. Sie waren zu einem jungen Mädchen mit einem Baby gerufen worden, das Baby lag in einer Plastiktüte, und sie hatten es nicht gesehen. Zum Glück hatte die Tüte Luftlöcher, und das Baby hatte warme Sachen an, es ging ihm also gut. Aber es hätte auch anders kommen können. Was, wenn das Kind hätte beatmet werden müssen? Diese paar Minuten hätten über Leben und Tod entscheiden können.

AB: Die beiden haben es mir ein bisschen anders erzählt. Neil sagt, sie wären durch merkwürdige Symbole auf dem Boden abgelenkt worden. Fareed behauptet allerdings mittlerweile, er hätte nur einen Kreis gesehen. Was war da los?

MD: Ein miserabler Versuch, zu vertuschen, was sie in Wirklichkeit gemacht hatten.

AB: Nämlich?

MD: Rauchen, quatschen und auf den Kanal rausschauen. Sie wurden zu einem Einsatz gerufen, haben weder den Tatort überprüft noch das Opfer gründlich untersucht, und als sie ein paar Minuten für sich hatten, sind sie rausgegangen, um eine zu rauchen. Damals war das Rauchen im Streifenwagen gerade verboten worden.

AB: Woher wollen Sie wissen, dass sie das gemacht haben?

MD: Weil das Mädchen uns das erzählt hat, und ich glaube ihr. *[Er stößt einen langen, tiefen Seufzer aus. EC]* Die zwei waren nicht unbedingt unsere übereifrigsten Beamten. Hätten wahrscheinlich gar nicht erst zusammen auf Streife geschickt werden dürfen. Unter uns, seitdem haben beide noch weitere Disziplinarstrafen bekommen, in Fällen, die mit dem hier nichts zu tun haben. Wenn Sie mich fragen, ist ihnen klar geworden, dass sie in der Scheiße sitzen, weil sie ihre Pflicht vernachlässigt haben, und um davon abzulenken, haben sie sich diese Geschichte mit den okkulten Symbolen ausgedacht. Alles, was die gesehen haben, waren ein paar kreisartige Farbklekse, vermutlich ein Graffitischmierer, der da mal seine Dose ausprobieren wollte. Fareed hat den Schwindel nicht durchgehalten und schließlich klein beigegeben. Und Neil hat sich so lange an seine Version geklammert, dass er jetzt nicht mehr zugeben kann, nur eine Nebelkerze gezündet zu haben.

AB: Aber die Leichen der Engel haben sie nicht gesehen?

MD: Die wurden erst später entdeckt, im Untergeschoss.

AB: Wer hat sie gefunden?

MD: Ich glaube, wir haben noch einen Notruf bekommen. Oder vielleicht hat das Mädchen den Schwestern im Krankenhaus gegenüber was erwähnt? Kann mich nicht mehr erinnern.

AB: War das das erste Mal, dass Sie von den Engeln von Alperton gehört haben? Bloß, weil sie die örtliche Kirche besucht haben und ich mich frage, ob sie womöglich schon stadtbekannt waren.

MD: *[Pause. Schüttelt er den Kopf? EC]* Das war eine Weile davor, als ich noch neu bei der Truppe war.

AB: Ja?

MD: Da kommt ein Mädchen aufs Revier und sagt, der Erzengel Gabriel will, dass sie Kreditkarten klaut.

AB: Das muss amüsant gewesen sein. Wie haben Sie reagiert?

MD: Hab ihr gesagt, sie soll sich … noch mal von ihm fernhalten und zurück zu ihrer Mum und ihrem Dad gehen. Sie hatte sich geweigert, zu tun, was der Kerl von ihr wollte, also gab's auch kein Verbrechen. Und das war's.

AB: Wie hieß sie?

MD: Holly.

[Ich lass eure Verabschiedung raus. Interessanter Typ. Holly hat also schon viel früher versucht, Gabriel anzuzeigen, und nichts erreicht. Sie muss zur Sekte zurückgekehrt sein. EC]

WhatsApp-Nachrichten zwischen True-Crime-Autorin Minnie Davis und mir, 24. Juni 2021:

Minnie Davis
Hallo, Supergirl! Wie geht's, wie steht's?

Amanda Bailey
Stecke mitten in den Interviews. Klopfe auf sämtliche Büsche und schaue, was rausfällt. Bei dir?

Minnie Davis
Sitze im Garten und versuche zu lesen. Dieses Buch LANGWEILT mich noch zu TODE.

Amanda Bailey
Und wenn du ein anderes liest?

Minnie Davis
Das ist das Buch, das ich angeblich schreibe. Bzw. aus dieser feministischen Diss gebastelt hab. Wenigstens sind das die letzten Überarbeitungen. Erzähl mir was Pikantes, Aufregendes. Heitere mich auf. Lass mich das hier vergessen.

Amanda Bailey
Na gut. Ich arbeite mit jemandem zusammen, mit dem ich damals angefangen habe. Ist n bisschen gruselig.

Minnie Davis
Jemand, den ich kenne?

Amanda Bailey
Oliver Menzies. Wir haben zusammen eine Ausbildung zum Journalisten angefangen – so was bietet heute eh keiner mehr an. Ums kurz zu machen, ich muss bei dieser Engel-von-Alperton-Sache mit ihm zusammenarbeiten. Die Vergangenheit flammt mit jeder WhatsApp wieder bitter auf. Seufz.

Minnie Davis
Aufflammen? Höre ich da eine sexuelle Spannung heraus?

Amanda Bailey
Definitiv nicht. Eifersucht, Abneigung, Unsicherheit, Schadenfreude? Definitiv.

Minnie Davis
Ich überleg mir schon mal, was ich zur Hochzeit anziehen soll.

Amanda Bailey
Ich kann die Schlüsselperson einfach nicht finden. Alle glauben, ich bräuchte nur mit den Fingern zu schnippen und schon hätte ich sie. Die Schreiberlinge, die die Geschichte fiktionalisiert haben, sind entweder paranoid, abweisend oder tot. Und kein Budget für Recherchen oder die Bezahlung von Fachleuten. Wenn das so weitergeht, muss ich mir das Buch komplett aus den Fingern saugen.

Minnie Davis
Für wen hältst du dich, für mich?

Amanda Bailey
Wenn man's genau nimmt: Ja. Überlege mir ernsthaft, ein paar Amateure hinzuzuziehen, in der Hoffnung, dass die in ihrer Unschuld ein oder zwei Hinweise ausbuddeln, die ich mir dann ›ausleihen‹ kann.

Minnie Davis
Nichts wie ran. Die werden sich vor Freude überschlagen, wenn sie bei dem Fall mitmachen dürfen.

FaceTime-Interview mit PO Aileen Forsyth am 24. Juni 2021. Transkribiert von Ellie Cooper.

AB: Vielen Dank, Aileen. Ich verstehe, dass das alles lange her ist. *[An dieser Stelle überspringe ich ein paar Gemeinplätze. EC]* Sie sagten, Sie hätten die Jugendlichen unmittelbar nach den Ereignissen im Lagerhaus gesehen?

AF: Ja. Ich habe Holly und das Baby vom Ealing Hospital abgeholt und bin mit ihnen zurück nach Alperton gefahren, um den Jungen einzusammeln. Den hatten sie im Untergeschoss bei den Leichen gefunden.

AB: Das war also Jonah. War er verletzt?

AF: Körperlich unversehrt, aber traumatisiert.

AB: Und zu dem Zeitpunkt hatte Holly das Baby noch bei sich?

AF: Ja. Sie haben es gründlich untersucht, und es ging ihm gut, also … Ich glaube, das Jugendamt hat dann später über sein weiteres Schicksal entschieden, aber zunächst wird versucht, ein Kind bei der Mutter zu lassen.

AB: Natürlich. Was glauben Sie, was ist passiert?

AF: Es hieß, sie sei obdachlos mit dem Baby aufgegriffen worden und der Kindsvater sei mit der Polizei am Tatort. Keine

Details, wie gewöhnlich. Ich wurde gebeten, die drei wieder zusammenzuführen, damit sie gemeinsam zu einer Einrichtung für Jugendliche gebracht werden konnten. Zunächst also eigentlich alles wie immer.

AB: Wann kam Ihnen der Verdacht, dass etwas nicht so war wie immer?

AF: Holly saß mit dem Baby auf der Rückbank. Ich wusste nicht mal, ob es ein Junge oder ein Mädchen war. Fragte, wie es heißt. Sie sagte: ›Das braucht keinen Namen.‹

AB: Wie alt war es? Gerade erst zur Welt gekommen …?

AF: Dem Aussehen nach ein oder zwei Monate, höchstens.

AB: Wie haben Sie reagiert, als Holly sagte, es habe keinen Namen?

AF: Es war nicht meine Aufgabe, ein Urteil zu fällen. Sie hatte offensichtlich eine traumatische Erfahrung gemacht, aber ich wusste, dass die Sozialbehörden sich ihrer annehmen würden. Zu dem Zeitpunkt brauchte ich mir keine übermäßigen Sorgen zu machen. Also reagierte ich nicht darauf. Als wir an einer Ampel hielten, blickte ich über die Schulter nach hinten und sagte, was für ein süßes, kleines Baby es doch sei, so was wie ›Schau nur, dieser friedliche Ausdruck auf seinem Gesicht‹. *[An dieser Stelle hält sie kurz inne, entweder hat sie Schwierigkeiten, sich zu erinnern, oder die Erinnerung ist schmerzhaft. EC]* Selbst jetzt noch kann ich diesen Blick in ihren Augen sehen, nach all den Jahren. ›Es ist nicht friedlich‹, sagte sie, ›es ist böse. Es wird die Welt vernichten, und niemand kann es aufhalten.‹ *[Ich wette, danach brauchte die PO erst mal einen Kaffee und ein Doughnut. EC]*

AB: Ähm …

AF: Ja, genau. Damals hatte ich noch keine eigenen Kinder, aber ich wusste, dass es eine Ausprägung postnataler Depressionen gibt, bei der die Mutter ihr Kind für böse hält. Und da gingen meine Alarmglocken los.

AB: Eine postnatale Psychose?

AF: Korrekt … Ich war also fest entschlossen, sie nicht allein zu lassen, bevor sie nicht eine Sozialarbeiterin an der Seite hatte und die Verantwortung für das Baby in anderen Händen lag. Das klingt hart, aber mit der Zeit entwickelt man eine solche Denkweise. Trotz allem, was sie gesagt hatte, verhielt Holly sich dennoch instinktiv wie eine Mutter – hielt das Baby im Arm, wiegte und beruhigte es. Das ließ mich ein wenig entspannen.

AB: Was ist passiert, als Sie zum Lagerhaus kamen?

AF: An dem Tag war ich solo, weshalb ich Holly nicht im Wagen lassen konnte –

AB: Solo?

AF: Allein auf Streife. Normalerweise sind wir immer zu zweit unterwegs, aber es waren schon zu viele Kollegen im Einsatz. Natürlich wäre mir lieber gewesen, dass Holly im Wagen bleibt, aber ich wollte sie wie gesagt auf keinen Fall mit dem Baby allein lassen. Also bat ich sie, mich ins Lagerhaus zu begleiten, um ›den Vater des Babys abzuholen‹. Mehr Informationen hatte ich zu dem Zeitpunkt nicht. Ich machte die Wagentür auf und bot an, das Baby zu halten, während sie ausstieg. Sie rührte sich nicht. ›Die Große Konjunktion ist noch nicht vorbei‹, sagte sie. ›Die werden es holen.‹ Ich versicherte ihr, dass niemand das Kind anrühren würde, solange ich dabei war. Aber sie ließ sich nicht erweichen.

AB: Die Große Konjunktion.

AF: Irgendeine Konstellation der Planeten am Himmel oder so was. Die Sekte wollte wohl bei einer bestimmten Planetenkonstellation ein Kind opfern. So jedenfalls habe ich das verstanden.

AB: Glauben Sie, dass sie es wirklich getötet hätten, oder war das alles bloß Teil … *[du ringst nach Worten. EC]* der Welt, die sie für Holly und Jonah geschaffen hatten?

AF: Ich glaube, dass sie es wirklich ermordet hätten. Ja, das glaube ich. Immerhin haben die meisten sich selbst umgebracht, als das Kindsopfer misslang. So gehirngewaschen waren die.

AB: Wie lösten Sie die Situation mit Holly?

AF: Ich entdeckte eine Beamtin und bat sie, auf das Mädchen aufzupassen, während ich Jonah holte.

AB: Erinnern Sie sich noch, wie die Beamtin hieß?

AF: Das war ein schöner Name. Französisch. Klang wie Marie-Claire oder so ähnlich.

AB: Die steht nicht auf meiner Liste. Eine Marie-Claire als diensthabende Beamtin hat bisher niemand erwähnt.

AF: Ich kannte sie auch nicht und bin ihr danach nie wieder begegnet, also … Jedenfalls rief ich sie herüber, um ihr die Sache zu erklären, aber da fing Holly an zu schreien, sie brüllte, Marie-Claire solle weggehen, sie wäre ›eine von ihnen‹. Ich fragte: ›Eine von wem?‹, und Holly sagte: ›Ein dunkler Engel.‹

AB: Was meinte Marie-Claire dazu?

AF: Na ja, ich sollte vielleicht dazusagen, dass Marie-Claire Schwarz war, und die haben es in unserem Job auch so schon schwer genug. Deshalb blaffte ich Holly an, sie solle bloß den Mund halten, und entschuldigte mich bei Marie-Claire. Die zog die Augenbrauen hoch und flüsterte mir zu, dass sie aus einer Entfernung auf Holly und das Baby aufpassen würde, die für das Mädchen in Ordnung war.

AB: Wissen Sie noch, wie Marie-Claire mit Nachnamen hieß?

AF: Nein, tut mir leid. Ich ging also los, während sie den Streifenwagen im Auge behielt. Holly hatte sich darin verschanzt, ohne zu wissen, dass man die Tür auf ihrer Seite von innen nicht verriegeln kann und Marie-Claire im Notfall jederzeit hätte eingreifen können. In der Zwischenzeit ging ich ins Lagerhaus. *[Wieder hält sie inne. EC]* Sie kennen doch die Szene in *Der weiße Hai*, wo Brody am Strand ist, alle haben ihm versichert, dass im Wasser keine Gefahr droht, aber er bleibt auf der Hut? Und gerade, als er anfängt, sich zu entspannen, hört er jemanden ›Hai!‹ rufen. Da ist dieser Augenblick, man sieht es in seinem Gesicht, und die Kamera rast auf ihn zu, und der Fokus wechselt.

AB: Ich liebe diese Szene. *[Ich auch. EC]*

AF: Dieser Wechsel in der Wahrnehmung wird perfekt widergespiegelt. Dieser Moment, wenn man plötzlich in höchster Alarmbereitschaft ist. Das war ich, ich war Brody, als ich ins Untergeschoss trat. Wo sie lagen.

AB: Die Leichen?

AF: Hm-hmmm. Das war ein Massaker, und ich … nun, ich musste nicht so genau hinschauen, also tat ich's auch nicht. Alle mit aufgeschlitzter Kehle. Fürchterlich verstümmelt. Die Leichen lagen um ein Pentagramm oder so was Ähnliches herum, das auf den Boden gemalt war. Am Ende bekamen wir heraus, dass es sich um einen rituellen Massenselbstmord gehandelt hat. Einer der Engel hat die Leichen drapiert und ist dann vom Tatort abgehauen.

AB: Das muss Gabriel gewesen sein, der Anführer der Sekte.

AF: An die Einzelheiten kann ich mich nicht erinnern.

AB: Sie sind also reingekommen und …

AF: Dieser Geruch. Das Blut. Grauenvoll. Aber wissen Sie was? Ich habe schon so viele Leichen gesehen; die Toten sind mir in dem Augenblick gar nicht so nahegegangen. Aber der Junge. Er hatte sich an eine der Leichen geklammert. Wollte nicht loslassen. Meine Kollegen versuchten es. Die Rettungssanitäter versuchten es. Sie mussten den Tatort kontaminieren, um überhaupt zu ihm zu gelangen. Ich diskutierte mit dem Einsatzleiter darüber, ob man Holly herholen sollte, damit sie mit Jonah redet. Ich war dagegen, Holly war bereits völlig traumatisiert, da sollte sie das alles nicht auch noch sehen müssen. Also habe ich selbst mit Jonah gesprochen.

AB: An wessen Leiche hatte er sich geklammert?

AF: Das weiß ich nicht. Die Gesichter waren nicht … Ich sagte, ›Komm jetzt, Holly und das Kleine brauchen dich‹, usw. usf. Worauf er die Leiche nur noch fester umklammerte. Er war voller Blut, sollte ich noch hinzufügen. Gab keine Antwort. Ich fragte ihn, wer der Tote sei, ob das sein Dad sei? Er schüttelte den Kopf. Ich sagte: ›Du hast alles für ihn getan, was du konntest, jetzt übernehmen wir und finden heraus, was passiert ist. Du wirst ihn noch einmal sehen und dich richtig von ihm verabschieden können.‹ Da schaute er mir in die Augen und sagte: ›Ich verabschiede mich nicht von ihm. Er wird nicht sterben. Er ist göttlich.‹

AB: Sie hielten sich alle für Engel in Menschengestalt.

AF: Yeah. Er glaubte, er könnte den Toten nur durch seinen Wunsch wieder zum Leben erwecken. Ich wollte weitersprechen und Jonah die Chance geben, loszulassen, wenn er bereit dafür wäre, aber dann wurde mir die Sache aus der Hand genommen. Ein Sanitäter hatte sich von hinten an Jonah herangeschlichen – mit Zustimmung des Einsatzleiters – und verabreichte ihm eine Spritze mit einem Sedativum.

AB: Ist das moralisch überhaupt vertretbar?

AF: Ja. Sie gingen bei ihm von einer seelischen Krise aus, und die Injektion galt als Schutzmaßnahme. Das Einsatzteam hatte sich darauf verständigt und die Genehmigung der Verantwortlichen erhalten, also …

AB: Hat das Beruhigungsmittel gewirkt?

AF: Ja. Er fügte sich dann ganz schnell. Die Sanitäter checkten ihn durch und meinten, er solle am besten in die Hände von Spezialisten und Sozialarbeitern gegeben werden. Wieder bei seiner Freundin und dem Baby zu sein, würde ihm ebenfalls guttun, sagten sie. Er solle nur nicht allein bleiben.

AB: Und die ganze Zeit war Holly draußen bei Marie-Claire?

AF: Ja. Dazu gleich mehr. Die Sanitäter versorgten Jonah. Nach etwa zwanzig Minuten war er so weit, und ich brachte ihn zurück zu meinem Wagen. *[Hier macht sie eine Pause, als müsste sie überlegen, wie sie das, was nun kommt, erklären soll. EC]* Das habe ich noch nie jemandem erzählt, aber … draußen war etwas sehr Merkwürdiges passiert.

AB: Wird Ihnen das jetzt klar, oder haben Sie es damals schon bemerkt?

AF: Beides, irgendwie. Als ich gegangen bin, hat Marie-Claire ja auf Holly und das Baby aufgepasst. Holly saß im Streifenwagen, Marie-Claire stand draußen. Aber als ich zurückkam, saß Marie-Claire auf der Rückbank des Wagens, und Holly lief draußen auf und ab, mit dem Baby auf dem Arm. Ich war so damit beschäftigt, Jonah zu beruhigen und die Kids – alle drei – zu dieser Jugendeinrichtung zu bringen, dass ich damals überhaupt keinen weiteren Gedanken daran verschwendete.

AB: Seltsam. Hat Marie-Claire Ihnen erklärt, weshalb sie im Streifenwagen saß und Holly rausgelassen hatte?

AF: Nein. Nein, hat sie nicht.

AB: War sie in Panik? Als Sie zum Wagen kamen, hat sie da versucht, rauszukommen?

AF: Nein. Beide verhielten sich, als wäre nichts Ungewöhnliches passiert. Aber … ich wollte Marie-Claire eigentlich darum bitten, mitzufahren oder uns wenigstens in ihrem Wagen zu folgen, nur zur Sicherheit, nur für den Fall, dass einer der beiden Teenager versucht hätte, abzuhauen. Aber als ich die zwei und das Baby endlich auf dem Rücksitz hatte und mich zu Marie-Claire umdrehte, war sie verschwunden.

AB: War sie schon wieder zurück ins Lagerhaus gegangen?

AF: Muss sie wohl. Also brachte ich die drei in ein Jugendzentrum mit Notunterkunft.

AB: Wie gingen sie miteinander um? Liebevoll?

AF: Definitiv nicht. Sie saßen mit dem größtmöglichen Abstand zueinander auf der Rückbank. Sie wissen ja, wie Pflegekinder so sind. *[Bedeutungsschwangere Pause. EC]*

AB: Wie sind die denn so?

AF: Verstört. Unsicher. Voller Argwohn gegenüber jedem … vor allem gegenüber Erwachsenen …

AB: Was geschah dann, als sie zum Jugendzentrum kamen?

AF: Die Leiterin wartete bereits auf uns. Ich erledigte ein paar Formalitäten mit ihr und wollte schon wieder zurück zum Wagen, als ich aufblickte und sah, dass Jonah ein Messer in der Hand hielt. Er muss es vom Tatort mitgenommen haben.

AB: Wen hat er damit bedroht?

AF: Er starrte Holly an, aber ich … in jenem Bruchteil einer Sekunde glaubte ich, dass er dem Baby was antun wollte. Sofort setzte mein Instinkt aus der Ausbildung ein, ich packte sein Handgelenk, schlug das Messer weg und zog die Handschellen raus. Dann verfrachtete ich ihn zurück in den Wagen, wo er wieder runterkommen sollte. Das Messer nahm ich an mich, aber ich musste immer noch eine Entscheidung treffen. Sollte ich ihn aufs Revier bringen und ihm mindestens mit einer Anzeige wegen Waffenbesitzes drohen, oder sollte ich ihn gehen lassen, in Anbetracht der Tatsache, dass er eine ganze Menge durchgemacht hatte?

AB: Wofür haben Sie sich entschieden?

AF: Ich hätte ihn aufs Revier bringen und Anzeige erstatten sollen. Und wenn es nur zu seiner eigenen Sicherheit gewesen wäre.

AB: Klingt vernünftig in meinen Ohren.

AF: Stattdessen machte ich die Autotür wieder auf, befreite ihn von den Handschellen und begleitete ihn zurück ins Zentrum. *[Lange Pause. EC]* Ich fuhr allein davon und meldete über Funk, dass ich wieder einsatzbereit wäre.

AB: Warum?

AF: Das kann ich Ihnen selbst heute noch nicht sagen.

[Die nun folgenden gegenseitigen Nettigkeiten lasse ich weg. EC]

Ausdruck eines Artikels aus *The Bookseller* vom 25. Juni 2021:

KRONOS VERPFLICHTET BAILEY FÜR *ECLIPSE*

Als jüngsten Coup für seine Reihe *Eclipse* konnte Kronos die renommierte Autorin Amanda Bailey, Verfasserin von *Auf der Schwelle*, verpflichten. Die neue True-Crime-Reihe startet diesen Herbst mit Titeln von Minnie Davis und Craig Turner. Bailey wird sich in ihrem Buch mit noch unbekanntem Titel, dessen Veröffentlichung für das erste Quartal 2023 geplant ist, mit dem Fall der Engel von Alperton befassen.

E-Mail von Hobbydetektiv David Polneath. Gesendet über das Kontaktformular meiner Website, amanda-bailey.co.uk, 25. Juni 2021:

AN: Amanda Bailey
DATUM: 25. Juni 2021
BETREFF: Die Engel von Alperton
VON: David Polneath

Liebe Amanda,
wie man hört, arbeiten Sie an einem Buch über die Engel von Alperton. Als leidenschaftlicher Amateurdetektiv beschäftige ich mich bereits seit einigen Jahren mit diesem Fall. Ich habe diverse Theorien dazu und würde Ihnen gern meine Dienste als Assistent oder Rechercheur (oder was immer Sie gerade brauchen) anbieten.

Zum Beispiel glaube ich nicht, dass Gabriel Angelis Harpinder Singh umgebracht hat – er wurde aufgrund eines einzigen Beweisstücks verurteilt, das man ihm kinderleicht untergeschoben haben könnte. In jener Nacht nahm eine Vertuschung ihren Anfang, die bis heute aufrechterhalten wird. Sollten Sie Zweifel an meiner Aussage haben, lesen Sie sämtliche Nachrichtenartikel aus jener Woche, die Sie online finden können. Lesen Sie sie und sagen Sie mir *dann*, wie viele Leichen in diesem Lagerhaus gefunden wurden.

Sie müssten mich übrigens nicht bezahlen. Ich bin im Ruhestand, und dieser Fall ist mein Hobby.
David Polneath

FaceTime-Interview mit Maggie Keenan, diensthabende Leiterin des Willesden Children's Centre in der Nacht des 10. Dezember 2003, 25. Juni 2021. Transkribiert von Ellie Cooper.

AB: Danke, dass Sie einem Interview zugestimmt haben. Soweit ich weiß, arbeiten Sie nicht mehr im Sozialdienst.

MK: Nein, da bin ich schon vor Jahren raus. Das war nichts für mich. Zu viel Stress. Zu wenig Geld und Unterstützung. *[Ich überspringe eine wortreiche Beschwerde über Bürokratie, Verantwortung und mittleres Management. EC]*

AB: Wie ich bereits am Telefon erwähnte, schreibe ich über den Fall der Engel von Alperton, und meines Wissens hatten Sie damals in Willesden Dienst, als die beiden Jugendlichen und das Baby gebracht wurden. Wie genau lief das ab?

MK: Hm-hmmm. Also, ich hatte damals Nachtschicht in der Einrichtung. Wir waren fast voll belegt, und meine Kollegin hatte sich krankgemeldet. Ich bekam einen Anruf, dass zwei Siebzehnjährige und ein Baby eine Notunterkunft für die Nacht bräuchten. Ich gab an, dass wir nur noch ein Zimmer hätten. Die verkauften es mir dann so, dass die beiden ein Paar wären und das Baby ihr Kind, also sagte ich: ›Ist gut, für die eine Nacht kriegen wir das hin.‹ Die Nacht war sowieso schon fast um, es war bereits ein Uhr durch. Dann kamen sie. Eine Polizeibeamtin mit diesen beiden Kids –

AB: Holly und Jonah. Was machten die beiden für einen Eindruck auf Sie?

MK: Also, zunächst mal waren das nicht ihre richtigen Namen. Die Engel hatten ihnen neue Namen gegeben. Das macht jede Sekte so. Sie radieren das alte Ich aus, samt Freunden, Familie,

Besitz und Leben. Man wird wiedergeboren, und die Sekte ist die neue Familie. Na ja, ich hatte dann jedenfalls diese beiden schmutzstarrenden Kids mit einem Baby vor der Tür. Die hatten keine Babynahrung dabei, keine Windeln, nichts. Und ich war mir ziemlich sicher, dass wir *erst recht* keinen Babykram dahatten – Babys kommen in der Regel direkt zu Notfall-Pflegefamilien. Worüber ich mir also zuallererst mal den Kopf zerbrechen durfte. Was sollte ich mit den dreien bloß anstellen bis zum nächsten Morgen? Auch wenn die beiden Jugendlichen körperlich unversehrt zu sein schienen, hatten sie eindeutig einen ziemlichen Horrortrip hinter sich. Ich weiß noch, dass ich die Polizistin gefragt hab, wo denn die Sachen von den beiden wären, aber sie hatten keine. Nichts. Wir hatten immer einen Vorrat an gespendeten Kleidungsstücken, den bin ich im Kopf dann schnell durchgegangen. Die drei mussten gebadet, in Schlafsachen und dann ins Bett gesteckt werden, und ich musste ihnen saubere Klamotten für den nächsten Tag rauslegen.

AB: Welchen Eindruck hatten Sie von der Polizeibeamtin?

MK: Nette junge Frau. War allerdings allein und mit den Nerven total runter wegen dem, was sie gesehen haben musste. Sie hat den Motor vom Streifenwagen laufen lassen, die drei bei mir abgeladen und konnte dann nicht schnell genug wegfahren. *[Komisch, die PO hat eine ganz andere Erinnerung daran. EC]*

AB: Wann hat Jonah das Messer hervorgezogen?

MK: Äh … gar nicht. Davon weiß ich nichts.

AB: Wirklich? Hat Jonah denn nicht das Baby mit dem Messer bedroht?

MK: Nein! Daran würde ich mich doch erinnern.

AB: Nun, Aileen erinnert sich an einen Vorfall mit Jonah, als sie gerade gehen wollte. Sie musste ihm das Messer mit Gewalt wegnehmen.

MK: Wer ist Aileen?

AB: Officer Aileen Forsyth. Die Polizeibeamtin.

MK: Die hatte doch einen französischen Namen, so einen mit Bindestrich. Marie-Claude oder so ähnlich.

AB: Dann war es also eine Schwarze Polizistin?

MK: Aber nein. Genauso weiß wie ich!

AB: Ich habe gestern mit Aileen gesprochen. Sie erzählte mir, wie sie Holly vom Krankenhaus und Jonah vom Tatort abgeholt und beide zu Ihnen nach Willesden gebracht hat.

MK: Es ist jedenfalls nur eine Beamtin mit den zwei Kids und dem Baby reingekommen. Vielleicht ist diese Aileen ja im Streifenwagen geblieben? Keine Ahnung, tut mir leid. Aber wenn Jonah so was gemacht hätte, würde ich mich daran erinnern. *[Offenbar kommt ihr jetzt eine Erkenntnis. EC]* Wetten, dass diese Sache früher an dem Abend passiert ist? Denen war klar, dass ich einen gewalttätigen Jugendlichen nicht mal in die Nähe der Einrichtung lassen würde, aber selbst wollten sie ihn auch nicht mehr an der Backe haben … Und nach so langer Zeit hat sie eben vergessen, was für Lügen sie erzählt hat. War ne ziemlich giftige Atmosphäre damals. *[Noch mehr Gemecker übers System. Das ist ewig her, Schwester, lass gut sein. EC]*

AB: Sind die drei dann über Nacht geblieben?

MK: Mitnichten. Keine zehn Minuten, nachdem Marie-Claude weg war, kam die Polizei und hat das Baby mitgenommen.

AB: Die Polizei?

MK: Ein Mann und eine Frau. Er war weiß, sie Schwarz, falls Sie das wissen wollen. Haben mit Vollmachten gewedelt. Brief und Siegel. Gefragt, wo das Baby ist. Sind ins Zimmer reinmarschiert, haben mir die Tür vor der Nase zugeschlagen. Kamen Sekunden später mit dem kleinen Wurm wieder raus. Ohne ein Wort zu sprechen. *[Trauriges Schweigen. EC]*

AB: Wie haben Holly und Jonah darauf reagiert?

MK: Die haben kein Auge zugemacht. Saßen die ganze Nacht im Zimmer auf ihren Betten und starrten sich an. Am andern

Morgen wurden sie getrennt abgeholt. Hab keinen von den dreien je wiedergesehen. *[Du versuchst, das Interview zu beenden, aber sie unterbricht dich. EC]*

MK: Das ganze System war damals ein einziges Chaos, und ich weiß nicht, ob das jetzt von Bedeutung ist, aber die Sozialarbeiterin, die Holly am andern Tag abgeholt hat, hatte erwartet, auch das Baby abzuholen. Dass es bereits abgeholt worden war, war ihr neu. *[Irgendwie merkwürdig? EC]*

STRAFVOLLZUGSANSTALT TYNEFIELD
ANTRAG AUF EINEN BESUCHSSCHEIN

NAME DES INSASSEN: Gabriel Angelis.
DATUM: 25. Juni 2021.
NAME DES/DER ANTRAGSTELLERS/
ANTRAGSTELLERIN: Amanda Bailey.
STAND DER ANTRAGSTELLUNG: Vom Insassen abgelehnt.

WhatsApp-Nachrichten zwischen mir und Oliver Menzies, 25. Juni 2021:

Amanda Bailey
Der Erzengel Gabriel hat es abgelehnt, vor mir zu erscheinen.

Oliver Menzies
Mich hat er nicht abgelehnt.

Amanda Bailey
Dein Besuch wurde bewilligt?

Oliver Menzies
Yep.

Amanda Bailey
Und der Anstaltsleiter stimmt dem zu?

Oliver Menzies
Aber ja.

Amanda Bailey
Du nimmst mich auf den Arm.

Oliver Menzies
Nope. Und das ist nicht der Interviewpartner, von dem ich gesprochen habe.

Oliver Menzies
Bin hundemüde. Telefon hat heute Morgen um Viertel vor fünf geklingelt. Niemand dran. Musste bei Mums Heim anrufen, um zu sehen, ob die das waren. Waren's nicht. Aber bis dahin war ich dann wach.

Amanda Bailey
Ich kann's nicht glauben, verdammte Scheiße.

Oliver Menzies
Lass gut sein. Ich krieg nur eine Besuchszeit von zehn Minuten. Was heißt, dass er an dem Tag auch noch Privatbesuch bekommen kann. Bestimmt sagt er nichts Interessantes. Darauf verwette ich meine Karriere.

Amanda Bailey
Warum du und nicht ich?

Oliver Menzies
Ein paar von uns haben's halt drauf.

SMS-Nachrichten zwischen Corin Dallah, ehemaliger Pressesprecher des Justizministeriums und heute Anbieter handwerklich erzeugter Lebensmittel, und mir, 25. Juni 2021:

Corin Dallah
Meine Freundin sagt, der Anstaltsleiter ist ein alter Kumpel von Menzies Vater.

Amanda Bailey
Was zur Hölle? Seine Mutter hat ihm die Stelle beim *Informer* verschafft. Kennen seine Eltern denn echt JEDEN?

Corin Dallah
Sie sagt, Besuche von Medienvertretern werden in der Regel nicht genehmigt. Dieser Sektenanführer soll nicht noch mehr Aufmerksamkeit bekommen, als er eh schon hat. Ist es zu fassen, dass ihm scharenweise Frauen schreiben? 😱
Aber Menzies Antrag wird als Gelegenheit gesehen. Gesteht Angelis endlich, dass er den Mann umgebracht hat? Man will wissen, was er einem liebenswürdigen Journalisten erzählt.

Amanda Bailey
Ich bin liebenswürdig, verdammt noch mal! Argh! Bin so was von genervt!

Corin Dallah
Yeah, aber so ist das nun mal mit Vitamin B, stimmt's? Hör mal, die benutzen deinen Kumpel bloß, um Infos zu kriegen. An deiner Stelle würd ich mir da keinen Kopf machen. Was soll er in zehn Minuten überhaupt erfahren?

Amanda Bailey
Danke, Corin, du bist ein Schatz. Und viel Glück mit deinem Edelkäse. Hab vor ein paar Wochen welchen auf dem Bauernmarkt probiert. HERVORRAGEND.

Corin Dallah
Ich backe Brot.

Amanda Bailey
tschuldige, das meinte ich ja.

WhatsApp-Nachrichten zwischen mir und Oliver Menzies, 25. Juni 2021:

Amanda Bailey
›Ein paar von uns haben's halt drauf‹ – yeah, die haben halt Eltern mit Verbindungen. Hast du dem Kumpel von deinem Dad gesagt, er soll meinen Antrag ablehnen?

Oliver Menzies
Paranoid, was? Nein.

Amanda Bailey
Sag ihm einfach, ich wäre eine enge Freundin und Kollegin, und bitte ihn, meinen Antrag doch noch zu bewilligen.

Oliver Menzies
Amanda. Deine Aufgabe ist es, das Kind zu finden. Such das Kind 🔎

Amanda Bailey
🙏

Oliver Menzies
Sorry, kann jetzt nicht plaudern. Bereite mich auf mein Exklusivinterview mit Gabriel Angelis vor 🤣

WhatsApp-Nachrichten zwischen True-Crime-Autor Craig Turner und mir, 26. Juni 2021:

Craig Turner
Hi, mein Herzblatt, na, wie ist dein Wochenende?

Amanda Bailey
Mein Vertrag steht und fällt damit, dass ich das Kind der Engel von Alperton finde. Nur dass meine Hauptquelle nicht mitspielt und die andere sich in Portugal zur Ruhe gesetzt hat 😱

Craig Turner
Sag Kronos, sie sollen Geld für einen Privatdetektiv lockermachen, und entspann dich.

Amanda Bailey
Verschleierte Identitäten, entscheidende Infos zensiert, langsam gehen mir die Kontakte aus. Ständig ändern sich die Spielregeln. Die Geschichten meiner Interviewpartner passen nicht zusammen oder führen nirgendwo hin. Einer ist bei einem Autounfall ums Leben gekommen, bevor ich überhaupt mit ihm reden konnte.

Craig Turner
Mir ist noch nie ein Kontakt einfach so weggestorben. Ist das was, worauf man stolz sein kann?

Amanda Bailey
Am schlimmsten: Alter Erzfeind arbeitet an ähnlichem Buch. Mein Manöver, um ihn auszuschalten, ist übelst nach hinten losgegangen. Und jetzt muss ich auch noch vor ihm im Staub kriechen, um Zugang zu einem Hauptzeugen zu bekommen.

Craig Turner
Wer ist der alte Erzfeind? Na los, raus mit der Sprache.

Amanda Bailey
Oliver Menzies. Wir haben vor zwanzig Jahren mal zusammengearbeitet. Er setzt die Ellbogen ein, ist taktlos, will nicht zugeben, dass er Sonderrechte genießt, und, na ja, nur so viel, er hat mir mal was angetan – was ich ihm nicht verzeihen kann.

Craig Turner
Ganz ruhig. Tut mir leid, mein Herzblatt.

Amanda Bailey
UND JETZT HAT ER EIN INTERVIEW MIT DEM ERZENGEL GABRIEL UND ICH NICHT. Dem Anführer der Sekte, im Gefängnis, oben im Norden. Grrrr!

Craig Turner
Ach je, mein Herzblatt! Halte durch. Wir müssen uns mal wieder treffen und Neuigkeiten austauschen.

Amanda Bailey
Wenn ich hier die Kuh vom Eis hab.

Craig Turner
Wird sicher nett, Minnie mal wieder zu sehen. Hab gehört, *Myra & Rose* ist SO gut, dass Pippa es zum Spitzentitel von *Eclipse* machen will. Freu mich so für sie 😑

Amanda Bailey
😑

Craig Turner
Ich hatte zwar eine persönliche Beziehung zu MEINEM Serienmörder, aber gut, wird eben ihr Buch der Spitzentitel 🙄

Amanda Bailey
🖤

Craig Turner
Ich bin drüber weg. Also, wann wirst du dieses Ding geschrieben haben?

Amanda Bailey
Hab nicht mal angefangen 😬 Muss unbedingt das erste Kapitel zu Papier bringen. Dann ändern, sobald neue Infos dazukommen. Muss mich zusammenreißen, bevor ER mir noch mehr Kontakte klaut.

Craig Turner
Entspann dich. Es ist bloß ein Buch.

Amanda Bailey
Er bringt mich so dermaßen auf die Palme. Er durchschaut diesen Fall ÜBERHAUPT NICHT. Nicht so wie ich.

Craig Turner
Vergiss ihn. Konzentrier dich auf dein erstes Kapitel.

Amanda Bailey
Du hast ja recht. Mein Chef beim *Informer* hatte da so ein Motto: Kraul nicht dein Gehänge, komm lieber in die Gänge.

Craig Turner
Ausgezeichnet! Aber überarbeite dich nicht.
Du kennst dich ja. Versprochen?

Amanda Bailey
Versprochen.

Erster Entwurf des ersten Kapitels, vom 26./27. Juni 2021:

Boten des Himmels

von
Amanda Bailey

I

Als Jonathan Childs, PC *[Dienstnummer rausfinden]* der Londoner Stadtpolizei, an die Tür klopfte, hatte er bereits den starken Verdacht, dass ihm niemand öffnen würde. Dieser Geruch.

Die Wohnung lag im xten Stock *[Stockwerk und Wohnungsnummer rausfinden]* des Middlesex House, eines umgebauten Bürokomplexes am nördlichen Ufer des Grand-Union-Kanals. Einst von North Thames Gas genutzt, war Middlesex House jahrzehntelang das höchste Gebäude dieses Teils der Stadt gewesen. 2003 konnte man es noch aus meilenweiter Entfernung sehen. Heute wird es von farbenfrohen Neubauten mit Eigentumswohnungen verdrängt, die mit dem Luxusleben am Kanal werben.

Nachbarn hatten sich über das Scharren von Nagetieren beschwert. Eine Hilfskraft der Gemeinde wurde beauftragt, nach dem Rechten zu sehen. Tja, offenbar war der Gemeindebüttel bereits nach dem ersten Atemzug in der nach Verwesung stinkenden Luft des Korridors vor der Wohnung die *[Anzahl der Stufen rausfinden]* Stufen wieder heruntergerannt, um den Notruf zu wählen und die Erledigung der Drecksarbeit jemand anderem zu überlassen, dachte PC Childs betrübt. Er stand allein im Korridor, mit den Schlüsseln in der Hand und einem resignierten, unfrohen Feixen im Gesicht.

Ein letztes Klopfen, ein lautes vorschriftsmäßiges – wenn auch überflüssiges – »*Aufmachen, Polizei*«, dann konnte er es nicht länger aufschieben. »*Ich komm jetzt rein.*«

—

Harpinder Singh war erst vor zwei Monaten vorübergehend im Middlesex House einquartiert worden. Das Haus, in dem er zuvor gewohnt hatte, war ausgebrannt. Ein berüchtigtes Mehrparteienhaus, dessen Vermieter bereits vor Ankunft der Feuerwehr unter argwöhnischer Beobachtung gestanden hatte. Singh war bei dem Brand nicht zu Hause gewesen. Er arbeitete in einem Restaurant im nahe gelegenen Southall, dessen Betreiber der entfernte Verwandte eines entfernten Verwandten war. Dort kellnerte Singh und machte nach der Schicht die Küche sauber. Spätnachts nahm er regelmäßig den 483er-Bus zurück zum Middlesex House.

An Menschen, die ihn vom Sehen kannten, mangelte es nicht. Einer oder zwei erwähnten, dass er sich darauf freute, bald zu heiraten. Ob das hieß, dass er bereits eine bestimmte Frau im Sinn hatte oder einfach nur auf glücklichere Zeiten in der Zukunft hoffte, wussten sie allerdings nicht.

Seit einigen Tagen war er nicht zur Arbeit erschienen. Niemand konnte sagen, wann genau er ihn zuletzt gesehen hatte. Oder auch nur den geringsten Hinweis darauf geben, weshalb er in einer Nachbarswohnung gewesen war. Einer, die offiziell unbewohnt war. Und auf ihre Renovierung wartete.

Alles, was PC Childs wusste, als er an jenem Morgen des Jahres 2003 auf der Türschwelle stand, war, dass Harpinder Singh brutal ermordet wurde.

2

Zweite Interviewrunde und Austausch mit der Öffentlichkeit

WhatsApp-Nachricht an mich von True-Crime-Autor Craig Turner, 27. Juni 2021:

Craig Turner
Nur so ein Gedanke. Du könntest doch vielleicht an dem Interview von deinem Kumpel teilnehmen. Als ich damals den guten alten Denny besucht hab, durften offizielle Besucher (Medien und Anwälte) einen persönlichen Assistenten mitbringen. Das hab ich selbst nur rausgekriegt, weil ich zu der Zeit gerade wegen meines Karpaltunnelsyndroms operiert worden war. Hab einen Freund mitgenommen, der für mich Notizen gemacht hat. Der brauchte keine Genehmigung – wurde nicht mal nach seinem Namen gefragt. Du müsstest deinen Kameraden nur dazu überreden, dich mitzunehmen 🙈

WhatsApp-Nachrichten zwischen mir und meiner Lektorin Pippa Deacon, 28. Juni 2021:

Amanda Bailey
Hi, Pippa. Gabriel hat Olivers Besuch zugestimmt, meinem aber nicht. Ist nur ein zehnminütiger Besuch, aber trotzdem. Ich weiß, dass wir uns auf das Kind konzentrieren wollen, dennoch ist ein solches Interview ein Knüller, der an Oliver total vergeudet wäre. Können Sie Jo von Green Street BITTE dazu bringen, mal ein Wörtchen mit ihm zu reden und ihm DRINGLICHST

anzuraten, mich als persönliche Assistentin mitzunehmen? Craig sagt, er hätte es bei Dennis Nilsen genauso gemacht. Sagen Sie ihr, ich mach mir Sorgen, dass Oliver es verbockt, aber sie soll ihm einfach irgendwas erzählen.

Pippa Deacon
Kann ich ihr sagen, dass Sie kurz vor Entdeckung des Kindes stehen? Auge um Auge und so.

Amanda Bailey
Ja. Ja, absolut, sagen Sie ihr das.

Amanda Bailey
Aber wohl eher ›quid pro quo‹ als ›Auge um Auge‹?

WhatsApp-Nachrichten zwischen mir und Oliver Menzies, 28. Juni 2021:

Amanda Bailey
Dein Interview mit Gabriel. Du weißt, dass du da eine Assistentin mitnehmen kannst.

Oliver Menzies
Ich brauch keine Assistentin.

Amanda Bailey
Vergiss nicht, dass ich dir – zu gegebener Zeit – sagen werde, wer und wo das Kind ist. Wenn du mich zu dem Besuch bei Gabriel mitnimmst, werde ich das mit Freude im Herzen und einem Lächeln im Gesicht tun.

Oliver Menzies
Ich denk drüber nach. In der Zwischenzeit sollten wir uns mal den Ort dieser Versammlung ansehen. Dieses Lagerhaus in Alperton, wo die ganze Scheiße passiert ist.

Amanda Bailey
Das gibt's schon lang nicht mehr. Da sind jetzt Luxuswohnungen am Kanal.

Oliver Menzies
Egal. Wir müssen uns dort sowieso beide umschauen, also können wir's auch zusammen machen. Wird bestimmt nett.

Amanda Bailey
Du brauchst ja bloß meine Ortskenntnis. Aus einem anderen Grund willst du mich gar nicht dabeihaben.

Oliver Menzies
Wir treffen uns Samstag um elf. Vor der U-Bahn-Station Alperton.

Oliver Menzies
Was jetzt? Ja oder nein.

Amanda Bailey
👻 🤡

WhatsApp-Nachrichten zwischen Don Makepeace, DCS im Ruhestand, und mir, 28. Juni 2021:

Don Makepeace
Ich hab Ihren PC Jonathan Childs gefunden.

Amanda Bailey
Großartig! Danke, Don. Ich wusste, Sie finden ihn, wo immer er auch steckt!

Don Makepeace
Er ist im Mai dieses Jahres gestorben. Darmkrebs.

Amanda Bailey
Oh. Tut mir leid, das zu hören.

Don Makepeace
Er war verheiratet. Kann sie Ihnen vielleicht weiterhelfen?

Amanda Bailey
Alles, was sie wissen könnte, wiegt vermutlich die Zeit nicht auf, die ich für ein Gespräch mit ihr investieren müsste. Trotzdem danke, Don. Ich weiß das zu schätzen.

Amanda Bailey
Obwohl, doch. Kann ich bitte ihre Kontaktdaten haben?

Meine Antwort auf die E-Mail von David Polneath, Hobbydetektiv, 28. Juni 2021:

AN: David Polneath
DATUM: 28. Juni 2021
BETREFF: Aw: Die Engel von Alperton
VON: Amanda Bailey

Lieber David,
danke, dass Sie sich wegen der Engel von Alperton mit mir in Verbindung gesetzt haben. Zurzeit brauche ich zwar keinen Assistenten, aber darf ich Sie dennoch fragen, was genau an diesem Fall Sie so faszinierend finden? Vielleicht streue ich in der Einleitung ein paar Stimmen aus der Öffentlichkeit mit ein. Wenn Sie etwas Zitierfähiges für mich haben, kann ich Ihren Namen nennen.

Ich habe sämtliche Artikel gelesen, wie Sie es mir geraten haben. Es stimmt, die Anzahl der gemeldeten Leichen ändert sich im Verlauf der Woche. Allerdings habe ich selbst schon in Nachrichtenredaktionen gearbeitet und kann Ihnen versichern, dass solche Diskrepanzen häufiger vorkommen. Die Polizei versucht, die Zahlen aus der Presse herauszuhalten, während Reporter beinahe ausschließlich daran interessiert sind, ›wie viele Tote‹ es gab. Das ist eine Art Stille Post.

Was jedoch nicht bedeuten soll, dass sich die Recherchen in diesem Fall als leicht herausstellen. Auskunftsfreudige Gesprächspartner sind rar gesät. Und das Netz der Geheimhaltung, das vor allem über das Kind – und auch die Jugendlichen – gelegt wurde, macht das Aufdröseln der Geschehnisse nach all den Jahren auch nicht gerade einfacher.

Darf ich fragen, ob Sie über Kontakte verfügen, die damals bei der Polizei oder im Sozialdienst gearbeitet und sich als aufrichtig, glaubwürdig und nützlich für Ihre eigenen Nachforschungen erwiesen haben? Falls ja, wäre ich Ihnen auf ewig dankbar, wenn Sie mir die Adressen dieser Personen geben – oder meine an sie weiterleiten – könnten. Sollten sie sich als hilfreich erweisen, werde ich Sie ganz sicher in meiner Danksagung erwähnen.

Mit herzlichen Grüßen,
Amanda Bailey

Interview mit Penny Latke, diensthabende Krankenschwester in der Notaufnahme des Ealing Hospital in der Nacht, als Holly und das Baby eingeliefert wurden. Stattgefunden an der Bushaltestelle vor dem Ealing Hospital am 28. Juni 2021. Transkribiert von Ellie Cooper.

AB: Vielen Dank, Penny. Das weiß ich sehr –

PL: Ich danke IHNEN! Ich freu mich wirklich, dass ich Ihnen helfen kann.

AB: Ich –

PL: Das war mir damals gar nicht klar, dass ich in einen so berühmten Fall verwickelt würde. Hat mich seither nicht mehr losgelassen. Hab alles gelesen, was ich in die Finger kriegen konnte. Haben Sie *Versäumte Pflichten* gesehen, und *Die Versammlung*? Hab ich beides auf Blu-ray. Haben Sie *Was in Nummer 9 geschah* gesehen? Und jetzt helfe ich Ihnen dabei, ein Buch darüber zu schreiben. Wahnsinn, was?

AB: *[Keine Chance, zu antworten. EC]*

PL: Ich erzähl Ihnen alles, was passiert ist, von Anfang bis Ende. Das wollten Sie doch, oder?

AB: *[Ob du's jetzt wolltest oder nicht, es ist jedenfalls das, was du kriegst. EC]*

PL: Das war eine ganz normale Nachtschicht in der Notaufnahme. Viel los. Kein Hinweis darauf, dass wir gleich wegen einer der berühmtesten Massenmordsekten aller Zeiten in die Geschichte eingehen sollten. Als sie reinkam, war ich am Empfang. Also Holly, die minderjährige Mum. Sie war voller Blut wie Carrie in *Carrie*. Was einem nicht klar ist, wenn man Horrorfilme sieht, ist, dass Blut *total stark* riecht. Ich hab mal gelesen, dass das in unserm Urinstinkt verankert ist, Blut so deutlich riechen zu können. Ist Teil unseres Jagdinstinkts, weil Tierblut heißt hauptsächlich was zu essen. Aber wenn wir *menschliches* Blut riechen, dann geht's wahrscheinlich um Leben und Tod, also um *unser* Leben, und deshalb stößt uns das instinktiv ab. Essen oder Gefahr, es geht immer ums Überleben. Aber im Krankenhaus haben wir Desinfektionsmittel, die übertünchen das. Wie auch immer, ich hab damals schon ein paar Jahre da gearbeitet und war immun dagegen. Aber dieses Mädchen. Ich hab sie riechen können, sofort, als sie reinkam. Die Leute haben aufgehört zu reden und starrten sie an. Nicht nur, dass sie über und über ROT war, sie hatte auch ein Baby dabei, in einer Plastiktüte. Yeah, einen Säugling, vier oder sechs Wochen alt. Und wenn ich sage, dass sie neben der Spur war, dann mein ich damit, SO RICHTIG neben der Spur. Als Erstes hab ich an Drogen gedacht, eine psychotische Episode, ein schweres Trauma, alles zusammen.

AB: Haben Sie –

PL: Yeah, es ist sofort eine Kollegin gekommen und hat das Baby mitgenommen, um es zu untersuchen. So ein Wurm so zu sehen. Tja, dafür macht man den Job. Wie sich zeigte, ging's ihm gut, es war nur überreizt und hatte Hunger.

AB: Wissen Sie noch, ob es ein Junge oder Mädchen war?

PL: Dummerweise nein. Bin mir nicht mal sicher, ob ich's überhaupt mitgekriegt hab. Wie gesagt, mir war nicht klar, dass das so ein Riesending werden würde, und ich hab mich ganz auf die junge Mum konzentriert. Das ganze Blut. Später haben wir dann erfahren, dass es von den toten Engeln stammte. Wussten Sie, dass die Polizei es nicht bemerkt hat? Die haben das Mädchen aufgelesen, sie hergefahren und hier vor unsrer Tür abgesetzt, ohne das Baby in der Tüte zu bemerken. Das glaubt man nicht, was? Aber dann auch wieder schon, wenn man's mal anders betrachtet.

AB: Es – *[Lass die Frau ausreden, Mandy. Großer Gott, du willst mehr Redeanteile, als dir hier zustehen. EC]*

PL: Ich hab da was echt Interessantes gehört, echt interessant. *[An dieser Stelle senkt sie die Stimme; das wird jetzt entweder wirklich interessant oder abgedreht. EC]* Damit will ich nicht sagen, dass ich das selbst glaube, aber ich kenne Leute, die das tun, und ich geb's gern weiter. Sehen Sie, Leute, die sich ein bisschen mit Okkultismus auskennen ... die sagen, dass die Polizisten *gar nicht* faul oder pflichtvergessen oder all das Zeug waren, was man ihnen vorgeworfen hat. Die haben dieses Baby nicht gesehen, weil es von einer Schar dunkler Engel, die es vor Schaden beschützen sollten, vor dem menschlichen Blick verborgen wurde. Aber wissen Sie was? Ich glaube, dass es da sogar eine *noch* spannendere Theorie gibt. Nämlich, dass sich das Baby *selbst* vor ihrem Blick verborgen hat. Durch übernatürliche Kräfte. Es braucht gar keine Engel, weil es seine eigene Schutzenergie hat. Ich bin jedenfalls offen für alle Meinungen und habe keine Vorurteile. Die Kolleginnen haben das Baby also damals untersucht und gebadet, während wir uns mit Holly unterhalten haben, und ... Das ist total schräg. Sie spricht ganz ruhig, aber was sie sagt, ergibt einfach keinen Sinn. Engel, Teufel, Die Versammlung, irgendwelche Konstellationen von Planeten. Wir tippen auf postnatale Psychose. Dafür ist unsere Abteilung nicht zuständig, also bereiten wir die Überweisung vor – den Leitlinien entsprechend, damit sie in der Psychiatrischen diagnostiziert und behandelt werden kann.

AB: W-

PL: Etwa eine Stunde, nachdem Holly mit dem Baby gekommen war, ist eine Polizistin aufgetaucht und hat gefragt, wo das Mädchen und das Kind wären, weil sie den Auftrag hätte, die beiden zu Fachärzten zu bringen.

AB: Wer –

PL: Keine Ahnung. Aber die Polizisten, die das Mädchen gebracht hatten, waren gleich wieder losgedüst, also dachten wir, die hätten die Frau über Funk angefordert, damit sie übernimmt. Sie trug Uniform und wusste offenbar, was zu tun ist, also entließen wir Holly und das Baby in ihre Obhut.

AB: Sie hatte –

PL: Ja, die Polizistin hatte ein Übernahmeschreiben dabei.

AB: Sie hatten keine –

PL: Nicht die geringsten. Sie hat sich um das Baby gekümmert und fühlte sich ihm offenbar verbunden. Das ist das Komische bei einer postnatalen Psychose. Das Bewusstsein ist verwirrt, aber der mütterliche Instinkt einer Frau ist nach der Geburt so stark im Unterbewusstsein verankert … Sie erzählt dir, ihr Baby wäre der Teufel, während sie ihm die Windeln wechselt und das Fläschchen gibt.

AB: Haben Sie –

PL: Nein. Was danach mit den beiden geschah, lag nicht mehr in unseren Händen. Ich hatte es schon wieder vergessen, bis ich das mit den Morden in den Nachrichten gesehen und begriffen hab, dass *sie* das Mädchen war, das das Baby gerettet hat. Die richtigen Namen wurden aus den Zeitungen rausgehalten, aber am Ende hat man sie Holly und den Jungen Jonah genannt, weil das sowieso nicht ihre echten Namen waren. Hätte ich das damals schon alles gewusst, hätte ich ihr viel mehr Fragen gestellt.

AB: Was –

PL: Ach, ich glaube nicht, dass sie wirklich Engel waren. Ich finde es nur faszinierend, was manche Leute so glauben. Wenn einem jemand, dem man vertraut, etwas erzählt, und *dieser jemand* ist absolut überzeugt davon, übernimmt man das dann einfach? Oder liegt es daran, dass einem, wenn jemand Macht über einen hat, das Selbstvertrauen oder die Kraft oder was auch immer fehlt, sich gegen ihn aufzulehnen? Denn es gibt Menschen mit einem solchen Charisma, oder? Geborene Anführer. Die erzählen einem, sie wüssten die Antwort, und zwar so, dass man ihnen glaubt. Aber nur, weil jemand der geborene Anführer ist, heißt das noch lange nicht, dass man ihm folgen sollte. *[An dieser Stelle hält sie inne. Zum ersten Mal seit Beginn des Interviews. EC]*

AB: Gibt es –

PL: Ja, ich glaube schon.

AB: Aber Sie wissen doch gar nicht, was ich fragen wollte.

PL: War es: ›Gibt es so etwas wie das Böse‹?

AB: *[Du atmest scharf ein. EC]* Ja.

[Ab hier nur noch Dankeschöns und Auf Wiedersehen. Ich schick dir eine Nachricht. EC]

WhatsApp-Nachrichten zwischen Ellie Cooper und mir, 28. Juni 2021:

Ellie Cooper
Da sind einige merkwürdige Diskrepanzen in den Erinnerungen der Leute an jene Nacht. Ist dir das aufgefallen?

Amanda Bailey
Allerdings 😑

Ellie Cooper
Wie die verschwundenen Symbole im Lagerhaus. Ob Jonah ein Messer bei sich hatte oder nicht. Ob die Polizei das Baby abgeholt hat oder jemand vom Sozialdienst.

Amanda Bailey
Polizei, Sozialdienst – oder noch jemand ganz anderes.

Ellie Cooper
😱

Meine Antwort auf die E-Mail von Cathy-June Lloyd, Vorsitzende des Cold & Unsolved Murder Club, 28. Juni 2021:

AN: Cathy-June Lloyd
DATUM: 28. Juni 2021
BETREFF: Aw: Ein kleiner Gefallen
VON: Amanda Bailey

Hallo, Cathy-June,
vielen Dank für Ihre Nachricht.

Es freut mich sehr, dass *Auf der Schwelle* Ihnen gefallen hat. Leider kann ich Ihr freundliches Angebot, bei Ihrem nächsten Treffen einen Vortrag zu halten, nicht annehmen, da ich derzeit an meinem vierten Buch schreibe. Darin geht es um den mysteriösen Fall der Engel von Alperton.

Vielleicht erinnern Sie sich ja noch an diese Geschichte von 2003. Hat Ihr Club sich zufälligerweise auch einmal damit beschäftigt? Das damalige Geschehen stellt sich als immer geheimnisvoller heraus – damals wie heute.

Falls ja, und falls Sie dabei auf etwas Interessantes gestoßen sein sollten, geben Sie mir doch bitte Bescheid. Oder falls es Ihnen gelungen sein sollte, mit jemandem zu sprechen, der mit dem Fall zu tun hatte – mir liegt vor allem daran, Kontakt zu dem Kind aufzunehmen, das mittlerweile erwachsen ist. Wenn Sie etwas Interessantes

herausgefunden haben, werde ich Sie selbstverständlich gern in der Danksagung erwähnen.
Ihnen und Ihren Spürnasen alles Gute und viel Erfolg!
Amanda Bailey

SMS zwischen mir und Dave ›Itchy‹ Kilmore vom Podcast *Ein frischer Geist*, 28. Juni 2021:

Amanda Bailey
Hallöchen! Unser letztes Gespräch beim *Frischen Geist* hat mir einen Riesenspaß gemacht, ich komme mit Freuden wieder. Gerade schreibe ich ein Buch über die Engel von Alperton. Darf ich Ihre Hörer:innen um Informationen bitten und darum, dass sie sich bei mir melden? Die Meinungen der Leute zu diesem Fall würden mich wirklich sehr interessieren.

David ›Itchy‹ Kilmore
Sie können unsere Hörer:innen um alles bitten, Mandy. Die Rückmeldungen der Leute sind uns sehr wichtig – darum geht's doch beim *Frischen Geist*. Melde mich bei Ihnen mit Terminvorschlägen.

Gekritzelte Notiz von einem Telefonat mit Sonia Brown, 29. Juni 2021:

Sonia – Mr Blue – schreibt mir

SMS zwischen Mr Blue und mir, 29. Juni 2021:

Mr Blue
Unsere gemeinsame Freundin hat mir Ihre Nummer gegeben.

Amanda Bailey
Wie wollen wir vorgehen?

Mr Blue
Was genau brauchen Sie?

Amanda Bailey
Die aktuellen Aufenthaltsorte von drei Personen, die 2003 noch minderjährig bzw. gerade erst geboren waren und durchs Jugendamt Brent geschleust wurden. Hab kein Spesenbudget.

Mr Blue
Ihre Namen?

Amanda Bailey
Die Jugendlichen der Engel von Alperton und das Baby. Namen unbekannt.

WhatsApp-Nachrichten zwischen mir und Oliver Menzies während des Besuchs der Stätte der Versammlung, 3. Juli 2021:

Amanda Bailey
Solltest du nicht da sein, wenn ich nach Alperton komme, schau ich mir das Gelände allein an. Und das mein ich ernst.

Oliver Menzies
Entspann dich! Mein Zug läuft grad in den Bahnhof ein.

Amanda Bailey
Meiner auch. Wir müssen im selben Zug sein.

Oliver Menzies
Wetten, diese Wohnungen kosten ein Vermögen?

Amanda Bailey
Stell dir mal vor, du kriegst raus, dass deine Luxuswohnung am Kanalufer auf dem Schauplatz eines berühmt-berüchtigten Ritualmords gebaut wurde ☠

Oliver Menzies
Würde mir nichts ausmachen. Nicht, wenn alle vier Minuten eine U-Bahn vor meinem Fenster vorbeirauscht. Wir sind da.

Später, während unseres Besuchs des Geländes:

Oliver Menzies
Hör auf mit dem Scheiß.

Oliver Menzies
Wo zur Hölle steckst du?

Amanda Bailey
Muss dir was zeigen. Schnell. Komm zurück, an den Fahrstühlen vorbei zu den Treppen.

Vor einer selbstreinigenden öffentlichen Toilette. Nachdem ich Oliver die Symbole gezeigt habe und er umgekippt ist:

Amanda Bailey
Geht's wieder?

Amanda Bailey
Diese futuristischen Klos sind echt gruselig. Steckst du fest? Soll ich den Notarzt rufen?

Oliver Menzies
NEIN! Mir geht's gut. Hör auf mit dem Scheißgeklopfe.

Amanda Bailey
Du bist aus den Latschen gekippt! Dachte, du wärst an einem meiner Pfefferminzbonbons erstickt. Hab nachgeschaut, was dann aus mir würde, strafrechtlich gesehen.

Oliver Menzies
Danke für dein Mitgefühl. Bin nicht aus den Latschen gekippt. Mir war bloß schwummrig, mehr nicht.

Amanda Bailey
Na los jetzt, oder willst du den Rest deines Lebens da drin verbringen?

Oliver Menzies
Ist eigentlich ganz gemütlich hier 🤣 Ich bleib noch etwas sitzen, bis das Zittern aufhört.

Amanda Bailey
Okay. Ich geh jedenfalls zurück und mach noch ein paar mehr Fotos von den Symbolen.

Oliver Menzies
Hältst du die allen Ernstes für okkulte Zeichen? Ist doch offensichtlich, was das ist: Graffiti-Tags, die man versucht hat, zu entfernen, was auch fast gelungen ist.

Amanda Bailey
Das Gelände hier wurde in den letzten achtzehn Jahren dem Erdboden gleichgemacht und wieder neu bebaut. Diese Symbole wurden erst vor Kurzem da angebracht. Vielleicht gibt es ja noch Leute, die dem Glauben der Sekte folgen und sich für Engel halten.

Oliver Menzies
😜

Amanda Bailey
Ich sag dir mal was. Den alten Fotos zufolge und allem, was ich über die Gegend hier weiß, sind diese Symbole an EXAKT derselben Stelle, wo die Engel von Alperton dunkle Mächte beschworen und rituellen Selbstmord begangen haben. Was, wenn du diese negative Energie aufgeschnappt hast und deshalb umgekippt bist?

Oliver Menzies
Was für ein Haufen Schwachsinn. Wenn ich Kaffee trinke, wird mir immer übel. Dieser gehirnamputierte Barista hat offenbar vergessen, dass ich entkoffeiniert bestellt hab. Ich vertrag kein Koffein. Das ist alles.

Oliver Menzies
Bin nicht umgekippt.

Amanda Bailey
Übrigens, wenn's nicht Gabriel ist, wer ist dann eigentlich dein geheimnisvoller Interviewpartner, von dem ich nicht mal weiß, dass es ihn gibt?

Oliver Menzies
HA HA! Ich WUSSTE, dass dir das keine Ruhe lässt! Ich WUSSTE es! Es macht so viel Spaß, dich an der Nase rumzuführen, Mandy, du bist so leicht zu durchschauen.

Gespräch zwischen Amanda Bailey und Oliver Menzies in einem Pub, nach ihrem Besuch in Alperton, 3. Juli 2021. Transkribiert von Ellie Cooper.

[Die Aufnahme scheint mitten im Gespräch anzufangen. Nimmst du das etwa heimlich auf? EC]

OM: Dann, gegen Ende des Projekts, bekam ich seine andere Seite zu sehen. Plötzlich hasste er den Entwurf. Rief mich alle paar Stunden an. Drohte mir, ohne mir zu drohen, aber das waren Drohungen. Als ich mich mit meinen Bedenken an den Verlag wandte, zog er die PTBS-Nummer ab. Wegen seiner militärischen Ausbildung und allem, was wir weglassen mussten – unter anderem das Töten von Zivilisten –, wollte sich keiner mit seinem Verhalten auseinandersetzen. Die hatten die Hosen gestrichen voll! Immer wieder hat er angedeutet, er hätte Verbindungen zum MI5 und MI6 und MI-so-geheim-dass-selbst-die-Nummer-unbekannt-ist. Hab ich diesen Anruf erwähnt, den ich neulich um Viertel vor fünf in der Früh bekommen hab? Ich dachte, das wäre Mums Pflegeheim. Tja, nicht nur, dass *er* das war, jetzt ruft er auch noch *jeden* Morgen um diese Zeit an. *Jeden* Morgen läutet das Telefon, und wenn ich abhebe, kommen so gruselige Kratzgeräusche.

AB: Schalt dein Telefon doch aus. *[Offenbar schüttelt er den Kopf. EC]* Warum nicht?

OM: Festnetz. Da muss ich drangehen, sonst hört es nicht auf zu läuten. Ich könnte es ausstecken oder den Apparat gleich ganz abmelden, aber ein befreundeter Rechtsanwalt hat mir geraten, alle Anrufe aufzuzeichnen, um ausreichend Beweismaterial zu haben, falls ich später dagegen vorgehen will. Ich musste die Digitalkopien meiner gesamten Korrespondenz mit ihm ausdrucken, jede E-Mail, jede SMS *und* jedes einzelne meiner WhatsApp-Gespräche mit ihm, über zwei Jahre. Da hätte ich auch gleich einen Baum fällen können.

AB: Bist du denn sicher, dass er das ist?

OM: *Absolut!* Die Nummer ist zwar unterdrückt, aber wer soll's denn sonst sein? Der Typ ist ein gehirngewaschener, zwangsneurotischer Pedant ohne jedes Mitgefühl, dafür kennt er sich bestens mit der Verschlüsselung von Kommunikationsdaten aus. Steht jeden Morgen um halb vier auf, um eine Stunde Kopfstand zu machen. Hat null Respekt vor den Einsatzregeln des Militärs. Hat darüber gelacht, dass den in Afghanistan gefangen genommenen Soldaten die Augen ausgestochen wurden. Wer sonst sollte das sein?

AB: Er macht Kopfstand, dann ruft er dich an. Jeden Morgen?

OM: Ich gehöre mittlerweile zu seinem Tagesablauf. Dann wäre da Frank, mein freundlicher Polizist. Der ist noch mal eine andere Geschichte. Mandy, ich will nicht jahrelang schuften, nur damit holzköpfige Trottel, die mit fünfzehn von der Schule abgegangen sind, auf Twitter posten können, ihre Lehrer hätten gesagt, aus ihnen würde nie was, aber jetzt hätten sie ein Buch geschrieben. Ich will unter meinem eigenen Namen veröffentlichen. Ich kann das. Ich dachte, das hier wär's. Und dann werde ich ausgerechnet an *dich* gekettet.

AB: Danke schön.

OM: Du weißt genau, was ich meine. Du bist so verdammt verbissen.

AB: Bin ich das?

OM: Ja, das nervt.

AB: Trink doch noch einen. *[Er stöhnt auf, ist er betrunken? EC]* Alles in Ordnung, Oliver?

OM: Yeah, yeah. Seit ich mit der Geschichte hier angefangen hab. Gibt keinen bestimmten Auslöser, ganz plötzlich ist mir übel und …

AB: Panikattacken? Das ist die Angst vor der Deadline. *[Ich glaube, er hat einen Kleinen in der Krone, Mandy. EC]*

OM: Fühlt sich nicht an wie Panik.

AB: Vielleicht liegt dieser Pub ja im Auge eines Wirbels übernatürlicher Kräfte. Du bist empfänglich für spirituelle Pforten, vergiss das nicht.

OM: Schon das Kind gefunden? *[Zuckst du mit den Schultern oder so? EC]* Ist plötzlich so still da drüben.

AB: Das zu klären braucht Zeit. Anwälte. Ein Auf und Ab.

OM: Schwachsinn. Du hast es noch nicht gefunden. Keiner petzt. Und du willst dich durchmogeln.

AB: Alle ›mogeln‹ sich doch durch, die ganze Zeit … Erinnerst du dich noch an den *Informer*?

OM: Großer Gott, *das* Desaster …

AB: Du warst wie das Kaninchen vor der Schlange.

OM: Ich hab versucht, eine völlig unzulängliche Ausbildung irgendwie durchzustehen. Wie wir alle.

AB: Unzulänglich? Weißt du, was Louisa heute macht?

OM: Ja, sie sollte gerade Redakteurin werden, da ging die Zeitung online. Spricht, als würde sie für CNN arbeiten – dabei durchforstet sie den ganzen Tag Twitter auf der Suche nach den Schnappschüssen von Gaffern bei Polizeieinsätzen. Bringt nicht mal mehr eine gedruckte Zeitung raus –

AB: Trotzdem haben wir eine Ausbildung bekommen –

OM: *[Bricht in Lachen aus. EC]* Die wollten die alten Ausbildungsmethoden wieder vorkramen. Selbst damals war man schon weiter in der Branche. Völlig überflüssig, und ich hab das sofort begriffen.

AB: Das ist aber *nicht* der Grund, weshalb du so schlechte Erinnerungen daran hast. Großer Gott, du machst dir selbst was vor. *Du* konntest es einfach nicht ertragen, unter lauter Menschen zu sein, die alle begabter waren als du. Zum ersten Mal in deinem *ganzen Leben* musstest du arbeiten. Aber selbst wenn du dich angestrengt hast, konntest du *nicht* mithalten. Erst recht nicht mit mir. Ich bin nicht *verbissen*. Ich kann dein *wahres* Ich sehen. Darum geh ich dir auf die Nerven, selbst heute –

OM: Das ist so ein Riesenhaufen –

AB: Und deswegen hast du mich damals niedergemacht. Mich dumm aussehen lassen, bei jeder Gelegenheit –

OM: Du redest totalen Müll. Wie immer. Das war *überhaupt nicht* so …

AB: Ich war jünger als du, hatte die schlechtere Ausbildung, *gar keine* vernünftige Ausbildung, wenn man's recht bedenkt, und ich war *anders* –

OM: Genau! Das Pflänzchen Rührmichnichtan!

AB: Was zur Hölle?

OM: Du warst so eine *Mimose*! *[Mandy, ihr seid beide sturzbetrunken. Es ist mir unangenehm, das mitanzuhören. EC]*

AB: Du hast keine Ahnung … Diese Ausbildung war das *Beste*, was mir je passiert war im Leben. Das hat alles verändert. *[Großer Gott, Mandy, du wirst ja immer wütender. Das ist furchtbar. EC]*

OM: Und mir ist sie eben so was von am Arsch vorbeigegangen! Das ist *Jahre* her – komm endlich drüber weg!

AB: Du bist damit nicht klargekommen, weshalb du –

OM: Gequirlte Kacke –

AB: Und deshalb hast du –

US: *[Unbekannte:r Sprecher:in. EC]* Könnt ihr vielleicht ein bisschen leiser sein? An den anderen Tischen versuchen die Leute, sich zu unterhalten.

AB: Entschuldigung.

OM: Tut uns sehr leid. *[Jetzt flüstert er. EC]* Wenigstens habe ich die Ausbildung abgeschlossen. Du hast den Schwanz eingezogen.

AB: *[Du flüsterst auch. EC]* Ich wurde dazu *gezwungen*, abzubrechen!

OM: Egal, was du dir heute einredest, du hast es nicht gebracht. So einfach ist das.

AB: Meinst du das echt ernst, verdammte Scheiße? Erinnerst du dich wirklich nicht mehr?

OM: Woran denn? *[Klingt aufrichtig. Er erinnert sich tatsächlich nicht. EC]*

AB: Dir fällt wirklich nichts mehr ein von damals? Nichts, was du vielleicht getan haben könntest?

OM: Nein.

AB: Na gut, prima. Prima. Du hast recht. Alles längst vergangen. *[Lange, nachdenkliche Stille. EC]*

OM: Hör mal, was vorbei ist, ist vorbei. Ich möchte, dass wir zusammenarbeiten. Ich will nicht streiten.

AB: Ich doch auch nicht … Aber du … *[Ihr seid jetzt beide den Tränen nahe. Spiel das bloß nie jemandem vor, Mandy. EC]*

AB: Ich wünschte nur, du hättest nie … Alles hätte ganz anders sein können … Wir hätten ganz anders sein können.

OM: Das ist zwanzig Jahre her. Komm drüber weg.

AB: Ich bin drüber weg. Drüber weg. Freunde? Mehr oder weniger?

OM: Freunde. Mehr oder weniger.
[Du schaltest ab, und die Aufnahme endet abrupt. EC]

SMS, die ich Mr Blue nie hätte schicken dürfen, als ich am 3. Juli 2021 nach Hause gekommen bin:

Amanda Bailey
Wo ist das Kind wissen Sie das jetzt oder nicht?

Amanda Bailey
Wer sind Sie überhaupt?

Amanda Bailey
Wetten, das sind bloß Sie, Sonia, um sich vor mir zu drücken? Wissen doch einen verdammten Scheiß, Typisch für euh Scheiß Sozialarneiterr.

Amanda Bailey
💩💩💩💩💩💩💩💩

E-Mail meiner ehemaligen Kollegin Louisa Sinclair, heute Redakteurin bei WembleyOnline:

AN: Amanda Bailey
DATUM: 4. Juli 2021
BETREFF: Aw: Die Engel von Alperton
VON: Louisa Sinclair

Hi, Mandy,
erinnerst du dich noch daran, wie die Azubis Artikel ausschneiden und einkleben mussten, damit wir ein nach Themen statt nach Datum sortiertes Archiv hatten? Echt hilfreich bei der Recherche zu alten Fällen. Tja, 2003 hatten wir das schon lange aufgegeben.

Musste sowieso am Sonntag reinkommen, also habe ich mal unsere digitalen Archive durchforstet und einen Umschlag mit Ausdrucken zusammengestellt. Das meiste hast du bestimmt schon online gefunden, aber da sind auch ein paar unveröffentlichte Sachen dabei, die es aus dem ein oder andern Grund nicht in die Zeitung geschafft haben.

Komm doch morgen um eins vorbei, dann plaudern wir über die alten Zeiten. Allerdings nur ein Viertelstündchen, um halb zwei ist Redaktionssitzung, und die Schlange bei Pret A Manger ist legendär.
Louisa Sinclair
Redakteurin, WembleyOnline

Liste archivierter Artikel. Kein Text, kein Datum, nur Schlagzeilen:

POLIZEI: VIER TOTE, DREI VERLETZTE,
DARUNTER EIN BABY

POLIZEI: SZENERIE IN LAGERHAUS ›GRAUENVOLL‹

VIERTE LEICHE: VERBINDUNG ZU
ENGELN VON ALPERTON

GERICHTSMEDIZINER: TOD DER ›ENGEL‹ SUIZIDE

POLIZEI: TOD DER ENGEL ›RITUELLE KULTHANDLUNG‹

DAS RÄTSEL DER ENGEL VON ALPERTON –
DIE GANZE GESCHICHTE

ENGEL VON ALPERTON ›AUF MISSION
ZUR RETTUNG DER MENSCHHEIT‹

MORDANKLAGE IM FALL DER ENGEL VON ALPERTON:
GESCHWORENE ZIEHEN SICH ZURÜCK

FAMILIE DES KELLNERS ›ERLEICHTERT‹ ÜBER
SCHULDSPRUCH

ÜBERLEBENDER ENGEL VON ALPERTON
ZU LEBENSLÄNGLICH VERURTEILT

NOTRUF DER ENGEL VON ALPERTON: BEAMTE
›PFLICHTVERGESSEN‹

UNTERSUCHUNG IM FALL DER ENGEL VON ALPERTON:
SOZIALARBEITERINNEN MÜSSEN SICH AUSSCHUSS STELLEN

WhatsApp-Nachrichten zwischen mir und Oliver Menzies am Morgen des 4. Juli 2021:

Amanda Bailey
Stell dir jetzt BLOSS NICHT vor, einem alten Sack das KALTE EIGELB EINES SPIEGELEIS VOM KINN ZU LECKEN 🤮

Oliver Menzies
Ah, du willst, dass mir wieder übel wird. Netter Versuch. Hat nicht geklappt.

Amanda Bailey
Kann mich in diesem Pub nie wieder blicken lassen. Alles okay bei dir?

Oliver Menzies
Vom frühmorgendlichen Weckanruf meines durchgeknallten Rambos mal abgesehen.

Amanda Bailey
Wann besuchst du Gabriel?

Oliver Menzies
Warum zur Hölle interessieren sich alle so für dieses Interview?

Oliver Menzies
Moment mal. Klebst du etwa Jo an der Backe? WETTEN, dass sie mir deshalb so in den Ohren liegt, ich soll unbedingt eine Assistentin mitnehmen? So durchschaubar.

Amanda Bailey
Er darf pro Woche dreißig Minuten Besuch empfangen – entweder eine Person allein oder mehrere Familienmitglieder zusammen, oder zwei Besuche aufgeteilt in zehn bzw. zwanzig Minuten. Wir werden uns in eine Schlange von weiblichen Fans einreihen müssen, die ihm zu Füßen liegen.

Oliver Menzies
Seufz.

Amanda Bailey
Ich nehme alles auf, mache Notizen und lasse das Interview hinterher so schnell wie möglich transkribieren. Du konzentrierst dich nur auf das Gespräch.

Oliver Menzies
›Transkribieren lassen‹? Von einem echten Menschen?

Amanda Bailey
Ja, von Ellie. Ein ehemaliges Protegé von mir. Hat Kronos verlassen, um in Kriminalpsychologie zu promovieren. Sie ist sehr schnell und gut darin, Interviews zu transkribieren. Ich kann sie nur wärmstens empfehlen.

Oliver Menzies
Es stimmt also, du lebst echt noch im Jahr 2001.

Amanda Bailey
Wenn du mich mitnimmst, bezahle ich für ihre Arbeit. Dann bekommen wir eine Niederschrift des Interviews mit korrekter Zeichensetzung, umfassend und wortgetreu, wobei Small Talk und Nettigkeiten getilgt werden, sodass nur die wirklich wichtigen Punkte übrig bleiben. Hervorragend lesbar, im Gegensatz zu Transkriptionen von irgendwelcher Software. Na, wie klingt das?

Oliver Menzies
Schon mit dem Kind gesprochen?

Amanda Bailey
Stehe kurz davor, glaub mir. Stehe kurz davor.

Amanda Bailey
Nimm mich mit. Na los. Mit eigener Assistentin siehst du vor dem Erzengel Gabriel aus wie ne große Nummer.

Oliver Menzies
Die lassen dich eh nicht rein. Er WEIGERT sich, dich zu empfangen, schon vergessen 🤣

Amanda Bailey
Kein Problem. Sag einfach, du wärst an der Hand operiert worden und bräuchtest jemanden, der mitschreibt. Die werden nicht mal nach meinem Namen fragen.

Oliver Menzies
Du erwartest von mir, dass ich den Erzengel Gabriel mit dem Arm in einer Mogelschlinge besuche?

Amanda Bailey
Natürlich nicht! Nur mit einem kleinen Verband.

E-Mail von Pippa, mal wieder zum Kind, 5. Juli 2021:

AN: Amanda Bailey
DATUM: 5. Juli 2021
BETREFF: Kind
VON: Pippa Deacon

Hallo, Amanda,
die Produzentin lässt gerade einen Vertrag zwischen ihrer TV-Produktionsfirma und dem Kind der Engel von Alperton aufsetzen. Sie möchte so bald wie irgend möglich ein Gespräch mit dem Kind – oder, sofern es welche gibt, ein Gespräch mit seinen Vertretern – eröffnen. Jetzt, wo Sie zu zweit an zwei Büchern arbeiten, ist es beson-

ders wichtig, dass der ganze Papierkram aufgesetzt, abgesegnet und unterzeichnet wird.

Bitte sagen Sie mir, wo wir mit dem Kind stehen.

Pips

Meine Antwort über WhatsApp, 5. Juli 2021:

Amanda Bailey
Können Sie mir noch ein paar Tage geben? Bin kurz davor 🤞

SMS an Mr Blue, 5. Juli 2021:

Amanda Bailey
Lieber Mr Blue, es tut mir schrecklich leid, dass Sie Samstagnacht diese verworrenen Nachrichten von meinem Handy erhalten haben. Ich hatte es entsperrt in meiner Tasche liegen, und der gummierte Schlüsselanhänger hat dagegengeschlagen. Bitte seien Sie versichert, dass mir nach wie vor sehr viel daran liegt, die drei Minderjährigen aus dem Fall der Engel von Alperton zu finden, vor allem und am dringlichsten aber das Kind. Für jede Information, die Sie mir hierzu geben könnten, wäre ich Ihnen äußerst dankbar. Und bitte entschuldigen Sie die Kapriolen meines Handys.

Telefoninterview mit Julian Nowak, Sozialarbeiter, 5. Juli 2021. Transkribiert von Ellie Cooper.

[Ich hätte die Nettigkeiten und den Small Talk wie gewohnt übersprungen, aber das gab's diesmal gar nicht. EC]

JN: Von wem haben Sie meinen Namen?

AB: Ich habe Kontakt zu diversen Personen bei Polizei und Jugendamt.

JN: Wer hat mich genannt? Warum ausgerechnet mich?

AB: Das kann ich Ihnen nicht sagen, sonst vertraut mir niemand mehr.

JN: *[Schweigen. Das gefällt ihm nicht. EC]* Es gefällt mir nicht, mit diesem Fall in Verbindung gebracht zu werden. Nur weil ich meinen Mund dazu aufgemacht habe, war ich doch nicht verantwortlich für die Versäumnisse.

AB: Ich weiß … Was genau an Hollys Fall beschäftigt Sie so sehr, bis heute?

JN: Sie sehen etwas. Sie haben die Wahl, Sie können es melden und sich damit selbst jede Menge Ärger einhandeln, oder Sie tun so, als hätten Sie es nicht gesehen und …

AB: Nichts passiert, klar …

JN: Und die Kleine kämpfte darum, bei ihrem Freund zu bleiben, der überhaupt nicht gut war für sie. Also …

AB: Ich weiß, ich meine, das ist …

JN: Wir haben nichts weiter getan, als Hollys Entscheidung zu respektieren. Sie entschied sich dafür, mit ihm wegzugehen, und das haben wir respektiert.

AB: Mit Jonah?

JN: Er hieß Gabriel. *[Kurze Pause, während ihr beide über das nachdenkt, was er gesagt hat. EC]*

AB: Wann hat die Beziehung angefangen?

JN: Keine Ahnung.

AB: Der Fall der Engel von Alperton war im Dezember 2003.

JN: Mit Holly hatte ich kurz nach Ende meiner Ausbildung zu tun. Anfang der Neunziger.

AB: Das muss später gewesen sein. *[Ich überspringe diverse frostige Nettigkeiten, bevor er auflegt. EC]* Ellie, ich glaube nicht, dass wir über denselben Fall gesprochen haben. Don muss die Namen der Sozialarbeiter verwechselt haben.

[Jetzt habe ich die Aufnahme aber schon transkribiert, also schicke ich sie dir trotzdem. EC]

E-Mail-Verkehr mit Grace Childs, der Witwe von PC Jonathan Childs, der 2003 Harpinder Singhs Leiche fand:

AN: Grace Childs
DATUM: 5. Juli 2021
BETREFF: Jonathan Childs
VON: Amanda Bailey

Sehr geehrte Mrs Childs,
darf ich mich Ihnen zunächst vorstellen? Ich bin Autorin von True-Crime-Bestsellern und verfüge über langjährige Erfahrung darin, über echte Verbrechen und die dahinterstehenden menschlichen Schicksale zu berichten. Gegenwärtig arbeite ich an einem Buch über die Engel von Alperton. Soweit ich informiert bin, fand Ihr verstorbener Mann Jonathan die Leiche von Harpinder Singh. Nun habe ich mich gefragt, ob er Ihnen vielleicht etwas über den Tatort oder das Opfer erzählt hat.

Die Presse unternahm damals den ungewöhnlichen Schritt, Mr Childs Namen zu nennen. Können Sie sich vorstellen, warum? In den Artikeln steht, er habe die Leiche in einer leeren Wohnung gefunden. Hat Ihr Mann zufälligerweise einmal die Nummer dieser Wohnung genannt oder das Stockwerk, in dem sie sich befand? Auch seine Dienstnummer zu erfahren, wäre sehr wertvoll für mich.

Alles, woran Sie sich erinnern, wie unwichtig es Ihnen auch vorkommen mag, könnte mir dabei helfen, die unvereinbar scheinenden Teile dieses Falls zusammenzufügen.
Mit freundlichen Grüßen,
Amanda Bailey

AN: Amanda Bailey
DATUM: 5. Juli 2021
BETREFF: Aw: Jonathan Childs
VON: Grace Childs

Sehr geehrte Miss Bailey,
Johnny hat nie viel über seine Arbeit gesprochen, vor allem nicht über Leichen. Aber an eine Sache, die sich etwa um diese Zeit zugetragen hat, erinnere ich mich doch. Ein Nachbar zeigte ihm seinen Namen in der Zeitung, ganz stolz, dass er ihn kannte. Johnny tat das mit einem Achselzucken ab, wie aus Bescheidenheit, später aber erzählte er mir, dass er diese Leiche gar nicht gefunden hatte. Er sagte, die ganzen Zeitangaben seien absichtlich falsch. Ich fragte, woher sie seinen Namen hätten, und er sagte, sie wollten ihm bloß Angst einjagen, aber das wäre nicht wichtig, und ich sollte mir keine Sorgen machen.

Sie wissen vermutlich, dass er zu der Zeit, als der Krebs bei ihm diagnostiziert wurde, vom Dienst suspendiert war, da wegen des Verdachts auf Straftaten gegen ihn ermittelt wurde. Man behauptete, er wäre von einer Verbrecherbande angeworben worden und hätte jahrelang Informationen weitergegeben und Beweise manipuliert. Allen möglichen Blödsinn. Der Stress hat seiner Gesundheit geschadet. Diese Leute sind keinen Deut besser als Kriminelle. Sobald sie etwas gegen einen in der Hand haben, benutzen sie es, um einen für sich arbeiten zu lassen.

Johnny neigte leider dazu, sich in die zwielichtigen Machenschaften anderer Leute hineinziehen zu lassen. Seine Dienstnummer war die 444.
Grace Childs

Treffen mit Louisa Sinclair, Redakteurin bei WembleyOnline, bei Pret A Manger, 5. Juli 2021. Transkribiert von Ellie Cooper.

[Der Anfang wirkt abrupt, als hättest du auf ›Aufnahme‹ gedrückt, sobald es ging, ohne aufzufallen. EC]

LS: Gerade weißt du noch wirklich alles über ein Thema, dann wird der Artikel gedruckt, und zack, weg.

AB: Geht mir genauso.

LS: Aber diese alten Ausschnitte noch mal zu lesen ... Damals warst du schon gegangen. Wenn ich's mir genau überlege, warst du sogar schon vor der abschließenden Beurteilung weg. Warum eigentlich?

AB: Da hatte ich wohl gerade den Job in Hove bekommen, und ... Oliver Mingis ist übrigens wiederaufgetaucht.

LS: *[Unbehagliches Zögern. EC]* Ja, ich weiß. Das sollte ich dir wahrscheinlich gar nicht sagen, aber er hat mich auch um Informationen über die Engel von Alperton gebeten.

AB: Klingt nur recht und billig.

LS: Weißt du, ich fand schon immer, dass ihr beide euch ziemlich ähnlich seid.

AB: Wie bitte? Oh mein –

LS: Ihr seid beide ruhelos, hungrig, ehrgeizig und ... Na ja, du hattest das Talent, aber keinerlei Unterstützung oder Rückendeckung. Er hatte das notwendige Fundament, aber kein Talent. *[Ihr lacht beide. EC]* Okay, nicht überhaupt keins, aber du weißt schon, was ich meine. Und das hat ihn *dermaßen angepisst.*

AB: Ob du's glaubst oder nicht, aber bei dem Fall jetzt arbeiten wir zusammen. Spart Zeit und Diskussionen um den Schutz der Betroffenen. Hat mich erst ganz schön angekotzt, aber jetzt bin ich fest entschlossen, es zum Erfolg zu bringen ... Eine Chance draus zu machen.

LS: *[Ringt so heftig nach Luft, dass sie beinahe den gesamten Sauerstoff im Raum einsaugt. EC]* Erzähl mir jetzt bloß nicht, ihr hättet was Heißes miteinander!

AB: Nein!

LS: Eine Chance *worauf*?

AB: Darauf, etwas aus der Vergangenheit aufzugreifen, das ... noch keine Ruhe gibt. Es heißt immer, schau nie zurück, aber wenn die Vergangenheit von selbst zu einem zurückkommt, muss das doch einen Grund haben, meinst du nicht? *[Eine knappe Minute lang esst und trinkt ihr nur. EC]*

LS: Du vermutest also, dass an der Sache mit dem Mord an Harpinder Singh irgendwas nicht stimmen kann?

AB: An den Berichten darüber. Wenn die Polizei davon ausgeht, dass Singh von einer kriminellen Organisation ermordet wurde, und außerdem den Verdacht hegt, dass Childs mit denen zusammenarbeitet, versucht man ihn mit der Nennung seines Namens aus der Deckung zu locken. Das passt zu dem, was seine Witwe sagt, hinsichtlich seiner Reaktion auf den Artikel und der Tatsache, dass vor seinem Tod gegen ihn ermittelt wurde – allerdings war das erst vor Kurzem. Nicht vor achtzehn Jahren.

LS: Wer den Artikel geschrieben hat, steht nicht dabei. Ich frag mal rum. *[Na klasse. Jetzt macht eine von euch eine Tüte Chips auf. Dafür, dass ich unter solchen Umständen transkribiere, kriege ich hoffentlich eine Medaille. EC]*

AB: Mal abgesehen von der Frage, warum ich gegangen bin, warum bist du eigentlich noch dabei?

LS: Gute Frage. Warte wohl noch auf meine Sternstunde.

AB: Du bist bereits Redakteurin.

LS: Ich meine *diese eine* Story. Die nur du draufhast und sonst keiner. Die, mit der du's allen zeigst.

AB: Ob WembleyOnline der beste Ort dafür ist?

LS: So gut wie jeder andere. Mist, ich muss los. Bin allein in der Nachrichtenredaktion. *[Ihr verabschiedet euch, und es folgen zwei volle Minuten nachdenklichen Kauens. EC]*

Endlich eine Antwort von Phil Priest, Fernsehproduzent, der vor zehn Jahren an einer vom Fall der Engel inspirierten Fernsehserie gearbeitet hat und dem ich am 13. Juni eine E-Mail geschrieben hatte:

AN: Amanda Bailey
DATUM: 5. Juli 2021
BETREFF: Aw: Die Versammlung
VON: Phil Priest

Hallo, Amanda,
es hat mich sehr gefreut, Ihre Nachricht zu lesen und zu erfahren, dass Ihnen *Die Versammlung* gefallen hat. Vielen Dank! Ja, die Engel von Alperton haben uns zu der Serie angeregt, allerdings hatten wir keine dokumentarische Bearbeitung im Sinn und sind etliche Male von der wahren Geschichte abgewichen.

Zum Beispiel sind alle unsere Opfer Frauen, was uns mehr explizite Szenen erlaubte. Die Handlung spielt in Irland, wo es billiger war, zu filmen. In der Realität haben die Engel entweder Selbstmord begangen oder sind im Gefängnis gelandet. Am Ende unserer Serie öffnet sich der Erdboden und verschlingt sie in einem Höllenfeuer, ein Finale, auf das wir immer noch sehr stolz sind.

Wir tauschten uns damals auch mit Due Process Films aus, die zur selben Zeit *Versäumte Pflichten* produzierten. Eine deutlich sachlichere, ungeschöntere Darstellung. Wirklichkeitsnäher, aber auch, wie ich zu behaupten wage, langweiliger. Unser Drehbuchautor hat mit niemandem gesprochen, der in den Fall verwickelt war, und ich glaube nicht, dass ich Ihnen noch weiter behilflich sein kann. Vor ein paar Jahren war jedoch noch ein anderes Drehbuch in Umlauf. Ziemlich gut, wenn ich mich recht erinnere, aber der Autor stand ganz am Anfang und war noch kein Publikumsmagnet. Es hieß *Boten des Himmels*. An den Namen des Autors kann ich mich leider nicht erinnern.
Phil Priest
Produktionsleiter
Longshanks Film & TV

Auch Fernsehproduzentin Debbie Condon hat endlich auf meine E-Mail vom 13. Juni 2021 geantwortet:

AN: Amanda Bailey
DATUM: 6. Juli 2021
BETREFF: Aw: Versäumte Pflichten
VON: Debbie Condon

Liebe Amanda,
zunächst möchte ich mich dafür entschuldigen, dass meine Antwort so lange auf sich warten ließ. Ich stecke mitten in der Vorproduktion für eine neue Serie und habe nur einen Tag in der Woche, an dem ich E-Mails beantworten kann. Ihr Buch über Suzy Lamplugh, *Der Krawattenknoten*, hat mich sehr angesprochen. Dass die meisten Bücher und Drehbücher über ermordete Frauen von Männern geschrieben werden, nervt mich schon lange. Ich helfe Ihnen gern, soweit ich kann.

Dass unsere Serie Ihnen gefallen hat, freut mich sehr. Ämter zur Rechenschaft zu ziehen, ist immer ein steiniger Weg. Dort hält man sich für unfehlbar. Man trifft schlechte Entscheidungen und verursacht unsägliches Leid bei den Schwächsten unserer Gesellschaft – und dann schließt man die Reihen, um sich gegenseitig zu schützen. *Versäumte Pflichten* war ein Herzensprojekt für mich, das es beinahe nicht auf den Bildschirm geschafft hätte, weil zeitgleich eine völlig andere Bearbeitung desselben Stoffs – eine schlüpfrige Karikatur – produziert wurde. Am Ende konnten wir uns gütlich einigen und stellten gemeinsam sicher, dass wir uns auf jeweils unterschiedliche Schwerpunkte der Geschichte konzentrierten. Im Ergebnis sind beide Produktionen gut angekommen. Nach wie vor halte ich unsere für die reifere und angemessenere. Es war ausgesprochen befriedigend, den Mächtigen einmal die Wahrheit ins Gesicht zu sagen.

Haben Sie vor, die Serie in Ihrem Buch zu erwähnen? Sie dürfen meine E-Mail gern zitieren. Ich bin mir nicht sicher, wie ich Ihnen sonst noch helfen könnte, aber falls Sie noch Fragen haben, meine Nummer lautet 07 [redacted]

Alles Gute,
Debbie Condon
Produktionsleiterin
Due Process Films

SMS zwischen mir und Debbie Condon, 6. Juli 2021, unter Schwärzung einer sensiblen Telefonnummer:

Amanda Bailey
Vielen Dank für Ihre Antwort, Debbie. Ich habe Probleme, Leute zu finden, die direkt mit dem Fall zu tun hatten.

Debbie Condon
Selbst wenn ich so indiskret wäre, müssten die Daten doch schon längst veraltet sein.

KONTAKT
Unbekannte Nummer
›Jonah‹ 07 [redacted]

Amanda Bailey
Alles klar, Debbie. Danke. Wenn ich eins Ihrer Zitate verwende, werde ich Sie und Ihre Fernsehserie nennen.

Vorlage für meinen Anruf bei ›Jonah‹, 6. Juli 2021:

›Hallo, Jonah, mein Name ist Amanda Bailey. Soweit ich weiß, waren Sie eins der minderjährigen Opfer der Engel von Alperton. Bitte glauben Sie mir, wenn ich Ihnen sage, dass ich die Umstände, unter denen Sie einer derart gewissenlosen Sekte zum Opfer gefallen sind, voll und ganz nachempfinden kann. Ich schreibe zurzeit ein Buch über den Fall und würde Sie gern bitten, Ihre Version der Geschichte zu erzählen, damit mein Bericht so wahrheitsgetreu und präzise wie möglich wird.‹

Nicht mehr seine Nummer. Wessen dann? Wollte nicht sagen, wer sie ist. Core Abbey, Isle of Wight.

WhatsApp Nachrichten zwischen mir und Oliver Menzies, 7. Juli 2021:

Amanda Bailey
Deine Mum teilt Posts über entlaufene Hunde aus aller Herren Ländern 🤣

Oliver Menzies
Das bezweifle ich, sie ist im Heim.

Amanda Bailey
Sag, dass du mich zu deinem Besuch im Gefängnis mitnimmst, dann kannst du mitkommen, wenn ich am Freitag Jonah interviewe. Fairer geht's nicht.

Oliver Menzies
DEN Jonah? Echt jetzt? Alles schon organisiert?

Amanda Bailey
Du wärst total verrückt, das abzulehnen.

Oliver Menzies
Okay. Aber nur damit wir mal Fortschritte im Geiste der Zusammenarbeit und des gemeinsamen Handelns machen.

Amanda Bailey
Abgemacht.

Oliver Menzies
Okay. Wo treffen wir uns mit ihm?

Amanda Bailey
Das wird ein Tagesausflug. Ein Abenteuer.

Oliver Menzies
Es ist also eine weite Strecke, und ich soll fahren.

Amanda Bailey
Kannst du auch gleich noch die Fähre buchen, auf deine Green-Street-Spesen?

WhatsApp-Nachrichten zwischen mir und Don Makepeace, DCS im Ruhestand, 7. Juli 2021:

Amanda Bailey
Hi, Don. Ich zähle auf Ihre magische M40-Linie. Eine Polizistin namens Marie-Claire. Ist sie noch im Dienst?

Don Makepeace
An den Namen würde ich mich erinnern. Sehr hübsch. Kenne sie nicht, hör mich aber mal um. Don.

WhatsApp-Nachrichten zwischen Louisa Sinclair, Redakteurin bei WembleyOnline, und mir, 8. Juli 2021:

Louisa Sinclair
Erinnerst du dich noch an Gray Graham? Er war bei deinem Fall vor Ort. Ist jetzt im Ruhestand, sagt aber, dass er Jonathan Childs' Namen von einem Polizeioberen bekommen hat, mit der DRINGENDEN BITTE, ihn abzudrucken.

Amanda Bailey
Bingo. Dann war meine Vermutung also richtig 😊

Louisa Sinclair
Sieht ganz so aus. In dem Restaurant, in dem Singh gearbeitet hat, gab's ein paar Monate später eine Razzia.

Amanda Bailey
Damit wollten sie Childs' Verbindung zum organisierten Verbrechen schaden.

Louisa Sinclair
Ihn zu ihrem Spitzel machen. Schreib Gray am besten selbst, wenn du seine Abenteuergeschichten aus der guten alten Zeit erträgst. Wobei, was man ihm lassen muss: Er hatte wirk-

lich einen sechsten Sinn für eine Story. Keine Ahnung, wie er an die ganzen Sachen rangekommen ist, die er eingereicht hat. So was gibt's heute gar nicht mehr.

SMS von mir an Gray Graham, Lokalnachrichtenreporter im Ruhestand, 8. Juli 2021:

Amanda Bailey
Hallo, Gray, ich habe Ihre Nummer von Louisa Sinclair. Wahrscheinlich erinnern Sie sich nicht mehr, aber wir haben uns vor Jahren mal auf einer Party vom *Informer* unterhalten, und ich kann mich noch gut an Ihre Geschichten und Anekdoten erinnern. Gerade arbeite ich an einem Buch über die Engel von Alperton. Damals haben Sie als Erster über den Mord an Harpinder Singh berichtet. Haben Sie eine Idee, wieso Sie von der Polizei gebeten wurden, den Beamten, der zuerst am Tatort war, namentlich zu nennen?

Keine Antwort bis zum 10. Juli 2021:

Unbekannte Nummer
Dies ist eine Nachricht des National Health Service, Borough of Medway. Es tut uns sehr leid, Ihnen mitteilen zu müssen, dass Mr Graham dahingeschieden ist, mit seinem Handy in der Hand. Ihre Nachricht war offenbar das Letzte, was er gesehen hat. Er hatte auf ›Antworten‹ geklickt, muss jedoch leider einen Herzinfarkt erlitten haben, bevor er etwas schreiben konnte. Sind Sie eine Verwandte von ihm, oder wissen Sie andernfalls, ob er noch Verwandte hatte? Wir versuchen gerade, seine letzten Angelegenheiten zu regeln, und konnten bislang niemanden ausfindig machen.

Amanda Bailey
Es tut mir sehr leid, das zu hören. Ich bin nicht direkt mit ihm verwandt, aber wir standen uns

SEHR nahe. Ich komme gern zu seiner Wohnung, um bei der Sortierung der dort womöglich noch befindlichen Dokumente zu helfen.

Unbekannte Nummer
Vielen Dank. Wir leiten Ihre Kontaktdaten weiter.

Herausgerissene Seite aus dem Roman *Mein Tagebuch als Engel* von Jess Adesina:

Montag, der rosarote Zwölfte im Schimmernden Regenbogen

Ich bin Tilly, und ich bin anders. Ihr werdet schon noch sehen, inwiefern. Aber ihr werdet nicht sehen, warum. Also, ich fange jetzt mit diesem Tagebuch an. Ich gebe zu, manches, was ihr darin lesen werdet, könnte alles, was ihr bisher geglaubt habt, infrage stellen, aber ich sage: Wacht auf, ihr Sterblichen! Riecht den Rosenduft des Glitzerwinds. Denn ich bin ein auf Erden gefangener Engel. Mit Eltern, die mich bloß für ein menschliches Wesen halten, das akzeptieren sollte, nicht von allen Mädchen in meiner Klasse gemocht zu werden und von absolut *keinem* der Jungs.

Wollt ihr das Irrste an der ganzen Sache wissen? Ich habe einen echt nervigen kleinen Bruder, von dem meine Eltern felsenfest glauben, *er* wäre ein Engel. Warum sonst lassen sie ihn immer tun, was er will, wann er will, ohne jede Konsequenz? Merken sie denn nicht, dass *ich* es bin, die ausschlafen, das ganze Wochenende über fernsehen und Cupcakes mit dicken Zuckerstreuseln essen müsste? Anders lassen sich meine Engelskräfte schließlich nicht erneuern.

Mein Kater Gabriel versteht das. Er kennt die Wahrheit. Dass ich anders bin als alle anderen auf diesem Planeten. Ihm habe ich bereits gesagt, was ich nun euch sage: dass ich, wenn ich nächstes Jahr um diese Zeit immer noch zweifache Jungfrau bin, zu drastischen Maßnahmen greifen muss, um das Gleichgewicht des Universums wiederherzustellen. Das ist mein Geschenk an die Menschheit.

Die nächsten 365 Tage werden also zu meinem Coming-out als Engel. Keine Tagträumereien von Scott mehr. Und keine Versuche mehr, Daisys Aufmerksamkeit zu erregen, indem ich so tue, als würde ich gern schwimmen und Hockey spielen, wo doch jeder weiß, dass Engel nicht gut in Sport sind. Am nächsten rosaroten Zwölften im Schimmernden Regenbogen ist Scott mein fester Freund, und Daisy ist meine feste Freundin. Jungs, Jungs, Jungs. Und Mädchen.

Herausgerissene Seite aus dem Roman *Weiße Flügel* von Mark Dunning:

Celine zündete sich eine rosa Ziganov an und blickte über die Seine, deren Wasser in der Dämmerung normalerweise trüb war, vor allem im Winter. Dieser Tag – ein kalter, trockener Dienstag im Januar – bildete keine Ausnahme. *Lustig,* dachte sie, während sie zusah, wie sich das Leben um sie herum dahinschleppte, *wie vollkommen normal der heutige Tag wirkt.*

Eine Hand tief in die Tasche ihres luxuriösen Kaschmirmantels vergraben, klemmte sie sich die Zigarette zwischen die lippenstiftgeküssten Lippen und zog den Gürtel eng um ihre schmale Taille.

Gabriel sagte, er würde da sein. Jetzt.

Wenn er sagte, er wäre an einem bestimmten Ort, nur um dann nicht dort zu sein, war es Celines Erfahrung nach und Gabriels Ruf im Büro zufolge angebracht, seiner Mutter einen Kranz zu schicken.

Celine lächelte. Als hätte Gabriel je so etwas wie eine Mutter gehabt. Ihre Lederpumps, frisch aus der Schachtel, klackerten angenehm über den Gehsteig.

›Du weichst von deiner Position ab.‹ Keine Frage und kein Tadel. Die Stimme über ihrer rechten Schulter traf genau den richtigen Ton, die richtige Höhe und Resonanz, um ihr direkt ins Herz zu schneiden. So machte er das.

›Ich wusste, dass du da bist‹, flüsterte sie, in seiner Gegenwart stets zu scheu, um ihren Stimmumfang wie gewohnt zu nutzen.

Gabriel nahm den Rhythmus von Celines Schritten auf. Er ging jedoch das entscheidende Stückchen vor ihr, welches ihr zeigte, wer hier die Befehlsgewalt über wen besaß.

Vor ihnen erhob sich mit einem vereinten Donnerschlag der Flügel ein Schwarm Tauben in die Luft. Selbst wenn es nicht Teil des Plans gewesen wäre, so hätte Celine es doch in der Luft gespürt ... Das, was bevorstand.

Gabriel nahm sie um die Taille. Seine Lippen auf ihren, schmolz sie ihm in die Arme, die ganze Zeit über bemüht, nicht zu vergessen, was er da tat. Flink, geschickt und vor allen verborgen.

Passanten gingen vorüber. Niemand bemerkte etwas Ungewöhnliches. Gabriels Hand, als er das Paket übergab. Celines Blicke, die nach rechts und links huschten. Die gewaltigen weißen Flügel, die sich gen Himmel aufschwangen und Celine und Gabriel unantastbar machten.

Erledigt. Sie zog den Mantel enger um sich, während sie weitergingen, Hand in Hand. Sie konnte es fühlen, dicht an ihrer Brust. So gut verpackt, dass nicht ein einziger Tropfen Blut entwischen konnte. Es war größer, als sie es sich vorgestellt hatte, schwerer. Und vollkommen ruhig. Das herausgeschnittene Herz des russischen Botschafters.

SMS zwischen dem Fernsehproduzenten Phil Priest und mir, 9. Juli 2021:

Phil Priest
Bin gerade zufällig auf das unverfilmte Drehbuch von *Boten des Himmels* gestoßen. Ist ziemlich gut. Der Autor, an dessen Namen ich mich nicht erinnern konnte, heißt Clive Badham.

Amanda Bailey
Danke, Phil. Ob Sie mir dieses Drehbuch wohl zuschicken könnten?

Phil Priest
Ich hab nur die ersten paar Seiten. Wir haben nicht das vollständige Manuskript verlangt, weil sein Name unbekannt war (und es zweifellos noch ist). Ich schicke Ihnen, was ich habe.

Boten des Himmels

Originaldrehbuch von

CLIVE BADHAM

Irren ist menschlich
Töten ist göttlich

INNEN - KRANKENHAUS-NOTAUFNAHME - NACHT

Es herrscht reger Betrieb. Ein schmutziges, blutbeflecktes und zerzaustes MINDERJÄHRIGES MÄDCHEN (HOLLY, 17) mit vor Schock glasigem Blick geht durchs Getümmel zur Anmeldung. Die EMPFANGSDAME (etwa 30) blickt auf. Ihr Gesicht bekommt einen anderen Ausdruck … Dies ist keine gewöhnliche ambulante Patientin.

MINDERJÄHRIGES MÄDCHEN
Ich hab ein Baby.

Die Empfangsdame nimmt den Telefonhörer auf.

EMPFANGSDAME
Du hast ein Kind, Liebes? Seit wann denn?

MINDERJÄHRIGES MÄDCHEN
Ein paar Wochen.

Die Empfangsdame hebt die Augenbrauen, routiniert.

EMPFANGSDAME
Und wo -?

MINDERJÄHRIGES MÄDCHEN
Die Straße. Ich hatte Angst …

Die Empfangsdame nickt, mitfühlend, wissend, warm.

EMPFANGSDAME
(in den Telefonhörer)
Eine Krankenschwester zur Anmeldung, bitte.
(zu dem Minderjährigen Mädchen)
Wo ist das Baby jetzt?

Das Minderjährige Mädchen schüttelt den Kopf, verwirrt.

MINDERJÄHRIGES MÄDCHEN
Hier.

Sie hält eine PLASTIKTÜTE hoch, darin unverkennbar die Konturen eines wenige Wochen alten, offenbar leblosen Babys. Der Empfangsdame entgleisen vor Entsetzen die Gesichtszüge.

TONÜBERBLENDUNG: KLOPF. KLOPF. KLOPF.
INNEN - TÜRSPION AUF DEN KORRIDOR - NACHT - WOCHEN VORHER
JONAH (17, ernst) und Holly sind verzerrt durch einen Türspion zu sehen. Zwischen sich halten sie einen BABYKORB.

INNEN - WOHNUNGSFLUR - NACHT
Die Tür geht auf, und im Korridor sind Jonah und Holly zu sehen, müde und ungekämmt, doch mit Mienen, die aussagen, dass sie Erfolg hatten. Aus dem Babykorb dringen die leisen, unzusammenhängenden GERÄUSCHE eines NEUGEBORENEN. Jonah und Holly grinsen, als sie GABRIEL (Ende 40, ruhig) erblicken, der sie mit gewinnendem Lächeln begrüßt. Er lässt sie ein, mit herzlicher, väterlicher Geste, nimmt den Babykorb an sich und tritt die Tür entschlossen zu.

INNEN - WOHNZIMMER - NACHT

Gabriel stellt den Babykorb auf den Tisch, strafft sich, lugt zu dem strampelnden Säugling hinein. Er ist fasziniert, doch seine Miene ist undurchdringlich. Holly und Jonah werfen die Mäntel ab und stellen sich dazu. Schließlich …

GABRIEL

Geht's euch gut? Holly - hast du dich erholt?

Den Arm um ihre Schultern gelegt, zieht er sie an sich. Holly nickt, während sie und Jonah in den Korb blicken.

GABRIEL

Euch ist niemand gefolgt?

Jonah schüttelt den Kopf. Gabriel blickt ihm forschend in die Augen.

GABRIEL

Seid ihr sicher? Absolut sicher? Denn jetzt, wo es hier ist, können sie es umzingeln, näher kommen. Bleibt wachsam.

Er wechselt Tonfall und Haltung, sein Gesicht ein einziges herzliches Lächeln. Er zieht beide an sich, in einer liebevollen Gruppenumarmung.

GABRIEL

Hey! Zeit für Pizza!

Die Arme um beide gelegt, die ihrerseits die Arme um ihn gelegt haben, führt er sie in die Küche. Der auf dem Tisch zurückgelassene Korb schaukelt sacht.

INNEN - WOHNZIMMER - NACHT - SPÄTER

Die Wohnung ist klein, aber sauber und aufgeräumt. Man sieht einen Stapel Babysachen: Windeln, Decken, Milchpulver. Gabriel liegt auf dem Sofa. Holly und Jonah sind links und rechts vergnügt an ihn gekuschelt. Sechs Beine, ineinander verschlungen, sechs Füße, drei Teller mit Pizzarändern. Alle schauen fern. Gerade geht ein FANTASYFILM zu Ende.

HOLLY

Gabriel?

Gabriel stellt den Fernseher leiser.

HOLLY

Können wir Kranke heilen?

Er denkt nach. Holly und Jonah warten geduldig.

GABRIEL

Das brauchen wir nicht. Wenn sie gesund werden sollen, werden sie gesund.

HOLLY

Aber können wir ihnen Liebe schicken?

GABRIEL

Wir können es versuchen.

OFF SCREEN SCHREIT das Baby. Widerwillig befreit Holly die Beine aus der Verschlingung und schleppt sich zur Küche.

INNEN - WOHNZIMMER - NACHT - KURZE ZEIT SPÄTER

Gabriel sitzt zwischen Holly und Jonah. Sie sehen zu, wie er dem Baby die Flasche gibt, ungeübt, distanziert.

HOLLY
Warum lassen wir es nicht einfach verhungern?

GABRIEL
Dann würde es in einem anderen Körper wiedergeboren. Es muss richtig gemacht werden, sonst ist all das hier umsonst.

Sie sehen dem Baby beim Trinken zu.

JONAH
Haben wir das auch gemacht? Uns einen sterblichen Leib gesucht, um darin geboren zu werden?

Gabriel nickt.

JONAH
Daran kann ich mich gar nicht erinnern.

GABRIEL
Erinnerungen überschreiten die Schwelle nicht. Aber ihr wisst, dass ihr nicht seid wie die anderen. Die anderen sind sterbliche Seelen in sterblichen Körpern.

Eure Körper mögen sterblich sein, doch
eure Seelen sind göttlich.

Sie blicken ihn an und nicken, ernst, beinahe unterwürfig.

HOLLY
Wieso kannst du dich daran erinnern?

JONAH
Er kommt aus einer höheren Sphäre, er ist
ein Erzengel. Wir sind nur Engel.

Gabriel lächelt. Das Baby hat fertig getrunken. Er legt es auf eine Decke auf dem Tisch. Es GLUCKST erbost. Holly, Jonah und Gabriel betrachten nachdenklich die winzigen Hände und Füße, das unschuldige engelsgleiche Gesicht.

JONAH
Ist es eine sterbliche Seele in einem
sterblichen Körper oder eine göttliche
Seele in einem sterblichen Körper?

Gabriels Blicke bohren sich in das Baby.

GABRIEL
Weder noch.

Das Baby strampelt und MAUNZT.

GABRIEL
Es ist der Antichrist.

```
Für das vollständige Manuskript kontaktieren Sie bitte
Clive Badham unter der u.a. Nummer.
```

Noch eine E-Mail von Amateurdetektiv David Polneath, 9. Juli 2021:

AN: Amanda Bailey
DATUM: 9. Juli 2021
BETREFF: Aw: Die Engel von Alperton
VON: David Polneath

Liebe Amanda,
es gibt mehrere Personen, mit denen ich Sie in Kontakt setzen könnte, doch ich darf es nicht riskieren, Ihnen die Adressen per E-Mail zu schicken. Zur Weitergabe solch sensibler Daten müssten wir uns persönlich treffen.

Warum mich dieser Fall nicht loslässt? Wo soll ich anfangen? Vielleicht da, wo es vor ein paar Jahren für mich begonnen hat. Zur Zeit, als es geschah, las ich etwas über die Engel von Alperton, das offenbar einen Nerv in mir traf. Als ich mich dann zur Ruhe setzte, beschloss ich, Recherchen zu dem Fall anzustellen. Und je mehr ich darüber las, desto mehr nahm es mich gefangen und desto dringender wollte ich noch mehr darüber wissen.

Die Geschichte ist inzwischen allgemein bekannt: Vier Männer, die sich Michael, Gabriel, Raphael und Elemiah nannten, lockten zwei fragile Teenager in eine sektenartige Gruppierung, indem sie ihnen weismachten, sie selbst wären in göttlichem Auftrag auf die Erde gesandte Engel – und müssten den gerade geborenen Antichrist töten. In dieser Mission käme jedem eine andere gleichermaßen wichtige Rolle zu.

Holly und Jonah waren beide aus der Jugendfürsorge abgehauen, und die Sekte wurde zu ihrer neuen Familie. Sie gab ihrem Leben eine Bedeutung, die es vorher nicht gehabt hatte: eine Aufgabe, einen geregelten Tagesablauf, Hoffnung, Zuversicht. Sie gab ihnen Selbstvertrauen. Das Verhalten, das Gabriel und die anderen ›Engel‹ an den Tag legten, war größtenteils typisch für kontrollsüchtige Psychopathen. Sie isolierten die Jugendlichen und hielten sie mit Tätigkeiten auf Trab, die ihnen das Gefühl gaben, auf ein gemeinsames Ziel hinzuarbeiten. Andererseits handelte es sich um Minderjährige, die vermutlich stets kurz davorstanden, in Kriminalität oder Drogen abzurutschen, also war es vielleicht auch von Vorteil, dass sie in diese ›Sekte‹ gerieten.

Um an ihr Ziel zu kommen, ermordeten die Engel einen unschuldigen jungen Kellner. Doch als sie ein vollkommen normales Baby opfern wollten, von dem sie behaupteten, es würde als Erwachsener die Menschheit vernichten, kam Holly, die Kindsmutter, wieder zur Vernunft und konnte mit dem Säugling und Jonah, dem minderjährigen Vater, entkommen. Statt des Babys kamen schließlich drei der Hauptübeltäter in einer rituellen Opferung ums Leben.

Und all das trug sich in einer Allerweltsvorstadt namens Alperton im Nordwesten Londons zu.

Sie fragen, was mich an diesem Fall so gefesselt hat und wieso ich mich nach wie vor für diese Jugendlichen und ihr weiteres Schicksal interessiere. Nun, vor vielen Jahren befand ich mich selbst in einer ähnlichen Lage, ungefähr im gleichen Alter wie die zwei. Auch ich war auf der Suche nach einer neuen ›Familie‹, merkte aber zu spät, dass dieser nicht unbedingt mein Wohlergehen am Herzen lag. Ich weiß, wie diese beiden jungen Menschen sich gefühlt haben und wie sie sich heute fühlen, genauso wie ich weiß, was sie in zehn, zwanzig oder dreißig Jahren fühlen werden. Wie sie sich fühlen werden, wenn sie alt sind.

Wenn man einmal an einen dermaßen düsteren Ort gezwungen wurde, verbringt man den Rest seines Lebens mit der Rückkehr von dort.
David

WhatsApp-Nachrichten zwischen Oliver Menzies und mir, 9. Juli 2021:

Oliver Menzies
Bin vom Weckruf des durchgeknallten Rambos aufgewacht, und dann kommt diese E-Mail. Schönen Dank auch. Jetzt hast du's mir heimgezahlt.

Weitergeleitete E-Mail:

AN: Oliver Menzies
DATUM: 9. Juli 2021
BETREFF: Die Engel von Alperton
VON: Paul Cole

Lieber Oliver,
Amanda Bailey legte mir nahe, mich mit Ihnen in Verbindung zu setzen. Wie ich hörte, soll Ihr nächstes Buch von den Engeln von Alperton handeln. Als ehemaliger Geistlicher der anglikanischen Kirche und spiritueller Berater verfüge ich über eine langjährige Erfahrung im Studium des menschlichen Bewusstseins. Den Fall der Engel von Alperton habe ich mit Interesse verfolgt und halte ihn nach wie vor für eine der spannendsten Grenzüberschreitungen zwischen unserer Welt und der anderen Sphäre. Als dieser Fall sich ereignete, befand sich meine persönliche Verbindung zur spirituellen Ebene noch in der Entwicklung, weshalb ich damals noch nicht über dasselbe Werkzeug verfügte wie heute.

Kurz gesagt glaube ich, dass jede Person, die in diesen Fall eintauchen will, sich über einige Dinge im Klaren sein sollte – Dinge, die nicht jeder weiß und verinnerlicht hat.

Geht man von Gabriels Enthüllungen über die Philosophie der Engel aus, hatte – genau genommen *hat* – er Zugang zur anderen Sphäre. Er kann sie weit klarer sehen und lesen, als es eigentlich vorgesehen ist. Aber ist er ein Engel, der gesandt wurde, um die Welt vom Bösen zu befreien? Dessen bin ich mir sehr viel weniger sicher. Sie beide müssen jedenfalls verstehen, dass seine Äußerungen eines Fundaments nicht entbehren. Es gibt eine Dimension unseres Seins, die wir in diesem Leben nicht verstehen können, und nicht verstehen sollten, und zu der wir ganz gewiss keinen Zugang haben dürften.

Sollten Sie Hintergrundinformationen zu diesem Fall wünschen, schreiben Sie mir bitte.

Mit freundlichen Grüßen,
Paul Cole
Spiritueller Berater

WhatsApp-Nachrichten zwischen Oliver Menzies und mir, 9. Juli 2021:

Oliver Menzies
Den Versuch war's wert, aber Mr Cole teilt mir bereits in der ersten Zeile mit, dass du ihm meine Mail-Adresse gegeben hast. Selbst wenn nicht, hätte ich gewusst, dass du dahintersteckst. Null Punkte.

Amanda Bailey
🤣

Oliver Menzies
Hör zu, ich bin nicht in Stimmung. Wurde um Mitternacht in Mums Pflegeheim gerufen. Es hieß, sie stünde kurz vor einem Organversagen. Einmal das-Ende-ist-nahe in Hardcore. Eine Stunde später war sie wieder topfit. Hatte aus Versehen eine Extradosis Tabletten genommen. Bin um halb drei Uhr früh ins Bett gekommen. Muss unser Treffen mit Jonah auf der Basis von zwei Stunden schlechtem Schlaf absolvieren.

Amanda Bailey
Das tut mir leid.

Oliver Menzies
Also keine Weitergabe unserer Adressen an geistesgestörte Verschwörungstheoretiker mehr. Waffenstillstand?

Amanda Bailey
Waffenstillstand 🤐

Oliver Menzies
Wir sehen uns in einer Stunde.

Oliver Menzies Antwort auf die E-Mail von Paul Cole, Spiritueller Berater, 9. Juli 2021:

AN: Paul Cole
KOPIE: Amanda Bailey
DATUM: 9. Juli 2021
BETREFF: Aw: Die Engel von Alperton
VON: Oliver Menzies

Vielen Dank für Ihre Nachricht, Mr Cole, doch meine Kollegin hat Ihnen nur einen Streich gespielt. Ich konzentriere mich ausschließlich auf die Fakten.

DIE QUARR-ABBEY-DATEIEN

Amanda Bailey und Oliver Menzies bei der Religionsgemeinschaft Quarr (ausgesprochen ›Kor‹) Abbey auf der Isle of Wight sowie später mit ihrem Interviewpartner Jonah, 9. Juli 2021. Transkribiert von Ellie Cooper.

AB: Hi, Ellie. Du wirst sehen, dass dieses Interview aus mehreren Audiodateien besteht. Nun schätze ich es zwar *sehr*, dass du Geplänkel und Small Talk überspringst. Diesmal aber bräuchte ich eine Aufzeichnung des gesamten Tages. Bitte transkribiere diese Dateien in chronologischer Reihenfolge und vollständig. Du bekommst natürlich das volle Honorar. Danke. *[Alles klar. Ich nenne diese Aufzeichnungen die Quarr-Abbey-Dateien. EC]* Und übrigens, Olivers Familienname wird zwar ›Mingis‹ ausgesprochen, schreibt sich aber ›Menzies‹.

DATEI 1

OM: Rat mal, was die Fähre hier kostet.

AB: Zwei, drei Millionen.

OM: Ich meine die Tickets. Die Überfahrt über den Solent. Eine vierzigminütige Fahrt. Rate, wie viel. Hin und zurück.

AB: Fünfzig.

OM: Nicht mal annähernd.

AB: Fünfundsiebzig.

OM: Versuch's noch mal.

AB: Einhundert.

OM: Du lebst echt noch im Jahr 2001, Mandy, nein … *[dramatische Pause. EC]* Einhundertfünfzig.

AB: Im Ernst?

OM: Die teuerste Meerenge der Welt. Kein Wunder, dass die ihr abgeschiedenes Kloster da drüben gebaut haben.

AB: Bonbon?

OM: Hmmm. Pfefferminz?

AB: Yep. *[Pause, während ihr Bonbons lutscht. Bäh. Vergiss nicht, du wolltest, dass ich alles transkribiere. EC]*

OM: Gute Idee, das zusammen zu machen. Ich bin nicht so … was auch immer, so wie du. Leute aushorchen. Aus der Reserve locken. Ich bin mehr der Elefant im Porzellanladen.

AB: Tja, ich umgarne und entwaffne die Menschen lieber. *[Klasse. EC]*

OM: Hmmm.

AB: Als ich vorgeschlagen habe, dieses Interview zusammen zu führen, habe ich übrigens nicht an *uns* gedacht. Einige der Beteiligten sind immer noch sehr verletzlich. Wir haben die Pflicht, sie bestmöglich zu schützen. In dem Fall, über den wir schreiben, spielt das Versagen staatlicher Schutzsysteme eine wesentliche Rolle, und wir sollten wenigstens *versuchen*, bei unserer eigenen Arbeit einige Grundregeln zu beachten. Mit jedem von uns einzeln zu sprechen, nacheinander, hieße für das Opfer, das, was ihm widerfahren ist, *zwei Mal* erneut durchleben zu müssen. Wenn es hingegen nur *ein* Interview durchstehen muss – mit beiden von uns –, minimiert das die Gefahr einer Retraumatisierung.

OM: Yeah, und spart Zeit. Außerdem kriegen wir so beide die unmittelbaren Reaktionen mit. Du weißt ja, was passiert, wenn ein Zeuge immer wieder über dasselbe spricht. Er sagt sein Verslein auf, kein spontanes Wort mehr, und das ist schlecht für uns. Davon abgesehen rutscht ihm nichts mehr raus, was er eigentlich für sich behalten wollte, und das ist noch schlechter für uns. Er passt auf, was er sagt.

AB: Ist es dir so mit deinem Rambo ergangen?

OM: Der war einfach nur ein Psychopath. *Ist* ein Psychopath. Jeden Morgen um Viertel vor fünf läutet das Telefon. Mir spuken Stories vom allerkränksten Scheiß, den du dir je ausgemalt hast, im Kopf rum.

AB: Schon mal mit Don gesprochen? Vielleicht kann er dem Typen Hilfe besorgen. Die Sondereinsatzkräfte müssten doch eigentlich für eine Therapie oder so sorgen.

OM: Hab's mal erwähnt. Aber so was dauert doch ewig.

AB: Dann dreh das Ganze um. Steh auf, wenn er anruft. Geh joggen. Fang an zu arbeiten. Mach was Gutes aus was Schlechtem. *[Geräusche im Hintergrund. Eine Bekanntgabe. Bitte kehren Sie zu Ihren Wagen zurück. EC]*

OM: Fühl mich, als würde ich gleich eine Berühmtheit treffen. Jonah, den Engel von Alperton.

AB: Nur, dass das nicht sein richtiger Name ist. So hat ihn die Engelssekte genannt. Wenn wir ihn damit ansprechen, lösen wir vielleicht Beklemmungen oder Panik bei ihm aus. Andererseits erregen wir so wenigstens seine Aufmerksamkeit. Muss echt aufhören, immer noch den Siebzehnjährigen in ihm zu sehen. Er ist vierunddreißig.

OM: Wie bist du eigentlich an seine Nummer gekommen? *[Offenbar schüttelst du den Kopf. EC]* Wieso nicht?

AB: Jemand ist mit der Weitergabe an mich ein Risiko eingegangen.

OM: Und warum hat dieser Jemand *dir* die Nummer gegeben? Das ist ne heikle Information, so was könnte auch ins Auge gehen. Solche Hinweise bekomme ich nie. Die Leute sind echt zum Kotzen.

AB: Verschiedene Gründe. Manche glauben, dass bestimmte Dinge an die Öffentlichkeit kommen sollten. In diesem Fall hat jemand, mit dem ich gesprochen habe, mir vertraut und wollte helfen. Dafür gibt's keine Formel. Von einer anderen Person versuche ich händeringend, Informationen zu diesem Projekt zu bekommen, aber die stellt sich einfach quer.

OM: Willkommen im Klub.

AB: Das kann auch reines Glück sein. Zu manchen Menschen hat man einfach einen Draht. Den musst du finden. So machen wir's doch alle.

OM: Funktioniert bei mir nie.

AB: Tja, vielleicht haftet dir einfach etwas grundlegend Unseriöses an.

OM: Glaub ich nicht. Aber wie dem auch sei, wie kann jemand, der dich – oder mich – kaum kennt, einfach so ein Urteil fällen, egal welcher Art?

AB: Das sind die unsichtbaren Drähte zwischen uns.

OM: Die *was*?

AB: Na ja, wenn Leute Psychologie studieren oder sich zum Therapeuten ausbilden lassen, so was. Dann sagt der Dozent im allerersten Kurs: ›Gehen Sie im Zimmer herum und finden Sie jemanden, mit dem Sie ein Team bilden wollen.‹ Das machen sie dann, und der Dozent bittet die Teams, sich zusammenzusetzen und einander von ihren Familien, ihrer Kindheit und Jugend zu erzählen. Dabei merken die Studierenden dann, dass sie sich – scheinbar zufällig – jemanden ausgesucht haben, dessen Eltern sich haben scheiden lassen, genau wie die eigenen, dessen Vater gestorben ist, als sie noch klein waren, dessen Familie durch ständige Umzüge in die Brüche gegangen ist. Oder irgendwas ganz Simples wie zwei Menschen, die denselben Platz innerhalb ihrer Geschwister einnehmen oder beides Einzelkinder sind.

OM: Anders ausgedrückt, ganz normale Zufälle, die nichts zu bedeuten haben.

AB: Wir fühlen uns zu Menschen mit ähnlichen Erfahrungen hingezogen. Es gibt eine unsichtbare Kommunikationsebene, auf der es uns zu denen zieht, deren emotionale Entwicklung unserer eigenen gleicht oder sie ergänzt. *[Ich hab so was mal gemacht und erinnere mich, dass ich dir davon erzählt habe! EC]*

OM: Also, ich persönlich kann das nicht …

AB: Wir können das nicht sehen oder hören, geschweige denn kontrollieren, aber es ist da und bestimmt, zu wem wir uns hingezogen fühlen und wer uns abstößt. Sektenführer – einflussreiche, charismatische Menschen – besitzen eine Ausstrahlung, von der sich unsichere und verletzliche Menschen angezogen fühlen. Das perfekte psychologische Chaos. *[Faszinierend. EC]*

OM: Menschen schließen sich einer Sekte an, weil sie schwach und dumm sind. Was hat das damit zu tun, dass du Informationen von den Leuten kriegst und ich nicht?

AB: Ich habe mehr Lebenserfahrung als du, und das heißt, dass ich zu mehr Menschen einen *Draht* habe.

OM: Erklärt nicht, wieso dir irgendjemand Jonahs Nummer geben sollte.

AB: Ich habe *eine* Nummer bekommen. Ich weiß nicht, ob man sein Handy abgibt, wenn man ins Kloster geht, aber die Nummer, die Jonah 2011 hatte, gehört heute einer anderen Person, und die hat mir, als ich da angerufen habe, gesagt, wo der ursprüngliche Inhaber der Nummer heute lebt. Nämlich gleich da drüben.

OM: Wo?

AB: In dem Steingebäude hinter den Bäumen.

OM: Wow, das kannst du vom Wasser aus sehen?

AB: Wir sind die einzigen Passagiere, die noch hier oben sind. Wir sollten zurück ins Auto – ich fahre.

OM: Für meine hundertfünfzig Kröten will ich so viel aus diesem Plastikstuhl rausholen wie nur geht.

[An dieser Stelle hast du die Aufnahme angehalten. Warum nimmst du das alles überhaupt auf? EC]

DATEI 2

[Knirsch, knirsch, knirsch. Geht ihr über Kies? EC]

AB: Das Einzige, was wir sicher über ihn wissen, ist, dass er in einer Pflegefamilie war. Als Teenager hat er sich dann den Engeln von Alperton angeschlossen. Nach seiner Rettung vom Schauplatz der Versammlung ist er wieder im System des staatlichen Jugendschutzes verschwunden.

OM: Nicht für lang, nehme ich mal an. Er war immerhin schon siebzehn, als das alles passiert ist.

AB: Sie hatten also nicht viel Zeit, den Kreislauf zu durchbrechen. Den … was auch immer die Engel über ihn ausgeübt haben.

OM: Bestimmt schämt er sich in Grund und Boden.

AB: Wieso?

OM: Wenn ich mal geglaubt hätte, ich wäre ein vom Himmel gesandter Engel, wäre mir das zumindest peinlich.

AB: Vielleicht schämt er sich ja. Wir werden sehen.

OM: Ich würde niemals mit Leuten wie uns darüber sprechen.

AB: Na, hoffentlich sieht er das nicht auch so.

OM: Bitte was? Dann hast du *noch gar nicht* mit ihm gesprochen?

AB: Nicht direkt.

OM: Aber er *weiß*, dass wir heute kommen.

AB: Genau genommen – nein.

OM: Dann schickt er uns vielleicht zum Teufel. Vielleicht ist er nicht mal da!

AB: Das ist ein Kloster. Das verlassen die Mönche nicht. Oder doch?

OM: Oder er betet gerade oder macht sonst was. *[Da hat er recht, Mandy. EC]* Was machen wir hier überhaupt?

AB: Wir sind hier, um uns das Kloster und die Umgebung anzusehen und im Fall, dass wir Glück haben und Jonah gerade Lust hat, ein bisschen mit uns zu plaudern –

OM: Woher sollen wir eigentlich wissen, welcher von den Mönchen

Jonah ist? Falls wir überhaupt einen Mönch zu Gesicht bekommen!

AB: Sein Alter. Sein … Verhalten. Irgendwas an ihm wird uns schon auffallen. Ich erkenne ihn sicher.

OM: *[Seufzt gereizt. Du hast ihn echt wütend gemacht! EC]* Dieses Fährticket hat hundertfünfzig Mäuse gekostet.

AB: Du kriegst doch Spesen.

OM: *[Flüstert. EC]* Großer Gott.

AB: Pst.

DATEI 3

[Ich habe euren Gesprächspartner hier ›Freundlicher Mönch‹ genannt. EC]

FM: … auf dem Gelände eines alten Zisterzienserklosters aus dem 12. Jahrhundert. Was Sie heute sehen, wurde zwischen 1907 und 1914 erbaut. Dem ursprünglichen viktorianischen Haus hinter Ihnen wurden diese klösterlichen Hauptgebäude von einem Architekten angefügt, der die Gelübde des Benediktinerordens abgelegt hatte *[Dom Paul Bellot. Habe ich nachgeschlagen. EC]*. Er bevorzugte belgische Ziegel, deren besondere Eigenschaften dafür sorgen, dass das Kloster mit den Tages- und Jahreszeiten den Farbton ändert. Von unserem Glockenturm heißt es, er stehe nur durch Gottes Gnade und die darin gesprochenen Gebete. *[Dramatische Pause. EC]* Die Einheimischen damals hatten noch nie ein so hohes Gebäude gesehen. Doch ich kann Ihnen versichern, dass er absolut stabil ist.

OM: Wie viele Mönche leben hier?

FM: Das ändert sich ständig. Wir nehmen Gäste und Novizen auf. Männer, die ein solches Leben in Erwägung ziehen oder einfach nur eine gewisse Zeit des Gebets und der Einsamkeit erleben möchten.

OM: Gibt es denn auch jüngere Männer bei Ihnen im Kloster, sagen wir mal, so um die dreißig?

FM: Aber ja, es gibt Männer jeden Alters. Von Anfang zwanzig bis über achtzig.

OM: Wenn ich nun gern mit jemand ganz Bestimmtem sprechen würde …

AB: Haben Sie auch eine Pressestelle?

FM: Da wenden Sie sich wohl am besten per E-Mail an unsere ›info at‹ Adresse … kommen Sie von den Medien?

OM: Genau, wir –

AB: Wir sind nur zur Besichtigung hier, aber stets offen für alles, was die breite Mehrheit da draußen interessieren könnte. Das Kloster ist wunderschön und faszinierend.

FM: Ja. *[Knirsch, knirsch … er geht davon. EC]* Genießen Sie Ihren Besuch.

OM: *[Hebt die Stimme. EC]* Hier gibt es einen Mönch … Er ist vierunddreißig Jahre alt.

AB: Schschsch.

FM: *[Klingt jetzt weiter weg. EC]* Info at Quarr Abbey Punkt org. *[Knirsch, knirsch, knirsch. EC]*

AB: Na, großartig.

OM: Er ist mir auf die Nerven gegangen. Mag ja sein, dass er alle Zeit der Welt hat, um endlos über Architektur und so 'n Scheiß zu labern, aber unsere Fähre zurück geht um sechs. Und die Mönche haben sich alle verkrochen.

AB: Weit können sie ja nicht sein. Na los. *[Knirsch, knirsch, knirsch. EC]*

DATEI 4

AB: Langsam. Leise.

OM: Ob die auf uns losgehen?

AB: Keine Ahnung.

OM: Die beißen. Hundertprozentig beißen die. Außerdem fressen die alles. Für die sind wir Futter.

AB: Das sind bloß Schweine.

OM: Aber keine netten. Schau dir den da mal an.

AB: Die da.

Um die folgenden Geschehnisse in die chronologisch richtige Reihenfolge zu bringen, habe ich die nächste Datei geteilt und Ausdrucke der WhatsApp-Nachrichten zwischen mir und Oliver dazwischen eingefügt:

DATEI 5

[Mehr oder weniger alles geflüstert. EC]

AB: Um die Ecke da ist die Brauerei. Dahinter liegt der Gemüsegarten. Das da ist ganz offensichtlich die Kapelle. Und das Cottage hier führt bestimmt zu den Schlaf- und Speisesälen.

OM: Woher weißt du das alles?

AB: Recherche, Oliver. Fotos auf der Klosterwebsite, Interviews in den Nachrichten, Google Earth. In meinem Kopf hab ich mir eine gedankliche Landkarte des Geländes angelegt. Hier, vitaminhaltiges Wasser – wir müssen auf Zack sein. *[Schlürfende Geräusche, danach schleicht ihr, ohne miteinander zu sprechen, eindeutig irgendwo herum, wo keine Besucher erlaubt sind. Am allerwenigsten Frauen. EC]*

AB: Oliver, sollten wir Jonah finden, lass *mich* das Reden übernehmen. *[Bong, bong, bong. Unheil verkündende Glocken. EC]*

OM: In der Kapelle ist ganz schön was los …

AB: Der Gottesdienst fängt gleich an.

OM: Da gehen Leute rein.

AB: Komm mit. *[Plötzlich unheimliche Echos von überallher. Bong! War das eine Tür, die zugeschlagen ist? EC]* Da ist ein Bereich für Besucher. Perfekt!

OM: Mönche! Lauter Mönche!

AB: Ich weiß. Pst. *[Boah! Ein Heulen! Das lässt es einem wirklich eiskalt den Rücken runterlaufen. EC]*

OM: Scheiße, das ist gruselig.

AB: Die Sext. Es ist zwölf Uhr. Es gibt einen Zyklus von Stundengebeten, den die Mönche im Tagesablauf befolgen. Wenn Jonah im Kloster lebt, ist er jetzt hier. Los. Schnell. *[Das Singen wird lauter. Echt schaurig. EC]*

OM: Was sind das für Typen, die in den Bereich gehen, der mit einem Seil abgetrennt ist? Mönche können das nicht sein. Der da drüben trägt ein Kapuzenshirt von Tommy Hilfiger.

AB: Das sind bestimmt die Männer, die sich hier eine spirituelle Auszeit nehmen.

OM: Die haben Logenplätze. Von hier aus kann ich die Mönche kaum erkennen.

AB: Diese Auszeittypen übertreten das Seil einfach. Geh ihnen hinterher. Na los.

OM: Da steht ›Kein Zutritt‹. Die merken doch, dass ich nicht dazugehöre. Gott wird mich mit dem Blitz erschlagen.

AB: Während der Gebete sagen die bestimmt nichts. Und falls doch, entschuldige dich und sag, das wär ein Versehen. Schau, dass du die Mönche gut sehen kannst. Krieg raus, ob unser Mann dabei sein könnte. *[Einige dieser Gesänge sind auf Lateinisch. Tut mir leid, aber ich kann nur das Englische transkribieren. Den nächsten Sprecher nenne ich ›Unbekannter Mönch‹. EC]*

UM: Die Gottlosen lauern mir auf, dass sie mich umbringen; ich aber merke auf deine Mahnungen. Ich habe gesehen, dass alles ein Ende hat, aber dein Gebot bleibt bestehen. *[Das habe ich recherchiert. Das ist Psalm 119. EC]* Ehre sei dem Vater und dem Sohn und dem Heiligen Geist, wie im Anfang, so auch jetzt und alle Zeit und in Ewigkeit. Amen.

Nachdem Oliver sich zu den Auszeittypen gesetzt hat, haben wir über WhatsApp kommuniziert. Ich habe unsere Nachrichten an dieser Stelle eingefügt:

Amanda Bailey
Gut gemacht. Du siehst genauso aus wie die.

Oliver Menzies
Wer?

Amanda Bailey
Na, die spirituellen Auszeittypen. Was kannst du von da drüben sehen?

Oliver Menzies
Mönche, allerdings nicht viele. NEUN einschließlich des Mönchs, der spricht.

Amanda Bailey
Irgendwer Mitte dreißig?

Oliver Menzies
Der Zweite von links. Und einer ganz rechts, neben dem Rednerpult. Was denkst du?

Amanda Bailey
Kann grad noch dich sehen, weiter nicht.

Oliver Menzies
Muss das Handy wegstecken – unheilige Blicke von durchgeistigten Auszeittypen.

DATEI 5 (FORTSETZUNG)

[Weitere Sprech- und Wechselgesänge, haufenweise. Ein Scheppern und Schritte. EC]

UM: Denn du bist mein Fels und meine Burg. Mein Gott, hilf mir aus der Hand des Gottlosen, aus der Hand des Ungerechten und Tyrannen. Denn meine Feinde reden über mich, und die auf mich lauern, beraten sich miteinander. *[Krach! Großer Gott, was war denn das? Alles okay mit euch beiden? Lange Pause, während irgendwas passiert. Ich kann nicht genau verstehen, was. EC]*

AB: Geht's dir gut?

OM: Ja!

AB: Was ist passiert?

OM: Das war beim Gebet. Die durchgeistigten Typen haben sich an die Stühle vor ihnen gelehnt, den Kopf gebeugt, und als ich das nachgemacht hab, ist der Stuhl zusammengekracht. Im selben Moment kaputtgegangen, als ich ihn berührt hab. Als hätte er gewusst, dass ich da nicht sein dürfte.

AB: Der Mönch, der dir aufgeholfen hat ... Bisschen zu alt für Jonah.

OM: Der hat gewusst, dass ich da nicht hingehöre, sonst hätte er mich nicht bis nach hier draußen zurückbegleitet.

MF: *[Ein mürrischer Fremder. EC]* Schschsch! Wir versuchen zu hören, was vorn gesagt wird.

OM: Das ist auf *Latein*!

MF: Schschsch!

[Schlurfen und Räuspern. Schweigen. Dann wird der Gesang wieder aufgenommen. Großer Gott, Mandy, du musst neun Leben haben. EC]

DATEI 6

AB: Jonah? *[Meintest du nicht, ihn mit seinem Sektennamen anzusprechen, könnte Panik bei ihm auslösen? EC]* Jonah?

BJ: *[Ist weder derb noch respektlos gemeint, aber wenn es Bruder Jonah ist, muss ich ihn BJ nennen. EC]* Wer sind Sie?

AB: Amanda Bailey. Ich schreibe ein Buch. Über die Engel von Alperton.

BJ: *[Lange Pause. EC]* Oh. *[Jemand unterbricht euch, klingt wie ›Bruder, du wirst in der Küche erwartet‹, aber BJ scheucht den Sprecher offenbar weg. EC]*

AB: Ich verstehe das. Sie wollen vergessen und nach vorn schauen. Aber dafür ist es enorm wichtig, über alles sprechen zu können. Um zu verstehen, was passiert ist und warum, damit es nie wieder passieren kann. Ihre Erfahrungen können anderen helfen, jenen, die anfällig dafür sind, einem solchen Budenzauber zu verfallen. Allein dadurch, dass Sie Ihre Geschichte erzählen, helfen Sie anderen, solche Lügen zu durchschauen und sich zu schützen. Was Sie erlebt haben, kann der ganzen Welt von Nutzen sein.

BJ: Woher wussten Sie, wer ich bin?

AB: Intuition. Quasi. Haben Sie noch Kontakt zu Holly? Wissen Sie, wo sie ist? *[Offenbar schüttelt er zu diesen Fragen den Kopf. Jedenfalls kann ich keine Antwort hören. EC]*

OM: Das muss Ihnen ganz schön unangenehm sein –

AB: Dass wir Sie hier einfach so überfallen. Vor allem nach … In der Kapelle.

BJ: Für gewöhnlich zerlegt Bruder Benjamins Publikum kein Mobiliar vor Begeisterung. Wie haben Sie mich hier gefunden? *[Er hat eine volle, besänftigende Stimme. Ich hatte erwartet, dass er wie ein Teenager klingt. EC]*

AB: Jemand hat mir eine Handynummer gegeben, aber ich hab vergessen, wer. Ich rief an und fragte nach Jonah. Daraufhin hieß es, der sei in Quarr Abbey. Wer hat das Handy denn jetzt?

BJ: *[Nuschelt. EC]* … alte Freundschaft.

OM: Ich hab meinem Dad mal ein altes Handy von mir gegeben. Riesenfehler. Plötzlich kriegt er Anrufe von meiner Ex, alten Freunden von der Uni, früheren Arbeitskollegen, aber er hat immer den … er *hatte* immer den Schalk im Nacken, und als mein Chef mal spätabends angerufen hat, um mir zu sagen, dass am nächsten Morgen Redaktionssitzung sei, meinte Dad nur, passt, ich komme pünktlich, bis morgen früh um acht. Ich hab vergessen, zu sagen, dass unsere Stimmen fast gleich klingen. *Klangen.* Ich komm also am andern Morgen um neun zur Arbeit, und die Sitzung ist fast vorbei. Alle dachten, ich wär zu spät. Musste ihnen erklären, dass Dad ihnen nur einen Streich gespielt hat. *[Was zur Hölle? EC]*

AB: Wissen Sie, das kann jeden erwischen. Jemand muss nur rauskriegen, was einem fehlt, was man braucht oder einfach nur hören will, und dann gibt er es einem. Das schafft eine Abhängigkeit, aus der schließlich Scham wird, weil man eine Lüge geglaubt hat. Niemand möchte zugeben, dass er betrogen wurde. Am anfälligsten sind Menschen, die glauben, ihnen könnte so etwas nicht passieren. Das ist die zentrale Botschaft, die wir mit diesem Buch vermitteln wollen. Jonah … Bitte entschuldigen Sie, ich weiß, dass das nicht Ihr richtiger Name ist. Wie möchten Sie genannt werden?

BJ: Jonah.

AB: Aber das ist doch der Name, den die Engel Ihnen gegeben haben.

BJ: Ja, ich bin hier Bruder Jonah.

AB: Wir würden uns wirklich gern mit Ihnen unterhalten. Wir könnten über die Engel sprechen, darüber, was in jener Nacht geschehen ist und wie Sie entkommen sind.

BJ: Ich werde fürs Mittagessen in der Küche gebraucht, wenn ich da fehle, mache ich mich äußerst unbeliebt.

AB: Denken Sie beim Mittagessen darüber nach. Später treffen wir uns wieder hier. Um zwei? Drei?

BJ: Ich denk drüber nach.
[Offenbar geht er jetzt weg, denn du hältst die Aufnahme an. EC]

DATEI 7

AB: Ich musste ihn Jonah nennen, um seine Aufmerksamkeit zu erregen, aber ich hätte nicht gedacht, dass er den Namen, den die Sekte ihm gegeben hat, tatsächlich noch benutzt. Das ist echt gruselig. Oliver. *Oliver.* Alles klar?

OM: Mh-mh.

AB: Im Grunde lebt er immer noch in einer Art Sekte. Wieso sollte man sich für so was entscheiden, wenn man sich nicht völlig von der Welt zurückziehen will oder muss?

OM: Weiß nicht.

AB: Jemand – einer von den Typen, die sich unweigerlich bei dir melden, wenn du anfängst, dich mit so einem Fall zu befassen – hat so was gesagt wie: ›Wenn man einmal an einen düsteren Ort gezwungen wurde, verbringt man den Rest des Lebens mit der Rückkehr von dort.‹ Jonah ist immer noch mit der Rückkehr beschäftigt.

OM: Werden angehende Mönche eigentlich einer Prüfung unterzogen? Ich meine, wenn jemand die falschen Motive hat, weil er vorher einer Gehirnwäsche unterzogen wurde und nicht mehr weiß, wie er anders leben soll. Das müssen die doch nachprüfen.

AB: Aber es sind echt wenige. Nur neun Mönche im ganzen Kloster. Vielleicht stellen sie da nicht so viele Fragen.

OM: Hmmm.

AB: Bestimmt braucht er Zeit, um über unseren Vorschlag nachzudenken. Könnte bedeuten, dass wir noch mal herkommen müssen.

OM: Er muss einfach mit uns reden. Ich komm auf gar keinen Fall noch mal her, keine Chance.

AB: Du kriegst Spesen. Mach dich mal locker.

OM: Ich meine nicht die Tickets für die Fähre. Ich meine den Ort hier. Er ist … idyllisch.

AB: Nächstes Mal bringen wir was fürs Picknick mit – *[Er ist nicht zum Scherzen aufgelegt. EC]*

OM: Nicht auf eine gute Art. Wir drücken uns kein Heroin, aber nicht, weil es scheiße ist, sondern weil es so dermaßen geil ist, dass wir wissen, wir wären sofort abhängig. Auf *die* Art.

AB: *Gefällt* dir der Gedanke an so ein Leben etwa?

OM: Nein. Ich finde ihn grauenvoll. Aber ein Teil von mir glaubt, dass ich, wenn ich hier einziehen würde, noch mal von vorn anfangen könnte. Wenigstens müsste ich nicht mehr mit der Außenwelt fertigwerden. *[Etwas befremdlich. EC]*

AB: Du bist außer Gefahr, Oliver. Du bist Atheist. Die würden dich überhaupt nicht wollen.

OM: Das meine ich nicht. Ich weiß auch nicht, was ich meine.

AB: He, die Mönche brauen ja ihr eigenes Craft Beer – *[An dieser Stelle brichst du die Aufnahme ab. EC]*

DATEI 8

[Für die der Unbekannte Mönch zurückgekehrt ist. EC]

UM: Bruder Jonah bat mich, ihn zu begleiten. Er möchte keine Fragen beantworten, wird aber ein paar Worte zu dem Thema sagen, an dem Sie, wie er weiß, interessiert sind. Er bittet darum, seine Absicht, nur über die Dinge zu sprechen, die er mitzuteilen bereit ist, zu respektieren.

AB: Bitte danken Sie Bruder Jonah, und ja, wir werden seinen Wunsch respektieren. *[Offenbar lässt der Unbekannte Mönch euch kurz allein, denn ihr flüstert miteinander. EC]*

AB: Lass mich das Gespräch führen.

OM: Ich kann gegen Ende ein, zwei Fragen einwerfen. Selbst wenn er sie nicht beantwortet, sehen wir seine Reaktion.

AB: Nein. Lass ihn reden … Pssst. *[Schritte und eine Pause, während, nehme ich an, BJ und UM zurückkommen und sich setzen. EC]*

UM: Bruder Jonah.

BJ: Sie erwähnten eine Zeit, bevor ich hierherkam. Ein vorheriges Leben. Es fällt mir schwer, darüber zu sprechen. Meine Eltern waren nicht in der Lage, für mich zu sorgen. Ich wurde in Pflegefamilien gegeben, wählte aber schließlich selbst eine neue Familie bei Menschen, die mir eine Zuflucht vor diesem zerrissenen Leben boten. Leider führte diese Wahl zu einer Tragödie und dem Tod von Menschen, die ich liebte. Darüber, wie Außenstehende uns sahen, mache ich mir keine Illusionen. Doch wie wir selbst uns sahen, würde ich als symbolisch bezeichnen. Wir wollten Menschen helfen und ein sinnerfülltes

Leben führen. *[Klingt seine Stimme da irgendwie unheimlich und übernatürlich? Oder liegt das nur an dem, was er sagt? EC]*

AB: Das verstehe ich. Danke für Ihre Erklärung.

OM: Führen Sie denn jetzt ein sinnerfülltes Leben? Hier?

BJ: Ich glaube schon. Ein Leben in Gebet und innerer Einkehr ist von Bestimmung durchdrungen.

OM: Aber Sie haben ein Kind. Ihre Bestimmung war – ist – doch, ihm ein Vater zu sein.

UM: Bruder Jonah ist – *[Ab hier sprechen alle durcheinander, ich weiß nicht, ob ich alles mitbekomme. EC]*

UM: Das reicht –

AB: Das ist – Wir sind Ihnen sehr dankbar für –

OM: Dieses Kloster ist dieselbe Art von verdrehter Welt, die auch die Engel geschaffen haben.

UM: Sir, wir sind übereingekommen –

BJ: Wir haben keine Welt geschaffen. Wir haben versucht, sie zu retten.

OM: Sie können fortgehen. Sie können ein normales Leben führen. Sie haben ein volljähriges Kind, um Himmels willen.

AB: Bitte entschuldigen Sie – Oliver, wir –

OM: Gabriel sitzt hinter Schloss und Riegel. Die anderen Engel sind tot. Es gibt nichts zu befürchten. Sie sind jetzt in Sicherheit.

BJ: Nirgends ist es jetzt mehr sicher. *[Merkwürdiger Satz. Einen Moment lang herrscht Stille, euch ist also auch allen etwas aufgefallen. EC]*

AB: Was meinen Sie damit?

UM: Es wird Zeit, dass Sie gehen. Bruder Jonah – *[Höre ich da einen dünnen Schrei? War das ein Handgemenge? Prügelt Oliver sich jetzt etwa mit Mönchen? EC]*

BJ: Da, oh.

UM: Alles in Ordnung?

[Ihr beide schlurft über den Kies. Und eure Schritte klingen nicht so, als wärt ihr zufrieden. EC]

OM: Bist du etwa *besoffen*?

AB: Nein! Ich hab nur *ein* Craft Beer getrunken.

OM: Ah, dann hast du also *nur so getan*, als würdest du stolpern, um mich daran zu hindern, aus dieser Reise doch noch irgendwas Brauchbares rauszuholen.

AB: Ich bin auf blitzblank gewienerten Steinfliesen *ausgerutscht*, während du dein Bestes gegeben hast, um das Interview nach Strich und Faden zu ruinieren. Zum Glück hat Jonah mich aufgefangen. *[Wütendes Schweigen. Hast du den Sturz vorgetäuscht? EC]* Und zum Glück habe ich dich daran gehindert, noch größere Schwachköpfe aus uns zu machen, als es dir ohnehin schon gelungen war. Ich *sagte*, überlass das Reden mir. Das ist der Grund, weshalb du es nie zu etwas bringen wirst. Du bist zu nichts zu gebrauchen.

OM: Hatte so eine Scheißwut auf ihn.

AB: Wen?

OM: Jonah.

AB: Wieso?

OM: Ich weiß es nicht. Weil er darauf reingefallen ist. Auf die Engel. Auf das hier … Ich weiß es nicht. Seit ich durch die Tür dieser Kapelle getreten bin, hatte ich so ein Gefühl. Als ob mein Dad da gewesen wäre.

AB: Na, das ist doch nett, oder? Vielleicht passt er ja auf dich auf –

OM: Du kennst mich, Mandy, ich bin Atheist. Ich glaub nicht an diesen Scheiß, also warum hab ich mich so komisch gefühlt? Dann denk ich, dass mein Dad tot ist und dass er so gern noch weitergelebt und Freitagabend ein Bier mit mir getrunken hätte. Während Bruder Jonah sein Kind komplett ignoriert. Das hat mich wütend gemacht.

AB: *[An dieser Stelle holst du tief Luft. EC]* In dem Moment, in dem du deine Gefühle – oder deine eigene Meinung, wo wir schon beim Thema sind – preisgibst, schlägst du eine Tür zu. Lass die Leute reden. Die zeigen noch früh genug ihr wahres Ich. *[Langes Schweigen. Nur eure Schritte auf dem Rückweg zum Auto. EC]*

AB: Don Makepeace meinte, er sei sich nicht sicher, ob es die richtige Entscheidung war, Holly und Jonah ohne Anklage davonkommen zu lassen. Ich glaube, es war die *falsche* Entscheidung.

OM: Hmm.

AB: Wenn Jonah durch die Mühlen der Justiz gegangen wäre, hätte er vielleicht Hilfe bekommen. Stattdessen hat er sich die Welt, in der er als Mitglied einer Sekte gelebt hat, einfach wiederhergestellt. Nur dass seine neue Sekte gesellschaftlich akzeptiert wird.

OM: *Nirgends ist es jetzt mehr sicher.* Das hat er gesagt. Nirgends ist es jetzt mehr sicher … Jetzt *was*?

AB: Jetzt, wo die Engel tot sind?

OM: Hast *du* ihn so verstanden? Ich habe ihn so verstanden, dass es nirgends mehr sicher ist, jetzt, wo der Antichrist frei herumläuft.

AB: Der Antichrist ›läuft‹ seit 2003 frei herum. Und die Welt steht immer noch.

OM: Aber er ist jetzt erst volljährig geworden.

AB: Jonah ist ein fragiler Mensch. Das wusste der ältere Mönch, sonst hätte er nicht darauf bestanden, während unseres Gesprächs mit ihm dabei zu sein.

OM: Oder er wollte kontrollieren, was Jonah sagt.

AB: Wie dem auch sei, mehr kriegen wir vermutlich nicht aus ihm raus. Dank dir.

OM: Und dank *dir* ist alles, was dieser kostspielige und zeitraubende Ausflug uns gebracht hat, eine einstudierte, völlig nichtssagende Erklärung. *[Bing bing klick, der Wagen wird aufgesperrt. EC]* Und jetzt verschwinden wir von hier.

AB: *[Mandy, das Folgende flüsterst du in dein Handy. Oliver kann es nicht hören. Aber ich. EC]* Ich habe mehr aus ihm herausbekommen, als du denkst.

WhatsApp-Nachrichten zwischen Oliver Menzies und mir, 9. Juli 2021:

Oliver Menzies
Scheißkamera streikt mal wieder. Hast du vielleicht ein paar brauchbare Aufnahmen von Jonah und dem Kloster?

Amanda Bailey
Wozu?

Oliver Menzies
Für die Collage auf meinem Bildschirmhintergrund. Ich hab beim Schreiben immer gern Fotos vor mir, zur Inspiration. Schnappschüsse von den Gebäuden und alle Bilder von Jonah, die du heimlich machen konntest.

Amanda Bailey
Sind unterwegs ... Ein paar schöne vom Kloster. Eins von Jonah, aber von so weit weg, dass ich mir nicht mal sicher bin, ob er's überhaupt ist. Irgendein verschwommener Mönch.

Oliver Menzies
Das reicht mir schon.

DER BESUCH VON OLIVER MENZIES UND MIR BEIM ERZENGEL GABRIEL

Am 10. Juli 2021 unterhalten Oliver Menzies und ich uns im Auto, unterwegs auf der Autobahn. Es ist extrem schwer, das Gespräch unter diesen Bedingungen zu verstehen. Nach besten Kräften transkribiert von Ellie Cooper.

OM: Viertel vor fünf. Genau genommen vier Uhr vierundvierzig. Jeden Tag. Sogar sonntags.

AB: Zieh den Telefonanschluss raus. Inzwischen hast du doch bestimmt genug Beweismaterial.

OM: Schon, aber ich muss auch beweisen können, dass er's *immer noch* macht. Wenn ich die Anrufe nicht aufnehme, sagen sie einfach, er hätte aufgehört.

AB: Oh.

OM: Konnte eh nicht schlafen.

AB: Man trifft sich schließlich nicht jeden Tag mit dem Erzengel Gabriel.

OM: Gabriel Angelis. Besser geht's echt nicht.

AB: Geboren wurde er als Peter Duffy, am ersten Weihnachtsfeiertag 1959. Hat den Namen 1991 durch einseitige Erklärung geändert. Ist erstmals so mit achtzehn, neunzehn ins Visier der Polizei geraten, ein paar geringfügige Eigentumsdelikte, darunter auch Trickdiebstähle. Es folgte ein etwas raffinierterer

Scheckbetrug, wofür er in den Achtzigern zu vier Jahren Haft verurteilt wurde. Daran erinnert Don sich noch, weil er damals frisch zur Polizei gekommen war. Gabriel hat zwei Jahre abgesessen und ist dann eine Zeit lang sauber geblieben. Keine Einträge zwischen 1990 und 2002.

OM: Sauber geblieben oder nicht erwischt worden.

AB: 2002 wurde er beim Versuch verhaftet, eine gestohlene Kreditkarte zu benutzen, und dabei fand man noch weitere Karten bei ihm. Die Polizei glaubte, dass er sie verkaufen oder an eine organisierte Verbrecherbande weitergeben wollte. Er saß drei Monate im Knast von Wandsworth und leistete danach fünf Monate gemeinnützige Arbeit. 2003 wurde nach dem Blutbad bei der *Versammlung* nach ihm gefahndet, und schließlich hat man ihn in Ealing verhaftet.

OM: Weit ist er nicht grad gekommen.

AB: Er war zu Fuß. Buchstäblich. Trug nicht mal Schuhe.

OM: Dann wurde er aufgrund eines einzigen blutigen Fingerabdrucks auf einem Flyer in der Wohnung für den Mord an Harpinder Singh verurteilt. Und obwohl die anderen Engel sich selbst die Kehlen durchgeschnitten haben, wurde er der Verstümmelung und Zurschaustellung der Leichen angeklagt.

AB: Autopsie und Gerichtsmedizin haben bestätigt, dass die Engel sich selbst die Kehlen durchgeschnitten haben und die Verstümmelung post mortem stattfand. Das sowie Hollys und Jonahs Zeugenaussagen, dass er sie in die Sekte gelockt hat, reichte aus für lebenslänglich.

OM: Mittlerweile sitzt er seit achtzehn Jahren. Glaubt er eigentlich *immer noch*, er wäre der Erzengel Gabriel?

AB: Hat er es überhaupt je geglaubt? Er ist nicht nur ein Mörder, sondern auch ein Betrüger.

OM: Ein Betrüger, der an seine eigene Geschichte glaubt, oder ein zynischer Manipulator?

AB: Erzähl. Wie lautet deine Strategie für das Interview? *[Stille. Ich spüre da ein gewisses Unbehagen. EC]* Jetzt hab dich nicht so. Wenn ich nicht mit reinkann, musst du wissen, wie du vorgehst –

OM: Ich bin absolut in der Lage, das auch ohne deine Instruktionen zu schaffen.

AB: Fang mit ganz allgemeinem Geplauder an. Wie's so geht, was es zum Mittagessen gibt … Nichts Kompliziertes. Wenn er was Lustiges sagt oder sogar ein wenig Sarkasmus an den Tag legt, schmeiß dich weg vor Lachen, als wäre das der beste Witz, den du je gehört hast.

OM: Mandy –

AB: Bau eine Beziehung zu ihm auf. Lass nicht zu, dass *er* das Gespräch leitet. Wenn er was erzählt und dabei einen Zeitsprung nach vorn macht, lotse ihn zur korrekten Abfolge der Ereignisse zurück. Spar dir die heiklen Fragen für das Ende des Interviews auf.

OM: Das ist mir alles bestens bekannt.

AB: Er sitzt für den Mord an Singh, von dem er sagt, er kann sich nicht erinnern, hat ihn aber nicht begangen. Doch trotz aller Berufungsanträge sorgt dieser eine Fingerabdruck dafür, dass er im Knast bleibt. Dass er auf seiner Unschuld beharrt, ist ein schwacher Punkt, den wir ausnutzen können. Du musst ihm zu verstehen geben, dass du die Anklage wegen Mordes als Teil einer riesigen Verschwörung ansiehst. Scheiße! Ja. Wir müssen noch über Blickkontakt sprechen – *[Oliver gibt ein abschätziges Prusten von sich. EC]* Ich will doch nur, dass du das Bestmögliche aus dem Interview rausholst. Für uns beide. Wenn sie mich mit reinlassen, kann ich gegen Ende ja was sagen, so, als würde ich die Lücken füllen. Und wir müssen ihn nach dem Kind fragen. Allerdings weiß er wohl kaum, wohin es gebracht wurde, also … *[Erneute Stille. Nur das Dröhnen des Asphalts, bevor du ausschaltest. EC]*

Gespräch zwischen Amanda Bailey und einer Unbekannten Frau vor der Strafvollzugsanstalt Tynefield, 10. Juli 2021. Transkribiert von Ellie Cooper.

UF: *[Die Aufnahme setzt mitten im Gespräch ein. EC]* … Drogen und anderem Zeug. Ohne Genehmigung lassen die Sie nicht rein.

AB: Ich weiß. Eigentlich hätte ich jemandem helfen sollen, der sich aufgrund einer Verletzung selbst keine Notizen machen kann. *[Du klingst aufgebracht. Was ist passiert? EC]*

UF: Lange Anfahrt?

AB: London.

UF: Oh nein. Aber Ihr Freund ist ja reingelassen worden. Ach, herrje. Der kommt schon klar. Kein Grund zu weinen.

AB: Ich weine ja gar nicht. Bin nur … frustriert.

UF: Wenigstens regnet's nicht.

AB: Danke, dass Sie rübergekommen sind. Sie sollten sich zurück in die Schlange stellen. Sonst verlieren Sie noch Ihren Platz.

UF: Keine Sorge. Den halten mir die Mädels frei. Wen wollten Sie denn besuchen?

AB: *[Das flüsterst du. EC]* Gabriel Angelis.

UF: Den Sektenführer? *[Sie schnappt nach Luft. EC]* Gehören Sie etwa zu seinen Jüngerinnen?

AB: Nein. Mein Freund und ich interviewen ihn für ein Buch … Hat er denn Jüngerinnen?

UF: Sehen Sie die Frau da drüben, die grad durch die Tür geht? *[Sie senkt ihre Stimme zu einem Flüstern. EC]* Die trägt eine Halskette mit einem Engelsflügelanhänger.

AB: Das sind eine Menge Kleidungsschichten für diese Hitze. Der Hut scheint mir dann doch zu viel des Guten.

UF: Yeah, tja. Würden *Sie* dabei erkannt werden wollen, wie Sie ihn besuchen?

AB: Dann hat er also auch aus dem Gefängnis heraus noch Einfluss.

UF: Sie würden sich wundern, Kindchen.

AB: Ist sie denn oft hier?

UF: Hab sie schon oft gesehen, aber es gibt auch andere, die kommen und gehen. Geht's Ihnen wieder besser?

AB: Yeah, vielen Dank.

UF: Wir müssen uns schließlich um unsereinander kümmern, nicht wahr? *[Ihre schlechte Grammatik, nicht meine. Klingt, als würde sie gehen. EC]* Hoffe, Ihr Buch wird ein Bestseller.

AB: Danke. *[Gabriel hat also ›Fans‹, die ihn besuchen. Zeugt das von seinem Einfluss und seiner Macht, oder beweist es, dass Oliver recht hat und die Leute strohdumm sind? EC]*

Gespräch zwischen Amanda Bailey und Oliver Menzies. Im geparkten Wagen, irgendwo nahe der Strafvollzugsanstalt Tynefield, 10. Juli 2021. Ihr seid beide am Kauen. Das ist eklig. Transkribiert von Ellie Cooper.

OM: Ich hab kein Mitleid mit dir, Mandy. Du hast gewusst, dass es ein Risiko ist.

AB: Hab ich dich etwa um Mitleid gebeten? Ich war draußen beim Burgerstand und hab mit ein paar Mädels in der Schlange gesprochen. Absolut bodenständig. Loyal zu ihren Kerlen da drin. *[Er seufzt, als hätte er Schwerstarbeit geleistet. EC]* Du hast doch alles aufgenommen, oder?

OM: Yep. Und dank dir musste ich so tun, als hätte ich mich an der Hand verletzt.

AB: Spiel's ab. Ich will seine Stimme hören.

OM: Mir steht seine Stimme bis hier. Lass uns heimfahren.

AB: Ich hab meine AirPods –

OM: NEIN! Lass einfach gut sein, Mandy ... *[Unbehagliches Schweigen. Bisschen komisch. Hat er's überhaupt aufgenommen? EC]*

AB: Okay. Schick mir die Datei. Ich lass sie transkribieren. Aber erzähl mir wenigstens, wie's war.

OM: Menschenskind, jetzt lass mich doch erst mal zur Ruhe kommen. Mir dröhnt der Kopf.

AB: Wie ist er so? *[Keine Antwort. EC]* Hast du dich gut mit ihm verstanden?

OM: Mh-mhh.

AB: Was sagt er zu dem Mord an Singh? Hat er gestanden?

OM: Du klingst wie die Wärter. Das ist alles, was die wissen wollten. Keine Ahnung. Nein … Bei mir dreht sich alles.

AB: Hast du das Kind angesprochen?

OM: Das ist alles auf der Datei. Lass uns fahren. Hab keine Lust, in die Rushhour von London zu kommen.

AB: Klar, aber ich fahre. *[Der Motor springt an. EC]*

OM: Ähm …

AB: Du hattest einen langen Tag. Dir schwirrt der Kopf. Ich fahre.

OM: Yeah. Yeah, danke. Okay.
[Der Motor wird ausgestellt, Türenschlagen, als ihr die Plätze tauscht, der Motor springt wieder an, und die Aufnahme bricht ab. EC]

Oliver Menzies' E-Mail-Austausch mit Paul Cole, spiritueller Berater, 11. Juli 2021:

AN: Paul Cole
DATUM: 11. Juli 2021
BETREFF: Aw: Die Engel von Alperton
VON: Oliver Menzies

Paul,
heute bin ich Gabriel Angelis begegnet – bzw. gestern, so spät ist es schon. Ich bin vor Stunden zurückgekommen, kann aber nicht schlafen. Sind Sie ihm je begegnet? Ich muss mit jemandem sprechen, der ihm begegnet ist.
Oliver

AN: Oliver Menzies
DATUM: 11. Juli 2021
BETREFF: Aw: Die Engel von Alperton
VON: Paul Cole

Lieber Oliver,
ich selbst bin Gabriel nie persönlich begegnet, habe aber mit Menschen gesprochen, die ihn getroffen haben. Sagen Sie mir, haben Sie in seiner Gegenwart, oder, wahrscheinlicher, danach, einen plötzlichen Energieschub wahrgenommen, ein unwillkürliches Aufwallen physischer Aktivitäten wie Herzrasen, Schweißausbrüche, Schwindel etc.?
Paul

AN: Paul Cole
DATUM: 11. Juli 2021
BETREFF: Aw: Die Engel von Alperton
VON: Oliver Menzies

Ja! Genau so war es. Auf dem Rückweg musste meine Assistentin das Steuer übernehmen. Aber das war nicht das erste Mal, dass ich so was gespürt habe. Wie Sie wissen, schreibe ich ein Buch über die Engel von Alperton. Nun, vorgestern, bei meiner Begegnung mit Jonah, hatte ich ganz ähnliche Symptome. Und auch bei meinem Besuch am Schauplatz der Versammlung im Zuge meiner Recherchen. Meine Assistentin hat nichts gespürt. Was könnte das ausgelöst haben?
Oliver

AN: Oliver Menzies
DATUM: 11. Juli 2021
BETREFF: Aw: Die Engel von Alperton
VON: Paul Cole

Lieber Oliver,
ich glaube, dass Gabriel eine Verbindung zur anderen Seite hat, die nicht einmal er selbst versteht. Er ist ein faszinierender, charismatischer Mann, und die meisten Menschen fühlen sich zu ihm hingezogen. Besonders empfindsame Naturen jedoch können seine enorme psychische Energie unmittelbar *spüren*. Möglicherweise sind Sie empfänglicher dafür als die meisten anderen. Ich bin mir aber sicher, dass Sie sich deswegen keine Sorgen zu machen brauchen, und hoffe, dass es Ihnen bald wieder besser geht. Herzlich,
Paul

E-Mail an mich von Judy Teller-Dunning, der Witwe von Mark Dunning, dem Autor von *Weiße Flügel*, 12. Juli 2021:

AN: Amanda Bailey
DATUM: 12. Juli 2021
BETREFF: Weiße Flügel
VON: Judy Teller-Dunning

Sehr geehrte Miss Bailey,
wie ich erfuhr, haben Sie sich wegen des Falls der Engel von Alperton an Duncan Seyfried von Neville Reed gewandt. Vor Jahren schrieb mein verstorbener Mann Mark Dunning einen gefeierten Spionagethriller mit dem Titel *Weiße Flügel*, der teilweise von diesem Fall inspiriert wurde. Die traurige Nachricht von seinem kürzlichen Tod haben Sie sicher gehört.

Solange meine Trauer noch so frisch ist, hatte ich eigentlich nicht vor, Ihnen auf Ihre E-Mail zu antworten. Doch gestern Abend ist etwas Seltsames passiert, und nun habe ich das starke Gefühl, dass ich Sie kontaktieren sollte.

Gestern fand in unserem Haus die Gedenkfeier für Mark statt, und nachdem alle gegangen waren, begab ich mich in sein Arbeitszimmer, wo alles immer noch genauso aussah wie am Tag seines Todes. Ich setzte mich an seinen Schreibtisch und fragte mich, wie ich es *jemals* schaffen sollte, diesen Berg an Papieren, den er angehäuft hatte, zu sortieren. Mein Mann hat nie etwas abgeheftet oder weggeworfen. Notizen, Ausdrucke, Recherchen, Briefe aus vierzig Jahren Tätigkeit. Hin und wieder wischte er einen oder zwei Stapel vom Tisch in Archivboxen, die er dann in ein Regal schob. Ich überlegte, ob ich nicht einfach alles verbrennen sollte. Bei dem Gedanken musste ich weinen.

Durch meine Tränen hindurch griff ich nach oben, zog – buchstäblich wahllos – die nächstbeste Archivbox heraus und nahm den Deckel ab. Beim Anblick des Durcheinanders an Unterlagen darin sank mir der Mut. Dennoch sah ich genauer hin, und da stockte mir der Atem. Dort vor mir lagen Marks Notizen für *Weiße Flügel.* Sofort fiel mir Ihre E-Mail wieder ein, und das Blut gefror mir in den Adern. Mein Mann hat neununddreißig Bücher geschrieben, und in der *allerersten* Archivbox, die ich öffne, befindet sich genau das, worum Sie mich gebeten haben. Nun glaube ich nicht unbedingt an übernatürliche Ereignisse, trotzdem denke ich, es ist Marks Wunsch, dass Sie die Unterlagen erhalten, und deshalb hat er mich zu ihnen geführt – im Wissen, dass ich sie andernfalls nie gefunden hätte. Wenn Sie mir Ihre Adresse geben, schicke ich Ihnen alles zu.

Könnten Sie etwas für mich tun, bitte? Könnten Sie mit mir in Verbindung bleiben und mich wissen lassen, ob die Sachen von Nutzen waren?

Herzliche Grüße,
Judy Teller-Dunning

WhatsApp-Nachrichten zwischen meiner Lektorin Pippa Deacon und mir, 12. Juli 2021:

Pippa Deacon
Wie war Ihr Treffen mit Gabriel? Hab mit der Produzentin gesprochen. Ob der Leiter der Anstalt wohl einem Interview mit G zustimmen würde, vor der Kamera oder nur auf Tonband? Sie hat das Interview mit Dennis Nilsen auf YouTube entdeckt und wäre ENTZÜCKT über einen ähnlichen Coup.

Amanda Bailey
Lasse das Interview gerade transkribieren. Plan, zusammen mit OM reinzukommen, ist gescheitert.

Pippa Deacon
Oh. Wie enttäuschend.

Amanda Bailey
Wir haben eine Audiodatei. Schicke Ihnen das Transkript, sobald es mir vorliegt.

WhatsApp-Nachrichten zwischen Ellie Cooper und mir, 12. Juli 2021:

Ellie Cooper
Hab versucht, Audiodatei 444 mit Olivers Interview zu öffnen. Bin mir nicht sicher, ob es nur ein ungewöhnliches Format ist oder die Datei beschädigt wurde. Kannst du ihn bitten, es mir noch mal zuzuschicken?

Amanda Bailey
Mach ich. Er war so komisch deswegen. Entweder hat er das Interview gar nicht aufgenommen, oder er hat's aufgenommen, und es ist schlecht gelaufen. ODER es ist verdammt gut gelaufen, und er will nicht, dass ich was davon verwende.

WhatsApp-Nachrichten zwischen mir und Oliver Menzies, 12. Juli 2021:

Amanda Bailey
Kannst du Ellie die Gabriel-Datei schicken?

Oliver Menzies
Dachte, das hätte ich schon.

Amanda Bailey
Die war beschädigt.

Oliver Menzies
Klingt irgendwie logisch.

Interview mit Caroline Brooks, Kriminalpsychologin *[und meine Dozentin. EC]*, 12. Juli 2021. Transkribiert von Ellie Cooper.

[Das anfängliche verlegene Geplänkel überspringe ich, ebenso, in aller Bescheidenheit, das Gespräch über mich. EC]

CB: … und sie gehört zu den Besten der Fakultät. *[Uuups, das ist mir wohl durchgerutscht. EC]*

AB: Gabriel hat als Kleinkrimineller angefangen, und alles deutete auf einen Aufstieg in die Randbezirke des organisierten Verbrechens hin. Aber dann weicht das Muster seiner Delikte irgendwie davon ab. Für mich wirkt es fast so, als hätte er regelrecht einen *Sprung* vom kleinen Gauner zum Sektenführer und Mörder gemacht.

CB: Sektenführer brauchen Macht, und Macht korrumpiert –

AB: Wie würden *Sie* eine Sekte definieren?

CB: Tja … *[Sie zögert etwas. Das bedeutet aber nicht, dass sie sich nicht festlegen will. Sie wählt ihre Worte grundsätzlich sehr vorsichtig. EC]* Von einer Sekte würde ich sprechen, wenn Menschen dazu verführt werden, ihr Leben als Individuen aufzugeben, um sich ganz einer separatistischen Organisation unter einem charismatischen Anführer zu verschreiben. Teil einer utopischen Gemeinschaft zu werden. Jede Sekte beginnt mit ihren eigenen Regeln und ihrer eigenen Philosophie, auch wenn sie vordergründig ein Dasein ohne beides anzubieten scheint. Diese Art Gegenkultur wirkt anziehend auf Menschen, die Schwierigkeiten damit haben, einen Platz in der normalen Gesellschaft zu finden, oder denen ein konventioneller Familienverbund fehlt.

AB: Warum ist es so schwer, aus einer Sekte auszusteigen?

CB: Wer all seinen Besitz und sein Geld abgegeben hat, dem fehlen vielleicht die Mittel. Wer seine Familie und Freunde von sich gestoßen hat, der hat außerhalb der Sekte keine Unterstützung mehr. Der stärkste Faktor allerdings ist die psychologische Abhängigkeit. Sektenmitglieder geben ihr Urteilsvermögen auf, um sich neuen Maßstäben, Routinen und Verhaltensweisen anzupassen. Alles, um den oder die Anführer zufriedenzustellen. Brechen sie die Regeln oder stellen sie die Philosophie infrage, werden sie abgewiesen. Das ist ein unsichtbarer Würgegriff. Bis ein Opfer den Verdacht schöpft, die Organisation könnte Unrecht begehen, hat es sich selbst schon des Betrugs an anderen schuldig gemacht.

AB: Wir sprechen viel über die Opfer von Sekten, aber sollten wir nicht auch die Umstände bedenken, die solche Sektenführer erst hervorbringen?

CB: Vielleicht. Aber auch das ist verallgemeinernd. Eine Sekte stellt eine Beziehung unter Zwangskontrolle in großem Maßstab dar. Dennoch kann man sie auch als Einheit aus zwei Menschen betrachten: Anführer und Anhänger. Einige etablierte Religionsgemeinschaften funktionieren auf eine Weise, die wir mit Sekten in Zusammenhang bringen. Die Gesellschaft selbst … Wir neigen dazu, von einer ›Sekte‹ zu sprechen, wenn wir eine unheilvolle und zerstörerische Organisation meinen. Die Mehrheit der Anführer ist psychisch instabil. Wenn eine Sekte den Kinderschuhen entwächst, muss ihr Anführer immer mehr Kontrolle ausüben, um seine Autorität über immer mehr Menschen zu behaupten. Man kann unterscheiden zwischen Anführern, die an ihre eigene Philosophie glauben, und solchen, denen es um Sex oder Geld geht. Eine Sekte wird manchmal definiert als eine Religion, deren geistiger Anführer *am Leben* ist. Man kann ihn sehen und hören und mit ihm sprechen ... Von einem Guru angeführte Organisationen können anziehend auf Menschen wirken, die von den großen Religionen enttäuscht wurden. Wie sich gezeigt hat, sind streng religiös erzogene Menschen anfälliger dafür, sich später einer Sekte anzuschließen.

AB: Haben Sekten es auf einen bestimmten Typ Mensch abgesehen? Ich meine, gibt es eine Art Opferprofil?

CB: Viele nehmen die Wohlhabenden ins Visier, aus augenfälligen Gründen. Ebenso junge Leute, die sich Sorgen um ihre Zukunft und die Welt im Allgemeinen machen. Wenn man dann ein neues, anderes Leben versprochen bekommt, womöglich abseits einer Gesellschaft, die man für verdorben hält ... Doch grundsätzlich kann *jeder*, der etwas Lebensveränderndes durchgemacht hat – einen schmerzlichen Verlust zum Beispiel –, anfällig sein. Einfach ausgedrückt, sobald jemand weiß, was Sie wollen, kann er Sie mit dem Versprechen kontrollieren, es Ihnen zu geben. Aber wissen Sie, wer meiner Meinung nach am *anfälligsten* ist? Menschen, die davon überzeugt sind, sie selbst würden *niemals* in die Falle gehen.

AB: *[Du lachst. EC]* Genau das sage ich auch immer, aber nicht alle sehen es so. Was glauben Sie, wie haben die Engel von Alperton angefangen, und wie führten die all ihre Aktionen durch? Handelte es sich überhaupt um eine Sekte?

CB: In meinen Augen handelte es sich ziemlich sicher um eine Sekte. Die Anführer glaubten offenbar selbst an ihre Philosophie. Sie begingen lieber Selbstmord, als in einer Welt mit dem Antichrist zu leben. Am Ende waren sie wohl Meister darin, jeden Zweifel an ihrem Tun zu ignorieren. Es war eine kleine Sekte, aber sehr typisch. Denken Sie an Heaven's Gate; die hielten sich für göttliche Wesen, die von einem Raumschiff abgeholt werden sollten. Neunundreißig von ihnen starben. Waco: über achtzig Tote. Und natürlich Jonestown. Über neunhundert. Obwohl in all diesen Fällen der Anführer – es war immer ein Mann – zusammen mit seinen Anhängern starb.

AB: Gabriel ist vom Tatort geflohen.

CB: Ja. Das ist ungewöhnlich. Vielleicht hatte er den Glauben in seine Lehren verloren – oder er hat ohnehin niemals daran geglaubt.

[Leben wir nicht alle in einer einzigen großen Sekte? Von Geburt an werden wir dazu erzogen, uns auf eine bestimmte Weise zu verhalten, vorgeschriebene Dinge zu glauben und die gesellschaftlichen Normen zu wahren. Wer sagt uns denn, dass all diese Überzeugungen und Werte die richtigen sind? EC]

WhatsApp-Nachrichten zwischen mir und Ellie Cooper, 12. Juli 2021:

Amanda Bailey
Danke, dass du mich mit Caroline in Verbindung gebracht hast. Sie war hinreißend, beredt – und recht einschüchternd.

Ellie Cooper
Gern geschehen. Hab übrigens immer noch nicht die Gabriel-Datei von Oliver.

Amanda Bailey
Scheiße, ich hatte ihn heute Morgen darum gebeten. Ist gut, kümmere mich drum.

WhatsApp-Nachrichten zwischen mir und Oliver Menzies, 12. Juli 2021:

Amanda Bailey
Was hast du für ein Problem? Schick einfach die Gabriel-Datei an Ellie, verdammte Scheiße!

Amanda Bailey
Bitte.

Oliver Menzies
Die ist nichts geworden.

Amanda Bailey
WAS?

Oliver Menzies
Die ist nichts geworden. Was Ellie gehört hat, ist alles. Weißes Rauschen.

Oliver Menzies
Ich versuch, mich daran zu erinnern, was er gesagt hat.

Oliver Menzies
Schon klar, dass du angepisst bist, aber so sieht's nun mal aus.

WhatsApp-Nachrichten zwischen mir und Ellie Cooper, 12. Juli 2021:

Amanda Bailey
Kann man da wirklich gar nichts hören auf dieser Datei?

Ellie Cooper
Da sind Stimmen unter dem Geknister, aber nicht deutlich genug.

Amanda Bailey
Ellie, kannst du mir den Gefallen tun und versuchen, einfach alles rauszuholen, was möglich ist? Selbst wenn's bloß ein oder zwei Wörter sind. Geräusche. Egal was.

Ellie Cooper
Okay.

Oliver Menzies interviewt Gabriel Angelis in der Strafvollzugsanstalt Tynefield, 10. Juli 2021. Transkribiert von Ellie Cooper.

[Ein Summen, wie von einem elektronischen Gerät, das eingeschaltet ist, aber nicht richtig funktioniert. Ich kann nicht sagen, ob die Stimmen zu einer oder mehreren Personen gehören. Ich glaube, Folgendes zu verstehen. EC]

Unglücksfälle, Krankheiten … bleibt immer Chaos. Vorherbestimmt … es zu akzeptieren.

[Tut mir leid, aber das ist alles. Ein Freund von mir arbeitet in einem Aufnahmestudio. Soll ich ihn fragen, ob er irgendwas tun kann, um die Geräusche zu unterdrücken? EC]

SMS zwischen Mr Blue und mir, 12. Juli 2021:

Mr Blue
Wir können uns treffen, aber bringen Sie keine digitalen Geräte mit. Keine Aufnahmegeräte, Handys, Kameras.

Amanda Bailey
Wann und wo?

Mr Blue
Ich mein's ernst. Weder Ihr eigenes Handy noch sonst eins. Die können innerhalb von Sekunden geortet werden. Nehmen Sie nicht Ihren Wagen.

Amanda Bailey
Wo sollen wir uns treffen, und wann?

Mr Blue
Nehmen Sie nicht die öffentlichen Verkehrsmittel. Auch wenn Sie keine Abo-Karte nutzen – die Überwachungskameras erfassen Sie in jedem Fall.

Amanda Bailey
Ich nehme ein Uber.

Mr Blue
Nehmen Sie kein Uber. Gehen Sie zu Fuß.

Amanda Bailey
Wohin?

Mr Blue
Der Weg hinterm Ballot Box, am Fuß des Horsenden Hill.

Amanda Bailey
Ganz schön gottverlassene Gegend.

Mr Blue
Ein Uhr fünfzehn morgen früh.

WhatsApp-Nachrichten zwischen meiner Lektorin Pippa Deacon und mir, 12. Juli 2021:

Pippa Deacon
Wollte schon früher fragen: Gibt's was Neues zum Kind?

Amanda Bailey
Heute Nacht treffe ich jemanden, der mir nähere Informationen gibt.

Pippa Deacon
Bestens. Genau das brauchen wir jetzt, um voranzukommen, Amanda.

WhatsApp-Nachrichten zwischen mir und Ellie Cooper, 12. Juli 2021:

Amanda Bailey
Ellie, ich möchte dir unter dem Siegel der Verschwiegenheit sagen, was ich heute Nacht vorhabe, damit du die Polizei rufen kannst, wenn mir irgendwas zustoßen sollte. Kein Grund zur Panik. Das wird nicht passieren.

Ellie Cooper
Okay.

Amanda Bailey
Ich kriege Infos über die Engel von Alperton von jemandem, dessen wirklichen Namen ich nicht kenne. Er will sich auf einem unbeleuchteten Weg mit mir treffen, der hinter einem Pub – dem Ballot Box – durch einen dunklen Wald führt. Das ist der Pub am Fuß des Horsenden Hill in Greenford.

Ellie Cooper
Ja, den kenn ich.

Amanda Bailey
Um 1:15 Uhr heute Nacht.

Ellie Cooper
Oha.

Amanda Bailey
Ich ruf dich an, wenn ich losgehe, und dann noch mal, wenn ich wieder zu Hause bin. Für den Fußweg hin und zurück brauche ich vierzig Minuten, plus die Zeit, die nötig ist, um alles von dieser Person zu erfahren, was ich wissen will. Sobald ich dich das zweite Mal angerufen hab, kannst du das Ganze vergessen – dann ist alles wie geplant gelaufen. Okay?

Ellie Cooper
Warum nimmst du nicht das Auto?

Amanda Bailey
Weil die Navi-Daten gespeichert werden. Ich wurde angewiesen, alle elektronischen Geräte zu Hause zu lassen und zu Fuß zu gehen.

Ellie Cooper
Das heißt, er weiß genau, wo du wohnst.

Ellie Cooper
Er hat einen Treffpunkt gewählt, wo du zu Fuß hingehen kannst. Also muss er wissen, wo du wohnst.

Amanda Bailey
Ja, vermutlich.

Ellie Cooper
Er weiß, was du willst, und benutzt dieses Wissen, um dich zu kontrollieren.

Amanda Bailey
Mir wird schon nichts passieren.

Ellie Cooper
Dann rufe ich die Polizei, wenn du mich bis 2:15 Uhr nicht das zweite Mal angerufen hast?

Amanda Bailey
Nein. Gib mir mindestens zwei Stunden.

Ellie Cooper
In der Zeit könnte alles Mögliche passieren.

Amanda Bailey
Die Polizei soll mich nicht retten. Sie sollen wissen, was ich gemacht hab, als es passiert ist.

Gespräch zwischen Amanda Bailey und Oliver Menzies in einem lauten Café, 12. Juli 2021. Mit grimmiger Miene transkribiert von Ellie Cooper.

OM: Die Geräusche auf dieser Datei sind fast so wie das, was ich höre, wenn mich dieser Rambo jeden Morgen anruft.

AB: Dafür sitzen wir ja jetzt hier, oder? Mal schauen, ob wir mit *dieser* Datei eine brauchbare Aufnahme bekommen. Gut, eingeschaltet ist es. Aufnahme läuft. Läuft, korrekt?

OM: Ja, die Aufnahme läuft. Ich glaube, dass er in der Nacht vor unserm Ausflug nach Tynefield bei mir eingebrochen ist und an meinem Handy rumgepfuscht hat. Um mein großes Interview zu sabotieren. Er wusste, wie wichtig es für mich war, weil er meine sämtlichen Anrufe mitgehört und meine SMS und WhatsApps alle mitgelesen hat.

AB: Kann er das denn? Und würde er?

OM: Ja. War jahrelang für Sicherheitsfirmen tätig. Hat damit geprahlt, er hätte Telefonate der königlichen Familie mitgehört. Du hast ja keine Ahnung, wozu der fähig ist. Was er im Irak gemacht hat. Also, mit seinen eigenen Kameraden. Lange bevor er überhaupt mal einen Feind in die Finger gekriegt hat. Mobbing trifft's nicht mal ansatzweise.

AB: Und das hat er zugegeben?

OM: Inoffiziell und nur mir gegenüber. Jetzt weiß ich auch, warum. Wenn das rauskommt, weiß er genau, wo die Quelle sitzt. Und dann bin ich der Nächste.

AB: Was könnte er dir denn antun, realistisch betrachtet?

OM: Tja, als er mal einen Träger geschnappt hatte, von dem es hieß, er würde für die Taliban arbeiten, hat er ihn an einen Baum gebunden und angezündet. Von den Füßen aufwärts.

AB: Scheiße.

OM: Niemand, der an dem Buch mitgewirkt hat, glaubt, dass er die Arbeit als Söldner aufgegeben hat. Der kennt kein Gefühl außer Wut. Keine Empathie. Würde buchstäblich jeden umbringen, wenn er Geld dafür bekommt. Die Hatz auf mich ist ein Kinderspiel für den.

AB: Hmmm, zeigt immer noch an, dass es aufnimmt. Erzähl mir von deinem Besuch bei Gabriel. Alles, woran du dich erinnern kannst.

OM: Also, ich überlass dich deinen Versuchen, den Beamten an der Tür zu bezirzen. Geh durch den Sicherheitscheck, wie am Flughafen. Und dann, in der Ecke des Besuchszimmers … da ist er. *[Stille. EC]*

AB: Wie sieht er aus?

OM: Genau wie auf den ganzen Fotos. Ich schwöre dir, er ist nicht einen Tag älter geworden.

AB: Keine grauen Haare? Er ist über sechzig.

OM: Nicht ein einziges graues Haar. Gelassen, höflich, ein gut aussehender Mann. Trug Sweatshirt und Jeans. Er hat mich mit diesem stechenden Blick angesehen und gelächelt. *[Er seufzt, ihr seid beide kurz still. Besteckgeklapper. EC]* Also sag ich … Ich sag zu ihm … *[Er zögert wieder. EC]*

AB: Was ist los?

OM: Nichts. Ich sag also: ›Was haben Sie sich dabei gedacht? Ein Baby zu opfern, das ist verrückt –‹

AB: Oliver, er sitzt für den Mord an Harpinder Singh. Das Baby wurde gerettet. Dem geht's prima.

OM: Ich weiß, ich weiß. Aber du hast seine Augen nicht gesehen, Mandy. Wie auch immer, er sagte, ich stünde im Brennpunkt der negativen Energie eines anderen. Jemand wolle mich tot sehen. Und würde so lange weitermachen, bis ich's auch bin. Nicht mit Gewalt, meinte er, sondern Tropfen für Tropfen. Tropfen für Tropfen. Mandy, ich hab nicht ein Wort über den durchgeknallten Rambo gesagt. Wie konnte er das bloß wissen?

AB: Er ist ein Hochstapler. Ein narzisstischer Psychopath. Er hat drei Männer davon überzeugt, einen Säugling zu töten, und fast hätten sie's auch getan. Und als das schiefgelaufen war, hat er sie davon überzeugt, Selbstmord begehen zu müssen, und danach hat er ihre Leichen verstümmelt. Er ist geistesgestört und hat sein ganzes Leben darauf verwendet, sich an normale Menschen anzupassen. Er weiß, wie man sich verhalten muss, und er weiß, wo andere ihre wunden Punkte haben. Fällt dir nicht auf, dass er das Gespräch sofort auf *dich* gelenkt hat, als du ihn nach seinen Verbrechen gefragt hast? Das klassische Verhalten, zu hundert Prozent. Wäre ich doch bloß dabei gewesen.

OM: Mag schon sein, aber das erklärt nicht, woher er es wusste. *Du* weißt es. Ich quatsch dich seit Wochen damit zu. Es *gibt* jemanden, der mich zur Zielscheibe seiner negativen Energie macht, und glaub mir, dieser Rambo *will* mich tot sehen. Das ist aber nicht alles. Es entspricht Wort für Wort der Beschreibung einer seiner Foltermethoden. Ich will nicht … Jedenfalls gehört dazu, anderen Benzin in die Augen zu tröpfeln. *[Du willst etwas sagen, aber er unterbricht dich. EC]* Also hab ich gesagt: ›Yeah, ich kenn da jemanden, der mich tot sehen will. Was kann ich tun, damit das aufhört?‹ Er sagte: ›Sie sind nicht verantwortlich für diese Person. Sie ist auf einer Reise, und die Ereignisse müssen ihren Lauf nehmen. Ihre Reise kollidiert mit der Reise dieser Person. Wie Planeten, die sich für kurze Zeit am Himmel in einer Linie aufreihen und dann weiterwandern, jeder auf seiner eigenen, vorherbestimmten Bahn. Sie können nichts *tun*, akzeptieren Sie es.‹

AB: Das liegt doch auf der Hand, was für ein Spielchen er spielt. Schaufelt deine Interviewzeit mit verbalem Mist zu. Was hat er über seine Verurteilung gesagt? Hat er ein Geständnis abgelegt oder neue Beweise erwähnt?

OM: Er sagte … so was … Er war's nicht. Anderes Zeug. Dann sagte er, nirgends ist es sicher. Nirgends ist es jetzt mehr sicher. Das ist exakt dasselbe, was Jonah gesagt hat. Woher konnte er das wissen?

AB: Wir können nicht ausschließen, dass Jonah und Gabriel sich schreiben. Vielleicht verarschen sie dich.

OM: Uns.

AB: Schau her, unsere Bücher werden sein Verbrechen wieder ans Licht holen, und was er *zuallerletzt* brauchen kann, ist, dass jemand die Leute daran erinnert, wie gefährlich er ist. Oliver, dir ist doch klar, was er da macht, oder? Es ist jammerschade, dass ich nicht mit dir reindurfte, denn ich hab früher schon mal mit Menschen wie ihm gesprochen. Es geht nur um Kontrolle.

OM: Er hat das Gesicht eines Engels, Mandy. Dir kann ich das sagen, denn du kennst mich und weißt, dass das nur eine Beobachtung ist, weiter nichts. Aber manche Menschen haben ein Aussehen, das einfach … Elvis Presley: Gesicht eines Engels. Jodie Comer. Michaela Coel. Manche Menschen haben das einfach.

AB: Sie haben symmetrische Gesichter, reine Haut und andere Eigenschaften, die das westliche Auge als genetisch attraktiv empfindet. Und falls nicht, einen guten Fotografen und Photoshop. Das spiegelt kein bisschen von ihrem Inneren wider. Und bedeutet ganz sicher nicht, dass Gabriel ein Engel wäre. *[Ich kann nicht glauben, dass ihr zwei dieses Gespräch wirklich führt. EC]*

OM: Bei ihm schon. Sein Verhalten passte zu seinem Aussehen. Wie ich ihm da gegenübersaß, glaubte ich daran, dass er ein Erzengel ist.

AB: Er ist ein Erz-Manipulator. *[Pause, während ihr beide ein paar Happen esst und miteinander anstoßt. EC]*

OM: Nimmt das immer noch auf?

AB: Mal sehen. *[Es folgt eine Wiedergabe der Aufnahme. Dann sind es also zwei Handys, die das Gespräch aufnehmen. Und du nimmst auf, ohne dass er davon weiß … schon wieder. EC]*

OM: *Du hast ja keine Ahnung, wozu der fähig ist. Was er im Irak gemacht hat. Also, mit seinen eigenen Kameraden. Lange bevor er überhaupt mal einen Feind in die Finger gekriegt hat. Mobbing trifft's nicht mal ansatzweise.*

AB: *Und das hat er zugegeben?*

OM: *Inoffiziell und nur mir gegenüber. Jetzt weiß ich auch, warum. Wenn das rauskommt, weiß er genau, wo die Quelle sitzt. Und dann bin ich der Nächste.*

AB: Yep, hat geklappt. Warum sollte es nicht funktioniert haben, als du bei Gabriel warst? Ich muss los. Treffe mich später noch mit wem. Sehr viel später. Auf einem Weg hinter einem Pub. Sagt, er könnte helfen, das Kind zu finden.

OM: Großartig. Warum so spät?

AB: Wer immer das ist, ist total paranoid. Könnte eine heiße Spur sein, könnte eine Sackgasse sein –

OM: Sei vorsichtig, Mandy.

AB: Als ob du dir Sorgen machen würdest, du beschissener Schwätzer –

OM: Ich mache mir –

AB: Ja klar, um dein Buch!

[Abruptes Ende, du brichst auf. Er klang wirklich ziemlich besorgt, Mandy. EC]

E-Mail-Austausch zwischen Oliver Menzies und Paul Cole, spiritueller Berater, 12. Juli 2021:

AN: Paul Cole
DATUM: 12. Juli 2021
BETREFF: Aw: Die Engel von Alperton
VON: Oliver Menzies

Paul, darf ich Ihnen etwas erzählen? Ende letzten Jahres ist mein Dad gestorben. Er war im Krankenhaus, aber niemand hat damit gerechnet, dass er gleich sterben würde. Das war eine Überraschung für die Krankenschwestern und Ärzte, ganz zu schweigen von uns. Ich war gerade im Supermarkt an der Kasse und packte meine Einkäufe in eine Tüte. Plötzlich hatte ich so ein Gefühl, wie ich es weder davor noch danach je hatte. Als würde eine Welle der Dunkelheit auf mich zurollen und mich durchströmen. Ich hatte keine Ahnung, was das war, doch es verschwand wieder, und ich ging ganz normal nach Hause.

Als ich eine Stunde später den Anruf bekam, wurde mir klar, dass mich dieses Gefühl in genau der Sekunde überkommen hatte, in der er starb.

Oliver

AN: Oliver Menzies
DATUM: 12. Juli 2021
BETREFF: Aw: Die Engel von Alperton
VON: Paul Cole

Lieber Oliver,
dass Ihr Vater gestorben ist, tut mir sehr leid. Ja, eine solche Erfahrung kann vorkommen, wenn jemand stirbt. Darin manifestiert sich das Abreißen seiner irdischen Verbindung zu Ihnen. Geburt und Tod sind gleichermaßen traumatisch für die Seele, da sie eine Schwelle überschreiten muss. Jede Seele wird von beiden Seiten gleichermaßen weggestoßen und angezogen, um den Energieaustausch zu erleichtern. In diesem Prozess können unsere irdischen Verbindungen einen solchen Austausch bisweilen spüren. Ich glaube, dieses Gefühl ist insbesondere mit einer erhöhten psychischen Empfänglichkeit verknüpft.

Ihre Beziehung zu Ihrem Vater muss sehr stark gewesen sein. Das ist immer eine schwere Zeit. Mein aufrichtiges Mitgefühl.
Geben Sie gut auf sich acht,
Paul

WhatsApp-Nachrichten zwischen mir und Ellie Cooper in den frühen Morgenstunden des 13. Juli 2021:

Amanda Bailey
Okay, kannst deinen Posten verlassen. Und danke, dass du wach/aufgeblieben etc. bist.

Ellie Cooper
Hast du gekriegt, was du wolltest?

Amanda Bailey
Nein. Wer-auch-immer ist nicht aufgekreuzt. Hat entweder kalte Füße bekommen oder – keine Ahnung. Hab mir dreißig Minuten in einer stockdunklen Gasse die Beine in den Bauch gestanden. Nichts.

Ellie Cooper
Bist du jetzt zu Hause?

Amanda Bailey
Ja, grade zurückgekommen.

Ellie Cooper
Mandy, dieser Mensch weiß, wo du wohnst, und hat dafür gesorgt, dass deine Wohnung über eine Stunde lang unbewacht war. Mit deinen ganzen elektronischen Geräten drin.

Amanda Bailey
Also, das Handy lag auf dem Tisch im Flur, da, wo ich's hingelegt hatte. Danke, Ellie. Jetzt aber ab ins Bett!

Ellie Cooper
Es könnte jemand in der Wohnung sein. Und auf dich warten.

Ellie Cooper
Mandy, alles okay?

Ellie Cooper
Mandy, bitte antworte, damit ich weiß, dass es dir gut geht.

Verpasster Anruf: Ellie Cooper

Verpasster Anruf: Ellie Cooper

Verpasster Anruf: Ellie Cooper

E-Mail von Oliver Menzies an Paul Cole, spiritueller Berater, 13. Juli 2021:

AN: Paul Cole
DATUM: 13. Juli 2021
BETREFF: Aw: Die Engel von Alperton
VON: Oliver Menzies

Paul, an so was glaube ich nicht. Gibt es eine wissenschaftliche Grundlage für Ihre Aussagen? Eine auf Tatsachen basierende, rationale Erklärung für das Gefühl, das ich hatte – die über ›reiner Zufall‹ hinausgeht? Können Sie mir das erklären, bitte? Mir helfen, zu verstehen.

WhatsApp-Nachrichten zwischen Ellie Cooper und mir am Morgen des 13. Juli 2021:

Ellie Cooper
Mandy, alles okay? Ich mach mir solche Sorgen!

Amanda Bailey
Mir geht's gut. Mir geht's gut. Hast du die Polizei gerufen?

Ellie Cooper
Nein. Soll ich?

Amanda Bailey
Nein! Auf gar keinen Fall.

Ellie Cooper
Großer Gott, Mandy. Was ist passiert?

Amanda Bailey
Du hattest recht. Es war jemand hier und hat auf mich gewartet. Aber da gibt's kein Problem. Na ja, irgendwie doch. Es gibt sogar ein GEWALTIGES Problem, aber nicht für meine persönliche Sicherheit. Mir geht's prima.

Ellie Cooper
Wer war das denn?

Amanda Bailey
Erklär ich dir irgendwann mal. Danke, Ellie. Dass du niemanden angerufen hast.

SMS von mir an Sonia Brown, Sozialarbeiterin, 13. Juli 2021:

Amanda Bailey
Sonia. Ich hab letzte Nacht also ›Mr Blue‹ kennengelernt. Warum haben Sie's mir nicht einfach gesagt?

Amanda Bailey
Okay, ignorieren Sie mich ruhig, wenn Sie wollen.

WhatsApp-Nachrichten zwischen mir und meiner Lektorin Pippa Deacon, 13. Juli 2021:

Amanda Bailey
Hi, Pippa. Ich weiß jetzt, was mit dem Kind passiert ist. Sind allerdings keine guten Neuigkeiten. Es handelt sich um eine anonyme Adoption. Kinder, deren Herkunft durch besonders traumatische Umstände geprägt ist, können, kurz gesagt, ohne Abstammungsdokumente an Plätze außerhalb Englands vermittelt werden. Die gängigen Zielländer sind Kanada, Neuseeland und Australien.

Pippa Deacon
Kann man die Spur denn nicht bis dorthin nachverfolgen?

Amanda Bailey
Es gibt buchstäblich keine Papiere. Dient dem Schutz der Kinder. Selbst wenn sie volljährig geworden sind, können sie nicht rausfinden, wo sie herkommen. Ihre einzige Hoffnung sind kommerzielle DNA-Tests, über die sie Verwandte aufspüren könnten.

Pippa Deacon
Verdammt. Irgendwas müssen Sie doch tun können.

Amanda Bailey
Ich hab eine Idee für einen neuen Ansatz. Dunkel und originell. Oliver und ich können nach wie vor zusammenarbeiten und die Story zwischen uns aufteilen, dann profitieren wir weiterhin vom Werbeetat von Green Street.

Pippa Deacon
Weiß nicht recht. Können Sie mir ein einseitiges Exposé und das erste Kapitel zuschicken?

Amanda Bailey
Hm, dafür sind einige heikle Vorbereitungen nötig, deshalb möchte ich zu diesem Zeitpunkt lieber nicht zu viel verraten. Wenn Sie mir grünes Licht geben, fürs Erste wenigstens, müssen Sie mir vertrauen.

Pippa Deacon
Okay. Legen Sie los. Treffe mich heute mit Jo auf ein Glas Wein. Werd's ihr sagen.

WhatsApp-Nachrichten zwischen Oliver Menzies und mir, 13. Juli 2021:

Oliver Menzies
Ich glaub nicht, dass die Kinder unter keinen Umständen mehr aufspürbar sind. Das glaub ich einfach nicht. Wir alle haben das Recht, zu erfahren, wo wir herkommen. Wie kann sich jemand anmaßen, zu sagen, ein ganz bestimmtes Kind hätte kein Recht, seine Herkunft zu kennen?

Amanda Bailey
Das ist ja auch die Ausnahme. Für außerordentliche Umstände. Der Fall hat damals großes Aufsehen erregt. Die Fürsorge glaubte vermutlich, es wäre das Richtige für das Kind. Es vor Leuten wie uns zu schützen.

Oliver Menzies
Ich muss es Jo von Green Street sagen. Bestimmt zieht sie das ganze Buch zurück. Die konnten mich da eh nicht leiden.

Amanda Bailey
Pippa sagt's ihr schon. Lass uns über andere Ansätze nachdenken. Irgendwelche Ideen?

Oliver Menzies
Nein. Seine Durchgeknalltheit Rambo nimmt im Moment den Großteil meiner Gehirnzellen in Anspruch.

SMS zwischen mir und einer Gemeindevertreterin vor der Wohnung des ehemaligen Reporters Gray Graham, 14. Juli 2021:

Amanda Bailey
Stehe jetzt vor der Wohnung. Alles verrammelt.

Unbekannte Nummer
Ich hab Schlüssel für die Sicherheitstür. Bin unterwegs. Verspätet.

Inoffizielles Interview mit einer Gemeindevertreterin in der Wohnung des verstorbenen Gray Graham, 14. Juli 2021. Transkribiert von Ellie Cooper.

AB: In all den Jahren unserer Freundschaft kannte ich ihn stets nur als Gray. Eine Abkürzung für Graham, nehme ich an.

GV: Sie wussten nicht, dass er *Thomas Andrew* Graham hieß? Obwohl Sie sich so nahestanden. Wie alt war er eigentlich?

AB: Ich … weiß nicht.

GV: Wie haben Sie sich kennengelernt?

AB: Bei der Arbeit. Ist ewig her. Er war freier Korrespondent – arbeitete als Reporter ohne Festanstellung für die Lokalzeitung, bei der ich angefangen habe.

GV: Wie war er denn so? *[So viele Fragen. Sie ist misstrauisch … EC]*

AB: Ein großartiger Reporter. Jahrelange Erfahrung. Ich meine, na ja, wenn im Viertel was passiert ist, war er der Erste vor Ort, unter Garantie. Als hätte er einen sechsten Sinn für die Ereignisse. Kannte alle relevanten Leute. Stellte die richtigen Fragen.

GV: Und wie war er so als Mensch?

AB: Ausgesprochen liebenswürdig. *[Großer Gott, ich glaube langsam, du hast ihn überhaupt nicht gekannt. EC]* Wenn ich mich hier so umschaue, sehe ich, dass er, äh …

GV: Die Wohnung verrät nicht viel über ihn, hm? *[Unbehagliche Pause, während die Gemeindevertreterin und, offen gesagt, auch ich im Stillen deine Behauptung, du wärst mit ihm befreundet gewesen, anzweifeln. EC]*

AB: Nein, wohl eher nicht.

GV: Aber nett, dass Sie in Kontakt geblieben sind.

AB: Ja. *[Diese Pausen sind eine einzige Folter. Sag was! EC]* Er hatte immer eine Geschichte auf Lager.

GV: Offensichtlich lebte er sehr … bescheiden. Wenn jemand in der Erwartung herkäme, sich Mr Grahams Wertsachen … Schmuck oder Bargeld, zum Beispiel, unter den Nagel reißen zu können, würde er eine herbe Enttäuschung erleben.

AB: Allerdings. Alles von Wert hat sich schon jemand *unter den Nagel gerissen.* Zum Glück interessiere ich mich nur für Unterlagen aus der Zeit seiner Arbeit für den *Informer.* Wir pflegen unser Archiv gewissenhaft. Das Zusammentragen von Lokalnachrichten hat sich enorm verändert. Gray stammte aus einer vergangenen Ära. Es wäre eine Schande, wenn diese Zeit mit ihm unterginge.

GV: Ich bin draußen im Flur.

[Deinen erleichterten Seufzer, dass sie weg ist, habe ich gehört. EC]

WhatsApp-Nachrichten zwischen mir und Oliver Menzies, 14. Juli 2021:

Amanda Bailey
Erinnerst du dich noch an Gray Graham?

Oliver Menzies
Alter Freiberufler, der immer nur für die Weihnachtsfeier ins Büro kam, um zu saufen? Wo er uns dann alle mit den Geschichten aus seiner Anfangszeit als Reporter gelangweilt hat.

Amanda Bailey
Yep, genau der.

Oliver Menzies
Den hab ich nicht gekannt 🤣

Amanda Bailey
Ist mutterseelenallein in einer schäbigen Gemeindewohnung gestorben.

Oliver Menzies
Überrascht mich nicht. Die haben ihm bloß Almosen bezahlt, und das auch nur, wenn sein Foto und seine Story es in die Druckausgabe geschafft haben. Wenn sie aus irgendeinem Grund gestrichen wurden, hat er gar nichts bekommen. Die haben ihm nicht mal seine Auslagen erstattet. Hat seine Fotos selbst entwickelt, um Geld zu sparen.

Amanda Bailey
Ist gestorben, bevor er mir sagen konnte, wer ihn gebeten hat, zu berichten, Jonathan Childs wäre der Erste am Tatort des Mordes an Singh gewesen. Obwohl er's gar nicht war.

Oliver Menzies
Ist das nicht schon der zweite Typ, der ins Gras gebissen hat, bevor du mit ihm sprechen konntest? 🤣

Amanda Bailey
Der Fluch der Engel von Alperton.

Oliver Menzies
Der Fluch der Amanda Bailey. Damit und mit dem Kind hast du ja nicht besonders viel Glück 🤣

Amanda Bailey
Kannst du Steno?

Oliver Menzies
Du etwa? Nein. Weil wir beide eine völlig unzulängliche Ausbildung durchlaufen haben.

Amanda Bailey
Hmm. Wäre SEHR nützlich gewesen.

Scan meiner handschriftlichen Nachricht an Tante Pat. Undatiert, aber ich habe sie ihr am Abend des 14. Juli 2021 nach Sonnenuntergang unter der Haustür durchgeschoben.

Liebe Tante Patty,
es ist so lange her, dass wir voneinander gehört, geschweige denn uns gesehen haben. Ich hoffe, du bist gesund und munter. Vor ein paar Jahren bin ich mal Robins Frau (Claire?) über den Weg gelaufen. Sie sagte, Onkel Jack wäre gestorben.

Auch wenn wir nicht gerade im Guten auseinandergegangen sind, du und ich, ist das Leben doch zu kurz, um nachtragend zu sein. Deine Erinnerungen an Dinge, die sich vor vielen Jahren zugetragen haben, unterscheiden sich zwar erheblich von meinen, doch ich glaube, dass wir unsere Verwandtschaft trotz unserer Meinungsunterschiede pflegen können. Alles andere wäre zu schade, schließlich sind nur noch so wenige von unserer Familie übrig. Wollen wir uns nicht mal treffen? Auf einen Kaffee vielleicht, ohne jeden Zwang?
Wann hättest du Zeit? Diese Woche bin ich komplett frei.
Amanda

Am 15. Juli 2021 vor Sonnenaufgang durch meinen Briefschlitz geschobene Nachricht:

Amanda,
dein Entschluss, uns zu verlassen, liegt jetzt sechsundzwanzig Jahre zurück. Von den Lügen, die du über sie erzählt hast, hat die Familie sich nie erholt. Die Strapazen haben deine Mutter umgebracht. Robin und Jacquie mussten ihre gesamte Schulzeit mit dem Stigma leben, dich zur Schwester zu haben. Selbst Mark und Joanna als dein Cousin und deine Cousine haben das zu spüren bekommen.

Trotzdem liegst du in Bezug auf das Nachtragen alter Geschichten nicht völlig falsch. Wenn es um Familie geht, sollte es nie zu spät sein, abgebrochene Brücken wieder aufzubauen – auch wenn darunter wohl nie mehr genug Wasser fließen kann, um den angerichteten Schaden fortzuspülen.

In meinem Haus möchte ich dich nicht haben. In Harrow gibt es ein kleines Café. Dort kann man mich heute sowie an den meisten Donnerstagen ab elf Uhr finden.
Patricia Bailey

Scan meiner handschriftlichen Nachricht an Tante Pat, die ich ihr, ebenfalls vor Sonnenaufgang, am Morgen des 15. Juli 2021 unter der Haustür durchgeschoben habe. Willkommen in meiner Familie:

Liebe Tante Patty,
vielen Dank. Deine Bereitschaft, zu vergeben und zu vergessen, weiß ich sehr zu schätzen.

Nur eins noch: Inzwischen bist du vermutlich im Ruhestand, aber ich erinnere mich, dass du früher mal an einem College irgendwo in Hertfordshire Sekretariatskenntnisse unterrichtet hast, für Frauen einer Brüderbewegung. Du hast erzählt,

sie würden moderne Technologie ablehnen, zur Abwicklung ihrer Geschäfte aber Schreibmaschinen und andere altmodische Büroausstattung benutzen, weshalb deine Abteilung anders als bei anderen Colleges seine Lehrkräfte für Sekretariatskenntnisse behalten hat. Wenn ich dir nun ein paar Seiten Steno zeigen würde, meinst du, du könntest sie für mich übersetzen?
Amanda

Treffen zwischen Amanda Bailey und ihrer Tante Pat in einem Café in Harrow, 15. Juli 2021. Transkribiert von Ellie Cooper.

AB: Ellie, ich sitze jetzt im Café und warte auf meine Tante Pat, die ich seit sechsundzwanzig Jahren nicht mehr gesehen habe. Damals gab es einen traumatischen Machtkampf in meiner Familie, inklusive übelster gegenseitiger Beschimpfungen. Sie ist der letzte Mensch auf Erden, den ich sehen will. Aber ich brauche etwas, und auf diesem Weg komme ich am schnellsten dran. In Gray Grahams Wohnung habe ich einen Stapel alter Spiralhefte gefunden, vollgekritzelt mit Steno, was ich nicht lesen kann. Hoffentlich kann sie's. Ignorier alles, was ich sage, und alles, was sie sagt, außer es geht um ihre Übersetzung aus den Heften. *[Dumpfer Aufschlag auf einen Tisch. EC]* Was ich für diesen Job so alles auf mich nehme.
[Ich lasse so einiges aus, was ich nicht ungehört machen kann. Großer Gott, Mandy. Es tut mir so leid. EC]

TP: Warum sollte ich das für dich tun?

AB: Weil ich zur Familie gehöre?

TP: Du hast es nie zugegeben. Du gibst es ja nicht mal jetzt zu!

AB: Was zugeben?

TP: Dass alles gelogen war.

AB: Nun, weil es eben … *[An dieser Stelle holst du tief Luft. EC]* Na gut, okay, es war alles gelogen.

TP: Ich wusste es. Ich wusste, dass alles gelogen war.

AB: Jedes einzelne Wort. *[Unbehagliches Schweigen. Du hast natürlich nicht gelogen. Das muss sie doch wissen. EC]*

TP: *[Ein Schnauben. EC]* Also, ist es Pitman oder Gregg?

AB: Es gibt mehrere Kurzschriftsysteme? *[Papiergeraschel und Seitengeblätter. EC]*

TP: Aber ja, und mit der Zeit entwickelt jeder seinen eigenen Stil. Ah, das ist Pitman. *[Murmelt. EC]* Hätte ich mir denken können, dass du dich wieder blicken lässt, wenn du was brauchst.

AB: Das ist ein alter, ungeklärter Fall, Tante Patty. Du könntest was aufdecken, was den Lauf der Geschichte ändert.

TP: Da. Oben auf jeder Seite ist eine kurze Inhaltsangabe. *[Ich kann hören, wie nach jeder Überschrift eine Seite umgeblättert wird. EC]*

›Möwe fliegt in Altenheim, bleibt drei Wochen, überlebt zwei Bewohner.‹

›Frau in Wohnung erstochen, Freund auf der Flucht.‹

›Schleppkahn außer Kontrolle, drei Verletzte.‹

›Polizist in Bauch geschossen, Kleinkaliber, wird überleben.‹

›Mann auf offener Straße niedergestochen.‹

›Lesben bauen in aufgelassenem Schrebergarten Litschis an, keine Stellungnahme der Gemeinde.‹

›Karambolage mit drei Autos auf A40, Feuerwehrleute in Tränen.‹

›Einbrecher stolpert, landet in Kaktus. Erwägt Anzeige.‹

›Gemeindeversammlung wegen Protest der Eisenbahner verspätet.‹

›Polizei fünf Mal in einer Nacht ausgerückt, wegen Spinne, die Netz über Alarmanlage baut.‹

›Verurteilter Drogendealer tot an einem Strick unter Kanalbrücke aufgefunden.‹

›Hund rächt Tod seines Bruders, vermutlich Falschmeldung.‹

AB: Steht da auch, von wann diese Stories jeweils sind?

TP: Nein. Aber auf der Umschlaginnenseite … Sieht aus wie April Schrägstrich Mai 2001.

AB: Steht da irgendwo Dezember 2003? *[Seitengeraschel und Auf- und Zuklappen von Heftdeckeln. EC]*

TP: In dem steht November 03 Schrägstrich März 04.

AB: Versuch's mit dem.

TP: ›Bürgermeister eröffnet Weihnachtsfeier an Woodend School.‹ *[Seite wird nach jeder Überschrift umgeblättert. EC]*
›Ein-Mann-Protest gegen Mülltonnenplan blockiert vierspurige Straße.‹
›Old Eric gibt wieder den Weihnachtsmann, zum siebenunddreißigsten Mal in Folge.‹
›Getränke ab sechs dreißig.‹

AB: Das ist eine private Notiz, oder? Und diese doppelte Linie … Könnte für das Ende des Jahres stehen. Ich suche nach ein oder zwei Wochen Anfang Dezember. *[Seiten werden umgeblättert. Geräusch bricht abrupt ab. EC]*

TP: Die Engel von Alperton. Suchst du danach?

AB: Ja! Wo steht das?

TP: Sie hat einen dicken Kasten drum gezogen. Als hätte sie diese Überschrift oben hinzugefügt, nachdem ihr klar wurde, dass das alles zur selben Geschichte gehört.

AB: Bitte, Tante Patty, kannst du das vorlesen, ab hier? *[TP seufzt. Ich glaube, der Vorschlag gefällt ihr nicht. EC]*

TP: ›Junges Mädchen. Klingt hysterisch. Baby. Buswerkstatt. Kanal. Altes *Cow & Gate*-Gebäude in Alperton? Baby in altem Lagerhaus für Säuglingsnahrung geboren. Auf dem Weg ins Krankenhaus. Alle gesund? Rausfinden. Was sind das für Symbole? Könnte was Satanisches sein. Hexerei. Teufelsanbeter rotten sich hinter Buswerkstatt zusammen.‹ Danach kommt eine Lücke. Als hätte sie das Nächste zu einem anderen Zeitpunkt geschrieben. Sieh mal, der Anfang ist noch ordentlich.

Auf der gedruckten Linie. Aber hier unten ist alles in *großer* Eile hingekritzelt. Siehst du?

AB: Aber ja. Du hast recht.

TP: Geht kreuz und quer über die Linien. Ich schätze, das hat sie im Dunkeln geschrieben. Da steht … *[Hier hält sie inne. Hat sie Mühe, das Steno zu entziffern, weil es undeutlich ist oder weil der Inhalt sie erschreckt? EC]* ›Blut. Drei Tote. Messerstecherei. Scheußlich, scheußlich.‹ *[Großer Gott, kein Wunder, dass ihr beide eine Zeit lang nichts mehr sagt. EC]*. Das ist alles.

AB: Er war da und hat es nie jemandem gesagt.

TP: Er? Das hat ein Mann geschrieben? Tja, dann muss er es wohl gewesen sein. Schuldgefühle. Warum sonst hätte er es geheim halten sollen?

AB: Ganz genau. Warum sonst, Tante Patty?

[Mandy, wenn es das bedeutet, was ich glaube, dann war es Gray Graham, der die Leichen der Engel von Alperton gefunden hat. EC]

Zweiter Versuch eines ersten Kapitels, geschrieben am 15. Juli 2021:

Boten des Himmels

von
Amanda Bailey

EINS

Thomas Andrew Graham, seinen Kollegen als Gray Graham bekannter freiberuflicher Reporter, begann seine Laufbahn im langen, heißen Sommer des Jahres 1976. Das erste Ereignis, über das er berichtete, war ein Marienkäferschwarm, der von der Mündung der Themse aus über London hereinbrach. Graham beschrieb den wogenden Teppich aus Rot, den die Straßen und Gehsteige bedeckenden Insekten bildeten.

Am 10. Dezember 2003 war Gray Graham bereits ein alter Journalistenhase. Er hatte miterlebt, wie Umgehungsringe, Hochhäuser und Wohnsiedlungen geplant, mit Einsprüchen und Protesten überzogen, bekämpft und schließlich doch gebaut wurden. Im Juli 1981 hatte er über die Feierlichkeiten seines Stadtviertels anlässlich der Königlichen Hochzeit berichtet. Im September 1997 hatte er aus einer Pressekabine auf dem RAF-Flugplatz Northolt heraus die Ankunft der aus Paris eingeflogenen Leiche von Prinzessin Diana verfolgt. Zu behaupten, Gray Graham hätte ›alles gesehen‹, wäre ein Klischee und träfe nichtsdestoweniger voll ins Schwarze.

Am Abend jenes kühlen Mittwochs im Dezember bedurfte es schon einer außerordentlich berichtenswerten Story, um Gray Graham aus seiner warmen Wohnung zu locken.

›Baby in altem Lagerhaus für Säuglingsnahrung geboren‹ steht in Steno in sein Notizheft gekritzelt, daneben die Erinnerung, herauszufinden, ob Mutter und Kind es geschafft hatten. Diese Herzschmerzstory könnte pünktlich zum morgigen Redaktionsschluss für die Freitagsausgabe der Zeitung fertig sein. Doch noch etwas anderes wurde auf die Seite geschmiert: ›Teufelsanbeter rotten sich hinter Buswerkstatt zusammen.‹ Wie Gray von diesen Dingen wissen konnte, ist rätselhaft. Hatte er eine informelle Abmachung mit Beamten der Polizei? Eine Vereinbarung, der zufolge er im Gegenzug für regelmäßige Tipps über eine Geschichte berichtete – oder eben nicht? Wo war er, wenn solcherlei Dinge ihren Anfang nahmen? Fuhr er in den Streifenwagen befreundeter Polizisten mit, gegen Geld? Die Redaktion des *Informer* war lange der Ansicht, seine Gabe zum Aufspüren einer guten Story grenze ans Übernatürliche, doch die schlichte Wahrheit lautet, dass ihn nie jemand fragte.

Mit einem Scharren schiebt Gray eine vermoderte Tür auf und quetscht sich durch den Spalt ins alte Lagerhaus. Der Strahl seiner Taschenlampe huscht hin und her, mit seinen Blicken sucht er den Boden nach Hinweisen auf Teufelsanbeter ab: okkulte Symbole, Kerzen, Pentagramme … Ein stimmungsvolles Foto in diesem diffusen Licht könnte es auf die Titelseite schaffen.

Stattdessen sieht er eine glänzende, über den Boden sickernde schwarze Flüssigkeit. Er nähert sich, wird langsamer. Im Schein der Taschenlampe erkennt er, dass die Flüssigkeit nicht schwarz ist, sondern rot. Ein Teppich aus Purpur breitet sich aus, über den ganzen Boden. Instinktiv macht Gray einen Schritt zurück, als die klebrige Flüssigkeit seine Schuhe erreicht.

Da sieht er sie. Einen nach dem anderen nach dem anderen. Verdreht, blutüberströmt, grauenvoll. Gray Graham ist auf eine Szenerie gestoßen, die so schrecklich ist, dass selbst hartgesottene Polizeibeamte später in jener Nacht darum bitten sollten, den Schauplatz verlassen zu dürfen. Rituelle Selbstmorde und verstümmelte Leichen. Ein buchstäbliches Blutbad, das Gray in die Richtung davonstürzen lässt, aus der er gekommen ist, er stolpert und strauchelt, bis er wieder unter einer Straßenlaterne steht, in der normalen, geordneten Welt, wo er sich beruhigen und die Rettung rufen kann *[aber hat er die Rettung gerufen? Herausfinden]*.

Und so nahm der Fall der Engel von Alperton seinen Anfang.

3

Auf der Suche nach meinem neuen Ansatz

WhatsApp-Nachrichten zwischen mir und Don Makepeace, DCS im Ruhestand, 16. Juli 2021:

Amanda Bailey
Hallo, Don! Wie geht's? Kurze Frage: Wer hat eigentlich die Leichen der Engel von Alperton gefunden?

Don Makepeace
Ich glaube, das Mädchen hat was erwähnt – genug, um einen Notruf auszulösen –, als sie im Krankenhaus war. Aber keine Ahnung, von wem dieser Notruf dann kam.

Amanda Bailey
Vielleicht von der Krankenschwester in der Notaufnahme, die sich um Holly gekümmert hat. Danke, Don.

Don Makepeace
Haben Sie gehört, dass Gray Graham gestorben ist?

Amanda Bailey
Ja, allerdings.

Don Makepeace
Tot aufgefunden in einer möblierten Genossenschaftswohnung. Trauriges Ende für jemanden, der seinerzeit eine echte lokale Berühmtheit war. Don.

Amanda Bailey
Ja, er war wirklich eine lokale Berühmtheit.

SMS zwischen mir und Penny Latke, Krankenschwester in der Notaufnahme, 16. Juli 2021:

Amanda Bailey
Als Sie sich damals in der Notaufnahme um Holly kümmerten, hat sie da die toten Engel im Lagerhaus erwähnt?

Penny Latke
Kreisch!!! Freu mich so, Ihnen bei Ihrem Buch helfen zu können! 😱

Amanda Bailey
Versuche, herauszufinden, wer genau den Notruf abgesetzt hat, der die Polizei zu den Leichen führte.

Penny Latke
Wie cool wäre das denn gewesen? Aber nein, das kam nicht von uns. Ich hab gar nichts davon gewusst, bevor ich's in der Glotze gesehen hab. Wann kommt Ihr Buch denn raus?

WhatsApp-Nachrichten zwischen mir und Oliver Menzies, 16. Juli 2021:

Amanda Bailey
Bin bei der Frage, wer genau die Leichen der Engel gefunden hat, auf eine interessante Unstimmigkeit gestoßen. Sieht aus, als wäre es Gray Graham gewesen, aber das wurde nirgends offiziell festgehalten.

Oliver Menzies
Wäre Gray das gewesen, hätte er uns alle auf jeder Weihnachtsfeier mit der Geschichte gelangweilt.

Amanda Bailey
Darüber hinaus war es landesweit in den Nachrichten. Er hätte seinen Augenzeugenbericht verkaufen können.

Oliver Menzies
Erste Regel im Journalismus: Werd unter keinen Umständen selbst zur Story. Das geht nie gut aus.

Amanda Bailey
Eine solche Erfahrung zu dokumentieren und zu verbreiten. Das ist im öffentlichen Interesse.

Oliver Menzies
Wieso sollte er überhaupt vor der Polizei dort gewesen sein?

Amanda Bailey
Wenn er keine angemessene Erklärung dafür hatte, hat er vielleicht lieber den Mund gehalten.

Amanda Bailey
Weil er selbst das Gesetz auf andere Art gebrochen hatte. Oder er hatte Angst, irgendwo mit reingezogen zu werden. Oder wollte schlicht und ergreifend nicht die Quelle seiner lokalen Tipps verraten. Davon hing schließlich sein Lebensunterhalt ab.

Oliver Menzies
Ich sag's noch mal: Warum sollte er dort gewesen sein? In einem verfallenen Gebäude auf einem runtergekommenen Industriegelände?

Amanda Bailey
Weil er entweder DOCH in die Ereignisse verwickelt war, oder er ist an jenem Abend zu dem Lagerhaus gegangen, weil

Oliver Menzies
Ja? Weil was?

Amanda Bailey
Weil er gespürt hat, dass was in der Luft lag, und sich das nicht erklären konnte. Alle, die Gray kannten, sagen, dass er sich immer von seinem Instinkt leiten ließ. Dass er vor allen anderen Medien an den Verbrechensschauplätzen war. Was, wenn er eine Art sechsten Sinn hatte, der ihn in jener Nacht zu dem Lagerhaus in Alperton geführt hat?

Oliver Menzies
Glaubst du echt an so was?

Amanda Bailey
Es gibt eine Reihe vernünftiger, intelligenter Menschen, die das tun. Judy Teller-Dunning ist eine angesehene amerikanische Journalistin und Autorin. Und trotzdem war ihr erster Gedanke, als sie nach der Gedenkfeier für ihren Mann unerwartet auf ein paar Notizen stieß, dass er ihr ›gezeigt‹ hätte, wo sie waren.

Amanda Bailey
Ob ich daran glaube? Ich weiß nicht recht.

E-Mail von Cathy-June Lloyd, Vorsitzende des Cold & Unsolved Murder Club, 17. Juli 2021:

AN: Amanda Bailey
DATUM: 17. Juli 2021
BETREFF: Aw: Ein kleiner Gefallen
VON: Cathy-June Lloyd

Liebe Amanda,
nach Ihrer Mail hat Cold & Unsolved sich mächtig ins Zeug gelegt, um mal zu sehen, was wir für Sie über den Fall der Engel von Alperton herausfinden können. Wir haben sämtliche Zeitungsberichte in chronologischer Reihenfolge gelesen, wobei uns unwillkürlich aufgefallen ist, dass es da eine Leiche gibt, die kommt und geht.

Harpinder Singhs Leiche wird am 9. Dezember im Middlesex House entdeckt, wo sie bereits einige Tage lag. Dieser Mord wird schließlich aufgrund forensischer Hinweise mit Gabriel Angelis in Zusammenhang gebracht, was ihn zu einem Teil des Mythos um die Engel von Alperton macht.

In den frühen Morgenstunden des 11. Dezember 2003 gibt es erste Berichte über eine Messerstecherei mit mehreren Beteiligten in einem verlassenen Lagerhaus. In einigen der frühesten Polizeiberichte ist die Rede von zwei Leichen, manche melden drei, andere vier.

Später an jenem Tag wird die Zahl der Toten mit drei angegeben: die ›Engel‹ Michael, Gabriel und Elemiah.

Doch Peter Duffy, auch bekannt als Gabriel Angelis, ist zu diesem Zeitpunkt auf der Flucht. Sein Polizeifoto wird in Umlauf gebracht, und schließlich wird er von dem Bewohner einer Obdachlosenunterkunft in Ealing erkannt und am 13. Dezember festgenommen. Er ist zerzaust und schmutzig, aber unverletzt. Die minderjährigen Sektenmitglieder Holly, Jonah und ihr Baby sind da schon längst von den Behörden in Obhut genommen worden.

An diesem Punkt erfährt die Zahl der Todesopfer eine neue Wendung. In den Berichten taucht nun der Name Christopher Shenk auf, ein Kleinkrimineller aus der Gegend, der als ›Engel‹ Raphael sowie als *dritte* im Lagerhaus gefundene Leiche genannt wird.

Während Polizeibeamte sich bei den Namen schon mal irren können, wusste dagegen Jonah sehr wohl, wer wer war, und in seiner Vernehmung sagte er aus, der Mann, den er für den Erzengel Gabriel hielt, sei tot.

Solange wir keine Erklärung für diese Unstimmigkeiten haben, denken die Mitglieder des Guildford Cold & Unsolved Murder Club, es sollte nicht der *Fall der Engel von Alperton* heißen, sondern das *Geheimnis um die Engel von Alperton.*

Wir bleiben dran, Amanda; das ist viel zu spannend, um jetzt aufzuhören!
Herzliche Grüße,
Cathy-June Lloyd

WhatsApp-Nachrichten zwischen mir und Oliver Menzies, 17. Juli 2021:

Amanda Bailey
Hab dir grad ne Mail weitergeleitet. Was meinst du?

Oliver Menzies
Was sind das für Leute?

Amanda Bailey
Ein Amateur-Krimiclub. Mach nicht so ein Gesicht wie du's genau jetzt machst (das weiß ich).

Oliver Menzies
Ein Amateur-Krimiclub. Schrullig aussehende Frauen und Kerle mit Bart.

Amanda Bailey
Ich bin eine schrullig aussehende Frau, und du bist ein Kerl mit einem Bart 🤗

Oliver Menzies
Die unterschiedliche Zahl der angegebenen Opfer ist mir von Anfang an aufgefallen. Hysterische Gerüchte unmittelbar nach einem abscheulichen Verbrechen.

Amanda Bailey
›Drei Leichen‹ kommt von Gray Graham, und der war DORT. Wir wissen, dass im Untergeschoss dieses Lagerhauses drei Leichen lagen, bevor die Polizei eintraf. Singhs Leiche war zwei Tage zuvor im Middlesex House gefunden worden. Vier Leichen. Ist doch eigentlich ganz einfach. Warum das ganze Kuddelmuddel?

Weitere E-Mail von David Polneath, Amateurdetektiv, 17. Juli 2021:

AN: Amanda Bailey
DATUM: 17. Juli 2021
BETREFF: Die Engel von Alperton
VON: David Polneath

Liebe Amanda,
nachdem ich auf meine letzte Mail an Sie keine Antwort erhielt, frage ich mich, ob sie überhaupt bei Ihnen angekommen ist. Ich kann schließlich nie wissen, ob mein Account gehackt oder Nachrichten abgefangen wurden.

Dieser ganze Fall ist hochemotional. Engel, Dämonen, verstörte, vom System im Stich gelassene Teenager, in einem bestialischen Blutbad verstümmelte Sektenmitglieder, ein Baby in Lebensgefahr, das im letzten Moment in einem heldenhaften Showdown gerettet wird … Kein Wunder, dass die Fantasie von Autoren und Filmemachern davon angeregt wurde. Was aber, wenn sie unwissentlich daran mitgewirkt haben, zu verschleiern, was wirklich passiert ist?

Meiner Theorie zufolge haben die Medien irgendwie zu schnell Wind von dieser Sache bekommen, und deshalb konnte eine geplante Vertuschung nicht wie vorgesehen abgeschlossen werden. Um die Wahrheit zu verschleiern, musste prompt gehandelt und improvisiert werden.

Aber wir müssen uns in Acht nehmen, Amanda, Sie und ich.

Ihr

David

Amanda Baileys Gastauftritt beim Podcast *Ein frischer Geist*, moderiert von Dave ›Itchy‹ Kilmore. Aufgenommen am 18. Juli 2021 im Soho Studio. Transkribiert von Ellie Cooper.

AB: Ellie, ich nehme gleich an diesem Podcast teil. Da geht's um übernatürliche Phänomene und Verschwörungstheorien. Ignorier das alles. Transkribiere nur, was mit den Engeln von Alperton zu tun hat. *[Wie gewünscht habe ich die Gespräche über UFO-Sichtungen, Gespenstergeschichten und Serienkiller übersprungen. Das Folgende ist alles, was übrig blieb. EC]*

DIK: *[Was soll ich sagen? Das sind nun mal seine Initialen. EC]* Also, in Ihrem Küchenschrank sitzt ein Flaschengeist fest, der Ihnen drei Wünsche erfüllt, und außerdem können Sie ihn freilassen. Was sagen Sie? Erster Wunsch.

AB: Als Erstes wünsche ich mir, dass ich jedes Mal, wenn ich einen Wunsch ausspreche, zwei weitere Wünsche bekomme.

DIK: Schlau gedacht. Damit ist Ihr Wunschkonto immer im Plus. Zweiter Wunsch?

AB: Ich wünsche mir, dass niemandem sonst je wieder ein Wunsch erfüllt wird.

DIK: Das ist allerdings ein bisschen gemein, Amanda. Warum müssen wir auf unsere Wünsche verzichten?

AB: Weil Sie sich meinen Tod wünschen könnten.

DIK: Nicht vor Ende dieses Podcasts. Haben Sie jetzt noch einen dritten Wunsch?

AB: Nein, denn nun habe ich ja einen unendlichen Vorrat an Wünschen, die ich nach Gutdünken einlösen kann.

DIK: Lassen Sie den Flaschengeist frei?

AB: Klar. Wieso auch nicht?

DIK: Weil er sich … sobald er frei ist, nicht als Flaschengeist entpuppt, sondern als *Dämon.* Sie haben einen Dämon befreit und auf die Welt losgelassen.

AB: Na ja, ich schreibe über schlimme Ereignisse. Kann also nur gut sein fürs Geschäft. *[Gelächter. Unangemessen, meiner Meinung nach. EC]*

DIK: Nun, Amanda, Sie haben über die Morde an Jill Dando, Rachel Nickell und Suzy Lamplugh geschrieben. Was knöpfen Sie sich als Nächstes vor?

AB: Den Fall der Engel von Alperton.

DIK: Beeindruckend. Ein Fall, über den meiner Ansicht nach bisher nicht angemessen berichtet wurde, ich weiß nicht, wie Sie darüber denken …

AB: Die Recherchen sind nicht gerade einfach. Um den ganzen Fall scheint ein geheimnisvoller Nebel des Schweigens zu wabern. *[Amanda Bailey, versuchst du gerade, die Glut einer Verschwörungstheorie anzufachen? EC]*

DIK: Ich war damals erst dreizehn, erinnere mich aber, davon gehört zu haben. Glauben Sie denn, der Mangel an, ähm, investigativer Dokumentation – damit meine ich Presse, Bücher,

Fernsehen etc. – glauben Sie, das deutet auf eine Verschwörung hin?

AB: Möglich. Aber ich habe keine Ahnung, was dahinterstecken sollte.

DIK: Ich hätte da eine Theorie, genau genommen zwei Theorien. Es handelt sich um erstens: die Verschleierung eines Versagens staatlicher Stellen; oder zweitens: die Verschleierung übernatürlicher Phänomene, die eine Panik auslösen würden.

AB: Nun, genau das hoffe ich, herauszufinden, Dave. Ob Ihre Hörer und Hörerinnen mir dabei wohl helfen könnten?

DIK: Ihr frischen Geister da draußen: wenn ihr irgendwelche Theorien habt, Vermutungen …

AB: Erinnerungen oder persönliche Erfahrungen, die mir bei der Recherche zu diesem Fall weiterhelfen könnten …

DIK: Registriert euch bei unserem moderierten Diskussionsforum. Und soweit ich weiß, gibt es auch eine Belohnung?

AB: Ja, die gibt es, aber da ich keinen Dämon kenne, der mir meine Wünsche erfüllt, besteht die Belohnung bloß in Ruhm.

DIK: Bloß Ruhm, meine Lieben!

AB: Ich würde Ihren Namen im Buch erwähnen.

DIK: Das ist ein Ruhm, den jeder gerne hätte!

[Den Rest überspringe ich wieder. EC]

E-Mail von Paul Cole, spiritueller Berater, an Oliver Menzies, 18. Juli 2021:

AN: Oliver Menzies
DATUM: 18. Juli 2021
BETREFF: Aw: Die Engel von Alperton
VON: Paul Cole

Lieber Oliver,
bitte entschuldigen Sie vielmals, dass ich Ihnen erst jetzt auf Ihre Mail antworte. Ich war auf einem spirituellen Retreat, meilenweit

von jeder Internetverbindung entfernt. Sie baten mich darum, Ihnen zu erklären, was ich mit ›der anderen Seite‹ und Gabriels möglicher Verbindung dazu meine. Ich werde es versuchen.

Wir besuchen diese Erde viele Male und leben viele Leben, doch unsere Wiederkehr ist nicht gewährleistet. Sie ist ein Privileg und eine Chance. Zwar wählen wir vor unserer Geburt bestimmte Aspekte unseres Lebens aus – unsere Eltern zum Beispiel –, doch es gibt Regeln. In jedem Leben, das wir leben, müssen wir Licht mit Dunkelheit begegnen. Das heißt wiederum, dass jeder von uns schwierige Leben durchleiden muss, damit wir uns in Zukunft an froheren, glücklicheren Leben erfreuen dürfen.

Wir sind Teil eines kollektiven Bewusstseins und doch jeder auf seiner eigenen Reise. Damit sich eine spirituelle Evolution vollziehen kann, müssen wir ohne bewusste Erinnerung an die andere Seite geboren werden. Träume sind unsere Brücken zwischen den Welten, und ich glaube, dass Gabriel hier über eine ungewöhnliche Gabe verfügt. Dennoch erleben die meisten von uns Dinge, die uns in Erstaunen versetzen. Wie ist das passiert? Was *war* das? Ereignisse, die sich logisch nicht erklären lassen.

Sie denken vielleicht, dass unser Leben auf Erden vorherbestimmt ist. Dass alles aus einem bestimmten Grund geschieht. Schicksal. Vorsehung. Nicht zwingend. Wir haben einen freien Willen. Wir können plötzlichen Erfolg erleben, Freuden, Reichtümer … ebenso wie Missgeschicke und Katastrophen. Unsere Leben können durch das Wirken anderer fürchterlich falsche Wendungen nehmen.

Ich glaube, dass Gabriel über eine psychische Kraft und eine Verbindung verfügt – Was die Frage angeht, ob er der Erzengel Gabriel ist: Davon bin ich weniger überzeugt.

Alles Gute,

Paul

Herausgerissene Seite aus dem Roman *Mein Tagebuch als Engel* von Jess Adesina:

Mittwoch, der taumelnde Dritte im Glitzerwirbel

Da ist ein neues Mädchen. Und sie ist auch ein Engel.

Donnerstag, der taumelnde Vierte im Glitzerwirbel

Tja, was *macht* man, wenn ein weiterer Engel in die eigene kosmische Bahn eintritt? Ich kann euch sagen, was *ich* mache. Nichts. Ich bin wie vom Donner gerührt, mir hat's regelrecht die Sprache verschlagen. Sie heißt Ashleigh. Sie kommt von einer Privatschule, ihre Eltern sind wohl in finanzielle Schwierigkeiten geraten. Vielleicht spielt ihre Mutter ja online, oder ihr Vater sitzt für illegalen Handel im Darknet im Gefängnis. Sie hat stumpf geschnittenes, langes braunes Haar. Miss Crosby hat Daisy gebeten, sich um sie zu kümmern. Mächtige kosmische Glitzersekunde. Hätte sie Georgia gebeten, dann hätte ich sie ohne aufsehenerregende Überschreitung unserer Cliquengrenzen ansprechen können. Ich weiß, dass ihr euch jetzt fragt: Wie kann Tilly so sicher sein, dass dieses neue Mädchen auch ein Engel ist? Nur am Aussehen kann man das nicht erkennen, und Tilly hat noch nicht mal mit ihr gesprochen. Nun, ich verrate euch das Geheimnis, wie wir einander erkennen: Auf Erden geborene Engel müssen ihre Flügel in den Augen tragen. Ashleigh trägt Flügel in den Augen. Und ich bin verliebt (schon wieder).

Herausgerissene Seite aus dem Roman *Weiße Flügel* von Mark Dunning:

Celine schenkte dem Botschafter ein kokettes Lächeln. Ihre Givenchy-Robe besaß einen so minimalistischen Schnitt und bestand aus einem so transparenten Stoff, dass sein Blick nie bis zu ihren speziell gefertigten Manolos hinabwandern würde. Die nicht Mr Blahnik auseinandergebaut und wieder zusammengesetzt hatte, sondern Gabriel. Ein falscher Schritt würde den Sensor aktivieren, ihre Tarnung auffliegen und die gesamte Operation scheitern lassen, mit Interessenparteien, die noch größer und zwielichtiger waren als selbst *ihre* Organisation. Dann würde Gabriel sie, falls die Explosion es nicht erledigt hatte, mit Freuden kaltmachen. Der Ausdruck ›Killer Heels‹ hatte es nie besser getroffen.

Der diplomatische Blick des Botschafters flatterte so schwelgerisch über Celines gazellengleichen Leib wie ein Schmetterling gegen Ende des Sommers über das letzte Rosa auf den Wiesen. Irgendwo in ihrem Innern verspürte sie ein schwaches Aufflackern von Abscheu darüber, dass dieser Mann sie seit ihrer Kindheit kannte und überdies ein entfernter Verwandter ihres Vaters war.

Obwohl sie lieber geglaubt hätte, dass Gabriel sie für ihren brillanten Verstand und ihre atemberaubende Schönheit schätzte, wusste sie doch, dass er es in Wahrheit nur hierfür tat. Für ihre tadellosen Verbindungen. Denn Celine verfügte über das Auftreten und die Sprechweise. Den Stil und das Wissen. Sie konnte geschmeidig durch diese Anlässe gleiten, durch die Flure der Macht, Siebensternehotels, hoch aufragende Bürotürme, Superjachten und Penthouse-Suiten … Bis hinauf zu den Göttern der weltlichen Gesellschaft, ohne dass selbst der unbedeutendste Sicherheitsbeamte ihre Zugangsberechtigung überprüft hätte. Und einmal im Zentrum angekommen, konnte sie alles tun.

Celine warf schnelle Blicke nach links und rechts. Sie gab dem Botschafter ein Küsschen auf jede Wange und stöckelte davon. Das

Klackern ihrer Absätze durchbrach die andächtige Stille, als Männer und Frauen gleichermaßen innehielten, um die lockenden Linien ihrer Schultern und das Schweben ihrer Hüften zu bewundern.

Herausgerissene Seiten aus dem Skript zu *Boten des Himmels* von Clive Badham:

INNEN - WOHNZIMMER - DER NÄCHSTE TAG

LAUTES SCHREIEN aus dem schaukelnden Babykorb unter dem Couchtisch. Die Uhr zeigt 11:30 an. Holly, in einem billigen Schlafanzug, stapft herein, sieht, dass niemand im Zimmer ist, stapft wieder heraus und trommelt an die Tür zu einem Nebenzimmer.

HOLLY
Jonah! Jonah!

Gepolter und Gemurmel hinter der Tür. Jonah, ebenfalls im Schlafanzug, späht durch den Türspalt, das Gesicht vom Schlaf zerknautscht.

JONAH
Hm?

HOLLY
Es hört einfach nicht auf. Wo ist Gabriel?

JONAH
(So verschlafen, dass er kaum antworten kann …)
Weg.

Das Baby SCHREIT ohne Unterlass. Jonah hebt es aus dem Korb, gibt ihm einen Stupser und einen Klaps.

INNEN - KÜCHE, WOHNUNG - TAG

Holly bereitet mit grimmiger Miene ein Fläschchen Babynahrung zu und schüttelt es.

INNEN - WOHNZIMMER - TAG

Holly reicht Jonah das schäumende Fläschchen. Er schafft es schließlich, dem Baby den Sauger in den Mund zu stecken. Gesegnete Stille. Sie sehen dem Baby beim Nuckeln zu.

HOLLY

Wie bringst du das nur fertig?

JONAH

(zuckt mit den Schultern)

Gabriel hat gesagt, dass es sicher ist.

Holly beugt sich vor und starrt das Baby finster an.

HOLLY

Das reine Böse. Übersteigt unsere schlimmsten Vorstellungen. So böse, dass nicht einmal der Tod es aufhalten kann.

JONAH

Gabriel wird es aufhalten.

HOLLY

Und wir.

Hollys Blick ruht zuerst auf dem Baby, dann auf Jonah, doch der lässt sich in seiner Konzentration nicht stören.

INNEN - WOHNZIMMER - TAG - SPÄTER

Das Baby schläft in seinem Korb. Holly beobachtet es aus sicherer Distanz. In der Ferne hört man KIRCHENGLOCKEN läuten. Holly kommt ein Gedanke, sie springt auf.

INNEN - WOHNUNGSFLUR - TAG

Holly späht in Jonahs Zimmer. Er liegt mit aufgesetzten KOPFHÖRERN auf dem Bett und schläft. Sie flitzt los, greift sich eine Jacke, schlüpft durch die Wohnungstür, weg.

AUSSEN - ALTE KIRCHE - TAG

Es ist Sonntag. Betagte KIRCHGÄNGER gehen nacheinander durch die Türen einer baufälligen alten Kirche. Holly, den Kopf gesenkt, reiht sich ein, schlüpft als Letzte hinein. Hinter ihr SCHLAGEN die Türen zu.

INNEN - KIRCHE - TAG - KURZE ZEIT SPÄTER

Holly schlüpft in eine der hinteren Kirchenbänke. Während der Gottesdienst beginnt, betrachtet sie die religiösen Figuren und Bilder. Jesus, Maria, ein Heiliger, ein Engel. Sie schließt die Augen, atmet durch, konzentriert sich. Die Bilder verschwimmen zu ... EINER CHAOTISCHEN TRAUMHAFTEN VISION. Einige Bilder himmlisch, andere höllisch, alles zerrissen von DÄMONISCHEN SCHREIEN.

PAM (O. S.)
Willkommen.

Holly reißt die Augen auf. Zurück in der Wirklichkeit. Wir haben einen kleinen Zeitsprung gemacht. Der Gottesdienst ist vorbei. Die Leute gehen hinaus. PAM (um die 60, aufgeweckt, verantwortungsbewusst) beugt sich über Holly, mit freundlichem, aber neugierigem Lächeln.

PAM
Ich bin Pam. Hab dich hier noch nie gesehen. Bist du neu in der Gegend?

Holly nickt.

PAM
Sind deine Mum und dein Dad auch hier?

Holly blickt in Pams heiteres, offenes Gesicht.

HOLLY
Ich hab keine Mum und keinen Dad.

PAM
Das tut mir leid. Wer kümmert sich denn dann um dich?

HOLLY
Die himmlischen Mächte. Ich bin ein Engel. Meine Seele ist göttlich.

Selbst Pam kann ihre Verblüffung nicht verbergen.

PAM
Aha … und wo schläfst du?

HOLLY
Bei einem Erzengel. Wir leben in einer von den Wohnungen über der Ladenzeile. Wir sind mehrere. Engel.

Pam nickt nachdenklich. Sie mustert Holly von oben nach unten, schätzt den Zustand ihrer Kleidung ein, Hollys hygienischen und gesundheitlichen Zustand.

PAM
Wir würden uns freuen, euch alle hier begrüßen zu können. Möchtest du die anderen nicht mal mitbringen?

Holly blickt einer lächelnden Pam in die Augen.

AUSSEN - HAUPTSTRASSE - TAG
Holly lässt die Kirche hinter sich, schaltet ihr Handy ein. VERPASSTE ANRUFE und SMS. Es LÄUTET. Sie nimmt an.

GABRIEL (O.S.)
(hysterisches Flüstern)
Wo steckst du? Wir mussten es allein lassen, um dich zu suchen!

HOLLY
Ich war bloß in der Kirche.

AUSSEN - STRASSE - TAG

Gabriel, Handy am Ohr, den besorgten Blick auf das Fenster einer Wohnung gerichtet, drückt sich auf dem Gehsteig herum. Er tigert wütend auf und ab, hält das Handy umklammert, muss sich zwingen, nicht zu schreien.

GABRIEL

Komm zurück! Sofort! Beeil dich!

Er beendet den Anruf, blickt verzweifelt zu dem Fenster, dann die Straße hinab. Wartet.

AUSSEN - HAUPTSTRASSE - TAG

Als Holly eilig eine Straße überquert, erblickt sie Jonah, dessen Miene wütend verfinstert ist.

JONAH

Warum bist du weg? Mit wem hast du gesprochen?

HOLLY

Mit niemandem. Nur mit einer Frau.

Holly und Jonah stapfen die Straße entlang. Jonah kocht innerlich vor Wut.

JONAH

Vielleicht wurde sie geschickt, um uns zu töten. Um uns daran zu hindern, es zu zerstören. Du weißt doch, was Gabriel gesagt hat. Kein Kontakt, zu niemandem. Nie wieder. Alles von davor ist vorbei.

HOLLY
(blickt mürrisch drein)
Ich weiß.

JONAH
Die Realität der anderen ist nicht unsere Realität. Das hier ist unser Leben. Nur deswegen sind wir hier.

AUSSEN - STRASSE - TAG

Holly und Jonah bleiben schnaufend vor Gabriel stehen. Er packt Holly am Arm, raunt ihr barsch zu …

GABRIEL
Deinetwegen mussten wir es allein lassen! Das ist genau die Art von Scheiß, auf den die dunklen Mächte warten.

Jonah und Gabriel starren Holly wütend an.

JONAH
Sie hat jemandem erzählt, wer wir sind.

Bestürzt funkelt Holly ihn an.

HOLLY
(zu Gabriel)
Nur einer Frau in der Kirche. Sie hat gefragt, bei wem ich wohne.

Gabriel läuft frustriert auf und ab, kann seinen Zorn kaum noch zügeln, zischt ihr ins Ohr.

GABRIEL
Jetzt müssen wir dahin und sie beruhigen. Noch mehr Risiko. Alles nur deinetwegen.

HOLLY
Tut mir leid.

Gabriel blickt zum Fenster der Wohnung hoch. Die Gesichtszüge entgleisen ihm. Er erstarrt.

GABRIEL
Da oben ist etwas.

Holly und Jonah schauen verzweifelt zum Fenster hoch. Dahinter bewegt sich ein schlanker Schatten. Sie zucken zusammen und keuchen. Der Vorhang am Fenster bewegt sich. Eine GESTALT erscheint. Mit der schieren Größe ihrer Präsenz füllt sie das ganze Fenster aus. Holly und Jonah blinzeln voller Entsetzen nach oben, doch Sekunden später breitet sich ein erleichtertes Lächeln auf Gabriels Gesicht aus.

GABRIEL
Ihr wisst, wer das ist … kommt mit!

Die Stimmung um hundertachtzig Grad gedreht, läuft er über die Straße. Holly und Jonah traben hinter ihm her.

INNEN - WOHNZIMMER - TAG
Gabriel führt Holly und Jonah ins Zimmer. ELEMIAH (etwa 40, männlich, ein Hüne) lächelt sie an, hält einen Hausschlüssel in die Höhe. Er ist salopp ge-

kleidet, wirkt gelassen. Der Babykorb schaukelt auf dem Couchtisch. Holly und Jonah stürzen freudestrahlend auf Elemiah zu.

HOLLY/JONAH
Elemiah!

Er lacht, umarmt die beiden, dann nehmen er und Gabriel sich herzlich in den Arm.

ELEMIAH
(ernst, zu Gabriel)
Es war allein -

GABRIEL
Holly ist rausgegangen. Jonah und ich mussten sie suchen.

HOLLY
Kommt nicht wieder vor.

GABRIEL
Gib mir deinen Hausschlüssel.

Holly fischt den Schlüssel aus ihrer Tasche und reicht ihn Gabriel. Bevor sie betreten aus dem Zimmer schleicht, wirft sie noch einen Blick auf Jonahs versteinerte Miene und auf das Baby.

INNEN - SCHLAFZIMMER - DER NÄCHSTE MORGEN
Holly wacht auf. Sie liegt neben dem schlafenden Gabriel. Jonah schläft an Gabriels anderer Seite. Holly sieht beide an und schwingt langsam die Füße auf den

Boden. Die Sonne scheint ihr durch die Vorhänge ins Gesicht.

GABRIEL (O.S.)
Worüber denkst du nach?

HOLLY
Über Gut und Böse.

Gabriel schwingt die Beine über die Bettkante. Setzt sich neben Holly. Die Sonne bescheint nun beide.

GABRIEL
Man kann das eine nicht ohne das andere haben.

HOLLY
Bist du jemals einem wirklich bösen Menschen begegnet?

GABRIEL
(nachdenklich)
Einem wirklich bösen? Ja. Ein Mal.

HOLLY
Woher wusstest du das?

GABRIEL
Es war in seinen Augen. Er hatte Angst vor mir. Hat so viel Schaden angerichtet wie nur möglich.

HOLLY
Und was hast du gemacht?

Gabriel grinst, zwinkert ihr zu.

GABRIEL
(flüstert)
Ich hab meine Rache bekommen.

Er tappt aus dem Zimmer, lässt Holly, gebadet in Sonnenlicht, auf der Bettkante zurück.

INNEN - WOHNZIMMER/KÜCHE - MORGENS - SPÄTER
Jonah füttert das Baby. Gabriel macht Kaffee, doch Holly, die auf einem Küchenhocker kauert, wirkt abwesend. Ihr Toast ist unberührt, sie starrt angestrengt auf eine MÜNZE auf dem Küchentresen.

HOLLY
Warum kann ich mit der Kraft meines Geistes keine Gegenstände bewegen?

Gabriel wuselt geschäftig in der Küche herum.

GABRIEL
Dein Geist ist sterblich. Superkräfte nicht inbegriffen.

HOLLY
Hast du Superkräfte?

GABRIEL
Schön wär's.

Holly starrt erneut die Münze an. Jonah hält das Baby, geht zur Spüle, wirft das Fläschchen hinein.

HOLLY
Aber was können wir dann tun?

JONAH
Da.

Sie nimmt das Baby.

GABRIEL
Unsere Kraft liegt im Sein. Nicht im Handeln.

Gabriel knallt eine PACKUNG Saft auf den Küchentresen, bestreicht Toast mit Marmelade, schaut nach dem Kaffee.

GABRIEL
In himmlischer Gestalt leitet unsere Energie die Sterblichen. Hilft ihnen. Sie verfügen über einen freien Willen, doch im Reich der Sterblichen sind auch unsere Kräfte sterblich. Wir sind Boten. Normalerweise.

Er reicht Jonah einen Toast, Holly einen Kaffee und setzt sich ihnen gegenüber an den Tresen. Sie essen, trinken und blicken ihn an.

JONAH
Aber diesmal nicht?

GABRIEL
Diesmal müssen wir handeln, nicht sein.

Das Baby auf Hollys Arm weint. Sie wiegt es.

INNEN - WOHNZIMMER - TAG - SPÄTER

Holly und Jonah lümmeln auf dem Sofa, schauen fern, langweilen sich. Das Baby schläft in seinem Korb. Aus dem Flur kommt Gabriel, zurechtgemacht, im Mantel. Holly und Jonah setzen sich auf, plötzlich alarmiert.

HOLLY
Wo willst du hin?

Jonah wirft ihr einen Blick zu, den sie trotzig erwidert.

GABRIEL
Ich bin nicht lang weg. Geht nicht raus.
Auf gar keinen Fall, in Ordnung?

Sie nicken. Gabriel lächelt, zwinkert ihnen zu und schlüpft aus dem Zimmer.

INNEN - WOHNZIMMER - TAG - SPÄTER

Auf einem winzigen Bildschirm läuft ein gewalttätiges, komplexes FANTASYSPIEL. Der MYTHISCHE HELD kämpft gegen ein BÖSES UNGEHEUER. Der Held gewinnt Punkte, dann wird ihm überraschend der Kopf abgeschlagen. GAME OVER. Holly liegt gelangweilt auf dem Sofa, legt die Handheld-Konsole beiseite. Jonah schaut abwechselnd aus allen Fenstern, hält die Augen offen, falls Gefahr droht. Holly sieht ihm zu.

HOLLY
Hast du Angst?

JONAH
(zu prompt)
Nein.
(eine Sekunde später)
Gabriel weiß, was zu tun ist.

HOLLY
Es loswerden?

Jonah blickt wieder aus dem Fenster. Er nickt.

HOLLY
Es sieht ganz normal aus. Darauf, was es wirklich ist, würde nie jemand kommen.

Jonah schiebt sich neben sie aufs Sofa. Beide betrachten das schlafende Baby.

JONAH
Wenn wir nicht wären, würde es ein Unheil entfesseln, wie es die Menschheit noch nie erlebt hat. Es würde sie zerstören.

HOLLY
Ob es unsere Gedanken kontrollieren kann?

JONAH
Uns kann es nichts tun. Hat Gabriel gesagt.

Ehe Holly antworten kann … KLOPF KLOPF an der Tür. Sie springen auf, blicken sich verstört an. Panische Stille.

JONAH
(flüstert)
Nicht aufmachen!

Sie schleichen zur Tür. Jonah späht durch den Spion.

INNEN - TÜRSPION AUF DEN KORRIDOR DES WOHNBLOCKS - TAG

Eine FRAU (Mitte 20, elegant) blickt den Korridor auf und ab.

INNEN - FLUR - TAG

Jonah tritt beiseite. Holly übernimmt und schaut selbst.

HOLLY
Hast du sie denn nicht gesehen, als sie gekommen ist?

JONAH
Sie muss sich unsichtbar gemacht haben.

INNEN - TÜRSPION AUF DEN KORRIDOR DES WOHNBLOCKS - TAG

Die Frau wirft einen letzten Blick auf die Wohnungstür, dreht sich um, will gehen.

INNEN - FLUR - TAG

Das Baby SCHREIT laut. Holly und Jonah erstarren.

INNEN - TÜRSPION AUF DEN KORRIDOR DES WOHNBLOCKS - TAG

Die Frau hört etwas, dreht sich wieder zur Tür.

KLOPF KLOPF.

FRAU

Hallo?

INNEN - FLUR - TAG

Jonah springt an den Türspion, flüstert Holly zu …

JONAH

Bring's zum Schweigen!

Holly huscht zurück ins Wohnzimmer. Jonah hält den Atem an, während die Schreie des Babys verstummen.

INNEN - TÜRSPION AUF DEN KORRIDOR DES WOHNBLOCKS - TAG

Widerwillig dreht die Frau sich nochmals um und geht.

INNEN - FLUR - TAG

Holly schaukelt das beruhigte Baby. Jonah löst sich vom Türspion. Sie tauschen angsterfüllte Blicke.

JONAH

Die dunklen Mächte. Sie haben uns gefunden.

AUSSEN - STRASSE - TAG

Die Frau erreicht die Straßenecke. Mit wissender Miene dreht sie sich um und wirft einen Blick zurück. Ihr Blick zielt direkt auf das Fenster zur Wohnung der

Engel. Das Funkeln in ihren Augen verrät uns, dass Jonah recht hat. Sekunden später wendet sie sich ab, geht um die Ecke. Weg.

WhatsApp-Nachrichten zwischen Ellie Cooper und mir, 19. Juli 2021:

Ellie Cooper
Alles okay, Mandy? Hab seit ein paar Tagen nichts mehr von dir gehört.

Amanda Bailey
Muss lesen und nachdenken. Das Kind ist Sperrgebiet, also brauche ich einen neuen Ansatz. Könnte den Einfluss der Engel auf die Popkultur als Ausgang für eine Untersuchung nehmen, inwieweit schreckliche Verbrechen die Macht haben, gewisse Einstellungen zu ändern und andere zu verstärken.

Ellie Cooper
Kapier ich nicht. Ich dachte, dein Auftrag wäre, den Fall noch mal für eine lockere Strandlektüre aufzuwärmen?

Amanda Bailey
🤦 Hast ja recht.

Ellie Cooper
Hab Neuigkeiten von meinem Freund mit dem Aufnahmestudio. Hat endlich Zeit für Olivers Interview mit Gabriel gefunden. Sagt, so was hieße ›akustisches Übersprechen‹. Er kann es aufbereiten und vielleicht mehr Text zutage fördern, meint aber, dafür müsse er nach Dienstschluss im Studio bleiben, das Equipment seines Arbeitgebers benutzen und seinen Job riskieren. Im Klartext: Er will mehr Geld rausschlagen.

Amanda Bailey
Okay. Ich überleg's mir. Danke, Ellie, du bist ein Schatz.

SMS zwischen Dave ›Itchy‹ Kilmore und mir, 20. Juli 2021:

Dave Kilmore
Hallo, Amanda, haben Sie sich den Podcast schon angehört? Hab ihn gestern Abend freigeschaltet. Wir haben schon erste Reaktionen auf Ihren Aufruf an die Hörer:innen bekommen. Sie können sie sich im Forum selbst ansehen. Kontaktdaten gehen an mich, via DM. Ist ein Forward okay für Sie? Ich filtere nur die Energievampire raus und alle, die dumpfbackige Parolen verbreiten oder offen pervers sind. Man glaubt es kaum, aber danach sind tatsächlich noch welche übrig 🤣

Amanda Bailey
Danke, Dave. Hab noch nicht reingehört, sorry. Mach ich aber gleich, sobald ich mal einen Moment Zeit finde. Und klar, immer her damit, wenn die Leute sich schon mal die Mühe gemacht haben, sich zu melden.

Anonyme E-Mail an die info@-Adresse von *Ein frischer Geist*, 20. Juli 2021:

Für die Frau, die beim Podcast zu Gast war. Ich hab eine schräge Geschichte über die Engel von Alperton. Die erzähl ich nicht oft, weil ich mir dabei immer dumm vorkomme. Aber ich hab mich ganz sicher nicht geirrt. An dem Abend, als die Leichen gefunden wurden, war ich auf dem Revier in Wembley. Es war schon halb elf oder elf, mindestens. Jemand hatte mir im Pub die Brieftasche geklaut, und ich stand am Schalter, um eine Anzeige aufzugeben. Das Revier ist so eingerichtet, dass die Schalterbeamten in einem Bereich in der Mitte des Raums arbeiten, während links und rechts davon zwei weitere Bereiche abgetrennt sind: einer für den Publikumsverkehr und einer für Beamte, die festgenommene Personen vom Parkplatz reinbringen. Dieser Bereich ist über den Schaltertresen hinweg einsehbar. Während der diensthabende Beamte also meine Personalien aufnimmt, werfe ich einen Blick über den Tresen, und in dem Moment wird Christopher Shenk hereingebracht. Ich kannte Chris – oder Shenky – zwar aus der Schule, hatte ihn aber schon ewig nicht mehr gesehen. Hatte nur gehört, er würde mit Drogen dealen, durch die Gegend laufen und so tun, als wäre er ein echter Gangster. Er schaute nicht in meine Richtung, wurde nirgends angemeldet und direkt nach hinten durch geführt, zu den Zellen, wie ich annehme. In dem Moment hab ich mir nichts dabei gedacht. Einige Tage später fiel mir in der Zeitung sein Name ins Auge. Er ist in der Nacht des Massakers von Alperton ums Leben gekommen. Es hieß, er hätte sich einer Sekte angeschlossen und für einen Engel namens Raphael gehalten, so wie dieser Ninja Turtle. Mir lief's eiskalt den Rücken runter. Aber nicht, weil's immer ein Schock ist, zu erfahren, dass jemand, den man kennt, gestorben ist, sondern aus einem anderen Grund. Ich hab sogar den Polizeibericht über meine gestohlene Brieftasche noch mal rausgekramt, um nachzuschauen, und ja: Ich hatte Shenky an exakt dem Abend gesehen, etwa um dieselbe Zeit, zu der die Engel Selbstmord begangen haben mussten. Und wie ich ihn gesehen hab, wurde er nicht etwa entlassen, sondern ins Revier reingeführt. Wie hatte er an zwei Orten gleichzeitig sein können? Ich dachte an den kurzen Moment zurück, als ich ihn gesehen hab. Wurde er wirklich von Polizisten begleitet, oder ging er da ganz allein lang, und ich war der Einzige, der das gesehen hat? Hab ich seinen Doppelgänger gesehen, im Augenblick seines Todes? Ich hab nie eine Erklärung dafür gefunden. Und meine Brieftasche hab ich auch nie wiedergekriegt.

Ausdruck aus dem Forum von *Ein frischer Geist*, 20. Juli 2021:

Einer von unsern Beratungslehrern hat was über die Engel von Alperton erzählt. Er sagt, sein Bruder wäre mit dem Asiaten zur Schule gegangen, dem, der umgebracht wurde. Er sagt, die Zeitungsberichte über seine Lebensumstände wären falsch.

Interview mit Galen Fletcher im *The Doll's House Café*, Harrow on the Hill, 21. Juli 2021. Transkribiert von Ellie Cooper.

[Ich überspringe den Teil, wo er sich über seine Tätigkeit als Beratungslehrer an einer Jungenschule auslässt. EC]

AB: Danke, dass Sie sich auf den Podcast hin gemeldet haben –

GF: Dabei hab ich ihn nicht mal selbst gehört, sondern einer meiner Schüler, der sich dann erinnert hat, dass ich über meinen Bruder und die Engel gesprochen hatte, und …

AB: Natürlich. Was war das für eine Verbindung?

GF: Mein Bruder war als Schüler im selben Jahrgang wie Harpinder Singh. Sie waren befreundet.

AB: Dann ist Ihr Bruder in Indien zur Schule gegangen?

GF: Nein, das ist ja das Kuriose. Harpinder wurde zwar, glaube ich, in Delhi *geboren*, aber seine Familie zog nach London, als er noch ein Baby war. Er ging hier zur Schule.

AB: Und auf welcher Schule war er?

GF: Er war *hier*. Auf dieser Schule. *[Du hältst ungläubig inne, genau wie ich jetzt. EC]*

AB: Auf der *Harrow School*?

GF: Ja. *[Harpinder Singh war auf einer der weltweit angesehensten Privatschulen für Jungen? EC]* Nachdem seine Leiche gefunden wurde, stand in den Zeitungen, er wäre erst kurz zuvor aus Delhi gekommen. Wenn das stimmt, hat er dort wohl Urlaub gemacht. Den Berichten zufolge hat er sich seinen Lebensunterhalt mehr schlecht als recht in einem Restaurant verdient, wegen eines Wohnungsbrands sein möbliertes Zimmer räumen müssen und in einer Notunterkunft gewohnt. Nichts ist unmöglich – jeder kann mal in eine missliche Lage geraten –, aber das klingt nicht nach dem Harpinder, an den ich mich erinnere. Wie traurig, wenn er wirklich so geendet wäre. Ach, und sein Alter haben sie auch falsch angegeben. Er war nicht zweiundzwanzig. Er war neunundzwanzig.

AB: Was wissen Sie noch über Harpinder?

GF: Ich sollte vielleicht dazu sagen, dass er für uns immer Harry Singh hieß. Er und Clem lernten sich auf der privaten Grundschule in Ealing kennen. Dann kamen beide hierher. Harry war aufgeschlossen und resolut. Ein heller Kopf, aber nicht so zielstrebig wie Clem. Ich erinnere mich noch an sämtliche Theateraufführungen der Schule mit ihm. Und er war ein hervorragender Schachspieler.

AB: Dann war er also lieber im Freien, anstatt zu büffeln?

GF: Ja. Sehr gesellig. Er und Clem haben zusammen am *Duke of Edinburgh Award* teilgenommen. Harry war auf Goldkurs, lag aber in Mathe und Englisch zurück. Soweit ich weiß, hat Clem ihm nach Kräften geholfen. Das war Jahre, bevor ich herkam. Die beiden waren elf Jahre älter als ich.

AB: Auf welche Uni ist Harry dann gegangen?

GF: Das weiß ich nicht mehr. Weder Oxford noch Cambridge. Ich *glaube*, er hat irgendwo Jura studiert. Clem ging jedenfalls nach Edinburgh. Er studierte Medizin und hatte keine Zeit mehr, die alten Freundschaften zu pflegen. Sie verloren sich aus den Augen, und wir ... Der Rest unserer Familie hatte auch keinen Kontakt mehr zu ihm.

AB: Woher wollen Sie dann *wissen*, dass der Harpinder Singh, der 2003 tot in Alperton gefunden wurde, derselbe war wie der Freund Ihres Bruders vor so vielen Jahren?

GF: Wegen des Fotos. Sobald ich das sah ... Kennen Sie es?

AB: Das hier?

GF: Genau. Da hat er ein Handtuch um den Kopf. Sieht aus wie der Turban der Sikh, aber Harry hat nie einen getragen. Er hatte sowieso kurze Haare, die ganze Zeit über, die wir ihn kannten. Das Bild ist nah an seinem Gesicht und um den Kopf herum abgeschnitten. *Das hier* ist das ursprüngliche Foto. *[Er zeigt dir etwas. EC]*

AB: Oh. *[Du klingst überrascht. EC]*

GF: Es ist eigentlich ein Gruppenfoto von den Jungs aus diesem Haus; das ist die Unterkunft, in der sie während des Schuljahrs wohnten. Sie waren im Wald schwimmen, und das Bild wurde aufgenommen, als sie gerade aus dem Fluss geklettert waren. Man sieht, wie Harry das Handtuch auf seinem Kopf festhält. Das hier ist mein Bruder Clem. Da waren sie siebzehn oder achtzehn, kurz bevor sie ihren Abschluss machten.

AB: Das ist definitiv dasselbe Foto. Merkwürdig, dass ausgerechnet das benutzt wurde. Wenn er in Harrow war, muss es doch offizielle Bilder von ihm in Schuluniform mit seiner Klasse geben.

GF: So wie *das* hier? Das ist Clem, das ist Harry … kein Jahr vor dem anderen aufgenommen. Mir kam's immer so vor, als wollten sie ihn … *indischer* wirken lassen, in den Berichten über seinen Tod. Als wäre er gerade erst hier in England angekommen, ein Wirtschaftsflüchtling. Aber er hat sein ganzes Leben hier verbracht. Die Familie war vermögend, machte Geschäfte rund um den Globus. Er war ganz und gar … Ich hoffe, das klingt jetzt nicht beleidigend, aber: Er war ganz und gar *englisch*. Ein Kind des Westens, ganz und gar.

AB: Das ist ein kleines, körniges Bild. Wie konnten Sie darauf den alten Freund Ihres Bruders erkennen, jemanden, der viel älter war als Sie und den Sie seit zehn Jahren nicht mehr gesehen hatten?

GF: Das ist eins der Lieblingsfotos meiner Familie. Wir haben alle einen gerahmten Abzug. Ich kenne jedes Pixel darauf. *[Er stockt. EC]* Clem steht genau in der Mitte. Im darauffolgenden Sommer unterrichtete er Straßenkinder in Peru, über ein Austauschprogramm. Er war klug, sportlich und konnte gut mit Menschen umgehen. Sonst noch etwas?

AB: Wann ist Clem gestorben? *[Wieder stockt er. Woher wusstest du, dass Clem tot ist? EC]*

GF: 2000. Er war sechsundzwanzig. Es ist nachts passiert. Er hatte Herzprobleme, von denen wir nichts wussten …

AB: Das tut mir leid. *[Schweigen. EC]*

AB: Hat Harry sich damals bei Ihnen gemeldet? Er und Clem hatten sich doch so nahegestanden …

GF: Soweit ich weiß, haben meine Eltern ihm eine Nachricht an die Adresse geschickt, die sie noch hatten, so wie andere Freunde es auch taten. Seine Familie ist wohl ins Ausland gezogen. Sollte ihn irgendeine dieser Nachrichten erreicht haben, hat er nicht darauf geantwortet. Was nicht so ungewöhnlich ist. Niemand weiß, was man in einer solchen Situation sagen soll. Manche Menschen sagen dann einfach gar nichts.

AB: Das stimmt.

GF: Ich selbst war hier, in der Schule, als sie's mir mitteilten. *[Lange Pause. EC]* Und da bin ich *immer noch.*

[Die Verabschiedung überspringe ich wieder. EC]

WhatsApp-Nachrichten zwischen Oliver Menzies und mir, 21. Juli 2021:

Oliver Menzies
Falscher Name, falsches Alter, falsche biografische Angaben. Das Einzige, was den mittellosen Immigranten Harpinder Singh mit dem wohlhabenden Harry Singh verbindet, ist dieses verschwommene Bild. Vielleicht stimmen ja alle Details, die über den Toten veröffentlicht wurden – und es wurde nur das falsche Foto verwendet.

Amanda Bailey
Grundsätzlich könntest du recht haben. Allerdings war Galen auf dem Begräbnis des wohlhabenden Harry. Und die Familie des wohlhabenden Harry war bei Gabriels Verhandlung und Verurteilung im Gerichtssaal. Du findest den Kommentar seiner Schwester nach dem Urteilsspruch auf Google. Leg Tempos bereit. Herzzerreißend.

Oliver Menzies
In dem Fall schau ich mir das besser erst NACH meinem Termin mit Jo bei Green Street an 😬

WhatsApp-Nachrichten zwischen mir und Don Makepeace, DCS im Ruhestand, 21. Juli 2021:

Amanda Bailey
Hallo, Don. Wie sind Sie eigentlich auf den Gedanken gekommen, jemand aus Hollys Familie hätte das Kind aus dem Fall der Engel von Alperton adoptiert? Ich hab vor Kurzem was rausgefunden. Ich sag mal so, wenn das stimmt, erzählt es nicht die ganze Geschichte.

Don Makepeace
Fakten werden umso verdrehter, je öfter sie weitererzählt werden. Vielleicht hab ich was falsch verstanden oder wurde absichtlich irregeführt. Sind Sie sicher, Amanda, dass Sie der Spur des Kindes wirklich weiter nachgehen sollten?

Amanda Bailey
Haben Sie Marie-Claire ausfindig gemacht?

Don Makepeace
Ist eine Sackgasse. Don.

E-Mail-Austausch zwischen Oliver Menzies und Paul Cole, spiritueller Berater, 21. Juli 2021:

AN: Paul Cole
DATUM: 21. Juli 2021
BETREFF: Gabriel
VON: Oliver Menzies

Gabriel hat von mir geträumt.
Zuerst sagte er, meine Berufung hätte darin bestanden, mich um meinen Dad zu kümmern, solange er krank war. Nur das: mich am Ende

seines Lebens um meinen Dad zu kümmern. Wenn das stimmt, habe ich die ersten siebenunddreißig Jahre meines Lebens ohne jeglichen Sinn verbracht, um dann weniger als drei Jahre lang meiner Berufung zu folgen, und aus. Er sagte, ich sei ein Engel. Er sagte, er hätte von mir geträumt und ich solle auf einen Obstgarten achten.
Oliver

AN: Oliver Menzies
DATUM: 21. Juli 2021
BETREFF: Aw: Gabriel
VON: Paul Cole

Lieber Oliver,
mit dem Konzept der Berufung hat Gabriel die Menschen manipuliert. Das spricht ein starkes Bedürfnis in uns an. Ich bezweifle sehr, dass Ihr Vater Ihre einzige Berufung gewesen sein soll. Wir haben viele Berufungen, die sich im Lauf unseres Lebens immer wieder ändern. Zudem muss ich noch einmal betonen, dass ich Gabriel trotz seiner faszinierenden Verbindung zur anderen Seite für einen Unruhestifter halte. Ja, er besitzt eine Gabe, doch er setzt sie zum eigenen Wohl ein statt zum Nutzen anderer. Ich an Ihrer Stelle würde im Umgang mit ihm allergrößte Vorsicht walten lassen.
Herzliche Grüße,
Paul

AN: Paul Cole
DATUM: 21. Juli 2021
BETREFF: Aw: Gabriel
VON: Oliver Menzies

Paul, glauben Sie an das Böse? Nicht als religiöses Konzept, sondern als eine *Macht*? Ich habe über Orte gelesen, an denen wirklich schlimme Dinge passiert sind. Folter. Missbrauch. Mord. Manche Menschen glauben, dass solche Orte von der negativen Energie dieser ›bösen‹ Taten durchtränkt werden. Das nennen sie ›das Gedächtnis der Steine‹. Dabei geht es nicht um Geister oder Vampire, sondern um eine Energie. Passen Sie auf. Ich glaube nicht an Religion und den ganzen spirituellen Kram, aber hier haben wir in meinen Augen ein wissenschaftliches Fundament. Elektrische und magnetische Energie sind unsichtbar, aber wir wissen, dass es sie gibt, stimmt's? Man kann sie beliebig speichern und abrufen. Könnte die Macht des Bösen, der Negativität, nicht eine Energie erzeugen, die ähnlich kontrolliert wird?

Ich bin auf der Suche nach einem neuen Ansatz für mein Buch über die Engel von Alperton und habe das Gefühl, da auf etwas gestoßen zu sein. Was denken Sie darüber?
Oliver

WhatsApp-Nachrichten zwischen Oliver Menzies und mir, 21. Juli 2021:

Oliver Menzies
Jo will, dass ich ihr ein aktualisiertes Exposé schicke. Werde das Gefühl nicht los, mich damit auf einen Ast zu setzen, der nur dazu verleitet, ihn abzusägen. Ich liefere, Green Street lehnt ab. Und tschüss.

Amanda Bailey
Idealer Zeitpunkt, unsere gemeinsamen Recherchen wieder aufzunehmen. Nach neuen Ansätzen für die Engel zu angeln.

Oliver Menzies
Nicht noch mal nach Alperton.

Amanda Bailey
Wir sind da noch nicht fertig. Du bist aus den Latschen gekippt, und wir mussten abbrechen, schon vergessen? Diesmal besuchen wir auch Wembley und Sudbury. Verfolgen die Schritte der Engel in umgekehrter Abfolge.

Oliver Menzies
Bin nicht aus den Latschen gekippt.

SMS zwischen Ruth Charalambos, ehemalige Sozialarbeiterin, und mir, 21. Juli 2021:

Ruth Charalambos
Hab gehört, Sie arbeiten am Fall der Engel von Alperton. Ich hatte mit ›Holly‹ zu tun, bevor sie dem System den Rücken kehrte, um sich den Engeln anzuschließen.

Amanda Bailey
Danke, dass Sie sich melden, Ruth. Wollen Sie etwas über den Fall loswerden?

Ruth Charalambos
Ja. Holly war eine eigenständige junge Frau, die selbst entschieden hat, wo und mit wem sie leben wollte.

Amanda Bailey
Gerade die BESONDERS fragilen Pflegekinder können manchmal eigenständig wirken.

Ruth Charalambos
Weiß ich selbst. Aber nicht Holly. Sie war anders. Sogar entschieden anders. Wenn wir in irgendeiner Hinsicht versagt haben sollten, was ich nicht mal abstreite, dann schlicht und ergreifend deshalb, weil wir es nicht gewohnt waren, mit Mädchen wie ihr umzugehen. Am Ende wäre sie, auch wenn wir sie mit Gewalt von den Engeln getrennt hätten, doch nur wieder zu ihnen zurückgekehrt.

Amanda Bailey
Das liegt an der Macht, die solche kontrollsüchtigen Täter über ihre Opfer haben.

Ruth Charalambos
Holly war kein Opfer. Jedenfalls kein normales.

Amanda Bailey
Okay, Ruth. Das bleibt alles vertraulich. Wissen Sie, wie Holly mit echtem Namen heißt?

NB: Keine Antwort mehr.

Ausflug zu Recherchezwecken nach Alperton und Umgebung, unternommen von Amanda Bailey und Oliver Menzies am 22. Juli 2021. Transkribiert von Ellie Cooper.

OM: Das ist hier alles so … nullachtfünfzehn.

AB: Das ist ja das Tolle daran. An so einem Verkehrsknotenpunkt ist immer was los. Da drüben: Middlesex House, wo Singhs Leiche gefunden wurde. Ein Wohnblock mit hoher Fluktuation unter den Mietern. Diese Gebäude dort: stehen seit Jahren leer. Die Buswerkstatt, hinter der das Lagerhaus stand, inzwischen dieser Apartmentblock. Und hier unten, am Kanal, wo immer Frachtkähne, Spaziergänger und Jogger unterwegs sind. Hier kann alles passieren, und keiner merkt's, weil alle woanders hinwollen.

OM: Und außerdem ist es eine Kreuzung.

AB: Genau genommen eine T-Kreuzung –

OM: Nicht, wenn man den Kanal als einen Arm dazunimmt. *[Ihr schnauft und keucht Stufen nach unten. Eine lange Pause im Gespräch. EC]* Hab übrigens meinen neuen Ansatz gefunden. Arbeite an einer Karte der Morde.

AB: Einer was? *[Es raschelt, offenbar faltet er etwas auf. EC]* Heilige Scheiße, Oliver. Was ist das?

OM: Eine Karte von dieser Gegend, auf der ich jeden Mord, der in den siebzehn Jahren vor dem Engelmassaker verübt wurde, mit einem Punkt markiert habe. Ich habe ein bisschen mit den Verbindungslinien dazwischen rumexperimentiert, um zu sehen, ob sich ein Muster ergibt.

AB: Das ist der kränkeste Scheiß, den ich je gesehen hab. Da musst du doch tagelang dran gesessen haben. Warum siebzehn Jahre?

OM: Ab dem Jahr von Hollys Geburt.

AB: Warum genau ab dem Jahr?

OM: Lass mich ausreden. Das hier ist ein totales Gewirr und Gewimmel, klar, aber wenn man auf einer frischen Karte noch mal neu anfängt und jeden Punkt immer nur mit *einem* anderen verbindet, kommt das dabei raus. *[Triumphierendes Rascheln. Gefolgt von angespannter Stille. EC]*

AB: Wahnsinn. *[Ich kann nicht raushören, ob dir die Worte deshalb fehlen, weil das Gezeigte besonders aufschlussreich ist, oder gerade nicht. EC]* Was soll das bedeuten?

OM: Eins drei, eins acht. Spiralförmig arrangiert, mit diesem Punkt im Zentrum.

AB: Der Punkt im Zentrum ist der Ort der Versammlung. Aber eins drei, eins acht, was soll das heißen?

OM: Kapitel dreizehn, Vers achtzehn in der Offenbarung des Johannes. Exakt die Stelle in der Bibel, an der das Ungeheuer beschrieben wird, der Antichrist. *[Hier folgt nun eine lange Pause. EC]*

AB: Wow.

OM: Du kennst mich. So was passt nicht zu mir, oder? Und trotzdem, hör zu: Es gibt eine wissenschaftliche Theorie, die vom ›Gedächtnis der Steine‹ spricht. Demnach prägt alles, was geschieht, seine Energie, egal ob positiv oder negativ, dem Ort des Geschehens ein. Die Häufung von Energie an bestimmten Hotspots beeinflusst, wie wir uns dort fühlen, und möglicherweise auch, welche künftigen Ereignisse an diesem Ort stattfinden. Hör zu, Mandy. Die Engel von Alperton glaubten, sie würden die Menschheit retten, indem sie den Antichrist vernichten. Aber sie haben die Stärke und Entschlossenheit der dunklen Mächte unterschätzt. Denn schon seit 1986, dem Jahr, in dem Holly – die irdische *Mutter* des Antichrists – geboren wurde, arbeitete das Dunkle daran, den Ort der Versammlung einzukreisen. Eine Stätte, die heilig *gewesen wäre*. Es geschah Mord um Mord, und mit jedem einzelnen wurde die negative Energie hier im Zentrum verdichtet, bis die positive Energie, die die Zerstörung des Ungeheuers zum Zeitpunkt der Planetenkonjunktion unterstützt hätte, komplett bezwungen war. Die Engel haben damals nicht erkannt, dass die Stätte der Versammlung zu einem *satanischen* Ort geworden war. Als sie versuchten, den Antichrist an diesem Ort zu zerstören, wurde er in Wahrheit dort *beschützt*, gerettet und mittels dunkler Magie in Sicherheit gebracht. Plötzlich stehen die Engel vor den Trümmern ihrer Mission und zerbrechen an ihrem Versagen. *[In der nun folgenden Stille könnte man eine Stecknadel zu Boden fallen hören. EC]*

AB: Ich weiß echt nicht, was ich sagen soll, Oliver. *[Sag ihm, dass Bibelverse uralte, von Männern verfasste Schriften sind, die viele Male falsch übersetzt und noch viel öfter falsch interpretiert wurden. Und nicht das Geringste mit im Westen von London begangenen Morden zu tun haben. EC]* Du könntest da wirklich was in der Hand haben.

OM: Und ob. Meinen neuen Ansatz. Dass das Kind, das vor achtzehn Jahren auf die Welt gekommen ist, *tatsächlich* der Antichrist war. Und immer noch ist. Ein Buch darüber, dass die Engel von Alperton die ganze Zeit über recht hatten. *[Er hat solchen Kram bislang doch immer verabscheut, oder? EC]*

AB: Ich meine, das ist echt schräg, und wenn das Kind eh nicht mehr gefunden werden kann, besteht auch keine Gefahr, dass irgendwer anders es doch noch aufspürt und versucht, den Job zu Ende zu bringen oder es zu einer Galionsfigur des Okkulten zu machen … Wenn Craig die Dinge so zurechtbiegen kann, dass Dennis Nilsons Mordserie unmittelbar auf AIDS zurückzuführen ist, stecken in deiner Idee mit Sicherheit jede Menge Möglichkeiten.

OM: Allerdings. Das weiß ich.
[Die Aufnahme endet abrupt. Ich hab dir eine WhatsApp geschrieben. EC]

WhatsApp-Nachrichten zwischen Ellie Cooper und mir, 23. Juli 2021:

Ellie Cooper
Ich mach mir Sorgen, Mandy. Oliver ist normalerweise doch immer so skeptisch. Diese Karte der Morde ... Driftet er langsam völlig ab?

Amanda Bailey
Nur die Ruhe 🤣 Pippa und ich stehen mit Jo von Green Street in Verbindung. Wir haben ein Auge auf ihn. Er hat in letzter Zeit ne Menge durchgemacht. Am besten lassen wir ihn das mit sich ausmachen. Vor allem einen Sturkopf wie Oliver 🙄

Ellie Cooper
Puh! Ich wusste, du hast die Sache im Griff.

Amanda Bailey
Übrigens, dein Freund mit dem Aufnahmestudio – was will er dafür haben, dass er das Interview mit Gabriel aufpoliert? Egal wie viel, schlag ein.

WhatsApp-Nachrichten zwischen meiner Lektorin Pippa Deacon und mir, 23. Juli 2021:

Pippa Deacon
Ihr Freund Oliver beschäftigt sich jetzt mit Beweisen dafür, dass die Engel recht hatten in Bezug auf das Kind. Dass der Antichrist unter uns weilt 😱

Amanda Bailey
Woher wissen Sie das?

Pippa Deacon
Jo und ich waren gestern Abend zusammen aus. Wir sind unzertrennlich.

Amanda Bailey
Sein Vater ist letztes Jahr gestorben, er hat Ärger mit einem Stalker, juristische Scherereien, und seine Mum ist im Heim. Der kriegt sich schon wieder ein.

Pippa Deacon
Was meinen Sie damit? Die Idee ist doch großartig! Ich hoffe nur, Ihr neuer Ansatz ist ebenso gut. Ist er bestimmt, weiß ich. Ich hab vollstes Vertrauen in Sie. Aber sagen wir mal so, ich hoffe inständig, dass er wirklich gut ist.

Amanda Bailey
😱

Gespräch zwischen Amanda Bailey und Oliver Menzies in der St Barnabas Church, Sudbury, 22. Juli 2021. Transkribiert von Ellie Cooper.

OM: Saukalt hier drin.
AB: Sind die Steinmauern.
OM: Spürst du das auch, diese Spannung?
AB: Na ja, wir sind nun mal beide sehr ehrgeizig und stehen in Konkurrenz zueinander. So ticken wir eben.
OM: Nicht das. Ich meine den Ort hier.
AB: Die Kirche ist ziemlich alt, also …
OM: Was ist denn *das*?
AB: Das berühmte Buntglasfenster. Richtig alt.
OM: In der Pfanne da wird der Kopf von jemandem gebraten.
AB: Der Pfarrer hat mir die Geschichte erzählt. Das da ist der König und das eine Mutter aus dem Volk. Diese Menschen sind

alle am Verhungern. Sie fragen den König, warum die Ernte ausgefallen ist, und er sagt, die Frau da ist schuld, die hat einen Dämon geboren. Sie sagt: ›Nein, mein Sohn ist ein ganz normales Kind.‹ Der König sagt: ›Beweis es. Wir versuchen, ihn zu töten. Wenn er kein Dämon ist, wird Gott ihn retten.‹ Die Mutter, überzeugt davon, dass ihr Sohn *kein* Ungeheuer aus der Hölle ist, stimmt zu. Sie erschlagen ihn mit dem Schwert, er ist tot und wird zum Dämon erklärt. Das da ist seine Mum, mit sehr traurigem Gesicht. *[Du hast die Geschichte völlig falsch erzählt, Mandy. EC]*

OM: Das da ist der König.

AB: Ja, das ist der König. Er ist zurückgekommen, um jemanden zu vierteilen, weil's immer noch nichts zu essen gibt und die Leute immer noch hungern … *[Nein, der Sohn des Königs wird getötet und gegessen, und dann will die Frau ihren eigenen Sohn nicht opfern, obwohl sie es versprochen hat, das ist die richtige Geschichte. EC]* Und die Moral von der Geschicht: Der Beweis, dass man recht hatte, muss nicht immer von Vorteil sein.

OM: Hier liegt irgendwas in der Luft. Das spüre ich. *[Geraschel von Bonbonpapier. EC]*

AB: Du riechst meine Anisbonbons. Hier.

OM: Danke. *[Noch mehr Geraschel. EC]*

AB: Na los, wir gehen. Wir müssen die erste Wohnung der Engel finden.

Gespräch zwischen Amanda Bailey und Oliver Menzies, während sie eine geschäftige Hauptstraße entlanglaufen, 22. Juli 2021. Unter Mühen transkribiert von Ellie Cooper.

AB: Peter Duffy, alias Gabriel Angelis, wohnte nach seiner Entlassung aus dem Gefängnis in diesem Block in einer Wohnung, die ihm freundlicherweise von einer gemeinnützigen Wohnungsgenossenschaft zur Verfügung gestellt wurde. Hier lebten sie, als Holly das Baby bekam. Dann zogen sie in einen baufälligen Wohnblock in Wembley und schließlich ins Lagerhaus in Alperton, mit Zwischenstation im Middlesex House auf der anderen Straßenseite. Als wären sie auf der Flucht gewesen, dabei weist nichts darauf hin, dass tatsächlich jemand hinter ihnen her gewesen wäre.

OM: Jedenfalls keine irdischen Mächte.

AB: Liest man in den Aussagen von Holly und Jonah zwischen den Zeilen, ist das paranoide Umfeld erkennbar, das die Erwachsenen für sie errichtet haben. Die beiden waren davon überzeugt, dass sie von dunklen Mächten umzingelt würden, die den Antichrist beschützen und *sie* vernichten wollten.

OM: Sie mussten auf die Konjunktion warten, um es ein für alle Mal zu zerstören.

AB: Wir sind immer davon ausgegangen, dass die erwachsenen Engel das auch geglaubt haben, aber …

OM: Was?

AB: Nehmen wir mal an, sie glaubten *nicht* daran. Hätten sie dann gelogen, nur um die Kontrolle zu behalten? Die Psychologie von Sektenführern ist komplex. Macht, Sex, Anhäufung von Reichtum, Größenwahn. Trifft bei Gabriel alles zu. Holly und Jonah waren schutzlos, aber das waren die anderen, jeder auf seine eigene Weise, zweifellos auch.

OM: Mir schwirrt der Kopf, Mandy. Muss mich mal setzen.

AB: Klar. Hier drüben. *[Pause, während du ihm hilfst. EC]*

OM: Passiert jedes Mal … jedes Mal, wenn ich in die Nähe der Engel komme.

Anonyme Meldung, Ausdruck aus dem *Ein frischer Geist*-Forum

Ich habe keine Insiderinformationen zu dem Fall, war aber schon immer davon fasziniert. Die Engel. Wie hat sich eine solche Gruppe derart unterschiedlicher Männer überhaupt gefunden, und, davon mal ganz abgesehen: Wie konnten sie dazu gebracht werden, an etwas so Abgedrehtes wie die eigene Göttlichkeit zu glauben? Gabriel muss wirklich ein sehr charismatischer, manipulativer und gefährlicher Mann sein.

Diese Antwort kam vollkommen unerwartet per SMS von der ehemaligen Sozialarbeiterin Ruth Charalambos (mit der ich zuletzt am 21. Juli kommuniziert habe), 23. Juli 2021:

Ruth Charalambos
Rowley Wild.

Amanda Bailey
Okay. Vielen Dank.

WhatsApp-Nachrichten von Ellie Cooper an mich, 24. Juli 2021:

Ellie Cooper
Hi, Mandy. Mein Freund lässt vielen Dank für die Überweisung ausrichten und hat mir eine aufbereitete Datei von Olivers Besuch bei Gabriel zugesandt. Ich habe sie transkribiert und beide Dateien in deine Dropbox gepackt. Solltest du nach der Lektüre Redebedarf haben, ruf mich an oder schick mir eine SMS.

Ellie Cooper
Ruf mich bitte so oder so an 😱

Aufbereitete Aufnahme von Olivers Treffen mit Gabriel in der Strafvollzugsanstalt Tynefield am 10. Juli 2021. Transkribiert von Ellie Cooper, 24. Juli 2021.

[Die Aufnahme beginnt mitten im Gespräch, als hätte Oliver vergessen, auf ›Record‹ zu drücken. EC]

GA: … und Ihre bestand darin, Ihrem Vater in seinen letzten Lebensjahren ein Trost zu sein. Das waren Sie, und darauf können Sie stolz sein. Sie haben Ihre Bestimmung erfüllt, Oliver.

OM: Und jetzt? Soll ich mir eine neue Bestimmung suchen?

GA: Sobald Sie den Grund Ihres Daseins auf Erden erfüllt haben, ist der Augenblick Ihrer Vollendung erreicht.

OM: Dann *sterbe* ich jetzt?

GA: Die Energie Ihrer Bestimmung, die Sie hier auf Erden hält, lockert sich. Das ist ein triumphaler Moment, bedeutet aber auch, dass Sie nun angreifbar für andere Kräfte sind. Unglücksfälle, Krankheiten und jene Energien, welche die Bestimmungen anderer Menschen vorantreiben. Ich habe das starke Gefühl, dass Sie im Fokus der negativen Energie einer anderen Person stehen …

OM: *[Er räuspert sich, zögert. EC]* Ja …

GA: Es gibt eine Person, mit der Sie zusammengearbeitet haben. Deren Energie strebt danach, Chaos anzurichten – das kann ein einziger gewaltiger Moment des Chaos sein, das kann eine Vielzahl an winzigen Momenten sein, aber es bleibt immer Chaos. Diese Person wirkt stark und mutig; trotzdem ist es gefährlich, in ihrem Fokus zu stehen, denn ihre Entschlossenheit kennt keine Grenzen. Sie wird nicht aufhören, ehe sie ihre eigene Bestimmung erfüllt hat.

OM: Scheiße! Da gibt es *tatsächlich* jemanden, da ist …

GA: Ruhig, Oliver, ruhig. Ich sehe Ihre Kollision mit der Energie dieser Person nicht in Gewalt münden, sondern eher in langsam gesteigerten Dosen des Schmerzes. Tropfen für Tropfen. Tropfen für Tropfen. Ergibt das Sinn für Sie?

OM: Ja. Aber ich habe schon mit der Polizei gesprochen. Ich habe Anwälte hinzugezogen. Er stalkt mich immer noch. Was kann ich tun, damit er aufhört?

GA: Sie tragen keine Verantwortung für diese Person. Sie befindet sich auf einer Reise, und was geschehen wird, wird geschehen. Ihre Reise kollidiert mit der Reise jener Person. Wie Planeten, die für kurze Zeit in einer Reihe am Himmel stehen, bevor sie sich wieder voneinander entfernen, jeder auf seiner eigenen, vorherbestimmten Umlaufbahn. Genießen Sie die Befreiung, die darin liegt, zu wissen, dass Sie nichts *tun* können, außer es zu akzeptieren. *[Hier folgt eine lange Pause. Ich weiß nicht, was ich sagen soll, Mandy. Armer Oliver. Dieser Typ hat ihm wirklich Angst eingejagt. Und mir auch. EC]*

OM: Ich sollte eigentlich dieses Interview führen, aber ich … *[Er schluchzt. EC]*

GA: Sie können allen sagen, dass ich, auch wenn ich keine Erinnerung mehr an die Versammlung oder die vorangegangenen Ereignisse besitze, an dem Verbrechen, für das ich verurteilt wurde, unschuldig bin. Für mich war die Versammlung eine Stunde der Wiedergeburt. Meine irdische Verkörperung wurde mir entrissen und vor mir ausgebreitet. Ein reines weißes Laken. Daher *weiß* ich, dass ich diesen unglückseligen jungen Mann nicht ermordet habe. Hätte ich das getan, würde der Mord seinen Schatten auf mich werfen. Diese Schuld würde auf mir lasten. *[An dieser Stelle hält er inne. Da ist etwas in seiner Stimme. EC]* Ich habe auch eine Nachricht, die für Sie bestimmt ist, Oliver. Ich habe von Ihnen geträumt. Sie sind ein Engel, genau wie ich. Ihr Leib ist sterblich, doch Ihre Seele ist göttlich. In meinem Traum schwebten Sie über einem Obstgarten. Ein Obstgarten ist von Bedeutung für die Ereignisse, die Sie schließlich zurück auf die andere Seite ziehen werden. Das ist keine Warnung, sondern ein Versprechen. Nirgends ist es jetzt mehr sicher.

US: *[Eine unbekannte Stimme. EC]* Die Zeit ist um, meine Herren …

[Hier ist die Aufnahme zu Ende. Mandy, mir läuft's echt eiskalt den Rücken runter. EC]

WhatsApp-Nachrichten zwischen Ellie Cooper und mir, 24. Juli 2021:

Ellie Cooper
Gabriel hat die verführerischste, betörendste Stimme, die ich je gehört habe. Wenn er spricht, strömt alles, was er sagt, einfach an meinem Kontrollzentrum im Kopf vorbei. Ich hab sogar die Transkription unterbrochen, um ihm zuzuhören. Musste zurückspringen und es noch mal hören. Was ist das?

Amanda Bailey
Das ist ein charmanter, hochintelligenter, narzisstisch veranlagter Psychopath mit geschulter Menschenkenntnis. Sein ganzes Leben lang hat er seine Fähigkeiten zur Manipulation benutzt, um sich durchzuschlagen. Damit wird er jetzt sicher nicht aufhören. Sein Einfluss auf andere ist fast wie eine Hypnose, eine Gabe, eine Art sechster Sinn.

Ellie Cooper
Kein Wunder, dass du danach auf den Fahrersitz musstest. Innerhalb von Minuten ist Oliver zu einem schluchzenden Häufchen Elend zusammengesunken. Woher wusste Gabriel, dass sein Vater gerade gestorben ist?

Amanda Bailey
Cold Reading?

Ellie Cooper
Und der Ärger, den er mit dem durchgeknallten Rambo hat? Das konnte Gabriel unmöglich wissen.

Amanda Bailey
Wir haben doch alle Feinde, oder etwa nicht?

Ellie Cooper
Ich nicht – wenigstens keinen, von dem ich so ohne Weiteres annehmen würde, dass er mir den Tod wünscht.

Amanda Bailey
Du solltest mehr unter Leute 🤪 Mach dir keine Sorgen um Oliver. Ich pass schon auf, dass ihm nichts wirklich Schlimmes passiert.

Ellie Cooper
Bitte halt ihn von Pubs und Restaurants fern, deren Namen irgendwas mit Obst zu tun haben.

Amanda Bailey
🤣 Genau, und von sämtlichen Obstgärten in der Natur. Dir zuliebe 😘

WhatsApp-Nachrichten zwischen mir und Craig Turner, True-Crime-Autor, 24. Juli 2021:

Amanda Bailey
Craig, Süßer, darf ich deinen Zugang zum Nationalarchiv benutzen? Möchte meinen nicht nehmen 🤫

Craig Turner
Ich kram die Daten raus und schick sie dir 😘

Craig Turner
Aber vergiss nicht, heute ist Sonntag, mein Herzblatt. Bitte entspann dich.

Aus dem Nationalarchiv ausgedruckte Namensliste unter der Überschrift »Notting Hill & Ealing High School, 2002–3«. Zwei Namen sind markiert:

Adesina, Jessica A.
Wild, Rowley F.

Begegnung mit Jess Adesina, Jugendbuchautorin, im Warrior's Arrow Fantasy Bookshop, 26. Juli 2021. Transkribiert von Ellie Cooper.

AB: Hallo, Jess!

JA: Für wen?

AB: Das ist für jemand anderen …

JA: Wie heißt sie?

AB: Wenn Sie einfach schreiben könnten: ›Für Rowley Wild. Danke für die Inspiration zu *Mein Tagebuch als Engel.*‹ *[Lange Pause. Hast du diese Frau etwa belästigt, während sie ihre Bücher signiert? EC]*

AB: War ein Witz. Sie können es auch nur signieren, das passt schon. *[Offenbar hast du die Aufnahme unterbrochen und für das, was jetzt folgt, wieder angestellt. EC]*

JA: Was wollen Sie?

AB: Sie sind mit Rowley Wild zur Schule gegangen. Mit ›Holly‹. Warum haben Sie das nicht gesagt? *[Darauf bekommst du keine Antwort. EC]* Erinnern Sie sich noch daran, weshalb sie abgehauen ist, um sich den Engeln anzuschließen?

JA: *[Sie seufzt. EC]*

AB: Die Figur in Ihrer Romanreihe lernt in der Schule ein anderes Mädchen kennen und beinahe zeitgleich einen erwachsenen Mann und geht dann von zu Hause weg, um mit den beiden zusammenzuleben. So wie ich das sehe, steht dieser Engelkram für Bisexualität.

JA: Mehr für Pansexualität und alternative Lebensstile. Die Engel haben mich zu der Reihe inspiriert, aber es ist nicht Rowleys Geschichte.

AB: Sie und Rowley waren an der Schule im selben Jahrgang. Ich komme selbst aus dieser Gegend und weiß, dass es nicht viele Mädchen von der Notting Hill & Ealing High gibt, die ins Pflegesystem abrutschen. Das muss doch ein Riesenthema an der Schule gewesen sein. Was ist passiert?

JA: Sie war bloß ein paar Wochen an der Schule, gegen Ende des Schuljahrs. Ihre Familie war exzentrisch, verstehen Sie. Das totale Chaos, Drogen, Vernachlässigung. Sie bekam einen Pflegeplatz, ist dann wieder zurück zu ihrer Familie, aber schließlich hat sie einen Mann kennengelernt, und … das war's. Sie ist nicht mehr zur Schule zurückgekehrt.

AB: Und dieser Mann war Gabriel?

JA: Nehme ich an. Die Sache in Alperton ist jedenfalls am Ende von jenem Jahr passiert. Tut mir leid. Mehr kann ich Ihnen nicht sagen, für diese Geschichte bin ich die falsche Adresse. *[Die aufgeblasene Pute hat doch jahrelang Hollys Geschichte erzählt, in einem Band nach dem andern. Aber wie auch immer, offenbar führt jetzt jemand Unbekanntes Miss Adesina weg. EC]*

AB: Ellie, der Name Rowley wird ROWLEY geschrieben und so ausgesprochen, dass er sich auf ›*holy*‹ reimt – heilig.

WhatsApp-Nachrichten zwischen Oliver Menzies und mir, 26. Juli 2021:

Oliver Menzies
Wenn reiche Leute so hoffnungslos in die Sucht abrutschen, dass sie sich nicht mal mehr um die eigenen Kinder kümmern können, ist das also bloß ›exzentrisch‹.

Amanda Bailey
Willkommen im Leben, Zuckerpüppchen.

Oliver Menzies
Holly/Rowley ist keine normale Jugendliche, die mal eben so durchgebrannt ist. Sie kommt aus reichem Hause und ist auf eine private Mädchenschule in Ealing gegangen.

Amanda Bailey
Sektenführer haben es auf reiche Opfer abgesehen. Was wäre da wohl ein besseres Ziel als ein verstörtes, ausgegrenztes junges Mädchen, das

von den Eltern vernachlässigt wird und bei dem die Behörden aufgrund des Stammbaums wegschauen?

Amanda Bailey
Die Jugendämter sind in der Regel solch gebildete Teenager nicht gewohnt, die sich gut ausdrücken können und erwachsen wirken. Das hat nichts damit zu tun, dass sie intelligenter gewesen wäre oder weniger Schutz gebraucht hätte. Nicht mal mit Inkompetenz der Ämter, aber anders als die anderen Kids, die sie sonst in ihrer Obhut haben, hatte sie wenigstens Geld, auf das sie zurückgreifen konnte.

Amanda Bailey
Eine von den Sozialarbeiterinnen, mit denen ich gesprochen hab, war ganz schön kratzbürstig. Aber kann man es ihnen wirklich zum Vorwurf machen, wenn sie sich vor allem um die Kids kümmern, die buchstäblich gar nichts haben?

Amanda Bailey
Du weißt selbst, wie überzeugend Gabriel sein kann. Dich hat er in weniger als zehn Minuten um den Finger gewickelt.

Oliver Menzies
Hat er nicht. Ich gebe zu, dass er mich eingeschüchtert hat, aber ich hab mich zusammengerissen. Ich hab dir mein Interview mit Gabriel geschickt. Schick du mir jetzt dein Interview mit dieser Sozialarbeiterin.

Oliver Menzies
Bitte.

Amanda Bailey
Klingt nicht grad fair, oder? Die Aufnahme von deinem Gabriel-Interview ist völlig verdorben!

Oliver Menzies
Nicht meine Schuld. Seine Energiestürme haben den Äther verwirbelt.

Amanda Bailey
Du brauchst kein Interview mit einer Sozialarbeiterin. Du brauchst Priester und Satanisten.

Oliver Menzies
Jo meint, ich soll den Fall erst mal ganz konventionell angehen und dann allmählich darlegen, welche Beweise dafürsprechen, dass das Kind wirklich der Antichrist war. Ich soll dem Leser die Entscheidung überlassen und so tun, als könnte ich mich selbst nicht festlegen.

Oliver Menzies
Ich werd auch nur ganz wenige Zitate verwenden. Nur so viel, dass es aussieht, als hätte ich ordentlich recherchiert.

Oliver Menzies
Jetzt komm schon.

Oliver Menzies
›Bitte‹ habe ich vor ein paar Nachrichten schon gesagt.

Amanda Bailey
Vorher nehm ich aber alles raus, was ich für meinen Ansatz brauche – meine Schlüsselzitate kriegst du nicht.

Oliver Menzies
Was ist denn dein neuer Ansatz?

Amanda Bailey
Nur die Ruhe. Wir kommen uns nicht in die Quere. Total was anderes.

Oliver Menzies
Wenn du's mir nicht sagst, verrate ich auch nicht, wer mein geheimnisvoller Interviewpartner ist. Das willst du doch immer noch unbedingt wissen.

Oliver Menzies
Ah, du ghostest mich! Das heißt, ich hab gewonnen!

Amanda Bailey
👻

WhatsApp-Nachrichten zwischen True-Crime-Autorin Minnie Davis und mir, 26. Juli 2021:

Minnie Davis
Hallo, Supergirl 😘 Hab grad die finale Fassung abgeschickt. Bin im Garten, Füße hochgelegt, Tasse Kaffee. Und du so?

Amanda Bailey
Wate durch einen Sumpf aus Engeln, Dämonen und Sozialarbeiter:innen. Hab den Jungen gefunden, bin dem Mädchen dicht auf den Fersen. Riesenkatastrophe in Sachen Kind.

Minnie Davis
Ist es etwa TOT? ☹

Amanda Bailey
Kann sein. Wenn man's genau nimmt, könnte es ebenso gut auch tot sein. Wir werden's nie erfahren. Anonyme Adoption. Keine Chance, es jemals aufzuspüren.

Minnie Davis
Echt jetzt? Tut mir leid, Mandy.

Amanda Bailey
Gibt mir ja auch irgendwie mehr Freiheiten, wenn man's mal positiv betrachtet.

Minnie Davis
Wie wär's, wenn du die Story so angehst, als wäre das Kind wirklich der Teufel gewesen? So was würde ich lesen.

Amanda Bailey
Mr Ich-bin-so-skeptisch-und-glaube-an-nichts Oliver M ist zum käuflichen Spirituellen mutiert und hat diese Idee für sich gepachtet. Ich hab einen anderen Ansatz, aber damit das klappt, müsste sich so einiges fügen. Falls nicht 😬

Minnie Davis
Du Arme ☹ melde dich, wenn ich helfen kann. In den nächsten Wochen warte ich eh bloß auf die Korrekturfahnen.

Scan meines Briefs an David Polneath, 26. Juli 2021:

[redacted]

David Polneath
[redacted]

26. Juli 2021

Lieber David,
bitte entschuldigen Sie, dass ich mich so lange nicht gemeldet habe. Ich war damit beschäftigt, Interviews zu arrangieren, Vorbemerkungen zu schreiben und das Konzept für mein Buch über die Engel von Alperton anzupassen. Danke für Ihre Mails. Ich habe beschlossen, Ihnen einen Brief zu schreiben, in der Hoffnung, dass die gute alte Schneckenpost nicht ganz so leicht abgefangen werden kann. Es gibt da eine Sache, die ich Ihnen erzählen möchte.

Ich hatte kürzlich einen Zusammenstoß mit etwas, das man wohl höhere Mächte nennen muss. Es war anders als alles, was ich bisher in meiner Berufslaufbahn erlebt hatte. Ich sollte mich mit jemandem an einem einsamen Ort treffen – in einer Gasse hinter einem Pub, in der Nähe meiner Wohnung, mitten in der Nacht. Ich ging hin, aber es tauchte niemand auf. Als ich wieder heimkam, wartete jemand in meiner Wohnung auf mich. Nichts wies auf ein gewaltsames Eindringen hin. Schon bald sollte mir klar werden, dass das allein bereits eine Warnung war.

Dieser Jemand, den ich noch nie im Leben gesehen hatte, gab mir unzweideutig zu verstehen, dass ich aufhören sollte, nach dem Kind zu suchen. Ich bekam eine Tarngeschichte an die Hand, um meiner Lektorin erklären zu können, warum es nie gefunden werden könne. Die Anweisung lautete, zu erzählen, dass die neue Identität des Kindes durch eine anonyme Adoption geschützt werde: ein Vorgehen, das nur bei außergewöhnlichen Umständen zum Tragen komme. Das mag nun wahr sein oder nicht, meine einzige Option jedenfalls bestand darin, einzuwilligen, und bislang habe ich mich an diese ›Bitte‹ gehalten. Ich wurde nicht offen bedroht, aber auch nicht im Zweifel darüber gelassen, dass ich, sollte ich meine Suche fortsetzen, jederzeit beseitigt werden könne.

Selbst mit Freunden und Kollegen konnte ich darüber nicht sprechen. Das Ganze ist vor ein paar Wochen passiert, und seither verschließe ich die Augen und lüge alle an.

Sie haben recht, um den Fall der Engel von Alperton rankt sich ein Geheimnis. Aber bin ich wirklich bereit, diejenige zu sein, die es lüftet?

Mit herzlichen Grüßen,
Amanda

PS: Sie schlugen ein Treffen zum Austausch von Informationen über mögliche Kontakte vor. Bitte, ja!

SMS zwischen mir und der Fernsehproduzentin Debbie Condon, 26. Juli 2021:

Amanda Bailey
Hi, Debbie. Wurden Sie damals während der Arbeiten an VERSÄUMTE PFLICHTEN zur Aufdeckung von Mängeln im Fürsorgesystem eigentlich von irgendeiner Seite unter Druck gesetzt, damit Sie die Recherchen einstellen?

Debbie Condon
Die Jugendämter waren nicht gerade entgegenkommend, aber es hat uns niemand bedrängt oder rechtliche Schritte eingeleitet, wenn Sie auf so etwas anspielen. Lustig, dass Sie mir gerade heute schreiben. Ich räume nämlich mein Büro auf und bin dabei auf ein tolles, unverlangt eingesandtes Drehbuch über die Engel von Alperton gestoßen. Der Autor muss es uns schon vor Ewigkeiten geschickt haben. BOTEN DES HIMMELS von Clive Badham. Haben Sie das mal gelesen?

Amanda Bailey
Ich hab davon gehört. Liegt Ihnen das ganze Drehbuch vor?

Debbie Condon
Ja. Möchten Sie es sich mal ansehen?

SMS zwischen mir und dem Fernsehproduzenten Phil Priest, 26. Juli 2021:

Amanda Bailey
Hi, Phil. Kurze Frage zu Ihrer Fernsehserie DIE VERSAMMLUNG. Hat damals eigentlich irgendwer versucht, Sie zum Schweigen zu bringen?

Phil Priest
Nein, aber um die Darsteller von den freizügigeren Szenen zu überzeugen, hatten wir jemanden am Set, den man heute wohl Intimitätskoordinator nennen würde.

WhatsApp-Nachrichten zwischen Oliver Menzies und mir, 27. Juli 2021:

Oliver Menzies
Bist du wach?

Amanda Bailey
Immer noch jeden Morgen der durchgeknallte Rambo am Apparat?

Oliver Menzies
Yep, also bin ich früh aufgestanden, um mal ein müdes Auge auf diese sterbenslangweiligen Transkripte zu werfen, die du mir geschickt hast.

Amanda Bailey
Keine Ursache.

Oliver Menzies
Komische Sache. Kann nicht glauben, dass dir das nicht aufgefallen ist.

Amanda Bailey
Sprich.

Oliver Menzies
Dieser Sozialarbeiter Julian Nowak. Du hast am 5. mit ihm gesprochen. Er erinnert sich daran, mit Holly und Gabriel zu tun gehabt zu haben – Anfang der Neunziger! Ich weiß ja, dass die Leute sich gern mal irren, was Daten angeht, aber gleich um zehn Jahre? Er sagt ausdrücklich, dass es nicht lange nach dem Ende seiner Ausbildung war. Das ist ein bedeutender Zeitpunkt im Leben, ein Ankerpunkt für das Gedächtnis.

Amanda Bailey
Doch, das ist mir aufgefallen. Don muss mir den falschen Sozialarbeiter genannt haben. Ich hatte das Gefühl, dass er die Namen mit einem früheren Fall verwechselt. Er kennt so viele Leute und ist auch nicht mehr der Jüngste.

Oliver Menzies
Wie wär's mit einer anderen Erklärung? Holly, Jonah und Gabriel sind wirklich göttliche, alterslose Geschöpfe. Engel.

Amanda Bailey
Wow. Du nimmst deinen neuen Ansatz ja echt ernst.

Oliver Menzies
Alle beschreiben Holly als sehr erwachsen. Selbst Don hat das mir gegenüber gesagt. Vielleicht ist sie mehrere Hundert Jahre alt, im Körper eines jungen Mädchens. Dasselbe gilt für Gabriel, nur dass seine menschliche Gestalt älter ist.

Amanda Bailey
Wie in INTERVIEW MIT EINEM VAMPIR? Holly ist Claudia und Gabriel Lestat? 🤣 Wusstest du übrigens, dass für Molloy, den Reporter, ursprünglich River Phoenix vorgesehen war, der aber Wochen vor seinem Dreh ums Leben gekommen ist? Christian Slater hat die Rolle übernommen. Hat seine Gage für wohltätige Zwecke gespendet, um den Fluch zu brechen.

Oliver Menzies
Niemand vertut sich um zehn Jahre bei einer Sache, die am Anfang seines Berufslebens passiert ist.

SMS zwischen mir und PCI Mike Dean, 27. Juli 2021:

Amanda Bailey
Könnten Sie mir im Zusammenhang mit unserem Gespräch vom 24. Juni bitte noch etwas erklären? Sie sagten, als Holly zu Protokoll gab, Gabriel würde sie zum Diebstahl von Kreditkarten drängen, seien Sie ›noch neu bei der Truppe‹ gewesen. Das war vor dem Fall der Engel von Alperton; eine verpasste Gelegenheit, der Sekte das Handwerk zu legen. Wie lange genau vor den Geschehnissen im Jahr 2003 hat Holly diese Aussage gemacht?

Mike Dean
1990 oder 91. Auf keinen Fall früher, das steht fest.

Amanda Bailey
Da wäre Holly vier oder fünf Jahre alt gewesen.

Mike Dean
Sie war mindestens sechzehn.

Amanda Bailey
2003 war die Holly aus dem Fall der Engel von Alperton siebzehn. Wie kann sie also dreizehn Jahre früher ähnlich alt gewesen sein und bei Ihnen auf dem Revier einen versuchten Kreditkartenbetrug gemeldet haben?

Meine Notizen zu den erwachsenen Engeln und Harpinder Singh, zusammengetragen aus einer Vielzahl von online verfügbaren Nachrichtenartikeln und Wiki:

›Michael‹ – geboren am 18. September 1961 als Dominic Jones in Leicester, England
Ausbildung zum Elektriker, Wechsel in den Einzelhandel. Heiratet 1981, Scheidung 1985 aufgrund unüberbrückbarer Differenzen. Heiratet erneut 1990, Scheidung 1998 nach Verhaftung und Anklage wegen Körperverletzung zum Schaden der Ehefrau. Arbeitet im Elektronikeinzelhandel, später für eine Computerzeitschrift. Alan Morgan (›Elemiah‹, s. u.) arbeitet Anfang der 2000er kurz bei derselben Zeitschrift, was als erste Verbindung zwischen beiden angesehen wird. Dazu kurze Gefängnisaufenthalte wegen Betrugs und Diebstahls.

›Elemiah‹ – geboren am 27. Juni 1967 als Alan Morgan in Port Talbot, Wales
Geht mit fünfzehn von der Schule ab. Lange arbeitslos. Zieht nach London. Lernt Gabriel im Gefängnis kennen, wo er mutmaßlich zum ersten Engelsjünger wird. Wird als freundlich, lustig und gutmütig beschrieben. Künstlerisch und praktisch veranlagt, mit der Neigung, sich leicht beeinflussen zu lassen.

›Gabriel‹ – geboren am 25. Dezember 1959 als Peter Duffy in Lewisham, London
Vater abwesend, Mutter Alkoholikerin und drogenabhängig. Unstete Kindheit, ständiger Wechsel zwischen Verwandten und Pflegefamilien. Eine Reihe kurzer Haftstrafen für kleinere Betrugsverbrechen. Wird als intelligent und charismatisch beschrieben. Verurteilt zu lebenslanger Haft wegen des Mordes an Harpinder Singh sowie der Verstümmelung der Leichen der anderen Engel.

›Raphael‹ – geboren am 13. April 1978 als Christopher Shenk in Perivale, London
Geht mit sechzehn von der Northolt High School ab. Lehre als Maurer, gefolgt von einer kurzen Laufbahn auf dem Bau. Verliert Kontakt zu Freunden in Perivale, als er sich mit lokalen Banden einlässt. Eine Reihe kleinerer Vorstrafen wegen Drogenbesitzes und gefährlichen Fahrverhaltens. Seine Familie sieht ihn nur noch gelegentlich, nachdem er in die Drogenkriminalität abgerutscht ist, weiß allerdings nichts davon, dass er in eine Sekte geraten ist.

Harpinder Singh – geboren etwa um 1981 in Delhi, Indien, Alter wird mit 22 Jahren angegeben
Sein Tod wird als Ritualmord durch die Engel in den der Versammlung vorangehenden Tagen betrachtet. Berichte legen nahe, dass er in ihren Umkreis geriet, ohne sich dessen bewusst zu sein. War nach einem Brand in seiner Mietwohnung in einer Notunterkunft untergebracht. Arbeitete in einem Restaurant in Southall. Ein Freund von Harry Singh, der etwa um 1974 geboren wurde, hat Zweifel an seiner Identität.

WhatsApp-Nachrichten zwischen mir und Oliver Menzies, 27. Juli 2021:

Amanda Bailey
Keiner von den Engeln scheint einen religiösen Hintergrund zu haben, nicht mal Gabriel. Ich frag mich, woher sein Glaube, ein Engel zu sein, überhaupt kommt.

Amanda Bailey
Soweit man weiß, wurde bei ihm nie eine Krankheit diagnostiziert, zu der Wahnvorstellungen gehören. War vielleicht im Gefängnis religiösem Unterricht ausgesetzt.

Oliver Menzies
Träume. Träume sind unsere Verbindung zur anderen Welt. Er hat im Traum erfahren, dass er der Erzengel Gabriel ist, auf die Welt gekommen, um den Antichrist zu vernichten.

Amanda Bailey
Seinen Namen hat er jedenfalls Anfang der 90er geändert – das heißt, wenn er das heute immer noch glaubt … muss das ein irrer Traum gewesen sein.

Interview mit zwei Unbekannten Servicekräften in einem Restaurant in Southall, 27. Juli 2021. Transkribiert von Ellie Cooper.

[Ich überspringe deine Bestellung für ein Essen zum Mitnehmen. Gelbe-Linsen-Curry, gebratenes Gemüse und Knoblauch-Naan. Gute Kombination. EC]

AB: Arbeiten Sie schon lange hier?

US1: Ja.

AB: Hieß der Laden nicht mal anders?

US1: Hmmm?

AB: Hieß er nicht mal Punjab Junction?

US1: Ja. *[Er klingt widerwillig, Mandy. EC]*

AB: Früher war ich echt *ständig* hier. Hat da nicht auch mal wer namens Harpinder bedient? Harpinder Singh? *[Keine Antwort, soweit ich hören kann. EC]* Ist der noch da? *[Die Antwort wird von lautem Prasseln und Brutzeln übertönt. EC]*

US2: Kann ich helfen? *[Das ist eine neue Stimme. EC]*

AB: Hab nur mit Ihrem Kollegen geplaudert. Vor achtzehn Jahren war ich hier Stammgast. Als Harpinder noch da war. Wie geht's ihm denn so, alles okay?

US2: Bitte gehen Sie. Ich hab die Polizei hier so satt. *[Na, das ist ja schnell eskaliert. EC]*

AB: Ich bin nicht von der Polizei.

US2: Und warum fragen Sie dann nach Harpinder? Wer erinnert sich schon an einen Kellner? Sie wissen genau, was passiert ist.

AB: Ich schreibe ein Buch über die Engel von Alperton. In den Zeitungsberichten steht, dass Harpinder Singh hier gearbeitet hat. Und Christopher Shenk –

US2: Harpinder hat hier gearbeitet, aber ... Wenn ich Sie wäre, würde ich den Namen nicht so laut rausposaunen, und den von Shenky auch nicht, klar? Die haben auch als Tote noch Feinde.

AB: Warum?

US2: Die haben unter der Hand illegale Geschäfte gemacht. Die ehemaligen Besitzer.

AB: Drogen?

US2: Wir haben jetzt ein neues Management. Alles sauber. Wir halten den Laden am Laufen, geben jungen Leuten eine Chance. Sehen Sie den? Hat seine Familie verloren und wohnt jetzt überm Restaurant, arbeitet hier und geht tagsüber aufs College. Der junge Kerl an der Tür macht eine Ausbildung zur Führungskraft, speziell für Körperbehinderte. Trotzdem müssen wir mit den Leuten hier zurechtkommen. Kapiert, was ich meine? Ihr Typ hat's versucht, aber er hat nicht alle drangekriegt. Bei Weitem nicht.

AB: *[Jetzt flüsterst du. EC]* War Harpinder Singh etwa undercover hier? Im Punjab Junction?

US2: *[Er auch. EC]* Das haben Sie nicht von mir. Hier ist Ihr Essen. Geht aufs Haus. Hauen Sie einfach nur ab.
[Oh mein Gott! Ich schick dir eine Nachricht! EC]

WhatsApp-Nachrichten zwischen Ellie Cooper und mir, 27. Juli 2021:

Ellie Cooper
Harry Singh war bei der Polizei! 😱

Amanda Bailey
Er hat undercover in einem Restaurant gearbeitet, in dem Drogen vertickt oder verschoben wurden. Chris Shenk, oder Raphael, hat bis über die Ohren mit dringesteckt.

Ellie Cooper
Das erklärt, warum Harry Singh sich nicht bei Galen Fletchers Familie gemeldet hat, als Clem gestorben ist.

Amanda Bailey
Und wieso über seinen Tod berichtet wurde, als wäre er TATSÄCHLICH dieser mittellose Kellner gewesen, der gerade aus Indien gekommen ist. Sie mussten den Undercover-Einsatz schützen, und alle, die daran beteiligt waren.

Ellie Cooper
Aber hätte Singhs Familie nicht gegen eine so falsche Darstellung ihres verstorbenen Sohnes Einspruch erhoben?

Amanda Bailey
Außer man hat ihnen auseinandergesetzt, dass weitere Leben in Gefahr sind.

Ellie Cooper
Das ist ja so aufregend! Komm, wir treffen uns auf einen Kaffee. Wir haben schon ewig nicht mehr richtig miteinander gequatscht ☹

Amanda Bailey
Bald. Bin noch in der Stressphase, arbeite Tag und Nacht durch, muss den Babysitter für Menzies den Makabren spielen und mir außerdem Sorgen um meinen neuen Ansatz machen.

Anonyme E-Mail, am 27. Juli 2021 über Dave ›Itchy‹ Kilmore vom Podcast *Ein frischer Geist* an mich weitergeleitet:

Bitte leiten Sie diese Nachricht an Amanda Bailey weiter.

Heute bin ich Grundschullehrerin, doch 2004 arbeitete ich als Assistentin für eine Fernsehregisseurin. Meine Chefin wollte eine Dokumentation über die Engel von Alperton machen, also fingen wir an, Listen mit Ansprechpartnern zusammenzustellen und bei den Sendern anzuklopfen. Wir hatten noch kaum mit der Arbeit begonnen, da erhielt meine Chefin einen Anruf. Sie verließ das Büro, trug mir auf, abzuschließen, und verabschiedete sich bis zum nächsten Tag. In jener Nacht ist sie bei einem Brand in ihrer Wohnung ums Leben gekommen, der als Unglücksfall deklariert wurde. Die Dokumentation wurde nie gemacht. Ich weiß selbst nicht, warum ich Ihnen das erzähle. Das ist schon so lange her. Ich habe Sie in dem Podcast gehört – mein Sohn hatte ihn laufen – und fühlte mich verpflichtet, Ihnen mitzuteilen, was mit Suzi Korman passiert ist. Bitte entschuldigen Sie.

Ausdruck eines auf April 2004 datierten Zeitungsberichts:

TOTE IDENTIFIZIERT

Die Frau, die bei einem Hausbrand in der Lordship Lane, Wood Green, ums Leben kam, wurde als die Dokumentarfilmerin Suzi Korman, 41, identifiziert. Miss Korman lebte allein in ihrer Wohnung, in der am frühen Dienstagmorgen das Feuer ausbrach. Der Feuerwehr zufolge deuten erste Anzeichen darauf hin, dass der Brandherd eine alte Steckdose ist.

WhatsApp-Nachrichten zwischen Oliver Menzies und mir, 27. Juli 2021:

Oliver Menzies
Wusstest du, dass Ziffernwiederholungen göttliche Nachrichten sind?

Amanda Bailey
Hab ich mal irgendwo gelesen.

Oliver Menzies
Ganz besonders die 444. Wenn du eine 444 siehst – egal wo –, heißt das, dass Engel mit dir kommunizieren.

Amanda Bailey
Das hab ich auch gelesen, aber was wollen sie mir sagen? Lass mal deine Gesundheit checken. Spiel die Woche Lotto. Steig nicht in dieses Flugzeug. Bisschen ungenau, so als Theorie. Funktioniert das auch andersrum? Wenn du die 666 siehst, hat dich der Teufel im Visier? 😈

Oliver Menzies
Hör mal, ich hatte einen Termin wegen des durchgeknallten Rambos. Die Polizei sagt, sie können ihn nicht mit diesem Telefonterror in Verbindung bringen. Es handelt sich um eine alte Einwahlnummer, deren Vorwahl keinen Sinn ergibt, und sie können sie nicht zurückverfolgen. Ich leite sie dir mal weiter. Ich könnte meinen Festnetzanschluss abstellen, und wenn die Anrufe dann zu mir aufs Handy kommen, ist klar, dass es ein Stalker ist, und dann kann man ihn leichter identifizieren.

Amanda Bailey
Das sind doch gute Neuigkeiten.

Oliver Menzies
Aber wenn er es nicht ist, wer dann?

Amanda Bailey
Da kommen doch sicher etliche Leute infrage, oder? Du hast in deinem Leben bestimmt mehr als nur einem Menschen ans Bein gepinkelt 🤣

Amanda Bailey
Oder aber, äußerst gewagte These: Es ist einfach nur ein Fehler in der Leitung.

Oliver Menzies
Da ist aber jemand oder etwas. Versucht durchzukommen, bemüht sich, Verbindung zu mir aufzunehmen. Mandy, du weißt, dass ich nicht verrückt bin, aber diese Anrufe kommen morgens um 4:44 Uhr. Jeden einzelnen Tag. Was versuchen die Engel mir mitzuteilen?

WhatsApp-Nachrichten zwischen meiner Agentin Nita Cawley und mir, 28. Juli 2021:

Nita Cawley
Alles in Ordnung bei dir?

Amanda Bailey
Ja, danke 😊

Amanda Bailey
Gibt's ein Problem?

Nita Cawley
Ich hab eine Mail bekommen, in der steht, dass du zu hart an dem Buch arbeitest. Da macht sich jemand Sorgen um dich.

Amanda Bailey
Oliver! DER macht sich Sorgen um MICH? Er ist derjenige, der Anrufe von Engeln bekommt, zur Hölle!

Amanda Bailey
Das Einzige, worum der sich Sorgen macht, ist, dass Green Street ihn fallen lässt. Wahrscheinlich versucht er, mein Buch streichen oder zu-

mindest nach hinten verschieben zu lassen, damit ER bei DENEN einen besseren Stand hat. Ich weiß genau, wie er denkt. Er führt dich an der Nase rum. Fall bloß nicht darauf rein, Nita.

Nita Cawley
Die Mail ist nicht von Oliver Menzies.

Amanda Bailey
Von wem dann?

Nita Cawley
Ellie Cooper. Sie sagt, du arbeitest rund um die Uhr und dieser Fall würde an ein Kindheitstrauma von dir rühren.

Amanda Bailey
So viel zum Thema Vertraulichkeit. Wundert es dich da noch, dass ich nicht über Gefühle spreche? Dann passiert nämlich genau das.

Nita Cawley
Sie macht sich doch nur Sorgen, das ist alles.

Amanda Bailey
Tja, das ist nett von ihr, aber Ellie sollte besser auf sich selbst aufpassen, anstatt sich Sorgen um mich zu machen. Wusstest du, dass sie bei Kronos in der Buchhaltung war, bevor ich mich für sie eingesetzt habe, damit sie in die Lektoratsabteilung kommt? Sie war mein Protegé, Nita. Und ich greife ihr IMMER NOCH unter die Arme!

Nita Cawley
Weswegen sie wahrscheinlich auch nicht will, dass du unter zu viel Druck stehst.

Amanda Bailey
Ich könnte meine Interviews auch online transkribieren lassen oder es gleich selbst machen, verflucht!

Nita Cawley
Beruhig dich wieder, Mandy. Sie kennt dich nicht so gut wie ich. Ich weiß, dass du klarkommst. Pippa weiß, dass du klarkommst. Du kommst klar. Das Buch ist bei dir in den besten Händen.

Nita Cawley
Bitte sag Ellie nicht, dass ich es dir gesagt hab. Wenn du jetzt überreagierst, meldet sie sich beim nächsten Mal, wo WIRKLICH jemand Hilfe braucht, vielleicht nicht mehr. Bitte. Mir zuliebe.

Amanda Bailey
Okay. Ich sag nichts.

SMS zwischen Dave ›Itchy‹ Kilmore vom Podcast *Ein frischer Geist* und mir, 28. Juli 2021:

Dave Kilmore
Hab ne Nachricht bekommen von einem Typen, der sagt, er wäre unter den ersten Rettungssanitätern beim Massaker der Engel gewesen. Jideofor Sani. Ist jetzt im Ruhestand.

Amanda Bailey
Großartig! Danke, Dave, bitte senden Sie mir seine Daten.

Dave Kilmore
Allerdings will er ›nichts aufschreiben‹, sich mit ›Amanda persönlich‹ und nur ›unter vier Augen‹ treffen. Da schrillen sämtliche Alarmglocken 🔔

Amanda Bailey
Ich pass schon auf mich auf. Danke, Dave.

WhatsApp-Nachrichten zwischen Oliver Menzies und mir, 28. Juli 2021:

Oliver Menzies
Man hört gar nichts mehr von dir.

Amanda Bailey
Mir geht's gut, danke der Nachfrage. Hört NICHTS MEHR? Unsere letzten WhatsApps sind grad mal sechzehn Stunden her.

Oliver Menzies
Sollen wir uns heute Nachmittag treffen? Mal checken, ob unsere neuen Ansätze sich in die Quere kommen.

Amanda Bailey
😱 Ist gut.

WhatsApp-Nachrichten zwischen True-Crime-Autor Craig Turner und mir, 28. Juli 2021:

Craig Turner
Hallo, mein Herzblatt! Was ich dich die ganze Zeit schon fragen wollte: Hast du eigentlich eine Audienz beim Erzengel Gabriel bekommen?

Amanda Bailey
Nein. Lange Geschichte.

Craig Turner
Tut mir echt leid, mein Herzblatt. Könnte mir in den Arsch treten, dass ich's überhaupt erwähnt hab.

Amanda Bailey
🤣 Den Versuch war's wert. Ich hab stattdessen draußen gesessen und mit den Frauen in der Schlange gequatscht.

Craig Turner
Die alle darauf warten, ihre eingebuchteten Männer sehen zu können. Anbetungswürdig!

Amanda Bailey
Kurze Frage, Craig: Du hast Dennis Nilsen doch x-mal besucht und jahrelang mit ihm korrespondiert. Wie hast du's geschafft, dich da nicht zu sehr mit reinziehen zu lassen?

Craig Turner
Und mit ›reinziehen lassen‹ meinst du ...?

Amanda Bailey
Ihn zu mögen. Zu respektieren. Gern mit ihm zusammen zu sein. Anzunehmen, dass er dir gegenüber genauso empfindet. Verständnis für ihn zu entwickeln. Nach Entschuldigungen für ihn zu suchen. Seinen Lügen zu glauben.

Craig Turner
Das ist eine Gratwanderung, Mandy. Ich musste den guten alten Denny dazu bringen, mir so weit zu vertrauen, dass er sich mir gegenüber öffnet, und das bedeutete, ich musste eine Beziehung zu ihm aufbauen. Hat sich ganz von selbst ergeben. Wir hatten eine Menge gemein. Beide schwul, beide im ländlichen Schottland aufgewachsen, beide Sandwichkinder, beide vaterlos. Er war ein einsamer Mann, der sich bemüht hat, in einer feindlichen Welt zurechtzukommen. Wir haben uns auf Anhieb verstanden. Er hat nicht gelogen – jedenfalls nicht mir gegenüber.

Treffen mit Oliver Menzies in einem Café im Einkaufszentrum Westway Cross, Greenford, 28. Juli 2021. Transkribiert von Ellie Cooper.

[Den Teil, wo ihr euch Kaffee holt und gute Plätze sucht, überspringe ich wieder. EC]

AB: Und, wie läuft's so?

OM: Langsam. Hab noch so viel anderes im Kopf. Die Familie von meinem Rambo hat eine Mediation anberaumt.

AB: Und das Buch?

OM: Ich grüble, google, scrolle mich durchs Internet, lese Hintergrundinfos. Fang bald an zu schreiben. Und du?

AB: Dasselbe. Sobald ich das richtige erste Kapitel geschrieben habe, fügt sich der Rest wie von selbst.

OM: Und wie viele hast du schon geschrieben?

AB: Zwei. Aber keins davon ist *Das Eine*.

OM: Wie sieht dein neuer Ansatz denn jetzt aus?

AB: *[Du schweigst lange. Ich nehme an, du willst es ihm nicht verraten, aber dir fällt keine Ausrede ein. EC]* Es geht um den Einfluss der Engel von Alperton auf die Popkultur. Von den Romanen und Fernsehserien, zu denen sie die Menschen angeregt haben, bis hin zu den Diskussionen im Internet. Ich will eine Verbindung zu Theorien über Sekten ziehen. Theorien über die Empfänglichkeit des menschlichen Verstands für logisch nicht erklärbare Geschichten. Eine Sekte kann noch lange nach dem Auseinanderfallen seiner Anführer und Jünger Einfluss ausüben. Ich gehe der Tatsache nach, dass noch heute Menschen die Überzeugung der Engel teilen – und glauben, dass der Antichrist irgendwann im Jahr 2003 hier auf Erden geboren wurde. Zum Beispiel ... *[Jetzt zeigst du ihm dein Handy, glaube ich. EC]*

OM: Graffiti von den Wohnblocks in Alperton? Was sind *das* denn für Zeichen?

AB: Engelssymbole. Hier, die hier hat einer von den beiden Polizisten, die Holly in dem Lagerhaus aufgelesen haben, für mich gezeichnet. Das Gebäude wurde abgerissen. Diese Symbole da sind neu.

OM: Stimmt.

AB: Ich hab die Symbole online gefunden. Das hier steht für Gabriel, das für Elemiah und das für Michael. Es gibt keine Symbole für Raphael und auch nicht für Holly oder Jonah. Sie haben den Kids erzählt, sie wären Engel, und ihnen neue Namen gegeben, aber keine Engelsnamen.

OM: Die Männer sind Erzengel. Holly und Jonah sind gewöhnliche Engel.

AB: Denen zweifellos erzählt wurde, dass sie am Ende auch zu Erzengeln würden, solange sie tun, was man ihnen sagt. Bei den meisten Sekten gibt es eine Art Leiter der Gunst. Je nachdem, wie sehr man dem Anführer ergeben ist, steigt man auf oder ab –

OM: Nein. Wenn man die Sache so betrachtet, dass diese Männer Erzengel in menschlicher Gestalt waren und die Jugendlichen ihre irdischen Assistenten, und alle hatten eine Verbindung zur anderen Seite, die ihnen erlaubte, Energie zu kanalisieren … dann wird einem vieles klarer.

AB: Hmmm. Oliver, hast du Gabriel seit deinem Gefängnisbesuch mal geschrieben?

OM: *[Jetzt ist er dran mit Schweigen. Er will nichts sagen, also hat er's getan. EC]* Warum hätte ich das tun sollen?

AB: *[Die nächste lange Pause, während ihr Kaffee schlürft und euch wahrscheinlich finster anblickt. EC]* Vergiss nicht, dass er zwar für den Mord an Harpinder Singh verurteilt wurde, aber auch für den Tod der anderen Engel verantwortlich ist. Er hat sie dazu überredet, Selbstmord zu begehen, und danach ihre Leichen verstümmelt. Er ist geisteskrank und außerdem gefährlich, weil sein Charisma diese Wahnvorstellungen vernünftig erscheinen lässt. Jeder, der für so etwas anfällig ist, kann in diesen Strudel geraten.

OM: Vielen Dank, aber ich bin nicht anfällig.

AB: Was ich sagen will, ist, dass wir *alle* anfällig sind. Ich habe einiges über die Sprache von Sektenführern gelesen. Damit waschen sie dir das Gehirn. Mit Wörtern.

OM: Yeah, weiß ich auch.

AB: Antwortet Gabriel dir auf deine Briefe? *[Keine Reaktion, die ich hören könnte. EC]*

OM: Hast du eigentlich schon mal bemerkt, wie viele Zeugen in diesem Fall ums Leben gekommen sind? Harpinder Singh und die Engel selbst außen vor gelassen. Jonathan Childs, Gray Graham, Mark Dunning … Aber sie kamen nicht unmittelbar nach ihrer Begegnung mit den Engeln ums Leben, sondern erst vor Kurzem. Seit ich mit der Arbeit an diesem Buch für Green Street angefangen habe. Als würden die Menschen, die für mich Licht in den Fall bringen könnten, systematisch aus dem Weg geräumt.

AB: Glaubst du etwa, sie wurden ermordet? Von wem denn?

OM: Von dunklen Mächten, die den Antichrist beschützen.

AB: Da wär's doch einfacher, *dich* umzubringen.

OM: Andere Autoren würden meinen Platz einnehmen. Jonathan Childs hat Harpinder Singh gefunden. Gray Graham hat die toten Engel gefunden. Bring alle um, die eine Leiche gefunden haben, und es gibt niemanden mehr, der aus erster Hand von den unberührten Tatorten berichten kann.

AB: Jonathan Childs' Witwe bestreitet die Behauptung, er hätte Singhs Leiche gefunden.

OM: Wer sagt denn, dass Childs seiner Frau die Wahrheit erzählt hat?

AB: Und Mark Dunning? Soweit wir wissen, hat er keine Leiche gefunden. Er hat sich von dem Fall nur zu einem Roman inspirieren lassen, kurz nach den Ereignissen. Und wurde damals nicht umgebracht. Aber die Dokumentarfilmerin Suzi Korman kam 2004, wenige Stunden, nachdem sie mit den Recherchen zu dem Fall angefangen hatte, bei einem Hausbrand ums Leben.

OM: Ich garantiere dir, dass sowohl Mark Dunning als auch diese Suzi auf *irgendwas* gestoßen sind. Ein Fitzelchen Information, das für sich allein wertlos war, das ich aber zu all meinen anderen Recherchen gelegt und damit das Puzzle vervollständigt hätte, und das hätte dazu geführt, dass ich die Wahrheit hinter dem Fall enthülle.

AB: Welche Wahrheit sollte *dermaßen* heikel sein?

OM: Dass es den Engeln nicht gelungen ist, den Antichrist zu zerstören. Der Architekt des Endes aller Tage wandelt in dieser Sekunde auf Erden, beobachtet, lernt, wartet auf die Gelegenheit, seinen Zug zu machen, seine volle Macht zu entfalten. *[Himmel, Mandy. Ich muss zugeben, das ist echt ein seltsamer Zufall. Aber sind diese Leute wegen Olivers Recherchen ums Leben gekommen – oder wegen deiner? EC]*

OM: Erinnerst du dich noch an unseren Besuch in Alperton? Sobald ich in die Nähe der Pforte kam, haben meine Sinne verrücktgespielt. Ich bin fast in Ohnmacht gefallen. Das waren *die*, sie haben versucht, meine Kräfte zu blockieren. Und nach meinem Besuch bei Gabriel ist es wieder passiert. Weißt du noch, dass ich nicht mehr in der Lage war, selbst zu fahren? Dann hatte ich vor der ersten Wohnung der Engel diesen Schwächeanfall.

AB: Nun ... das ist ja alles ganz prima für deinen neuen Ansatz. Aber vergiss Jos Ratschlag nicht. Beschreibe das Mysterium, aber lass deine Leserinnen die Schlüsse ziehen.

OM: Ja, ja. *[Wieder ein langes Schweigen. Ihr trinkt Kaffee und denkt nach ... EC]*

AB: Gabriel hat dir doch erzählt, dass er Singh nicht ermordet haben kann, weil er im Traum seine eigene Seele gesehen hätte, und die wäre rein gewesen. Glaubst du, dass er unschuldig ist?

OM: Woher weißt du, dass er mir das erzählt hat? *[Hast du ihm etwa nicht gesagt, dass wir die Datei mit seinem Interview aufbereitet haben? EC]*

AB: Du hast es erwähnt.

OM: Wann?

AB: Im Auto, auf der Rückfahrt von Tynefield.

OM: Hab ich nicht.

AB: Woher soll ich das denn sonst wissen? Jedenfalls eine komische Art, seine Unschuld zu beteuern. Warum sagt er nicht einfach, ›Ich war's nicht, das ist ein Irrtum‹, oder ›Ich wurde reingelegt‹? Es klingt, als wüsste er wirklich nicht mehr, ob er's getan hat oder nicht.

OM: Weder für das eine noch für das andere gibt es Beweise.

AB: Aber wenn Gabriel Singh nicht umgebracht hat, wer war's dann?

OM: Die dunklen Mächte. Vielleicht war Singh ja selbst eine dunkle Macht?

AB: Hast du mal *Mein Tagebuch als Engel* von Jess Adesina gelesen? *[Offenbar schüttelt er den Kopf. EC]* Das ist eine von den Engeln inspirierte Buchreihe für Jugendliche. Eine lange, romantische Entwicklungsgeschichte. Lustig, verrückt, mit einer schrägen Hauptfigur namens Tilly, die, ich zitiere, *weiß*, dass sie ein Engel, sprich: bisexuell ist. Es gibt vier Bände, und die Figur wird mit ihren Leserinnen erwachsen. Am Anfang ist sie noch auf der High School, und im letzten Band heiratet sie einen älteren Mann, während ihre Freundin einen anderen Mann heiratet. Alle vier leben fortan in einer polyamourösen Beziehung in benachbarten Wohnungen, und wenn sie nicht gestorben sind, leben sie noch heute. Letztlich wie Jane Austen, nur mit Avocado auf Toast.

OM: Klingt ziemlich *[Jetzt schneidet er wohl eine Grimasse oder so. EC]*, aber andererseits gehöre ich auch nicht zur Zielgruppe.

AB: Auf den letzten Seiten des letzten Bandes gibt Tilly zu, dass sie natürlich keine Engel sind, sondern einfach nur anders als andere. In dem Moment findet sie zu sich selbst, darauf laufen die ganzen Bände letzten Endes hinaus. Das Ding mit den Engeln ist eine Metapher für etwas, wofür sie keine Worte hat. Sobald sie gelernt hat, es in Worte zu fassen und zu zeigen, wirft sie sozusagen ihre Engelsflügel ab und kann anfangen, ihr eigenes Leben zu leben, und an der Stelle verlassen wir Leserinnen sie dann. Recht bewegend.

OM: Danke fürs Spoilern.

AB: Ich hätte die Reihe wahrscheinlich nicht mal mit dem Fall in Verbindung gebracht, wenn ich nicht auf ein Interview gestoßen wäre, das Adesina vor zehn Jahren der *Grazia* gegeben hat. Darin erklärt sie ausdrücklich, dass sie mit jemandem gesprochen hat, der oder die in den Fall verwickelt war. Dann habe ich herausgefunden, dass sie und Holly auf dieselbe Schule gegangen sind …

OM: Lass mich raten. Holly war nur kurz an der Schule. Ausgeschlossen, dass diese Adesina Holly von der ersten Klasse bis zum Abschlussjahr gekannt hat. *[Du machst eine Pause, als wärst du überrascht, dass er das weiß … EC]*

AB: Stimmt. Ja, genau das hat sie gesagt. Holly ist von einer anderen Schule gekommen und war nur ein Halbjahr auf derselben Schule wie Adesina.

OM: Holly ist keine Jugendliche, Mandy. Sie sieht aus wie ein junges Mädchen, sie benimmt sich wie ein junges Mädchen, rebelliert sogar und setzt eine Fassade der Naivität auf … Holly und Jonah sind unsterbliche Wesen.

AB: Und das willst du in deinem Buch durchblicken lassen, stimmt's?

OM: Mhhh-mhh.
[Ich schreib dir. EC]

WhatsApp-Nachrichten zwischen Ellie Cooper und mir, 28. Juli 2021:

Ellie Cooper
Irgendwas stimmt nicht mit diesem Fall. Er bohrt sich einem schleichend in den Verstand und macht sich dann daran, alles zu verdrehen.

Amanda Bailey
Hi, Ellie! Du erwischst mich dabei, wie ich mit hochgelegten Füßen und einem Glas Rotwein Netflix durchforste 🙈 Du könntest durchaus recht haben. Letztlich geht es um Logik gegen Instinkt. Kopf und Herz. Manche Menschen sehen einen Zufall und denken sich weiter nichts dabei. Andere sehen darin einen Beweis für das Wirken übernatürlicher Mächte.

Ellie Cooper
Oder irdischer krimineller Mächte, die nichts Gutes im Sinn haben 🔎

Amanda Bailey
Oliver hält sich für logisch und rational, aber dieser Fall hat den Instinktmenschen in ihm geweckt. Erinnerst du dich noch an die beiden Polizisten, Rose und Khan?

Ellie Cooper
Die auf Hollys Notruf hin gekommen sind und auf dem Boden Engelssymbole gesehen haben – oder auch nicht?

Amanda Bailey
Beide haben die Engelssymbole gesehen. Aber als Khan Wochen später ein Foto gezeigt wurde, das seine Entdeckung widerlegte, ›wusste‹ er, dass er sich geirrt haben musste. Er glaubte an das, was ihm schwarz auf weiß präsentiert wurde. Rose wiederum nicht – weil es für ihn Mächte gibt, die sich dem rationalen Verstand entziehen. Angesichts von Zufällen und unerklärlichen Phänomenen sind wir letztlich alle unserer eigenen Art zu denken ausgeliefert.

Ausgedruckter Artikel aus dem Lokalteil der BBC News Website für Sussex, datiert auf den 28. Juli 2021:

TOTER AUS FEUER IDENTIFIZIERT

Der Mann, der gestern (Dienstag, 27. Juli) bei einem Hausbrand in Lewes ums Leben kam, wurde identifiziert als David Polneath, 67. Die Feuerwehr wurde um 2 Uhr morgens zu dem Haus in der Bishop's Road gerufen, konnte jedoch nicht zu Mr Polneath durchdringen. Er wurde heute Morgen vor Ort für tot erklärt. Die Nachbarn brachten ihre Anerkennung für den Buchhalter im Ruhestand zum Ausdruck, der allein gelebt hatte. ›Er war ein ruhiger, freundlicher Mann, der sich für Gott und die Welt interessierte und immer an irgendwas rumtüftelte‹, meinte jemand, der nicht möchte, dass sein Name genannt wird. Laut Polizei ist es noch zu früh, um sich zur Möglichkeit von Brandstiftung äußern zu können, allerdings habe die enorme Menge an Büchern, Zeitungen und Papieren in der Wohnung die Verbreitung des Feuers begünstigt.

WhatsApp-Nachrichten zwischen mir und Oliver Menzies, 28. Juli 2021:

Amanda Bailey
Hat mal ein Amateurdetektiv namens David Polneath Kontakt zu dir aufgenommen?

Oliver Menzies
Nein.

Amanda Bailey
Ein Buchhalter. Im Ruhestand. Hat sich die Engel von Alperton zum Hobby gemacht. Ein kluger, vernünftiger Mann, der sich richtig in den Fall reingekniet hat, offenbar unter dem Aspekt der Wirtschaftskriminalität. Ich hab ihm deine Adresse gegeben. Dachte, er wär vielleicht an was dran.

Oliver Menzies
Ein Amateurdetektiv? Muss ich mir jetzt auch noch das Geschwätz irgendeines obsessiven Trottels anhören? Lieber bring ich mich um.

Amanda Bailey
Er ist letzte Nacht ums Leben gekommen. In einem mysteriösen Feuer. Ist gerade in meiner Nachrichtenleiste aufgepoppt. Lies den Link.

Oliver Menzies
Scheiße. Scheiße, das ist nicht gut.

Oliver Menzies
Das macht dann fünf Tote. Vier davon haben ins Gras gebissen unmittelbar bevor oder nachdem sie wegen dieses Falls Kontakt zu MIR aufgenommen haben.

Herausgerissene Seite aus dem Roman *Mein Tagebuch als Engel*, Band 2, von Jess Adesina:

Der magische Schleier des Nebelnovember

Ich werde ihn Gabriel nennen. Den Engelmann. Er erinnert mich an den Kater Gabriel. Ob er eine göttliche Wiedergeburt ist? Realistisch betrachtet, nein. Der Mensch Gabriel wurde mindestens dreißig Jahre vor dem Kater Gabriel geboren. Und der Kater Gabriel ist noch quicklebendig. Trotzdem, Katzen haben neun Leben, und wer sagt, dass die alle im selben Körper oder zur selben Zeit ablaufen?

Ich wäre geschmeichelt, wenn mich jemand mit einer Katze vergleichen würde. Auch wenn es mordgierige Psychopathen sind, können sie, wenn sie wollen, die sanftesten, freundlichsten, hingebungsvollsten Wesen der Welt sein. Bei einem Psychopathen bedeutet der Entschluss, sanft, freundlich und hingebungsvoll zu sein, so viel mehr als bei einem Nicht-Psychopathen.

Der Mensch Gabriel hat Flügel in den Augen, aber es ist seine Stimme, die mich emporhebt und davonträgt.

Herausgerissene Seite aus dem Roman *Weiße Flügel* von Mark Dunning:

Der Korridor erstreckte sich vor ihr bis zu einem stockfinsteren Fluchtpunkt. Ein Kaleidoskop aus Scharlachrot und Grün, schimmerndem Holz und Goldbrokat. Das Haus war ein lebendiges Relikt aus einer längst vergangenen Zeit. Nichts darin war jünger als anderthalb Jahrhunderte, abgesehen von den flackernden Glühbirnen und dem unverwechselbaren Geruch nach Kölnisch Wasser. Celines perfekte Nasenflügel zuckten. *Das ist kein Kölnisch Wasser*, sann sie, *sondern Sprühmittel, Politur und Möbelwachs, die den Duft nachahmen sollen.*

Das mussten mindestens fünfzig Türen sein. Sie glitt an den ersten vorbei, die Absätze ihrer Manolo-Blahnik-High Heels gewissermaßen zu elegant, um auch nur die kleinste Spur in dem altehrwürdigen Seidenpersianer unter sich zu hinterlassen. Ihr Körper schwerelos wie ein Traum. Ihre Flügel streiften im Vorübergehen die antiken Kerzenhalter. Die köstlichen Facetten des Muranoglases erschauerten, erzitterten und schimmerten, als die tränenförmigen Tropfen einander beim Erwachen küssten.

Celine musterte jede Tür eingehend, alle Sinne darauf konzentriert, was sich wohl auf der anderen Seite befinden mochte. Hier nicht. Hier nicht. Hier? Eine mit den anderen identische Tür. Doch nun, ein rascher Blick nach links und rechts, schlossen sich zarte Finger um den Türgriff, und sie glitt hindurch, schnell und leise, bis der Korridor wieder so still und unberührt dalag, wie sie ihn eben vorgefunden hatte. Abgesehen von einem langsam verklingenden Klirren und einer einzelnen weißen Feder, die auf ihrer stetigen Reise zu Boden sanft hin und her trudelte.

Dies war das Zimmer. Die Bibliothek. Celine holte tief Luft, als könnte sie sogar die Ionen und Partikel im Raum lesen. Plötzlich verengten sich ihre Augen, tief und unergründlich wie die eines Rehs. Es war hier. Unter dem Fenster. Allein. Ungeschützt. Sie schwebte darauf zu.

Es glänzte so hell, wie ein Schatz nur glänzen konnte. Ihr Herz pochte, ihre Lippen öffneten sich … ihre Schwingen umschlossen sie im sicheren Bewusstsein, dass sie alles getan hatte, worum Gabriel sie gebeten hatte, und dass sie nun gemeinsam dieses … Ding nehmen und verschwinden lassen würden.

Zwölf Seiten aus dem Drehbuch *Boten des Himmels* von Clive Badham

INNEN – KÜCHE – ABEND

Gabriel sieht zerzaust aus. Er sitzt am Küchentresen und starrt Jonah und Holly über seinen Kaffeebecher hinweg an.

GABRIEL
Sah sie aus wie eine Beamtin? Polizei, Gemeinde, Jugendamt?

Holly und Jonah zucken die Schultern. Gabriel seufzt unbestimmt.

GABRIEL
Bestimmt wurde sie geschickt, um den Antichrist zu befreien … In der Regel ist es eine Frau, wenn sie jemanden schicken.

JONAH
Wieso? Wo die doch schwächer sind.

Holly blickt von Jonah zu Gabriel.

GABRIEL
Weil <u>deren</u> Kräfte im Reich der Sterblichen ebenfalls sterblich sind, genau wie bei uns. Wenn sie Gewalt anwenden, wehren wir uns, also wenden sie Charme an. Die meisten von uns sind Männer, und in der Welt der Sterblichen lenken Frauen Männer von ihrer Bestimmung ab.

Er zwinkert Holly zu.

GABRIEL
Nichts für ungut.

JONAH
(deutet mit einem Nicken auf Holly)
Warum ist <u>sie</u> eine Frau?

Holly schaut zu Gabriel, dieselbe Frage in den Augen.

GABRIEL
Ihre Bestimmung ist es, sich um das Baby zu kümmern, deshalb entschied sie sich dafür, eine weibliche Sterbliche zu sein, mit (er zeigt auf Jonah) einem Beschützer.

JONAH
Du hast gesagt, es wäre <u>meine</u> Bestimmung, das Baby zu beschützen.

GABRIEL
Das ist unser aller Bestimmung. Unsere Energie bildet einen Schutzschirm um das Baby.

HOLLY
Aber etwas so Böses zu beschützen, ergibt keinen Sinn.

Gabriel sucht nach Worten, um das Unerklärliche zu erklären.

GABRIEL
Wenn wir es nicht zum richtigen Zeitpunkt auf die richtige Weise vernichten, endet ein ganzes Jahrhundert der Opfer, des Wartens, der Arbeit in einer Katastrophe. Bis zu diesem Zeitpunkt muss es beschützt werden.

Gabriel zieht Holly und Jonah an sich.

GABRIEL
Aber wir sind nicht allein. Wir haben uns, und es gibt noch mehr, ein ganzes Netzwerk, das all das ermöglicht. Es wirken Kräfte auf beiden Seiten der Schwelle.

Holly und Jonah hören aufmerksam zu, als lauschten sie einem bedeutenden Lehrmeister.

GABRIEL
Ihre schärfste Waffe jedoch sind die Behörden. Wir brechen irdische Gesetze, und das macht uns angreifbar.

Das Baby SCHREIT. Gabriel trinkt aus und steht auf.

GABRIEL
Ich bin dran …

Als er geht, folgt ihm Hollys Blick.

INNEN - WOHNZIMMER - ABENDS - SPÄTER
Gabriel fläzt sich aufs Sofa, links und rechts von ihm Holly und Jonah. Arme und Beine sind schläfrig ineinander verschlungen. Ein FANTASYFILM geht zu Ende. Gabriel drückt auf eine Fernbedienung. Auf dem Bildschirm erscheint das MENÜ eines VIDEOSPIELS. Jonah greift nach zwei CONTROLLERN auf dem Boden und wirft Gabriel einen zu.

GABRIEL
Nur eine Runde. Ich muss früh raus, Kumpel.

Mit der Begeisterung kleiner Jungs erstellen Jonah und Gabriel ihre Charaktere auf dem Bildschirm. Holly beobachtet sie, die Bindung zwischen den beiden … Sie rafft sich auf und geht unbemerkt in ihr Zimmer.

INNEN - FLUR - DER NÄCHSTE MORGEN
Holly schlängelt sich die Wand entlang. Von der Schwelle aus lugt sie ins Wohnzimmer, durch das sie

Gabriel in der Küche hin und her laufen sieht. Die Kaffeemaschine RÜLPST.

INNEN - KÜCHE/FLUR - MORGEN

Gabriel, in einem billigen Anzug, greift nach Hausschlüssel und Handy, eilt durch den leeren Flur. Er geht auf Zehenspitzen an der Tür zu Jonahs Zimmer vorbei, dann an Hollys. Die Wohnungstür KLICKT hinter ihm ins Schloss. Sekunden später geht Hollys Tür einen Spaltbreit auf. Sie wirft einen Blick zurück auf das Baby, das in seinem Korb schläft, und schleicht dann zur Wohnungstür.

INNEN - HAUSFLUR - MORGEN

Holly schlüpft aus der Wohnungstür, tappt davon. Die Tür hinter ihr scheint geschlossen zu sein, doch der Türschnapper ist zurückgezogen, weshalb sie OFFEN steht.

AUSSEN - STRASSE - TAGSÜBER

Gabriel stiefelt energisch vorwärts, folgt einer Karte auf dem Handy. Überquert die Straße. Ein Gesicht in der Menge. Hinter ihm folgt Holly, in sicherer Entfernung.

AUSSEN - PFLEGEHEIM - TAG - KURZE ZEIT SPÄTER

Vor einem freundlich wirkenden, modernen öffentlichen Gebäude bleibt Gabriel stehen. Er blickt auf sein Handy, auf das Gebäude, schaut prüfend auf einen Zettel in der Hand, bevor er hineingeht. Auf einem Schild steht: MEADOW VIEW PFLEGEHEIM.
Holly versteckt sich hinter einer Hecke, geht die Hecke entlang bis zu einem Fenster, späht hindurch. Ga-

briel steht bei DREI ÄLTEREN PERSONEN. Man kann nichts hören, doch man sieht ihn lächeln, lachen, Handküsse verteilen … Die drei sind entzückt. Er nimmt neben ihnen Platz und schlägt, unentwegt redend, ein Buch auf, beginnt daraus vorzulesen.
Hollys Blick wandert hinab zu Gabriels Knöchel und dem unverkennbaren Umriss seiner ELEKTRONISCHEN FUSSFESSEL. Nachdenklich und erleichtert schlüpft Holly davon.

Die Seite ist abgerissen. Es fehlen vier Seiten …

INNEN - WOHNZIMMER - ABEND - SPÄTER

Gabriel und Elemiah stürzen ins Zimmer. Holly und Jonah springen auf, bleiben dann aber wie angewurzelt stehen. Hinter Elemiah schlüpft MICHAEL (Mitte 30, dünn, pfiffige Miene, unheimliche, ätherische Ausstrahlung) herein.

ELEMIAH
Holly. Jonah. (minimale Pause) Michael.

Holly und Jonah betrachten den seltsamen Neuankömmling und blicken dann Rat suchend zu Gabriel. Der lächelt nervös.

MICHAEL
Das sind sie also. Unsere Helden. Ich hab schon so viel von euch gehört …

Er wirft Gabriel einen Blick zu, geht auf und ab.

MICHAEL

... und von der guten Arbeit, die ihr leistet. Trotzdem konnten sie unsere Verteidigung durchbrechen. Nun haben sie einen Schwachpunkt gefunden, den sie immer wieder ausnutzen werden. Bis zur Konjunktion sind wir nicht mehr sicher. Bis wir es für immer ihrem Zugriff entzogen haben.

Michael tigert auf und ab. Alle Blicke folgen ihm.

MICHAEL

Aber wir haben ein dringendes Problem. Das von der Finsternis benutzte sterbliche Gefäß wird die Kraft des irdischen Gesetzes zu uns führen. Es muss zerstört werden.

Holly und Jonah verstehen kein Wort.

MICHAEL

Die Leiche. Loswerden. Müssen wir.

Sie zucken erschrocken zusammen.

HOLLY

Ist sie denn nicht in Flammen oder Rauch aufgegangen?

MICHAEL

Jetzt schaut nicht so besorgt! Wir regeln das schon. (zu Gabriel) Nicht wahr?

Gabriel deutet ein Nicken an, ernst. Elemiah und Gabriel schlüpfen hinaus. Holly und Jonah sehen Michael an.

MICHAEL
Konzentriert euch auf eure Bestimmung.

Das Baby in seinem Korb WIMMERT. Michael erstarrt, geht hinüber zu dem Korb.

HOLLY
Es muss gefüttert werden.

Sie geht in die Küche, um ein Fläschchen mit Babynahrung zu holen. Michael zieht die Decken über dem Baby zurück. Er streichelt die rosigen Wangen mit den Fingern. Seine Miene ist nicht zu lesen, nachdenklich. Gabriel und Elemiah kommen ins Zimmer zurück.

ELEMIAH
(zu Michael)
Wir müssen reden … allein.

Holly eilt mit einem Fläschchen an ihnen vorbei.

GABRIEL
Holly, Jonah …

Holly und Jonah verlassen hintereinander das Zimmer. Hinter ihnen schließt sich die Tür. Gabriel, Elemiah und Michael warten, bis alles ruhig ist. Dann …

ELEMIAH
Stiche im Hals, in der Brust, überall. Scheißviel Blut. Ich muss die Bodendielen aufstemmen und den Putz erneuern.

Gabriel macht eine Bewegung, ihm ist unbehaglich zumute.

GABRIEL
Die Kids haben Geräusche im Hausflur gehört. Sie hätten die Tür nicht öffnen dürfen … Er ist einfach reingekommen.

Michael starrt Gabriel an, weiß wohl, dass er lügt.

MICHAEL
Wie auch immer. Er kann nicht hierbleiben.

ELEMIAH
Nebenan steht eine Wohnung leer. Da können wir ihn hinbringen.

MICHAEL
Verdammte Scheiße! Wer war das überhaupt?

GABRIEL
Ein Nachbar. Die Wohnung den Hausflur runter.

ELEMIAH
Hat er allein gelebt?
(Gabriel nickt)
Nimm das Baby und hau ab.

Gabriel macht eine heftige Geste in stummer Frustration.

GABRIEL
Das ist zu früh.

MICHAEL
Was ist mit <u>ihnen</u>?

ELEMIAH
Die haben ihren Zweck erfüllt. (zwischen Gabriel, Michael und Elemiah gehen bedeutungsschwangere Blicke hin und her)

INNEN - SCHLAFZIMMER - ABEND

Holly sitzt auf dem Bett, füttert das Baby. Jonah liegt zusammengerollt ihr gegenüber, schaut zu. Holly runzelt nachdenklich die Stirn.

HOLLY
Wer ist dieser Michael?

Jonah zuckt die Schultern.

JONAH
Ein weiterer Erzengel.

HOLLY
Er ist anders als Gabriel. Oder Elemiah.

JONAH
Ich glaube, er steht über ihnen.

HOLLY

Werden wir jemals Erzengel sein? Wenn wir älter sind?

JONAH

(schüttelt den Kopf)

Wir sind normale Engel und aus. Wir brauchen einen Erzengel, der uns leitet.

Sekundenkurze Pause.

HOLLY

Ich wünschte, wir könnten ein paar Sachen. Fliegen. Dinge in die Luft sprengen. Oder Menschen heilen.

JONAH

Das ist nicht unsere Bestimmung. Unsere sterblichen Körper lassen das nicht zu.

Das Baby hört auf zu trinken. Holly reibt ihm nachdenklich den Rücken.

INNEN - WOHNZIMMER - NACHT

Elemiah und Michael stehen einem beklommen wirkenden Gabriel gegenüber.

GABRIEL

Sie sind unsere Deckung. Und sie sind eine großartige Deckung. Ich darf mich schließlich nicht mit ihm blicken lassen, oder? Ebenso wenig wie einer von euch beiden.

```
Michael durchbohrt ihn mit seinem Blick.

            MICHAEL
            (verzweifelt)
            Ach, Gabriel …
            (kurze Pause)
            Wir müssen das jetzt tun. Bring mir das
            Baby.

Gabriel holt tief Luft, verlässt ergeben das Zimmer.
```

Der folgende Austausch zwischen mir und dem aufstrebenden Drehbuchautor Clive Badham ist zusammengeheftet und mit einer Büroklammer am obigen Drehbuch befestigt:

AN: Clive Badham
DATUM: 28. Juli 2021
BETREFF: Boten des Himmels
VON: Amanda Bailey

Hallo, Clive,
ich hoffe, es geht Ihnen gut. Habe ich eigentlich erwähnt, dass ich als Produzentin/Regisseurin zum Film wechseln will? Jedenfalls konnte eine Freundin aus der Branche vor Kurzem gar nicht mehr damit aufhören, mir von Ihrem preisgekrönten Drehbuch *Boten des Himmels* vorzuschwärmen, und ich musste es einfach lesen. Ich bat sie, es mir zu schicken. Hoffentlich ist Ihnen das recht. Gerade bin ich dabei, es zu lesen.
Herzlichen Dank,
Amanda

SMS an mich von Clive Badham, 28. Juli 2021:

Clive Badham
Hallo, Amanda. Etwas Schöneres hätten Sie mir gar nicht schreiben können! Das sind ja fantastische Neuigkeiten! Bitte geben Sie mir Bescheid, wenn Sie fertig gelesen haben, dann können wir weiterreden. Sie werden Kontakte und Informationen benötigen. Ich habe eine Reihe guter Freunde bei der Filmtechnik und Postproduktion und bin sicher ein wertvoller Partner bei dem Unterfangen.

4

Ich komme der Sache näher. Obwohl sich alle die größte Mühe geben, mir ans Bein zu pinkeln. Korrespondenz. Interviews und Hintergrundlektüre

WhatsApp-Nachrichten zwischen meiner Lektorin Pippa Deacon und mir, 29. Juli 2021:

Pippa Deacon:
Den heutigen DAILY WATCH schon gesehen?
Seite 14.

Amanda Bailey
Hab bis drei Uhr früh zu meinem neuen Ansatz recherchiert. Bin noch im Bett.

Pippa Deacon
Der Aufmacher online. Lesen Sie's.

Amanda Bailey
Mein Akku hat nur noch 1%. Sekunde.

Amanda Bailey
WAS ZUR HÖLLE???? SCHEISSE SCHEISSE VERDAMMTE SCHEISSE.

Pippa Deacon
Wussten Sie, dass er das schreibt?

Amanda Bailey
NEIN VERDAMMTE SCHEISSE WUSSTE ICH NICHT.

Amanda Bailey
Tut mir leid, Pippa. Ich hatte keinen Schimmer. Muss jetzt erst mal wieder so weit runterkommen, dass ich das in Ruhe lesen kann, um abzuschätzen, was es für Konsequenzen haben wird. Will die Sache mit Gelassenheit und Würde angehen.

Amanda Bailey
UND ER HAT MEINE FOTOS BENUTZT. DIESER LÜGENDE BETRÜGENDE ARROGANTE SCHWACHSINNIGE WICHSER.

Teilweiser Ausdruck eines Artikels von WatchOnline mit Datum vom 29. Juli 2021:

Minderjähriger ENGEL VON ALPERTON ist MÖNCH

- NENNT SICH IMMER NOCH JONAH
- HAT SEIN GLÜCK IN WELTABGEWANDTEM KLOSTER GEFUNDEN
- BETET SIEBEN MAL AM TAG
- TRÄGT KUTTE, ZÜCHTET SCHWEINE, BRAUT BIER
- WEIGERT SICH, ÜBER MÖRDERISCHE SEKTE ZU SPRECHEN

Von OLIVER MENZIES für WATCHONLINE

Der Mann, der 2003 als Teenager aus der mörderischen Sekte der Engel von Alperton befreit wurde, lebt heute in einem abgeschiedenen Kloster auf der Isle of Wight, umgeben von malerischer Natur. Quarr Abbey (›Chor‹ gesprochen) ist das Zuhause einer kleinen Gemeinschaft benediktinischer Mönche, die sieben Mal am Tag beten, Schweine züchten und Bier brauen. Die Mönche besitzen weder Fernseher noch Handys und vermeiden die Benutzung des Internets.

Trotz seiner früheren Verbindung zu der gewalttätigen, mörderischen Sekte, die sich an der Opferung von Säuglingen berauschte und den Tod von vier Männern verantwortete, erklärt der Mann heute, er sei endlich glücklich und habe seine Bestimmung im Leben gefunden. Allerdings nennt er sich immer noch ›Jonah‹ – das ist der Name, den ihm der Sektenführer und verurteilte Mörder Gabriel Angelis gegeben hat.

WER WAREN DIE ENGEL VON ALPERTON?

Die Engel von Alperton folgten dem Sektenführer Gabriel Angelis, mit bürgerlichem Namen Peter Duffy, und waren in Alperton, im Nordwesten Londons, ansässig. Sie hielten sich für Engel, deren Bestimmung auf Erden es sei, den neugeborenen Antichrist im Verlauf einer bestimmten Planetenkonstellation zu töten.

Angelis, der seinen Namen in den 1990er-Jahren änderte, gab seinen Jüngern biblische Namen wie Michael, Elemiah und Raphael. Sie hatten es auf Teenager abgesehen, die von zu Hause weggelaufen waren und ihnen bei ihrer vermeintlich göttlichen Mission helfen sollten.

Die Sekte nahm im Dezember 2003 ein blutiges Ende, als in einem leer stehenden Lagerhaus die verstümmelten Leichen von drei der erwachsenen Jünger entdeckt wurden. Zudem wurde die Leiche eines weiteren Opfers, des Kellners Harpinder Singh, mit dem Fall in Verbindung gebracht. Angelis floh vom Tatort, wurde aber bald darauf verhaftet und des Mordes an Singh angeklagt.

Zwei Teenager, ein Mädchen und ein Junge, die aus der Jugendfürsorge weggelaufen waren, um sich der Sekte anzuschließen, wurden zurück in die Obhut des Jugendamts gegeben. Die Polizei lobte die beiden 17-Jährigen damals dafür, dass sie die Behörden alarmiert hatten. Dank ihnen entging das neugeborene Baby des jungen Mädchens dem Tod durch die Hände der Engel. Da sie noch minderjährig waren, wurde die Identität der beiden nicht öffentlich gemacht.

WO SIND DIE ÜBERLEBENDEN ENGEL VON ALPERTON HEUTE?

Gabriel Angelis sitzt eine lebenslange Freiheitsstrafe in der Strafvollzugsanstalt Tynefield ab.

Das junge Mädchen – ›Holly‹ – und ihr Baby bekamen neue Identitäten. Es soll ihnen gut gehen.

›Jonah‹ wurde vor Kurzem in Quarr Abbey aufgespürt. Er sagt von sich, er sei endlich glücklich mit dem genügsamen Leben im Glauben.

WhatsApp-Nachrichten zwischen Ellie Cooper und mir, 29. Juli 2021:

Ellie Cooper
Ich hab's nicht gelesen, aber in meinem Browser ist die Seitenleiste des Daily Watch aufgepoppt, und mein Blick fiel unwillkürlich auf eine Story von Oliver M über Bruder Jonah. Wusstest du, dass er das schreibt?

Amanda Bailey
Nein. Und ich bin so was von angepisst.

WhatsApp-Nachrichten zwischen mir und Oliver Menzies, 29. Juli 2021:

Amanda Bailey
Was zur Hölle hast du dir dabei gedacht?

Oliver Menzies
Wie? Was? Meinst du das Ding im Watch?

Amanda Bailey
🙄

Oliver Menzies
Das hab ich eingereicht, als ich dachte, Green Street würde mein Buch zurückziehen.

Amanda Bailey
Warum? Was hätte dir das bringen sollen?

Oliver Menzies
Es verbindet meinen Namen mit dem Fall und macht mich zum ausgewiesenen ›Experten‹. Bessere Verhandlungsposition bei Jo. Und wenn sie den Auftrag zurückgezogen hätte, hätte ich wenigstens ein bisschen Geld aus der Sache raus-

geholt. Die vom Watch wirkten nicht sonderlich interessiert und haben wochenlang auf der Story gehockt. Ich hatte sie schon wieder total vergessen. Die haben wahrscheinlich bloß auf einen Tag mit mauer Nachrichtenlage gewartet.

Oliver Menzies
Wenn's dich tröstet, die haben das, was ich eingereicht hab, komplett umgeschrieben.

Amanda Bailey
Ich kann nicht glauben, dass du so was Hundsgemeines und Hinterhältiges gemacht hast.

Oliver Menzies
Das ist doch alles längst bekannt. Jonah war Freiwild. Jeder hätte ihn finden können, nun hab ich's halt getan.

Amanda Bailey
ICH war das. Ich hab ihn gefunden, NICHT DU. Du hättest mich als Co-Autorin nennen müssen. Mindestens.

Oliver Menzies
Jetzt betreibst du Haarspalterei.

Amanda Bailey
AUSSERDEM hast du dir meine Fotos unter einem falschen Vorwand beschafft und in deinem Namen eingereicht!

Oliver Menzies
Sind ja nur ein paar benutzt worden. Schau her, das ist eine Eintagsfliege. Ist eh schon aus der Titelleiste geflogen. Rutscht sogar auf der Seitenleiste nach unten.

Oliver Menzies
Da, siehst du, überholt von Liz Hurleys ›Antiaging Bikini‹ und Kylie Jenners ›gewagtem Dreiviertelnacktkleid‹. Krieg dich wieder ein. Ich geb dir mal ein Essen aus.

Amanda Bailey
Und es schadet unseren BEIDEN Büchern. Wir wollten das Interesse an dem Fall kurz vor den Veröffentlichungsterminen neu anfachen. Nicht so früh, dass sich plötzlich Hinz und Kunz damit befassen, nach dem Kind suchen, Spoiler veröffentlichen und uns die Show stehlen.

Oliver Menzies
Dachte, du hättest gesagt, dass niemand das Kind finden kann.

Oliver Menzies
Okay, ignorier mich ruhig.

Oliver Menzies
Schmollst du etwa IMMER NOCH?

Amanda Bailey
Was?

Oliver Menzies
Du hast gesagt, dass niemand das Kind finden kann. Und jetzt machst du dir Sorgen, dass jemand anders es findet?

Amanda Bailey
Die Tatsache, dass man es nicht finden kann, ist selbst schon eine Nachricht.

Oliver Menzies
Sieht der Watch offenbar anders. Ich hab's in meiner Story erwähnt, und die haben's rausgestrichen.

E-Mail-Austausch zwischen mir und Louisa Sinclair, Redakteurin bei WembleyOnline, 29. Juli 2021:

AN: Louisa Sinclair
DATUM: 29. Juli 2021
BETREFF: Frage
VON: Amanda Bailey

Hallo, Louisa,
Oliver Menzies hat mich nach Strich und Faden abgezockt. Der scheißfalsche Fuffziger ist mir in den Rücken gefallen und hat einen Artikel über einen der beiden minderjährigen Engel von Alperton veröffentlicht, allein unter seinem Namen. Ich hatte das Interview für uns beide organisiert, die einzigen relevanten Fragen an dem Tag gestellt und sogar die verdammten Fotos gemacht. Ich koche innerlich.

Wie auch immer, jedenfalls hat er in seinem ursprünglich eingereichten Text was Entscheidendes verraten. Ihm ist nicht mal klar, wie bedeutsam das ist. Er erwähnte dort, dass für das Kind eine Form der Adoption gewählt wurde, bei der es von niemandem gefunden werden kann. Der *Watch* hat die Info durch einen Allgemeinplatz ersetzt, so was wie ›ist in seinem neuen Leben angekommen‹.

Warum hätten sie diese Info nicht veröffentlichen sollen? Außerdem haben sie keine weiteren Berichte oder Fotos folgen lassen. Ich habe das Gefühl, dass mir das etwas sagen sollte, aber was? Hast du eine Ahnung?
Amanda x

AN: Amanda Bailey
DATUM: 29. Juli 2021
BETREFF: Aw: Frage
VON: Louisa Sinclair

Hi,
LOL! Ich hätte nie gedacht, dass ausgerechnet Oliver Menzies dir mal eins auswischen würde, Amanda.

Gründe, weshalb der *Watch* dieses Detail weggelassen hat: Die einfachste Erklärung lautet, dass sie es nicht verifizieren konnten. Vielleicht gibt es auch eine Unterlassungsverfügung – vergiss nicht, die erste Regel einer Unterlassungsverfügung besteht darin, dass man keine Unterlassungsverfügung erwähnen darf –, aber könnte sich ein achtzehnjähriges Adoptivkind die Hunderttausende an Anwaltshonorar dafür leisten?

Es gibt noch einen weiteren möglichen Grund – sie halten die Füße still, während sie daran sind, die Story zu einem späteren Zeitpunkt richtig groß aufzumachen – vielleicht ist schon jemand für sie an dem Fall dran, versucht, das Kind zu finden, oder schreibt gerade eine Story darüber, dass es unauffindbar ist. Mit so einem kleinen Artikel wie dem von Oliver strecken sie erst mal die Fühler aus, um zu sehen, ob überhaupt Interesse besteht. Wie viele Klicks bekommt er, wie viele Kommentare, wie oft wird er geteilt. Dient als Anhaltspunkt, wie viel Ressourcen man dafür abzweigen soll.

Schau mal in die Kommentare unter dem Artikel. Es ist immer wieder überraschend, wie viele Leute mit Infos hinterm Berg halten, um sie dann anonym auf einer Nachrichtenseite zu verbreiten.
Louisa

WhatsApp-Nachrichten zwischen Oliver Menzies und mir, 30. Juli 2021:

Oliver Menzies
Ich fühl mich beschissen.

Amanda Bailey
Gut so. Was du gemacht hast, war auch beschissen.

Oliver Menzies
Nicht wegen der Jonah-Story. Wegen dieser Mediation mit dem durchgeknallten Rambo. Die haben versucht, mich als den Schuldigen hinzustellen. Sagten, ich würde einen tapferen Kriegshelden – Opfer einer posttraumatischen Belastungsstörung – nicht in Frieden lassen. Wollten eine Entschuldigung von mir, verdammt. Verdrehen sämtliche Tatsachen, diese Bastarde. Und du bist immer noch angepisst. Und ich werd immer noch jeden Tag um 4:44 Uhr geweckt.

Amanda Bailey
Glaub bloß nicht, ich hätte dir verziehen. Das wird NIE passieren.

Oliver Menzies
Oh, gut, da fühl ich mich doch gleich erheblich besser.

Amanda Bailey
Unter deinem Daily-Watch-Artikel steht ein interessanter Kommentar. Ich häng ihn dir hier dran 👇

Amanda Bailey
›Mein Onkel war bei der Polizei und hat erzählt, dass bei der Verhaftung von Gabriel merkwürdige Dinge passiert sind. Im einen Moment war er verletzt und im nächsten nicht mehr. Seine Wunden heilten von selbst. Keiner, der das gesehen hat, hat je wieder darüber gesprochen. Er sagte angeblich auch Sachen, die die Cops nicht verstanden, und dann passierte was, das dem Gesagten plötzlich Sinn verlieh, und alle brachen in Panik aus.‹

Oliver Menzies
Wo denn? Hab grad nachgeschaut und kann's nicht finden.

Amanda Bailey
Hast recht, der Kommentar ist verschwunden 😱 Ich hab ihn mir vor einer Stunde rauskopiert. Der Moderator muss ihn entfernt haben. Frag mich nur, warum.

Oliver Menzies
Ich hab's dir doch gesagt. Da ist irgendwas im Gange. Und es hat mit ihm zu tun.

Amanda Bailey
Das ist ein Mythos. Über andere berüchtigte Mörder hat man sich ähnliche Geschichten erzählt. Über Fred West vor allem. Viele aalglatte Mörder haben offenbar ein Gespür dafür, wann sie unbeobachtet sind. Sie greifen sich ihre Opfer am helllichten Tag, und keiner sieht sie.

Oliver Menzies
Pass mal auf. Was, wenn ein ›sechster Sinn‹ eine BIOLOGISCHE Eigenschaft von Psychopathen ist?

Amanda Bailey
Psychopathen mangelt es an Empathie. Wenn jemand vollkommen von psychischen oder irgendwelchen Arten von übersinnlichen Verbindungen abgeschnitten ist, dann ja wohl ein Psychopath.

Oliver Menzies
Stimmt, sie drücken ihre Emotionen nicht auf dieselbe Weise aus wie neurotypische Menschen. Dennoch besitzen sie ein unmittelbares Verständnis für das Verhalten empathischer Personen. Sie erkennen Liebe, Mitgefühl, Schuld und Verpflichtung, ohne diese komplexen Gefühle selbst zu verspüren. Sie verstehen, was andere zum Handeln treibt, und nutzen es entsprechend aus. Was, wenn dieser ›sechste Sinn‹ für das Verhalten anderer die ›Empathie‹ bei Psychopathen schlicht ersetzt? DAS ist doch eine wissenschaftliche Basis für etwas, das sich logisch sonst nicht erklären lässt.

Amanda Bailey
Bis wir jemanden als psychopathischen Mörder erkennen, hatte er jahrelang Zeit, im Umgang mit der Welt der Empathie Erfahrungen zu sammeln und seine Beobachtungsgabe ein Leben lang zu schulen und zu verfeinern.

Oliver Menzies
Das weiß ich selbst. Aber Gabriel ist anders. Genau das macht mir zu schaffen, Mandy. Verstehst du, die Begegnung mit Gabriel hat mir BEWIESEN, dass er etwas Besonderes an sich hat. Dass es Menschen und Ereignisse gibt, die sich einer rationalen Erklärung entziehen. Ich weiß, dass ich nicht dumm bin. Ich bin nicht leicht aufs Glatteis zu führen. Also muss da was dran sein. Wenn du ihn gesehen hättest, würdest du es verstehen.

Amanda Bailey
Nur dass er sich geweigert hat, mich zu sehen.

Um nach David Polneath zu fragen, habe ich eine E-Mail an die Pressestelle der Londoner Feuerwehr geschrieben. Jayden Hoyle antwortete wie folgt, 30. Juli 2021:

AN: Amanda Bailey
DATUM: 30. Juli 2021
BETREFF: Aw: Der verstorbene David Polneath
VON: Jayden Hoyle

Sehr geehrte Miss Bailey,
haben Sie vielen Dank für Ihre Nachricht in Bezug auf Mr David Polneath, der traurigerweise bei dem Brand am 27. Juli in Belgrade Mansions ums Leben gekommen ist. Dass Sie in ihm einen guten Freund und Kollegen verloren haben, mit dem Sie eine enge Zusammenarbeit verband, tut mir sehr leid.

Unglücklicherweise ist seine Wohnung weiterhin abgeriegelt und noch nicht von der Polizei freigegeben. Sie warten auf die Ergebnisse der Brandursachenermittlung, bei der geklärt wird, ob es sich um Brandstiftung handelte. Ich war selbst vor Ort und kann Ihnen bestätigen, dass weder Unterlagen noch elektronische Geräte gerettet werden konnten. Die gesamte Wohnung wurde vollständig durch den Feuersturm zerstört, der im Wohnzimmer begann. Begünstigt durch mehrere Flammensprünge und Luftzüge, die ihm einen direkten Weg vom Frontfenster bis zur Hintertür geebnet haben, tobte er durch alle Räume. Glücklicherweise waren die anderen Wohnungen des Hauses nicht betroffen. Was immer Mr Polneath Ihnen in Ihrem Auftrag übergeben wollte, ist leider für immer verloren.

Ich bedaure, Ihnen derzeit keine besseren Auskünfte geben zu können.

Mit freundlichen Grüßen,
Jayden Hoyle
Öffentlichkeitsarbeit
Feuerwehr London

WhatsApp-Nachrichten zwischen Ellie Cooper und mir, 30. Juli 2021:

Ellie Cooper
Alles in Ordnung, Mandy?

Amanda Bailey
Alles bestens. Danke dir, Ellie.

Ellie Cooper
Nur, weil du schon länger keine Transkription mehr angefragt hast. Bist du mit sämtlichen Interviews durch?

Amanda Bailey
Ich hab das richtige Kapitel eins noch nicht geschrieben. Arbeite gerade am dritten Entwurf. Sobald ich meinen Hammer-Einstieg hab, geht's mir bedeutend besser.

Amanda Bailey
Ich meine, es geht mir auch jetzt schon gut. Bin cool und entspannt. Kein Grund, sich Sorgen um mich zu machen.

Ellie Cooper
Ich MACHE mir aber Sorgen um dich. Ich weiß doch, wie hart du arbeitest. Aber du DARFST es auch ruhiger angehen.

Amanda Bailey
Es gibt noch einen Toten. Einen Amateurdetektiv, der sich schon seit Jahren mit den Engeln beschäftigt hat. Er hatte mir ganz am Anfang mal geschrieben, aber da hab ich noch versucht, das Kind zu finden, und ihn nicht beachtet. Als ich meinen Ansatz ändern musste, hab ich ihm geantwortet. Er hatte da so eine Theorie über eine Vertuschungsaktion, aber ich hatte keine Gelegenheit mehr, mit ihm zu sprechen. Er ist Dienstag bei einem Hausbrand ums Leben gekommen.

Ellie Cooper
Hat er mit Oliver gesprochen?

Amanda Bailey
Nein. Wenn da dunkle Mächte am Werk sind, dann verfolgen sie mich, nicht ihn 😱

Ellie Cooper
Sei vorsichtig, Mandy. Das ist wahrscheinlich alles nur Zufall, aber wenn man sich auf so was einlässt ... Musst du dieses Buch überhaupt schreiben? In deinem Alter könntest du doch tun, worauf du Lust hast. Lesen. Schreiben. Reisen. Einen netten Kerl finden und eine Familie gründen. Ich kling ja nur ungern wie eine alte Tante, aber bevor's zu spät ist ...

Amanda Bailey
Einen netten Kerl finden? Ich doch nicht. Bevor ich mit dem Projekt hier angefangen hab, hab ich jemandem den Laufpass gegeben.

Ellie Cooper
Den Laufpass gegeben? Klingt, als hättest du ihn gefeuert 😊

Amanda Bailey
🔫 Ich hab kein Vertrauen in Beziehungen. Bin erst glücklich, wenn ich mich nur um mich allein kümmern kann. Mit meinem Job verheiratet – so heißt es doch immer 😊

Amanda Bailey
In MEINEM Alter? Du verdammtes vorwitziges Küken 🤣 Für wie alt hältst du mich eigentlich?

Ellie Cooper
Na ja, mit deiner Tante Pat hast du dich vor 26 Jahren zerstritten. Wenn du damals so zwischen 16 und 20 warst, bist du heute zwischen 42 bis 46.

Amanda Bailey
Ich bin 38. Ich war 12, als ich freiwillig in Pflege ging und mit Tante Pat und dem Rest meiner Familie gebrochen hab.

Ellie Cooper
Großer Gott, Mandy. Das tut mir so leid. Das ist tragisch.

Amanda Bailey
Nein. Das ist das Beste, was ich je gemacht hab.

Aller guten Dinge sind drei? Erstes Kapitel, geschrieben am 30. Juli 2021:

Boten des Himmels

Von
Amanda Bailey

EINS

David Harris Polneath hatte sein Leben damit verbracht, eins und eins zu zwei zusammenzuzählen. Als Bilanzbuchhalter bei *[früheren Arbeitgeber rausfinden]* hatte er erst Kassenbücher gepflegt, dann Bilanztabellen und schließlich Buchhaltungssysteme, stets mit einer gleichbleibenden Liebe zum Detail. Als er im Juni 2019 im Alter von fünfundsechzig Jahren schließlich in Rente ging, hatte er allerdings nicht vor, mit der Arbeit aufzuhören. Denn David Polneath hatte ein Projekt. Es war mehr als ein Hobby. Die Hingabe an ein Thema, das ihn täglich um sechs Uhr aufstehen und gegen dreiundzwanzig Uhr zu Bett gehen ließ. Die Engel von Alperton.

Sechzehn Jahre zuvor war David von einer ganz bestimmten Nachrichtenmeldung mit einer Heftigkeit in den Bann gezogen worden, die über ein rein sensationslüsternes Interesse hinausging. Es begann mit vier Toten, zwei traumatisierten Jugendlichen und einem Baby in einem heruntergekommenen Lagerhaus im Nordwesten von London – und endete mit der grausigen Erkenntnis, dass eine kleine, aber zum Äußersten entschlossene mörderische Sekte fragile junge Menschen in ihre Fänge bekommen hatte, direkt vor den Augen der Jugendämter.

Solange er Tag für Tag aufgestanden und zur Arbeit gegangen war, hatte David seine Empfindungen im Zaum halten können. Die Arbeit brachte Ordnung in seine Gedanken, die Routine war tröstlich. Er konnte die Engel und die Erinnerungen, die sie in ihm wachriefen, beiseiteschieben. Das Dunkel, das drohte, in ihm aufzusteigen und ihn zu ersticken. Nun aber war er bereit, sein eigenes Trauma zu nutzen, um bei der Lösung eines Falls zu helfen, der für gewöhnliche Menschen schlicht unberechenbar schien. Denn um zu verstehen, wie den Engeln von Alperton gelungen war, was ihnen gelungen war, musste man in Davids Augen selbst ein fragiler junger Mensch gewesen sein. Was auf ihn zutraf.

Ich lernte David kennen, als ich mit meinen eigenen Recherchen zu diesem mysteriösen Fall begann. Von Anfang an stellten mich Zeugenberichte, die alle gleichermaßen glaubwürdig waren, sich aber gegenseitig grundlegend widersprachen, vor ein Rätsel. Mehr noch, oft unterschieden sich diese Berichte in Bezug auf Tatsachen, bei denen sich normalerweise niemand irrt, nicht einmal vierzig Jahre später, geschweige denn achtzehn. Eine Zeugin erinnert sich, dass eine der Schlüsselfiguren ein Messer hervorgezogen und gedroht hätte, einen Säugling zu töten. Eine andere, die ebenfalls vor Ort war, beobachtete nichts dergleichen.

Ich begriff schnell, warum David so fasziniert von den Engeln von Alperton war. Was als Versuch begonnen hatte, seine eigenen Dämonen zu bannen, verwandelte sich allmählich in etwas vollkommen Unerwartetes. Zum ersten Mal in Davids Leben ergaben eins und eins nicht mehr zwei. Daten, Namen, Orte, Zeiten. Fakten. Seine Schlussfolgerung war so verstörend wie kurz: Es war etwas vertuscht worden, verschleiert mit Nebelkerzen, die selbst heute noch brannten. Und David schwor, dass er dem auf den Grund gehen würde.

—

In den frühen Morgenstunden des 28. Juli *[exakte Uhrzeit rausfinden]* wurde die Feuerwehr zu einer in hellen Flammen stehenden Wohnung gerufen. Der Brand hatte im Wohnzimmer begonnen, sich dank einer Abfolge von Feuersprüngen und Luftzügen von einem Ende der Wohnung zum anderen gefressen und dabei alles, was ihm in den Weg geriet, vernichtet. Dokumente, Aufzeichnungen, Computer, Notizen. Nichts von den zweijährigen akribischen Ermittlungen des Bewohners war mehr übrig. Was hatte er herausgefunden, was nun für immer verloren war? Ich verwünschte mich dafür, dass ich ein Treffen mit David hinausgeschoben hatte, um zuerst sämtliche Interviews mit direkt in den Fall involvierten Zeugen abzuschließen. Ich beklagte die Tragödie, die über ihn hereingebrochen war, doch tief in meinem Innern nagte der Verdacht, dass es sich nicht um ein Unglück gehandelt hatte.

Eine Untersuchung ergab, dass das Feuer seinen Anfang an einer überlasteten Steckdose genommen hatte. Niemand wurde dafür verantwortlich gemacht, und man gab der Erleichterung Ausdruck, dass der Brand nicht auf die umliegenden Wohnungen übergesprungen war. Davids Leiche wurde anhand der zahnärztlichen Unterlagen identifiziert. Einer der wenigen Umstände seines Todes, bei dem eins und eins doch noch einmal zwei ergab.

5

Je näher ich komme,
desto weiter scheine ich
mich zu entfernen

WhatsApp-Nachrichten zwischen Don Makepeace, DCS im Ruhestand, und mir, 30. Juli 2021:

Don Makepeace
Ich lade Sie zum Essen ein. Bei Quaglino's um eins. Don.

Amanda Bailey
Heute? 😳 Welchem Umstand verdanke ich die Ehre?

Don Makepeace
Das heißt Ja?

Amanda Bailey
Worauf Sie wetten können!

WhatsApp-Nachrichten zwischen mir und Ellie Cooper, 30. Juli 2021:

Amanda Bailey
Don Makepeace hat mich zum Mittagessen bei Quaglino's eingeladen.

Ellie Cooper
Mjam-mjam! Schick mir die Audiodatei, wenn du so weit bist.

Amanda Bailey
Wollte dir nur Bescheid sagen, für den Fall. Damit du weißt, wo ich bin.

Ellie Cooper
Okay.

Treffen mit Don Makepeace, DCS im Ruhestand, bei Quaglino's, 30. Juli 2021. Transkribiert von Ellie Cooper.

[Anders als sonst, wenn du dich mit Don triffst, tauscht ihr weder Klatsch noch Tratsch aus, bevor ihr zur Sache kommt. EC]

AB: Don, als wir uns damals im Juni trafen, wussten Sie da schon, dass ich keine Chance hatte, das Kind zu finden?

DM: Ich hab so was vermutet.

AB: Warum haben Sie nichts gesagt?

DM: Ich habe Sie gewarnt, vorsichtig zu sein. Ich kenne die komplexen Details dieses Falls nicht, aber ich weiß, *dass* sie komplex sind.

AB: Fünf Menschen, die mit diesem Fall zu tun hatten, sind vorzeitig ums Leben gekommen. *[Lange Pause. EC]*

DM: Die meisten von uns können eine Geschichte erzählen. *Die* Geschichte. Bei der irgendwas einfach nicht so richtig zusammenpasst. Und jetzt möchte ich Ihnen meine erzählen.

AB: Nur zu.

DM: Vor einer halben Ewigkeit war ich als junger Verkehrspolizist am Rand von Hillingdon im Einsatz. Während einer Nachtschicht wurden mein Kollege und ich zu einem Unfall auf der M40 gerufen. Bei unserer Ankunft trafen wir ein völlig aufgelöstes Pärchen an, dessen Wagen auf der Pannenspur stand. Sie suchten etwas. Wir bekamen bald heraus, dass die beiden nicht den Unfall gehabt hatten, sondern nur Zeugen waren. Damals gab es auf dem Mittelstreifen zwischen den Fahrspuren noch keine Barrieren. Jedenfalls, das Pärchen war seines Wegs gefahren, als ihm plötzlich aus der Gegenrichtung ein außer Kontrolle geratenes Auto entgegenkam und sie zu einer Vollbremsung zwang. Der Geisterfahrerwagen flog von der Straße, die Böschung hinab und in dichtes Gestrüpp. Selbst mit unsern Polizeitaschenlampen konnte man in dem Dickicht nichts erkennen. Das Pärchen war außer sich bei der Vorstellung, die Insassen könnten, womöglich verletzt, in ihrem Wagen eingeschlossen sein, also forderte ich Verstärkung an. Am Ende waren es sechs Streifenwagen, eine Ambulanz, zwölf Beamte und schließlich der Polizeihubschrauber mit Flutlicht. Wir kehrten in diesem Stück Unterholz mehrmals das Unterste zuoberst. Kein Auto. Das Pärchen bestand darauf, dazubleiben und bei der Suche zu helfen, und das kann ich einfach nicht vergessen. Ihre Bestürzung, die Details ihrer Angaben. Der Wagen sei ein senfgelber Mini Clubman mit einem grünen Streifen oben über der Windschutzscheibe gewesen, was damals als Sonnenblende weit verbreitet war. Hinterm Steuer das versteinerte Gesicht eines jungen Mannes. Ein Aufkleber des Windsor Safari Parks auf dem Fenster der Beifahrerseite. Saßen vielleicht Kinder im Auto? Die Suche blieb jedenfalls erfolglos. Bei Tagesanbruch mussten wir abbrechen und dem Pärchen mitteilen, dass sie sich geirrt hatten. Vermutlich waren sie müde gewesen, und die grellen Scheinwerfer auf der Gegenfahrbahn hatten sie kurz geblendet. Es hatte den Anschein gehabt, als wäre ihnen ein Wagen frontal entgegengekommen, aber das war nur eine optische Illusion gewesen. Widerstrebend fuhren sie davon. Aber ich konnte sie nicht vergessen. Etwa eine Woche später hatte ich Tagschicht. An dem Tag war nichts los, also beschloss ich, noch mal an der Stelle vorbeizufahren und ein letztes Mal nachzusehen. Ich durchkämmte erneut das Gebiet, das wir abgesucht hatten, ohne etwas zu finden. Dann aber machte ich unter der Brücke weiter, die Straße entlang, ein Stück von der Stelle weg, wo das Pärchen den Wagen gesehen haben wollte. Ich war noch nicht weit gekommen, als ich tief im Unterholz eine verchromte Stoßstange entdeckte. Ums kurz zu machen, es war *tatsächlich* ein senfgelber Mini Clubman mit grüner Sonnenblende und einem Aufkleber des Windsor Safari Parks von der Straße abgekommen. Der Fahrer wurde am Fundort für tot erklärt. Ein junger Mann von einundzwanzig Jahren in seinem ersten Auto. Getötet durch den Aufprall auf einem Baum. *[Boah, was für eine Geschichte. Kein Wunder, dass ihr beide erst mal tief Luft holt. EC]*

AB: Wow. Wenn Sie nicht so ein Gefühl gehabt hätten und an die Stelle zurückgekehrt wären, wäre der Mann nie gefunden worden. Das geht an die Nieren, Don.

DM: Dabei ist das noch gar nicht die Geschichte, Amanda. Vergessen Sie nicht, ich hatte mich eine gute Viertelmeile von der Stelle fortbewegt, wo das Pärchen gesehen hatte, wie ein Wagen von der Straße abkommt. Der Wagen, den ich fand, hatte seit sechs Monaten dort im Unterholz gelegen. Die Leiche darin war bereits skelettiert. *[Mir läuft's eiskalt den Rücken runter. EC]* Keiner hat den Unfall bemerkt, als er passierte. Der junge Mann war allein vom Besuch bei einem Freund nach Hause gefahren und wurde, als er dort nicht ankam, als vermisst gemeldet. Seine Eltern waren verzweifelt. War er umgebracht worden, hatte er sich das Leben genommen, oder war er einfach abgehauen? Das war kein Happy End. Aber zumindest konnten sie nun damit abschließen.

AB: Wie wurde diese zeitliche Diskrepanz erklärt?

DM: Gewisse Kollegen witzelten, der Geist des jungen Mannes hätte den Unfall noch einmal inszeniert, damit seine Leiche gefunden wird. Aber ich habe es als reinen Zufall verbucht. Zeugen irren sich oft bei dem, was sie gesehen haben, und in diesem Fall war das eben zufällig in der Nähe eines früheren, ähnlichen Unfalls gewesen, mit einem weitverbreiteten Auto in einer weitverbreiteten Farbe und damals beliebten Aufklebern. Trotzdem habe ich den Fall nie vergessen, und kurz bevor ich die Truppe verließ, habe ich mir die Akten dazu noch einmal vorgenommen. Ich hoffte, im Licht der Erfahrungen eines langen Berufslebens auf diesen wenigen Seiten eine Erklärung für die Zeitdifferenz zu finden. Den Beweis, dass ich recht gehabt hatte und dass an der Sache nichts Übernatürliches dran gewesen war. Und in der Tat. Ich stieß auf etwas, das mir damals entgangen war.

AB: Und zwar?

DM: Das Transkript des Notrufs, der meinen Kollegen und mich zum Unfallort gerufen hatte. Der war überhaupt nicht von dem Pärchen gekommen, das den Unfall bezeugt hatte. Sondern von einer Telefonzelle direkt hinter der nächsten Autobahnausfahrt. Das war lange vor den ersten Mobiltelefonen. Der Anrufer hatte gesehen, wie ein gelber Mini Clubman von der Fahrbahn abgekommen und in die Böschung gerauscht ist. Er sagte, ein zweiter Wagen hätte eine Vollbremsung hinlegen und am Pannenstreifen halten müssen. Daraus seien zwei Leute ausgestiegen, um zu helfen. Dieser Fahrer hatte sich richtig verhalten, war bei der ersten Ausfahrt rausgefahren, hatte eine Telefonzelle gesucht, den Unfall gemeldet und war dann weitergefahren. Doch der Anruf bedeutet, dass sich das Pärchen *nicht geirrt hat*, Amanda. Jemand anders hat den Unfall, den sie bezeugt haben, auch gesehen, *sechs Monate nachdem* er passiert war.

AB: Wow. Das ist …

DM: Ein Beweis dafür … dass es manchmal einfach *keine* logische Erklärung gibt. Vielleicht sollte jeder Mensch einmal im Leben eine derartige Erfahrung machen. Und das Beste, was man dann tun kann, ist, sich verdammt noch mal davon *fernzuhalten. [Da ist was in seiner Stimme, Mandy. Jedenfalls überspringe ich nun ein gestelztes Gespräch über eure Vorspeisen. Ihr habt Jakobsmuscheln mit alten Tomatensorten. Ab hier wird es wieder interessant. EC]*

AB: Ich mache mir Sorgen um einen Kollegen, der dabei ist, sich von Gabriel Angelis bezirzen zu lassen.

DM: Oliver Menzies? *[Er lacht bei dem Gedanken. EC]* Tja, wenn ihm Flügel wachsen und er anfängt, sich als Erzengel zu bezeichnen, wissen Sie wenigstens, warum.

AB: Haben Sie sich kürzlich auch mal mit *ihm* getroffen? *Ihm* die Geschichte mit dem gelben Mini Clubman erzählt?

DM: Nein. Das ist nicht nötig, Amanda.

AB: Warum denn nicht?

DM: Weil er nicht so ist wie Sie, *[er senkt die Stimme. EC]* bei ihm ist nicht davon auszugehen, dass er den Leuten zu nahekommt, die wollen, dass Stillschweigen über das alles bewahrt wird. *Er* ist also nicht in Gefahr. Bitte nehmen Sie sich das zu Herzen. *[Ich hoffe, ich sage jetzt nichts Unpassendes, Mandy. Aber meinst du, du könntest vielleicht auf ihn hören? Alles Weitere habe ich übergangen, weil es mir nicht mehr so wichtig erscheint wie das Obenstehende. EC]*

WhatsApp-Nachrichten zwischen mir und der True-Crime-Autorin Minnie Davis, 30. Juli 2021:

Amanda Bailey
Hallo, Minnie! Wie geht's, wie steht's?

Minnie Davis
Hallo, Supergirl! 🌎 Sonne mich in meinem Ruhm. Feedback von Pippa: solide Abhandlung der Verbrechen plus dunkle, unkonventionelle Aspekte. Genau das richtige Buch, um *Eclipse* vom Stapel zu lassen. Puh!

Amanda Bailey
Großartig! Wirklich toll gemacht. Übrigens wollte ich dich um einen Gefallen bitten. Könntest du für mich Kontakt zu jemandem aufnehmen? Muss meinen Namen möglichst raushalten, wenn's um diesen Fall geht. Könnte natürlich eine falsche Identität annehmen, aber ohne plausiblen Hintergrund würde das sofort die Alarmglocken schrillen lassen.

Minnie Davis
Verstehe. Was genau brauchst du?

Amanda Bailey
Es gibt da ein junges Mädchen, das kurz eine Privatschule besucht hat. Ich muss rauskriegen, von welcher Schule sie ursprünglich gekommen ist.

Minnie Davis
Und auf Facebook, Twitter, Instagram?

Amanda Bailey
Nichts. Überhaupt keine Präsenz in den Sozialen Medien. Hat seitdem wahrscheinlich ihren Namen geändert. Damals hieß sie Rowley Wild.

Minnie Davis
Überlass das mir, Supergirl! 😘

WhatsApp-Nachrichten zwischen mir und Oliver Menzies, 30. Juli 2021:

Amanda Bailey
SOFORT DAS WICHSEN EINSTELLEN! Hey, wie geht's denn so?

Oliver Menzies
Hab zu tun.

Amanda Bailey
Sollen wir uns treffen? Über den Fall plaudern etc.?

Oliver Menzies
Nein.

Amanda Bailey
Komm schon! Mein Lächeln und meine von Herzen kommende Unterstützung fehlen dir doch bestimmt.

Oliver Menzies
👻

E-Mail von Paul Cole, spiritueller Berater, an Oliver Menzies, 30. Juli 2021:

AN: Oliver Menzies
DATUM: 30. Juli 2021
BETREFF: Wie geht es Ihnen?
VON: Paul Cole

Lieber Oliver,
ich habe eine Weile nichts von Ihnen gehört und hoffe, es geht Ihnen gut.

Wir haben bereits einmal über Träume gesprochen und darüber, wie sie uns mit unserem anderen Leben verbinden. Selbst bei flüchtigen Träumen können wir diesen Pfad für Frieden und Heilung nutzen. Kunst kann unser Bewusstsein auf eine höhere Ebene transportieren. Nutzen Sie Musik, um in andere Stimmung zu kommen? Ein Lieblingssong, das Eintauchen in die Blase der Musikempfehlungen Ihres Streamingdienstes … all das kann helfen, Ängste zu mindern und den Geist zu erfrischen.

Den Klienten meiner Beratungen empfehle ich oft, ihre Kreativität zu erforschen. Ihre örtliche Volksschule bietet bestimmt Kunstkurse an. Sie könnten Ihre Geschichte aufschreiben oder, falls Sie musikalisch sind, versuchen, Ihren eigenen Song zu komponieren. Und schließlich kann es erhebend und stärkend wirken, auszugehen und unter Leute zu kommen, alleine oder mit Freunden. Nicht selten fordere ich mich dazu heraus, zu jeder Einladung, die ich erhalte, ›Ja‹ zu sagen.

Viele Menschen, mit denen ich gearbeitet habe, empfanden die genannten Methoden als hilfreich, um ihre niedergedrückte Stimmung zu überwinden. Bitte zögern Sie nicht, sich, wann immer Sie wollen, an mich zu wenden.
Paul

Videocall-Interview mit Sabrina Emanuel, Sozialarbeiterin im Ruhestand, 30. Juli 2021. Transkribiert von Ellie Cooper.

AB: Ellie, ich interviewe jetzt Sabrina Emanuel, eine Sozialarbeiterin im Ruhestand. Sie ist eine wunderbare alte Dame, und wir kennen uns schon sehr lange. Ich wollte bereits früher mit ihr über das Kind sprechen, doch sie war mit ihrem Umzug ins Ausland beschäftigt. Vielleicht erinnert sie sich an etwas. Du kannst alles überspringen, was für die Engel nicht relevant ist. *[Ich überspringe euer Gespräch über ihren Umzug nach Portugal, das Wetter, den Strand, die lauen Abende … EC]*

AB: Ich habe mich nie richtig bei dir für alles bedankt, was du damals für mich getan hast.

SE: Brauchst du auch nicht. Du bist eine Erfolgsgeschichte, an die ich oft zurückdenke.

AB: Ich bin eine *Erfolgs*geschichte?

SE: Aber ja! Natürlich.

AB: Der reizende junge Mann, dem ich gerade den Laufpass gegeben habe, könnte da anderer Meinung sein.

SE: Was ist passiert? Erzähl.

AB: Ach, ich weiß auch nicht. Die Anstrengenden kann ich nicht leiden, und den Netten vertraue ich nicht.

SE: Du vertraust dir selbst nicht, Süße. Vielleicht vertraust du einfach nicht darauf, dass auch in deinem Leben mal was gut geht. Aber das wird es. Wenn du dem Richtigen begegnest, wirst du's schon wissen.

AB: Ach, Sabrina, ich fürchte, dem bin ich schon vor Jahren begegnet. Ich hab mal etwas für jemanden *empfunden*, wie du das wohl nennen würdest, aber dann hat er was gemacht, wonach ich ihm nie wieder vertrauen konnte. Mit der Zeit wurde mir klar, dass die Sache auch mein Vertrauen in alle anderen zerstört hat. Das kann ich ihm bis heute nicht verzeihen. Nicht, bevor er nicht genauso viel verloren hat wie ich. *[Ich über-*

springe ihren Rat, dass du lernen solltest, loszulassen und anderen zu vertrauen. Du wirkst ziemlich aufgewühlt, Mandy. Von wem sprichst du da? Du unterbrichst die Aufnahme und schaltest später wieder ein. EC]

SE: Oh ja, ich erinnere mich an Holly. Meine Kollegin kümmerte sich um sie, als sie Gabriel gerade entwischt war. Sie war wie du: eine junge Frau, die ihr Leben in die eigene Hand nimmt, weil niemand sonst für sie da sein will.

AB: Um ehrlich zu sein, geht mir einiges von dem Material ein bisschen … *[Lange Pause. EC]*

SE: Zu nahe?

AB: Zu nahe. In jedem Sinne! Wie du weißt.

SE: Dann verstehst du ja, wieso Holly von all diesen Erwachsenen, die sie im Stich gelassen hatten, wegwollte.

AB: Allerdings. Ich hatte Glück. Ich bin nie einem Gabriel über den Weg gelaufen. Wie ist es weitergegangen mit Holly? Man hat mir gesagt, die Familie hätte sie wieder aufgenommen.

SE: Die Familie? Na ja, schon. Als Gabriel sie in die Fänge bekam, wurde sie nicht vom Jugendamt betreut, also ist sie zu ihrer Mutter zurückgegangen. Sie besuchte das College. Sie hat es schließlich geschafft, Amanda. Meine Freundin hat erfahren, dass sie sich zur Sozialarbeiterin ausbilden lassen wollte. Immer wieder hat sie unter den Kolleginnen und Kollegen nach Hollys Namen Ausschau gehalten, ihn aber nie entdeckt. Vielleicht kam sie ja zu dem Schluss, dass es doch nichts für sie ist.

AB: Und das Kind?

SE: An ein Kind kann meine Freundin sich nicht erinnern.

AB: Wäre es denkbar, dass deine Kollegin gar nicht gesagt bekam, dass man Holly ein Baby weggenommen hatte?

SE: Das hätte man ihr *unbedingt* gesagt. So was wäre viel zu wichtig für Hollys mentalen und emotionalen Zustand gewesen.

AB: Genau. *[Lange Pause. EC]* Sabrina, weißt du noch, wann genau das alles war? Als du – ich meine, als deine Freundin sich um Holly gekümmert hat?

SE: Ja, das weiß ich noch genau. In dem Jahr habe ich geheiratet. Das war 1991. Nicht allzu lange nachdem wir beide uns kennengelernt haben.

AB: Die Geschichte mit den Engeln von Alperton ist 2003 passiert. *[Den Rest eures Gesprächs überspringe ich. Aber ich hätte da ein paar Ideen. Schreib dir eine Nachricht. EC]*

WhatsApp-Nachrichten zwischen Ellie Cooper und mir, 1. August 2021:

Ellie Cooper
Es gibt zwei Hollys.

Amanda Bailey
Morgen. Grad erst aufgewacht.

Ellie Cooper
Gabriel hat sich Anfang der 90er an das eine Mädchen rangemacht und Anfang der 2000er an das andere. Er hat sie beide ›Holly‹ genannt.

Ellie Cooper
Für die erste Holly ist die Sache deutlich besser ausgegangen. Sie stand nicht so lange unter Gabriels Einfluss, bekam kein Baby und wurde befreit oder ist selbst abgehauen. Die ZWEITE Holly hatte nicht so viel Glück. Sie bekam ein Baby und geriet mitten in das Blutbad der Engel von Alperton. Das ist die Holly, nach der wir suchen.

Amanda Bailey
Gute Arbeit! Gut gemacht 😊

Ellie Cooper
Das wusstest du schon?

Amanda Bailey
Als die Daten und Zeiten nicht zusammenpassen wollten, hab ich eins und eins zusammengezählt. Allerdings will ich nicht, dass Oliver das auch schon spitzkriegt 🤫

E-Mail von Oliver Menzies an Paul Cole, spiritueller Berater, 31. Juli 2021:

AN: Paul Cole
DATUM: 31. Juli 2021
BETREFF: Aufgepasst
VON: Oliver Menzies

Das ist eine Riesensache, und ich bin der Einzige, der es sehen kann. Die meisten Menschen können das nicht verstehen, aber Sie, Paul, vielleicht. Passen Sie auf:

Ein Wandel steht bevor. Seit einem Jahrhundert oder länger schon weisen Kunst, Literatur und Musik darauf hin. Boten im wahrsten Sinne des Wortes sind zu uns auf die Erde herabgekommen, um uns zu warnen, in Gestalt von Musikern, Malern und Schriftstellern. Und jetzt ist die Zeit da, vor der sie uns gewarnt haben. Gabriel war die letzte Chance, die wir zu unserer Rettung noch hatten, und wir haben ihn im Stich gelassen. Der Antichrist ist entkommen. Doch der Einzige, der über eine Verbindung zur anderen Seite verfügt, sitzt im Gefängnis. Niemand kann es jetzt noch aufhalten.

Verstehen Sie denn nicht, Paul? Die Engel von Alperton hatten recht. Der Antichrist ist hier.
Oliver

WhatsApp-Nachrichten zwischen der True-Crime-Autorin Minnie Davis und mir, 1. August 2021:

Minnie Davis
Hallo, Supergirl! Mission erfüllt. Rowley Wild kam von der Gordonstoun an die Notting Hill & Ealing High School.

Amanda Bailey
Gordonstoun? Elitärer geht's nicht mehr.

Minnie Davis
Prince Charles, Prince Andrew, Prince Edward, Balthazar Getty ... Das Institut der Wahl für Adelige und alle, die das Geld und den Wunsch haben, sich darunterzumischen.

Amanda Bailey
Hast du auch rausgefunden, warum sie die Schule verlassen hat und wann?

Minnie Davis
Sie war von September 2001 bis Mai 2003 dort. Dann heißt es ›Schulwechsel‹. Eine höfliche Umschreibung für ›Eltern können das Schulgeld nicht aufbringen‹, würde ich sagen.

Amanda Bailey
Rowley wird also von ihrem exklusiven Eliteinternat in Schottland genommen und auf eine stinknormale Privatschule in London geschickt, kurz vor Ende des Sommerhalbjahrs.

Minnie Davis
Die Eltern sind nicht völlig pleite. Haben halt nur noch ein paar Millionen übrig.

Amanda Bailey
Ihre familiäre Situation war traumatisch, und dann musste sie auch noch in einer neuen Schule zurechtkommen. Das war bestimmt der letzte Tropfen.

Minnie Davis
Willst du mal was Interessantes wissen? Rowley Wild taucht in den Unterlagen in Anführungszeichen auf. ›Rowley Wild‹. Ich hab da ein paar Ideen, wie ich vielleicht noch mehr rausfinden kann. Mal schauen 🤞

Eine E-Mail aus heiterem Himmel von Ross Tate, ehemaliger Gefängnisinsasse, 1. August 2021:

AN: Amanda Bailey
DATUM: 1. August 2021
BETREFF: Wandsworth
VON: Ross Tate

Sehr geehrte Mrs Bailey,
ein Typ namens David Polneath hatte mich gebeten, Ihnen zu schreiben. Allerdings antwortet er mir momentan nicht mehr, weshalb ich mir nicht ganz sicher bin, was genau das soll. Jedenfalls melde ich mich jetzt hiermit bei Ihnen.

David will, dass ich Ihnen von meiner Zeit im Knast mit Gabriel Angelis erzähle, so wie ich's ihm erzählt habe, als er bei mir war. 2002 war ich in Wandsworth. Hab acht Monate gesessen, wegen Geldwäsche, aber da hat mich mein Boss übers Ohr gehauen. Wir Kleinkriminellen halten im Knast zusammen, weshalb ich Gabriel da drin ganz gut kennengelernt habe.

Sind Sie ihm mal begegnet? Er ist anders. Hat was an sich, das ich Ihnen nicht beschreiben kann. Nichts Schlimmes. Ist in seinen Augen. Wenn er mit einem spricht, bleibt die ganze Welt stehen. Er hört einem zu, als würde er *wirklich* wissen wollen, was man zu sagen hat. Man spürt, dass er alles über einen weiß. Und er gibt einem Ratschläge, als kämen sie direkt aus seinem Herzen.

Ich bin nicht schwul. Hab auch im Knast nicht die Seiten gewechselt, trotzdem wollte ich so viel Zeit wie möglich mit Gabriel verbringen. Und damit war ich nicht allein. Sobald die Türen für die Gemeinschaftsstunden aufgingen, sind wir alle scharenweise von unseren Zellen in seine rüber. Wir haben ihm gelauscht, als wäre er unser Messias. Ich bin nicht gläubig, aber anders kann ich es nicht beschreiben. Ich gebe zu, dass es einen gewissen Wettbewerb um seine Nähe gab. Ist ja nur natürlich, nicht wahr? Wenn mehrere Männer auf einem Haufen sind, gibt's doch immer Wettbewerb, oder?

Aber auf einmal hatte Gabriel nicht mehr so viel Zeit für uns. Seine Zellentür blieb zu, und er ist auch nicht mehr oft rausgekommen. Später habe ich rausgekriegt, dass sich zwei neue Insassen bei ihm eingeschleimt haben. Sind beide verknackt worden, weil sie Computerzubehör vom Lagerhaus einer PC-Zeitschrift in die eigene Garage abgezweigt und weiterverkauft hatten. Die haben Gabriel kennengelernt, und plötzlich war der Rest von uns nicht mehr willkommen. Damit will ich nicht sagen, dass das falsch war, aber so war's nun mal, okay? Die drei waren die dicksten Kumpels. Die beiden anderen waren Dominic Jones und Alan Morgan. Die zwei Engel, die in Alperton ums Leben gekommen sind. Im Nachhinein denke ich mir, dass das alles damals angefangen haben muss.

Ich und die andern Jungs hatten keine Ahnung, ob Gabriel was in den beiden sah und den Rest von uns nicht dabeihaben wollte oder ob die was in ihm sahen und ihn für sich allein haben wollten. Ist mir ein Rätsel. David hat es eine ›Dynamik‹ genannt, zwischen Gabriel und den beiden Typen.

Was ich aber weiß: Gabriel hat nur bestimmten Menschen erzählt, dass sie Engel wären. Jetzt hör ich Sie lachen, Mrs Bailey, weil's im Knast keine Engel gibt, stimmt's? Ich hab mir nie wirklich Gedanken darüber gemacht, warum er manche Menschen auf diese Art ausgewählt hat. David sagt, das wären die Wehrlosen. Gabriel hätte ein Gespür dafür, wen er am ehesten in seinen Bann ziehen kann.

Ich weiß nur, dass er mir nie gesagt hat, ich wäre ein Engel. Aber wenn er's mir gesagt hätte, ich hätte es ihm geglaubt. Ich hätte alles geglaubt, was dieser Mann sagt.

Wenn Sie was von David hören, tun Sie mir den Gefallen und sagen mir Bescheid?
Mit freundlichen Grüßen,
Ross Tate

WhatsApp-Nachrichten zwischen Oliver Menzies und mir, am Morgen des 1. August 2021:

Oliver Menzies
Okay. Das ist eine Riesensache.

Amanda Bailey
Hm?

Oliver Menzies
Der Fall der Engel von Alperton. Das RÄTSEL um die Engel von Alperton. Das hat damals keiner begriffen. Die Menschen sind blind dafür. Ich weiß – ich war einst selbst blind dafür. Aber in den letzten Wochen habe ich ein paar Dinge rausgefunden, die alles erklären. Und ich bin viel tiefer darin verstrickt, als mir je klar war.

Amanda Bailey
Meinst du deinen durchgeknallten Rambo?

Oliver Menzies
Nein, nein. Der ist harmlos. Ich habe ihn nach dieser Mediationstortur angerufen. Mich entschuldigt. Er ist okay. Richtig nett sogar. Wir gehen mal was zusammen trinken. Er ruft mich nicht jeden Morgen an.

Amanda Bailey
Endlich kriegst du ein bisschen Schlaf, das ist gut.

Oliver Menzies
SIE rufen mich jeden Morgen um 4:44 Uhr an. Das ist ein Zeichen dafür, dass sie auf dem Posten sind.

Amanda Bailey
Vergiss nicht, was Jo gesagt hat. Leg den Schwerpunkt auf alle mysteriösen Anomalien, aber überlass es den Leserinnen, den Bezug zum Jenseits herzustellen 👻

WhatsApp-Nachrichten zwischen mir und Oliver Menzies, später am 1. August 2021:

Amanda Bailey
Suche gerade nach popkulturellen Referenzen auf die Engel von Alperton. Was war das für ein Ibiza-Sound, den du neulich mal erwähnt hast?

Oliver Menzies
›Starz‹ von Widmore & Schmoozy. Granatensong und tolle Lyrics.

Amanda Bailey
Danke. Ich hör's mir gleich mal an.

Amanda Bailey
Du weißt nicht, wo der Mond ist, solange du nicht in den Himmel blickst. Du weißt nicht, wo deine Flügel sind, solange du nicht fällst und fliegen musst.

Oliver Menzies
Hammermäßiger Text, sag ich doch.

Amanda Bailey
Nur schade, dass das alles ist. Allein in diesem Remix wird es an die 400-mal wiederholt 😱

Oliver Menzies
Musikbanausin. Songwriter und Musiker besitzen eine unbewusste Verbindung zur anderen Seite. Weiß ich von einem Experten und durch eigene Recherchen. Du musst nur zuhören. Richtig zuhören.

Amanda Bailey
👂

Oliver Menzies
Ich mein's ernst. Mozart, Beethoven und Bellini waren alles Wunderkinder. John Lennon und Paul McCartney waren im Grunde noch Kinder, als sie schon Musik machten, die viele künftige Generationen beeinflussen sollte.

Amanda Bailey
Stimmt. Als sie ›Eleanor Rigby‹ schrieben, waren sie noch Teenager. Ein Song über Einsamkeit am Lebensende 👻

Oliver Menzies
Ich hab gelesen, dass jedes Mal, wenn wir auf Erden geboren werden, die Verbindung zu unserem vorherigen Leben nur allmählich verblasst. Daher können wir in der Jugend das Leben in seiner Gesamtheit mit einer Intensität erfassen und verstehen, die wir mit zunehmenden eigenen Erfahrungen verlieren. Weshalb junge Menschen so berührend über das Lebensende schreiben können.

Amanda Bailey
Wow. So habe ich darüber noch nie nachgedacht.

Oliver Menzies
Das ist noch nicht alles. Pass auf. Es gibt Musik, die die Zukunft der Musik buchstäblich vorhersagt. Tago Mago von CAN. Das Album ist von 1971. Als würde man ein Handy auf einem Monet sehen. Einfach irre.

Oliver Menzies
Aber weißt du, wer wirklich interessant ist? Vangelis – sein Name bedeutet wortwörtlich ›ein Engel‹. Ich hab sein Werk den ganzen Tag über auf Endlosschleife. Er ist ein Bote. Anfang der 70er war er in einer Band namens *The Four Horsemen*. Von denen gibt's einen Song, der ›Aphrodite's Child‹ heißt. Hör's dir einfach mal an, Mandy. Da geht es um HEUTE. 1972 haben sie ein Album mit dem Titel 666 rausgebracht – das ist die Zahl, die in der Offenbarung des Johannes 13,18 erwähnt wird. Das Ungeheuer.

Amanda Bailey
Wer hat dich zu diesen Schlussfolgerungen gebracht? Gabriel?

Oliver Menzies
💩 Meine Briefe sind zurückgekommen, alle nicht zugestellt. Gestempelt als unzulässige Korrespondenz. Der Anstaltsleiter hat mich benutzt, Mandy. Wollte nur wissen, ob Gabriel ein Geständnis ablegen würde oder ein Wiederaufnahmeverfahren anstrengen will. Witzlos.

Amanda Bailey
Und wo hast du die ganzen Informationen dann her?

Oliver Menzies
Ich sagte doch, ich stehe in Kontakt mit einem Experten.

Amanda Bailey
Das ist jetzt aber nicht dieser spirituelle Berater, der sich zuerst an MICH gewandt hat, oder? Paul Cole?

Oliver Menzies
Ein faszinierender Mann. Eines Tages zeige ich dir seine Mails. Ich folge ihm nicht blindlings, ich überprüfe alles, was er schreibt. Verstehst du, es ist ja nicht nur die Musik. Bevor die Musik zu einer treibenden künstlerischen Kraft in unserer Kultur wurde, war es die Literatur, die uns Fingerzeige in die Zukunft gab. H. G. Wells, Jules Verne und George Orwell. Alle drei waren Propheten.

Amanda Bailey
Alles Männer, diese visionären Künstler. Nicht eine Frau. So viel zum Zeitalter des Wassermanns.

Oliver Menzies
Was hat das denn damit zu tun?

Amanda Bailey
Das Zeitalter des Wassermanns sollte eine neue Ära unter Führung der weiblichen Energie sein. Hab vor Kurzem mal was drüber gelesen. Wie auch immer, keiner deiner vermeintlichen ›Propheten‹ hat vorhergesagt, dass der Antichrist im Jahr 2003 der Zerstörung in einem Lagerhaus in Alperton entgehen sollte.

Oliver Menzies
Sei nicht albern. Das ist symbolisch. Aber willst du den überzeugendsten Hinweis wissen? Die Vorhersagen haben aufgehört. Keine Musik mehr. Musik als Kunstform, die wächst, sich wandelt und Generationen beeinflusst – tot. Schriftsteller, Künstler, niemand sagt mehr die Zukunft voraus.

Interview mit einer Geheimnisvollen Frau im Northala Fields Park, 2. August 2021. Transkribiert von Ellie Cooper.

AB: Schneid hiervon nichts raus, Ellie. Es ist 5 Uhr morgens, und ich habe keine Ahnung, mit wem ich mich treffe. *[Frühmorgendliches Vogelgezwitscher und vereinzelte Verkehrsgeräusche. EC]*

GF: Amanda?

AB: Oh. Aber ja. Sie sind das. Dann haben wir uns also *doch* schon mal gesehen.

GF: Ja. Wer hat Ihnen meine Nummer gegeben?

AB: Jonah. Ich habe ihn im Kloster besucht.

GF: Woher wussten Sie, dass er dort zu finden ist?

AB: Jemand hat mir seine alte Telefonnummer gegeben. Die Person am anderen Ende der Leitung hat es mir gesagt. *[Die Frau seufzt. EC]*

AB: Als ich dort war, bin ich gestolpert, und er hat mir einen Zettel mit Ihrer Nummer in die Hand geschoben. Das ist alles.

GF: Dann vertraut er Ihnen.

AB: Ich habe keine Ahnung, wer Sie sind oder was Sie mit diesem Fall zu tun haben – außer dass Sie mich vor zwei Wochen im Regen haben stehen lassen, während Sie in meine Wohnung eingebrochen sind und auf meine Rückkehr gewartet haben. Prima Zaubertrick, übrigens. *[Du lieber Himmel, Mandy, sei bloß vorsichtig. EC]*

GF: Das hier ist kein Spiel. Das hat Sie offensichtlich nicht abgeschreckt, aber Sie sollten *unbedingt* wissen, mit welchem Geheimhaltungslevel Sie es da zu tun haben.

AB: Freunde in hohen Positionen warnen mich unablässig. Kontakte mit möglicherweise entscheidenden Informationen sind plötzlich ums Leben gekommen, und mein Kollege, der sich seiner eigenen Aussage zufolge niemals irrt, hat mich schon beinahe davon überzeugt, dass der Antichrist kurz davorsteht, die Welt zu vernichten. *[An dieser Stelle bringst du sie fast zum Lachen. EC]*

GF: An diesem Fall gibt es viel, was nur schwer zu erklären ist.

AB: Welche Rolle spielen Sie dabei?

GF: Ich darf Ihnen nichts Konkretes sagen. Meine Arbeit unterliegt der Geheimhaltung.

AB: Es gibt nicht *ein* True-Crime-Buch, das diesem Fall systematisch auf den Grund gehen würde. Langsam verstehe ich, dass das nicht von ungefähr kommt.

GF: Richtig. Ich sage Ihnen Folgendes. Sie können ein Buch darüber schreiben, wie sehr die Jugendämter beim Schutz der ihnen anvertrauten Kinder versagt haben. Sie könnten die Macht von Sekten untersuchen und warum es so schwierig ist, den Einfluss zu brechen, den manche Menschen auf andere haben. Sie könnten sich auch auf das religiöse Mysterium konzentrieren. Mögliche übernatürliche Vorkommnisse. Jedes dieser Themen geht in Ordnung. *[Verdammt, Mandy, das heißt, keins davon ist die Wahrheit. Wer ist diese unheimliche Frau? EC]*

AB: Okay … *[Ihr seid beide lange still. EC]*

AB: Waren Sie da? Im Lagerhaus? In der Nacht der Versammlung?

GF: Wieso fragen Sie das?

AB: Nennen Sie's Intuition. Eins dieser Dinge, die man nicht recht erklären kann. Wie den Umstand, dass Harpinder Singh als mittelloser Immigrant hingestellt wurde, obwohl er aus einer wohlhabenden Familie kam und auf einer Privatschule war.

GF: Ich darf Ihnen nichts Konkretes sagen, das erwähnte ich bereits.

AB: Er war ein verdeckter Ermittler und hat in einer Nachbarwohnung der Engel gewohnt. Warum? Ich habe mich schon gefragt, ob er sie beobachtet hat, aber die Engel sind alle paar Tage umgezogen, während Singh mehrere Wochen im Middlesex House war. Ich weiß, dass er eine Verbindung zu Chris Shenk hatte, über das Restaurant. Da hat Singh gearbeitet, während Shenk im Hinterhof Drogen vertickt hat.

GF: *[Jetzt geht sie offenbar. EC]* Tut mir leid …

AB: Marie-Claire! *[Klaffende Pause. Ich glaube, du hast ihr echt einen Schrecken eingejagt. EC]* Warum hat man das Kind verschwinden lassen? Es wurde Holly weggenommen, bevor das Jugendamt eingreifen konnte.

GF: Damit Leute wie Sie es niemals finden. *[So leise, dass ich es kaum verstehen konnte. EC]*

AB: Was ist an diesem Kind so besonders?

GF: Das hier war die letzte Warnung, Amanda.

[Himmel, Mandy, bleib bei deinem neuen Ansatz. Die Sache mit der Popkultur. Das wird super. Dieses Buch ist nichts weiter als eine Strandlektüre. Das ist es nicht wert. EC]

Ein Stück Papier, vom Rand einer Bibelseite abgerissen. Darauf, in hastiger Handschrift, der Name ›Marie-Claire‹ sowie eine hingekritzelte Telefonnummer.

WhatsApp-Nachrichten zwischen Ellie Cooper und mir, 2. August 2021:

Ellie Cooper
Ist diese Geheimnisvolle Frau etwa die Polizistin Marie-Claire, die am Tatort der Versammlung war?

Amanda Bailey
Möglich. Jedenfalls ist sie eine Schwarze Frau Mitte vierzig. Damals muss sie Ende zwanzig gewesen sein.

Ellie Cooper
Hat sie Holly nicht auch das Baby weggenommen, kaum dass Aileen verschwunden war? Maggie Keenan, die diensthabende Leiterin von Willesden, hat doch gesagt, es wäre von einer Schwarzen Frau und einem weißen Mann abgeholt worden. Die Sozialarbeiterin, die Holly und das Baby am nächsten Tag abholen wollte, war ziemlich überrascht.

Amanda Bailey
Noch mal: möglich. Nur dass Maggie Keenan sagte, Marie-Claire wäre eine Weiße gewesen und außerdem diejenige, die Holly, Jonah und das Baby nach Willesden *gebracht* hätte. Vielleicht ist ›Marie-Claire‹ ja ein Deckname, der von mehreren Undercover-Beamtinnen benutzt wurde 🤔

Ellie Cooper
Das Baby wurde allerdings nicht als vermisst gemeldet. Wer auch immer es abgeholt hat, muss dazu berechtigt gewesen sein. Vielleicht haben die vom Jugendamt ja versehentlich zweimal jemanden zum Abholen geschickt 👻

Amanda Bailey
Ellie, 2004 wollte eine renommierte Regisseurin namens Suzi Korman einen Dokumentarfilm drehen. Sie wurde gewarnt, und als das nicht wirkte, kam sie bei einem Brand ums Leben. Aber

ein paar Jahre später wurden zwei Fernsehserien gesendet. In der einen wurden Versäumnisse des Sozialsystems aufgedeckt. In der anderen eine Fantasiewelt mit Dämonen und Höllenfeuer erschaffen. Die Macher DIESER Produktionen wurden nicht gewarnt.

Ellie Cooper
Was kann das bloß sein, das sie IMMER NOCH versuchen, geheim zu halten?

Amanda Bailey
Die Frau, mit der ich mich eben im Park getroffen habe, ist dieselbe, die sich am 13. Juli Zutritt zu meiner Wohnung verschafft hat, ohne irgendwelche Einbruchsspuren, während ich hinter dem Ballot Box Pub gewartet hab. Sie sagte, ich soll aufhören, nach dem Kind zu suchen. Was habe ich – und was hatte Suzi Korman –, wovor die sich fürchten?

Ellie Cooper
Eine renommierte Dokumentarfilmerin. Eine erfahrene Journalistin aus dem Bereich True Crime. Jede von euch beiden fähig, der Sache auf den Grund zu kommen. Zu schade, dass du die Suche nach dem Kind aufgeben musstest.

Amanda Bailey
🙄

Ellie Cooper
?

Amanda Bailey
Du solltest mich besser kennen.

Ellie Cooper
???

Amanda Bailey
Ich hab nie aufgehört, nach dem Kind zu suchen 🔎

WhatsApp-Nachrichten zwischen Oliver Menzies und mir, 4. August 2021:

Oliver Menzies
Bist du wach?

Amanda Bailey
Jetzt schon.

Oliver Menzies
Ich hab Gray Grahams Transkripte gelesen. Die Seiten, die du dir aus seinem Notizbuch hast übersetzen lassen.

Amanda Bailey
Yeah. Er war da, oder? Er hat die Leichen der Engel gefunden. Was damals in den Akten nicht vermerkt wurde.

Oliver Menzies
Ich weiß jetzt, warum er so gut in seinem Job war. Immer der Erste vor Ort.

Amanda Bailey
Er hat die Polizei geschmiert. Und kannte die Gegend wie seine Westentasche.

Oliver Menzies
Er hat Verbrechen ›gesehen‹, bevor sie passiert sind. In diesen Notizbüchern steht nicht bloß irgendein Mist, den er sich am Tatort notiert hat. Das ist automatisches Schreiben, zwischen Wachen und Schlafen. Das ist ein Traumtagebuch. Er hatte eine Verbindung zur anderen Seite.

Amanda Bailey
Wow. Ich werd's noch mal lesen, aber wenn er einen Zaubertrick wie den in der Hinterhand gehabt hätte, dann hätte er uns doch jedes Weihnachten davon erzählt.

Oliver Menzies
NEIN! Das DURFTE er NIEMANDEM erzählen. Das war sein geheimer Vorteil.

WhatsApp-Nachrichten zwischen True-Crime-Autorin Minnie Davis und mir, 4. August 2021:

Minnie Davis
Hallo, Supergirl! Hab ein paar Dinge rausgefunden, die von Bedeutung sein könnten: Kurz bevor ›Rowley Wild‹ an die Notting Hill & Ealing High kam, hat die Tochter der 7. Marquess of Carlisle Gordonstoun verlassen. Ihr Name ist Georgina Ogilvy. Ihre Mutter war Lady Helen Carlisle, und ihr Vater, Frederick Ogilvy, Lord Carlisle. Die beiden lernten sich in einer Entzugsklinik kennen und passten, nach allem, was man so hört, bestens zusammen, haben jede Menge Süchte geteilt. Er war ein sehr entfernter und sehr in Ungnade gefallener Großcousin der Queen.

Amanda Bailey
Danke, Minnie. Du bist die Beste. Wie ist er denn in Ungnade gefallen?

Minnie Davis
Kannst es auf Wiki nachlesen. Er investierte die ohnehin schwindenden Millionen der Familie in Kokain und Heroin. Ist 2009 an einer Überdosis gestorben, einen Tag, nachdem er aus dem Gefängnis entlassen wurde. Hatte gerade eine Strafe wegen Drogenbesitzes zum Zweck des Weiterverkaufs abgesessen. Helen ist ebenfalls in Entzugs- und psychiatrischen Kliniken ein und aus gegangen. Ist letztes Jahr gestorben.

Amanda Bailey
Und was sagt Wiki über Georgina?

Minnie Davis
So gut wie nichts. Das einzige Kind. Geboren 1986. Zweifellos wollten sie ihren Absturz vertuschen, als sie ihr einen neuen Namen gaben, nachdem sie gezwungen war, auf eine andere, billigere Schule zu ›wechseln‹.

Amanda Bailey
Was es wiederum den Engeln leichter gemacht hätte, ihr NOCH MAL einen anderen Namen zu geben. Sie war daran gewöhnt, dass ihr chaotisch lebende Erwachsene neue Namen verpassten.

Minnie Davis
So hab ich noch gar nicht drüber nachgedacht, aber ja.

Amanda Bailey
Dann fließt also adliges Blut durch die Adern von Hollys Baby, was bedeutet, dass bei einem familiären Anspruch auf das Kind die Sache aus den Nachrichten rausgehalten werden musste, um seine Identität zu schützen; schließlich sind die Adoptiveltern bekannt wie bunte Hunde. Diese anonyme Adoption führt nicht in ein anderes Land, sondern in einen anderen gesellschaftlichen Stand.

Minnie Davis
Kennst du vielleicht wen, der sich in die höheren Kreise reinmogeln kann? Das könnte dich noch weiterbringen. Meine Quelle ist jetzt erschöpft, und ich muss anfangen, die Werbetrommel für ROSE & MYRA zu rühren.

Amanda Bailey
Du bist fabelhaft, Minnie. Danke. Viel Glück beim Werben, und wenn du irgendwann mal meine Hilfe brauchen solltest, EGAL, WORUM'S GEHT, gib einfach Laut ♥

Minnie Davis
♥

E-Mail-Austausch zwischen mir und Cathy-June Lloyd, Vorsitzende des Cold & Unsolved Murder Club, 6. August 2021:

AN: Amanda Bailey
DATUM: 6. August 2021
BETREFF: Das Rätsel um die Engel von Alperton
VON: Cathy-June Lloyd

Liebe Amanda,
die Amateurdetektive von Cold & Unsolved melden sich zurück: mit faszinierenden neuen Ergebnissen! Eins unserer Mitglieder – und dafür gebührt ihm ein Riesenapplaus: Rob Jolley – hat die Archive der Lokalnachrichten für den ganzen Nordwesten Londons auf Mikrofiche durchforstet – und ist nach vier Wochen auf Folgendes gestoßen. Hoffentlich können Sie den Scan lesen, er stammt aus den Kleinanzeigen der *Hillingdon Times* vom 3. April 1990:

ENGEL FLIEGEN ÜBERS MASTER BREWER.
VERSAMMLUNG IN EHERNEM HEILIGTUM 01 [redacted]

Dieselbe Anzeige erscheint in den folgenden drei Wochen immer wieder, stets mit identischem Wortlaut. Wer auch immer sie aufgegeben hat, hat dafür bezahlt, dass sie den ganzen April 1990 hindurch erscheint.

Das war dreizehn Jahre vor dem Fall der Engel von Alperton, als es weder Handys noch Internet gab. Wenn man eine geheime Nachricht übermitteln wollte, war eine verschlüsselte Kleinanzeige in der Lokalzeitung das Mittel der Wahl. Wie Sie sicher wissen, waren die kaum zurückzuverfolgen, weil man sie übers Telefon aufgeben und bar bezahlen konnte. Sehr nützlich, wenn man eine Affäre hatte oder, nach Auskunft unseres langjährigen Mitglieds Tony Morris, der sich noch gut an jene Zeit erinnern kann, Dienste als Sexarbeiterin anbieten wollte. Aber soweit wir wissen, war es darüber hinaus auch eine beliebte Methode, um zwischen Informanten aus dem kriminellen Milieu und ihren Führungsleuten bei der Polizei zu kommunizieren.

Natürlich können wir unmöglich wissen, worauf diese spezielle Anzeige sich bezieht, aber wir haben uns trotzdem ein paar Gedanken gemacht. Folgende Schlussfolgerung halten wir für die wahrscheinlichste: *Engel* steht für die Gruppe, die später zur Sekte der Engel von Alperton werden sollte.

Das Master Brewer war ein Hotel mit Versammlungsraum, das an einem heute als Hillingdon Circus bekannten Platz auf einer Überführung der Autobahn M40 stand. Dort ist nicht nur ein Autobahnkreuz an einer der Hauptverkehrsadern Londons, sondern auch ein Verkehrsknotenpunkt für landesweite Reisebusse ganz in der Nähe der Londoner U-Bahn.

Beim ›ehernen Heiligtum‹ waren wir zunächst ratlos, aber Julie Gormley, eins unserer jüngeren Mitglieder, denkt, dass ›Heiligtum‹ für Holly, nach dem englischen *holy*, und ›ehern‹ für den Erzengel Gabriel stehen könnte.

Die angegebene Telefonnummer hat eine alte Londoner Vorwahl für South Harrow, doch die galt bis weit in die Umgegend hinein, daher können wir den Ort nicht genauer eingrenzen.

Wir glauben, das Master Brewer wird als Treffpunkt für irgendein geheimes Unterfangen genannt. Das war ein idealer Ort für schnelle Zusammenkünfte, und man kam problemlos wieder weg, entweder rein in die Stadt oder weiter raus.

Was immer die Engel von Alperton 2003 so trieben, trieben sie auch schon 1990, dreizehn Jahre vorher. Nur: Was war das, und warum ging es, nachdem sie so lange unentdeckt bleiben konnten, dann so fürchterlich schief?

Wir können es kaum erwarten, zu erfahren, was Sie davon halten, Amanda, und freuen uns darauf, von Ihnen zu hören.
Cathy-June Lloyd

AN: Cathy-June Lloyd
DATUM: 6. August 2021
BETREFF: Aw: Das Rätsel um die Engel von Alperton
VON: Amanda Bailey

Liebe Cathy-June,
vielen Dank an Sie alle. Vor allem an Rob Jolley dafür, dass er diese Kleinanzeige entdeckt hat. Ich kann mir gut vorstellen, was das für eine Sisyphusarbeit war.

Was Sie da gefunden haben, passt zu einer Sache, die mir aufgefallen ist. Einige Polizeibeamte und Sozialarbeiter, mit denen ich gesprochen habe, berichten über Aktivitäten der ›Engel‹ Anfang der 1990er. Zwanzig oder dreißig Jahre danach gerieten ihre Erinnerungen dann offenbar mit den Geschehnissen im Jahr 2003 durcheinander.

1990 war der Höhepunkt der Acid-House-Musik. Da fanden an jedem Wochenende illegale Raves in den Londoner Vororten und angrenzenden Countys statt. Diese Lokalzeitung erschien immer freitags. Die Nachricht könnte einen Treffpunkt für Musikfans angegeben haben. Wenn man dort von einer Telefonzelle aus die genannte Nummer anrief, erhielt man den exakten Ort, wo der Rave stattfand. Die Anzeige erschien jede Woche – mit immer demselben Treffpunkt. Könnte aber genauso gut auch ein Umschlagplatz für Dealer gewesen sein, die sich in der Szene etablieren wollten.

Engel fliegen übers Master Brewer. Ich stamme selbst aus der Gegend und kann mich noch gut an das Master Brewer Hotel erinnern. Ein klar bestimmbarer Ort, aber auf einem riesigen Gelände, das wegen des Autobahnkreuzes und der Eisenbahnbrücke überwiegend unzugänglich ist. Für größere Menschenansammlungen gibt es da nur wenige Möglichkeiten, sich zu treffen. Das Hotel hatte zwar einen Parkplatz, aber wenn sich die jungen Musikfans dort versammelt hätten, wäre sicher bald die Polizei gerufen worden, was das Ende dieses Treffpunkts bedeutet hätte.

Dennoch muss ich es unwillkürlich mit dem Lagerhaus in Alperton vergleichen. Mit Middlesex House, wo die Leiche von Harpinder

Singh gefunden wurde. Alles Durchgangsorte. Dort ist jeder zwangsläufig auf dem Weg nach *woanders* hin, und das macht sie zu idealen Orten, um unterzutauchen.

Nochmals vielen Dank, Cathy-June, und vielen Dank auch Ihrem Murder Club. Manches erscheint mir jetzt klarer.

Herzliche Grüße,

Amanda Bailey

E-Mail-Austausch zwischen Oliver Menzies und Paul Cole, spiritueller Berater, 6. August 2021:

AN: Paul Cole
DATUM: 6. August 2021
BETREFF: Der Teufel
VON: Oliver Menzies

Okay, also folgendes Problem habe ich mit dem Antichrist: Wie konnte Gabriel sich so *sicher* sein, dass das Baby *definitiv* böse werden würde? Denn wenn mir jemand einen Säugling geben und sagen würde, ›Dieses Kind ist der Teufel, es wird die Welt zerstören‹, würde ich einfach nur dafür sorgen, dass es immer hübsch daheim bleibt, wenn Sie verstehen, was ich meine. Es im Zaum halten, verhindern, dass es überhaupt irgendwas *macht.*

Doch während ich damit beschäftigt bin, wächst irgendwo anders irgendein anderes Kind mit beschissenen Eltern und einem Haufen Komplexe auf, und am Ende wird *dieses Kind* zum ›Teufel‹, der die Welt zerstört. Wie spielen Faktoren wie Erziehung, Chancengleichheit, Glück, Persönlichkeit etc., deren Einfluss auf die menschliche Entwicklung bekanntlich entscheidend ist, in Gabriels Prophezeiung mit hinein? Es interessiert mich, was Sie dazu meinen.

Und bedenken Sie auch mal dies: Unsere Welt steht an der Schwelle zum Zeitalter des Wassermanns. Einem Zeitalter, in dem das Universum der weiblichen Macht den Vorzug gibt. Der neue Antichrist könnte eine Frau sein.

AN: Oliver Menzies
DATUM: 6. August 2021
BETREFF: Aw: Der Teufel
VON: Paul Cole

Lieber Oliver,
Danke für Ihre Mail. Das sind sehr grundsätzliche Fragen.

Damit der Antichrist seine Kräfte entfalten kann, muss er nach höheren Gesellschaftskreisen streben, in denen er die Gelegenheit erhält, seinen Einfluss auszuüben. Andernfalls ist er machtlos. Der Antichrist wird von Ruhm und Reichtum angezogen, weil darin direkte Wege zur Macht liegen. Ich glaube aber auch, dass der Teufel sich unterbewusst von hohen und mächtigen Positionen angezogen fühlt, da sie die Kraft verleihen, Hindernisse aus dem Weg zu räumen. So wie beim Schachspiel die Bauern beiseitegeräumt werden, um die Königin auf ihrem Weg übers Brett zu schützen.

Ich habe keine Ahnung, wieso Gabriel sich so sicher war. Hinsichtlich der Frage, ob wir bereits das Zeitalter des Wassermanns erreicht haben, bin ich jedoch nicht überzeugt. So gleichberechtigt scheint es mir auf der Erde noch lange nicht zuzugehen! Aber setzen Sie Ihre Recherchen fort; ich glaube, Sie haben da ein paar wichtige und interessante Punkte für Ihr Buch.
Herzliche Grüße,
Paul

SMS zwischen mir und PCI Mike Dean, 6. August 2021:

Amanda Bailey
Hallo, Mike. In unserem Gespräch am 27. Juli erwähnten Sie eine Beamtin, die Holly 1990 befragt haben soll. Wissen Sie noch, wie sie hieß?

Mike Dean
Nikki Sayle. Sie leitet eine Gruppe für Polizeibeamtinnen im Ruhestand; vielleicht können Sie darüber Kontakt zu ihr aufnehmen.

Herausgerissene Seite aus dem Roman *Mein Tagebuch als Engel* von Jess Adesina, Bd. 3:

Der erste Juni um zwei Uhr nachmittags

Ashleigh wünscht sich ein Kind. So, nun habe ich es meinem Engeltagebuch anvertraut, und das macht es real. Seit Wochen lässt sie beiläufige Bemerkungen darüber fallen. Ich wechsle dann immer das Thema.

Wer soll der Vater sein? Gabriel oder Joseph? Wenn sie ein Kind mit Gabriel bekommt, heißt das, dass ich mir dann eins von Joe machen lassen muss? Entscheiden *sie*, wer zuerst Daddy wird? Wenn die Welt der Nichtengel doch nur wüsste, mit was für traumatischen Entscheidungen wir Tag für Tag konfrontiert werden. Möchte ich überhaupt ein Baby in der Wohnung? In dieser Beziehung ist kaum genug Platz für uns, geschweige denn für ein weiteres Engelswesen. Ein kleines, unschuldiges Wesen mit pausbäckigem Gesicht und winzigen Flügeln in den Augen.

Im Moment ist sie mit Gabriel unterwegs. Ich bin nicht eifersüchtig. Ich bin eifersüchtig, aber es ist okay. Ich bin wirklich eifersüchtig. Im Hinterkopf weiß ich, dass sie eines Tages, und zwar bald, mit diesem positiven Test vor meinen Augen herumwedeln wird wie mit einem verhängnisvollen Babyzauberstab, und dann ist die Sache durch. Ich habe kein Problem damit. Kein Problem.

Der sechste Juni um sechs Uhr nachmittags

Tja, der letzte Tagebucheintrag, den ich vor fünf Tagen geschrieben habe, wirkt wie die Buntstiftzeichnung eines Kindes, die unter den Kühlschrank gerutscht und längst vergessen ist. Lange Geschichte. Macht's euch gemütlich.

Später an dem Tag ist Ashleigh, die verdächtig lange mit Gabriel unterwegs gewesen war, nach Hause gekommen. Ich hab ihr die Tür aufgemacht. Wie sie da im Korridor stand. Mein Blick fiel auf das Bündel in ihrem Arm: ein winziges Baby, gehüllt in ein marineblaues Kleidungsstück, das ich später als Kapuzensweatshirt identifizieren sollte.

Was zur? Ich meine, komm schon. ›Wem gehört das?‹, fragte ich. Da glaubte ich noch, es gibt vielleicht eine rationale Erklärung. ›Keine Ahnung‹, flüsterte sie. ›Aber schau nur! Es ist perfekt.‹

Liebe Leserinnen, es war niedlich, aber wem gehörte es?

›Es war draußen vor der Bibliothek‹, sagte sie, und ich schwöre, die Flügel in ihren Augen glänzten. Ich war wie erstarrt, sprachlos, und sie glitt an mir vorbei in den Flur – mit ein paar wenigen Schritten hatte sie mich zur Gehilfin einer verbrecherischen Kindesentführung gemacht. Ich studiere ja noch nicht lange Jura, aber das Vorstrafenregister in meinem Kopf wurde mit jedem ihrer Schritte länger. Nichtanzeige einer Straftat. Bewusste Begünstigung und Unterstützung einer Kidnapperin …

Da polterten Gabriels Schritte die Treppe hoch. Er schlidderte über den Korridor, tauchte durch die Wohnungstür, warf sie hinter sich ins Schloss und lehnte sich erleichtert dagegen, heftig schnaufend. Ich wollte etwas sagen. Er legte den Finger auf die Lippen und scheuchte uns beide in die Küche.

›Kann mir das mal jemand erklären?‹, frage ich. Ashleigh antwortet, wobei sie den Blick aber unverwandt auf das Baby gerichtet hält. ›Es lag da ganz allein in einem Kinderwagen. Keiner will es haben, Tilly. Das ist die Lösung.‹

›Die Lösung wofür?‹ Ich kann mir kein Problem denken, dessen Lösung darin besteht, ein Baby auszuborgen, ohne es den Eltern zu sagen, aber andererseits bin ich auch nur ein einfacher Engel, der versucht, auf Erden zurechtzukommen.

›Der normale Weg ist zu kompliziert. Das hier ist die Antwort. Sieh dir doch nur ihr Gesichtchen an.‹ Stattdessen blicke ich Gabriel ins Gesicht, der gerade entschlossen die Vorhänge zuzieht.

›Haltet Abstand zu den Wänden, wo euch die Nachbarn hören

können. Tilly, sobald Joe zurückkommt, gehen wir beide los und besorgen Babynahrung und was wir sonst noch brauchen. Wir haben ein paar Stunden Zeit, bevor die Meldung rausgeht, ab dann müssen wir die Schotten dicht machen und warten, bis sich die größte Aufregung gelegt hat.‹

Worauf ich nicht lang den Mund halte.

›Wir müssen es *zurückbringen*, Gabriel. Es gehört zu jemandem. Jemand *anderem*.‹ Vor meinem inneren Auge sehe ich die arme Mutter oder den armen Vater, gezwungen, ihr Kind für den Bruchteil einer Sekunde allein zu lassen, abgelenkt, müde oder überfordert, die jetzt einen Albtraum erleben …

Ashleigh wirft einen verletzten Blick in meine Richtung und wendet sich dann mit flehentlicher Miene an Gabriel. ›Das müssen wir doch nicht, oder?‹

›Nein!‹, erwidert er. Sind hier etwa alle verrückt geworden? ›Hier ist es besser aufgehoben.‹ Ich bin mir nicht sicher, ob die Polizeisirene in der Außenwelt erklingt oder nur in meinem Kopf heult, wo sich alles dreht.

Was ich definitiv höre, ist die Wohnungstür, die zuschlägt, während Joseph nichts ahnend hereinschlendert. Er bleibt wie angewurzelt stehen und erfasst die Situation im Raum auf seine übliche, unheimliche Weise mit einem Blick.

›Wem gehört das Baby?‹

›Ashleigh hat's vor der Bibliothek entführt.‹ Ich verschaffe meiner Version zuerst Gehör.

›Das können wir nicht behalten‹, flüstert Joseph, ›da bricht die Hölle los. Gib es mir, Ashleigh.‹

Etwas an der Art, wie er das sagt. Der Ton seiner Stimme. Ashleighs Blick. Gabriels Blick.

Joe holt sein Handy raus, lässt die Finger über den Bildschirm flitzen, reicht es mir. Einen Augenblick lang bin ich wie versteinert. Wird Ashleigh ihm das Baby geben? Oder wird sie anfangen zu streiten?

Ruhig und gelassen nimmt Joe ihr das Baby aus den Armen.

Ich schaue hinab auf das Handy. 666. Die Nummer des Ungeheuers? Aber nein, Joseph hatte 999 eingegeben, den Notruf. Ich drehte das Handy um und tippte auf den grünen Punkt. Während ich in der Leitung wartete, falteten sich meine Flügel zusammen, wurden kleiner und kleiner, denn nun würde bald die Außenwelt über uns hereinbrechen.

Herausgerissene Seite aus dem Roman *Weiße Flügel* von Mark Dunning:

Gabriel hielt Celines Hand fest umklammert, während sie durch die heißen nächtlichen Straßen von Madrid rannten. Dass sie barfuß war und nackt, abgesehen von dem Kleid aus reiner Seide, das von hauchdünnen Spaghettiträgern auf ihren Schultern festgehalten wurde, hinderte sie nicht daran, mit ihm Schritt zu halten. Mit langen Beinen und geschmeidigen Schenkeln sprang sie über Rinnsteine und Bordkanten wie eine Gazelle, die eine ausgedörrte Ebene quert, bevor die Regenzeit den Weg unpassierbar macht.

Ihre Flügel trugen sie, unsichtbar, als der orange Schein der Explosion den Himmel über ihnen grell erleuchtete. Gabriel und Celine drehten sich um, kurz davor, gebannt stehen zu bleiben. Flammen und Gase loderten hoch in den Himmel. So wunderschön wie ein roter Diamant. Der seltenste von allen.

Fasziniert holte Celine Luft. Die Sirenen setzten ein. Das Heulen der Todesfeen. Gabriel stand hinter ihr, warf Blicke nach rechts und links. Sie mussten normal wirken. Wie ein Teil des alltäglichen Lebens. Er umarmte sie. Nun sahen sie aus wie zwei Liebende, deren romantischer Abend unterbrochen worden war, auch wenn nicht einmal eine fürchterliche Explosion im Botschaftsgebäude ihre Liebe zerstören konnte. Niemand, der sie sah, hätte Verdacht geschöpft, dass sie hinter der Explosion steckten und ihre Arbeit noch immer nur halb getan war.

Ersthelfer kümmerten sich um Sterbende und Verletzte. Aus vielen kleinen Brandherden quoll noch der Rauch, als Gabriels schwarzer Lamborghini Gallardo sich seinen Weg ins Zentrum der Verheerungen bahnte und seufzend zum Stehen kam. Celine sprang wie ein Schmetterling heraus und öffnete den Kofferraum, Gabriel dicht hinter sich. Ihre Flügel spannten sich über ihnen auf, um den Inhalt des Kofferraums vor den Blicken der anderen zu verbergen. Die Leiche war fast nicht mehr zu erkennen. Er war geschlagen, unwiederbringlich vernichtet. Dennoch zu menschlich, um sich in Dampf aufzulösen. Sein durch unlösbare Ketten mit der Erde verbundener Körper musste auf diese Weise vernichtet werden.

Celine, gertenschlank, doch bärenstark, hievte den toten BioBot aus dem Kofferraum und warf ihn ins nächstgelegene Feuer, wo sich bereits zahlreiche bis zur Unkenntlichkeit verbrannte Leichen häuften. Die Leiche sank in die Flammen ein wie ein Stein in den Treibsand. Wie die Wahrheit mit jeder weiteren Lüge tiefer sinkt. Für immer das Opfer eines gewaltigen Feuersturms, nicht der Fäuste und Stiefel ihrer Gefährten. Schließlich, und ebenso schnell, wie sie gekommen waren, waren Gabriel und Celine verschwunden.

Herausgerissene Seiten aus dem Drehbuch *Boten des Himmels* von Clive Badham:

AUSSEN - HERUNTERGEKOMMENES HAUS - DÄMMERUNG

Die Sonne geht über der schäbigen Hülle eines alten Hauses auf, das geduckt hinter einer Hecke liegt, verlassen, vergessen. In der Auffahrt der TRANSPORTER … Ein Gesicht hinter einem Fenster im ersten Stock.

INNEN - ZIMMER IM ERSTEN STOCK, HERUNTERGEKOMMENES HAUS - DÄMMERUNG

Holly füttert das Baby, lugt verstohlen aus dem schmutzigen Fenster, nach unten, auf das Dach des

Transporters. Sie beobachtet Michael beim Einsteigen. Der Motor wird angelassen.

AUSSEN - HERUNTERGEKOMMENES HAUS - MORGEN

Der Transporter fährt rückwärts aus der Ausfahrt. Der Motor heult auf, und der Wagen fährt in einer Wolke aus Auspuffgasen davon.

INNEN - ZIMMER IM ERSTEN STOCK, HERUNTERGEKOMMENES HAUS - MORGEN

Holly geht vom Fenster weg, legt das Fläschchen beiseite und hebt das Baby hoch. Sie blickt es an. Das Baby erwidert ihren Blick. Hollys Gesicht schmilzt zu einem Lächeln, und sie küsst es auf die Stirn.

JONAH
Es manipuliert dich.

HOLLY
Geh wieder schlafen.

JONAH
Wieso bist du überhaupt wach?

Holly winkt ihm mit dem Fläschchen zu. Stille. Jonahs Miene wird weicher, er geht zu ihr.

HOLLY
Was ist die Versammlung?

JONAH
Da übergeben wir es, damit andere es vernichten können.

HOLLY
Findet das hier statt? Heute?

JONAH
Wir müssen die Planetenkonjunktion abwarten.

Jonah wendet sich ab, schlüpft hinaus. Holly blickt das Baby einen Moment lang an, tappt aus dem Zimmer …

AUSSEN - HERUNTERGEKOMMENES HAUS - MORGEN
Das Haus steht trostlos da, während der Verkehr vorbeizieht.

INNEN - KÜCHE, HERUNTERGEKOMMENES HAUS - TAG
Holly wäscht Babyfläschchen in der alten Spüle aus. Ihr müder Blick fällt durch das zerbrochene Fenster auf einen unaufgeräumten Hof. Sie schüttelt die Fläschchen, bückt sich zu einer Ablage unter der Spüle und reiht sie sorgfältig zum Trocknen auf. Sie kommt wieder hoch.

EIN GESICHT AM FENSTER.

Holly keucht vor Schreck, zuckt heftig zurück, rutscht aus, fällt und kriecht über den Fußboden davon. Die Frau, die ihnen gefolgt ist, ASHLEIGH (26, engelsgleiche Züge), späht herein. Um den Hals trägt sie eine schlichte KETTE mit einem Anhänger in Form von ENGELSFLÜGELN. Ihr Blick trifft sich mit dem von Holly, die auf dem Boden kauert.

ASHLEIGH
Hallo. Wer bist du?

Hollys Blick huscht zur Treppe und zurück. Sie rappelt sich hoch, nähert sich vorsichtig dem Fenster.

HOLLY
Holly. Was wollen Sie?

ASHLEIGH
Ich muss wissen, ob es dir gut geht.

Holly zögert. Sie ist verwirrt.

ASHLEIGH
Ob du gegen deinen Willen hier festgehalten wirst.

Stille. Holly mustert Ashleighs Gesicht.

HOLLY
Wir können jederzeit gehen.

Ashleigh kann ihre Überraschung kaum verbergen.

ASHLEIGH
Wir?

HOLLY
Mein Freund und ich.

Ashleigh nickt nachdenklich.

ASHLEIGH
Wie heißt er?

HOLLY
Gabriel.

Ashleigh nickt, ihr Gesichtsausdruck ist nicht zu deuten. OFF SCREEN schreit DAS BABY im Zimmer über ihnen. Ashleighs Miene verändert sich.

ASHLEIGH
Oh mein Gott.

Sie starrt Holly ungläubig an. Holly blickt verzweifelt zur Treppe. Sie dreht sich wieder zum Fenster um, aber Ashleigh ist verschwunden. Holly stürmt los. Die Küche ist leer, als Hollys Schritte die Treppe hoch poltern.

INNEN - ZIMMER IM ERSTEN STOCK, HERUNTERGEKOMMENES HAUS - TAG
Holly rennt zum Babykorb …

INNEN - KÜCHE, HERUNTERGEKOMMENES HAUS - TAG - SPÄTER
Holly schleicht herein, das Baby im Arm, das ab und zu leise GERÄUSCHE von sich gibt. Sie wiegt es, sanft, späht aus dem Fenster, reckt den Kopf in alle Richtungen. Nichts. Niemand. Ihr Blick fällt auf etwas. Die Küchentür. Sie drückt den Griff herunter. ABGESPERRT.

INNEN - WOHNZIMMER, HERUNTERGEKOMMENES HAUS - TAG - SPÄTER

Holly sitzt im Licht der Sonne auf den bloßen Holzdielen, liebkost das Baby. Die Tür geht auf. Jonah. Er ist schon eine Weile da. Holly bemerkt seine missbilligende Miene.

HOLLY

Ich versuche, es zum Einschlafen zu bringen.

Jonah geht zum Fenster, wirft einen Blick hinaus auf die Hecke. Holly sieht zur Tür, senkt die Stimme.

HOLLY

Nehmen sie nur den Teufel heraus, oder vernichten sie das ganze Baby?

JONAH

Das müssen wir nicht wissen.

HOLLY

Fühlst du dich schlecht?

JONAH

Es geht darum, die Menschheit zu retten.

Holly runzelt gedankenverloren die Stirn.

HOLLY

Können wir raus? Einen Spaziergang machen?

JONAH

Nein. Dann kriegen sie es. Hier drinnen wird es von unserem Energieschild geschützt.

Hollys Blick wandert vom Baby zum Fenster.

INNEN - KÜCHE, HERUNTERGEKOMMENES HAUS - ABEND

Gabriel durchstöbert im schwindenden Tageslicht die leeren Schränke. Nur Dosen mit Pulver für Babynahrung. Holly und Jonah sehen ihm zu.

GABRIEL

Wenn nichts zu essen da ist, essen wir eben nicht. Basta.

Er stampft Richtung Wohnzimmer davon. Jonah folgt ihm. Holly blickt sich in der Küche um. Sie nimmt eine Dose mit Babynahrung und dreht sie nachdenklich um.

ASHLEIGH (OFF SCREEN)

(flüstert) Holly!

Holly zuckt zusammen, lässt beinahe die Dose fallen, macht schnell die Tür zu, bis auf einen Spalt.

ASHLEIGH

Pssst!

HOLLY

Wer <u>sind</u> Sie?

ASHLEIGH

Ashleigh. Holly, du musst etwas für mich tun.

Ashleigh blickt Holly ernst und flehend an.

HOLLY

Nein. Nein. Gehen Sie.

Holly wirft einen raschen Blick Richtung Wohnzimmer, presst sich verwirrt die Hände auf die Ohren.

ASHLEIGH

Du bist in schrecklicher -

Sie bemerkt Hollys Verzweiflung und verstummt. Stille. Sie sammelt Mut, um es zu sagen …

ASHLEIGH

Ich bin wie du. Ein Engel. Ich wurde in einen sterblichen Körper hineingeboren, um im Reich des Irdischen eine Aufgabe zu erfüllen. Nämlich <u>dich</u> zu beobachten und zu beschützen, während du deine Aufgabe erfüllst. Verstehst du das?

Holly nickt.

ASHLEIGH

Gut. Holly, ihr seid <u>alle</u> in schrecklicher Gefahr, solange ihr zusammen seid. Das wird euch zerreißen.

Hollys Lider flackern …

ASHLEIGH
Ich kann euch alle retten. Du musst nur das Baby holen und mit mir kommen -

GABRIEL (OFF SCREEN)
Holly?

Holly zuckt zusammen. Ashleigh duckt sich weg. Als Holly sich umschaut, ist sie verschwunden. In der Tür erscheint Gabriel.

GABRIEL
Was machst du da?

HOLLY
Ich suche nach was Essbarem.

Sie hält die Dose mit der Babynahrung hoch.

HOLLY
Wie wär's damit?

Gabriel verzieht das Gesicht.

GABRIEL
Nein. Vielen. Dank. Komm jetzt.

Er scheucht sie raus. Als sie weg ist, verändert sich seine Miene. Er überprüft die Küchentür. Abgesperrt. Wirft einen letzten Blick durch den Raum, macht das Licht aus, schließt die Tür. Entschieden.

6

Auf der Suche nach Ashleigh

SMS zwischen mir und Cathy-June Lloyd, 9. August 2021:

Amanda Bailey
Hat Ihr reizender Mr Jolley eigentlich auch irgendwelche interessanten Zeitungsanzeigen im Zusammenhang mit dem Fall der Engel von Alperton im Jahr 2003 gefunden?

Cathy-June Lloyd
Noch nicht, aber er hat gerade eine Woche Urlaub und arbeitet dran.

Amanda Bailey
👍 Danke. Eins noch: Sind Sie oder jemand anders bei der Beschäftigung mit dem Fall mal auf eine Frau namens Ashleigh gestoßen?

Cathy-June Lloyd
Warten Sie kurz, Amanda. Ich frag mal rum.

Cathy-June Lloyd
Das Urteil der WhatsApp-Gruppe lautet Nein, wir sind im Zusammenhang mit dem Fall der Engel von Alperton auf keine Ashleigh gestoßen.

WhatsApp-Nachrichten zwischen mir und Oliver Menzies, 9. August 2021:

Amanda Bailey
Buh! Ich bin's, deine gruselige Geisterfreundin … Ich führ dich aus.

Oliver Menzies
Hab zu tun.

Oliver Menzies
Wohin?

Amanda Bailey
Zu einer alten Autobahnunterführung. Meine Erinnerungen sind zwar schon 30 Jahre alt, aber damals in den 80ern gab's da einen markanten Bogen und aufwendige Eisenträger. Das Haus meiner Tante liegt ganz in der Nähe. Einmal durch die Unterführung und zurück zu rennen, war immer eine Mutprobe für mich und meine Cousins. Auf Google Street View sieht man, dass beide Zugänge mittlerweile zugewuchert sind. Das Gestrüpp zu entfernen, ist ein Job für zwei.

Oliver Menzies
Himmel, Arsch und Zwirn, es heißt ›für meine Cousins und mich‹ – und ich wusste, dass es einen Grund gibt, wieso du mich dabeihaben willst. Ich bin der mit den Muckis.

Amanda Bailey
Ist für dein Buch. Ein paar von unseren Gesprächspartnern haben die Engel von Alperton aus dem Jahr 2003 mit einem Typ verwechselt, der sich Anfang der 1990er an Minderjährige rangemacht und ihnen weisgemacht hat, sie wären Engel.

Oliver Menzies
Welche Rolle spielt diese gruselige Unterführung dabei?

Amanda Bailey
Nur so 'n Gefühl. Nenn's einen sechsten Sinn.

Oliver Menzies
Okay. Bin dabei.

Treffen mit Oliver Menzies neben einer (dem Geräusch nach zu urteilen) Fernstraße, 10. August 2021. Transkribiert von Ellie Cooper.

AB: Ellie, bitte transkribiere alles, worüber wir sprechen. Ich muss immer mal wieder ein- und ausschalten, falls er das Handy sieht. Füg die Dateien einfach zu einem Transkript zusammen. Danke. *[Alles klar. Aber solltest du ihn wirklich ohne sein Wissen aufnehmen? EC]*

AB: Auf der Brache da drüben stand früher das Master Brewer, ein Dreisternehotel. So was von 1960er-Architektur. Hier, das Bild hab ich online gefunden.

OM: Drei Sterne waren da aber ganz schön übertrieben.

AB: Das war jahrelang das hiesige Wahrzeichen. Der Kreisverkehr war immer nur der Master-Brewer-Kreisverkehr.

OM: Tja, heute gibt's weder einen Master Brewer noch einen Kreisverkehr. Verdammt, Mandy, ich werd hier gleich überfahren. Wo ist jetzt diese Geisterbahnunterführung?

AB: Komm mit. Wir können nicht mehr denselben Weg nehmen wie ich früher, die Straße wurde umgebaut. Aber ich kenne einen anderen Weg querfeldein.

AB: *[Ihr geht eine Weile, ohne etwas zu sagen. EC]* Halt, halt. Hier ist es.

OM: *Da* bist du früher durchgerannt?

AB: Das ist eine alte Fußgängerunterführung aus der Zeit vor dem Master Brewer, als ein noch viel älterer Pub auf dem Gelände stand. Damit die Leute von den Häusern dahinten auf dem Weg zum Pub und zurück nicht über eine so stark befahrene Straße mussten. Aber dann wurde der Pub zu einem Hotel mit Parkplatz, und der Kreisverkehr wurde zu einer Straßenüberführung samt Knotenpunkt mit eigener Unterführung für Fußgänger, und niemand nahm mehr die alte Unterführung. Meine Cousins haben mich einmal hierher mitgenommen. Da war ich erst sechs, aber an diese Eisenträger kann ich mich noch genau erinnern. Die sind immer noch sichtbar.

OM: Stechpalmen. Stechpalmenzweige und –beeren. Misteln.

AB: Stechpalme, auf Englisch *Holly*. Ein ehernes Heiligtum. Wenn ich die Äste da runterziehe, kannst du sie mit der Heckenschere abschneiden. *[Eine Weile lang ist nur zu hören, wie ihr das Gestrüpp aus dem Weg schneidet. EC]*

OM: Tiefer.

AB: Yep.

OM: Das ist seit Ewigkeiten nicht mehr geschnitten worden. Autsch! Scheißdornen!

OM: *[Eine Weile herrscht Stille. EC]* Was zur Hölle ist das? Mandy. Mandy! MANDY!

AB: Halt *still*! Ich hab's. Es ist weg.

OM: Puh. Wenn mich das gebissen hätte, hätte ich jetzt asoziale Superkräfte und keine Freunde mehr.

AB: Ich glaube, das reicht. Mal schauen, ob ich mich durchquetschen kann.

OM: Du schon, aber ich?

AB: *[Etwas später. EC]* Los geht's.

OM: Warte. Da.

AB: Was ist das?

OM: Obsidian. Beschützt einen an unbekannten Orten. Steck ihn dir in die Tasche.

AB: … Danke.

OM: Ich kann Füchse riechen.

AB: Das ist auch so ein Ort. Wie Alperton. Man kann den Verkehr und die Züge hören, während die Leute über einem hin und her rennen. Alle auf dem Weg woanders hin.

OM: Eine Kreuzung. Weder hier noch da. Wo der Stoff zwischen den Welten dünn ist und alles passieren kann.

AB: Hier wächst jedenfalls nichts. Kein Licht, kein Wasser. Was heißt, dass die Wände gut erhalten sind. Schau. *[Ihr bleibt beide stehen. EC]* Das Symbol für Gabriel. Blaue Farbe. Dreißig Jahre alt.

OM: Daran erinnerst du dich noch von damals?

AB: Absolut nicht. Ich war vor den Engeln hier. Warum sollte das jemand hier unten hinpinseln?

OM: Das ist der Ort einer Versammlung. Wie das Lagerhaus dreizehn Jahre später. Ein Ort, an dem Engel zusammenkommen, um ihre Energie zu steigern. Hier muss es irgendwo eine Art übersinnliche Pforte geben.

AB: Oliver, kannst du die übrige Wand nach Engelssymbolen absuchen? In diesem Licht ist mein Sehvermögen zu schlecht. *[Schritte, Gemurmel und Geraschel. EC]*

OM: Nein. Nichts. Nicht mal ganz normale Graffiti.

AB: Ein einzelnes Engelssymbol. Dann war Gabriel also allein. Mit Holly. Aber was hatten sie vor? Einen früheren Antichrist zu vernichten?

OM: *[Jetzt flüstert er. EC]* Die verbliebenen Engel sind alle untergetaucht. Jonah in einem Kloster, Gabriel im Gefängnis und Holly weiß der Himmel wo. Sie alle wissen etwas. Hier hat es angefangen, Mandy. Das Ende aller Tage. Zuerst die Reiter: Krieg, Hungersnot, Seuchen und Tod. Dann das fünfte Siegel: die Glaubensverfolgung. Das sechste Siegel: der Klimawandel, und das siebte und letzte Siegel … wo die Engel sich für die Stille versammeln, die der zweiten Ankunft Christi vorausgeht. *[Ihr seid beide eine lange Zeit still. EC]*

AB: Dann ist es ja ein Happy End.

OM: Erinnerst du dich noch, dass ich geschrieben habe, niemand würde mehr die Zukunft voraussagen? Weil es zu spät ist. Es gibt keine Zukunft mehr. Es ist so weit. Das Ende aller Tage. *[Offenbar stellst du Olivers Gefasel nicht infrage, Mandy. Machst du dir denn keine Sorgen um ihn? EC]*

WhatsApp-Nachrichten zwischen Ellie Cooper und mir, 10. August 2021:

Ellie Cooper
Schau in deinen Eingang, da ist die jüngste Datei. Findest du nicht, dass Oliver sich langsam in den spirituellen Aspekt von dieser Engelsgeschichte verrennt?

Amanda Bailey
🤣 Yeah, ein bisschen schon. Dann kommt er wenigstens meinem Ansatz nicht in die Quere 😜

Ellie Cooper
Du hast das Kind gefunden? 😱

Amanda Bailey
Wenn ich rauskriege, was in jener Nacht WIRKLICH geschehen ist, führt mich das zu dem Kind. Lass mich grad noch ein paar Nachrichten losschicken, dann erzähl ich dir, was ich bis jetzt habe.

SMS zwischen mir und Clive Badham, 11. August 2021:

Amanda Bailey
Hallihallo! Hab grad noch mal *Boten des Himmels* gelesen. Bin total hingerissen von der Figur der Ashleigh. Oh mein Gott, die ist so umwerfend! Ich denke da an Carey Mulligan, Ana de Armas, Chloe Grace Moretz. Nur mal so aus Interesse, basiert sie auf einer echten Beteiligten an dem Fall?

Clive Badham
Wahnsinn! Ich LIEBE alle drei Schauspielerinnen. Jede von ihnen würde der Rolle etwas ganz Besonderes geben. Nein, Ashleigh habe ich als Werkzeug für den Plot entworfen, um Holly von Gabriel und Jonah wegzubringen. Sie wartet ab und schaut zu, und dann: PENG! Lässt sie ihre

ganze Welt explodieren. Macht es was, dass sie fiktiv ist? Würden die Schauspielerinnen lieber eine reale Figur spielen?

Amanda Bailey
Nein, nein. Das spielt keine Rolle für sie. Ich wollte nur alle Fakten kennen, bevor ich mit ihnen rede. Wunderbar. Ich melde mich wieder, sobald ich Kontakt zu ihren Agenturen aufgenommen habe usw.

Clive Badham
🤩🤞

E-Mail von mir an Ellie Cooper, 11. August 2021:

AN: Ellie Cooper
DATUM: 11. August 2021
BETREFF: Meine bisherigen Ergebnisse
VON: Amanda Bailey

Danke für die Datei. Also, Folgendes habe ich bis jetzt. Alles top secret. 🤐

Gabriel hatte bereits 1990 eine ›Holly‹ im Schlepptau und wollte irgendetwas anstellen. Einen ganzen Monat lang hat er immer wieder dieselbe kryptische Kleinanzeige in einer Lokalzeitung geschaltet. Die Botschaft führte zu einer inzwischen nicht mehr genutzten Unterführung unter der Schnellstraße M40 im Londoner Westen, wo ich ein dreißig Jahre altes Engelssymbol gefunden habe, genauso eins wie die, welche die Polizisten auf dem Fußboden des Lagerhauses gesehen haben und Oliver und ich in dem Treppenhaus bei den Luxuswohnungen, die heute dort stehen. Darüber, was die Engel Anfang der 90er getrieben haben, wissen wir sonst noch nichts.

Unsere Holly, die von 2003, kam zwar aus zerrütteten Verhältnissen und ist dem Jugendamt entwischt, war aber trotzdem anders. Ihre Eltern waren Adlige, denen die Drogen den Verstand zersetzt hatten. Sie war auf der Gordonstoun, wurde dann aber nach London verfrachtet. In jenem Sommer ist sie aus einem Leben geflohen, das zweifellos chaotisch war. Wenn das Baby Anfang Dezember geboren wurde, müsste sie am Ende des Schulhalbjahrs im dritten Monat schwanger gewesen sein – exakt zu der Zeit, als sie sich aus dem Staub gemacht hat, um mit Gabriel zusammenzuleben. Wenn ihr Baby von jemandem aus der entfernten Verwandtschaft adoptiert wurde, wie mir vor einiger Zeit – am Anfang meiner Recherchen – gesagt wurde, handelte es sich um eine ›anonyme‹ Adoption, weil niemand wissen sollte, dass Lady Georgina und das Kind, das sie mit siebzehn bekommen hatte, in einen so scheußlichen Fall verwickelt gewesen waren. Als Nächstes muss ich also Lady G finden und außerdem so viel wie möglich über die Holly von 1990 rauskriegen.

Von den drei fiktionalen Werken, die ich gerade lese, weisen zwei eine sehr seltsame Übereinstimmung auf. Sowohl in *Mein Tagebuch als Engel* von Jess Adesina als auch in *Boten des Himmels* – einem unverfilmten Drehbuch von einem Möchtegernautoren – taucht eine Figur namens Ashleigh auf. In beiden Fällen handelt es sich um eine Frau, die Holly nahesteht und möglicherweise zwischen sie und Gabriel gerät. Der Drehbuchtyp behauptet, er hätte Name und Figur erfunden. Die Antwort der aalglatten Jess Adesina auf meine Frage steht noch aus.

In der Zwischenzeit warte ich auf einige Unterlagen des verstorbenen Mark Dunning, dessen Witwe vorhatte, mir per Kurier ein Paket zu schicken. Offenbar glaubt sie, er hätte gewollt, dass ich es bekomme, und ihr aus dem Grab heraus ein Zeichen gesandt. Mir ist es völlig egal, aus welchem Grund ich die Informationen bekomme – Hauptsache, ich kriege sie.

Ein Engel namens Raphael taucht übrigens in keinem der drei fiktionalen Werke auf.

Wenn dir noch irgendwas einfällt, Ellie, was ich übersehen haben könnte, sag's mir bitte. Ich habe das Gefühl, dem Kind dicht auf der Spur zu sein. Während Oliver gar nicht weiter weg sein könnte.
Mandy x

Interview mit Nikki Sayle, PS im Ruhestand, in einem Café in Watford, Freitag, den 13. August 2021 😱. Transkribiert von Ellie Cooper.

[Ich überspringe das Übliche. Sie klingt sehr alt. Offenbar interviewst du sie gerade noch rechtzeitig. EC]

AB: Ich kenne Don Makepeace schon ewig. Ihren Namen habe ich allerdings von Mike Dean.

NS: Er sagte, dass Sie sich bei mir melden würden und ich nicht mit Ihnen sprechen soll, wenn ich nicht will. Mike ist einer von den Guten, er möchte nicht, dass jemand Ärger kriegt, nur weil er vor Jahren mal eine falsche Entscheidung getroffen hat. Was ich übrigens auch nicht möchte.

AB: Verstehe ich absolut. Ich interessiere mich nur für diesen Fall, sonst nichts. Nikki – würden Sie mir bitte erzählen, woran Sie sich in Bezug auf diese Befragung noch erinnern?

NS: Gern. Läuft Ihr Tonband?

AB: Ja. Na ja, es ist nicht direkt ein Tonband. *[Deinen kurzen Abriss der Geschichte von Aufnahmegeräten schneide ich raus. EC]*

NS: Das war Anfang der 90er, wie Sie ja am Telefon schon sagten. Ich erinnere mich an dieses Mädchen, weil sie so eine merkwürdige Geschichte erzählt hat. Sie sagte, der Erzengel Gabriel hätte sie bei sich aufgenommen, nach einem Streit mit ihrer Mum. Dieser Kerl hätte ihr erzählt, sie wäre ein Engel und ihre gemeinsame Aufgabe bestünde darin, die Welt vom Bösen zu befreien. So was in der Richtung.

AB: Hatte sie ein Kind mit diesem Mann?

NS: Nicht dass ich wüsste. Was sich mir besonders eingeprägt hat, war, dass dieses Mädchen den Mann zwar verlassen hatte, sich aber immer noch für einen Engel hielt.

AB: Wie alt war sie?

NS: Siebzehn, was damals nicht *so jung* war, wie es das heute ist. Noch gar nicht so lang her, dass junge Mädchen mit achtzehn oder neunzehn heirateten und von zu Hause auszogen. Sie ist freiwillig zu diesem Kerl gezogen.

AB: Weswegen wollte das Mädchen Gabriel 1990 anzeigen?

NS: Er hatte ihr erzählt, der Antichrist würde darauf warten, auf der Erde geboren zu werden, und wenn es so weit wäre, würden sie sich zusammen um ihn kümmern und dafür sorgen, dass er nichts Böses anstellt. Aber während sie darauf warteten, wollte er sie offenbar dazu anstiften, mit gestohlenen Kreditkarten Geld abzuheben. Sie weigerte sich, und er verlor das Interesse. Für sie bedeutete dieser Wandel in seinem Verhalten, dass er von übernatürlichen Mächten umgedreht worden war und sich in Gefahr befand.

AB: Was hielt die Polizei davon?

NS: Alle lachten sie aus. Mike Dean und ich haben ihr überhaupt nur zugehört, weil jeder sehen konnte, wie hilflos sie war.

AB: Verstehe. Dann gibt es wohl auch keine Aufzeichnungen von diesem Gespräch?

NS: Wir haben ihre Beschwerde nicht zu Protokoll genommen. Damals drehte sich alles um Statistiken. Wenn wir einen Fall reinbekamen, bei dem von vornherein klar war, dass wir ihn nicht abschließen konnten, haben wir ihn gar nicht erst aufgemacht. Aber ich hab schnell erkannt, worum's da ging, und Mike die Sache abgenommen. Da brauchte es eine Frau. Am besten, das Mädchen wird zurück zu ihrer Mum gebracht.

AB: Fahren Sie fort.

NS: Klassische Loverboy-Masche. Dieser Gabriel ließ sie glauben, sie hätten eine Beziehung. Hatte ihr sämtliche Klamotten gekauft, die sie wollte, Schuhe, Handtaschen, CDs, Schmuck. Sie hatte eine Kette mit einem wunderschönen Engelsflügelanhänger. Die ist bestimmt nicht billig gewesen. Kein Wunder, dass die arme Kleine total verknallt war. Zum Glück hatte ihre Mutter ihr die Dreimonatsspritze geben lassen, sonst wäre sie genauso geendet wie die Holly von Alperton. Alles, was Gabriel von ihr wollte, war, dass sie für ihn auf Diebeszug ging, aber mit dieser Engelsgeschichte behielt er sie unter Kontrolle. Er war zeitlebens ein Betrüger und brauchte eine junge, gefügige Helferin ohne Vorstrafen, die das Risiko für ihn übernahm. Als sich zeigte, dass sie dafür zu intelligent war, setzte er sie ohne viel Federlesens vor die Tür und machte sich auf die Suche nach der nächsten. Aber sein Einfluss auf sie war so stark gewesen, dass sie immer noch in der Fantasiewelt lebte, die er geschaffen hatte. Das nennt man heutzutage Zwangskontrolle. Jahre später, als die Engel von Alperton aufflogen, zeigte sich, dass ich recht gehabt hatte. Jenes arme Mädchen hatte nicht so viel Glück. Hat am Ende ein Kind von ihm bekommen. *[Es folgt eine Pause. EC]*

AB: Was für eine merkwürdige Vorgehensweise.

NS: Bei der Polizei erlebt man alles. Ich warnte die Kleine, dass er ein Schwindler ist, der sie nur nach Strich und Faden ausbeuten wollte, und dass sie sich das eine Lehre sein lassen soll. Ich sagte, sie soll nach Hause zu ihrer Mum gehen und sich einen Freund in ihrem Alter suchen. Ich hab sie sogar nach Hause gefahren, und das ist noch so was, was sich mir eingeprägt hat. Sie bat mich, sie am Tor eines riesigen Grundstücks unten in Surrey rauszulassen.

AB: Sie kam aus einer Familie der Oberschicht?

NS: Weit gefehlt. Ihre Mum arbeitete dort als Wirtschafterin. Sie wohnten in einem kleinen Cottage am Rand der Ländereien. Um so was aufzugeben und dann in eine schäbige Wohnung in Staines zu ziehen, muss man selbst als Teenager ganz schön aufmüpfig sein. *[Ihr lacht, aber ich weiß genau, was du jetzt denkst, Mandy: Gabriel hatte es grundsätzlich auf junge Mädchen mit Verbindungen zur High Society abgesehen. Geld ist die Wurzel allen Übels. EC]*

AB: Und dieses Mädchen hieß Holly?

NS: Sie hat sich auf dem Revier als Holly vorgestellt, aber als ich sie absetzte, gestand sie mir, dass sie in Wirklichkeit Ashleigh heißt. Ashleigh mit i, g und h.

AB: Haben Sie diesen früheren Vorfall gemeldet, als das mit den Engeln von Alperton passierte?

NS: Mike und ich haben darüber gesprochen, stellten aber fest, dass wir die Aussage des Mädchens damals nicht zu Protokoll genommen hatten. Gabriel würde sowieso wegen Mordes verurteilt, also beschlossen wir, den Mund zu halten. Das junge Mädchen, was immer auch aus ihr geworden sein mochte, hätte es uns sicher nicht gedankt, wenn wir die Sache wieder vorgekramt und sie in den Fall mit reingezerrt hätten.

AB: Als ich mit Mike sprach, hat er die beiden Hollys miteinander verwechselt.

NS: Tja, wir werden alle nicht jünger!

AB: Nikki, halten Sie es für denkbar, dass es sich 2003 um *dasselbe* junge Mädchen gehandelt hat wie 1990?

NS: Nein. Damals habe ich ihre Mutter gesehen, und wir haben zwischen Tür und Angel ein paar Worte gewechselt. Das Mädchen von 2003 war aus der Jugendfürsorge getürmt. Haben Sie schon mit Farrah Parekh gesprochen?

AB: Den Namen höre ich heute zum ersten Mal.

NS: Sie ist die PS, die 2003 das Mädchen von den Engeln von Alperton befragt hat. Sie stehen mit Don Makepeace in Kontakt? Hm, das hätte er eigentlich wissen müssen.

AB: Wahrscheinlich hat er vergessen, es mir zu sagen. Vielen Dank, Nikki.

[Eure Verabschiedung habe ich wieder weggelassen. Diese Ashleigh-Sache ist echt komisch. Mandy, ist dir schon mal in den Sinn gekommen, dass Don Makepeace nicht will, dass du die Hollys findest, keine von beiden? EC]

WhatsApp-Nachrichten zwischen Ellie Cooper und mir, 14. August 2021:

Ellie Cooper
Bitte entschuldige, dass ich dir mitten in der Nacht schreibe, aber mir ist gerade ein Gedanke gekommen. Holly und Jonah zu erzählen, dass das Baby nicht ›vor der Konjunktion‹ getötet werden darf, stellt sicher, dass sie es NICHT töten. Weil Gabriel das überhaupt nicht vorhat.

Ellie Cooper
Er hat gehofft, dass die erste Holly ein Baby bekommt. Als sie nicht schwanger wurde, hat er angefangen, sie kleine Betrügereien begehen zu lassen, bis sie ihn verlassen hat und wieder heimgegangen ist. Er erzählt diesen Mädchen, das Baby wäre der Antichrist, damit sie keine Bindung zu ihm aufbauen und traurig sind, wenn es ›verschwindet‹.

Ellie Cooper
Mandy, ich glaube, Gabriel hatte vor, Hollys Baby zu VERKAUFEN. Das passt zu seiner Vorgehensweise. Er ist ein vorbestrafter Betrüger. Die anderen Engel zieht er mit dem Versprechen auf Geld in die Sache rein ...

Ellie Cooper
Und bei der Versammlung übergibt Gabriel das Kind seinen Adoptiveltern, die dafür bezahlt haben 😱

Amanda Bailey
Guten Morgen! Vielen Dank! Gut mitgedacht 😘

Interview mit PS Farrah Parekh in Amandas Auto nach dem Besuch eines Cafés in Greenford Quay, 16. August 2021. Transkribiert von Ellie Cooper.

[Da ich keine anderslautenden Instruktionen bekommen habe, überspringe ich wie immer sämtliche Nettigkeiten. EC]

AB: Können Sie mir erzählen, wann und wie Sie 2003 die Befragung der Holly von den Engeln von Alperton durchgeführt haben?

FP: Das war am Tag nach dem Massaker im Lagerhaus. Die Nacht hatte sie im Willesden Children's Centre verbracht. Befragt haben wir sie auf dem Revier von Alperton. Ich habe die Befragung geleitet, aber wir mussten ganz behutsam vorgehen, sie war ja noch so jung und hatte gerade etwas Traumatisches durchgemacht. Ein Personensorgeberechtigter war ebenfalls dabei. Alles nach Vorschrift.

AB: Natürlich.

FP: In erster Linie wollten wir wissen, was in der vorangegangenen Nacht passiert war –

AB: Hat man Ihnen gesagt, wie viele Leichen es gab?

FP: *[An dieser Stelle schweigt sie lange. Interessant. EC]* Es hieß vier, glaube ich, ähm … Das ist lange her. Soweit ich mich erinnere, stand Holly noch immer unter dem Einfluss der Sekte. Sie benahm sich, als wäre sie ein übernatürliches Wesen im Körper eines Menschen. Ziemlich bizarr. Aber sie war gehirngewaschen worden, damit sie das glaubte. Das Baby bezeichnete sie als den Antichrist.

AB: Wo war das Baby zu dem Zeitpunkt?

FP: Man hatte es weggebracht. *[Sie senkt die Stimme. EC]* Ich glaube nicht, dass sie es zurückbekommen hat. Das war's. Das Jugendamt hat übernommen. War wohl am besten so.

AB: Wurde es schließlich adoptiert?

FP: Das weiß ich nicht.

AB: War Holly verzweifelt, dass das Baby weg war?

FP: Schwer zu sagen, nachdem sie so viel durchgemacht hatte. Aber ich würde sagen, nein. *[Pause. Sie hat den Faden verloren. EC]*

AB: Bitte entschuldigen Sie. Entschuldigen Sie, dass ich Sie unterbrochen habe. Was hat Holly über die Ereignisse jener Nacht erzählt?

FP: Sie sagte, die Engel hätten eine Versammlung einberufen, um den Antichrist zu vernichten. Eine bestimmte Planetenkonstellation würde dafür sorgen, dass sein Tod die Menschheit vom Bösen befreit. Sollte das Baby die Konstellation überleben, wäre die Menschheit dem Untergang geweiht.

AB: Okay … Was ist denn schiefgegangen an dem Plan?

FP: Sie sagte, die Erzengel wären von den dunklen Mächten daran gehindert worden, ihre Mission zu erfüllen, und hätten wegen ihres Scheiterns alle sterben müssen.

AB: Alle?

FP: Außer ihr und Jonah waren alle Engel tot. Das hat sie uns jedenfalls erzählt.

AB: Aber Gabriel konnte doch entkommen. Er wurde Tage später verhaftet. Er ist geflüchtet.

FP: Vielleicht wollte sie ihn schützen. In der Hoffnung, dass wir dann nicht nach ihm fahnden. Sie stand ganz unter seinem Bann. Alle standen unter seinem Bann.

AB: Yep. Soweit ich weiß, ist er ein charismatischer Mensch.

FP: Ich war nicht dabei, kann also nichts dazu sagen. Ich weiß nur, dass Gabriel da schon einen Mann umgebracht hatte. Diesen jungen Inder –

AB: Harpinder Singh.

FP: Yep.

AB: Farrah, ich möchte Ihnen etwas zeigen, das ich noch niemandem sonst gezeigt habe. Sehen Sie.

FP: *[Ziemlich lange Pause. EC]* Was ist das?

AB: Der Tatort des Massakers der Engel.

FP: Das ist grauenvoll.

AB: Ich weiß. Das wurde von Gray Graham aufgenommen, einem Lokalreporter und Schlagzeilenjäger alter Schule. Er war als Erster am Tatort. Als dieses Foto gemacht wurde, hatten zwei nichtsnutzige Schreibtischpolizisten, die Holly für einen Fall für die Psychiatrie hielten, das Mädchen bereits aus einem Raum im Obergeschoss weggebracht. Sie hatte den Tatort schon vorher verlassen, war die Treppe hochgelaufen und hatte für sich und das Baby den Notruf gewählt.

FP: Dieses Foto habe ich noch nie gesehen.

AB: Das hat noch niemand gesehen. Es war unter Gray Grahams Sachen, als er letzten Monat ums Leben kam. Zusammen mit seinen Notizbüchern. *[Scheiße, Mandy, dieses Bild hast du nie erwähnt. EC]* Darf ich Ihnen noch etwas zeigen?

FP: Natürlich.

AB: Sehen Sie diese Leiche da? Alan Morgan, oder Elemiah. Das da, Michael, richtiger Name Dominic Jones. Auf keiner dieser Aufnahmen ist Christopher Shenk, oder Raphael, zu sehen. In den Polizeiberichten steht, seine Leiche wäre auf einem Treppenabsatz gefunden worden, ein Stück vom Untergeschoss entfernt. Allerdings wurde mir glaubhaft versichert, dass Shenk in jener Nacht ganz woanders war. Dieser Arm hier gehört dem Minderjährigen Jonah, er lebt und ist unverletzt, klammert sich aber an eine dritte Leiche. Den Erzengel Gabriel.

FP: Wirklich? Woher wollen Sie das wissen?

AB: Ich habe das Bild eingescannt und vergrößert. Hier, vergleichen Sie's mit dem Fahndungsfoto von Peter Duffy, alias Gabriel Angelis.

FP: Er kann nicht tot gewesen sein. Er muss aufgestanden und abgehauen sein, nachdem dieses Foto gemacht wurde. *[Lange Pause, während sie das Bild zweifellos noch einmal eingehend studiert. EC]* Aber wie dem auch sei. Er wurde geschnappt und eingebuchtet, und nur darauf kommt es an.

AB: Yep. Allerdings erzählte Holly Ihnen Stunden später, dass *alle* erwachsenen Engel tot wären, und hier ist ein Foto, das diese Geschichte stützt. Irgendetwas Schreckliches ist passiert, um dieses Blutbad auszulösen. Aber danach ist noch etwas anderes passiert. Und ich glaube, nicht mal Holly weiß, was. Was ist mit Ihnen? *[Wieder macht sie eine Pause. Diese Frau weiß entweder mehr, als sie durchblicken lässt, oder sie will es nicht wissen. EC]*

FP: Wollen Sie wissen, ob ich Ihnen zustimme, dass *etwas* passiert ist, oder ob ich *weiß*, was das war?

AB: Sagen Sie's mir.

FP: *[Schüttelt sie jetzt den Kopf? Irgendeine Art nonverbaler Kommunikation findet jedenfalls statt. Nur du weißt, was es ist. EC]* Und mehr kann ich Ihnen nicht sagen.

WhatsApp-Nachrichten zwischen Ellie Cooper und mir, 16. August 2021:

Ellie Cooper
Kann ich das Foto sehen, Mandy? 😱

Amanda Bailey
Das willst du gar nicht. Es zeigt, worüber Gray Graham auf der Jagd nach ein paar rührseligen Bildern für einen locker-flockigen Artikel über ein in einer alten Lagerhalle geborenes Baby gestolpert ist.

Ellie Cooper
Hat er es je verkauft?

Amanda Bailey
Nein, dabei hätte ihm das echt ne Menge Geld eingebracht. Es war in einem unbeschrifteten Umschlag, vergraben in einer Kiste mit Bildern von Volksfesten, Jahrmärkten und Benefizläufen, die er entwickelt und aussortiert hat.

Ellie Cooper
Warum hat er es nicht einfach zerrissen?

Amanda Bailey
Genau. Ich glaube, er hatte Angst davor. Sogar davor, es wegzuwerfen.

Ellie Cooper
Bitte, kann ich es sehen?

Amanda Bailey
[?] Print Error [?]

Ellie Cooper
Ich verstehe, was du meinst. Gabriel sieht da wirklich tot aus. Aber wer wurde dann für den Mord an Singh vor Gericht gestellt? Wen hat Oliver im Gefängnis von Tynefield besucht?

Amanda Bailey
Wer immer das auch war, er sah genauso aus wie die Leiche dort am Fußboden. Wie Peter Duffys Fahndungsfoto 🙊 Es ist rätselhaft. Obwohl ... die Pragmatikerin in mir stimmt Farrah zu. Gabriel kann nicht so tot gewesen sein, wie dieses Foto uns glauben macht.

Ellie Cooper
Jonah klammert sich an die Leiche. Aileen zufolge wollte er ihn ins Leben ›zurückwünschen‹. Aber vielleicht hat Gabriel sich ja nur tot gestellt? Wäre das möglich? Was, wenn Jonah sich nicht an ihn klammert, weil er von Trauer und Gefühlen überwältigt ist, sondern weil sie gehört haben, dass Gray Graham reinkommt, und sicherstellen wollten, dass niemand die ›Leiche‹ zu genau untersucht ...

Amanda Bailey
Du solltest dieses Buch schreiben, Ellie 😊

WhatsApp-Nachrichten zwischen Ellie Cooper und mir, in den frühen Morgenstunden des 17. August 2021:

Ellie Cooper
Mir ist da ein Gedanke gekommen, der mich nicht mehr loslässt. Was, wenn Gabriel DOCH tot war … und Jonah ihn geheilt hat? Ins Leben zurückgeholt hat 😳

Amanda Bailey
😌

Ellie Cooper
Hör nicht auf mich. Es ist spät. Ich geh schlafen.

WhatsApp-Nachrichten zwischen meiner Lektorin Pippa Deacon und mir, 20. August 2021:

Pippa Deacon
Hallo, Amanda! Na, wie läuft's?

Amanda Bailey
Bestens. Wieso?

Pippa Deacon
Nur so. Jo meint, dass Oliver nichts mehr von sich hören lässt. Ich weiß, Sie haben eine Menge zu tun, aber ich hab ihr gesagt, wenn Sie was wissen, würden Sie's mir sagen, und dann könnte ich sie beruhigen.

Amanda Bailey
Dem geht's gut. Sagen Sie Jo, dass er in genau derselben Phase steckt wie ich: stellt Recherchen zusammen und sucht nach einem guten Einstieg in seinen neuen Ansatz. Wir sind in Verbindung, und ich unterstütze ihn bei jedem Schritt. Sein spiritueller Ansatz wird fantastisch. Und meiner noch viel mehr 🤪

Pippa Deacon
Sie sind großartig! 😘

WhatsApp-Nachrichten zwischen mir und Oliver Menzies, 20. August 2021:

Amanda Bailey
Buh! Wie geht's, wie steht's? Du gehst Jo aus dem Weg?

Oliver Menzies
Und wennschon. Das Ende aller Tage ist gekommen.

Amanda Bailey
Oliver, viele Sekten haben den Weltuntergang vorhergesagt. Einige weitverbreitete Religionen eingeschlossen. Das sichert einem einerseits natürlich die volle Aufmerksamkeit. Andererseits ... Wenn der Tag dann kommt und wieder geht, ist das schon ein bisschen peinlich 😳

Oliver Menzies
Das weiß ich alles. Aber diesmal ist es anders. Pass auf. Die Engel von Alperton hatten nicht nur recht in Bezug auf den Antichrist, sie waren auch unsere letzte Chance. Ich habe alles dazu gelesen und mit Fachleuten gesprochen. Aber ich weiß zu viel. Ich blicke in den Abgrund. Nicht für mich persönlich. Für die gesamte Zivilisation. Das Einzige, was uns jetzt noch vor dem Ende aller Tage schützen könnte, wäre ein neuer Messias. Und ich sehe keinen.

Oliver Menzies
Ignorier mich ruhig, wenn du willst. Auch schon egal.

Amanda Bailey
Ich denke nach. Ich ignoriere dich nicht.

Kommunikation zwischen mir und der Sozialarbeiterin Sonia Brown, 21. August 2021:

AN: Sonia Brown
DATUM: 21. August 2021
BETREFF: Holly
VON: Amanda Bailey

Hallo, Sonia,
Holly stammt aus adligem Hause. *Deshalb* war es eine anonyme Adoption. Das Getuschel. Die Schande. Und was sonst noch alles auf eine vermögende, einflussreiche Familie einprasseln würde, deren Tochter mit einem Sektenführer durchbrennt und sein Kind zur Welt bringt.

So viel weiß ich jetzt, es ist also keine große Sache mehr für Sie, mir zu verraten, wo sie heute steckt. Online ist Lady Georgina Ogilvy nicht präsent. Die Google-Suche ergibt lediglich die Tatsache, dass sie geboren wurde. Rowley Wild, das erste Pseudonym, mit dem vertuscht werden sollte, dass ihre Eltern in Ungnade gefallen sind, ist ähnlich unergiebig. Hat sie ihren Engelsnamen behalten, ›Holly‹? So wie Jonah? Halten sich beide immer noch für Engel?

Ich muss mit ›Holly‹ sprechen, Sonia. Egal mit welcher.
Amanda

Sonia Brown
Lassen Sie's gut sein, Amanda. Das geht bis ganz nach oben, und da wird niemand Ihretwegen aus der Reihe tanzen.

Amanda Bailey
›Aus der Reihe tanzen‹? Worum geht es hier eigentlich?

Sonia Brown
Warum haben Sie sich so auf Holly eingeschossen, auf das Kind? Warum nicht auf Gabriel?

Amanda Bailey
Vermutlich, weil der auf frischer Tat ertappt wurde und sicher hinter Schloss und Riegel sitzt 👻

Sonia Brown
Dabei beharrt er vom ersten Tag an auf seiner Unschuld. Wenn seine Verurteilung für den Mord an Singh aufgehoben wird, muss auch die lebenslange Strafe erneut geprüft werden. Für die anderen Anklagepunkte hat er länger als genug gesessen.

Amanda Bailey
Stimmt. Wenn sich die Verurteilung wegen Mordes in Luft auflöst, ist Gabriel ein freier Mann.

Sonia Brown
Wenn der Mann wieder rauskommt, ist niemand mehr sicher. Der ist in null Komma nichts verschwunden und sucht sich neue Opfer, die er manipulieren und kontrollieren kann. Selbst wenn man seine Art GENAU kennt, ist man genauso wehrlos wie jemand, der ihm nichts ahnend über den Weg läuft – Wissen ist NICHT Macht, und das jagt mir eine Heidenangst ein.

Sonia Brown
Und wenn man ihn fünfzig Jahre in einen Käfig sperrt, wird er im selben Moment, in dem er freikommt, zu seinen alten Gewohnheiten zurückkehren. Er kennt nichts anderes. Er ist eine Spinne. Ein Netz zu spinnen ist alles, was er kann.

WhatsApp-Nachrichten zwischen Ellie Cooper und mir, 23. August 2021:

Ellie Cooper
Mandy, kann ich dir was zeigen? Hier ist der Link:

EIN MITGLIED DER KÖNIGLICHEN FAMILIE WIRD ERWACHSEN

Lady Louise Windsor, das älteste Kind von Prince Edward und Sophie, Countess of Wessex, bereitet sich auf ihren 18. Geburtstag am Ende dieses Jahres vor. Lady Louise, die oft als Lieblingsenkelin der Queen bezeichnet wird, ist abseits des Scheinwerferlichts aufgewachsen und besucht eine Privatschule in Ascot.

Ellie Cooper
Das Kind der Engel von Alperton ist Lady Louise Mountbatten-Windsor, siebtes Enkelkind der Queen und in der Thronfolge auf dem sechzehnten Platz 😱

Ellie Cooper
Es stimmt also, was du ganz am Anfang erfahren hast. Hollys Baby wurde von der Familie aufgenommen. Derer von Wessex. Ihr Vater war ein entfernter Verwandter der Queen. Das ist eine königliche Vertuschungsaktion 👁

Amanda Bailey
Danke, Ellie, du leistest wirklich großartige Arbeit. Aber lass uns das erst mal für uns behalten. Bitte?

Ellie Cooper
Ehrenwort 😊

WhatsApp-Nachricht von Ellie Cooper an mich, später am 23. August 2021:

Ellie Cooper
Den Polizisten wurde weisgemacht, die Symbole in dem Lagerhaus hätten eine Bedeutung. Dann wurden sie entfernt, um ihre Zeugenaussagen zu diskreditieren. Den Leuten vom Jugendamt wurde erzählt, sie wären an allem schuld. Die Mitglieder der örtlichen Kirche glauben immer noch,

sie hätten eine Rolle beim Tod der Sektenmitglieder gespielt. Alles, um die Aufmerksamkeit sämtlicher Beteiligter von der Frage nach der wahren Identität des Kindes WEGzulenken.

Benachrichtigungskarte eines Kurierdienstes:

ABSENDER: Judy Teller-Dunning
NACHRICHT: Sie waren nicht anzutreffen, daher wurde Ihre Sendung hinter der Altpapiertonne hinterlegt

---

Tagebucheinträge in säuberlicher Handschrift, amerikanisches Briefformat. Zusammengeheftete lose Seiten:

London, 10. Dezember 2003

Aufgeregt und beklommen. Hab so viel über die britische Polizei gehört, sollte mir aber den Kopf frei machen und das jetzt ganz unvoreingenommen angehen. Hoffe nur, die Londoner Taugenichtse und Bösewichte sind nicht gerade im Urlaub. Boston, unvergesslich. Der Fluch des Mark Dunning hatte wieder zugeschlagen. Die ruhigste Nacht, die sie in der Dienststelle je erlebt hatten. Nur zwei Anrufe. Einmal verwählt und ein Bagatelldiebstahl an einem Kiosk. Heißt das, ich bringe Glück, oder lastet ein Fluch auf mir?

Wenn mein nächster Roman in London und Paris spielen soll, muss ich diese Städte besuchen. Nicht die Sehenswürdigkeiten, sondern die Abgründe. Ist das überhaupt möglich? So verdammt verlogen und forciert. Bestimmt zeigen sie sich von ihrer besten Seite, und ich werde superhöflich sein und ungemein dankbar, alles wunderbar, Chef.

Niemand sagt einem, wie einsam diese Rechercheresen sind. Nur ich und meine Gedanken. Wünschte, Judy wäre hier. Aber mit all ihren Verpflichtungen und Harrisons neuer Schule ...

Jonathan hat angerufen. Er ist heute Abend um acht bei der

U-Bahn-Station Alperton. Hat gefragt, ob ich die Kohle habe. Wetten, dass keiner weiß, dass er fünfhundert Pfund Sterling (yep, siebenhundert Dollar) dafür kriegt, dass er mich im Streifenwagen mitnimmt? Ob es hierzulande üblich ist, dass man als Schriftsteller für eine Fahrt mit der Streife bezahlt? Eins hat er absolut klargestellt: keine Bild- und Tonaufnahmen. Ich soll schauen und schlucken, mehr nicht.

Hab vor, die U-Bahn zu nehmen. Kaufe das Ticket am Schalter von South Kensington. Nehme eine Bahn der Piccadilly Line Richtung Westen mit Endstation Rayners Lane und steige in Alperton aus. Am Ende teilt sich die Linie und macht eine Schleife, also wer weiß? Um Mitternacht könnte ich schon wieder zurück in South Kensington sein. Ich rechne mal mit zwei Stunden für die Fahrt.

Sitze hier in meinem Zimmer und schau der Uhr dabei zu, wie sie auf sechs zu tickt. Draußen ist es dunkel. Drinnen ist es dunkel, weil Glühbirnen in Londoner Hotelzimmern offenbar rationiert sind. Es ist kalt, weil die Heizung aus ist. Dabei ist Winter. Ich will ein bullerndes Feuer, Hitze, Raserei, Leidenschaft, Aufregung. Ich will unbedingt, dass heute Nacht was passiert.

Eine neue Seite, dieselbe Handschrift, allerdings nicht so säuberlich, krakelig, irgendwie anders ...

11. Dezember 2003

Wir sind in der Luft, Gott sei Dank. Die Flüge umzubuchen war leicht. Hab gesagt, meine Mutter ist krank und ich muss nach Hause, bevor es zu spät ist. Es ist viel zu spät. Sie starb 1977. Augenscheinlich habe ich den besorgten, erschütterten, von Schuldgefühlen geplagten Mann nur zu gut gespielt. Sie haben mich in diese Maschine verfrachtet. Noch nie was von der Fluglinie gehört. Zwischenlandung in Reykjavík, und am JFK muss ich umsteigen, aber was soll's.

Die letzte Nacht werde ich nie vergessen – hab aber trotzdem das Gefühl, ich sollte sie schriftlich festhalten. Für wen? Mich? Jemanden in der Zukunft, der vielleicht wissen muss, was passiert ist? Warum bin ich so ein Nervenbündel? Auf genau so was hatte ich doch gehofft. Tja, man sollte halt immer aufpassen, was man sich wünscht, was?

PC Jonathan Childs hat vor der U-Bahn-Station gewartet. Sagte, ich soll ihn JC nennen. Jünger, als er am Telefon geklungen hat. Verschwitzt, zappelig. Wenn er nicht in Uniform in einem Streifenwagen gesessen hätte, tja, dann hätte ich mich gefragt, ob er wirklich ein Bobby ist. Er fährt mich um die Ecke, hält in einer dunklen Straße und zählt erst mal das Geld im Umschlag. Lässt ihn sich in den Schoß fallen, fährt noch ein paar Blocks weiter, ohne sich auch nur anzuschnallen. Lässt mich auf der Rückbank sitzen, eingesperrt, während er, die Kohle in der Hand, in einer Türöffnung verschwindet. Er ist sieben Minuten lang weg. Die Gegend da ist dunkel, großstädtisch und runtergekommen. Und schon bald menschenleer. Die Nachricht von einem Streifenwagen macht hier offenbar blitzschnell die Runde.

Jonathan kommt zurück, viel ruhiger. Wir fahren weiter. Ich stell ihm meine Standardfragen. Wird viel passieren? Welche Verbrechen sind in dieser Gegend üblich? Was war Ihr bisher schlimmster Einsatz? Schon mal der Queen begegnet?

Wir halten ein Auto mit kaputtem Rücklicht an. Der Fahrer verspricht, dass er's richten lässt, und kommt ohne Bußgeld davon. Ich helfe JC, eine beschädigte Plakatwand vom Gehweg zu schaffen. Per Funkspruch werden wir zu einem kleinen Haus geschickt, aus dem die Nachbarn laute Stimmen gehört haben. Das Pärchen schwört, es hätte den Fernseher zu laut gestellt. Der Mann hat einen Bluterguss im Gesicht. Zurück im Wagen, sagt Jonathan, Fälle häuslicher Gewalt seien ›das Letzte‹, weil man ›nichts tun kann‹.

Gegen elf begegnen wir einem anderen Streifenwagen, mit zwei Polizisten drin. Jonathan steigt aus, um eine mit ihnen zu rauchen und rumzualbern. Ich versuche, aus dem Auto zu kommen und mich dazuzugesellen. Bin eingesperrt. Sie starren mich durch die Windschutzscheibe an. Fragen nicht, wer ich bin. Wissen offenbar Bescheid, denn ich höre, wie sie JC damit aufziehen, dass er ›das teuerste Taxi in ganz London‹ fährt. Dann kriegen sie einen Funkspruch rein und düsen los, mit Blaulicht und Sirene.

JC fährt mit mir zu einer Tanke und besorgt uns Kaffee und so eine Art länglichen Krapfen, wie meine Großmutter sie früher immer gemacht hat. Ich beiße rein, gierig nach dem Zuckerschub. Fettes, gottverdammtes Schweinefleisch in einer Mehlspeise! Nicht das erste Mal in dieser Nacht, dass ich meine Erwartungen korrigiere.

Gegen Mitternacht werden wir zu einem Krawall auf offener Straße gerufen. Zwei Gangs, nur Männer. Ein Duell. Keine Waffen, nur Gebrüll in einer fremden Sprache. JC seufzt, genervt, sagt, das wären zwei ›rivalisierende Familien‹, die ständig ›aneinandergeraten‹, in der Regel aber ›wieder die Fresse halten, bevor es hässlich wird‹. Ein paar Männer am Rand der Gruppe verdrücken sich, als sie den Streifenwagen sehen, und noch mehr verschwinden, als JC aussteigt. Aber immer noch hängt da Spannung in der Luft. Er geht direkt auf die Anführer zu, spricht mit ihnen. Ohne jemanden, hinter dem sie sich versammeln kann, zerstreut sich die restliche Menge. Jetzt sind nur noch ein paar übrig. Die Anführer beruhigen sich. Zum ersten Mal bin ich von diesem jungen Kerl beeindruckt. Ich möchte hören, was er sagt.

Ich probiere den Griff von der Wagentür. Unversperrt. Noch so ein erstes Mal. Ich steige aus. JC steht mit dem Rücken zu mir. Instinktiv greift meine Hand nach meiner Brieftasche in der Jacke, um sie vor Langfingern zu schützen. Ich sehe, wie der Typ mich sieht, aber irgendwie reagiert er total überzogen. Brüllt los, mit angstverzerrtem Gesicht. Der andere macht's ihm nach. Zu spät kommt mir die Idee, dass sie denken könnten, ich würde nach einer Waffe greifen.

JC wirbelt rum, scheucht mich zurück zum Wagen, aber zack. Der Riesentyp wirft ihn zu Boden. Der andere benutzt seinen Fuß, um ihn nach unten zu drücken, als wäre er eine Geisel, damit ich sie nicht erschieße!

Die Kampfhähne stehen also plötzlich auf derselben Seite. JC rappelt sich fast hoch, wird von einem Stiefel wieder runtergetreten. Er brüllt in den Funk, ›Polizist am Boden‹. Schreit mich an, ich soll wieder in den Wagen steigen. Ich hebe die Hände in die Höhe, um den Kerlen zu zeigen, dass ich unbewaffnet bin. Aus allen Richtungen nähern sich Sirenen.

Dieser Augenblick dauerte eine Ewigkeit. Die Kampfhähne, jetzt Kampfgefährten, schreien panisch rum, haben keinen Plan, wie sie den Schlamassel, den sie verursacht haben, lösen sollen. Als heulende Streifenwagen in die Straße biegen, werfen sie die Hände in die Luft, lassen von JC ab, der sofort aufspringt. Beamte aller Größen und Formen stürmen ihm zu Hilfe, darunter auch die beiden Jungs, mit denen JC vorher eine geraucht hat.

Weil auf mich keiner achtet, krieche ich zurück zum Wagen, sperre mich ein. JC geht's gut. Den Kampfhähnen geht's gut. Sie schlendern gemeinsam davon. Alle tun die Sache mit einem Lachen ab. Streifenwagen düsen so schnell wieder weg, wie sie gekommen waren. JC und ich sind wieder allein im Wagen. Bei dem Blick, den er mir im Rückspiegel zuwirft, pisse ich mir fast in die Hose. Schließlich sagt er, dass er mich jetzt zurück zur Station bringt. Er meint die U-Bahn-Station.

Mein grandioser Ausflug in einem britischen Streifenwagen hätte also beinahe ein unrühmliches Ende gefunden, wenn JC jetzt nicht ›unbedingt‹ eine Kippe gebraucht hätte. Auf dem Weg zur U-Bahn macht er an einer Parkplatzschranke am Rand eines Feldes halt, das an ein Wäldchen grenzt. Der Parkplatz ist nicht nur über Nacht gesperrt. Der ist schon seit Jahren komplett gesperrt, aber JC kennt den Code. Er macht die Schranke auf, und voilà, da stehen wir ganz allein an einem Aussichtspunkt mit Blick über die nächtliche Londoner Skyline. Ich frage ihn, wo wir sind. Horsenden Hill.

Während JC aus dem Autofenster raus raucht, merke ich, dass ihn die Geiselnahme eben mehr mitgenommen hat, als er seinen Kollegen gegenüber zeigen wollte.

Ich entschuldige mich. Er sagt, ›Schon okay, Kumpel‹. Dann bekommt er einen Anruf, aber nicht auf dem Diensthandy, sondern auf einem anderen, das tief in seiner Tasche steckt. Er wirft die Zigarette weg, steigt aus dem Wagen, schlägt die Tür zu, ruft mir über die Schulter zu, ich soll mich ›nicht von der Stelle rühren diesmal‹ und geht ein gutes Stück weg, bevor er den Anruf schließlich annimmt, die Entfernung zu groß, als dass ich mithören könnte. Er telefoniert eine Weile und sieht besorgt aus, als er wiederkommt.

›Da ist was passiert. Ich kann Sie noch nicht zurückbringen. Sie müssen sich in den Fußraum legen.‹

Ich muss exakt so verständnislos ausgesehen haben, wie mir zumute war, denn jetzt schnauzt er mich an: ›Mark! Legen Sie sich in den Fußraum und halten Sie den Kopf unten.‹

Ich stoße ein ›Warum?‹ hervor.

›Jemand kommt und gibt mir was. Ist jeden Moment hier. Nicht bewegen, nicht aufsetzen, einfach ... da unten bleiben.‹

Er kurbelt das Fenster hoch und sperrt die Türen ab. Ich bin in den dreckigen Fußraum gezwängt. Meine Gedanken wandern zurück zu dem Umschlag mit Geld, den er durch die dunkle Türöffnung getragen hat. Er wäre nicht der erste Bulle, der mit Drogenbossen gemeinsame Sache macht.

Im Nu höre ich ein zweites Auto. Der Motor läuft, während leise Stimmen klare Anweisungen geben, ohne Fragen zuzulassen. Schritte um den Wagen herum. Wenn der jetzt nach unten schaut, sieht er mich – JC beeilt sich, die Schritte mit einer fadenscheinigen Bemerkung wieder zurückzuholen. Der Kofferraum geht auf. Und dann kommt's. Der Aufprall. RUMMS. Irgendwas Schweres landet im Kofferraum. Eine Ladung Drogen? Falls ja, dann eine von der Größe und dem Gewicht eines erwachsenen Mannes.

Peng, peng, peng, werden Türen zugeknallt, darunter auch der Kofferraumdeckel. Ich mustere den Rücksitz und frage mich, wie groß die Wahrscheinlichkeit ist, dass es sich bei dem Ding auf der anderen Seite nicht um eine Leiche handelt.

›Unten bleiben‹, zischt JC, als er auf den Fahrersitz springt. ›Ich sag Bescheid, wenn Sie sich aufsetzen können.‹

Wir fahren schweigend. JC nervös am Steuer. Ich eingeklemmt hinter den Sitzen.

›Was ist das da hinten?‹ Fragen kostet ja nix, denk ich mir.

›Was zum Loswerden‹, sagt JC. ›Wir bringen's wohin und werden's los.‹ Ich versuche, noch was zu sagen, aber JC zischt mich an, ich soll still sein.

Schließlich biegen wir irgendwo ein und halten an. Ich werfe einen Blick nach oben. Es ist dunkel, aber da sind Leute. Ich höre Schritte, Rufe, zuschlagende Türen. Eher verhalten als gehetzt. Ein größeres Fahrzeug kommt herangefahren, lenkt dann aber woanders hin. Jemand ruft, sie sollen die Ausfahrt frei halten.

Wieder Stimmen. Ich höre, wie der Kofferraum geöffnet wird. Die Federung des Wagens ächzt erleichtert, als was immer da auch drin ist herausgewuchtet wird. Ich fordere mein Glück heraus und luge aus dem Fenster. JC ist mit irgendwem ins Gespräch vertieft. So einem grauen, farblosen Typen von absolut unbestimmbarer Größe, Gewicht, Alter ... Könnt ich auch jetzt noch nicht sagen.

Zwei Gestalten tragen was an mir vorbei, und ich duck mich wieder runter. Sie haben Polizeiuniformen an, wenigstens sieht's für mich so aus. Hinter ihnen schlägt der Kofferraumdeckel zu. Klappe zu, Affe tot. Was immer JC da auf dem Parkplatz auch bekommen hat. Die unverkennbare Form eines menschlichen Körpers.

Ich probiere den Türgriff. Abgesperrt. Aber die Fahrertür ja vielleicht nicht. Langsam krabble ich zwischen den Sitzen durch, meine Tasche bleibt am Schaltknüppel hängen, ich verliere einen Schuh und muss ihn mir zurückangeln. Endlich bin ich vorn. Klick. Die Tür geht auf. Ich schlüpfe hinaus, bemühe mich, auch grau auszusehen, so als hätte ich hier was zu erledigen, als würde ich dazugehören. Unauffällig folge ich den beiden grauen Typen und dem sperrigen Paket, das sie tragen.

Sobald ich mich durch die Türen gedrückt habe, glaube ich zu wissen, was das hier ist. Eine Fleischfabrik. Es ist kalt, kahl und riecht nach Blut und rohem Fleisch. Doch nach ein paar Schritten bin ich mir wieder nicht mehr so sicher. Die Bullen haben Scheinwerfer aufgestellt, um im Dunkeln arbeiten zu können. Schon beim Reinkommen höre ich erhobene Stimmen. ›Ihr dürft hier nichts anrühren‹, sagt eine.

›Wir dachten, er atmet noch. Wir haben gesehen, wie er atmet‹, sagt einer von den Grauen.

›Hätte ja sein können, dass er noch am Leben ist. Wir haben ihn aufgesetzt und versucht, ihn wiederzubeleben, und dann haben wir ihn hierhergebracht, wo mehr Licht ist und man besser sehen kann‹, fügt der andere hinzu. Dieser ›grave Kerl‹ ist eine Frau ... Eine junge Schwarze. Hübsch.

›Und, HAT er noch geatmet?‹, blafft der PO und schaut vom einen zur anderen.

›Nein.‹

›Wo habt ihr ihn gefunden?‹

›Da drüben, die Treppe hoch, auf einem Treppenabsatz.‹ Sie deutet ins Dunkel, nicht mal annähernd in die Richtung von dem

Streifenwagen, aus dem diese Leiche gerade gekommen ist, und auch nicht von dem Parkplatz oder wo auch immer der oder die Tote vorher gewesen sein mag.

›Es tut mir wirklich leid. Ich bin NEU, und er ist bloß vom Kommunalen Ordnungsdienst.‹ Die junge Frau blinzelt nervös unter den verächtlichen Blicken, windet sich, grinst einfältig, als hätte sie ein Spatzenhirn. Aber sie und dieser Typ, der da katzbuckelnd neben ihr steht ... Ich hab sie GESEHEN. Sie haben wie gottverdammte Geier darauf gewartet, dass JC mit der Leiche kommt. Wie sie sie getragen haben ... Das war nicht das erste Mal. Die waren ein Team.

Der Diensthabende seufzt, schaut auf die Marke von der Frau. ›Okay, Marie-Claire, dann legt ihn jetzt verdammt noch mal dahin zurück, wo ihr ihn gefunden habt.‹ Die beiden murmeln Entschuldigungen, schlurfen davon, in Richtung einer alten Tür, nicht der, durch die sie von draußen reingekommen sind. Der ganze Raum lässt ihnen eine Welle unverhohlener Empörung hinterherschwappen.

Ich drücke mich in eine Ecke, keiner bemerkt mich. Ich höre, wie sie leise schwören, die beiden zu melden. Kennt die jemand? Kids, die man ohne vernünftige Ausbildung losgeschickt hat. Und dann sehe ich, was sich hier in diesem Raum auf dem Boden befindet, und da passiert was mit mir.

Da muss es was geben. Einen urzeitlichen Reflex beim Anblick von Blut, Eingeweiden. Ich erinnere mich an einen Kollegen bei der New York Times, der erzählt hat, wie er mal bei einer Nierentransplantation dabei war. Riesenstory, die ihn mächtig interessiert hat. Kaum hat der Chirurg den ersten Schnitt gemacht und er das rote Fleisch gesehen und das verschmorende Gewebe bei der Kauterisation gerochen, ist er aus den Latschen gekippt. Das abgelenkte Ärzteteam musste dem bewusstlosen Journalisten auf dem Boden des OP-Saals zu Hilfe kommen. Die Story hat er jahrelang erzählt. Ich hab mich kaputtgelacht. Was für eine Knalltüte. Das war eine Routineoperation. Wie kann man bloß so zimperlich sein?

Ergibt jetzt Sinn. Wenn man eine zerfetzte Leiche sieht, ist man ebenfalls in Gefahr. Das wilde Tier könnte einen als Nächstes erwischen. Plötzlich erreicht der Anblick von blutroten Pfützen auf dem Boden, von Leichen, meinen Verstand. Drei Männer, rausgerissene Eingeweide, durchgeschnittene Kehlen ... Die Knie wurden mir weich, ich rutschte zu Boden ... Und das ist das Letzte, woran ich mich erinnere, keine Ahnung, wie lang ich weg war.

›Mark, wachen Sie auf.‹ JC gibt mir einen Klaps auf die Wange, flüstert mir ins Ohr. ›Stehen Sie verdammt noch mal auf, Kumpel.‹

Zitternd komme ich zu mir. Werde fast wieder ohnmächtig, als ich merke, dass ich immer noch in diesem Raum bin.

›Schschsch. Stehen Sie auf. Na los jetzt.‹

Er zerrt mich am Arm hoch, schleppt mich nach draußen. ›Mir ist fast das Herz stehen geblieben, verdammte Scheiße‹, sagt er draußen, wo wir zwischen kreuz und quer geparkten Streifenwagen hindurchtorkeln. JC zündet sich eine Zigarette an, bietet mir auch eine an.

›Was ist das hier?‹, flüstere ich.

›ne alte Lagerhalle für Babynahrung.‹

›Was waren das für Leute, und was haben die aus Ihrem Kofferraum geholt?‹

Er bläst Rauch aus dem Mundwinkel. ›Besser, Sie wissen das nicht, Mark. Vergessen Sie, dass Sie's gesehen haben.‹

›Vergessen, dass ich einen toten Menschen im Kofferraum eines Streifenwagens gesehen habe, den man an den Ort eines ... eines ...‹

JC macht zwischen den Zügen eine spöttische Miene. Er beugt den Kopf zu mir, flüstert: ›Einen Menschen? Der hat gerade den besten Kerl umgebracht, den Sie sich vorstellen können. Eiskalt. Einen prima Kumpel und tollen Polizisten. Einen Freund von mir, einen jungen Sikh. Wir waren zusammen in der Ausbildung, in Hendon.‹ JC schüttelt den Kopf. Ich sehe, dass er wirklich bewegt ist, Tränen in den Augen hat. ›Lassen Sie sich wegen dem Stück Scheiße keine grauen Haare wachsen. Machen die Jungs, die ihm den Schädel eingeschlagen haben, auch nicht.‹

Meine Hände zittern, als mir jetzt das Adrenalin durch die Adern schießt. Verspäteter Schock. Zu guter Letzt ...

›Wussten Sie, dass das heute Nacht passieren würde?‹

›Glauben Sie wirklich, ich hätte Sie dann in den Wagen gelassen?‹ Er lacht. ›Hören Sie, Sie durften den Schauplatz eines mehrfachen Mordes sehen. Da haben Sie doch jetzt was Aufregendes für Ihr Buch, hm?‹

›Darüber kann ich nicht schreiben, sonst bin ich der Nächste in diesem Kofferraum.‹

Wieder lachte er. ›Yeah. Die da, die scheren sich einen Dreck um Sie.‹

›Die scheren sich einen Dreck um niemanden.‹ Ich deute mit einem Kopfnicken auf das Gebäude.

›Ach, die andern‹, schnaubt JC. ›Das war bloß irgend so ne Sekte, die haben sich selbst umgebracht.‹

Als ich wieder im Hotel war, war es schon 2 Uhr nachts durch. Hab meinen Koffer gepackt, ein Taxi nach Heathrow genommen. Und da bin ich jetzt also, ein paar Stunden später. So weit weg wie möglich von vier toten Männern, deren Wege gerade den meinen gekreuzt haben.

WhatsApp-Nachrichten zwischen mir und Oliver Menzies, 25. August 2021:

Amanda Bailey
Christopher Shenk oder Shenky. Zwischen den anderen Engeln gibt's Verbindungen: der Knast, die Arbeit. Aber zu ihm führt nichts. Es heißt, er wäre ein Kleinkrimineller und Drogendealer gewesen, obwohl er nie eingebuchtet wurde.

Oliver Menzies
Raphael. Im Juden- und Christentum der Engel der Heilung. Im Islam der Engel der Auferstehung.

Amanda Bailey
In keinem der fiktionalen Werke von damals wird er erwähnt – weder als er selbst noch als Raphael.

Oliver Menzies
Fiktion. FIKTIONALE WERKE. Weißt du eigentlich, was ›Fiktion‹ bedeutet?

Amanda Bailey
Diese fiktionalen Werke – zwei Romane und ein Drehbuch – sind zeitnah nach den Ereignissen entstanden. Womit sie, auch wenn sie fiktional sind, einen historischen Wert besitzen. Die Verfasser:innen haben jeweils einen subtilen Aspekt des Falls aufgegriffen, eine Nuance, die ihnen nicht einmal selbst bewusst war und die heute für uns verloren ist.

Oliver Menzies
Hör zu. Gabriel ist der Bote. Michael ist der Engel des Krieges, der am Tag des Jüngsten Gerichts den Vorsitz führt. Elemiah ist ein Schutzengel, Raphael der Engel der Wiedergeburt. Die vier Ecken. Vier Reiter. Vier vier vier.

Amanda Bailey
Schläfst du gut, Oliver? Wirst du immer noch jeden Morgen durch einen Anruf geweckt?

Oliver Menzies
Inzwischen erwarte ich ihn. Er ist ein Beweis. Der Beleg dafür, dass ich recht habe.

Amanda Bailey
Tja, wenn sowieso das Ende aller Tage gekommen ist, kannst du mir dann endlich verraten, wer dein geheimnisvoller Interviewpartner ist?

Oliver Menzies
🤣 Nein, Mandy. Dafür macht es viel zu viel Spaß, dich zu triezen.

WhatsApp-Nachrichten zwischen mir und meiner Lektorin Pippa Deacon, 25. August 2021:

Amanda Bailey
Nur als Hinweis: Ist vielleicht doch eine gute Idee von Jo, sich mal bei Oliver zu melden. Ich habe keine Ahnung, wie sich ein so strikt rationaler Mensch wie er jemals so tief in die esoterischen Aspekte eines Falls verstricken konnte, aber ... 👻

Pippa Deacon
Wann haben Sie eigentlich zuletzt was von Minnie gehört?

Amanda Bailey
Minnie? Vor ein paar Tagen. Oder eher Wochen. Warum?

Pippa Deacon
Hmmm. Eben war sie noch dabei, ihre Zitate abzuklären, und dann hat sie plötzlich aufgehört, auf meine Nachrichten zu antworten.

WhatsApp-Nachrichten von mir an die True-Crime-Autorin Minnie Davis, 25. August 2021:

Amanda Bailey
Hey, Minnie! Du weichst Pippa aus?

Amanda Bailey
Ich hab dir ein paar Nachrichten hinterlassen … Alles okay bei dir?

Amanda Bailey
Mach mir langsam Sorgen. Bitte antworte so schnell wie möglich, Minnie.

WhatsApp-Nachrichten zwischen mir und dem True-Crime-Autor Craig Turner, 26. August 2021:

Amanda Bailey
Hi, Darling, hast du in letzter Zeit mal was von Minnie gehört?

Craig Turner
Schon ewig nicht mehr. Ihr Buch kommt bald raus, da ist sie bestimmt schwer beschäftigt.

Amanda Bailey
Pippa kann sie nicht erreichen. Sie ist untergetaucht.

Craig Turner
Gruselig. Aber wir kennen Minnie doch. Früher oder später taucht sie schon wieder auf.

WhatsApp-Nachrichten zwischen mir und der True-Crime-Autorin Minnie Davis, 27. August 2021:

Amanda Bailey
Minnie, bitte melde dich. Craig und ich machen uns Sorgen um dich. Ich sag Pippa auch nicht, dass du dich gerührt hast.

Minnie Davis
Ach, Mandy, ich bin da in eine echt üble Lage mit meiner feministischen Autorin geraten.

Amanda Bailey
Ach so, darum geht's. 🙄 Dacht ich's mir doch, dass du da noch ein Problem kriegst. Niemand verschenkt einfach so seine Arbeit. Was genau hast du denn schriftlich mit ihr vereinbart?

Minnie Davis
Nichts. Das war mehr so eine stillschweigende Sache. Aber eine Korrektorin hat einige ihrer Aussagen mit Fragezeichen versehen. Als ich sie um Nachweise bat, herrschte plötzlich Funkstille.

Amanda Bailey
Ist das alles? 😌 Die Tussi kapiert halt nicht, dass das schnell gehen muss. Da musst du dir sicher keine Sorgen machen. In der Danksagung hast du sie doch erwähnt, oder?

Minnie Davis
Ja, schon, aber 😖

Amanda Bailey
Das sind doch nur ein paar Zitate und Absätze. Was genau könnte ihr denn nicht passen?

Amanda Bailey
Selbst wenn sie von dir verlangt, was rauszunehmen – ist doch kein Beinbruch. Formulier das Zitat um und bitte eine freundliche Seele darum, ihren Namen darunter setzen zu dürfen. Ich stell mich gern zur Verfügung 🤪

Minnie Davis
Ich hab die ganze Doktorarbeit verwendet, Mandy. Ganz am Anfang hab ich gefragt: ›Kann ich das alles verwenden?‹ Und sie so: ›Klar, Frauen sollten sich gegenseitig doch immer helfen.‹ Also hab ich's gemacht.

Amanda Bailey
Was meinst du mit das ALLES? Bestimmt hast du es doch wenigstens umgeschrieben.

Minnie Davis
Es war zu gut, um was zu ändern. Neu, anders, aufregend. Sie hatte Dokumente und Aufnahmen aufgestöbert, die ich nicht mal im Traum selbst in die Finger gekriegt hätte. Ihre Analyse war brillant. Mit stimmungsvollen, schaurigen Fotos und atemberaubenden Illustrationen. Einfach perfekt.

Amanda Bailey
Verdammt, Minnie. Du musst mit Pippa darüber reden, ob ihr sie irgendwo besonders nennen müsst oder so. Als Co-Autorin? Ist nicht das Ende der Welt. Ich weiß ja auch nicht, aber ruf sie an. Bitte?

Minnie Davis
Das ist es ja gar nicht, Mandy. Es hat sich gezeigt, dass diese wunderbare feministische Dissertation überhaupt nicht in Kriminalwissenschaften und Medien am Lehrstuhl für Frauenforschung geschrieben wurde.

Amanda Bailey
Sondern?

Minnie Davis
In Angewandter Gesellschaftskunst. Das ist tatsächlich ein Studiengang, wer hätte das gedacht? Die Aufgabe bestand darin, eine Arbeit zu schreiben, die einen akademischen Eindruck macht, aber von vorn bis hinten fiktional ist. Um zu zeigen, dass man Fakten schaffen und jeden leimen kann, solange man nur die richtige Masche findet.

Minnie Davis
Mandy, sie hat diese aufregenden neuen Tatsachen ERFUNDEN. Die Dokumente gefälscht. Die Fotos gestellt. Sie hat eine Auszeichnung für die Arbeit bekommen, weil sie so gut war, dass sie eine Expertin damit getäuscht hat.

Amanda Bailey
Wen denn?

Amanda Bailey
Oh. Verstehe.

Minnie Davis
Jede einzelne Aussage in dieser Doktorarbeit ist kompletter Schwachsinn. Von der allerersten Seite an. Nein, von der allerersten ZEILE an! Da steht: ›Myra und Rose hatten beide eine Schwester namens Avis und gingen auf Schulen, die in Straßen mit dem Namen »Hertz Lane« lagen.‹

Amanda Bailey
Avis und Hertz sind Mietwagenfirmen.

Minnie Davis
DAS WEISS ICH JETZT AUCH!

Amanda Bailey
Pippa ist nichts aufgefallen? Und sonst auch keinem?

Minnie Davis
Hast du's noch nicht gehört? Pippa hat ihre Lebensgefährtin verlassen, für Jo Li Sun von Green Street. Sie war wochenlang mit den Gedanken ganz woanders. Und die andern gehen in einem Affentempo durch diese Bücher. Außerdem ist das nicht deren Job. Sondern meiner.

Amanda Bailey
Scheiße. Tut mir echt leid, Minnie. Aber du musst es Pippa sagen. Sie kann die Maßnahmen in die Wege leiten, die man in so einem Fall ergreift. Schadensbegrenzung?

Minnie Davis
Wie konnte ich nur so schrecklich dumm sein?

WhatsApp-Nachrichten zwischen Ellie Cooper und mir, 27. August 2021:

Ellie Cooper
Wenn der Vater der Person, die in der Thronfolge an sechzehnter Stelle steht, ein verurteilter Mörder und Sektenführer ist, der sich für den Erzengel Gabriel hält, ist es kein Wunder, dass sie das geheim halten wollen.

Ellie Cooper
Holly muss wieder in die Welt des Adels eingegliedert worden sein, auf die ein oder andere Art. Hat wahrscheinlich einen Viscount geheiratet und lebt in einem altehrwürdigen Landhaus. Ob sie weiß, dass ihr Kind als Enkelkind der Queen aufgezogen wurde?

Ellie Cooper
Alles okay, Mandy? Hab schon eine Weile nichts mehr von dir gehört.

Amanda Bailey
Entschuldige. Geht hier drunter und drüber. Ellie, ich hab diesem Kerl, der das unverfilmte Drehbuch geschrieben hat, eine Nachricht geschickt. Hab ihm weisgemacht, ich wär eine aufstrebende Filmproduzentin. Aber irgendwas stimmt da nicht so ganz mit dem. Seine Weigerung, vernünftig über die Inspiration hinter dem Film zu sprechen. Er speist mich ab mit ›Ich hab's erfunden‹, ›Ich hab alles über den Fall gelesen‹ – dabei weiß ich, dass er Insider-Informationen gehabt haben muss, um auf den Namen ›Ashleigh‹ zu kommen. Und nicht nur das, da sind auch noch andere Details. Es gibt nur eine Möglichkeit, das mit Sicherheit rauszufinden.

Ellie Cooper
Du willst dich mit ihm treffen?

Amanda Bailey
Ich werde ihn auf die Probe stellen und ein Treffen vorschlagen. Allerdings geh ich davon aus, dass er sich nicht mit mir treffen will. Bestimmt schlägt er ein Telefongespräch vor oder sagt in letzter Minute ab. Weil er nicht der ist, der er behauptet zu sein.

Ellie Cooper
😳

SMS zwischen mir und Clive Badham, 27. August 2021:

Amanda Bailey
Clive, wir sollten uns treffen. Diese Beziehung auf eine professionelle Basis stellen, bevor Ihr Skript so heiß wird, dass es in einem riesigen Feuerball über uns wegfegt 🔥

Clive Badham
Auf jeden Fall! Wann und wo?

Amanda Bailey
In Ihrer Nähe. Wo, sagten Sie noch mal, wohnen Sie?

Clive Badham
Stoke Newington. An der Hauptstraße gibt es ein tolles kleines Café namens Café Z.

Amanda Bailey
Heute Nachmittag?

Clive Badham
Um zwei? Das ist fabelhaft, Amanda. Ich kann's kaum erwarten 😱

Amanda Bailey
Ich auch nicht 😌

WhatsApp-Nachrichten zwischen mir und Ellie Cooper, 27. August 2021:

Amanda Bailey
Also, ich bin da. Bis jetzt hat Mr Badham sich weder blicken lassen noch abgesagt.

Ellie Cooper
Wie lang soll ich diesmal warten, bevor ich dich als vermisst melde?

Amanda Bailey
Ruf mich in einer Stunde an. Das heißt, so lang brauchst du gar nicht zu warten. Es wird niemand kommen. Am allerwenigsten ein Mr Clive Badham. Aber sie beobachtet mich. Genau jetzt.

Ellie Cooper
Sie? Wer?

Amanda Bailey
Holly.

Ellie Cooper
Die zweite Holly? Die Holly von den Engeln von Alperton? Lady Georgina?

Amanda Bailey
Ja. Na ja, wenn meine Vermutung stimmt. Ich hoffe es. Ich hoffe, dass sie es ist und dass sie mich sehen kann.

Amanda Bailey
Moment, wer ist das?

Ellie Cooper
Okay, dann ist sie also rübergekommen? Ich geb dir eine Stunde ab jetzt und ruf dich dann an.

Amanda Bailey
Scheiße, scheiße, scheiße! Das ist Clive Badham. Der Möchtegern-Drehbuchautor. Redet seit seiner Ankunft ohne Punkt und Komma über *Boten des Himmels*. Hat Moodboards und Listen dabei. Listen mit Special Effects, Drehorten, Re-

quisiten. Ernährungsphysiologisch ausgewogene Speisepläne für die Crew. Ein Statement zur Diversität, die er ›vor und hinter der Kamera‹ sehen will. Mit der Liste der Schauspieler:innen fang ich gar nicht erst an. Da steht Tom Cruise drauf, und nicht mal ganz oben!

Ellie Cooper
Nein! Großer Gott, Mandy, das ist zum Totlachen! 😂

Amanda Bailey
Ich bin jetzt auf der Toilette, aber hier gibt's weder Fenster noch andere Fluchtmöglichkeiten. Ich kann keine Sekunde länger über ›Jay Horror‹ sprechen. Keine Ahnung, wer das überhaupt ist. Wie soll ich dieses unerträgliche Männlein bloß loswerden?

Ellie Cooper
Geh zurück an den Tisch, ich ruf dich an und sag, es gibt einen Notfall im Büro. Stell mich auf Lautsprecher. Ich mach auf weinerlich, das volle Programm.

Amanda Bailey
Danke, Ellie. Ruf in fünf Minuten an. Scheiß auf meine trügerischen Vermutungen. Da hör ich nie wieder drauf, die führen alle bloß aufs Glatteis!

Ellie Cooper
J-Horror ist übrigens eine spezielle Unterart japanischer Horrorfilme 😂😂😂😂😂

Treffen mit Clive Badham im Café Z in Stoke Newington, 27. August 2021. Transkribiert von Ellie Cooper.

[Du liebe Güte, Mandy! Jetzt verstehe ich, was du meinst. Ich überspringe sein gesamtes Gefasel, das nichts damit zu tun hat, wie und warum er ins Drehbuch geschrieben hat, was er reingeschrieben hat. Also das meiste. Nur fürs Protokoll: Darin, dass die japanischen Originalversionen von Ring, Der Fluch *und*

Dunkle Wasser *viel besser sind als die Remakes, stimme ich ihm zu. EC]*

AB: Aber warum haben Sie ausgerechnet diesen Namen genommen? Ashleigh.

CB: Das ist doch ein schöner Name.

AB: Ja, aber auch ein recht ausgefallener.

CB: Wenn er Ihnen nicht gefällt, können wir ihn ändern.

AB: In einem anderen fiktionalen Werk, das von den Engeln inspiriert wurde, kommt eine Figur mit demselben Namen vor. Dieselbe Schreibweise.

CB: In welchem denn?

AB: *Mein Tagebuch als Engel* von Jess Adesina.

CB: Kenn ich nicht. Reiner Zufall. Wir ändern den Namen einfach. Davon hängt mein Seelenheil nicht ab. Wie würden Sie sie lieber nennen? *[Was macht er für ein Gesicht, als er das sagt? Glaubst du ihm? Ich überspringe jetzt wortreiche Auslassungen über seinen einen Freund, der Musik macht und ›ein paar Titel‹ beisteuern könnte, und den anderen, der ›in der Postproduktion arbeitet‹ und die ›Einblendungen übernehmen‹ könnte, für einen Freundschaftspreis. EC]*

AB: Ich werde darüber nachdenken. Clive, natürlich zieht sich das Übernatürliche durch die ganze Story, aber ich habe Ihr Drehbuch jetzt ein paar Mal gelesen, und da geht es doch um viel mehr als um die Special Effects –

CB: Kein Problem, Amanda. Ich werde es so richtig schön schaurig machen. Wenn wir dem Baby eine gespaltene Zunge und Hörner verpassen und es immun gegen Feuer machen –

AB: Eins lassen Sie aus –

CB: Ja?

AB: Wie Holly das Baby zur Welt bringt. Ein Dämon, der auf Erden geboren wird. Ist doch ein sehr dramatischer Moment, den Sie aber nicht in Ihr Skript aufgenommen haben …

CB: Kein Problem. Wir können die Szene einfügen. Sie haben

recht, das wäre total gruselig und dramatisch. *[Tut mir leid, aber so ziemlich der ganze Rest ist bloß Geschwafel über seine Vision für den Film. Dann gehst du aufs Klo, und als du zurückkommst, mache ich den heldenhaften Anruf und eise dich aus dem Treffen los. EC]*

AB: Puh. Danke Ellie. Ich bin entkommen. Renne die Straße runter, als würde das Büro in hellen Flammen stehen. Obwohl es eben mit Clive Badham um dieses Drehbuch ging, hatte ich das Gefühl, er würde über was ganz anderes reden als ich. Je weiter ich nachgebohrt habe, was seiner Meinung nach die Story ist, desto mehr habe ich erkannt, dass dieses Drehbuch von ihm überhaupt kein Horrorfilm ist. *[Interessant. Aber was ist es dann? EC]*

WhatsApp-Nachrichten zwischen mir und Ellie Cooper, 27. August 2021:

Amanda Bailey
Oliver sagt, dass Künstler mehr wahrnehmen, als ihnen selbst klar ist, weil ihr Unterbewusstsein in Kontakt mit der anderen Seite steht. Muss ich jetzt also glauben, dass Clive B beim Schreiben seines Drehbuchs ganz zufällig Dinge aufgegriffen hat, die er unmöglich wissen konnte, nur weil er auf übernatürlichen Wellenlängen schwebte? Denn das glaube ich nicht.

Ellie Cooper
Als Mr B seine Story geschrieben hat, waren die Engel von Alperton gerade in sämtlichen Nachrichten. Vielleicht ist er damals über irgendwelche Unterlagen gestolpert, ohne zu kapieren, wie heikel und geheim die sind?

Ellie Cooper
Außerdem ist der Fall 18 Jahre her. Er könnte diese Details auch in Nachrichtenberichten aufgeschnappt haben, die mittlerweile alle wieder rausgenommen wurden.

Amanda Bailey
Er behauptet, wenige bis gar keine Recherchen angestellt zu haben. Sagt, er hätte sich alles einfach ausgedacht, getreu seinen Vorlieben in Bezug auf Dämonen und Horrorfilme. Aber dafür ist das Drehbuch viel zu interessant. Ich habe das Gefühl, als wären da lauter subtile Hinweise drin. Allerdings habe ich dasselbe Gefühl auch bei Jess Adesina und ihren eigenwilligen Coming-of-Age-Romanen. Wie er oder sie davon wissen konnten, da steh ich auf dem Schlauch. Aber das sind meine GEFÜHLE, keine recherchierten Fakten. Ich klinge ja schon wie Oliver.

Interview über Video-Call mit Jideofor Sani, Rettungssanitäter im Ruhestand, 28. August 2021. Transkribiert von Ellie Cooper.

AB: Ellie, ich interviewe jetzt einen Typen, der nach dem Podcast *Ein frischer Geist* Kontakt zu mir aufgenommen hat, seine Geschichte aber nicht aufschreiben wollte. Das könnte ein paranoider Fantast sein oder aber ein interessanter Gesprächspartner. Wie immer halt. Überspring die üblichen Floskeln, wie sonst auch. *[Aye, aye, Captain. Ich lass auch die Stelle raus, wo du fragst, wie man seinen Namen ausspricht, und er sagt, du sollst ihn einfach Jidi nennen. EC]*

AB: Jidi, Sie waren Rettungssanitäter, als das mit den Engeln von Alperton passierte.

JS: Ja. Mittlerweile bin ich im Ruhestand.

AB: Sie sagten, Sie wären am Tatort gewesen, wollten aber weder etwas darüber aufschreiben noch auf Band sprechen.

JS: Nehmen Sie dieses Gespräch etwa auf?

AB: Nein. Das ist ganz vertraulich. *[Mandy! EC]*

JS: Das hat mich immer … *[Eine Pause. Geht ihm das Thema nahe, oder ist er … nervös? EC]* sehr mitgenommen.

AB: Möchten Sie mir erzählen, was in jener Nacht passiert ist?

JS: Also … wir wurden zu einem Lagerhaus am Kanal in Alperton gerufen. Die Polizei war schon vor Ort. Man hatte uns mitgeteilt, dass dort Leichen wären und ein verletzter junger Mann.

AB: Okay, ist das normal, dass Sie das vorab wissen?

JS: Ja. Das dient dazu, dass wir auf alle Einzelheiten achten. Für den Fall, dass wir später vom Leichenbeschauer oder der Polizei um eine Aussage gebeten werden. So hatte ich den Einsatz jedenfalls eingeschätzt.

AB: Was bekamen Sie bei Ihrer Ankunft zu sehen?

JS: Da war ein junger Mann, der sich an eine der Leichen klammerte. Die Polizisten redeten auf ihn ein, damit er losließ. Allerdings mussten wir ihn untersuchen, also verabreichten wir ihm ein mildes Sedativum. Er ließ los, und wir untersuchten ihn. Er war unverletzt, und dann traf eine Polizeibeamtin ein … und nahm ihn mit.

AB: Haben Sie auch die anderen –

JS: Das war wirklich, wirklich schlimm. *[Er hält oft inne und zögert. EC]* Zuerst dachte ich an Morde im Bandenmilieu. Später erfuhr ich, dass es ein Massenselbstmord gewesen war, alles Mitglieder einer Sekte.

AB: Können Sie mir den Schauplatz bitte etwas genauer beschreiben? Wie waren die Engel ums Leben gekommen?

JS: Durch Schüsse in den Kopf. *[Moment … bitte was? EC]*

AB: Verzeihung?

JS: Jedem wurde einmal in den Kopf geschossen. Und sie wurden verstümmelt. Durchgeschnittene Kehlen und Wunden am Oberkörper. Die Eingeweide rausgerissen und über den Boden verteilt. *[Du lieber Gott, Mandy, meint er das ernst? EC]*

AB: Sie wurden *erschossen*? Sind Sie *sicher*?

JS: Ja.

AB: Waren diese Schusswunden sichtbar? Bei allen drei Engeln? Ich habe Fotos vom Tatort gesehen –

JS: Winzige Einschusslöcher, hinter dem Ohr. Wie bei einer Exekution. Ich habe jeden Einzelnen untersucht, Puls und Atmung überprüft, deshalb hab ich sie aus größerer Nähe gesehen als alle anderen. Allerdings bezweifle ich, dass man die Wunden auf einem Foto erkennen könnte.

AB: Aber das war ein Tatort –

JS: Ja. Dennoch sollte jedem die Würde zuteilwerden, für tot erklärt zu werden. Vor allem, wenn er draußen auf der Straße ums Leben kommt.

AB: Natürlich.

JS: Ich stamme aus einem kleinen Dorf in Nigeria. Wir glauben, dass der Tod nicht das Ende des Lebens ist, aber solange bestimmte Traditionen nicht eingehalten werden, kann der Verstorbene nicht zu den Ahnen hinübergehen. Er bleibt im Limbus. Das ist nur ein Aberglaube, aber ich für meinen Teil erkläre jeden Verstorbenen in Gedanken für tot. Wer auch immer er war und wie er ums Leben gekommen ist. Das ist eine Frage des Respekts.

AB: Wie viele Menschen haben Sie in jener Nacht für tot erklärt? *[Er antwortet nicht. EC]* Jidi?

JS: Drei. Es waren drei Tote. *[Diese Stille jetzt, Mandy. Irgendetwas an der Zahl gefällt ihm nicht. EC]*

AB: Allerdings gab es in jener Nacht vier Leichen, nicht wahr. *[Kein Fragezeichen, denn das ist keine Frage. EC]*

JS: Das wissen Sie?

AB: Ja, das wird langsam ein bisschen klarer. Ich glaube, dass ein Tatort, an dem offenbar ein blutiger, chaotischer Massenselbstmord stattgefunden hat, gewissen Leuten eine Gelegenheit bot.

JS: Später las ich, dass woanders in dem Gebäude noch eine Leiche gelegen hätte. Da war ich aber schon wieder weg, also wurde dieser Mann nicht für tot erklärt …

AB: Was lässt Sie an diesem Fall nicht in Ruhe, Jidi?

JS: Am Tatort habe ich drei Männer für tot erklärt. Später wurde ein vierter gefunden. Vier. Außerdem wurde ein junger Mann tot in einer Wohnung aufgefunden. Fünf. Aber dann las ich die Berichte über den Fall, und da stand: drei am Tatort, einer in der Wohnung. Vier.

AB: Vier. An irgendeinem Punkt geht uns also eine Leiche *verloren.*

JS: Das hört sich bestimmt verrückt für Sie an, Miss Bailey. Ich lebe jetzt schon *sehr lange* hier, und auch für mich hört es sich verrückt an. Aber eine ganze Weile danach musste ich immer wieder an diesen Mann denken, der nicht für tot erklärt wurde. Ich dachte, vielleicht konnte er nicht zu den Ahnen hinübergehen. Und ist deshalb zurückgekommen. *[Großer Gott. Ihr seid beide eine Zeit lang ganz still. EC]*

AB: Das ist ein gelber Mini Clubman.

JS: Wie bitte?

AB: Mir hat mal jemand was über einen gelben Mini Clubman erzählt. Er sagte, jeder sollte einen haben. Eine Geschichte, die einen unerklärlichen Verlauf nimmt.

[An der Stelle brichst du die Aufnahme ab, Mandy. Großer Gott, ich schick dir eine Nachricht. EC]

WhatsApp-Nachrichten zwischen Ellie Cooper und mir, 28. August 2021:

Ellie Cooper
Die Engel wurden ermordet. Von wem? Und was soll diese Abweichung hinsichtlich der Zahl der Toten?

Ellie Cooper
Wurden denn irgendwann mal Schusswaffen in Zusammenhang mit den Engeln erwähnt?

Amanda Bailey
Nicht von denen, mit denen ich gesprochen hab, und in den drei fiktionalen Werken, die ich lese, auch nicht. Nicht mal in Mark Dunnings Spionageroman.

Ellie Cooper
Hast du eigentlich ein Auge auf Oliver, Mandy? Ich mach mir Sorgen um ihn. Ich hab ihm eine Nachricht geschickt, um zu fragen, wie's ihm geht, und er hat mit einem Kalender geantwortet, auf dem ein Datum mit ›Das Ende aller Tage‹ markiert war.

Amanda Bailey
Um den brauchst du dir keine Sorgen zu machen. Den hol ich da schon wieder raus. Bald. Wenn ich so weit bin 🤪

Vierter Anlauf für ein erstes Kapitel, geschrieben am 28. August 2021:

Boten des Himmels

Von
Amanda Bailey

EINS

Oliver Menzies glaubte, Journalist werden zu wollen. Er hatte mit Ach und Krach einen Hochschulabschluss in Geschichtswissenschaften gemacht, interessierte sich beiläufig für Politik und las immer zuerst die Titelseite der Zeitung, bevor er nach hinten weiterblätterte *[wird hier klar, dass ich den Sportteil meine?]*. Doch als eine Freundin seiner Mutter ihm einen Platz im Ausbildungsprogramm einer Tageszeitung besorgte, wurde er davon, dass seine Kommilitonen besser, intelligenter und hungriger waren, als er es je hätte sein können, völlig überrumpelt.

Menzies kleidete sein Gefühl der Unzulänglichkeit in Scherze und Streiche jener Sorte, die man heute als Mobbing und missbräuchliches Verhalten bezeichnen würde. Einmal nannte er einer jungen Kommilitonin absichtlich einen falschen Treffpunkt für einen Kneipenbesuch nach der Arbeit, weswegen sie spätabends allein und schutzlos in einem derben Vorortpub saß und wartete.

Was als harmloser Scherz begonnen haben mochte, endete alles andere als lustig. Als ihr schließlich aufging, dass er sie angelogen hatte, und sie den Pub verließ, folgte ihr jemand. Sie wurde überfallen und ausgeraubt, und dabei verlor sie nicht nur ihre Wertsachen, sondern alles, worauf sie hingearbeitet hatte. Die Seminararbeit war weg, und sie blieb allein, verletzt und verstört zurück. Um nicht zugeben zu müssen, was passiert war, brach sie das Ausbildungsprogramm ab. Am schlimmsten war, dass sie bei dem Überfall die Sehkraft auf ihrem linken Auge verloren hatte. Sie war nie wieder dieselbe.

Diese junge Kommilitonin hatte weder so viel Glück noch so viele Privilegien gehabt wie Menzies und die anderen Auszubildenden. Sie hatte bis dahin kaum etwas gelesen, keine Universität besucht oder das Leben in einer auch nur annähernd funktionierenden Familie kennengelernt. Damals war ihr nicht bewusst gewesen, wie verletzlich sie war, aber irgendetwas in Oliver hatte es erkannt. Sie lernte gerade erst, was Vertrauen war – und mit einem einzigen gedankenlosen Spaß hatte er es in ihr zerstört. Für immer.

Vielleicht hatte er die Sache vergessen oder beschlossen, jede Erinnerung daran zu tilgen, als die beiden sich Jahre später erneut über den Weg liefen. Sie aber hatte nichts vergessen, und schon bald wurde ihr klar, dass er in der Zwischenzeit nichts dazugelernt hatte. Wer auf Tricks, Bluffs, Lug und Betrug hereinfiel, war in seinen Augen dämlich, ›dumm wie Bohnenstroh‹ und nicht wert, von ihm beachtet zu werden. Doch als Oliver Menzies den Auftrag erhielt, einen fesselnden True-Crime-Schmöker über die Engel von Alperton zu schreiben, sollte er erfahren, wie leicht man manipuliert, getäuscht, kontrolliert und am Ende betrogen werden kann – von jemandem, dem man vertraut.

Um andere zu manipulieren, muss man nicht unbedingt charismatisch sein. Man muss nur das Richtige sagen, zur richtigen Zeit, gewisse Dinge zeigen und andere verbergen. Den Rest erledigen sie schon selbst.

DAS IST ER! Mein neuer Ansatz!

7

Das Ende aller Tage?

Mein drittes Treffen mit der Geheimnisvollen Frau vom 2. August (der ich zum ersten Mal am 13. Juli begegnet bin). Inzwischen weiß ich, dass sie ›Marie-Claire‹ ist. Diesmal habe ich selbst transkribiert. Ich möchte Ellie nicht in etwas mit reinziehen, das ins Auge gehen könnte. Ins Auge. Ich lach mich tot. 30. August 2021:

AB: Danke, dass Sie sich noch mal mit mir treffen. Wie soll ich Sie nennen?

MC: Marie-Claire. Wenn Sie mögen.

AB: Ist das Ihr Deckname? *[Sie gibt keine Antwort]* Mark Dunning hat Sie in *Weiße Flügel* verewigt. Celine ist ein Engel, der sich unsichtbar machen kann und die Schmutzarbeit der Dienststelle erledigt.

MC: Ich lese keine Romane.

AB: Don Makepeace hat mir eine Geschichte über einen gelben Mini Clubman erzählt, der von der Straße abgekommen ist. Ein Pärchen hält an, um den Fahrer zu retten. Aber der Wagen ist verschwunden. Tage später sucht Don in der weiteren Umgebung und findet ihn, tief im Unterholz, der Fahrer ist tot. Nur, dass der Wagen nicht wenige Tage davor einen Unfall hatte, sondern sechs Monate lang im Unterholz verborgen war, während der Fahrer als vermisst galt.

MC: Sämtliche Beamte der Londoner Polizei kennen die Geschichte. Die meisten erzählen sie weiter und behaupten, *sie selbst* hätten den Unfallwagen gefunden.

AB: Don erklärte den Vorfall als Vision von der anderen Seite. Der Fahrer wollte, dass man seine Leiche findet.

MC: Was bizarrerweise für ein glückliches Ende gehalten wird.

AB: Ich wüsste da ein anderes Ende. Ein kleiner Wagen kommt von der Straße ab, schießt die Böschung runter, bleibt auf einem staubigen Feldweg stehen. Der unverletzte Fahrer legt einfach wieder den ersten Gang ein und fährt los, biegt ein Stück weiter vorn zurück auf die Straße. Und deswegen hat das Pärchen den Wagen nicht gefunden. Als Don noch mal zu der Stelle zurückkehrt, sucht er ganz woanders und findet die Überreste eines gelben Mini Clubman. Dieser Zufall genügt, und er erzählt die Geschichte. Mit der Zeit bekommen die beiden Wagen dieselbe Marke und Farbe und dieselben Aufkleber, dieselbe Sonnenblende. Am Ende: dasselbe Auto. Und die Geschichte wird zu einem beliebten Mythos.

MC: Dieses andere Ende will keiner hören.

AB: Christopher Shenk gehörte nicht zu den Engeln von Alperton. Er war ein kleiner Drogendealer, der rausbekommen hatte, dass Harpinder Singh kein zurückhaltender indischer Kellner war, sondern ein Police Detective, undercover und kurz davor, einen organisierten Drogenring zu sprengen. Wollte Shenky Singh umbringen oder nur warnen? Aber das spielte für die Polizisten, die Shenky den Schädel eingeschlagen haben, ohnehin keine Rolle. Seine Leiche wurde am Schauplatz des Massakers der Engel von Alperton abgeladen, und seine eigentliche Geschichte verlor sich in der Engelsstory. Ihn als Raphael auszugeben, als Mitglied der geheimen Sekte, schmetterte Fragen nach der Todesursache ab.

MC: Sie wissen nicht alles –

AB: Ich weiß, dass die Engel erschossen wurden in diesem Untergeschoss. Sie haben recht, ich weiß nicht, warum. Sicher nicht nur, um eine Leiche zu tarnen. Ich habe das Gefühl, dass das alles irgendwem perfekt in die Karten gespielt hat, bis Gabriel

aufgestanden und davonspaziert ist. Wie hat er das gemacht? Man hat ihm den Mord an Singh angehängt, um ihn in den Knast zu bringen. Und irgendwo ist irgendwer felsenfest entschlossen, dafür zu sorgen, dass er da nie wieder rauskommt.
[Sie schweigt eine lange Zeit.]

MC: Geben Sie mir Ihr Handy.
[Sie nimmt es und schaltet es aus, bevor sie weiterspricht. Nichts von dem, was sie mir in der Folge erzählt hat, kann ich beweisen, aber sie hat mir verraten, was mit Gabriel passiert ist, und das erklärt eine Menge.]

WhatsApp-Nachrichten zwischen meiner Agentin Nita Crawley und mir, 30. August 2021:

Nita Crawley
Hast du das von Minnie Davis schon gehört? Sie hat die gesamte Arbeit einer Doktorandin abgeschrieben, und das kam erst raus, als eine Korrektorin routinemäßig ein paar Fakten überprüft hat. War alles eine Fälschung im Namen der Kunst. Pippa ist fuchsteufelswild.

Amanda Bailey
Das kann auch nur Minnie passieren.

Nita Crawley
Dabei geht's gar nicht so sehr um die monströsen Falschaussagen und den ganzen Humbug – auf so was kann jeder reinfallen. Es geht darum, dass sie die Arbeit einer anderen abgeschrieben hat. Das kann Pippa ihr nicht verzeihen. Das Buch ist gestrichen und Minnie auch, pass also auf, Mandy: Meide sie. Am besten nicht mal mit der Kneifzange anfassen, wenn du verstehst, was ich meine.

WhatsApp-Nachrichten zwischen dem True-Crime-Autor Craig Turner und mir, 30. August 2021:

Craig Turner
Schon gehört?

Amanda Bailey
Yep.

Craig Turner
Was genau an ›Werde nicht selbst zum Thema des Tages‹ hat sie nicht verstanden? Dumme Kuh. Dass ihr nicht wenigstens ein paar von diesen Hämmern aufgefallen sind, werde ich nie kapieren.

Amanda Bailey
Sie hat der Frau vertraut.

Craig Turner
Komm schon! Diese beiden Aufsätze in der Grundschule, die Myra und Rose in einem Abstand von zehn Jahren geschrieben haben sollen, mit ihren ›schaurigen Ähnlichkeiten‹. In beiden kommt Google vor, verdammte Scheiße!

Amanda Bailey
Du hast es gelesen? Keine Ahnung: Faulheit? Bequemlichkeit? Am Ende schlicht und einfach Vertrauen.

Craig Turner
Am Ende wird's zappenduster! Jemand hat das ganze Ding geleakt. Auf Twitter ist die Hölle los 🔥

Amanda Bailey
Scheiße, arme Minnie. Hoffentlich geht's ihr gut.

Craig Turner
Diese Doktorandin war heute morgen im Radio auf BBC und hat sich scheckig gelacht. Dazu kann ich nur sagen, wenn Feminismus so aussieht, bin ich froh, ein schwuler Mann zu sein. Wir kümmern uns wenigstens umeinander.

Amanda Bailey
So wie dein guter Freund Dennis, der sich das Vertrauen schutzloser junger Schwuler erschlichen und sie dann umgebracht, zerhackt und die Einzelteile gekocht hat?

Craig Turner
Das ist komplett was anderes. Denny war ein Produkt seiner Zeit und Umgebung. Keine Homophobie, kein Dennis Nilsen. Er hat extrem reagiert, dafür gibt's keine Entschuldigung, aber das muss man absolut im Kontext sehen.

WhatsApp-Nachrichten zwischen mir und Oliver Menzies, 30. August 2021:

Amanda Bailey
Hallo! Wie geht's denn so? Lass uns mal wieder treffen. Wir können unsere Notizen vergleichen und darüber sprechen, wo wir mit unseren neuen Ansätzen so stehen.

Oliver Menzies
Hab zu tun.

Amanda Bailey
Ich muss da ein paar Dinge richtigstellen 😳

WhatsApp-Nachrichten der True-Crime-Autorin Minnie Davis, 1. September 2021:

Minnie Davis
Jetzt ist die Kacke also so richtig am Dampfen 💩

Minnie Davis
Pippa sagt, dass *Eclipse* jetzt mit Craigs Buch an den Start gehen wird. Sie schmeißt eine Party im White Swan.

Minnie Davis
Wird bestimmt klasse. Sie haben RuPaul eingeladen.

Minnie Davis
Lust, vorbeizuschauen? Wir können uns ja vorher auf einen Drink treffen. Ich hab nachgedacht … Wenn du mit den Engeln fertig bist, könnten wir doch mal was zusammen machen. Hab da ein paar Ideen, die ich dir gern präsentieren würde.

Minnie Davis
Die Sache ist die, ich muss meinen Vorschuss zurückzahlen, aber alle meiden mich wie die Pest.

Minnie Davis
Mandy?

Minnie Davis
Okay. Am Ende hat die furchtlose Amanda Bailey die Hosen also genauso gestrichen voll wie alle anderen.

SMS zwischen Rob Jolley, Mitglied des Cold & Unsolved Murder Club, und mir, 1. September 2021:

Rob Jolley
Rob von Cold & Unsolved hier.

Amanda Bailey
Hallo, Rob! Haben Sie was Neues?

Rob Jolley
Zunächst mal, wer sind Sie, und woher haben Sie meinen Namen?

Amanda Bailey
Amanda Bailey. Ich habe mit Cathy-June Lloyd über den Fall der Engel von Alperton gesprochen.

Rob Jolley
Nur zur Sicherheit. Man kann nicht vorsichtig genug sein. Jedenfalls, ich hab's gefunden: eine neue Anzeige, die mit den Ereignissen von 2003 zu tun hat. Die ist aber nicht in einer der normalen Lokalzeitungen erschienen, sondern nur

in einem Anzeigenblatt namens *Free Herald* mit eng begrenzter Reichweite. Das wurde frei Haus verteilt, in einem kleinen, Ealing und Brent umfassenden Gebiet.

Amanda Bailey
Können Sie mir ein Bild schicken, oder einen Scan?

Rob Jolley
Besser nicht. Ich hab's meinem Gedächtnis anvertraut. Vier Wochen lang, vom 28. November bis zum 19. Dezember 2003, war im *Free Herald* eine Kleinanzeige mit folgendem Text geschaltet: ENGEL FLIEGEN IN WILMAS ZAUN.

Amanda Bailey
Das ist alles? Keine Telefonnummer? Ist das ein Anagramm?

Rob Jolley
Sie sind wohl noch sehr jung, Amanda. Wilma war die Kuh im *Zauberkarussell*, einer ursprünglich französischen Kinderserie in den 60ern. Zaun steht für Gate, und Wilma für Kuh, also Cow. Cow & Gate.

Amanda Bailey
Engel fliegen ins Cow & Gate. Das ist das Lagerhaus in Alperton. Die Kleinanzeige davor leitete jemanden zu einer Unterführung, in der Engelssymbole gemalt waren. Auf den Boden im Cow & Gate waren auch Engelssymbole gemalt. Da werden jemandem Angaben gemacht. Ortsangaben.

Rob Jolley
Für den Ort der Versammlung, wo sie das Baby opfern wollten. Offenbar gab es eine Menge Leute, die sich für Engel hielten, und so haben sie ihre Treffen ausgemacht, als es noch keine Handys gab. Unerhört.

Amanda Bailey
Nein, Rob. Es gab immer nur drei Engel. Gabriel, Michael und Elemiah. Aber haben Sie vielen Dank, das ist ein enorm wichtiges Teil zur Lösung des Rätsels.

SMS von einer geheimnisvollen Nummer, 2. September 2021:

07 [redacted]
Können wir uns treffen? Wir vertrauen darauf, dass Sie das Gespräch nicht aufzeichnen. Rufen Sie an, für den Treffpunkt.

WhatsApp-Nachrichten zwischen mir und Ellie Cooper, 2. September 2021:

Amanda Bailey
Ellie, ich treffe mich mit jemandem in Richmond. Der Frau, die an Jonahs altes Handy gegangen ist. Nur damit du weißt, wo ich bin.

Ellie Cooper
Okay.

Im Richmond Park gemachte Aufnahme, 2. September 2021. Transkribiert von Ellie Cooper.

AB: Ellie, ich warte vor dem Café im Richmond Park. Die Frau, die Jonahs altes Handy hat, will sich hier mit mir treffen. Er hatte damals gesagt, sie wäre eine ›alte Freundschaft‹. Sie ist es, Ellie. Die Holly von Alperton. *[Pause, während du auf ihre Ankunft wartest. Ich kann hören, wie sich jemand nähert, aber dann … du bist völlig verdattert. EC]*

AB: Oh! Jess, *Sie* hatte ich nicht erwartet.

JA: Dann habe also diesmal *ich Sie* überrascht.

AB: Aber … das waren nicht Sie, mit der ich am Telefon gesprochen habe. Das waren nicht Sie, die mir gesagt hat, wo Jonah sich aufhält.

JA: Nein. Sie wartet im Wald. Da ist es abgeschiedener.

AB: Wen treffe ich dort?

JA: Warten Sie's ab. *[Ihr marschiert eine Weile schweigend. Dann bleibt ihr stehen. EC]* Darf ich vorstellen, Amanda. Amanda, darf ich vorstellen …

GA: Georgie Adesina. Freut mich, Sie kennenzulernen. *[Oh mein Gott, Mandy! Lady Georgina. Sie klingt ganz gelassen und drückt sich so gewählt aus. EC]*

JA: Wie Sie vielleicht schon erraten haben: Wir sind verheiratet.

AB: Nein, hatte ich nicht. Aber … Ich … Dann haben Sie sich also in der Schule kennengelernt?

JA: Das haben wir, nicht wahr?

GA: Flüchtig, bevor … das alles passiert ist.

AB: Das ist … Danke für das Treffen. Ich habe so viele Fragen –

JA: Bevor Sie fortfahren – dieses Treffen dient dazu, Ihnen zu sagen … Aber das kann Ihnen Georgie erzählen.

GA: Ich kenne Ihre Vergangenheit, Amanda. Sie verstehen bestimmt, dass auch ich, genau wie Sie, mit diesem Teil meines Lebens abgeschlossen habe. Ich habe ihn hinter mir gelassen. Jessie und ich, wir haben zwei Kinder zusammen. Ich bin nicht Holly. Der Mensch, der ich damals war, ist tot. Und ich habe kein Interesse daran, sie am Leben zu erhalten, indem ich ihre Geschichte erzähle.

AB: Das verstehe ich, aber Jess erzählt Ihre Geschichte doch schon seit Jahren in *Mein Tagebuch als Engel* –

GA: Das haben wir gemeinsam geschrieben.

JA: Damit haben wir angefangen, um Georgie dabei zu helfen, das Erlebte zu verarbeiten, nicht wahr?

GA: Eine Therapeutin nach der anderen empfahl mir, es aufzuschreiben. Das tat ich, ich schrieb haarklein auf, was passiert war, aber das half mir nicht. Wenn überhaupt, verlieh es all dem nur *noch mehr* Bedeutung. Also änderten wir die Geschichte, in eine lebensbejahende, pulsierende Story …

JA: Der erste Band, in dem Tilly herausfindet, dass sie ein Engel ist …

GA: Das war eine Offenbarung – dass ich bestimmen konnte, was geschieht. Es zu meiner eigenen Geschichte machen konnte. Weißt du noch, Jess? Das hat mir *so* geholfen.

JA: Es war kathartisch.

GA: Ja, und das haben die Leser und Leserinnen gespürt. Sie haben es geliebt.

JA: Sie lieben es immer noch. Wir hoffen, die Figuren noch einmal aufgreifen zu können, wenn die Mädchen beide tagsüber in der Schule sind; dann machen wir weiter, nicht wahr?

GA: Tilly, Ashleigh, Joe und … Gabriel müssen ja schließlich durch ihre Dreißiger kommen.

JA: Genau wie unsere Leserschaft. *[Ah, ich verstehe, was sie meinen. Offensichtlich lieben sie die Bücher. EC]*

AB: Ashleigh. Hat Ashleigh ein reales Vorbild?

GA: Ich verdanke Ashleigh mein Leben. *[Ist das Jess, die hier versucht, sie zum Schweigen zu bringen? EC]* Aus gutem Grund ist sie Tillys Seelenverwandte in *Mein Tagebuch als Engel.* Sie heißt heute nicht mehr so …

JA: Und bevor Sie voreilige Schlussfolgerungen ziehen: Ich bin es nicht.

GA: Sie gab uns ihre Erlaubnis, den Namen zu verwenden.

AB: Welche Rolle spielte Raphael – Christopher Shenk – im Fall der Engel von Alperton?

GA: Das weiß ich nicht. Er gehörte nicht zu unserer … Familie. Ich habe sein Bild erst hinterher in den Zeitungen gesehen. Vielleicht war er ja ein Freund von …

AB: Gabriel? Selbst heute noch fällt es Ihnen schwer, den Namen auszusprechen. Wie hat er es geschafft, Sie und Jonah davon zu überzeugen, dass Sie Engel wären und ein Baby der Antichrist? Das ist eine so haarsträubende Lüge. Hat er es irgendwie bewiesen, mit Zaubertricks, zum Beispiel, oder –

GA: Nichts dergleichen. Wenn Sie nicht verstehen, weshalb wir derartige Lügen glauben konnten, liegt das daran, dass Sie selbst noch nie einem Psychopathen begegnet sind, der Ihre Schwachstellen genau erkennt. Der Ihnen gibt, was Sie brauchen, und Sie manipuliert, während er Ihnen die ganze Zeit über das Gefühl gibt, *Sie* hätten das Sagen. Sie sind einfach noch keinem begegnet.

JA: Noch.

AB: Ich verstehe, dass es Ihnen geholfen hat, die Geschichte umzuschreiben. Aber die *tatsächliche* Geschichte. Da steckt eine Wahrheit dahinter, die erzählt werden muss. Um anderen zu helfen, die sich in einer ähnlichen Situation befinden oder die in der Zukunft zwanghaften, kontrollsüchtigen Verbrechern auf den Leim gehen könnten –

JA: Das sehen wir anders.

GA: Wir wollen unseren Kindern nicht erzählen, was mir zugestoßen ist.

AB: Wirklich nicht?

JA: Diese Geschichte soll sie nicht belasten.

GA: Und ebenso wenig will ich, dass die Geschichte je wieder erzählt wird.

AB: Das verstehe ich, aber sie wird nicht verschwinden –

GA: Doch, wird sie.

JA: Zweihunderttausend Pfund. Mehr, als Sie jemals mit dem Buch verdienen würden. Wir unterschreiben die Dokumente gleich hier, und ich werde Ihnen den Betrag unverzüglich überweisen. Nehmen Sie sich eine Auszeit. Kaufen Sie sich, was immer Sie wollen. Denken Sie ruhig ein paar Minuten darüber nach. *[Wow, Mandy. Die wollen aber wirklich, dass die Geschichte verschwindet. Du schweigst eine Ewigkeit. Überleg doch nur, was du mit all dem Geld anstellen könntest! EC]*

AB: Ich habe mich schon gefragt, warum es über die Engel von Alperton kein einziges True-Crime-Buch gibt. Sie bezahlen einfach alle, die so weit kommen wie ich, für ihr Schweigen. Anscheinend haben Mum und Dad doch nicht das gesamte Familienvermögen verpulvert.

GA: Ich mache das nicht gern, aber es ist für uns und unsere Kinder.

AB: Was ist mit dem Kind passiert?

GA: Dem Kind?

AB: Dem Baby, das Sie aus den Händen der Engel gerettet haben. Das müsste jetzt bald achtzehn sein. Wo ist es?

GA: Keine Ahnung … Es wurde weggebracht.

AB: Mir wurde gesagt, dass es von Ihrer Familie adoptiert wurde. Wo ist es jetzt?

JA: Zweihundertfünfzigtausend.

AB: Ich glaube nicht, dass Gabriel Angelis Harpinder Singh umgebracht hat.

GA: Im Gefängnis sitzt der Richtige.

AB: Die Engel von Alperton. Wer waren sie wirklich? Wer war Marie-Claire?

JA: Dreihunderttausend. Das ist mein letztes Angebot. *[An dieser Stelle folgt eine lange Stille. Ich kann nicht hören, was vor sich geht. EC]* Gut. Nun, das ist Ihre Entscheidung. *[Klingt, als würdest du weggehen. Mandy, willst du wirklich so viel Geld ausschlagen? EC]*

AB: Moment.

JA: Haben Sie Ihre Meinung geändert?

AB: Sie sagten, Sie hätten es getan. Sie hätten haarklein aufgeschrieben, was passiert ist, und das hätte nicht geholfen.

GA: Das war in einem Kurs für kreatives Schreiben am College. Da habe ich ein Drehbuch geschrieben, unter dem Namen, den ich in der Schule trug, Rowley Wild. Ich hatte gehofft, das würde mir dabei helfen, eine gewisse Distanz zu schaffen, aber nein … Ich habe es weggeworfen. Niemand hat es je gelesen, außer uns beiden.

AB: *[Du flüsterst im Weggehen … EC]* Und dem Dozenten. *[Hier endet die Aufnahme. Oh mein Gott, Mandy. Das Skript ist überhaupt nicht von Clive Badham. Lady Georgina hat es geschrieben.* Boten des Himmels *wurde nicht vom Fall der Engel von Alperton inspiriert, darin steht, was TATSÄCHLICH passiert ist. EC]*

WhatsApp-Nachrichten zwischen Ellie Cooper und mir, 2. September 2021:

Ellie Cooper
Du liebe Güte, Mandy. Ich habe gerade die Aufnahme von deinem Treffen mit Jess und Georgie transkribiert.

Amanda Bailey
In einer seiner ersten Mails an mich hat Clive Badham geschrieben, dass er in einem Callcenter arbeitet und junge Menschen in kreativem Schreiben unterrichtet. Er hat Hollys Skript GESTOHLEN, vor Jahren schon. Dafür hat er einen Preis gewonnen, und er versucht IMMER NOCH, es verfilmen zu lassen. Ihm ist nicht mal klar, was das ist.

Ellie Cooper
Mandy, du hast einen Bericht aus erster Hand über das, was in der Nacht der Morde von Alperton passiert ist, und keiner weiß davon, außer dir!

Amanda Bailey
Das ist nur ein Teil der Geschichte, Ellie. Da steht nur, was Holly erlebt hat. Ich muss es mit allem anderen in Einklang bringen. Mit allem, was ich von Leuten erfahren habe, die ebenfalls dort waren – Gray Graham, der das erste Foto vom Tatort gemacht hat, und Mark Dunning, der mit einem zwielichtigen Bullen im Streifenwagen unterwegs war.

Ellie Cooper
Steht da, wie Harpinder Singh ums Leben gekommen ist?

Amanda Bailey
Ja. Aber vor allem das Ende – die Versammlung. Im ganzen Drehbuch taucht kein Raphael auf. Vielleicht gab es in jener Nacht ein Zusammentreffen von Planeten – es gab aber auch ein Zusammentreffen von Vertuschungen. Die Figuren der Holly und des Jonah sind Antagonisten, distanziert und kühl zueinander. Sie sind gar kein Paar. Sie hatte wirklich keine Ahnung, was mit dem Kind geschehen ist. Was Don mir erzählt hat, von wegen ihre Familie hätte es adoptiert, kann nicht stimmen.

Ellie Cooper
Aber es würde immer noch dazu passen, dass das Kind Lady Louise Windsor ist 👑 Willst du Oliver von diesen neuen Entwicklungen erzählen?

Amanda Bailey
Warum sollte ich? 🤪

Ellie Cooper
Weil du ihn lange genug angeschwindelt hast?

Amanda Bailey
😭

Herausgerissene Seiten aus dem Drehbuch *Boten des Himmels* von Clive Badham:

AUSSEN - LAGERHAUS - NACHT

Ein verfallener Klotz, schwarz gegen den dunklen Nachthimmel. Einst eine Fabrik oder ein Lagerhaus, ist es heute nichts mehr davon. Blinde Fenster, Eingänge, die durch das Stahlskelett alter Feuertreppen miteinander verbunden sind, deren Stufen und Absätze sich um die Stockwerke winden. Der betonierte, mit Unkraut überwucherte Parkplatz ist fast leer. Ein TRANSPORTER, stehend. Durch die Windschutzscheibe blicken Michael und Gabriel, nervös.

INNEN - TRANSPORTER - NACHT

Holly und Jonah kauern im Fußraum. Holly wiegt das Baby in seinem zerschlissenen Korb, versucht, Blickkontakt zu Jonah herzustellen, der ihrem Blick aber bewusst ausweicht. Unter dem Vorwand, das Baby umdrehen zu wollen, zieht Holly sich hoch, lugt durch die Windschutzscheibe. Ihr verzweifelter Blick schweift suchend durch die Dunkelheit …

MICHAEL
(scharfes Flüstern)
Runter mit dir!

Keine Spur von Ashleigh. Holly kauert sich wieder hin.

HOLLY
Worauf warten wir eigentlich?

JONAH
Schschsch! Auf alle anderen Engel.

Michael und Gabriel, beide angespannt und gedankenvoll, wechseln einen nicht zu deutenden Blick.

AUSSEN - LAGERHAUS - NACHT

Endlich bewegt sich etwas. Eine Tür, im Obergeschoss, geht auf. Eine GESTALT auf dem Absatz. Elemiah.

INNEN - TRANSPORTER - NACHT

Gabriel und Michael zucken zusammen, zischen …

GABRIEL

Jetzt!

MICHAEL

Bewegt euch!

GABRIEL

Leise!

AUSSEN - TRANSPORTER - NACHT

Vier Gestalten steigen aus dem Transporter, huschen rasch hintereinander zum Gebäude, überspringen eine kaputte Stufe, klettern die Feuertreppe hoch und verschwinden eine nach der anderen im Schatten eines Eingangs im Obergeschoss. Das Gebäude steht wieder so dunkel und still da wie vorher.

INNEN - OBERGESCHOSS, LAGERHAUS - NACHT

Das offen angelegte Stockwerk war früher ein Großraumbüro. In diesem riesigen Raum wirken die Engel winzig, selbst Elemiah. Holly, die Augen überall, nimmt das Baby auf den Arm und schiebt den Korb mit dem Fuß weg.

GABRIEL

Was machst du da?

HOLLY

Es gibt einfach keine Ruhe.

JONAH
Lass es. Es ist sowieso bald tot. (zu Gabriel) Wann beginnt die Konjunktion?

GABRIEL
Bald. Bis dahin müssen wir es beschützen. Tut ihm nichts an.

Holly und Jonah reagieren verhalten …

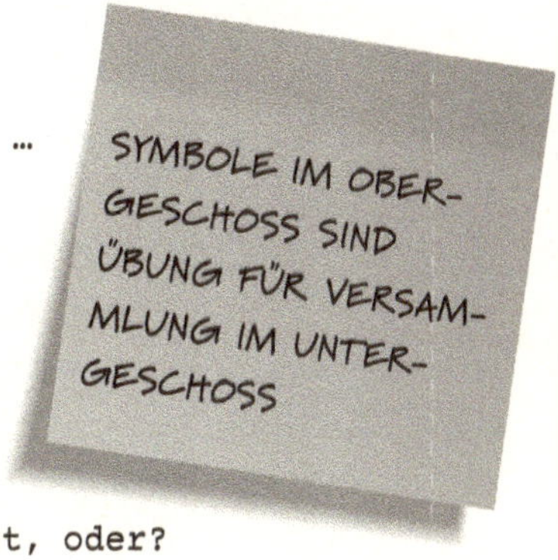

JONAH
Aber wir <u>werden</u> es doch töten?

HOLLY
Es ist doch der Antichrist, oder?

Bevor Gabriel und Michael antworten können …

ELEMIAH (OFF SCREEN)
Wie findet ihr das?

Mit einer FARBDOSE in der Hand deutet Elemiah auf etwas am Boden, ein Stück abseits. Gabriel wirft Holly und Jonah einen finsteren Blick zu …

GABRIEL
Bleibt, wo ihr seid.

Er läuft hinüber zu Elemiah. Gabriel nimmt die Dose, SPRAYT etwas auf den Boden, als wollte er Elemiahs Versuche korrigieren, flüstert ihm Ratschläge zu für … Für was? Holly beobachtet sie verwirrt.

Schließlich nimmt Elemiah die Dose, läuft zur Feuerleiter und verschwindet im Untergeschoss.

MICHAEL (OFF SCREEN)
Gib's mir.

Holly reißt den Blick von Elemiahs Abgang los, wirbelt herum und sieht Michael, der die Arme nach dem Baby ausgestreckt hat.

MICHAEL
Deine Aufgabe ist getan. Du hast deine Bestimmung erfüllt. Jetzt gib es mir.

Hollys entsetzte Blicke huschen durch den riesigen Raum. Keine Spur von Ashleigh. Keine Rettung. Nichts.

JONAH
Gib's ihm.

HOLLY
Meine Bestimmung ist, es bis zur Konjunktion zu schützen. Du kriegst es, sobald wir bei der Versammlung sind.

Michael zögert, gibt keine Antwort. Er kann nicht so schnell denken wie Gabriel. Jonah blickt sich um.

JONAH
(zu Michael)
Wo findet die Versammlung eigentlich statt? <u>Hier</u>?

MICHAEL
Unten. Kommt mit.

Michael stakst in Richtung Feuertreppe davon. Jonah wirft Holly einen finsteren Blick zu, folgt ihm dann. Holly mustert den Korb, die PLASTIKTÜTEN mit Babysachen … lässt aber alles stehen, behält das Baby im Arm, als sie den beiden in sicherem Abstand folgt, spitzt wachsam die Ohren, falls Ashleigh auftauchen sollte.

INNEN - DIE VERSAMMLUNG - NACHT
Wir sind im UNTERGESCHOSS des verfallenen Lagerhauses. Gruseliges KERZENLICHT beleuchtet den Raum. Durch eine von einem Stopper offen gehaltene TÜR sieht man einen einfachen Eingang/Ausgang. Elemiah, Kapuze hochgezogen, Gesicht verdeckt, hält Wache. Seine Blicke sind suchend nach draußen gerichtet. Von der Tür führt eine Spur aus mit blauer FARBE auf den Boden gesprühten SELTSAMEN ZEICHEN in die Mitte des Raums. Sie endet in einem KREIS aus SYMBOLEN. Die frische Farbe glänzt. Holly und Jonah sind fasziniert. Gabriel legt die Arme um beide. Holly erstarrt.

JONAH
Was bedeutet das?

GABRIEL
Das sind wir. Gabriel, Michael, Elemiah. Damit die dunklen Mächte wissen, mit wem sie es zu tun haben.

JONAH
Wo sind die anderen Engel?

MICHAEL
Welche anderen Engel?

Michael tigert auf und ab, seine Blicke springen von Gabriel zu seiner Armbanduhr und wieder zurück. Er geht ein Stück weiter weg, als …

JONAH
Wir alle. Die Engel hier auf Erden, die die Versammlung bilden.

HOLLY
Du hast gesagt, dass wir uns alle versammeln, um den Antichrist zu zerstören. Die Engel versammeln sich während der Konjunktion, um die Mächte der Finsternis für immer zu bannen. So lautet die Prophezeiung, hast du gesagt.

Holly und Jonah sehen Gabriel an. Michael murmelt.

MICHAEL
Sag's ihnen.

GABRIEL
Dass wir Erzengel sind …

MICHAEL
(zu Gabriel)
Heilige Scheiße noch mal!

JONAH
Was soll er uns sagen?

HOLLY
Dass wir, sobald wir unsere Bestimmung erfüllt haben … sterben.

Jonah läuft zu Gabriel, schlingt die Arme um ihn.

JONAH
Sie hat die Seiten gewechselt. Sie glaubt nicht an dich und will, dass ich dir auch misstraue.

Holly blickt Gabriel fest in die Augen, ihr Blick flehentlich.

HOLLY
Beweise es. Zeig uns, dass du vom Himmel gesandt wurdest. Dann glaube ich an dich.

Gabriel schüttelt den Kopf.

JONAH
Ich glaube an dich.

GABRIEL
Tu's nicht. Glaub an dich.

HOLLY
Auf wen wartet Elemiah?

GABRIEL
Ein Mann wird kommen und einen Koffer bringen. Er wird das Baby mitnehmen und Schluss.

ELEMIAH (OFF SCREEN)
(ruft) Da!

Elemiah läuft zurück zu den anderen. Gabriel packt Holly und Jonah, Michael entreißt Holly das Baby. Sie SCHREIT. Während Gabriel, Elemiah, Holly und Jonah sich zurückziehen, verschwinden Michael und das Baby auf der gegenüberliegenden Seite im Schatten. Gabriel hält Holly den Mund zu.
ES WIRD STILL. Eine an der Decke angebrachte Klemmlampe wirft ihren Schein in die Mitte des auf den Boden gemalten Kreises. Es ist ein gespenstisches, satanisches Bild. SCHRITTE, als ein MANN in dunklem Anzug schnell in das Lagerhaus kommt. Er trägt einen großen KOFFER. Zögert kurz, als er die gemalten Symbole sieht. Vorsichtig folgt er ihnen bis in den Lichtkegel …

MICHAEL (OFF SCREEN)
Stopp.

Der Mann bleibt abrupt in der Kreismitte stehen.

MICHAEL (OFF SCREEN)
Wie heißt du?

MANN
Don. Ich hab alles dabei, wie besprochen.

MICHAEL (OFF SCREEN)
Lass ihn da stehen, leg die Hände auf den Kopf, dreh dich um, geh langsam zurück zur Tür.

DON
Das Baby …

MICHAEL (OFF SCREEN)
Bei der Tür bleibst du stehen. Du wartest und drehst dich nicht um.

DON
Ist das Baby hier?

MICHAEL (OFF SCREEN)
Wenn alles so ist wie vereinbart, bekommst du das Baby.

DON
Wie kann ich sicher sein, dass ihr euren Teil der Abmachung einhaltet?

MICHAEL (OFF SCREEN)
Vertrau mir.

Don stellt den Koffer in die Mitte des Kreises, legt die Hände auf den Kopf, dreht sich um, geht zur Tür.

Michael lässt das Baby allein auf dem Boden liegen und nähert sich dem Koffer. Er kniet sich hin, klappt die Verschlüsse hoch, holt tief Luft, macht den Koffer auf. Als er den Inhalt sieht, weiten sich seine Augen.

DON HAT DAS BABY
GEKAUFT?

GEBÜNDELTE Banknoten. Er nimmt ein Bündel heraus, blättert kurz durch, aber Moment mal … Er erstarrt, erfasst von einer schrecklichen Erkenntnis. Hinter den ersten paar echten Geldscheinen steckt LEERES PAPIER. PLÖTZLICH SCHREIT das Baby. Don zuckt zusammen. Ein Bann ist gebrochen, und in genau diesem Augenblick …

BRICHT – LANGSAM, LEISE UND TÖDLICH – DIE HÖLLE AUS.

Zisch. Michael setzt sich auf, überrascht von dem Geräusch. Holly sieht das Baby, das sich im Schatten bewegt, aber Gabriel packt sie nur fester. Gabriel, Jonah und Elemiah wagen kaum zu atmen, während sie zusehen, wie Michael, offenbar fasziniert vom Anblick des Geldes, langsam ausatmet. Aber … Michael sinkt vornüber, bis sein Kopf im geöffneten Koffer zu liegen kommt. Blut sickert auf die FALSCHEN BANKNOTEN. TOT.

SOBALD SIE WISSEN,
DASS DAS BABY DA
UND WOHLAUF IST,
SCHIESSEN SIE.

Gabriel, Elemiah, Holly und Jonah ZUCKEN in plötzlicher, entsetzter Erkenntnis ZUSAMMEN. Ihre Blicke durchsuchen die Dunkelheit. Nichts. Gabriel lockert kurz den Griff, mit dem er Holly hält. Sie ergreift die Gelegenheit, reißt sich los, krabbelt über den Boden, durch das Blut, zum Baby, nimmt es an sich, läuft zur Feuertreppe.

Elemiah rennt ihr hinterher, um sie aufzuhalten, aber: Zisch. Er fällt zu Boden. TOT. BLUT spritzt auf Holly. Sie bleibt stehen, starrt Elemiah an, dessen leblose Augen sie anzuflehen scheinen. Sie drückt das Baby an sich, dreht sich zur Feuertreppe um, bleibt aber wieder stehen. Sie ist Auge in Auge mit einer DUNKLEN MACHT.

Die ist ganz in SCHWARZ gekleidet. Durch schwarze Brillengläser sind keine Augen zu sehen. Die Gestalt hält eine schwarze Pistole mit langem, schmalem Lauf, einem Schalldämpfer. Sie sieht das Baby, schreckt zurück, sinkt wieder in den Schatten.

Gabriel rappelt sich hoch, wird vom Licht erfasst … Zisch. Er fällt zu Boden. Jonah SCHREIT, wirft sich auf ihn.

JONAH

Ihr könnt ihn nicht töten! Er wird nicht sterben! Er ist ein Bote des Himmels!

Die DUNKLE MACHT taucht wieder auf, sucht nach Holly, aber die ist WEG.

SIE TÖTEN WEDER
HOLLY NOCH JONAH.
WARUM NICHT?

AUSSEN - LAGERHAUS - NACHT

Ein Schatten - Holly, das Baby im Arm - hastet die klapprige Feuertreppe hoch, immer höher, verschwindet durch eine Türöffnung im Obergeschoss. Gerade als mehrere DUNKLE MÄCHTE aus dem Gebäude stürzen, sich überall umsehen, sich aufteilen, verzweifelt den Parkplatz absuchen.

INNEN - OBERGESCHOSS, LAGERHAUS - NACHT

Holly schlüpft herein, läuft schnell zu den PLASTIKTÜTEN, die sie vorher dort stehen gelassen hat. Sie kniet sich hin, lässt das Baby vorsichtig zu einer TÜTE hinab, legt es hinein und deckt es zu, damit man es nicht sieht. Schließlich fummelt sie mit zittrigen Händen das HANDY aus der Tasche, in der Ashleigh es für sie versteckt hat. Bebende Finger wählen den Notruf.

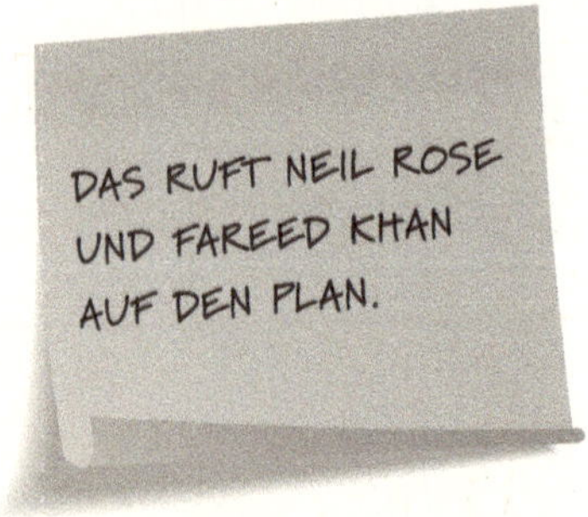

AUSSEN - LAGERHAUS - NACHT

Während des nun folgenden VOICE OVER schleicht Holly zu einer anderen Außenfeuertreppe, drückt sich langsam herunter, bis zu einem zerbrochenen Fenster, durch das sie ins Untergeschoss blicken kann.

NOTRUFZENTRALE (VOICE OVER)
Was für einen Notruf wollen Sie melden?

HOLLY (VOICE OVER)
Ich habe ein Baby.

NOTRUFZENTRALE (VOICE OVER)
Sie haben ein Baby bekommen? Atmet es?

HOLLY (VOICE OVER)
Ja.

NOTRUFZENTRALE (VOICE OVER)
Sind Sie allein?

HOLLY (VOICE OVER)
Nein. Dunkle Mächte sind hinter ihm her. Die anderen Engel sind tot. Nur ich und das Baby sind noch übrig.

NOTRUFZENTRALE (VOICE OVER)
Wo sind Sie?

HOLLY (VOICE OVER)
Die Versammlung.

Als Holly ins Untergeschoss späht, sieht sie:

INNEN - UNTERGESCHOSS, LAGERHAUS - NACHT

Don und der Koffer mit dem Geld sind VERSCHWUNDEN. DUNKLE MÄCHTE arbeiten schnell, in gespenstischem Schweigen. Michaels Leiche liegt nun ausgebreitet, wie ein Christus, in der Mitte des Kreises. Eine DUNKLE MACHT setzt sich rittlings auf ihn, nimmt eine Hand des Toten, legt ein MESSER hinein und lässt den Toten damit DIE EIGENE KEHLE DURCHSCHNEIDEN. Dann, mehr mit einstudierter Präzision als mit wahrer Hingabe, schneidet die DUNKLE MACHT ein ums andere Mal in den Rumpf des Toten, holt die EINGEWEIDE heraus, arrangiert sie sorgsam auf der Leiche. Eine andere DUNKLE MACHT zerrt ELEMIAHS Leiche aus dem Schatten. Auch diesen Toten lässt man DIE EIGENE KEHLE DURCHSCHNEIDEN, dann wird er genau am Rand des Kreises platziert, als hätte ein geistesgestörter, satanischer Serienmörder das getan.

Drei DUNKLE MÄCHTE umringen Gabriels Leiche. JONAH, das Gesicht in Gabriels Brust vergraben, klammert sich mit übermenschlicher Kraft an den Toten. DUNKLE MÄCHTE versuchen, ihn wegzuzerren. Eine DUNKLE MACHT mit einem MESSER wartet schon, bereit …

PENG! Eine Tür wird aufgeschleudert.

Die Dunklen Mächte zucken überrascht zusammen, STIEBEN in die Schatten, beobachten und warten, als … Der STRAHL EINER TASCHENLAMPE durchschneidet die Dunkelheit. Dahinter stiefelt ein MANN (Mitte 50, KLEIN, WACHER BLICK) herein, eine große KAMERA um den Hals. Der Lichtstrahl wandert suchend über den Boden.

AUSSEN - LAGERHAUS - NACHT

Holly beobachtet das Geschehen von ihrem Posten aus durchs Fenster.

INNEN - UNTERGESCHOSS, LAGERHAUS - NACHT

Als der Mann die verstümmelten Leichen von Michael und Elemiah erblickt, stockt er. Er ringt nach Luft, schwankt. Kann kaum alles erfassen. Keiner außer Holly sieht, wie er mit zitternder Hand einen Schnappschuss der schrecklichen Szene macht, bevor er auf die Knie sinkt und in eine TIEFE OHNMACHT fällt. In den Schatten warten die DUNKLEN MÄCHTE. Die winzigen Hörer in ihren Ohren machen kaum Geräusche …

AUSSEN - LAGERHAUS - NACHT

Draußen sieht Holly etwas … Ein STREIFENWAGEN DER POLIZEI schaltet das Blaulicht aus, rollt auf den Parkplatz. Holly erschrickt, klettert leise zurück ins Obergeschoss, schlüpft durch die Türöffnung, tastet nach einer TASCHENLAMPE, leuchtet damit zitternd durch das zerbrochene Fenster. Unten sehen ZWEI POLIZEIBEAMTE das Licht, erklimmen lässig die nächstgelegene Feuertreppe. Eine DUNKLE MACHT signalisiert einer zweiten ›Stellung halten‹ …

DIE ANKUNFT VON ROSE UND KHAN HINDERT DIE DUNKLEN MÄCHTE DARAN, GRAY ZU TÖTEN. SIND SIE VON DER POLIZEI? NUR DASS SIE SICH VOR DER POLIZEI ZU VERSTECKEN SCHEINEN.

Eine erschöpfte Holly sinkt zwischen ihren Plastiktüten auf den Boden, schaut noch einmal nach dem schlafenden Baby, als die POLIZEIBEAMTEN eintreffen.

INNEN - OBERGESCHOSS, LAGERHAUS - NACHT - KURZE ZEIT SPÄTER

Während die beiden BEAMTEN vor einem kaputten Fenster rauchen, sammelt Holly ihre Tüten zusammen. Die beiden brechen in Lachen aus, achten kaum auf sie.

POLIZIST EINS
Was schätzt du? Hexen?

POLIZIST ZWEI
Du weißt nicht zufällig, was diese Zeichen bedeuten, oder? Hier?

Holly merkt, dass er sie meint, schüttelt den Kopf.

POLIZIST EINS
Na los, bringen wir dich weg von hier.

Holly trägt die Tüten so, dass man das Baby nicht sehen kann. Als die Polizeibeamten sie die Treppe hinunter zum Streifenwagen bringen, hält sie sich dicht bei ihnen. Aus einem Fenster im Untergeschoss sehen die DUNKLEN MÄCHTE zu, wie Holly und die Polizeibeamten auf den Streifenwagen zugehen.

INNEN - UNTERGESCHOSS, LAGERHAUS - NACHT

Der Mann mit der Kamera, der weder Holly noch die beiden Polizisten sieht, setzt sich mühsam auf, wischt sich die Stirn ab, fummelt ein Handy aus der Tasche.

MANN MIT KAMERA (OFF SCREEN)
Polizei. Polizei … Gerade habe ich … Sie müssen herkommen.

DANN HAT ALSO GRAY GRAHAM DIE POLIZEI GERUFEN. HAT SEINEN NAMEN NICHT GENANNT.

INNEN - STREIFENWAGEN - NACHT

Der Wagen bewegt sich durch den wenigen spätnächtlichen Verkehr. Holly sitzt in tiefes Schweigen versunken auf der Rückbank. Das Baby, versteckt in der Tüte, vorsichtig auf dem Schoß. Schließlich hält der Wagen vor der NOTAUFNAHME eines Krankenhauses. Plötzlich knistert der Funk los …

POLIZEIFUNK (OFF SCREEN)
Code Blue. 444 am Boden.

DAS SIND JONATHAN CHILDS UND MARK DUNNING IM KAMPF MIT DEN STREITHAMMELN VON DER STRASSE

Die Beamten werden plötzlich hektisch.

POLIZIST ZWEI
Wenn dieser Zivilist was abbekommt, steckt Johnny ganz schön in der Scheiße.

POLIZIST EINS
(zu Holly)
Wir sind weg, Kleine. Du kannst den Eingang von hier aus sehen, oder?

ZEITSPRUNG. HOLLY IST LÄNGER IM KRANKENHAUS, ALS DIESES DREHBUCH ERKENNEN LÄSST. LANG GENUG, DASS JONATHAN

CHILDS UND MARK DUNNING EINE LEICHE EINSAMMELN UND SIE BEI DER VERSAMMLUNG ABLIEFERN KÖNNEN. DER MOMENT, IN DEM ZWEI VERTUSCHUNGEN AUFEINANDERPRALLEN.

AUSSEN - KRANKENHAUS, NOTAUFNAHME - NACHT

Holly klettert aus dem Wagen, die Tüten in der Hand. Der Wagen FÄHRT MIT QUIETSCHENDEN REIFEN DAVON, mit heulender Sirene und blinkendem Blaulicht. Holly sieht nach dem schlafenden Baby in der Tüte, wappnet sich, geht auf den Krankenhauseingang zu.

INNEN - KRANKENHAUS, NOTAUFNAHME, EMPFANG - NACHT

Viel Betrieb. Holly, schmutzig, blutbefleckt und zerzaust, mit vor Schock starrem, glasigem Blick, geht durch das Gewimmel zum Empfang. Die EMPFANGSDAME (Mitte 30) schaut auf. Ihr Gesichtsausdruck ändert sich … Dies ist Szene Eins, in der wir Holly das erste Mal sehen.

INNEN - KRANKENHAUS, NOTAUFNAHME, MIT VORHANG ABGETRENNTER BEREICH - NACHT - SPÄTER

Holly kauert auf einem Plastikstuhl. Eine KRANKENSCHWESTER (Anfang 20) untersucht das Baby, das vergnügt auf einem daneben stehenden Bett strampelt.

KRANKENSCHWESTER

Dem geht's prima. Und dir? Alle empfohlenen Untersuchungen nach der Geburt absolviert?

Beinahe hätte Holly den Kopf geschüttelt.

KRANKENSCHWESTER

Du solltest auf dich aufpassen. Der Kleine ist auf dich angewiesen. Wie heißt er denn?

HOLLY
Wo sind die Toiletten, bitte?

Zisch … der Vorhang wird mit einem Ruck aufgezogen. Eine POLIZEIBEAMTIN (Ende 20, Schwarz) lugt herein. Gescheit, freundlich, tüchtig. Später erfahren wir, dass sie MARIE-CLAIRE heißt.

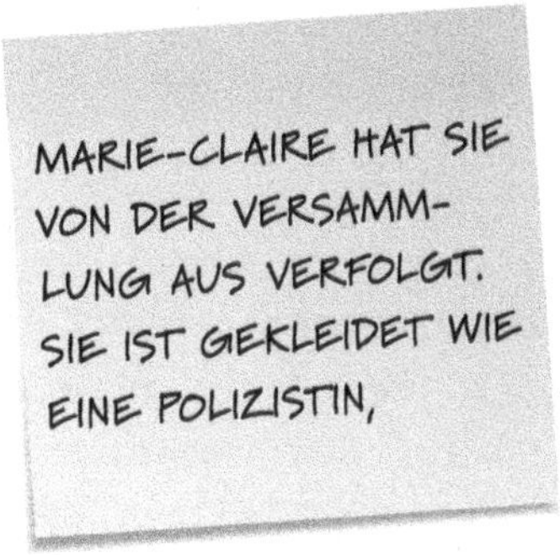

MARIE-CLAIRE
Hallo! Ich bin hier, um ›Holly und das Baby‹ abzuholen, sobald sie zum Aufbruch bereit sind.

Die Krankenschwester ist allein in dem abgetrennten Bereich. Sie lächelt und reicht Marie-Claire einen Umschlag.

KRANKENSCHWESTER
Yep, hier sind ihre Überweisungspapiere. Sie ist auf dem Klo, die zweite Tür links den Flur runter.

Marie-Claires Lächeln erstirbt. Sie schnappt sich den Umschlag, trottet davon.

INNEN - KRANKENHAUS, KORRIDOR - NACHT

Holly, mit gesenktem Kopf, das Baby an sich gepresst, sucht eilig nach einem Ausgang. Plötzlich steht sie einer POLIZEIBEAMTIN (Ende 30, weiß) gegenüber.

AILEEN

Holly? Hab ich dich endlich gefunden!
Ich bin Aileen.

Aileen ist so gesprächig und freundlich, dass Holly sich von ihr mitreißen lässt.

AUSSEN/INNEN - PARKPLATZ/STREIFENWAGEN - NACHT

Freundlich plaudernd bringt Aileen Holly zu einem wartenden Streifenwagen und setzt sie hinein. Trotz ihres lebhaften Geplappers beobachtet Aileen genau, wie Holly mit dem Baby umgeht.

AILEEN

Dein Freund Jonah wartet auf dich, und ich bringe euch beide jetzt zu einer Einrichtung, wo ihr über Nacht bleiben und ein bisschen schlafen könnt. Wie geht's dem Baby?

HOLLY

Gut.

AILEEN

Wie heißt es denn?

HOLLY

Braucht keinen Namen.

Aileens Augen im Rückspiegel werden schmal, und ihre Lider zucken. Marie-Claire rennt auf den Parkplatz, gerade noch rechtzeitig, um den Streifenwagen wegfahren zu sehen.

AUSSEN - PARKPLATZ, LAGERHAUS - NACHT

Der Streifenwagen mit Holly und dem Baby auf der Rückbank biegt in den Parkplatz ein, navigiert durch Streifenwagen und Zivilfahrzeuge. Beamte laufen hin und her. Hinter dem Streifenwagen biegt ein PRIVATFAHRZEUG auf den Parkplatz. Mit einer entschlossenen Marie-Claire am Steuer.

AUSSEN - PARKPLATZ, LAGERHAUS - NACHT

Das Fahrzeug hält mit einem Ruck auf einem überdachten Bereich des Parkplatzes. Die Kamera entfernt sich, um von oben zu zeigen …

AILEEN (ÜBER FUNK OFF SCREEN)
Sir, ich benötige eine Beamtin, um auf die, äh …

Marie-Claire steigt aus ihrem Wagen, setzt sich eine Polizeikappe auf, rückt die Uniform zurecht …

AILEEN (ÜBER FUNK OFF SCREEN)
Vergessen Sie's, da ist eine Beamtin. Hallo.

MARIE-CLAIRE
Marie-Claire …

AUSSEN - PARKPLATZ, LAGERHAUS - NACHT

Holly steigt aus dem Streifenwagen und steht Marie-Claire gegenüber. Ein bemerkenswerter Moment. RÜCKBLENDE auf die DUNKLE MACHT, DER HOLLY ERST VOR WENIGEN STUNDEN GEGENÜBERSTAND. HAT MARIE-CLAIRE DIE ENGEL ERSCHOSSEN? Holly weicht zurück, presst das Baby an sich, SCHREIT.

AILEEN

Holly, hey, Holly. Das ist Marie-Claire; sie kümmert sich um dich, während ich Jonah hole …

HOLLY

Nein! Sie ist eine dunkle Macht.

AILEEN

He! Pass auf, was du sagst. (zu Marie-Claire) Bitte entschuldigen Sie, Officer.

Aileen und Marie-Claire wechseln einen Blick.

AILEEN

Setz dich in den Wagen, solange ich weg bin. Marie-Claire wird von hier draußen auf dich aufpassen.

Marie-Claire nickt zustimmend, während Aileen ins Lagerhaus läuft.

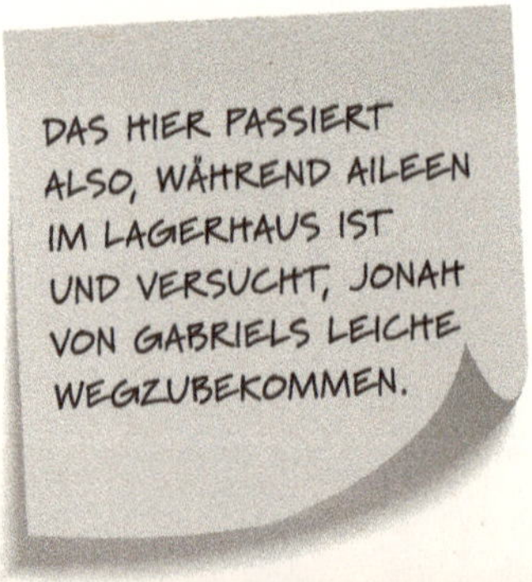

INNEN - STREIFENWAGEN - NACHT - KURZE ZEIT SPÄTER

Das Baby blickt Holly in die Augen. Sie lächelt, wiegt es. Draußen geht Marie-Claire auf und ab, spricht in ein Handy. Ihre Stimme ein leises Murmeln, kaum hörbar.

MAIRE-CLAIRE
… im Wagen mit dem Mädchen … komplett scheiße gelaufen … Bullen überall.

Holly beruhigt das Baby, hält die Luft an, um zu lauschen.

MARIE-CLAIRE
(kaum zu verstehen)
Lass sie Dienst nach Vorschrift machen. Wir holen ihn uns zurück, wenn uns keiner sehen kann.

Holly macht große Augen vor Schreck. Sie schaut das Baby an … KLOPF KLOPF KLOPF! Holly zuckt zusammen, ist im nächsten Moment erleichtert beim Anblick von … ASHLEIGHS GESICHT HINTER DEM FENSTER. Besorgt flüstert sie …

ASHLEIGH
Holly. Gut gemacht. Bist du okay?

… während Marie-Claire eilig ihr Telefonat beendet.

MARIE-CLAIRE
(zu Ashleigh)
Sie sollten nicht hier sein. Gehen Sie zurück zum Lieferwagen …

ASHLEIGH
Was wird mit ihnen geschehen?

Marie-Claire schubst Ashleigh beiseite. Sie flüstern eindringlich miteinander. Wir hören bloß …

ASHLEIGH
(an Marie-Claire)
Bitte. Bitte!

Marie Claire mustert sie, gibt ihr einen Autoschlüssel. Ashleigh steigt auf der Fahrerseite ein.

HOLLY
Das muss am Energieschild liegen. Hier sind so viele menschliche Wesen, dass sie nichts ausrichten können.

ASHLEIGH
Wer?

HOLLY
Die Mächte der Finsternis. Sie gehört dazu, genau wie der, der versucht hat, es aus der Wohnung zu entführen.

ASHLEIGH
Holly -

HOLLY
Wir sind die einzigen Engel, die noch übrig sind.

Ashleigh braucht einen Augenblick, um die Tränen runterzuschlucken. Sie dreht sich zu Holly um. Die beiden blicken sich unverwandt an.

ASHLEIGH
Holly, ich bin kein Engel.

Holly erstarrt, aber nicht vor Überraschung.

ASHLEIGH
Und du bist auch keiner.

Holly starrt sie an.

ASHLEIGH
Wir sind Menschen. Wie alle anderen auch.

Holly hält Ashleighs Blick stand, schüttelt den Kopf.

HOLLY
Nein. Einen solchen Fehler würde Gabriel nicht machen. (Pause) Er ist ein Erzengel.

Ashleigh holt tief Luft.

ASHLEIGH
Er ist kein Erzengel. Er ist nicht mal Gabriel. Er heißt Peter Duffy.

Alle Zweifel, die Holly jemals hatte, huschen über ihr Gesicht.

ASHLEIGH
Hör zu, Holly, vor dreizehn Jahren hat er mir erzählt, ich besäße eine himmlische Seele und wir würden zusammen die Welt retten. Er nannte mich Holly. Genau wie dich.

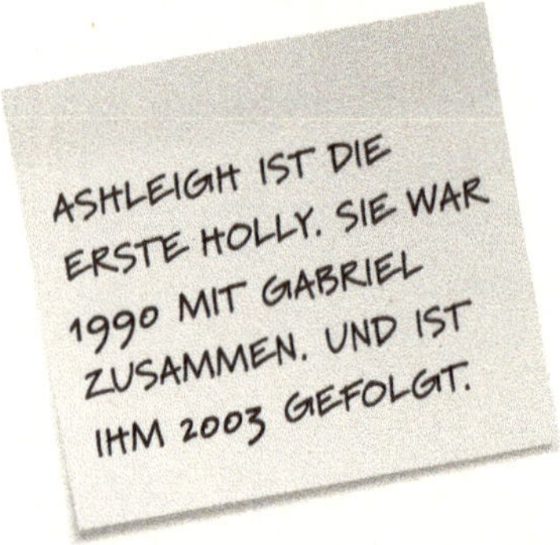

Holly versucht, das wachsende Grauen von sich abzuschütteln. Ihre Hand schießt zum Türgriff. Abgesperrt.

ASHLEIGH
Er ist ein heimtückischer, niederträchtiger Kerl, eine Spinne. Ein Netz zu spinnen ist das Einzige, was er kann.

Hollys Gesicht ist tränenüberströmt, als wäre genau das ihre größte Angst.

ASHLEIGH
Bei ihm fühlt man sich wie jemand Besonderes.

Holly ist jetzt ganz still. Ihre Reglosigkeit und ihr Schweigen sprechen Bände.

ASHLEIGH

Ich habe mich bei ihm auch gefühlt wie jemand Besonderes. (winzige Pause) Er baut ein ganzes Leben für einen auf, eine Familie, man verliebt sich in ihn und würde alles für ihn tun. (winzige Pause) Es ist nur ein Baby. Dein Baby. Ein Teil von dir. Und sie ist wunderschön.

Holly sieht Ashleigh in die Augen, schüttelt den Kopf. Dieser Blick ist anders als vorher.

HOLLY

Er ist nicht mein Kind.

Ashleigh lehnt sich zurück, plötzlich unsicher, verwirrt …

KLOPF KLOPF KLOPF. Marie-Claires Gesicht im Fenster.

MARIE-CLAIRE

Ashleigh. Sie haben einen großartigen Job gemacht, aber Sie sollten nicht hier sein, und jetzt müssen Sie gehen.

KLICK. Die Zentralverriegelung geht auf, als plötzlich Marie-Claires Handy LÄUTET. Sie wendet sich ab, um den Anruf anzunehmen. Ashleigh läuft hinüber auf Hollys Seite, macht die Tür auf.

ASHLEIGH

Steig aus. Umarme mich, schnell.

Holly klettert heraus. Durch das Baby fällt ihre Umarmung zum Abschied unbeholfen aus, aber man erkennt die Zuneigung.

ASHLEIGH
Wie heißt du wirklich?

HOLLY
Georgie.

ASHLEIGH
Georgie, glaub nicht, was man dir sagt, nur weil du der Person vertraust, die es sagt. Du hast dieses Baby gerettet. Mach dein Leben nie wieder von anderen abhängig. (winzige Pause) Vor allem nicht von Gabriel. Okay?

Holly will antworten, aber -

MARIE-CLAIRE
Scheiße, WAS? Soll das ein WITZ sein? (flüstert) Natürlich habe ich …

Marie-Claire versagen fast die Beine, sie lässt ihr Handy fallen, hebt es mühsam wieder auf. Schließlich schleppt sie sich auf die Rückbank des Wagens, schließt die Tür, legt den Kopf in die zitternden Hände.

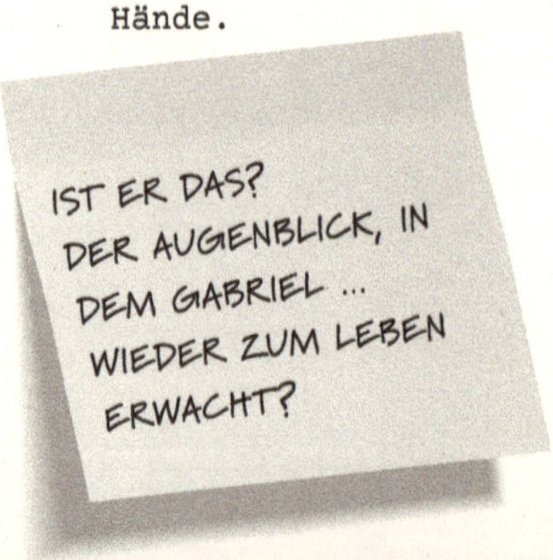

Am anderen Ende des Parkplatzes erscheint eine forsche Aileen mit einem gebrochen wirkenden Jonah im Schlepptau. Ashleigh flüstert Holly ins Ohr …

ASHLEIGH
Versprich es mir.

So unauffällig, wie sie gekommen ist, entfernt sie sich wieder. Hinter Aileen und Jonah wankt, von beiden unbemerkt, ein POLIZEIBEAMTER aus dem Lagerhaus und übergibt sich. Hinter ihm kommt ein weiterer BEAMTER, der bestürzt auf und ab läuft. Während Aileen einen kurzen Blick auf Marie-Claire wirft, die immer noch im Wagen sitzt, wiegt Holly das Baby und lässt sich Ashleighs Worte durch den Kopf gehen.

AILEEN
Na gut, dann bringen wir euch drei mal an einen sicheren Ort für die Nacht.

KLICK, SCHRITTE, als Marie-Claire aus dem Wagen steigt und eilig davongeht. Aileen macht Holly die Tür auf …

AILEEN
(ins Funkgerät)
Können Sie mir die Adresse noch mal bestätigen …?

Ihre Stimme wird leiser, während die Kamera sich auf Holly und Jonah konzentriert, deren Blicke sich in gegenseitiger Verachtung treffen.

HOLLY

Sie sind alle tot.

JONAH

Es wird an die Macht kommen. Du wirst schuld sein an der Vernichtung der Menschheit. Du warst nie ein Geschöpf der Liebe.

HOLLY

Ich bin ein Geschöpf der Liebe. Ein Mensch.

Ihre Augen füllen sich mit Tränen, während sie mit sich ringt, das Undenkbare zu akzeptieren.

HOLLY

Genau wie du. Genau wie sie.

Jonah wankt leicht in seiner Entschlossenheit. Hatte er auch Zweifel?

JONAH

Warum? Warum hast du es gerettet?

Er tritt näher an Holly heran.

HOLLY

Ihm etwas anzutun, hat sich nicht richtig angefühlt.

JONAH

Die dunklen Mächte haben dich umgedreht.

Wenn du es nicht umbringen willst, mach ich es eben.

Aileen, noch immer am Funkgerät, blickt sich nach Holly und Jonah um und sieht etwas, das Holly nicht sehen kann - ein MESSER in Jonahs Hand. Sie lässt das Mikrofon fallen und handelt sofort …

AILEEN
He!

Der Bann ist gebrochen, Holly springt zur Seite … Aileen tritt entschlossen, aber vorsichtig näher.

AILEEN
Jonah. Gib mir das Messer.

JONAH
Ich bin gern ein Engel.

AILEEN
Leg das Messer auf den Boden. Schieb es mit dem Fuß rüber zu mir. Jetzt.

GABRIEL (OFF SCREEN)
Gib ihr das Messer, Jonah.

Jonah wirbelt herum. Nichts. Niemand da, nur Polizeibeamte in der Ferne, abgelenkt, aus irgendeinem Grund besorgt … Aileen stürzt sich auf das Messer. Hält es geübt auf Armlänge von sich weg, während sie Jonah rasch nach weiteren Waffen durchsucht. Das Messer landet PLUMPS in einem Sicherheitsbehälter.

INNEN - STREIFENWAGEN - NACHT - KURZE ZEIT SPÄTER

PENG. Die Fahrertür wird zugeworfen. Aileen sitzt vorn. Auf der Rückbank sitzt Holly mit dem Baby im Arm, so weit wie möglich abgerückt von Jonah, der Handschellen trägt.

HOLLY

Werden Sie ihn verhaften?

Aileen schaut nach hinten, mustert beide mit ernstem Blick.

AILEEN

Ihr zwei wollt heute Nacht doch sicher noch ein bisschen Schlaf kriegen, oder? Ich auch.

Sie nicken. Aileen dreht sich wieder nach vorn, lässt den Motor an.

AILEEN

Wenn ihr zwei euch jetzt benehmt, schiebe ich die Sache auf den Schock. Versprochen? (sie nicken) Und wenn sie in der Einrichtung nach meinem Namen fragen, sagt, ich heiße Marie-Claire.

Aileen kichert in sich hinein.

HOLLY

Wenn jemand Sie nach heute Nacht fragt - nicht gleich, sondern in vielen Jahren -, was erzählen Sie dem dann?

Im Rückspiegel fängt Aileen Hollys Blick ein.

AILEEN
Mir wird schon was einfallen.

Während der Wagen vom Parkplatz runterrollt, weg von der Versammlung, lehnt Holly sich auf ihrem Sitz zurück.

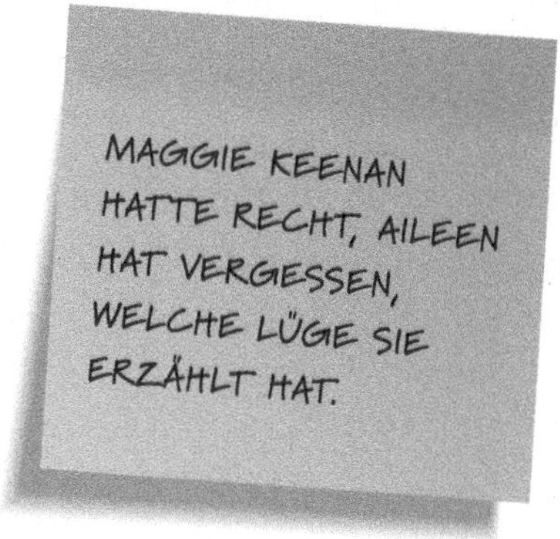

WhatsApp-Nachrichten von mir an Don Makepeace, DCS im Ruhestand, 3. September 2021:

Amanda Bailey
Don, ich weiß jetzt, wer das Kind ist. Tut mir leid.

Amanda Bailey
Ich meine, tut mir leid, dass Sie lügen mussten. Aber nichts bleibt für immer geheim.

Korrespondenz zwischen mir und Oliver Menzies, 6. September 2021:

Amanda Bailey
Ich weiß, wer Christopher Shenk war.

Oliver Menzies
Raphael.

Amanda Bailey
Es gab keinen Raphael bei den Engeln von Alperton. Nur bei den Ninja Turtles.

Oliver Menzies
Dass du etwas nicht sehen kannst, heißt nicht, dass es das nicht gibt. Es heißt nur, dass DU es nicht sehen kannst.

Amanda Bailey
Das mit Minnie Davis schon gehört? Sie hat ihr Buch auf dem Projekt einer Kunstdoktorandin über Fake News aufgebaut. Sie hatte keine Ahnung, bis eine Korrektorin sie auf eine Reihe von Unstimmigkeiten aufmerksam machte.

Oliver Menzies
Sie hätte die Fakten checken sollen.

Amanda Bailey
Hat sie ja. Sie hat sie gecheckt, indem sie auf von der Doktorandin bereitgestellte Links geklickt hat, die auf gefakte Websites führten, die wiederum die ›Fakten‹ in der Doktorarbeit zu bestätigen schienen.

Oliver Menzies
Ich kenne die Frau nicht mal. Warum erzählst du mir das?

Amanda Bailey
Muss dir was beichten 🥺 Ich hab was über die Engel von Alperton rausgefunden. Einiges. Genau genommen eine ganze Menge, und hab's dir verschwiegen.

Oliver Menzies
Und? Ich betreibe meine eigenen Recherchen, hab meine eigenen Kontakte.

Amanda Bailey
Klar. Aber da gibt's was, das wirklich elementar ist.

Oliver Menzies
Bestimmt so manches. Dass Holly Lady Georgina Ogilvy ist, eine entfernte Verwandte der Queen. Dass das Kind der Engel von Alperton von Prince Edward und Sophie, der Countess of Wessex, adoptiert wurde. Dass Lady Louise Mountbatten Windsor kurz vor ihrem achtzehnten Geburtstag steht, während die Welt keine Ahnung hat, wer sie wirklich ist.

Amanda Bailey
Wer hat dir das erzählt? Du solltest doch eigentlich über den ganzen übernatürlichen Kram schreiben.

Oliver Menzies
Nicht mehr. Es gibt Wichtigeres zu tun.

Amanda Bailey
Zum Beispiel?

Oliver Menzies
Den Antichrist zu vernichten. Die Menschheit zu retten.

Amanda Bailey
Oliver, hör auf mit den Spielchen. Ich mein's ernst.

Oliver Menzies
Ich auch. Die Engel von Alperton hatten recht. Aber sie wurden von Holly verraten. Sie war kein Engel, nur die Mutter des Babys. Sie wurde von den dunklen Mächten verführt.

Amanda Bailey
Sie war nicht die Mutter des Babys. Oliver, ich muss dir ein paar Sachen sagen. Komm, wir treffen uns.

Oliver Menzies
Zu spät.

Amanda Bailey
Okay, ich rassle jetzt einfach mal runter, was du wissen solltest. Auf geht's:

Amanda Bailey
Gabriel, Michael und Elemiah waren ihr Leben lang Kriminelle. Sie haben sich im Gefängnis kennengelernt.

Amanda Bailey
Wir wissen, dass Gabriel 1990 irgendwas im Schilde führte. Er freundete sich mit einem jungen, beeinflussbaren Mädchen an und begann mit den Vorbereitungen, aber sein Plan scheiterte schon relativ früh. Die erste Holly ging zur Polizei und wurde nach Hause zurückgebracht. Wer weiß, wie viele weitere Versuche er noch unternommen hat? Und jedes neue Scheitern führte zu einer Verfeinerung seiner Vorgehensweise.

Amanda Bailey
Gabriel hat nur wenig materielle Mittel. Dafür aber die Fähigkeit, andere in seinen Bannkreis zu ziehen und dazu zu bringen, ihm zu glauben. Seine ›Masche‹ besteht darin, fragile Menschen davon zu überzeugen, dass sie Engel mit einem himmlischen Auftrag seien. Als er 2003 Georgina Ogilvy begegnete, der neurotischen Tochter einer in Ungnade gefallenen Adelsfamilie, hatte er das große Los gezogen.

Amanda Bailey
Anders als 1990 hatte er diesmal außerdem Jonah – und einen viel raffinierteren Plan, der auf Rache basierte.

Amanda Bailey
Niemand achtet groß auf ein junges Pärchen mit Baby. Holly und Jonah konnten frei herumspazieren, keiner bemerkte sie. Vergiss nicht, die Männer waren alle vorbestraft und hatten kein Geld.

Oliver Menzies
Hör zu, Amanda. Du glaubst, einer Riesenverschwörung auf die Spur gekommen zu sein, aber diese ganzen Ereignisse wurden schon seit Jahrzehnten vorhergesagt. Holly, Jonah, Michael, Elemiah ... Bauernopfer. Spielfiguren bei der endgültigen Vernichtung des Ungeheuers. Die wirkliche Manipulation fand auf einer übersinnlichen Ebene statt – um dafür zu sorgen, dass der Antichrist, sobald er an die Macht kommt, sie auch nutzen kann.

Amanda Bailey
Nenn mir ein Beispiel.

Oliver Menzies
Gray Graham. Woher wusste er, dass er in jener Nacht zu diesem düsteren, verfallenen Haus gehen sollte? Durch seine übersinnlichen Fähigkeiten. Er wurde von dunklen Mächten zu dem Lagerhaus gezogen. Seine Ankunft rettete den Antichrist vor der Vernichtung durch die Engel.

Amanda Bailey
Gray Graham hatte mitnichten einen sechsten Sinn. Er hatte das Gespür für eine Story, langjährige Kontakte zur Polizei und eine spezielle Ausrüstung für den Empfang von Radiowellen. Er hat den Funkverkehr der Polizei ABGEHÖRT.

Amanda Bailey
Ich war nach seinem Tod in seiner Wohnung, hab das alte Funkgerät gesehen und seine Notizbücher gelesen. Du hast sie doch selbst gelesen. Das ist eine Mischung aus dem, was er über Funk mitgehört hat, und Zitaten von den Schauplätzen von Verbrechen – wo er oft NOCH VOR der Polizei ankam!

Amanda Bailey
In jener Nacht hat er den Polizeifunk auch abgehört. Dabei schnappte er was von einem Baby auf, das in einem alten Lagerhaus für Babynahrung zur Welt gekommen war, und machte sich auf den Weg, um ein paar Fotos zu schießen. Am nächsten Tag war Deadline. Er hatte noch kaum

was anzubieten und nahm, was er kriegen konnte. Ein stimmungsvoller nächtlicher Schnappschuss und eine herzerweichende Story hätten ihn retten können.

Amanda Bailey
Die blaue Farbe, die im Obergeschoss gefunden wurde, war die Stelle, wo Elemiah übte, die Symbole zu malen, mit denen die Engel den Punkt markierten, wo sie ihre Kontaktperson treffen wollten. Diese Testsymbole wurden später entfernt, woraufhin einer der beiden Beamten zu zweifeln begann und sein Bericht in der Folge von dem seines Kollegen abwich. Das schürte die Legendenbildung weiter und sorgt selbst heute noch für Verwirrung.

Amanda Bailey
Es stimmt, dass dunkle Mächte im Lagerhaus waren, aber die waren sehr real und deswegen dort, weil Ashleigh, das junge Mädchen, dem Gabriel zuerst den Namen ›Holly‹ gegeben hatte, um es 1990 für seine gescheiterten Pläne einzuspannen, den Engeln auf der Spur war und die Polizei alarmiert hatte. Sie wusste, wie Gabriel vorging, und wollte die neue Holly vor ihm retten.

Oliver Menzies
Holly ist bloß das Gefäß, durch das der Antichrist zur Welt kam.

Amanda Bailey
Wer, glaubst du, ist der Vater des Kindes?

Oliver Menzies
Gabriel oder Jonah. Egal. Biologische Bedingungen sind irrelevant. Nur Bausteine, die dem Antichrist auf Erden eine physische Form geben.

Amanda Bailey
Der Vater des Kindes ist Don Makepeace, jener Detective Chief Inspector, der Gabriel Ende der 80er ins Gefängnis brachte. Die Mutter des Kindes ist Julia, Dons Frau. Es handelte sich um einen simplen Fall von Entführung mit Lösegeldforderung. Ich schick dir jetzt mal was per Mail.

Treffen mit Connor Makepeace, dem ›Baby‹ der Engel von Alperton, 5. September 2021. Transkribiert von Amanda Bailey.

AB: Und du hattest keine Ahnung, bis gestern?

CM: Nein. Dad sagte, jemand hätte es rausgefunden, weshalb er es mir jetzt sagen müsse, bevor der andere das macht. Wissen Sie, wer das sein könnte?

AB: Nein.

CM: Er hat echt eine Stinkwut. Sie wollten auf den richtigen Zeitpunkt warten, um es mir zu erzählen. Nicht jetzt, wo ich gerade mit der Uni anfangen will, verstehen Sie? So hab ich ihn noch nie erlebt.

AB: Gibt es denn überhaupt einen guten Zeitpunkt, um jemandem etwas so … Traumatisches zu erzählen?

CM: Stimmt auch wieder. Ich meine, ist schon okay. Aber trotzdem ein ziemlicher Schock.

AB: Was haben deine Mum und dein Dad dir denn erzählt?

CM: Dass Mum, als ich gerade mal ein paar Monate alt war, mit mir zur Bibliothek gegangen ist. Sie hatte noch eine Verabredung und war in Eile, aber ich hab geschrien. Da kam ein junges Mädchen auf sie zu und bot ihr an, auf mich aufzupassen, während Mum schnell reinspringt und die Bücher zurückgibt. Sie meinte, sie würde ihrer Mutter immer mit ihrer Schwester helfen und sich deshalb mit Babys auskennen. Sie trug die Uniform einer örtlichen Privatschule, die Mum von ihrer Arbeit als Lehrerin her kannte. Das Mädchen wirkte glaubwürdig, Mum war in einer Zwickmühle, und obwohl ihr nicht wohl dabei war, mich mit einer Fremden allein zu lassen, sagte sie sich, es wär ja nicht für lang und überhaupt, was sollte schon Schlimmes passieren? Lustig, was?

AB: Yep.

CM: Dad sagte, das junge Mädchen hätte zu einer Bande gehört. Jahre vorher, als er noch Streifenpolizist war, hat er wohl einen von denen verknackt, weswegen sie ihn auf dem Kieker hatten. Die hätten das schon monatelang geplant. Er sagte, sie hätten Mum wahrscheinlich schon von unserm Haus aus verfolgt, aber weil dieses Mädchen so gut gekleidet war und sich so wohlerzogen ausdrückte, schöpfte sie keinen Verdacht. Bis sie aus der Bibliothek kam und sah, dass ich verschwunden war.

AB: Das muss schrecklich gewesen sein.

CM: Yeah, das war es, haben sie gesagt. Sie kennen die ganze Geschichte, oder? Deshalb fragen Sie mich danach.

AB: Ich weiß das ein oder andere, ja.

CM: In den Tagen danach bekam Dad Anrufe von den Entführern und musste im Lokalblatt nachschauen, wo er das Lösegeld abliefern sollte. Dad erklärte sich bereit, das Geld zu zahlen. Als er es dann übergeben wollte, entdeckte er, dass die ganze Bande Selbstmord begangen hatte, und mich fand er sicher und wohlbehalten in der Obhut des Mädchens. Sie hat mich gerettet, zusammen mit ihrem Freund, und deshalb … Ich glaube, sie haben sie laufen lassen.

AB: Und wie geht es dir jetzt damit?

CM: Gut. Wissen Sie, ich erinnere mich ja nicht daran. Es ist in Ordnung.

AB: Hast du jemals was darüber gelesen oder im Fernsehen gesehen? Man nennt es den Fall der Engel von Alperton.

CM: Doch, ja, ich glaube schon. Aber Dad meint, das ist nicht das, was wirklich passiert ist. Die Leute sagen, diese Typen hätten mich für den Teufel gehalten, aber das haben die bloß den beiden Teenies erzählt. Das waren Kriminelle, die hinter dem Geld her waren, mehr nicht.

AB: Weißt du, dass alle Engel tot sind, bis auf einen?

CM: Yeah. Dad sagt, das wär ein Versehen gewesen.

Amanda Bailey
Holly hat das Baby entführt. Sie und Jonah haben sich eine Weile darum gekümmert, während die Engel die Kommunikation mit Don abgewickelt und die Übergabe des Lösegelds organisiert haben. Aber Gabriel hatte nicht damit gerechnet, dass Don über ein solches Netzwerk an Freunden verfügt.

Oliver Menzies
Schluck ruhig die Köder, die Don dir hinwirft, Mandy. Der Antichrist ist hier, und ich weiß, wo er sich aufhält.

Amanda Bailey
Don hat sich an katastrophale Polizeieinsätze bei Entführungsfällen in der Vergangenheit erinnert. Muriel McKay, Lesley Whittle. Er kannte die Vorschriften und glaubte nicht, dass die Polizei ihm seinen Sohn sicher und wohlbehalten zurückbringen würde. Also hat er sich an seine alten Verbindungen bei den Sondereinsatzkräften gewandt.

Amanda Bailey
Als das Baby entführt wurde, waren schon Wochen vorher Anzeigen mit Hinweisen auf den Ort der Lösegeldübergabe im Lokalblatt erschienen. Alle schon vorher aufgegeben, damit die ganze Transaktion möglichst glatt abläuft.

Oliver Menzies
Du vergisst da was. Den Anruf, den ich jeden Morgen um 4:44 Uhr bekommen habe. Bis gestern. Ich habe gewartet, aber der Anruf kam nicht. Das ist mein Zeichen.

Amanda Bailey
Ach ja, diese Anrufe 🙄 Ich weiß, woher die gekommen sind. Das hat mir keine Ruhe gelassen, weshalb ich die Nummer schon vor Wochen zurückverfolgt hab. Hielt es für amüsant, dich weiter glauben zu lassen, dass da Engel am andern Ende der Leitung sind. Schick dir gleich die Mail. Du wirst dich auch totlachen, versprochen. So wie ich 🤣

AN: Amanda Bailey
DATUM: 30. Juli 2021
BETREFF: Aw: Mysteriöse Anrufe
VON: BioCleanse Solutions Ltd

Sehr geehrte Mrs Bailey,
vielen Dank für Ihre E-Mail vom 27. Juli 2021. Hiermit möchte ich Ihnen mitteilen, dass die regelmäßigen Anrufe auf Ihrem Festnetzanschluss einer Überprüfung unseres Außendienstes zufolge von einer unserer stillgelegten chemischen Toiletten kommen. Diese in den späten 90er-Jahren hergestellten transportablen Einheiten wurden mit einer Elektronik ausgestattet, die sich im Falle einer Störung automatisch bei der Zentrale meldet. Einfach ausgedrückt, hat die Elektronik in den vergangenen Monaten wiederholt und in gleichbleibenden Intervallen versucht, einen Techniker anzurufen, um eine Wartung anzufordern. Unsere Systeme wurden in der Zwischenzeit aktualisiert, allerdings wurde bei dieser speziellen Einheit auf dem Fertigungsband offenbar eine falsche Telefonnummer einprogrammiert.

Wir bemühen uns stets, die Batteriesätze zu entfernen, bevor wir unsere Einheiten zur Mülldeponie geben. Diese eine scheint jedoch mitsamt ihren Batterien ausrangiert worden zu sein. Dann ist offenbar etwas geschehen, das die Batterien wieder aufgeladen und das automatische Wählsystem ausgelöst hat. Soweit ich weiß, kann dies durch einen Blitzeinschlag passieren. Ich kann Ihnen jedoch versichern, dass die Batterien sich irgendwann entleert haben und die Anrufe von selbst aufhören werden.

Als kleine Entschädigung für Ihre Umstände darf BioCleanse Solutions Ltd Ihnen einen Rabatt in Höhe von 10% (bzw. 5%) auf den Kauf oder die Miete einer unserer chemischen Toiletten aus dem Standardsortiment (bzw. dem Luxussortiment) anbieten.
Mit freundlichen Grüßen,
BioCleanse Solutions Ltd

Oliver Menzies
Das hast du die ganze Zeit über gewusst und mir nicht gesagt?

Amanda Bailey
😊

Oliver Menzies
Auch egal. Das ist trotzdem mein Zeichen.

Amanda Bailey
Das ist ein Mobil-Klo.

Oliver Menzies
Meine Nummer wurde in den 90ern in diese Toilette einprogrammiert. Und jetzt, kurz bevor das Kind seine Macht erhält, lädt ein Blitzschlag die Batterie neu auf, und ich bekomme diese Anrufe. Ich, Mandy. Da wurde nicht die falsche Nummer einprogrammiert. Da wurde die richtige Nummer einprogrammiert, nämlich die des einzigen Wesens, das in der Lage ist, die Menschheit vom Bösen zu befreien: eines Engels in menschlicher Gestalt.

Amanda Bailey
Du bist kein Engel.

Oliver Menzies
Ich wurde zur Absicherung auf diese Erde geboren, falls die Engel von Alperton bei ihrer Mission scheitern. Sie sind gescheitert. Jetzt ist es meine Bestimmung, den Antichrist zu zerstören.

Amanda Bailey
Es gibt keinen Antichrist. Lediglich eine Geheimoperation der Sondereinsatzkräfte zur Rettung des entführten Babys eines leitenden Polizeibeamten sowie, illegalerweise, zur Tötung der unbewaffneten Entführer – ein Einsatz, der mit einer Polizeiaktion zur Vertuschung des Mordes an Chris Shenk kollidierte, welcher sich in Polizeigewahrsam befunden hatte.

Amanda Bailey
Singh arbeitete als verdeckter Ermittler in einem lokalen Restaurant. Als er ermordet aufgefunden wurde, ging die Polizei sofort davon aus, dass die Bande ihn enttarnt und exekutiert hätte. Chris Shenk, der Drogendealer vor Ort, der unbedingt eine große Nummer in der Unterwelt werden wollte, war ihr einziger Verdächtiger. In jener Nacht kam Shenky in polizeilichem Gewahrsam ums Leben, wobei er OFFIZIELL nie in Polizeigewahrsam war.

Amanda Bailey
Marie-Claire, eine ehemalige Scharfschützin der Sondereinsatzkräfte und inzwischen bei der Polizei, organisiert die Entsorgung von Shenks Leiche. Als Dons Vertraute und Verbündete koordiniert sie außerdem den inoffiziellen Einsatz zur Befreiung von Connor Makepeace und Ermordung seiner Entführer. Dank Ashleigh, die den Engeln gefolgt ist und ihr regelmäßig Bericht erstattet, weiß Marie-Claire, was Gabriel vorhat.

Amanda Bailey
Ashleigh ist Gabriels Fängen 1990 entwischt. Jahre später sieht sie ihn zufällig mit zwei Minderjährigen, entdeckt, dass die beiden ebenso schutzlos sind, wie sie es war, und Gabriel sie vollkommen unter Kontrolle hat – und, schlimmer noch, sie haben ein Baby. Sie freundet sich mit Holly an, die ihr den Treffpunkt der Versammlung verrät.

Amanda Bailey
Ashleigh, die glaubt, dass die Engel dem Kind etwas antun wollen, informiert die Polizei, wodurch Marie-Claire klar wird, dass der Treffpunkt der Versammlung derselbe ist wie der, an dem die Übergabe des Lösegeldes für Dons Sohn stattfinden soll.

Amanda Bailey
Auf den Boden gepinselte Symbole, Kerzen, Zeugen, die die satanische Natur der Lehre der Engel bestätigen können. Die perfekte Gelegenheit,

das Baby zu befreien und sich sowohl der Entführer als auch der Leiche von Shenk zu entledigen.

Amanda Bailey
Allerdings lief nicht alles nach Plan. Holly konnte mit dem Baby entkommen. Vom Obergeschoss aus wählte sie die Notrufnummer, was auch Gray Graham, der den Polizeifunk abhörte, in Gang setzte. Was dazu führte, dass die dunklen Mächte – Marie-Claire, Don und das Team ihrer Vertrauten – gerade genug Zeit hatten, die Leichen zu einem satanischen Tableau zu arrangieren, ehe Gray und die Polizei eintrafen. Dann mussten sie im Hintergrund verschwinden, während die Dinge am Tatort vorschriftsmäßig abgearbeitet wurden.

Amanda Bailey
Marie-Claire und Don folgten dem Streifenwagen, mit dem Holly und Jonah zum Willesden Children's Centre gebracht wurden, wo sie wenig später selbst auftauchten, um das Baby abzuholen. Kurz darauf ist Connor wieder mit seinen Eltern vereint. Doch sie konnten ja nicht ahnen, wie sehr dieser Fall die Fantasien der Öffentlichkeit fesseln würde. Ich bin mir sicher, dass sie nicht damit gerechnet hatten, noch achtzehn Jahre später mit den Folgen kämpfen zu müssen.

Amanda Bailey
Keiner der Mitwirkenden an beiden Einsätzen will, dass die Wahrheit ans Licht kommt, und obwohl beide Einsätze erfolgreich waren, hängt die Vertuschung immer noch davon ab, dass jeder seine eigene Version der Ereignisse für die Wahrheit hält und die Mythen, die sich um den Fall ranken, bestehen bleiben.

Amanda Bailey
Seit unseren Tagen beim *Informer* hielten wir Don für einen nützlichen Kontakt, den man sich warmhalten sollte. Doch die Wahrheit lautet, ER ist immer in Verbindung mit UNS geblieben. Dasselbe macht er wahrscheinlich auch mit anderen Autorinnen und Journalistinnen, mit

allen, die der Wahrheit zu nahe kommen könnten. Dank ihm und Marie-Claire mussten mindestens sieben Menschen sterben.

Amanda Bailey
Er sagte, ich solle auf der Hut sein. Aber sie waren es selbst, vor denen ich auf der Hut sein musste.

Oliver Menzies
Hier geht es nicht um dich oder Don. Sondern um etwas Größeres. Als wir am Treffpunkt der Versammlung waren, habe ich eine mächtige übernatürliche Pforte gespürt. Und das passierte jedes Mal, wenn ich mich der energetischen Kraft von Engeln genähert habe.

Amanda Bailey
Oliver, hast du dich denn nie gefragt, warum ich dir immer was angeboten hab? Die ganzen Getränke und Süßigkeiten? Da war überall Koffein drin. Von unserer gemeinsamen Zeit beim *Informer* wusste ich noch, was das für eine Wirkung auf dich hat 😊 An der Stelle des Massakers, in Quarr Abbey, als wir bei der Wohnung der Engel waren. Ich hab sogar genau beobachtet, wie lang es dauert, bis das Zittern einsetzt. Achtzehn Minuten.

Oliver Menzies
Quatsch. Du versuchst, mich von meiner Bestimmung abzulenken.

Amanda Bailey
Dieser Kommentar unter deinem Artikel, dass Gabriels Wunden wie durch ein Wunder geheilt gewesen wären. Den konntest du nicht finden, weil ich ihn mir ausgedacht hatte.

Oliver Menzies
Warum solltest du dir diese ganze Mühe überhaupt machen?

Amanda Bailey
Erinnerst du dich noch an den Abend vor unseren Zwischenprüfungen beim *Informer*? Wir wollten was trinken gehen, in einem Pub in der Stadt. Du hast mir den falschen Treffpunkt genannt.

Oliver Menzies
Vage. Was hat das hiermit zu tun?

Amanda Bailey
Ich bin am anderen Ende von London gelandet. Allein.

Oliver Menzies
Na und? Das war ein Witz.

Amanda Bailey
Ich war achtzehn. Es war dunkel. Ich war in einem Pub in einer Gegend im Norden von London. Als ich gegangen bin, ist mir jemand gefolgt und hat mir eins über den Schädel gezogen, wodurch sich meine Retina abgelöst hat. Als ich wieder zu mir kam, merkte ich, dass er meine Tasche geklaut hatte. Geld weg, Handy weg, Fahrschein weg, und ich musste zwei Stunden zu Fuß nach Hause laufen.

Oliver Menzies
Das ist zwanzig Jahre her, komm drüber weg.

Amanda Bailey
Du hast mir die Sehkraft ruiniert, verdammte Scheiße!

Oliver Menzies
Nichts da! Schließlich hab nicht ich dich überfallen, oder?

Amanda Bailey
Am nächsten Tag sollten wir ein Portfolio unserer bisherigen Arbeiten präsentieren und ein Feature über unser erstes Ausbildungsjahr. Die Diskette, auf der ich alle Dokumente gespeichert hatte, war in meiner Tasche. Weg.

Oliver Menzies
Du warst der Liebling aller Dozenten. Du hättest auch bestanden, wenn du eine Einkaufsliste eingereicht hättest.

Amanda Bailey
Ich war traumatisiert. Ich wusste, dass mit meinem Auge was nicht stimmte, wollte aber nicht zugeben, dass ich überfallen wurde. Hab's niemandem erzählt. Hab's nicht angezeigt. Ich war so daran gewöhnt, meine Gefühle zu verbergen, dass ich überhaupt nicht wusste, was ich fühlen sollte. Deshalb bin ich nicht zum *Informer* zurückgekehrt. Hab die Ausbildung nicht abgeschlossen. Alles, wofür ich so hart gearbeitet hatte, war verloren.

Amanda Bailey
Selbst jetzt, nach all den Jahren, hast du keine Ahnung, was du mir an jenem Abend angetan hast. Selbst jetzt interessiert es dich nicht die Bohne.

Oliver Menzies
Es interessiert mich doch.

Amanda Bailey
Tut es nicht. Du hast gerade eine Mail an Paul Cole geschickt mit der Bitte um Erklärung, wie eine Seele im Fall des plötzlichen Todes die Schwelle überquert.

Oliver Menzies
Woher weißt du das?

Amanda Bailey
Es gibt keinen Paul Cole. Das bin ich.

Oliver Menzies
Schwachsinn. Du hast überhaupt keine Ahnung von der Wissenschaft der Metaphysik.

Amanda Bailey
Ich weiß, wie man googelt. Die ganzen Theorien und Ratschläge, die ich dir gegeben habe, findet man online. Ziemlich interessant – jedenfalls manches.

Amanda Bailey
Dein spiritueller Berater in diesen letzten paar Wochen, das war ich. Ich hab dir Sachen eingeredet, dafür gesorgt, dass du sie auch glaubst. Ich hab dich in die falsche Richtung geschickt und da stehen gelassen.

Amanda Bailey
Ich hab mit dir nur das gemacht, was du mit mir gemacht hast.

Oliver Menzies
Und ich hab dir erzählt, ich hätte einen Interviewpartner, an den du nie rankommst. Tja, hab ich nicht. Alles Lüge, und du bist drauf reingefallen. Quid pro quo also.

Amanda Bailey
😃 Ich bevorzuge Auge um Auge 👁

Oliver Menzies
Das Lagerhaus in Alperton war die Stätte der Auferstehung. Das habe ich gespürt – mit oder ohne Koffein. Ich wäre jetzt an genau diesem Punkt, mit oder ohne Paul Cole. Es steht in den Sternen geschrieben.

Amanda Bailey
Es gab keine Auferstehung. Gabriel wurde in den Kopf geschossen, für tot erklärt, stand wieder auf und marschierte davon – wie? Tja, die Kugel hat seinen Schädel zwar GETROFFEN, ist aber nicht eingedrungen. Er erlitt einen Schädelbruch und ein schweres Schädel-Hirn-Trauma und verlor das Bewusstsein. Während sein Körper im Schockzustand war, sanken seine Atmung und sein Puls so stark ab, dass selbst ein Rettungssanitäter bei flüchtiger Untersuchung kein Lebenszeichen mehr finden konnte.

Oliver Menzies
Wie hoch stehen wohl die Chancen, dass so was passiert? Hast du dich das mal gefragt?

Amanda Bailey
Brauchte ich nicht. Das hat mir die Scharfschützin selbst erzählt. Eins zu tausend.

Oliver Menzies
Na bitte. Gabriel wurde von Mächten auf der anderen Seite gerettet.

Amanda Bailey
Allerdings steigt die Wahrscheinlichkeit signifikant an, wenn es sich um eine Waffe mit Schalldämpfer handelt, die mehrmals in rascher Folge abgefeuert wird. Jeder Schuss erhöht die Wahrscheinlichkeit für winzige Fehler im Ablauf, was die Geschwindigkeit der Kugel beeinträchtigt sowie ihre Schlagkraft beim Eintritt in den Schädelknochen reduziert. Gabriel hatte Glück, weil es für den Mord an drei Menschen nur eine Scharfschützin gab und er der Letzte war, auf den geschossen wurde, weiter nichts.

Amanda Bailey
Auch wenn er nicht der Erzengel Gabriel ist, ist Peter Duffy in mehr als einer Hinsicht ein Glückspilz. Als die Engel tot waren, inszenierten die Sondereinsatzkräfte ein Bild, das aussah wie eine satanische Opferstätte. Dass Gabriel nicht auch die Kehle durchgeschnitten und seine Leiche verstümmelt wurde, hatte er nur Jonah zu verdanken, der sich an ihn geklammert hatte.

Oliver Menzies
Schon als ich Gabriel in diesem Besuchsraum im Gefängnis sah, wusste ich, wer er ist. Als unsere Blicke sich trafen. Er ist der Messias, doch seine Macht wird von den Menschen lahmgelegt. Ich bin der letzte Engel, Mandy. Auf die Erde gesandt, um die Menschheit zu retten.

Amanda Bailey
Gabriel hatte eine traumatische Nahtoderfahrung und ein schweres Schädel-Hirn-Trauma erlitten, das seine Erinnerung offenbar wirklich ausgelöscht hat. Trotzdem ist er derselbe narzisstische Psychopath geblieben. Er ist immer noch ein gefährlicher, manipulativer Betrüger. Das Einzige, was er nicht ist: ein Mörder.

Oliver Menzies
Saug dir ruhig alles aus den Fingern, was du willst, für mich ändert das nichts. Ich werde es tun.

Amanda Bailey
Was tun?

Oliver Menzies
Dachte, du hättest meine Mail an Paul Cole gelesen? 🤣 🔫

AN: Paul Cole
DATUM: 6. September 2021
BETREFF: Das Ende
VON: Oliver Menzies

Paul, können Sie mir erklären, wie die Energie einer Seele, die einen plötzlichen Tod erfährt, auf die andere Seite transmutiert? Gibt es etwas, das ich tun oder unterlassen sollte, um sicherzustellen, dass der Prozess schnell und glatt vonstattengeht?

Verstehen Sie, ich habe den Antichrist gefunden. Er steht an sechzehnter Stelle der Thronfolge. Er kann überall hingelangen, alles tun. Sein Aufstieg zur Macht wird eine Katastrophe. Doch dank mir wird er nicht zur Macht aufsteigen. Ich bin jetzt da. Ich werde ihn zerstören 🔫 aber ich weiß auch, dass sie mich zerstören werden.

WhatsApp-Nachrichten zwischen mir und Ellie Cooper, 6. September 2021:

Amanda Bailey
Scheiße. Oliver hat Paul Cole geschrieben, dass er Lady Louise Windsor umbringen will. Auch wenn er mir noch so viel Lügen erzählen kann, ohne mit der Wimper zu zucken, seinem spirituellen Berater gegenüber ist er ehrlich. Wie kommt er überhaupt auf die Idee, sie wäre das Kind?

Ellie Cooper
Das hab ich ihm gesagt. Ich hab ihm gesagt, dass Hollys Baby von Prince Edward und Sophie adoptiert wurde.

Amanda Bailey
🤦 Aber das stimmt nicht, Ellie. Das Kind ist ein Junge.

Ellie Cooper
Ein Junge? Ach du Scheiße.

Amanda Bailey
Es ist Connor, der Sohn von Don Makepeace. Gabriel hat die Engel benutzt, um das Baby zu entführen. Er wollte Lösegeld, klar, aber auch Rache – Don hatte Gabriel Jahre zuvor ins Gefängnis gebracht.

Ellie Cooper
Auwei. Tut mir leid. Ich dachte nur, Oliver hätte mal eine Verschnaufpause verdient 😳

Amanda Bailey
Was hat er denn gesagt, als du's ihm erzählt hast?

Ellie Cooper
Irgendwas von wegen, wo immer das Kind in die Gesellschaft hineingeboren würde, es würde in die oberen Kreise streben. Um es an die Spitze zu bringen, würden alle Hindernisse aus dem Weg geräumt.

Amanda Bailey
Verdammt. Das hab ich ihm erzählt, und noch so einiges mehr. Er hatte einer Engelstherapeutin meine Kontaktdaten gegeben, um mir einen Streich zu spielen. Das wollte ich ihm heimzahlen und hab so getan, als hätte ich seine E-Mail einem spirituellen Berater gegeben. Bloß dass ich das war 😬

Amanda Bailey
Ich hab ihm eingeredet, dass die Engel ihn jeden Morgen anrufen würden und Gray Graham übernatürliche Kräfte besäße. Ihm koffeinhaltige Bonbons und Energydrinks gegeben, damit er glaubt, er würde von übersinnlichen Pforten angezogen. Ihm weisgemacht, dass Informanten, die mit ihm in Kontakt treten wollten, auf geheimnisvolle Weise ums Leben gekommen wären. Musste ihm bloß ein Stichwort geben, einen Song oder ein Kunstwerk, um ihn noch tiefer in eine Blase zu treiben, die seine Wahnvorstellungen bestätigte. Diese Macht war berauschend. Und es war ziemlich lustig, dabei zuzusehen, wie er auf all das reinfällt.

Ellie Cooper
Dann hast du Oliver also dasselbe angetan, was Gabriel anderen angetan hat? Als Rache für eine bekloppte Mail?

Amanda Bailey
Das war nicht der wahre Grund. Ist ne lange Geschichte. Erzähl ich dir irgendwann mal.

Ellie Cooper
Ist es denn vorbei? Hast du ihm jetzt die Wahrheit gesagt?

Amanda Bailey
Ja, aber er glaubt mir nicht. Sagt, er will den Antichrist zerstören. Wo hält Lady Louise sich zurzeit auf? Sollen wir die Polizei rufen? Oh scheiße. Wenn ich gedacht hätte, dass er das SO ernst nimmt, hätte ich's doch nie gemacht.

Ellie Cooper
Wir sollten jetzt nicht in Panik geraten. Was genau hat er denn vor? Sie geht auf eine Schule in Ascot. Wenn er dahin fährt, macht er schlimmstenfalls einen Riesenterz und wird von den Sicherheitskräften abgeführt.

Amanda Bailey
Stimmt. Stimmt. Du hast recht. Das ist Quatsch. Woher sollte er überhaupt eine Schusswaffe kriegen? Danke, Ellie.

Ellie Cooper
🖤

WhatsApp-Nachrichten zwischen mir und Oliver Menzies, 6. September 2021:

Amanda Bailey
Halt doch die Klappe, du Dummschwätzer! Woher willst du überhaupt eine Waffe kriegen?

Oliver Menzies
Von meinem Rambo. Das Schicksal hat uns zusammengeführt. Genau in dem Moment, wo ich eine Waffe und Einblicke in die Arbeitsweise von Personenschützern brauche. Er ist mit mir hier 🤣 Wir warten so lange wie nötig. Hier, ich schick dir ein paar Bilder für die offizielle Untersuchung.

WhatsApp-Nachrichten zwischen mir und Ellie Cooper, 6. September 2021:

Amanda Bailey
Ellie, er ist auf dem Dach von Lady Louises Schule. Hier sind die Fotos. Er sagt, er hätte einen geistesgestörten Ex-Soldaten mit einer Waffe dabei. Davon hat er mir keine Beweisbilder geschickt, aber 😬

Ellie Cooper
Da sieht man Schülerinnen im Innenhof rumlaufen. Muss der erste Schultag nach den Sommerferien sein.

Ellie Cooper
Mandy! Ich hab mir grade einen Grundriss von der Schule angesehen. Das Dach, auf dem Oliver sich verschanzt hat … das gehört zum Orchard Building – der Obstgarten 😬

Amanda Bailey
Ich hätte es nie so weit kommen lassen dürfen. Ich muss ihn davon abhalten, eine Riesendummheit zu begehen. Fahre jetzt nach Ascot. Damit du Bescheid weißt. Nur für den Fall.

Ellie Cooper
Für den Fall, dass was?

Amanda Bailey
Oliver sagt, ich würde noch im Jahr 2001 leben. Irrtum. Ich lebe im Jahr 1991. Im Verlauf meiner Arbeit drucke ich stets meine gesamten Recherchen aus und archiviere sie. Für den Fall, dass jemand sie anfechten oder in Zweifel ziehen will. Mark Dunning hat es genauso gemacht.

Amanda Bailey
Ellie, ich fahr jetzt zu der Schule und geb unterwegs was für dich bei der Post auf. Das kriegst du in den nächsten Tagen, egal, was passiert. Darin findest du die Erklärung, wie und warum Harpinder Singh ums Leben gekommen ist. Für den Fall, dass mir etwas zustoßen sollte.

Ellie Cooper
Fahr nicht, Mandy. Ich spreche gerade mit der Polizei. Die werden vor dir da sein. Alles wird gut.

Nachrichten von mir an Amanda Bailey, 6. September 2021, später:

Ellie Cooper
Alles okay, Mandy? Ich hab noch nichts von dir gehört, und von der Polizei auch nicht. Ich hoffe, das heißt, dass es dir gut geht, aber könntest du mir bitte Bescheid geben?

Ellie Cooper
Hallo, Mandy. Bist du nach Ascot gefahren? Ist jetzt alles in Ordnung?

Ellie Cooper
Mir ist nur grad ein Gedanke gekommen: Als das alles angefangen hat, war es ein regelrechter Wettlauf zwischen Oliver und dir zu dem Kind, und auf eine irgendwie schräge Weise ist es das noch immer!

Natürlich habe ich nie eine Antwort bekommen.

8

Am 8. September 2021 übernehme ich die Recherchen der verstorbenen Amanda Bailey

Wie von Amanda angekündigt, bekam ich ihren Brief. Darin lagen ein Schlüssel, ein Ausdruck jenes letzten Austauschs von Nachrichten zwischen ihr und Oliver sowie diese handschriftlich verfasste Notiz:

Ellie,
dieser Schlüssel gehört zu einem Bankschließfach. Die Adresse der Bank steht auf dem Anhänger. Darin findest du meine Recherchen zu den Engeln von Alperton. Zusätzlich zu Zeitungsausschnitten und Notizen habe ich alle Interviews sowie Unterhaltungen über WhatsApp und SMS ausgedruckt. Es sind die einzigen Fassungen, die es jetzt noch gibt – sämtliche elektronischen Daten habe ich so gelöscht, dass sie nicht wiederherstellbar sind.

Dies ist eine Vorsichtsmaßnahme für den Fall, dass etwas Schlimmes geschehen sollte. Was nicht passieren wird. Alles wird gut. Wie du sehen wirst, ist Gabriel unschuldig an der Ermordung von Harpinder Singh.

Sollte mir irgendetwas zustoßen, überlasse ich die Entscheidung, was mit den Unterlagen geschehen soll, dir.
Amanda

Dies sind die Seiten, die aus der dritten Passage von Georgie Adesinas Drehbuch *Boten des Himmels* herausgerissen wurden (s. Seite 305). Holly war aus der Wohnung geschlüpft, um Gabriel zu folgen, und entdeckte, dass er älteren Menschen in einem Pflegeheim vorliest. Nun kehrt sie zur Wohnung zurück:

INNEN - TREPPENABSATZ, WOHNUNG - TAG

Holly kommt zur Wohnungstür. Bleibt wie angewurzelt stehen. Die Tür KNARZT in den Angeln. Sie ist offen. Dahinter der helle, freundliche Klang der STIMME EINES JUNGEN MANNES. Holly, die Miene in schrecklicher Erkenntnis erstarrt, stößt die Tür auf und geht auf Zehenspitzen hinein. Sie folgt der Stimme bis zu ihrem Zimmer. Durch den Türspalt sieht sie: Ein JUNGER MANN (Mitte 20, Asiate) hält das Baby im Arm, flüstert ihm leise ins Ohr. Das Baby gibt kleine Gluckser von sich. Holly erbleicht, sie tappt schnell zu Jonahs Zimmer, macht die Tür auf, schlüpft hinein.

INNEN - HOLLYS ZIMMER, WOHNUNG - TAG - KURZE ZEIT SPÄTER

Der Junge Mann geht auf und ab, wiegt das Baby, blickt auf seine Armbanduhr, er ist besorgt.

JUNGER MANN (IN TADELLOSEM ENGLISCH)
Haben dich ganz allein gelassen, was …?

Er dreht sich um, zuckt überrascht zusammen. Im Türrahmen stehen Holly und Jonah, die Hände hinterm Rücken, die Gesichter straff vor Entsetzen und Entschlossenheit.

JONAH
Legen Sie es hin.

Der Junge Mann hält das Baby instinktiv fester.

JUNGER MANN
Wie alt bist du, vierzehn?

JONAH
(leicht empört)
Siebzehn.

HOLLY
Sie werden es nicht retten. Das lassen wir nicht zu.

JONAH
Legen Sie das Baby hin.

JUNGER MANN
Es hat vierzig Minuten lang geschrien.

Der Junge Mann hält das Baby fest im Arm. Holly und Jonah blicken sich verzweifelt an.

JUNGER MANN
Es muss gefüttert werden, es braucht frische Windeln -

HOLLY
(zu Jonah)
Das ist einer von ihnen. Er wurde geschickt, um den Antichrist zu retten.

JONAH
(zu dem Jungen Mann)
Das lassen wir nicht zu.

Der Junge Mann schüttelt den Kopf, hat sich entschieden. Er geht zur Tür, auf Holly und Jonah zu, als wollte er das Baby mitnehmen. Sein entschlossener Blick trifft auf den nicht minder entschlossenen Blick von Jonah.

JUNGER MANN
Aus dem Weg.

Mit einer einzigen schnellen Bewegung rammt Jonah dem Jungen Mann ein GROSSES KÜCHENMESSER in den Hals. Eine TÖDLICHE Wunde. Holly zertrümmert ihm mit einem CRICKETSCHLÄGER den Schädel. Als der Junge Mann zu Boden fällt, packt Holly das Baby. Aus der Halswunde pulsiert das Blut. Jonah stürzt sich auf den Jungen Mann, hebt das Messer über den Kopf. Jonahs Miene ist starr, die Augen tot.
Jonah sticht wie von einer unsichtbaren, bösartigen Macht besessen mit dem Messer auf Brust, Hals und Gesicht des Jungen Mannes ein. Holly sieht entsetzt zu, duckt sich aus der Türöffnung hinaus, um dem spritzenden Blut aus dem Weg zu gehen, kann den Blick aber nicht von der Szene abwenden. Endlich lässt Jonah taumelnd ab, starrt völlig unter Schock auf die Leiche. Er blickt zu Holly. Eine stillschweigende Verständigung. Sie stürzen mit dem Baby aus dem Zimmer.

INNEN - FLUR, WOHNUNG - TAG - CONTINUOUS

Holly und Jonah schmeißen die Zimmertür hinter sich zu, sehen nach dem Baby … Es ist ruhig und unversehrt. Sie starren auf die geschlossene Tür, die Waffen im Anschlag.

INNEN - FLUR, WOHNUNG - TAG - VIEL SPÄTER

Holly und Jonah sitzen Wache, die Waffen griffbereit. Der Türgriff zum angrenzenden Zimmer ist mit einem SPRINGSEIL am Griff der daneben liegenden Tür gesichert. Im Schloss der Wohnungstür RASSELT ein Schlüssel. Die beiden springen auf. Gabriel schlüpft herein, an den Handgelenken baumeln Tüten mit chinesischem Take-away-Essen. Er sieht Jonah und Holly, und sofort ist das Zwinkern aus seinen Augen verschwunden.

HOLLY
Es ist gekommen und hat versucht,
es mitzunehmen.

JONAH
Wir haben es überwältigt.

Gabriels Miene verdüstert sich, seine Beunruhigung wächst.

HOLLY
Der Antichrist ist in Sicherheit.

Gabriel sieht das Seil um den Türgriff. Mit einer einzigen Handbewegung löst er es, verschwindet im Zimmer. Holly und Jonah werfen sich einen Blick zu.

Sekunden später taucht Gabriel wieder auf, blass und entsetzt.

JONAH
Wir haben geschlafen. Es ist reingekommen und hat sich das Baby geschnappt.

GABRIEL
Ich hatte die Tür fest hinter mir zugemacht. Das weiß ich sicher.

Winzige Pause. Holly verlagert ihr Gewicht.

HOLLY
Es muss sich unsichtbar gemacht haben und durch die Wand gekommen sein.

JONAH
Es hat uns beobachtet und abgewartet.

GABRIEL
Das war ein verdammter Nachbar!

Gabriel holt tief Luft, zieht Hollys Zimmertür wieder zu, scheucht Holly und Jonah ins Wohnzimmer.

INNEN - WOHNZIMMER, WOHNUNG - TAG - CONTINUOUS
Das Baby schläft in seinem Korb. Gabriel schubst Holly und Jonah aufs Sofa, tigert auf und ab, denkt nach.

GABRIEL
Ich hab nie gesagt, bringt jemanden um, das hab ich nie gesagt.

JONAH

Es könnte sich wieder erheben.

HOLLY

Sie werden andere schicken.

Gabriel blickt in ihre offenen, unschuldigen Gesichter.

GABRIEL

Ich muss jemanden anrufen. Wartet hier.

Gabriel schickt sich an, aus dem Zimmer zu gehen …

JONAH

Wir haben doch das Richtige getan, oder?

Gabriels Miene ist undurchdringlich.

Als ich am 8. September 2021 das Bankschließfach öffnete, fand ich dort die Dokumente bis einschließlich 6. September 2021, die Sie gerade gelesen haben. Ansonsten lag nur noch eine von Amandas Visitenkarten darin, die zunächst ganz normal aussah. Doch auf der Rückseite klebten zwei weiße Federn fest auf dem Papier. Unter die eine hatte sie geschrieben: ›Hinter dem Ballot Box Pub gefunden, als ich dort am 13. Juli auf Mr Blue wartete. Ein schimmerndes Leuchten vor mir auf dem Weg.‹

Unter die andere Feder hatte sie geschrieben: ›Auf der Schulter von Olivers Sakko gefunden, als wir vor der Strafvollzugsanstalt Tynefield Schlange standen, um Gabriel zu besuchen.‹

Von mir, Ellie Cooper, am 9. September 2021 hinzugefügt:

BBC-KURZMELDUNGEN VOM 6. SEPTEMBER 2021:

SCHIESSEREI AN SCHULE IN ASCOT. EIN TODESOPFER

ZWEI TOTE AN SCHULE BESTÄTIGT

SCHIESSEREI AN SCHULE: AMOKLÄUFER VON POLIZEI ERSCHOSSEN

POLIZEI: SCHIESSEREI AN SCHULE KEIN TERRORAKT

Links zu Nachrichtenmeldungen vom 7. September bis 9. Dezember 2021:

SCHIESSEREI AN KÖNIGLICHER SCHULE: TOTE ALS AUTORIN AMANDA BAILEY IDENTIFIZIERT

AMOKLÄUFER AN KÖNIGLICHER SCHULE GLAUBTE, ER WÜRDE DIE WELT VOM BÖSEN BEFREIEN

PORTRÄT DES AMOKLÄUFERS AN KÖNIGLICHER SCHULE: MENZIES UND DIE TÖDLICHE BESESSENHEIT VON DER ENGELSSEKTE

POLIZEI: EINBRUCH IN WOHNUNG DER GETÖTETEN JOURNALISTIN ›EIN AFFRONT‹

DAS STOLZE VERMÄCHTNIS DER GETÖTETEN JOURNALISTIN AMANDA BAILEY, VON DON MAKEPEACE, DEM POLIZEICHEF IM RUHESTAND, DER SIE KANNTE

SMS zwischen mir und Don Makepeace, 9. September 2021:

Ellie Cooper
Ich versuche gerade, mehr über den kürzlich erfolgten Einbruch in Amanda Baileys Wohnung herauszufinden. Wurde schon jemand festgenommen?

Don Makepeace
Unglücklicherweise gibt es nach einem Mord oder anderen schrecklichen Verbrechen an Prominenten immer Menschen, die ihren Vorteil daraus ziehen wollen. Don.

Ellie Cooper
Ich war in der Wohnung. Ihr Laptop und sämtliche Endgeräte wurden mitgenommen. Aber ihr Handy wird auf der Liste ihrer persönlichen Gegenstände nicht aufgeführt. Es ist verschwunden.

Don Makepeace
Es gibt nun einmal Menschen auf dieser Welt, die keine Skrupel haben, wenn ihnen jemand im Weg steht, und die weder Schuldgefühle noch Scham für ihre Taten kennen. Wenn Sie Amanda kannten, werden Sie zugeben müssen, dass sie in mancherlei Hinsicht zu diesen Menschen gehörte. Don.

Ellie Cooper
Da bin ich anderer Meinung. Aber ich weiß, dass alles auf ihrem Laptop und den Festplatten vernichtet wurde. Was ist mit ihren Recherchen zu den Engeln von Alperton passiert? Das ist überaus rätselhaft.

Don Makepeace
Wie so vieles an diesem Fall. Ich kenne die komplexen Details nicht. Aber ich weiß, DASS sie komplex sind. Don.

Ellie Cooper
Wie zum Beispiel die Tatsache, dass dies die Telefonnummer ist, die Sonia Amanda zur Kontaktaufnahme mit einem anonymen Mittelsmann namens Mr Blue gab. Mir war nicht klar, dass Sie am anderen Ende der Leitung sein würden, Don. Allerdings erklärt das, warum Amanda ab dem Moment, an dem sie begonnen hatte, sich mit diesem Fall zu beschäftigen, in Gefahr war.

Ich habe von dieser Nummer keine Antwort mehr bekommen.

AN: Judy Teller-Dunning
DATUM: 9. Dezember 2021
BETREFF: Amanda Bailey
VON: Ellie Cooper

Sehr geehrte Mrs Teller-Dunning,
ich bedaure, Ihnen mitteilen zu müssen, dass Amanda Bailey auf tragische Weise ums Leben gekommen ist. Es tut mir sehr leid, Ihre Bekanntschaft unter solch traurigen Umständen machen zu müssen.

Dennoch möchte ich Ihnen dafür danken, dass Sie Amanda die Unterlagen Ihres verstorbenen Mannes Mark Dunning geschickt haben. Ich weiß, dass sie sie gelesen hat und interessante Hintergrundinformationen für das Buch, an dem sie arbeitete, darunter waren. Ich kümmere mich um Amandas persönliche Gegenstände und werde Ihnen die Unterlagen zu gegebener Zeit zurücksenden. Auch wenn ich nicht glaube, dass sich darin etwas von unmittelbarer Relevanz findet, wollte ich Ihnen trotzdem danken.
Mit freundlichen Grüßen,
Ellie Cooper

AN: Louisa Sinclair
DATUM: 9. Dezember 2021
BETREFF: Beweise für Kriegsverbrechen
VON: Ellie Cooper

Hallo, Louisa,
ich ordne gerade die Dokumente und persönlichen Dinge von Amanda Bailey und bin dabei auf interessante Hinweise bezüglich eines ehemaligen Soldaten der Spezialeinheiten gestoßen. Er wurde vor einigen Jahren von der Anklage einer Reihe von schrecklichen Taten freigesprochen, doch Aufnahmen von Gesprächen zwischen Amanda Bailey und Oliver Menzies legen den Schluss nahe, dass er diese Taten und viele weitere, noch deutlich schlimmere Kriegsverbrechen tatsächlich begangen hat. Ich bin davon überzeugt, dass die

Offenlegung dieser Taten und eine erneute gründliche Untersuchung sämtlicher Anklagepunkte eine Angelegenheit des öffentlichen Interesses darstellen.

Hiermit leite ich Ihnen die Gesprächsaufnahmen weiter, über deren Verwendung Sie frei entscheiden können.

Mit freundlichen Grüßen,
Ellie Cooper

AN: Clive Badham
DATUM: 10. Dezember 2021
BETREFF: Boten des Himmels
VON: Ellie Cooper

Sehr geehrter Mr Badham,
über die verstorbene Journalistin Amanda Bailey bin ich im Besitz eines Drehbuchs mit dem Titel *Boten des Himmels*, das Sie als Ihr eigenes Werk verbreitet und beworben haben. Ich war Miss Baileys Assistentin und führe ihre Arbeit insofern fort, als ich sämtliche noch offenen Punkte ihrer laufenden Projekte kläre und zum Abschluss bringe.

Ich habe Grund, davon auszugehen, dass Miss Rowley Wild die wahre Verfasserin von *Boten des Himmels* ist. Soweit ich weiß, waren Sie Dozent des Seminars in Kreativem Schreiben, wo Miss Wild das Drehbuch verfasste. Anschließend reichten Sie es unter Ihrem eigenen Namen bei diversen Wettbewerben und Produktionsfirmen ein.

Die Veranstalter des Filmfests, bei dem *Boten des Himmels* 2005 als Bestes Unveröffentlichtes Drehbuch ausgezeichnet wurde, sind bereits informiert und haben Ihren Namen von der Liste der ›Preisträger:innen der Vorjahre‹ gelöscht.

Wenn Sie kostspielige und unangenehme gerichtliche Auseinandersetzungen vermeiden wollen, gebe ich Ihnen den Rat, Folgendes zu tun:

1. Schreddern oder verbrennen Sie jede physische Ausgabe des Drehbuchs, die Sie besitzen.
2. Öffnen Sie jede digitale Version, markieren Sie den gesamten Text, löschen Sie ihn und speichern und schließen Sie die Datei.
3. Löschen Sie anschließend sämtliche leeren Dokumente von Ihrer Festplatte.

Des Weiteren empfehle ich Ihnen, die erforderlichen Schritte zu unternehmen, um jede vollständige Version von *Boten des Himmels*, die Sie an Filmproduzent:innen geschickt haben, zurückzuerhalten und zu vernichten. Dies gilt auch für jene Auszüge, die nur die ersten zehn Seiten umfassen.

Bitte geben Sie mir Bescheid, wenn die o. g. Maßnahmen vollständig ausgeführt wurden.

Mit freundlichen Grüßen,
Ellie Cooper

AN: Ellie Cooper
DATUM: 13. Dezember 2021
BETREFF: Aw: Boten des Himmels
VON: Clive Badham

Sehr geehrte Miss Cooper,
ich wusste, dass Amanda keine echte Filmproduzentin war. Und Rowley war lediglich eine verwöhnte Upper-Class-Göre, die nur so zum Spaß mal einen Collegekurs belegt hatte. Sie hatte nie ein Interesse daran, das Drehbuch verfilmen zu lassen, ich hab also keine Ahnung, wo das Problem liegen soll. Aber wie auch immer, ich hab alles so gemacht, wie Sie es wollten, Sie können sich also wieder abregen.
Clive

AN: Ellie Cooper
DATUM: 13. Dezember 2021
BETREFF: Aw: Aufnahmen der Überwachungskameras
VON: Sicherheitsdienst – Waterview

Sehr geehrte Miss Cooper,
dies sind die einzigen Aufnahmen, die wir von der Graffiti-Sprayerin besitzen, die den Eingangsbereich unseres Wohnblocks *Waterview* in Alperton durch ihre Tags verwüstet hat. Wenn Sie uns mitteilen könnten, wie sie heißt, wird die Polizei das sicher streng vertraulich behandeln.
Mit freundlichen Grüßen,
Sicherheitsdienst, Waterview

Diese E-Mail schrieb ich an Sonia, nachdem ich mit ihr gesprochen hatte, schickte sie aber nicht ab:

AN: Sonia Brown
DATUM: 14. Dezember 2021
BETREFF: Amanda Bailey
VON: Ellie Cooper

Liebe Sonia,
danke für den Videocall heute. Nach Amandas Tod haben mir so viele Menschen von ihren guten Erinnerungen an sie erzählt, und es war schön, auch Ihre zu hören. Dabei fiel mir übrigens unwillkürlich Ihr hübscher Kettenanhänger auf. Ein schlichtes Paar Engelsflügel, wie im Flug ausgebreitet. So passend, bedenkt man, worüber wir sprachen!

Wie erwähnt arbeite ich mich derzeit durch Amandas Unterlagen, vor allem die zu ihrem unvollendeten Buch über die Engel von Alperton. Es war knifflig, sämtliche Teile zusammenzufügen, doch am Ende ergibt alles einen Sinn.

Wie ich hörte, hat Gabriel Angelis einen Antrag auf Aufhebung seiner Verurteilung gestellt. Ohne neue Belege, die beweisen, dass Singh von jemand anderem umgebracht wurde, muss der Antrag scheitern.

Ein Zeitungsartikel brachte ein Bild von Gabriels ›Fanclub‹, der mit Schildern und Plakaten vor dem Gefängnis steht. Nur Frauen.

Ich habe Sie sofort erkannt, trotz Hut, Schal und Brille. Nur Gabriels Jüngerinnen tragen einen solchen Anhänger. Sie hat es nie realisiert, aber Amanda hat Sie in Tynefield gesehen, in der Schlange der Besucher. Sie hatten einen Besuchstermin bei Gabriel, gleich nach Oliver. Ich habe ein paar von Amandas Kontakten bemüht, um mehr über Sie in Erfahrung zu bringen. Ihr Name ist Ashleigh Sonia Brown. Ich vermute, Ihre kurze, unerfreuliche Begegnung mit dem System ist der Grund dafür, dass Sie bei Arbeitsantritt Ihren zweiten Vornamen verwendeten.

Sie sind eine Heldin, Ashleigh. Sie haben Connor gerettet. Sie haben Holly und Jonah aus Gabriels Klauen befreit, indem Sie bei der Engelsstory mitspielten, die Sie noch so gut aus Ihrer eigenen Zeit unter seiner Kontrolle kannten. Sie sind fest entschlossen, dafür zu sorgen, dass er hinter Gittern bleibt und unschuldige Menschen vor seinem sehr speziellen Missbrauch geschützt sind. Und das tun Sie, indem Sie ihn mit seinen eigenen Waffen schlagen – Sie lassen ihn glauben, dass Sie noch immer unter seinem Bann stehen.

Die Engelssymbole am Ort der Versammlung haben Sie angebracht. Er hat Ihnen den Auftrag gegeben, und Sie haben ihn ausgeführt. Sie haben ihm Ihre Loyalität bewiesen, und er vertraut Ihnen. Allerdings hassen Sie ihn mehr als alles andere auf dieser Welt, weswegen Sie jedes einzelne Wort, das dieser Mann sagt, an Don Makepeace weiterleiten.

Don hinterlässt keine Zeugen. Er hat nicht die Absicht, den Entführer seines Sohnes in Freiheit zu sehen, den Mann, der tot wäre, hätte die Waffe der Scharfschützin keinen Fehlschuss abgegeben und wäre im entscheidenden Moment nicht Gray Graham aufgetaucht. Sie haben sich zusammengetan, um sicherzustellen, dass Amanda nicht enthüllen konnte, was sie über jene Nacht wusste. Sie beide werden dafür sorgen, dass Gabriel für den Rest seines Lebens im Gefängnis sitzt, koste es, was es wolle.

In Holly und Jonah haben Sie zwei willige Helfer gefunden. Weder Sie noch Don, noch Marie-Claire sind sich darüber im Klaren, aber auch diese beiden haben ein ureigenes Interesse daran, dass Gabriel des Mordes an Singh schuldig bleibt. Dabei erweist sich Hollys Vermögen als sehr nützlich. Noch ist mir unklar, inwieweit Jonah Ihnen hilft, doch sein Rückzug in ein abgeschiedenes Kloster kommt Ihren Zielen zumindest nicht in die Quere.

Ich konnte Ihre Erleichterung darüber hören, dass mein geplantes Buch die Verschwörung, welche vertuschen soll, was in jener Nacht wirklich geschehen ist, voll und ganz stützen wird. Ich bin nicht Amanda Bailey. Ich habe nicht vor, mein Leben zu riskieren, um die Wahrheit ans Licht zu bringen.

Nochmals vielen Dank und herzliche Grüße,
Ellie Cooper

Stattdessen habe ich diese E-Mail geschickt ...

AN: Sonia Brown
DATUM: 14. Dezember 2021
BETREFF: Amanda Bailey
VON: Ellie Cooper

Liebe Sonia,
danke für den Videocall heute. Wie vereinbart habe ich ihn nicht aufgezeichnet. So viele Menschen haben mir von ihren guten Erinnerungen an Amanda erzählt, und es war schön, auch Ihre zu hören.

Wie Sie dem Gespräch entnehmen konnten, beabsichtige ich, darüber zu schreiben, inwieweit die Sekte der Engel von Alperton selbst heute noch Menschen in ihren Bann ziehen kann – auch nach so langer Zeit und mit einem Anführer hinter Schloss und Riegel. Der Aufhänger für mein Buch soll die Geschichte von Oliver und Amanda sein. Zwei Menschen auf der Suche nach der Wahrheit, die sich in ihrem Wettlauf zum Licht gegenseitig zerstört haben. Vielleicht lasse ich durchblicken, dass übernatürliche Mächte mit im

Spiel waren. Oder zumindest Schicksal, Zufall, Vorsehung und andere Kräfte, die unser Verständnis übersteigen. So etwas lieben die Leute. Mein Buch will einerseits den Fall einer jungen Leserschaft nahebringen und andererseits jenen, die schon damit vertraut sind, einen frischen, neuen Blickwinkel anbieten. Sollte eine prima Strandlektüre werden!

Nochmals vielen Dank für das Gespräch und viel Glück für die Zukunft,
Ellie Cooper

Interview zwischen Ellie Cooper und Bruder Jonah in Quarr Abbey, 17. Dezember 2021. Ich habe es selbst transkribiert und sämtliche Höflichkeitsfloskeln ausgelassen.

EC: Don und Marie-Claire ist gar nicht klar, dass Holly und Sie Harpinder Singh umgebracht haben. Sie glauben immer noch, dass Shenky es war. *[Er sagt nichts, sondern füttert weiter die Schweine]* Don hätte sich beinahe verplappert, als Amanda den Fall das erste Mal erwähnte. Er beschrieb Singh als Helden, einen Undercover-Ermittler, der in Erfüllung seiner Pflicht ums Leben gekommen ist. Hat sich sofort korrigiert. Dabei hatte er nicht unrecht. Singh wusste es selbst nicht, aber er starb beim Versuch, ein Kind vor einem – wie er glaubte – Leben in Armut und Vernachlässigung zu retten. *[Jonah stellt das Füttern ein, stapft durch den Schlamm auf mich zu. Ich stehe auf der anderen Seite des Zauns. Seine Augen blicken traurig. Er senkt die Stimme.]*

BJ: Ich bete jeden Tag für ihn. Für Harpinder.

EC: Und Christopher Shenk? Beten Sie auch für den?

BJ: Dieser Name sagt mir leider nichts.

EC: Er war kein Engel, aber auch kein Mörder. Genauso wenig wie Gabriel.
[Wir schweigen eine Weile]

BJ: Haben Sie das jemandem erzählt? *[Ich schüttle den Kopf]* Ich hab gehört, dass die beiden Journalisten von uns gegangen sind.

EC: Sie sind nicht von uns gegangen. Es heißt, Oliver hätte Amanda erschossen. Woraufhin einer von Lady Louises Personenschützern Oliver erschossen hätte.

BJ: Wie tragisch. Ich werde für die beiden beten.

EC: Holly hat Amanda gesagt, wo Sie sind, und als Amanda Sie besucht hat, haben Sie ihr eine Telefonnummer zugespielt. Die sie direkt mit Marie-Claire verband.

BJ: Ich glaube, wir spürten, dass sie es verstehen würde.

EC: Oder Sie wussten, dass Marie-Claire mit dem Problem umgehen konnte. 2003 war Marie-Claire Polizeibeamtin, aber davor war sie Scharfschützin bei den Sondereinsatzkräften. Don rekrutierte sie für eine inoffizielle Geheimoperation. Sie tötete die Engel. Als einzige Frau im Team baute sie eine enge Beziehung zu Ashleigh auf, die sie zu der Versammlung führte.

BJ: Wir standen unter dem Schutz der –

EC: Gleichzeitig musste Marie-Claire eine weitere inoffizielle Polizeioperation vertuschen: den Rachemord an Christopher Shenk. Und seither ist sie dafür verantwortlich, dass keine der beiden Vertuschungen auffliegt. Alles, was Amanda Sonia und Don sagte, wurde direkt an Marie-Claire weitergeleitet, und die erkannte bald, dass Amanda der Wahrheit näher gekommen war als irgendjemand zuvor. Näher, als es Don, Holly, Ihnen und Marie-Claire selbst recht sein konnte.

BJ: Ich weiß nicht –

EC: Sie alle vier haben unterschiedliche Gründe für den Wunsch, dass der Mythos die ›wahre‹ Geschichte bleibt. Und Gabriel im Gefängnis. Also packen Sie alle mit an, damit die Vertuschungen nicht auffliegen. *[Er steht knöcheltief im Schlamm, umringt von Schweinen. Zum ersten Mal blickt er mir direkt in die Augen]*

BJ: Schreiben Sie jetzt Amandas Buch?

EC: Nicht ganz. Mein Buch handelt *von* Amanda … und Oliver. Davon, dass die Geschichte der Engel von Alperton die Macht besitzt, die gesamte Perspektive eines rational denkenden Menschen zu beeinflussen und zu verdrehen.

BJ: Was werden Sie über Amandas Tod erzählen?

EC: Genau darüber wollte ich mit Ihnen sprechen. Jonah, hat ein ehemaliger Soldat der Spezialeinheiten Oliver zu der Schule begleitet, ihn dazu angestiftet, Amanda dorthin zu locken, und die beiden, sobald sie miteinander allein waren, erschossen?

BJ: Woher soll ich das –

EC: Dons Freund, der durchgeknallte Rambo. Keiner weiß, wie er wirklich heißt – nicht mal Oliver wusste das, und der hat seine Autobiografie geschrieben. Ein skrupelloser Söldner, der jedem, der ihm je begegnet ist, Angst einjagt. Er war als Einziger am Tatort. Er ist der Einzige, der aufdecken kann, was Amanda und Oliver wirklich passiert ist. *[An dieser Stelle wirft Jonah mir einen Blick zu. Macht eine winzige Geste mit der Hand, die meine Augen auf die Stelle lenkt, wo er steht, knöcheltief im Schlamm, die Schaufel in der Hand, umringt von einem Haufen schnüffelnder Schweine, die zufrieden in ihrem Futter wühlen. Sie scheinen extralaut zu grunzen und zu quieken]*

BJ: Das werden wir wohl nie erfahren. *[Es dauert eine Weile, bis einer von uns noch mal etwas sagt]*

EC: Wenn Gabriel Sie und Holly nicht davon überzeugt hätte, dass dunkle Mächte nach dem Baby suchen, wäre Singh heute noch am Leben. Der Mann, der am meisten Schuld auf sich geladen hat, sitzt hinter Gittern. Die Ironie liegt darin, dass er, wenn ich die Wahrheit sage, entlassen werden könnte, dabei ist er immer noch gefährlich. Auch wenn er kein Mörder ist, hat niemand es verdient, ihm in die Hände zu fallen. *[Unseren gestelzten, gezwungen klingenden Abschied überspringe ich.*

Und so habe ich ihn in seinem eigenen, ganz persönlichen Gefängnis zurückgelassen, inmitten von Schlamm, Stroh, Scheiße und schnüffelnden Schweinen]

AN: Ellie Cooper
DATUM: 3. Januar 2023
BETREFF: Amanda Bailey
VON: Cathy-June Lloyd

Liebe Ellie,
ich schreibe Ihnen, um Ihnen für die nächste Woche anstehende Veröffentlichung Ihres Buches von uns allen viel Glück zu wünschen. Außerdem möchte ich Ihnen sagen, wie gut uns vom Cold & Unsolved Murder Club die Fernsehdokumentation neulich gefallen hat, in der Sie über die Engel von Alperton sprachen. Es war so einfühlsam – Naga Munchetty ist die perfekte Moderatorin. Wir hatten nicht das Privileg, Amanda persönlich kennenzulernen, sind aber alle große Bewunderer ihrer Arbeit und konnten ihr bei ihren Recherchen sogar ein wenig helfen.

Während ich die Dokumentation sah, wurde mir klar, dass wir seit Amandas Tod auf jedem unserer Treffen über sie gesprochen haben. Irgendetwas an den Geschehnissen in Ascot ist merkwürdig. Es heißt, Oliver hätte Amanda erschossen, woraufhin ein Personenschützer von Lady Louise Windsor ihn erschossen hätte. Aber wenn man den Fall aufs Wesentliche reduziert: wurden zwei Journalisten, die an demselben brisanten Fall arbeiteten, erschossen, ohne dass ein unabhängiger Zeuge gesehen hätte, was passiert ist.

Polizei und Sicherheitskräfte kennen dieses Institut in- und auswendig, da Lady Louise Windsor zu der Zeit noch dort zur Schule ging. Glücklicherweise war sie an jenem Tag nicht vor Ort – was uns zu der Frage veranlasste, weshalb ihre Personenschützer so schnell dort waren …

Sowohl Amanda als auch Oliver sind mit ihren Wagen zur Schule gefahren, und beide wurden von den Pförtnern durch die Tore gewunken, anscheinend ohne überprüft zu werden. Das Dach des *The Orchard* genannten Gebäudeteils ist die einzige Stelle auf dem gesamten Gelände, die nicht von Sicherheitskameras überwacht wird.

Sie kannten Amanda doch. Könnte irgendetwas, das Amanda und Oliver herausgefunden hatten, zu ihrem Tod geführt haben? Ich frage mich, ob es eine Möglichkeit gibt, Zugang zu ihren Recherchen zu erhalten, worin sich entscheidende Hinweise darauf finden könnten, weshalb sie (und vielleicht auch Oliver) an jenem Tag dort waren. Wurden sie vielleicht dorthin gelockt?

Bitte geben Sie uns Bescheid, wenn Sie Hilfe brauchen, um genauer zu erforschen, was passiert ist. In der Zwischenzeit darf ich Ihnen im Namen eines jeden Mitglieds von Cold & Unsolved unser aufrichtiges Beileid ausdrücken.

Mit herzlichen Grüßen,
Cathy-June Lloyd

Am Tag der Veröffentlichung meines Buchs erhielt ich eine kunstvoll dekorierte, gedruckte Karte, die mir zusammen mit einem Blumenstrauß überreicht wurde:

HERZLICHEN GLÜCKWUNSCH
ZUR VERÖFFENTLICHUNG IHRES BUCHES.
WIE WIR HÖRTEN, IST ES EINE
WUNDERBARE HOMMAGE AN AMANDA.
JESS UND GEORGIE ADESINA

Boten des Himmels

Von

ELLIE COOPER

Die Geschichte hinter den Kulissen, erzählt von Amanda Baileys ehemaliger Assistentin

Wie die Sekte der Engel von Alperton achtzehn Jahre nach dem blutigen Selbstmord ihrer Mitglieder zwei weitere unschuldige Opfer forderte. Erzählt von der Frau, die mitansehen musste, wie es geschah.

ECLIPSE

True Crime mit dem gewissen Etwas

Eclipse lässt der Amanda Bailey Foundation zur Förderung von ehemaligen Pflegekindern durch Ausbildung und Arbeit eine Spende zukommen

KAPITEL EINS

Im Alter von zwölf Jahren ging Amanda Bailey in einem Shopping Center voller Menschen auf eine Polizeibeamtin zu und offenbarte ihr den Missbrauch, den sie durch eines ihrer Familienmitglieder erleiden musste. Sie bat darum, unter die Obhut der Jugendfürsorge gestellt zu werden, und von jenem Moment an musste sie für sich selbst sorgen. Sie wuchs zu einer furchtlosen, freidenkerischen Persönlichkeit heran, die stets bereit war, alles zu tun, um die Wahrheit zu enthüllen, koste es, was es wolle.

Mit achtzehn, nachdem sie endlich einen Platz in einer fürsorglichen Pflegefamilie gefunden hatte, erhielt sie ein Stipendium für das heiß begehrte Ausbildungsprogramm einer Lokalzeitung. Scheinbar unbeeindruckt davon, dass all ihre Mitbewerber mindestens zwei Jahre älter waren als sie, aus stabilen Familienverhältnissen kamen und sich mit den besten Abschlüssen etablierter Schulen brüsten konnten, hatte Amanda der Bewerbungskommission sofort imponiert, die jedes Jahr einen Platz an Bewerber:innen ohne die nötige formale Qualifikation vergab.

Ich lernte sie zehn Jahre später kennen, nachdem die Stellenkürzungen bei Lokalzeitungen sie zu einem Wechsel in die Lektoratsabteilung eines True-Crime-Verlags gezwungen hatten. Ich selbst hatte dort eine Stelle in der Buchhaltung inne, in der Hoffnung, bei nächster Gelegenheit eine Aufgabe im Lektorat zu erhalten. Zwei Jahre später wartete ich immer noch. Amanda setzte sich intensiv dafür ein, mich als Assistentin zu bekommen. Auch als ich mich dann entschloss, ein Doktorandenstudium in Kriminalpsychologie aufzunehmen, erfuhr ich von niemandem mehr Unterstützung als von ihr.

—

Obwohl sie einen Großteil ihrer beruflichen Kompetenzen in jenem Ausbildungsprogramm erworben hatte, sprach Amanda nie gern darüber. Den Grund dafür sollte ich erst nach ihrem Tod erfahren. Oliver Menzies, der einen Abschluss in Geschichtswissenschaften gemacht hatte und dessen Mutter mit dem Eigentümer der Lokalzeitung befreundet war, wurde in dem Programm von all seinen Kommilitonen überflügelt, von niemandem jedoch mit größerer Leichtigkeit als von dieser jungen Frau mit dem gewöhnlichen Dialekt, die es nicht einmal geschafft hatte, die Hochschulreife zu ergattern.

Wann immer sich ihm die Gelegenheit bot, stichelte und spottete er. Doch am Ende war es ein Streich, den er ihr eines Abend spielte, welcher das Leben der beiden für immer verändern sollte. Ein kindischer Schabernack, der dazu führte, dass Amanda ihre Sehkraft auf einem Auge verlor. Nie sollte sie vergessen, wie diese Erfahrung ihr Vertrauen in andere zerstört hatte. Und niemals vergaß sie, wer dafür verantwortlich war.

Als sich ihre Wege viele Jahre später wieder kreuzten, gab Oliver seiner Verachtung für die schutzlosen Minderjährigen Ausdruck, die auf eine haarsträubende Geschichte hereingefallen waren. Amanda wurde klar, dass er in der Zwischenzeit nichts dazugelernt hatte. In dem Augenblick fasste sie den Entschluss, ihm zu zeigen, was es bedeutete, schutzlos zu sein. Sie konnte nicht ahnen, wie erfolgreich ihr Rachefeldzug sein würde. Denn fast zwanzig Jahre nach dem Fund der verstümmelten Leichen der Engel von Alperton in einem verfallenen Lagerhaus handelt diese Geschichte nicht mehr von Menschen, die sich für Engel hielten. Sie handelt von einem Mann, der glaubte, man könne ihn nicht täuschen, und der Frau, die ihm eine Lektion erteilen wollte, dabei jedoch die Macht der Mythologie unterschätzte. Sie handelt von zwei Menschen, die zäh und entschlossen nach der Wahrheit suchten, aber zu spät kamen – sie suchten an Orten, die es nicht mehr gab, und nach Namen, die sich ständig änderten. Sie suchten, bis die Suche sie zerstörte. Ihre Geschichte zeigt die Macht einer faszinierenden Sekte, die bis heute ein abschreckendes Beispiel geblieben ist.

Denn *das* ist die simple Wahrheit hinter dem geheimnisvollen Fall der Engel von Alperton.

Diese Nachricht ist für Sie.

Was Sie gerade gelesen haben, sind die Recherchen zu einem Buch, in dem es um ein Fehlurteil gehen sollte. Gabriel Angelis hat weder Harpinder Singh ermordet, noch war er verantwortlich für die Tode von Dominic Jones, Alan Morgan und Christopher Shenk oder die Verstümmelung ihrer Leichen.

Er ist unschuldig, während die beiden Mörder von Singh frei herumlaufen.

Sie könnten all diese Beweise nehmen und einen Prozess anstoßen, der schlussendlich zu einer Korrektur dieses Justizirrtums sowie zur Aufdeckung weiterer, sogar noch tödlicherer Vertuschungen führen könnte. Aber wenn Sie das tun, vergessen Sie bitte eins nicht.

Gabriel ist ein gefährlicher, narzisstischer Psychopath, der sein ganzes Leben lang versucht hat, andere vollständig zu kontrollieren. Wenn Sie für seine Freilassung sorgen, wird er in sein altes Muster zurückfallen. Er kann nichts anderes. Dann sind *Sie* dafür verantwortlich, dass er wieder in die Gesellschaft entlassen wurde, um eine neue Generation unschuldiger, argloser Menschen mit seinen verführerischen Lügen und seinem Instinkt für ihre Schutzlosigkeit ins Visier zu nehmen.

Doch abgesehen von der Gefahr, die von Gabriel ausgeht, gibt es noch eine viel größere. Sollten Sie diese Dokumente veröffentlichen, enthüllen Sie damit auch, dass Leute in mächtigen Positionen verantwortlich sind für den Tod von drei unbewaffneten Kriminellen sowie einer großen Anzahl unschuldiger Menschen, die der Wahrheit zu nahe kamen. Ich habe diese Dokumente gerade selbst noch einmal durchgelesen und staune darüber, was sie alles zu tun in der Lage und bereit sind, um davonzukommen. Nirgends ist es vor ihnen sicher. Sollten Sie oder ich anstreben, ihre Verbrechen aufzudecken, sind wir in Gefahr.

In sechs Wochen sollen meine Zwillinge zur Welt kommen, ein Junge und ein Mädchen. Ich selbst kann solche Risiken nicht eingehen. Doch *Sie*, je nachdem, wie weit in der Zukunft Sie dies lesen, können es vielleicht.

Deshalb lege ich diese Dokumente nun zurück in das Bankschließfach. Sollten sie lange nach dem Tod der Akteure in dieser Geschichte gefunden werden, kann die Wahrheit gefahrlos enthüllt werden. Sollten Sie all dies jedoch vorher lesen, haben Sie die Wahl.

Packen Sie's an und decken Sie den Justizirrtum auf oder legen Sie alles einfach wieder zurück in die Mappen, Umschläge und Ordner und gehen Sie Ihrer Wege. So wie ich jetzt.

Die Entscheidung liegt bei Ihnen.

Ellie Cooper
Kriminalpsychologin und Autorin

Für Jill Dando, Michelle McNamara und Lyra McKee,
die alle auf tragische Weise zu Schlagzeilen wurden

Danksagung

Die Idee zu diesem Roman keimte in mir auf, als ich Michelle McNamaras unglaubliches Buch *Ich ging in die Dunkelheit* las und die dazugehörige Dokuserie auf HBO sah. Als langjährige Leserin von True-Crime-Storys faszinierte mich, wie McNamara während des Schreibens über eine rätselhafte Mordserie immer stärker von dem Wunsch besessen wurde, sie aufzuklären. Als ehemalige Journalistin konnte ich den schwierigen Balanceakt würdigen. Das notwendige Versinken in ein Thema gegen die erforderliche subjektive Distanz.

Meine Lektorin Miranda Jewess, die Meisterin in subjektiver Distanz, hat mich während der Entstehung von *Die Engel von Alperton* wie immer uneingeschränkt unterstützt, obwohl sie währenddessen selbst mit einer ganz eigenen Entstehung beschäftigt war. Herzlichen Dank auch an ihre Mutterschaftsvertretung Therese Keating, die mit gleicher Vernunft, Erfahrung und Schaffenskraft die Stellung hielt. Zusammen bildeten die beiden ein Dream Team.

Apropos Dream Team – die Mannschaft von *Viper*, bestehend aus Redaktionsleiter Graeme Hall, Korrektorin Alison Tullet, Textgestalterin Lucie Worboys und Umschlagdesigner Steve Panton haben ein visuelles und typographisches Gesamtpaket geschnürt, das diese Geschichte perfekt widerspiegelt und bereichert. Während Sie dies lesen, kümmern sich Flora Willis, Drew Jerrison, Alia McKellar, Claire Beaumont, Niamh Murray, Lisa Finch und Sarah Ward vermutlich gerade um Marketing und Vertrieb. Und schließlich werden Nathaniel McKenzie und Louisa Dunnigan ihre magischen Kräfte einsetzen, um ein mitreißendes Hörbuch zu erschaffen. Ich danke ihnen allen von Herzen.

Meine bezaubernden Agentinnen Gaia Banks und Lucy Fawcett von *Sheil Land Associates* agieren als meine Schutzengel in London, unterstützt von Maddie Thornham und David Taylor, während Alba Arnau sich um die Auslandsrechte kümmert. Meine US-amerikanischen Agenten Markus Hoffmann von *Regal Hoffmann & Associates* in New York und Will Watkins von *ICM Partners* in L. A. wachen jenseits des Atlantiks über meine Angelegenheiten.

Zu Dank verpflichtet bin ich David Collins, dem im Norden ansässigen Redakteur der *Sunday Times* und Autor von *The Hunt for the Silver Killer*, dessen Großtaten während seiner Zeit als Kriminalreporter mich zu einigen der hier beschriebenen inspirierten. Dasselbe gilt für James Brockett, der mich an seinen Erinnerungen an die Arbeit als Lokalreporter in Nordwestlondon Anfang der 2000er-Jahre teilhaben ließ. Laura Flowers, mein Maulwurf bei der Polizei, steuerte so manche nützliche Information bei, und als unbezahlbar erwiesen sich die Anekdoten über Funktionsstörungen bei Schusswaffen und Wahrscheinlichkeiten für ballistische Pannen, die online in Communities von Hobbyballistikern ausgetauscht wurden.

Mein Dank geht an Kathy Buchanan, die mit mir über Jugendschutz und -fürsorge in den hier erwähnten Gegenden Nordwestlondons sprach. Weiterhin gibt es noch all jene, die entweder selbst mit mir gesprochen oder mir den Kontakt zu anderen vermittelt haben, die namentlich nicht genannt werden wollen, entweder weil sie noch immer bei der Polizei oder den Sozialbehörden arbeiten oder weil sie mit mir über persönliche Details und Ereignisse gesprochen haben, über die nicht jeder in ihrem Umfeld Bescheid weiß.

Mangels eigener Erfahrungen mit dem System der Kinder- und Jugendhilfe in Großbritannien recherchierte ich zu diesem Aspekt von Amandas Lebensgeschichte besonders gründlich und suchte nach Frauen, die etwa um dieselbe Zeit und etwa in derselben Gegend vergleichbare Kindheitserfahrungen gemacht hatten wie meine Hauptfigur. Diese sowohl traumatischen wie auch herzerwärmenden Erinnerungen sowie die Erwachsenensicht dieser Frauen auf ihre Erfahrungen überzeugten mich davon, wie schwer es ist, dem Thema in diesem Buch gerecht zu werden. An manchen Tagen überkam mich das Gefühl, nicht das Recht zu haben, es auch nur zu versuchen.

Während ich mich zu dem Thema einlas, konzentrierte ich mich auf persönliche Berichte im Rahmen des Systems in Großbritannien, erzählt von Erwachsenen, die als Kinder in Pflege gegeben wurden, sowie von einigen Pflegeeltern. Es gibt viele solcher Berichte, und die meisten konzentrieren sich naturgemäß auf wirklich schlimme Erfahrungen. Auf folgende interessante Geschichten bin ich gestoßen: *Damaged* und *The State of it* von Chris Wild, *A Terrible Secret* von Cathy Glass und *My Name is Why* von Lemn Sissay.

Es gibt ebenso viele ungehörte Geschichten, wie es Menschen gibt, die in Pflegeeinrichtungen aufgewachsen sind. Nicht alle sind so grausam und erschütternd wie die, die große Beachtung in den Medien finden, aber alle haben ihre Berechtigung und ihren Wert.

Die in dieser Geschichte anfangs aufgezählten Bücher über Sekten und Bewusstseinsmanipulation werden zur Lektüre empfohlen. *Cultish* von Amanda Montell ist vor allem aufgrund ihrer Untersuchung über die Sprache der Beeinflussung interessant. Weitere faszinierende Bücher zum Thema sind *Brainwashed: A New History of Thought Control* von Daniel Pick sowie *Terror, Love and Brainwashing: Attachment in Cults and Totalitarian Systems* von Alexandra Stein.

In dieser Geschichte wird auf eine Reihe berüchtigter wahrer Mordfälle verwiesen. Mir ist bewusst, dass das Lesen der Namen der Opfer schmerzhafte Erinnerungen bei jenen hervorrufen können, die sie kannten und liebten. Dafür möchte ich alle Betroffenen um Entschuldigung bitten.

Mein gesamter Freundeskreis unterstützt mich vorbehaltlos in meiner Laufbahn als Schriftstellerin, auch wenn ich dabei physisch wie metaphorisch in weite Fernen schweife. Dazu gehören: Sharon

Exelby, Carol Livingstone und Wendy Mulhall, Keith Baker, Felicity Cox, Terry und Rose Russell, Alison Horn und Samantha Thomson. Und schließlich die wunderbare Ann Saffery sowie mein großartiger, leidgeprüfter und mich stets unterstützender Partner Gary Stringer.

JANICE HALLETT ist ehemalige Zeitschriftenredakteurin, preisgekrönte Journalistin und politische Redenschreiberin. Heute schreibt sie hauptberuflich Belletristik, hat mehrere Theaterstücke produziert und Drehbücher in der Entwicklung. Sie ist Mitautorin des Spielfilms Retreat. Alle ihre Romane sind große Bestsellererfolge in England. Zuletzt erschienen im Atrium Verlag *Der Twyford-Code* und *Die Aufführung*.

STEFANIE KREMER arbeitet als Übersetzerin für Sachbücher und Belletristik aus dem Englischen und Französischen. Zu den von ihr übersetzten Autor:innen zählen u. a. Willa Cather, Ann Cleeves, Elly Griffiths und Ross King.